Linda Nichols

Sternstunden der Liebe

francke

Über die Autorin:
Mit ihren Geschichten berührt Linda Nichols auf einzigartige Weise die Herzen ihrer Leser. Bereits ihr christliches Romandebüt war für den Christy Award nominiert. Zusammen mit ihrem Mann und ihren Kindern lebt sie in Tacoma, Washington.

Bibliografische Information Der Deutschen Bibliothek
Die Deutsche Bibliothek verzeichnet diese Publikation in der Deutschen Nationalbibliografie; detaillierte bibliografische Daten sind im Internet über http://dnb.ddb.de abrufbar.

ISBN 978-3-86827-256-7

Originally published in English under the title
If I Gained the World
by Bethany House,
a division of Baker Publishing Group,
Grand Rapids, Michigan, 49516, USA

Deutsch von Brigitte Hahn
Umschlagbild: © iStockphoto.com / frankoppermann
© iStockphoto.com / .shock
Umschlaggestaltung: Verlag der Francke-Buchhandlung GmbH / Christian Heinritz
Satz: Verlag der Francke-Buchhandlung GmbH
Druck: Bercker Graphischer Betrieb, Kevelaer

www.francke-buch.de

Prolog

2003

Als Daniel in Seattle ankam, regnete es. Der Bus fuhr durch die vor Nässe glänzenden Straßen, bis er schließlich laut ächzend an der Endstation zum Stehen kam. Die Türen öffneten sich mit einem Geräusch, das in Daniels Ohren wie ein erleichterter Seufzer klang. Dennoch blieb er abwartend sitzen, bis der Mittelgang leer war. Er wollte nicht zusammen mit den anderen Fahrgästen aufstehen, weil er befürchten musste, dadurch die Aufmerksamkeit der Leute auf sich zu lenken. „Sie kommen mir irgendwie bekannt vor.“ Der eine oder andere würde eine solche Bemerkung machen und dabei fragend die Augenbrauen hochziehen. Mittlerweile hasste er diesen Gesichtsausdruck, die sich verengenden Augen und das plötzliche Erkennen, das meist darauf folgte. Er hielt den Kopf gesenkt, damit niemand sein Gesicht sehen konnte. Erst als der letzte Fahrgast ausgestiegen war, stand er endlich auf und verließ den Bus.

Daniel zog seinen Rucksack aus dem Laderaum, ging ins Innere des Busbahnhofs und fragte dort nach dem Stadtbus, der ihn an sein Ziel bringen würde. Die Adresse stand auf einem zerknitterten, feuchten Briefumschlag. Er hielt das Stück Papier fest umklammert. Es dauerte etwa eine halbe Stunde, bis der Linienbus kam. Dann ging die Fahrt steil bergauf. Schließlich sagte der Fahrer die Haltestelle durch, an der Daniel aussteigen musste. Er versuchte sich zu orientieren und ging in die Richtung, in der er sein Ziel dem Stadtplan zufolge vermutete. Der Regen prasselte nun stärker auf ihn herab. Er beschleunigte seine Schritte.

Wenige Meter vor ihm trat eine Frau aus einem Lebensmittelladen. Sie mischte sich unter die Passanten auf dem Bürgersteig. Daniel stellte sich vor, es sei Lenore. Dieser Gedanke munterte ihn auf. Es war doch durchaus möglich, oder etwa nicht? Die Frau war sehr schlank, genau wie Lenore. Dadurch, dass sie einen Regenschirm in der Hand hielt, konnte er jedoch nicht sehen, ob ihr Haar braun war und schwer zu bändigen, und da sie ihm zudem den Rücken zudrehte, konnte er nicht erkennen, ob sie jene grüngoldenen Augen, das Grübchen im Kinn und das markante, hagere Gesicht hatte, das er von früher her kannte. Daniel trottete hinter der Frau her, so weit von ihr entfernt, dass sie nicht erschrecken würde, falls sie ihn bemerkte, aber trotzdem nah genug, um sie nicht aus den Augen zu verlieren.

Es regnete noch immer in Strömen. Die Frau beschleunigte ihre Schritte und auch Daniel ging schneller. Wenn er gekonnt hätte, hätte er sich eine Jacke übergezogen, aber er hatte keine eingepackt. Die Träger seines schweren Rucksacks schnitten in seine Schultern ein. Einen Augenblick lang fragte er sich, warum er ihn bloß mitgenommen hatte. Wozu brauchte er ihn überhaupt? Er wollte doch sowieso nicht lange bleiben. Es sollte nur eine kurze Stippvisite werden, weil er etwas ganz Bestimmtes zu erledigen hatte. Der Gedanke an das, was vor ihm lag, ermüdete ihn stärker als die schwere Last auf seinem Rücken.

Er folgte der Frau den ganzen Weg bis hinauf auf den Hügel. Dann bog er hinter ihr in die Chestnut Street ein. Als er das riesige alte Haus mit der weitläufigen Einfahrt und der großen Veranda näher in Augenschein nahm, vor dem die Frau stehen blieb, bemerkte er, dass die Hausnummer auf dem roten Briefkasten dieselbe war wie die Zahl auf dem zerknitterten Briefumschlag. Es musste tatsächlich Lenore sein, die ihn hierher geführt hatte.

Daniel stand wie erstarrt da, den Mund vor Verblüffung weit geöffnet. Das war wie ein Zeichen, ein Omen. Allerdings wusste er nicht, wie er es deuten sollte. Er wollte ihren Namen rufen, doch irgendetwas hielt ihn davon ab. Er konnte es nicht – noch nicht. Also wartete er. Als sie das Gartentor aufstieß und das Grundstück betrat, wandte er sich ab. Sie schloss das Tor hinter sich und ging auf das Haus zu. Dann öffnete sie schwungvoll die Haustür. Natürlich war sie nicht abgeschlossen. Sie ging hinein. Kurz darauf gingen im ganzen Haus die Lichter an. Er merkte, dass plötzlich ein Lächeln seine Lippen umspielte. Es war wie früher. Sie war schon immer verschwenderisch mit den guten Dingen des Lebens gewesen.

Etwa eine Minute später erblickte er eine schattenhafte Bewegung hinter einem der Fenster. Lange stand Daniel da und beobachtete, wie das warme Licht aus dem Haus die Dämmerung erhellte. Dann endlich nahm er seinen Mut zusammen, öffnete das Tor und ging in den Garten. Dort stellte er sich hinter einen riesigen Baum und sah zu, wie sie im Inneren des Hauses hin und her ging. Sie deckte den Tisch. Inzwischen war er nass bis auf die Haut und zitterte vor Kälte, aber trotzdem brachte er es nicht über sich, zur Haustür zu gehen.

Stattdessen ging er um das Haus herum. Vermutlich riskierte er eine Verhaftung, weil er sich wie ein Spanner benahm. Das wäre vielleicht ein tolles Wiedersehen! Er verdrängte diesen Gedanken und bezog an einer geeigneten Stelle hinter einem immergrünen Busch Position. Hier konnte ihn niemand sehen. Auch aus dem jetzt vor ihm liegenden Fenster fielen helle Lichtstrahlen auf die Rasenfläche. Daniel achtete darauf, nicht in den Lichtkegel zu treten, sondern im Dunkeln zu bleiben. Sie war nur etwa anderthalb Meter von ihm entfernt. Wenn die Fensterscheibe nicht zwischen ihnen gewesen wäre, hätte er die Hand ausstrecken und sie berühren können. Er musterte sie prüfend, weil er nach der Frau Ausschau hielt, die er einst gekannt hatte, nach den spitzen Wangenknochen, den großen, ruhelos und beinahe hungrig dreinblickenden Augen.

Das alles war verschwunden. Die Frau, die er vor sich sah, hatte ein sanftes, ruhiges Gesicht. Er konnte nur ihren Oberkörper sehen, aber der wirkte fest und kräftig. Ihr Haar war noch immer dicht. Es reichte ihr bis weit über die Schultern. Während er ihr bei der Arbeit zusah, hielt sie mit einem Mal inne, drehte die dunklen Strähnen zusammen und warf sie nach hinten. Ihre Arme bewegten sich rhythmisch und sicher, aber er konnte nicht erkennen, was genau sie machte. Plötzlich hob sie etwas hoch. Es war eine Kuchenform. Daniel schüttelte skeptisch den Kopf. Ein Kuchen? Wann hatte Lenore denn gelernt, wie man einen Kuchen backte? Als er sie zum letzten Mal gesehen hatte, hatte sie noch nicht einmal richtig Kaffee kochen können.

Sein Gesicht verdüsterte sich, als ihm plötzlich etwas klar wurde. Diese Frau war nicht die Lenore, die er von früher her kannte, sondern eine neue, veränderte Person. Dieses so banale Geschehen mit dem Kuchen führte ihm deutlich vor Augen, wie anmaßend er war. Es machte ihm bewusst, wie viele Jahre vergangen waren. Jahre. Lange Jahre eines Lebens, dessen Verlauf er nicht kannte. Sie war Menschen begegnet, die ihm unbekannt waren, hatte Erfahrungen gemacht, die sie nicht miteinander teilten. Was hatte er sich eigentlich gedacht? Dass sie dort stehen geblieben war, wo er sie zurückgelassen hatte? Dass sie noch immer wartete und die Zeit spurlos an ihr vorübergegangen war? Welches Recht hatte er, herzukommen, auch wenn er hier etwas zu erledigen hatte? Was bildete er sich ein, hier einfach aufzutauchen, mit seinem verpfuschten Leben?

Daniel hob den Kopf. Sie war weg. Er konnte es sich nicht erklären, aber plötzlich fühlte er sich allein gelassen. Doch dann war sie wieder da. Sie beugte sich über die Spüle, und wieder sah er ihr Gesicht. Seine innere Anspannung ließ nach. Sie wirkte glücklich. Zufrieden. Ihre Wangen waren voller als früher und sie waren leicht gerötet – wahrscheinlich von der Wärme in der Küche. Das Grübchen in ihrem Kinn war noch immer da. Ihre Lippen bewegten sich. Vielleicht sang sie ein Lied oder sie führte Selbstgespräche. Sie hatte schon immer gern gesungen, während sie arbeitete, aber diese Erinnerung war nur noch schwach. Ihr gemeinsames Leben schien in weite Ferne gerückt zu sein. In der Fensterscheibe erblickte er einen dunklen Schatten vor der düsteren Silhouette des dichten Buschs. Es war seltsam, aber er erkannte sich selbst genauso wenig wieder wie die Frau in der Küche. Er musste sich anstrengen und zweimal hinsehen, um etwas Vertrautes zu entdecken.

Jetzt drehte sie sich um und sprach mit jemandem. Ein Lächeln trat auf ihre Lippen. Daniel fragte sich, wer die andere Person war. Er empfand eine unerklärliche Eifersucht auf den Unbekannten, der in den Raum gekommen war und sie zum Lachen gebracht hatte. Einen kurzen Moment lang stellte er sich vor, wie er selbst diese Küche betrat und ein Lächeln auf ihr Gesicht zauberte.

Plötzlich kam ein eisiger Wind auf, der die letzten Blätter an den Bäumen leise rascheln ließ und den Windspielen ihre Melodie entlockte. Daniel hörte Hundegebell, dann ging die Hintertür des Nachbarhauses auf. Ein Mann trat heraus, hob den Deckel der Mülltonne an und warf einen Müllsack hinein. Diese banale Geste machte Daniel bewusst, dass er eine Entscheidung treffen musste. Er hatte zwei Möglichkeiten: Entweder er zog sich in die Dunkelheit zurück, ging wieder zum Busbahnhof und rief von dort aus an, um ein Treffen zu vereinbaren, oder aber er ging zur Haustür und klopfte an. Wieder verschwand

Lenore und wieder fühlte er sich allein. Dieses Gefühl riss ihn aus seiner Grübelei. Er wollte wenigstens ihre Stimme hören, bevor er wieder verschwand, damit er diese letzte Szene nicht ohne Ton in Erinnerung behalten musste. Es erschien ihm irgendwie falsch, diese dicke Mauer des Schweigens, das all die Jahre zwischen ihnen geherrscht hatte, jetzt nicht zu durchbrechen.

Langsam ging er zurück zur vorderen Veranda. Minutenlang stand er vor der dunkelrot gestrichenen Tür. Er lauschte dem Geräusch seines schweren Atmens, dem unentwegten Rauschen des Regens, dem leisen Geklimper der Windspiele, dem Rascheln der Blätter im Wind. Mit dem Fuß stupste er ihren halb geöffneten Regenschirm an, der an einem großen, mit Stiefmütterchen bepflanzten Topf lehnte. Neben einer grünen Gießkanne lag ein Kinderspielzeug. Der Wind trieb ein paar Blätter über die Veranda. Daniel starrte auf seine Schuhspitzen und atmete tief durch, als müsse er sich auf eine sportliche Höchstleistung oder eine Mutprobe vorbereiten. Dann, bevor er es sich anders überlegen konnte, hob Daniel schnell die Hand und klopfte an die Tür.

1

1988

Alle wunderten sich, warum er sich ausgerechnet für sie entschieden hatte. Dieser Gedanke ging Lenore nicht aus dem Kopf, während sie die Kartoffeln schälte. Sie arbeitete hastig und nachlässig. Von jeder Kartoffel blieb nur die Hälfte übrig, weil sie zu viel von der Schale abschnitt. Sie machte diese Arbeit sehr ungern, aber Scott wollte unbedingt Pommes frites essen und Daniel hatte gemeint, er könne sie selbst machen, wenn Lenore die Kartoffeln schälte. Sie schnitt lieber Zwiebeln, weil das damit verbundene Leiden zwar schlimmer, aber dafür schneller vorbei war.

Ihre eigenen Freunde wunderten sich nicht über Daniels merkwürdige Wahl. Zumindest hoffte sie das. Ganz sicher war sie sich diesbezüglich allerdings nicht. Die dicken braunen Kartoffelschalen flogen in alle Richtungen und blieben schließlich in der Spüle hängen. Sie hätte die Kartoffeln wohl besser über dem Abfalleimer geschält. Rasch sah sie zu Daniel hinüber. Hoffentlich hatte er nicht bemerkt, wie ungeschickt sie sich anstellte. Er bearbeitete gerade den elektrischen Dosenöffner mit einem Schraubenzieher. Wenn er so wie jetzt die Augenbrauen zusammenzog, sah er aus wie Scott. Lenore wandte sich wieder den Kartoffeln zu. Daniels Schauspielkollegen und die Leute, mit denen er im Restaurant zusammenarbeitete, hielten sie allesamt für ein seltsames Paar. Aber was wussten die schon? Trotzdem rebellierte ihr Magen, wenn sie daran dachte, wie diese Leute und ihresgleichen fast unmerklich die Augenbrauen hochzogen, wenn Daniel sie ihnen vorstellte. Wie in jeder Lebenslage verhielt er sich dabei souverän und selbstbewusst. „Das ist mein Sohn Scott und das ist Lenore."

Sie zogen wohl ihre eigenen Schlussfolgerungen, wenn sie zuerst einen kurzen Blick auf Daniel warfen, den hochgewachsenen, athletisch gebauten, attraktiven Mann, und ihn dann mit ihr verglichen. Sie war viel zu dünn, war blass und farblos, hatte kaum zu bändigendes, mausbraunes Haar und dieses eigenartige Kinn. Eine Schönheit war sie nun wirklich nicht. Ganz und gar nicht. Deshalb schauten sie die Leute dann auch so seltsam an, mit leicht verengten Augen und einem kaum wahrnehmbaren Ausdruck der Verwirrung auf den Gesichtern. Wenn sie nett waren, überspielten sie ihre Unsicherheit geschickt, schüttelten ihr die Hand und alles schien in Ordnung zu sein. Aber trotzdem wunderten sie sich, und sie spürte es. Sie fühlte sich deswegen noch unsicherer und betrachtete sich immer wieder kritisch im Spiegel. Sie schwankte zwischen Resignation und Verzweiflung, wenn sie ihre vorstehenden Rippen, ihre flache Brust und ihr widerspenstiges Haar sah. Sie verspürte eine innere Leere, einen Hunger, den allein Daniel stillen konnte.

Vielleicht war sie nur deshalb so aufgewühlt, weil sie heute Nachmittag ihre Mutter besucht hatte. Zumindest redete sie sich das ein. Sie bereute es, dass sie sich dazu hatte überreden lassen, ein abgelegtes Kleid ihrer Schwester zu der Party anzuziehen. Die Party. Bei diesem Gedanken bekam sie wieder ein flaues Gefühl in der Magengegend, auch wenn es noch mehrere Wochen dauern würde, bis diese Party stattfand. Filmstars, Agenten und Produzenten würden sich dort treffen. Daniel hatte eine Einladung ergattert. Insgeheim vermutete sie, dass er ursprünglich ohne sie hatte dorthin gehen wollen und sie nur deshalb eingeladen hatte mitzukommen, weil sie gehört hatte, wie er sich mit seinem Agenten über die Party unterhalten hatte. Aber vielleicht bildete sie sich das nur ein. Vielleicht war sie bloß wieder verunsichert. Dieses Gefühl wurde bei ihr langsam zum Dauerzustand und der Besuch bei ihrer Mutter und Schwester hatte es nur noch verstärkt.

„He, Lenore, ich verpass dir jetzt erst mal einen vernünftigen Haarschnitt." Ihre Schwester hielt die Schere hoch. Spielerisch ließ sie das Werkzeug auf- und zuschnappen. Anstelle einer Antwort wand sich Lenore die drahtigen Haarsträhnen um die Hand.

„Halt doch still." Ihre Mutter hob stirnrunzelnd den Kopf. Sie steckte gerade den Saum um und hatte den Mund voller Stecknadeln. Ihre Lippen waren dadurch noch schmaler als sonst. Sie wirkte verärgert. Offenbar gab sie Lenore die Schuld daran, dass sie das Kleid nicht richtig ausfüllte.

„Ich mach dir eine schöne Frisur, damit du nach was aussiehst." Leslie lümmelte auf dem Bett ihrer Mutter herum. Wieder hielt sie die Schere hoch. Dann bearbeitete sie damit die kleinen Fäden der Tagesdecke aus Chenille.

„Hör sofort auf damit, Leslie!“, schimpfte ihre Mutter, ohne von ihrer Arbeit aufzusehen. Leslie schien das nichts auszumachen. Mit einem breiten Grinsen wandte sie sich an ihre Schwester. „Wann heiratet er dich endlich, Lenore? Du solltest wirklich ein bisschen mehr Selbstachtung haben.“

„Deine Schwester hat recht“, fügte ihre Mutter hinzu und betrachtete Lenore mit einem skeptischen Blick. „Wenn du mit einem Typen zusammenleben willst, ist das ja in Ordnung. Aber wenn du Kinder willst, muss geheiratet werden. So und nicht anders muss man das machen.“

Ihre Mutter war schon dreimal verheiratet gewesen und ihre Schwester würde wohl nie einen Ehemann abbekommen, trotzdem redeten sie, als wären sie Autoritäten in punkto Sitte und Moral.

„Frag ihn doch, Lenore“, drängte Leslie. „Aber ich weiß ganz genau, warum du das nicht machst“, ergänzte sie rasch, als zöge Lenore einen Heiratsantrag noch nicht einmal in Erwägung. „Du willst es gar nicht erst wissen. Lieber hältst du deinen Mund, als dass du dir einen Korb geben lässt. Ich weiß ganz genau, was du denkst.“ Sie hob eine Augenbraue und lächelte. Dabei sah sie ebenso selbstzufrieden aus wie eine Katze, die gerade eine Maus gefangen hatte.

Lenore ließ Leslies Geschwätz mit stoischer Ruhe über sich ergehen. Sie sagte sich, dass ihre Schwester überhaupt nichts über ihre Beziehung zu Daniel wusste und nichts, rein gar nichts verstand. Doch als sie Leslie, die immer noch faul auf dem Bett lag, abweisend musterte, kam ihr plötzlich eine Erkenntnis, die sie wie ein stechender Schmerz durchzuckte. Es war, als sehe sie sich selbst, in der vollen Pracht ihrer Hässlichkeit. Sie und Leslie glichen sich bis aufs Haar. Nein, das stimmte nicht mehr. Leslie hatte sich die langen Haare zu einem unordentlichen Stufenschnitt gekürzt. Wieder warf Lenore einen prüfenden Blick auf ihre Schwester. Sie hatte die gleiche Figur wie sie, was im Grunde genommen nichts anderes bedeutete, als dass sie so dürr wie eine Bohnenstange war. Sie hatte die gleiche gerade Nase, den gleichen Mund und die gleiche kreidebleiche Haut, die nicht einmal auf den Wangen einen Hauch von Farbe aufwies. Und natürlich hatte auch

Leslie dieses vorspringende Kinn mit dem riesigen Grübchen. Dieses besondere Merkmal hatten alle Mitglieder der Familie Vine.

Sie erinnerte sich noch daran, wie ihre Mutter Scott gleich nach der Geburt betrachtet hatte, als sie noch im Krankenhaus gewesen waren. „Er sieht nicht aus wie ein Vine", bemerkte sie skeptisch.

„Mama, du bist dir vielleicht nicht ganz sicher, wer der Vater ist, aber über die Mutter gibt es wohl keine Zweifel." Diese bissige Bemerkung war natürlich von Leslie gekommen.

Aber ihre Mutter hatte recht gehabt. Scott sah nicht aus wie ein Vine. Sie sah ihn vor sich, wie er im Wohnzimmer saß und sich Zeichentrickfilme ansah.

Mit seinen vier Jahren war er schon eine Miniaturausgabe seines Vaters. Er hatte das gleiche dunkle Haar wie Daniel, nur dass seines zu einem kindlich-runden Haarschnitt zurechtgestutzt war. Mit den braunen Augen und der goldbraunen Haut seines Vaters sah er genauso aus wie der schöne Daniel.

Lenore warf erneut einen unauffälligen Seitenblick zu Daniel hinüber, der noch immer konzentriert an dem defekten Dosenöffner arbeitete. Sie spürte einen leisen Stich in ihrem Herzen. Wenn er nur nicht so gut aussehen würde! Ihr wäre es lieber gewesen, wenn der wahre Daniel eine andere, weniger schöne Hülle gehabt hätte. Während sie die letzte Kartoffel schälte – sechs Stück waren bestimmt ausreichend für drei Personen – fragte sie sich wie so oft, warum er sich ausgerechnet für sie entschieden hatte und ob er wohl bei ihr bleiben würde.

Liebe macht blind, sagte sie sich, und Schönheit liegt im Auge des Betrachters. Sie wusch die schmutzigen Kartoffeln und legte sie neben der Spüle auf ein Stück Küchenrolle. Dann förderte sie die Bratpfanne zutage. Natürlich befand sie sich ganz hinten im Schrank. Sie goss eine ordentliche Menge Öl hinein und drehte die Herdplatte voll auf.

„Du stellst immer alles auf die höchste Stufe", sagte Daniel, ohne den Blick von seiner Arbeit abzuwenden. „Und dann haust du einfach ab und vergisst, dass du etwas auf dem Herd hast."

„Du passt doch mit auf", erinnerte sie ihn und schnitt die Kartoffeln in Stücke.

Sie redete sich in Gedanken gut zu. Es gab schließlich keinen Grund zur Beunruhigung. Während sie die Kartoffeln zerschnitt, summte sie vor sich hin, um sich von ihren Ängsten abzulenken. Sie stimmte ein Lied an, das Mrs Larsen immer gespielt hatte. Mrs Larsen war die seltsame Tagesmutter gewesen, die ihre Mutter eingestellt hatte, als sie in Hood River im Bundesstaat Oregon gewohnt hatten. Sie war Organistin und Solistin in der lutherischen Kirche. Wenn Lenore und Leslie nach der Schule ihre Kekse gegessen, ihre Milch getrunken und im Fernsehen ihre Zeichentrickfilme gesehen hatten, mussten sie Mrs Larsen deshalb jeden Tag zuhören, wie sie auf der asthmatisch klingenden Hammondorgel Kirchenlieder spielte und sie ihnen mit ihrer näselnden Stimme vorsang. Leslie mochte das überhaupt nicht, aber Lenore gefielen die Lieder. Sie empfand sie nicht als störend und so hörte sie gerne zu, wenn Mrs Larsen sang, auch wenn sie die Texte der Lieder nicht verstand. Das ging ihr bis heute so, doch die Lieder gaben ihr trotzdem Halt. Sie bekam dadurch das Gefühl, dass es etwas gab, das Bestand hatte, auch wenn ihre eigene Welt unbeständig war. Die Welt von Mrs Larsen war gut und sicher, weil dort alles so blieb, wie es war. Mrs Larsen wachte nicht jeden Morgen auf und fragte sich, ob heute vielleicht der Tag war, an dem Mr Larsen von ihr weggehen würde. Wieder verspürte Lenore diese Unsicherheit, die sie inzwischen fast ständig begleitete.

Vielleicht dachte Daniel jetzt anders über die Ehe. Allein der Gedanke ließ ihr Herz schneller schlagen. Sie hatten natürlich darüber gesprochen, vor allem als sie schwanger geworden war. Aber damals war sie diejenige gewesen, die sich eher ablehnend verhalten hatte. „Ich will nicht, dass du mich heiratest, nur weil ich ein Kind erwarte", hatte sie gesagt, voller Hoffnung, dass er heftig widersprechen und erwidern würde, dass das doch nichts mit ihrer Schwangerschaft zu tun habe. Aber er hatte bloß genickt und es dabei belassen. Als das Thema wieder einmal zur Debatte gestanden hatte, hatte er sich darüber lustig gemacht. „Was nicht kaputt ist, muss man auch nicht reparieren", hatte er gewitzelt. Dann hatte er ihr einen Kuss gegeben. Aber das war mindestens ein Jahr her. Es konnte doch gut sein, dass er seine Meinung geändert hatte, oder etwa nicht?

Während sie darauf wartete, dass das Öl in der Pfanne heiß wurde, beobachtete sie ihn bei der Arbeit. Seine Haut hatte eine gesunde Farbe und sein Gesicht diesen verwegenen Ausdruck, der Lenore immer an den Orient erinnerte. Aber Daniel stammte nicht aus dem Nahen oder Mittleren Osten, sondern aus dem mittelöstlichen Teil des Bundesstaates Kentucky. Obwohl er bereits wie der Filmstar aussah, der er zu werden hoffte, fühlte sie sich nicht wegen seines äußeren Erscheinungsbildes zu ihm hingezogen. Im Grunde genommen war es eine Kleinigkeit, die sie nun, nachdem sie bereits sechs Jahre lang mit ihm zusammengelebt hatte, aus ihrer sicheren Nische ausbrechen und alles auf eine Karte setzen ließ – mitten während der Zubereitung des Abendessens. Es waren die Fältchen um seine Augen herum. Sie hatte mit Sicherheit nicht vor, ihr gemeinsames Leben umzukrempeln, während sie Kartoffeln schälte und Daniel den Dosenöffner reparierte. Aber diese haarfeinen Krähenfüße ließen sie an eine lange Ehe denken, an ein gemeinsames Altwerden, an Enkelkinder. Plötzlich schöpfte sie wieder neue Hoffnung. Wie in einem Zeitraffer liefen Bilder von ihrem bisherigen Zusammenleben vor ihrem inneren Auge ab. Sie sah, wie er am letzten Weihnachtsabend das Riesenrad zusammenbaute. Danach saßen sie beide auf dem Sofa und tranken genüsslich ein Glas Glühwein. Sie sah Scotts glückliches Gesicht, als er an jenem Weihnachtsmorgen die Geschenke erblickte, die sie sich vom Mund abgespart hatten. Sie erinnerte sich deutlich an jedes gemeinsam mit Daniel verbrachte Weihnachten und daran, wie liebevoll ihr Lebensgefährte auch an anderen Tagen zu ihr war. Er hatte ihr während ihrer Schwangerschaft Tee und knusprige Kekse ans Bett gebracht, wenn sie krank war, und sogar jetzt kümmerte er sich um Kleinigkeiten wie den defekten Dosenöffner. Sie zögerte, weil sie sich hin- und hergerissen fühlte zwischen Angst und Sehnsucht.

„Komm doch, Papa", rief Scott aus dem Wohnzimmer. „Komm, wir spielen mit meinen Autos und Lastwagen."

„Ich bin gleich da, Kumpel", antwortete Daniel. Diese Worte gaben den Ausschlag.

Sie trocknete sich die Hände ab. Wieder blieb ihr Blick an den kleinen Fältchen um seine Augen herum hängen, diesen winzigen Gabelungen auf der Straße des Lebens, diesen kleinen Fehlern in seinem ansonsten makellosen Gesicht, jenen Zeichen dafür, dass sie sich zwar äußerlich unterschieden, aber innerlich ähnlich waren. Sie ging zu ihm, schob den Dosenöffner weg und schlang die Arme um ihn.

„Was ist denn?" Er schenkte ihr die Andeutung eines Lächelns. Sie konnte seine stahlharten Rückenmuskeln unter ihren Händen fühlen. Langsam zog er sie an sich und legte sein Kinn auf ihren Kopf. Seine kurzen Bartstoppeln waren kratzig. Als er die Finger verschränkte und seine Hände auf ihren unteren Rücken legte, lehnte sie ihren Kopf an seine Brust.

„Was ist denn?“, fragte er erneut. Unter ihrem Ohr spürte sie die Vibration seiner Stimme.

„Ich liebe dich, Daniel. Ich liebe dich so sehr.“

„Das weiß ich doch.“ Er klang ein bisschen überrascht. „Ich liebe dich auch.“

„Daniel, willst du mich heiraten?“

Er schwieg.

Sein Körper versteifte sich. Lenore verhielt sich ganz still, hoffte, dass seine Worte alles wieder ins Lot bringen würden. Aber es kamen keine Worte. Nach einer Weile wusste sie, wie seine Antwort lautete. Ihr war klar, dass sie alles auf eine Karte gesetzt und verloren hatte.

Endlich sprach er, doch nur, um dieses peinliche Schweigen zu durchbrechen. Er drückte sie kurz an sich und lachte leise auf. „Willst du gleich jetzt eine Antwort?“

„Nein“, erwiderte Lenore hastig und entzog sich seiner Umarmung. Sie ging zurück an den Herd, aber sie konnte die Kartoffeln in der Pfanne nicht mehr sehen. Ihr Inneres fühlte sich an wie erstarrt.

Scott kam herein und lehnte sich an Daniels Bein. „Komm, spiel mit mir, Papa.“

„Ich komme in einer Sekunde, Kumpel.“ Daniels Stimme klang weich. „Such schon mal ein paar Autos für mich raus.“

Scotts Gorilla-Hausschuhe schlurften über den Boden, als er die Küche wieder verließ. Daniel trat hinter sie und legte ihr die Arme um die Taille. Sie spürte sein stoppeliges Kinn an ihrer Wange. „Du hast mich total überrumpelt“, flüsterte er. „Das ist alles.“

Sie nickte und legte eine Hand auf seinen Arm. Mit der anderen Hand strich sie ihm sanft über das Gesicht, aber es kam ihr so vor, als wären nur noch ihre äußeren Hüllen hier, während etwas sehr Kostbares unwiederbringlich verloren gegangen war.

Daniel ging schließlich ins Wohnzimmer, um mit Scott zu spielen. Später kam er zurück und machte Pommes frites aus den Kartoffeln, die Lenore gewaschen, geschält und geschnitten hatte. Sie hatte die Frikadellen zu lange gebraten. Jetzt lagen sie als harte, halb verbrannte Klumpen in den weichen Brötchen.

„Die Hamburger sind mir misslungen“, sagte Lenore. Sie war den Tränen nahe.

„Das ist doch halb so schlimm“, erwiderte Daniel ein wenig zu schnell und nahm einen großen Bissen von dem Brötchen. Er sah sie von der Seite an und lächelte ihr aufmunternd zu. Scott schien überhaupt nichts zu bemerken. Nach dem Abendessen saßen sie noch eine Weile zu dritt vor dem Fernseher. Dann brachten sie Scott ins Bett. Sie folgten der Routine eines normalen Tages, aber Daniel verhielt sich ihr gegenüber den ganzen Abend lang extrem übervorsichtig. Es kam ihr so vor, als habe er das Gefühl, sich auf zu dünnem Eis zu bewegen und als habe er Angst einzubrechen.

Als es endlich Zeit war ins Bett zu gehen, zog Lenore sich ins Bad zurück, um sich umzuziehen. Sie wollte nicht, dass er ihr dabei zusah, weil sie sich plötzlich schämte. Was machte sie eigentlich hier? Warum wohnte sie hier zusammen mit einem Mann, in dem sie sich offensichtlich getäuscht hatte? Sie zog ihre Jeans aus und hängte sie am Türhaken auf. Die Hose hatte noch immer die Form ihres Körpers – ihrer unteren Hälfte zumindest. Der Hosenboden war sanft gerundet, die Knie leicht ausgebeult. Es sah aus, als ob die Hosenbeine im nächsten Augenblick loslaufen wollten. Mechanisch zog sich Lenore ihr Nachthemd über. Ihre Arme und Beine waren in Bewegung, aber sie hatte nicht das Gefühl, dass sie zu ihr gehörten.

Zögerlich ging sie ins Schlafzimmer. Daniel saß auf dem Bett. Als sie ihn ansah, spürte sie, wie die Wunde in ihrer Seele weiter aufriss. Inzwischen klafften die Wundränder so extrem auseinander, dass es beinahe unmöglich schien, sie wieder zusammenzuflicken. Sie begann zu weinen. Daniel wirkte hilflos, aber noch immer hörte sie nicht jene Worte, die als Einzige ihre innere Wunde zum Heilen bringen könnten. Sie setzte sich neben ihn aufs Bett und bedeckte ihr Gesicht mit beiden Händen. Es wäre doch wirklich ein Leichtes für ihn, jetzt einfach zu sagen: „Natürlich möchte ich dich heiraten. Schließlich bist du die Mutter meines Sohnes. Schließlich lebe ich schon jahrelang mit dir zusammen. Zu dir komme ich jeden Abend heim. Du weißt, welche Socken ich am liebsten mag, dass ich am liebsten auf dem Rücken schlafe und am liebsten Grillkäse und Tomatensuppe esse, wenn ich krank bin. Natürlich heirate ich dich.“ Selbst wenn er ihr nicht sagen konnte, dass er sie mit der gleichen Leidenschaft und Ausschließlichkeit liebte, mit der sie ihn immer geliebt hatte – es würde doch schon reichen, wenn er einfach „Ich liebe dich" sagte. Vielleicht wäre ihr das noch vor einer Stunde zu wenig gewesen, aber jetzt sehnte sie sich nach diesen Worten, weil sie Balsam für ihre Seele gewesen wären. *Sag es doch endlich.* Am liebsten hätte sie ihm ihren Willen aufgezwungen. *Sag doch: „Natürlich heirate ich dich."*

Aber das sagte er nicht. „Bitte geh nicht weg" war alles, was er herausbrachte.

Lenore stand auf, ging zurück ins Bad und blieb so lange dort, bis es im Schlafzimmer still wurde. Dann ging sie wieder hinaus und blieb einen Augenblick lang im Dunkeln stehen. Sie betrachtete sein im Schlaf entspanntes Gesicht. Sein Mund war leicht geöffnet. Sie hörte seine regelmäßigen Atemzüge und sah, wie sich sein Brustkorb hob und senkte. Er tat es mit derselben Leichtigkeit, mit der Daniel das Leben nahm. So leicht, immer ein und aus, und doch so flüchtig.

2

Daniel war wach, hielt die Augen aber fest geschlossen. Nicht, dass das geholfen hätte. Die Wirklichkeit ließ sich ebenso wenig leugnen wie das grelle Licht, das sich seinen Weg durch das Fenster bahnte. Am liebsten wäre er mit der Erkenntnis aufgewacht, dass alles nur ein böser Traum gewesen war. Das wünschte er sich bereits seit letzter Woche. Wie gerne wäre er jetzt erleichtert aufgestanden, in die Küche gegangen und hätte die beiden beim Frühstück beobachtet. Dann hätte er sie voller Dankbarkeit an sich gedrückt, ihre Wärme gespürt und ihre Gesichter betrachtet. Daniel schlug die Augen auf. Im Schlafzimmer war es dämmrig. Durch die Ritzen der Jalousie drangen Sonnenstrahlen, in deren Licht feine Staubkörnchen sichtbar wurden. Er blieb noch einen Augenblick liegen. Dann setzte er sich auf und sah auf den Wecker. Es war kurz vor neun, und er musste um elf Uhr beim Vorsprechen für den Werbefilm einer Autofirma sein. Sein Blick fiel auf das unberührte Bett neben ihm. Lenore hatte wieder auf der Couch geschlafen, wie jede Nacht seit jenem Tag.

„Lass mich doch auf dem Sofa schlafen“, hatte er ihr angeboten, aber sie hatte nur stumm den Kopf geschüttelt. Da sie manchmal sehr dickköpfig sein konnte, hatte er ihr ihren Willen gelassen.

Er hörte aus den anderen Zimmern weder Stimmen noch Geräusche. Als er darüber nachdachte, wo die beiden sein könnten, geriet er mit einem Mal in Panik. Hatte sie ihn etwa verlassen? Er setzte sich auf und rieb sich die Augen. In seinem Inneren machte sich ein vertrautes Gefühl von Fassungslosigkeit und Furcht breit. Vor allem war er fassungslos. Er hatte es versäumt, die Kosten zu überschlagen. Deshalb hatte er übersehen, dass das, was er sich am meisten ersehnte, diese Möglichkeiten, die er sich offenhalten wollte, nur für einen derart hohen Preis zu haben war. Und während er sich noch den Kopf zermarterte, ob er diesen Preis zahlen sollte oder nicht, wurde das Geschäft bereits abgewickelt.

Daniel schlüpfte in seine Jogginghose, öffnete die Schlafzimmertür und durchquerte die Wohnung. Alles war ruhig. Er war erleichtert, als er die Spuren ihrer Anwesenheit entdeckte. Scotts Bett war zerwühlt, seine Sachen hingen noch immer im Kleiderschrank, seine Spielsachen waren wie gewohnt im ganzen Zimmer verstreut. Auf dem Wäschekorb lag ein nachlässig dorthin geworfenes feuchtes Handtuch. In der Spüle standen zwei leere Müslischalen auf den Tellern vom gestrigen Abend.

Daniel stellte die Kaffeemaschine an. Als der Kaffee durchgelaufen war, nahm er ein paar kleine Schlucke, aber das Gebräu verursachte ihm Sodbrennen.

Er setzte sich an den Küchentisch und betrachtete die Spuren, die Lenore im Raum hinterlassen hatte. Auf der Anrichte lag ein wackeliger Stapel Kochbücher. Daneben entdeckte er die Armbanduhr aus Plastik, die Scott ihr letztes Jahr zum Geburtstag geschenkt hatte. Auf der Spülablage stapelten sich Tassen. An der Wand darüber hing ein hässliches Aquarell, das ihre Schwester gemalt hatte. Es stellte einen Weinberg an einem Fluss in Russland dar. Daneben hing ein Kalender, ein Werbegeschenk von einer Versicherung. Das Kalenderblatt zeigte schon den nächsten Monat. Zum wohl hundertsten Mal fragte er sich, wie es so weit hatte kommen können und warum er das Problem nicht löste. Es hätte doch nur dieses einfachen, so naheliegenden Schrittes bedurft.

Es gab in seinem Leben keine andere Frau. In all den Jahren ihres Zusammenlebens war er ihr treu geblieben. Es waren tatsächlich Jahre! Bei diesem Gedanken schüttelte er ungläubig den Kopf. Seine anderen Beziehungen zu Frauen, und das waren nicht wenige gewesen, hatten nie lange gehalten. Aber als er und Lenore an jenem Punkt angelangt waren, an dem sie sich ansahen und dachten, es sei entweder Zeit zu heiraten oder sich zu trennen, war Lenore schwanger geworden. Es wäre nicht besonders galant von ihm gewesen, sie mit ihrem gemeinsamen Kind sitzen zu lassen.

Außerdem gefiel ihm ihr Zusammenleben. Er liebte sie. Im Gegensatz zu manchen anderen Frauen, mit denen er zusammen gewesen war und die ihm nicht viel mehr zu bieten gehabt hatten als eine hübsche Hülle, langweilte sie ihn nicht. Sie war lebhaft und gescheit. Er hatte die Gespräche mit ihr sehr genossen, als sie an der Universität waren und im selben Restaurant jobbten. Sie war eine interessante Frau. Er betrachtete sie gerne, wenn sie ihm bei der Arbeit in der Küche ihren schmalen, kerzengeraden Rücken zukehrte. Er mochte dieses Strahlen auf ihrem hageren Gesicht, wenn er zur Tür hereinkam. Er mochte es, wie sie mit Scott spielte oder ihm etwas vorlas. Obwohl sie klapperdürr war und ein wenig anziehendes Äußeres besaß, wirkte sie sinnlich. Sie war freundlich, witzig, klug, warmherzig und großzügig. Also hatte in ihrer Beziehung eines zum anderen geführt, ein Tag war auf den anderen gefolgt, bis sie sein Kind erwartete.

Das war ein schlimmer Tag gewesen. Er erinnerte sich noch immer an die Panik, die in ihm hochgekommen war, als sie es ihm erzählte. Am liebsten hätte er die Flucht ergriffen. Doch natürlich hatte er das nicht gemacht. Die unerbittlichen Moralvorstellungen seines Onkels hatten auf ihn abgefärbt. Ein Mann musste schließlich seinen Verpflichtungen nachkommen. Bevor Scott geboren worden war, hatte er Lenore sogar ewige Treue versprochen. Zum ersten Mal in der Zeit ihres Zusammenlebens hatte er solche Worte gefunden.

„Wir stehen das gemeinsam durch", hatte er gesagt. „Ich bleibe bei dir." Vielleicht hatte er mit diesen Sätzen nicht nur sie, sondern auch sich selbst überzeugen wollen. Natürlich hatte sie ihm geglaubt. Sie war in mancher Hinsicht so ehrlich und gutgläubig wie ein Kind und sie liebte ihn mit jeder Faser ihres Seins. Seine bloße Gegenwart schien ihr zu genügen. Offenbar erfüllte er alle ihre Bedürfnisse und Wünsche. Ihm gefiel es, dass er diese Wirkung auf sie hatte. Das Wissen, dass er bei einem anderen Menschen solche Glücksgefühle wecken konnte, war für ihn so aufputschend wie eine Droge.

Dann war Scott zur Welt gekommen. Daniel erinnerte sich noch an die Ehrfurcht, mit der er die Geburt seines Sohnes beobachtet hatte. Am meisten hatte es ihn überrascht, dass er so schnell in die Vaterrolle geschlüpft war. Für dieses winzige und dennoch unbekannte Wesen empfand er eine seltsam starke, beschützende Liebe. Er stand nachts auf und schlüpfte leise aus dem Bett, damit Lenore nicht aufwachte. Dann betrachtete er seinen schlafenden Sohn. Der Kleine wirkte schutzlos, wie er so mit geballten Fäusten dalag und sein Mund im Schlaf saugende Bewegungen machte. Daniel durchzuckte immer wieder ein wohliger Schreck, wenn er daran dachte, wie sehr er sein Kind liebte.

Aber in letzter Zeit fühlte er sich zunehmend unsicher, wenn er an die Zukunft dachte, an die nächsten Jahre. Er konnte sich nicht vorstellen, wie er als Vater wäre, wenn Scott in die Schule kommen, wenn er seine ersten Schritte in die Welt hinaus machen und versuchen würde, das Leben zu verstehen, oder wenn Scott als Teenager seine eigenen Wege gehen würde. Er verspürte eine innere Leere und sogar eine leise Panik, wenn er daran dachte. Wie würde er diese Aufgabe bewältigen? Im Grunde genommen hatte Daniel nie einen richtigen Vater gehabt. Natürlich hatten alle ihr Bestes gegeben, aber dennoch merkte er, dass das nicht ausreichte. Solange sein Sohn noch wie ein Anhängsel war, wie ein Schatten, der ihm überallhin folgte und noch keine großen Bedürfnisse hatte, fühlte sich Daniel in seiner Vaterrolle sicher. Aber wie würde er sich anstellen, wenn es darum ging, Scott zu einem Mann zu erziehen? Traute er sich das wirklich zu? Lenore schien sich auch ihre Gedanken darüber zu machen. Sie hatte durch die Blume über Erziehungsmaßstäbe und Wertvorstellungen gesprochen. Er hatte gewusst, worauf sie anspielte, obwohl er sich damals dumm gestellt hatte.

Als er an Lenore dachte, kam ihm sein eigentliches Problem wieder in den Sinn. Er schüttelte den Kopf und überdachte alles noch einmal. Er liebte sie und er liebte Scott. Warum konnte er dann nicht den nächsten, logischen Schritt gehen und Lenore heiraten? Schließlich war ihm dieser Gedanke auch schon gekommen und sie hatten ja auch früher bereits darüber geredet. Er hatte vor einiger Zeit sogar einen Verlobungsring gekauft, ein billiges Schmuckstück mit einem kleinen Brillantsplitter, aber immerhin. Der Ring lag seit Monaten in einer Schublade seiner Kommode.

Daniel stand auf und ging langsam ins Wohnzimmer. Dort fegte er ein paar Legosteine von der Sitzfläche der Couch. Dann setzte er sich. Er trank wieder einen Schluck Kaffee. Dann stand er auf und ging zum Fenster. Das Auto war weg, also waren sie nicht in den Park oder zum Lebensmittelladen gegangen. Er ging ins Bad, machte die Tür hinter sich zu und stellte die Dusche an. Lenores Bademantel hing am Türhaken. Er nahm den Stoff in die Hand und roch daran. Der Duft ihres Shampoos hing noch im Kragen. Er betrachtete sich im Spiegel. Seine Handlung erinnerte ihn an billiges Schmierentheater. Es war, als stünde er auf der Bühne und wollte dem Publikum zeigen, was für ein empfindsamer, mitfühlender Typ die Figur war, die er darstellte. Daniel ließ den Bademantel los und warf erneut einen Blick auf sein Gesicht im Spiegel. Es starrte ihn verächtlich an und er starrte zurück.

Solange er zurückdenken konnte, waren die Menschen in seinem Umfeld von seinem schönen Gesicht beeindruckt gewesen. Er hatte das zwar stets zur Kenntnis genommen, aber es war für ihn nichts Besonderes, weil er nicht der einzige gut aussehende Mann in der Familie war. Im Grunde genommen sahen sie sich alle ziemlich ähnlich. Jeder sagte, sie seien die bestaussehendsten Männer im ganzen Bezirk, aber in Kroger im Bundesstaat Kentucky war man mit diesem Merkmal lediglich dazu prädestiniert, von allen Frauen angebetet zu werden und einen Arbeitsplatz in der Mine zu bekommen. Das einzige Talent, mit dem er sich von den anderen abhob und das ihm einen Ausweg aus dieser trostlosen Situation bot, war seine Wurfkraft beim Baseball. Er hatte sich um ein Stipendium beworben und gehofft – ja gebetet, dass ein College ihn annehmen würde.

„Bleib doch noch ein bisschen in der Nähe, bis du dir über deinen weiteren Weg klar bist. Am besten, du gehst erst mal in den Osten von Kentucky“, hatte der Ratschlag seines Onkels gelautet, aber Daniel hatte unbedingt von zu Hause weggewollt. Natürlich war er dankbar für all das, was seine Tante und sein Onkel für ihn getan hatten. Wenn sie ihn nicht bei sich aufgenommen hätten, wäre er wohl in einem Kinderheim oder bei irgendwelchen Pflegeeltern gelandet. Er erinnerte sich noch gut daran, wie chaotisch das Zusammenleben mit seiner Mutter gewesen war. Daniel war fünf Jahre alt gewesen, als sein Vater gestorben war. Seitdem hatte sie eine Entziehungskur nach der anderen gemacht und Daniel manchmal monate- oder sogar jahrelang bei seiner Tante und seinem Onkel gelassen. Als er in die Oberstufe gekommen war, hatten es alle für das Beste gehalten, dass er ganz bei den Verwandten blieb. Bis zu seinem Schulabschluss hatte es seine Mutter schließlich geschafft, sich zu Tode zu trinken. Daniel fühlte sich wie in einem Gefängnis, nicht nur zu Hause, sondern im ganzen Staat Kentucky. Deshalb kam ihm das Stipendium der Universität von Kalifornien wie gerufen. Als er zum ersten Mal nach Los Angeles fuhr und das Lichtermeer der Stadt vor sich liegen sah, spürte er, wie ihm das Herz aufging. Er holte tief Luft und füllte seine Lungen mit dem metallischen Duft von Abgasen und Hitze. Plötzlich konnte er frei atmen. Wenn er sich nicht am Schultergelenk verletzt hätte, wäre aus ihm vielleicht sogar ein Baseball-Profi geworden. Wahrscheinlich hätte er es nur in die untere Spielklasse geschafft, aber damit wäre er schon zufrieden gewesen. Aber es sollte nicht so weit kommen.

Nach der Operation hing er ein paar Monate lang in der Luft. Zuerst hatte er Betriebswirtschaft als Hauptfach gewählt, aber diese Entscheidung stellte sich bald als Fehlgriff heraus. Er langweilte sich zu Tode, und erinnerte sich noch gut daran, wie sein Tutor kopfschüttelnd sein Studienbuch betrachtete und ihm dann einen ernsten Blick zuwarf.

„Seien wir ehrlich. Für eine Führungsposition in einem Unternehmen eignen Sie sich nicht. Sie sehen so aus, als seien Sie für eine Filmkarriere geboren." Seine Stimme klang fast bedauernd. „Warum studieren Sie nicht Theaterwissenschaften?" Daniel war diesem Rat gefolgt, weil ihm nichts anderes übrig blieb. Warum eigentlich nicht? Warum sollte er nicht mit seinen Talenten wuchern, und zwar dort, wo sie ihm etwas einbrachten?

Sein neues Studienfach war genau das Richtige für ihn. Als er zum ersten Mal auf einer Bühne stand, fühlte er sich, als wäre er nach Hause gekommen. Man sagte ihm, was er zu tun hatte, und für ein paar Stunden konnte er in die Haut eines anderen Menschen schlüpfen. Er nahm es hin, dass sein attraktives Äußeres die Eintrittskarte für die Welt war, in der er Fuß fassen wollte. Es ließ sich nicht leugnen, auch wenn er es im Grunde genommen bedauerte: Sein Aussehen schien tatsächlich seine einzige Qualität zu sein. Und wenn das so war, sollte er vermutlich möglichst viel Kapital daraus schlagen.

Daniel starrte sein Spiegelbild an, als ob seine Gesichtszüge ein Kuriosum wären. Wenn er Glück hätte, würde sein dunkles Haar zuerst an den Schläfen ergrauen. Er hatte dunkelbraune Augen, sonnengebräunte Haut, ein festes Kinn. Sein Lächeln war ebenso strahlend wie seine weißen Zähne. Das Rohmaterial war gut, aber aus einem Rohdiamanten wurde auch nicht immer ein Brillant. Doch er hatte einen guten Start hingelegt. Die Einladungen zum Vorsprechen häuften sich in letzter Zeit und die ihm angebotenen Rollen wurden immer besser. Sein Lebenslauf konnte sich inzwischen sehen lassen. Zumindest musste er die Daten nicht mehr ständig schönen. Er hatte bereits eine Menge Werbefilme gedreht und bisher in drei Fernsehkomödien mitgewirkt. In *Ein tolles Leben* hatte er den Handwerker gespielt. Schade, dass die Serie bereits nach der ersten Staffel abgesetzt worden war. Dann war er als der Freund der Tanzlehrerin in *Tanzfieber* eingesetzt worden. In der Polizeiserie *Laurel Canyon* hatte er eine Nebenrolle ergattert, aber leider war diese Serie sogar schon nach zwei Folgen abgesetzt worden. Doch seine Chance würde noch kommen. Er musste nur Geduld haben. Daniel konnte es selbst nicht erklären, aber er wusste, dass er das hatte, was die Fernsehleute wollten. Er konnte es an ihren Gesichtern erkennen, an der Art, wie sie ihm beim Probesprechen aufmerksam zuhörten. Er wusste es einfach. Es war nur noch eine Frage der Zeit, bis er den richtigen Agenten und die richtige Rolle finden würde. Dass seine Chancen verschwindend gering waren, ignorierte er einfach. Er weigerte sich, die Tatsache anzuerkennen, dass eher ein Stern vom Himmel fiel und direkt auf seinem kleinen Balkon landete, als dass aus einem kleinen Schauspieler ein Stern am Filmhimmel wurde. Für ihn stand fest, dass die ganz große Karriere auf ihn wartete.

Er drehte sich vom Spiegel weg, zog sich aus und ging unter die Dusche. Als er hörte, wie die Wohnungstür zuschlug, atmete er erleichtert auf. Sie war zurückgekommen.

Er ließ die Luft langsam aus seiner Lunge entweichen und spürte, wie sich die Enge in seinem Brustkorb löste. Selbst jetzt war es noch nicht zu spät. Er könnte sie heiraten. Er könnte. Es wäre einfacher, als die jetzige Situation zu ertragen, einfacher, als diesen leeren, verzweifelten Ausdruck in ihren Augen zu sehen, einfacher, als dieses flaue Gefühl in der Magengegend auszuhalten, das er dort jedes Mal verspürte, wenn er sich vorstellte, wie es wäre, die beiden zu verlieren. Er beobachtete, wie das Wasser an den Fliesen hinunterrann. Vor seinem geistigen Auge tauchte ein Bild von Lenore auf, wie sie später an jenem Abend ausgesehen hatte, an dem sie ihm die Frage gestellt hatte – die Frage, auf die er keine Antwort hatte. Ihr dickes braunes Haar stand in alle Richtungen von ihrem Kopf ab und ihr Gesicht war noch blasser als sonst. Sie hatte das rosafarbene Nachthemd an, das vom vielen Waschen schon ganz verschlissen war. Er sah ihren traurigen Blick, und wieder spürte er, wie sein Gewissen ihn drängte. Er könnte es immer noch in Ordnung bringen. Es wäre ganz einfach. Für sie beide wäre selbst ein unbeholfen formulierter Heiratsantrag eine Erleichterung. Auch eine fadenscheinige Erklärung würde diese unerträgliche Spannung zwischen ihnen beseitigen. Momentan war es so, als wären zwei Teile eines unzertrennlichen Ganzen auseinandergerissen worden. Er spürte diese Trennung fast körperlich und meinte sogar, das dabei vergossene Blut zu riechen.

Nachdem Daniel sich abgetrocknet hatte, wischte er mit dem Handtuch über die angelaufene Fläche des Spiegels. Dann sprühte er eine Handvoll Rasierschaum aus der Dose und verteilte ihn großzügig über sein Gesicht. Sorgfältig legte er mit dem Rasiermesser seine Gesichtszüge frei. Als er fertig war, fuhr er sich mit dem Waschlappen über die Haut und warf ihn anschließend in den Wäschekorb. Er war wütend auf sich selbst, weil er ihre Gefühle verletzt hatte. Sie war so traurig und die Liebe, die sie für ihn empfand, schien sich wie ein Messer in ihre Seele zu bohren.

Er wickelte sich ein Handtuch um und öffnete die Badezimmertür. Eine Dampfwolke entwich in die Wohnung. Daniel fühlte sich hin- und hergerissen. Es war, als ob sein Herz von einer dicken Steinmauer durchzogen wäre. Immer, wenn er an Lenore dachte, rannte er gegen diese Mauer. Ihm blieb nur eine Möglichkeit, wenn er nicht wollte, dass sie und Scott ihn verließen. Er musste diese innere Mauer einreißen und ihr sein ganzes Wesen zu Füßen legen. Aber er fragte sich, ob er den Mut dazu aufbringen könnte, sich ihr so vorbehaltlos anzuvertrauen, ihr zu versprechen, unter allen Umständen an ihr festzuhalten. Wenn er darüber nachdachte, spürte er Panik in sich aufsteigen, eine Angst, die größer zu sein schien als die Trauer über den Verlust der beiden Menschen, die er am meisten liebte.

Er schlüpfte in ein frisch gebügeltes Hemd und seine Anzughose. Dann band er sich die Krawatte, kämmte sich das Haar und betupfte seine Haut mit einem leichten Duft. Erst nachdem er sich die Armbanduhr über das linke Handgelenk gestülpt und seine Brieftasche in die Brusttasche seines Jacketts gesteckt hatte, merkte er, dass er vergessen hatte, sich die Zähne zu putzen. Er ging noch einmal ins Bad. Aus dem Wohnzimmer vernahm er die Titelmusik der Sesamstraße und aus der Küche das leise Klappern von Geschirr. Wieder wurde ihm klar, dass er noch immer alles in Ordnung bringen könnte. Jetzt, wo es darum ging, die Frau zu heiraten, mit der er seit Jahren zusammenlebte, machte dieser Ausdruck Sinn. Alles in Ordnung bringen. Genau das war es. Es ging darum, das Gleichgewicht wiederherzustellen. Darum, etwas Wertvolles zu kitten, das zu Bruch gegangen war.

Dieser Gedanke wollte Daniel nicht mehr aus dem Kopf gehen,

während er sich die Zähne putzte und dabei sorgfältig darauf achtete, dass seine Krawatte und sein Jackett keine Zahnpastaspritzer abbekamen. Als er fertig war, gurgelte er mit Mundwasser und wischte sich dann gründlich den Mund ab. Prüfend musterte er sich im Spiegel und bemerkte dabei seine geröteten Augen. Er nahm ein Fläschchen mit Augentropfen aus dem Apothekenschränkchen und träufelte sich eine kleine Dosis in jedes Auge. Sie lebten jetzt schon so lange zusammen und außerdem hatten sie einen gemeinsamen Sohn. Es wäre eine Schande und fast schon bösartig, wenn er es zuließe, dass diese Sache sich zwischen sie drängte und sich gegenüber all dem Guten, was sie gemeinsam hatten, durchsetzte. Diese Kleinigkeit. Diese kleine Furcht. Dieses rigorose Verlangen, sich alle Möglichkeiten offenzuhalten.

Vor ein paar Tagen hatten ihm die Worte schon auf der Zunge gelegen. Er hatte gerade „Dann lass uns doch heiraten" sagen wollen. Er hatte den Sprung ins Ungewisse wagen wollen, als sie plötzlich wütend geworden war. Da war ihm schlagartig bewusst geworden, dass inzwischen alles noch komplizierter geworden war. Zuerst musste er sie wieder besänftigen. Dafür war jedoch mehr erforderlich als die wenigen Worte, die er sich mühsam hatte abringen wollen. Schließlich war es ihm leichter erschienen, alles beim Alten zu belassen. So hatte sich die Kluft zwischen ihnen weiter vergrößert, und jetzt wäre es noch schwerer, sie zu überwinden. Mittlerweile waren wiederum einige Tage vergangen, in denen sich diese erste Wut verfestigt und in etwas Furchterregendes verwandelt hatte.

Daniel seufzte, während er zum letzten Mal sein Spiegelbild betrachtete. Dann ging er ins Wohnzimmer.

„Papa!" Scott rannte durch den Raum und umschlang Daniels Knie.

„Hallo Kumpel."

In der Küche verstummte das Geschirrklappern.

„Papa, schau mit mir die *Sesamstraße*."

„Ich kann leider nicht, Kumpel. Ich muss zur Arbeit."

„Kann ich dich mal kurz sprechen, Daniel?" Lenore trat in die Küchentür. Ihre Stimme klang kalt, beinahe frostig. Daniel nickte und folgte ihr in die Küche. Seit Tagen hatten sie sich beide um ein beherrschtes Verhalten bemüht und versucht, so vernünftig miteinander umzugehen, wie Erwachsene das eben taten. Daniel war deswegen zutiefst beunruhigt. Es wäre ihm lieber gewesen, wenn sie einen Teller nach ihm geworfen hätte. Er erschrak sich fast zu Tode, als er in die Küche kam und den Stapel Umzugskisten neben der Spüle sah. Lenore schien bereits damit begonnen zu haben, Geschirr in die Kisten zu packen. Daniel schwieg. Ihm fehlten die Worte.

Lenore stand ruhig vor ihm, aber in ihrem Gesicht arbeitete es. „Scott und ich ziehen weg“, sagte sie endlich. Ihre Stimme klang mühsam beherrscht, wie so oft in letzter Zeit.

Einen Augenblick lang starrte er sie mit leerem Blick an. „Lass *mich* gehen“, brachte er schließlich heraus. „Das hier ist Scotts Zuhause. Ich finde schon eine andere Wohnung.“

Lenores Augen füllten sich mit Tränen. Sie griff nach einem Teller und wickelte ihn in Zeitungspapier. „Du hast mich nicht richtig verstanden. Ich wollte damit sagen, dass wir ganz von hier wegziehen. In eine andere Stadt.“

Daniel fühlte sich, als hätte ihm jemand einen Faustschlag in die Magengrube versetzt. Er spürte einen kurzen Augenblick des Schocks, bevor der Schmerz einsetzte.

„Nein.“ Dieses eine Wort klang selbst in seinen Ohren eher flehend als ablehnend.

Lenore hob den Kopf und neigte ihn leicht zur Seite, nur ein kleines Stück, wie es manche Menschen taten, wenn sie versuchten, ein fernes Geräusch zu vernehmen oder wenn sie genau zuhörten. Ihre Gesichtszüge wurden ein wenig weicher.

„Bitte nimm ihn mir nicht weg.“ Jetzt flehte er sie wirklich an.

In ihren Augen zeigte sich ein tiefer Schmerz, aber nur für den Bruchteil einer Sekunde. Als sie sprach, klang ihre Stimme müde. „Daniel, Los Angeles ist die Hölle für Kinder, wenn man nicht reich ist. Die Schulen sind miserabel. Die Wohngegenden sind nicht sicher. Und dann ist da noch etwas: Ich kann einfach nicht hier bleiben.“ Ihre Augen verrieten ihm deutlich, welchen Kampf sie in ihrem Inneren auszufechten hatte, zeigten ihm all ihren Schmerz und ihre Erschöpfung. „Ich will euch beiden nicht wehtun, aber ich muss gehen.“ Sie begann zu schniefen. Hastig wischte sie sich mit der Handfläche über die tränenfeuchte Wange, wobei sie dort einen Streifen Druckerschwärze hinterließ.

Reflexartig streckte er die Hand aus und wischte den Fleck weg. Zuerst erstarrte sie, dann drehte sie sich weg. Er zog die Hand zurück und räusperte sich. „Wohin willst du denn?“, fragte er schließlich. Vielleicht blieb sie ja in der Nähe. Dann könnte er freitags zu ihr fahren, Scott abholen und ihn am Montag zurückbringen.

„Das weiß ich noch nicht“, antwortete sie ohne sich zu ihm umzudrehen. „Vielleicht in den Nordwesten, nach Oregon oder Washington“, meinte sie schließlich. Damit erlosch auch der letzte Funke Hoffnung.

Ich will nicht, dass du gehst. Die Worte lagen ihm auf der Zunge. Wieso konnte er sie bloß nicht aussprechen? Vermutlich, weil er kein Recht hatte, sie zurückzuhalten.

Sie legte einen weiteren Teller in die Umzugskiste. Ihre Hände zitterten. Erst, als sie es nicht mehr länger hinauszögern konnte, hob sie den Kopf. Ihr Gesicht war schmerzverzerrt, ihre helle Haut totenblass. Ihr Haar umrahmte ihre traurigen grünen Augen wie wildes Gestrüpp.

Noch könnte er sie aufhalten. Er könnte sagen: *Nein, ich lasse dich nicht gehen. Ich liebe dich.* Und dann könnte er ihr ewige Treue versprechen. Aber das würde eine Entwurzelung bedeuten, eine schmerzhafte Operation und den Tod jenes winzigen Teils von ihm, den er all die Jahre geheim gehalten und sorgsam gepflegt hatte, jener sehnsuchtsvollen Hoffnung, die wie ein Samenkorn auf die richtigen Bedingungen wartete, um zu keimen und auszutreiben.

Er holte tief Luft und stieß den Atem dann wieder aus, resigniert und verzweifelt zugleich. „Wann ziehst du aus?“, fragte er.

3

„Es gehört dir. Du kannst es behalten.“ Lenore bemühte sich um einen ruhigen Tonfall. Während sie den Sessel betrachteten, spürte Lenore, wie ihre Kehle wieder zu brennen begann, und so zog sie sich schnell ins Bad zurück. Sie blieb eine Zeit lang dort, ließ ihren Tränen freien Lauf und versuchte sie wieder in den Griff zu bekommen. Momentan war das ihr Normalzustand, dieses flüssige Chaos, dieses bewegte Meer von Kummer und Leid. Endlich putzte sie sich die Nase und benetzte ihr Gesicht mit Wasser. Als sie zurück in das Wohnzimmer kam, war der Sessel verschwunden. Daniel erwartete sie an dem Platz, an dem vorher der Sessel gestanden hatte.

„Du kannst das Auto behalten“, meinte er. Es hatte ihm bereits gehört, als sie sich kennengelernt hatten, und er hatte sich bisher immer darum gekümmert. Lenore wusste nicht so genau, ob er wirklich etwas von Autos verstand oder ob er irgendwelche Beschwörungsformeln anwandte, um es am Leben zu halten. Sie schaute aus dem Fenster. Der alte Datsun stand am Bordstein. Der gemietete Lastwagen parkte daneben. Neben dem Stapel Umzugskisten wirkte der Ledersessel, der ihr erstes Weihnachtsgeschenk für ihn gewesen war, seltsam luxuriös.

„Wie willst du das alles transportieren?“, fragte sie.

Er reagierte mit einem Achselzucken. „Das kriege ich schon hin. Du nimmst auf jeden Fall das Auto.“

Sie nickte und schniefte schon wieder.

Daniel räusperte sich. Dann hob er den Kopf und sah ihr in die Augen.

„Kann Scott an Thanksgiving zu mir kommen? Bis dahin sind es noch sechs Wochen. Er hat also genügend Zeit, sich einzuleben.“

Lenore zitterte vor Kälte, obwohl draußen die Sonne schien. Wieder füllten sich ihre Augen mit Tränen. Sie schwieg.

„Kann er kommen?“, fragte Daniel noch einmal, diesmal drängender.

„Nein.“ Sie schüttelte den Kopf und presste die Lippen fest zusammen.

Daniel sagte nichts, aber seine Kiefermuskeln spannten sich an. Er bückte sich und hob den Rucksack auf, in den er seine restlichen Sachen gepackt hatte. Erst nachdem er sich wieder aufgemacht hatte, warf er ihr einen Blick zu. Seine Augen blitzten zuerst vor Zorn, dann wurden sie weich und zärtlich.

Dieser Blick brachte alles ins Wanken. Wieder einmal. Immer wieder fiel sie darauf herein. Sie konnte richtig wütend auf ihn sein, ja sogar hasserfüllt, doch wenn sie sich dann an einen bestimmten Gesichtsausdruck oder an eine Zärtlichkeit von ihm erinnerte, gab sie sich selbst die Schuld an allem und fragte sich, ob sie ihren Entschluss nicht ändern und alles beim Alten lassen sollte. Daniel drehte sich um und ging zur Wohnzimmertür. Er wollte sich von Scott verabschieden.

„Warte", sagte sie zögernd.

Er blieb stehen und schaute sie an. Noch immer war sein Blick sanft. Sie begann wieder zu weinen. Doch sie hatte in den letzten Wochen so oft geweint, dass sie sich ihrer Tränen nicht mehr schämte.

„Er kann dich an Thanksgiving besuchen." Mit dem Ärmel ihres Sweatshirts wischte sie sich die Tränen aus dem Gesicht.

„Danke." Er hielt inne, als wollte er etwas ergänzen, aber dann wiederholte er dieses eine Wort nur noch einmal. „Danke."

Nach einem kurzen Zögern ging er zu ihr hinüber und blieb nur wenige Zentimeter von ihr entfernt stehen. Sein Gesicht war ganz nah an ihrem. „Ich glaube, jetzt wird es Zeit, sich zu verabschieden." Er ließ seinen Blick durch den Raum wandern, dann sah er sie wieder direkt an. Seine Augen waren dunkel und blickten traurig. Er zog die Hände aus den Jackentaschen, legte sie sanft auf ihre Schultern, beugte sich herunter und gab ihr einen Kuss auf die Wange. Er hatte sich heute Morgen wieder nicht rasiert. Sein Gesicht fühlte sich rau und kratzig an.

Einen kurzen Moment lang legte sie den Kopf an seine Schulter und dachte daran zurück, wie sie sich während Scotts Geburt an ihn gelehnt hatte, wenn die Wehen gerade einmal eine Pause gemacht hatten. Dann straffte sie ihren Rücken und trat einen Schritt zurück. Sie fühlte sich innerlich wie zerbrochen. Ihr gemeinsames Leben hatte sich innerhalb kürzester Zeit in einen riesigen Trümmerhaufen verwandelt.

Jetzt verabschiedete Daniel sich von Scott. Sie hatte gemeint, der Abschied von Daniel würde ihr schon so wehtun, dass es nicht mehr schlimmer ging, aber sie hatte sich getäuscht. Um das zu erkennen, musste sie nur in die traurigen Gesichter von Vater und Sohn sehen. Sie redeten miteinander, ohne sich anzulächeln. Dann gaben sie sich einen Kuss. Daniel richtete sich schwerfällig auf, nahm seinen Rucksack und ging zur Wohnungstür. Bevor er jedoch zum Lastwagen hinausgehen konnte, schrie Scott auf und rannte ihm nach, wie immer mit leicht eingeknickten Knien. Er war noch so klein. Ihr war vorher nie aufgefallen, wie winzig er wirkte, wie hilflos er bösen Menschen oder Dingen ausgeliefert war. Ein starker Windstoß würde ihn sofort umreißen.

Schließlich erreichte er seinen Vater. Daniel drehte sich um, legte seinen Rucksack beiseite und nahm Scott in die Arme. Er wiegte ihn hin und her. Als sie sah, wie sich Scotts kleine Ärmchen um Daniels Hals legten, fragte sie sich wieder, ob er nicht vielleicht doch bei ihnen bleiben würde. Daniel hob Scott hoch, setzte sich mit ihm auf die Couch und schloss ihn wieder in seine Arme. Er wischte seinem Sohn die Tränen aus dem Gesicht, trocknete seine eigenen, beteuerte Scott, wie sehr er ihn liebte und versprach ihm ein baldiges Wiedersehen.

„Komm, hol den Kalender“, forderte er ihn auf. Lenore reichte ihm den Kalender von der Versicherung mit den Fotos von der kalifornischen Küste, dem Schild mit dem Hollywood-Schriftzug und den riesigen Mammutbäumen. Daniel blätterte bis zum November weiter und malte mit dem Kugelschreiber einen Kreis um den vierten Donnerstag im Monat. „Siehst du“, sagte er. „An diesem Tag werden wir uns wiedersehen.“

Lenore hielt Scott fest, damit Daniel endlich gehen konnte, doch der Kleine riss sich von ihr los. Sie befürchtete, dass er seinem Vater wieder nachlaufen würde, aber er schien es besser zu wissen. Er rannte zum Fenster.

„Papa!“, schrie er laut, doch Daniel konnte oder wollte ihn nicht hören. Er ging weiter, stieg in den Lastwagen, ließ den Motor an und fuhr davon. Wie gerne wäre Lenore in ihr Zimmer gegangen, hätte sich in ihrem Bett verkrochen, die Augen geschlossen und so getan, als wäre sie nicht hier, als wäre das alles nicht geschehen. Am liebsten hätte sie die Zeit zurückgedreht. Aber stattdessen blieb sie geduldig hinter Scott stehen, bis er sich vom Fenster wegdrehte und an ihre Beine klammerte.

Lenore fuhr bei ihrer Schwester vorbei, um sich zu verabschieden, aber sie war froh, als sie wieder gehen konnte. Leslies verächtliche Kommentare zu Daniels Seelenleben und ihre absurden Berufsvorschläge für Lenore waren unerträglich. Der Besuch bei ihrer Mutter fiel sogar noch kürzer aus. Es gab einen neuen Mann in deren Leben und die beiden steckten selbst mitten im Umzug. Der Freund ihrer Mutter war ein Berufsspieler, weshalb sie beschlossen hatten, nach Las Vegas zu ziehen. Lenore verabschiedete sich nur kurz und fuhr dann los. Nach einer guten halben Stunde sah sie Los Angeles nur noch im Rückspiegel. Das Brummen der Autoreifen auf dem Straßenbelag klang in ihren Ohren wie Musik. Sie hasste Los Angeles. Selbst die schönen Vorstädte waren einfach nur platt und nichtssagend. Die Stadt selbst bestand aus Slums, Smog und Stadtautobahnen. Das einzig Gute an Los Angeles war Daniel gewesen.

Sie übernachteten in Yreka und dann in Portland im Bundesstaat Oregon. Auch dort gefiel es ihr nicht. Sie wusste nicht so recht, warum, aber die Stadt wirkte auf sie irgendwie bedrohlich und menschenverachtend. Sie beschloss zusammen mit Scott in einer großen Buchhandlung herumzustöbern, um sich aufzuheitern. Doch als sie dann dort waren, war sie enttäuscht. In der Buchhandlung ging es zu wie im New Yorker Hauptbahnhof. Sie konnte nichts für sich finden, weil das Angebot an Büchern so groß war, dass es sie überforderte. Scott hingegen suchte sich ein Bilderbuch aus. Nachdem sie es bezahlt hatte, gingen sie wieder. Zum Abendessen kauften sie sich ein paar Hamburger, die sie mit ins Motel nahm. Das Zimmer war zwar billig, aber auch feucht und nicht besonders sauber. Es roch nach kaltem Zigarettenrauch und in der Duschwanne schwammen Haare.

Sie aßen etwas oder vielmehr aß Scott und sie sah ihm dabei zu. Dann brachte sie ihn ins Bett und blieb lange Zeit vor dem Fernseher sitzen, ohne wirklich mitzubekommen, welche Sendung gerade lief. Der blau flackernde Bildschirm und die Stehlampe warfen lange, düstere Schatten ins Zimmer. Lenore hielt eine Landkarte ins Licht und versuchte sich in dem Gewirr der Schnellstraßen von Portland zurechtzufinden, weil sie sich nicht sicher war, auf welcher von ihnen sie die Stadt morgen verlassen sollten. Nach einer Weile legte sie die Karte weg. Wieder zitterten ihre Hände. Sie versuchte sie ruhig zu halten, während sie ihren Geldbeutel aufmachte und zum wiederholten Mal ihr Geld zählte. Natürlich war nicht mehr da als vorher. Wieder einmal fragte sie sich, ob sie eigentlich noch zu retten war. Warum bloß hatte sie sich mit ihrem Sohn auf diese gefährliche Reise ins Ungewisse begeben?

Im Fernsehen lief gerade ein Programmhinweis auf eine spätere Sendung. Eine auffallend gekleidete Frau verkündete, dass Jesus alle unsere Schmerzen heilen könne. Die Frau verschwand vom Bildschirm, und es folgte eine Werbung für die Reparatur von Autofenstern. Lenore schaltete den Fernseher aus. Sie wünschte, es gäbe tatsächlich jemanden, der ihr den Schmerz nehmen könnte und sie beschützte, ein weises, freundliches Wesen, das Reisenden half und Verirrten den Weg wies. Wie gerne würde sie mit diesem jemand Kontakt aufnehmen und ihn um Führung, um Hilfe bitten. Sie fuhr sich mit der Zunge über die Lippen. Ihr Herz begann schneller zu schlagen. Selbst wenn es diesen jemand wirklich gab, so hatte sie ihn nie kennengelernt. Sprach er überhaupt mit Fremden? Sie senkte den Kopf. Wie sollte sie ihn ansprechen? Sie hatte Angst, dass ihre Worte unecht und gespreizt klingen würden oder aber nicht vergeistigt genug wären und deshalb vielleicht ungehört verhallen würden.

„Oh Gott", betete sie flüsternd, um Scott nicht zu wecken. „Wir haben uns …" Sie wollte sagen, dass sie sich verirrt hatten, aber das stimmte nicht. Sie wusste, wo sie waren. Im Flamingo Hotel an der Auffahrt zur Autobahn I-5. Vor ihrem Zimmer wurde es plötzlich laut. Ein Schatten schob sich vor das Fenster. Lenore erstarrte und hielt die Luft an. Ihr Blick fiel auf die dünne Kette, mit der die Tür gesichert war. Dann bewegte sich der Schatten weg. Sie atmete hörbar aus, schloss die Augen und sah sich plötzlich von oben, wie aus großer Ferne, als winzigen Punkt in einem anonymen Hotelzimmer in Portland, Oregon, in den Vereinigten Staaten, auf der Erde, in einem von unzähligen Sonnensystemen, die dieser unbekannte Gott im Auge behalten musste. Sie schüttelte den Kopf, weil sie sich anmaßend und unbedeutend zugleich vorkam. Dann versuchte sie sich zu erinnern, wie Mrs Larsen immer gebetet hatte. Sie hatte Gott mit *himmlischer Vater* angeredet. Wieder schüttelte Lenore den Kopf. Dazu hatte sie kein Recht, sie kannte Gott doch überhaupt nicht. „Oh Gott", begann sie zögernd. „Bist du da?"

Keine Antwort. Sie hörte nur Scotts regelmäßige Atemzüge und ihr eigenes, abgehacktes Flüstern. Verlegen fuhr sie sich mit der Zunge über die Lippen und sprach weiter in die kalte Dunkelheit hinein. „Es tut mir leid, dass ich so viel falsch gemacht habe." Irgendwie hatte sie das Gefühl, als ob das nicht genug war. Sie fühlte sich, als müsse sie Gott eher um Vergebung dafür bitten, wer sie war, als einfach nur dafür, was sie getan oder nicht getan hatte. Doch sie wusste nicht, wie sie das anstellen sollte. Deshalb holte sie noch einmal tief Luft und kam direkt zu der Bitte, die ihr mehr als alles andere auf der Seele brannte. „Oh Gott." Ihre Stimme klang flehend. Noch nie in ihrem Leben hatte sie sich so inbrünstig gewünscht, dass ihr tatsächlich jemand zuhörte. „Kannst du bitte auf uns aufpassen?"

In dem Augenblick, in dem ihr diese Worte über die Lippen kamen, begann sich das Bild, das sie vorhin vor ihrem geistigen Auge gesehen hatte, zu verändern. Die diffuse Weitwinkel-Perspektive verwandelte sich in eine Großaufnahme, als ob jemand den Scheinwerfer direkt auf sie und dieses dunkle, schmutzige Hotelzimmer gerichtet hätte.

„Führe uns, Gott. Bitte. Kannst du uns bitte an einen Ort bringen, an dem wir sicher sind?" Zögernd schloss sie ihr Gebet mit dieser Bitte, die mehr Ausdruck ihrer Verzweiflung als ihres Vertrauens war. Anschließend blieb sie noch einen Moment lang sitzen. Nichts geschah. Sie sah kein Zeichen, hörte keine Stimme. Schließlich stand sie auf, putzte sich die Zähne und zog sich ihr Nachthemd an. Aber als sie neben Scott im Bett lag und darauf wartete, dass der Schlaf sie überwältigte, hatte sie dennoch das Gefühl, dass ihre Bitten nicht ungehört verhallt waren.

Am frühen Morgen fuhr sie auf die Autobahn I-5 und ließ sich von ihr quer durchs Land führen. Sie kam in den Staat Washington, passierte die Orte Chehalis und Centralia, weil sie nicht glaubte, dass sie in dieser ländlichen Gegend eine Arbeitsmöglichkeit finden könnte, und ließ auch Olympia, die Hauptstadt des Staates, links liegen. Als sie dort vorbeifuhr, sah sie sich plötzlich vor ihrem geistigen Auge an einem Metallschreibtisch sitzen und Zahlen in eine Rechenmaschine eintippen. Immer wieder kam sie auf das verkehrte Ergebnis. Auch an

Tacoma brauste sie vorbei, weil sie von der Autobahn aus nur Fabriken erkennen konnte. Federal Way ließ sie ebenfalls links liegen. Der Name der Stadt klang in ihren Ohren zu sehr nach Gefängnis. Und dann war sie plötzlich in Seattle.

Sie nahm die mittlere von sechs Ausfahrten, weil diese nicht zu Hochhäusern führte. Als sie durch einen gelb gekachelten Tunnel fuhr, bekam sie plötzlich Platzangst und fragte sich, ob sie nicht lieber nach Kanada hätte weiterfahren sollen. Doch am anderen Ende des Tunnels erwartete sie ein kleiner See, auf dem Segelboote lagen, deren Masten sich gen Himmel reckten. Die Straße führte sie um den See herum und in das Stadtviertel Westlake. Ehe Lenore es sich versah, war sie auf der Nickerson Street, die in die Bertona Street mündete. Dann fuhr sie auf der Third Avenue West bergauf. Plötzlich schien sie sich nicht mehr im Stadtgebiet zu befinden, sondern in einem ruhigen Labyrinth aus Straßen, das sich über den Gipfel eines Hügels erstreckte. Überall standen alte Häuser, über die sich Bäume erhoben, die so groß und knorrig waren, dass ihre Wurzeln das Pflaster der Bürgersteige anhoben. An manchen Stellen sahen die Gehwege aus wie ausgebeult. Es hatte aufgehört zu regnen. Das Sonnenlicht des Spätnachmittags schien durch das Laub der Bäume auf gepflegte, frischgrüne Rasenflächen. In dieser Gegend wirkte alles so harmonisch und schön.

„Wo sind wir, Mama?“ Scott kroch über den Rücksitz und landete mit einem leisen Aufprall neben ihr auf dem Beifahrersitz.

„Irgendwo in Seattle“, antwortete Lenore. Gleichzeitig überlegte sie, ob sie das Schicksal hierher geführt hatte oder ob sie sich lediglich verfahren hatten. „Schnall dich an.“

„Ich hab Hunger“, jammerte Scott. Sie griff mit einer Hand in die Tasche mit dem Reiseproviant und holte den Käse und die salzigen Cracker heraus. Scott öffnete das Päckchen und begann zu essen. Während sie langsam weiterfuhr, betrachtete Lenore die schönen alten Häuser. Aber langsam veränderte sich die Umgebung. Jetzt waren sie in einem Geschäftsviertel mit Kaufhäusern, kleineren Läden, Tankstellen und Parkplätzen angekommen. Dann erreichten sie die Ausläufer der Innenstadt von Seattle. Am Fuß des steilen Hügels, den sie gerade herunterfuhren, erblickte Lenore einen Imbiss mit Drive-in-Schalter. Sie stellte sich die dicken Hamburger und knusprigen Pommes frites vor, die dort vermutlich verkauft wurden, und beschloss anzuhalten.

Rasch setzte sie den Blinker, bog auf den Parkplatz ab, stieg aus und sah sich um. Seattle war bestimmt ein Ort, an dem es sich leben ließ. Scott hüpfte fröhlich vor ihr her, als sie das Auto abschloss und mit ihm zusammen zum Restaurant ging. Unterwegs zog sie sich von ihrem letzten Kleingeld eine Lokalzeitung aus einem Zeitungsautomaten.

Es war wirklich seltsam. Manchmal fühlte sie sich, als hätte sie nicht einmal die Kraft, einen Fuß vor den anderen zu setzen, als hätte sie sich von den vielen Tränen, die sie vergossen hatte, irgendwie aufgelöst. Dann wieder gab es Momente, in denen es so schien, als ob sie funktionierte und ihren Alltag im Griff hatte. In solchen Momenten kaufte sie Zeitungen und Hamburger, suchte nach Arbeit und einer Wohnung und konnte den Aufruhr ihrer Gefühle verdrängen, so wie jetzt.

Nachdem sie ihre Hamburger aufgegessen hatten, wollte Scott unbedingt an die frische Luft, und so machten sie einen Spaziergang. Ganz in der Nähe entdeckten sie ein Best Western Motel. Lenore hatte eigentlich nicht so viel Geld für ein Zimmer ausgeben wollen, aber sie hatte den Eindruck, dass es in Ordnung wäre, dort abzusteigen. Sie bezahlte das Zimmer im Voraus. Während Scott direkt zu Bett ging und vor Erschöpfung sofort einschlief, blieb sie noch lange wach, studierte die Kleinanzeigen der Zeitung und markierte die angebotenen Wohnungen und Jobs, die für sie infrage kamen.

Während der nächsten drei Tage verlief ihr Leben nach einer bestimmten Routine. Sie sah sich die Anzeigen an, suchte auf dem Stadtplan, den sie inzwischen gekauft hatte, nach der jeweiligen Adresse, machte sich auf den Weg zu der Wohnung, sah sich alles genau an, und dann wiederholte sie diese Prozedur. Am Ende entschied sie sich für die erste Wohnung, die sie gesehen hatte, aber erst, nachdem sie zehn oder zwanzig weitere besichtigt hatte. Ihre neue Bleibe entsprach zwar nicht ihren Vorstellungen, aber sie wirkte weniger deprimierend als die anderen, und sie war möbliert. Von den vielen Metallpfählen und der Betonfassade her erinnerte das Haus fast ein wenig an das Best Western Motel. Die von Bäumen gesäumten Straßen mit ihren vom Wurzelwerk unterwanderten und hochgedrückten Bürgersteigen schienen Lichtjahre weit weg, obwohl sie direkt auf der anderen Seite des Queen-Anne-Hügels lagen. Das hatte Lenore herausgefunden, nachdem sie einen ganzen Tag lang quer durch die Stadt gefahren war. Das

Villenviertel lag auf der Nordseite des Hügels. Scott und sie wohnten auf der Südseite, im Viertel der Ärmeren.

Die Wohnung bestand aus zwei möblierten Zimmern und einem Bad, wobei die Küche wie ein schmaler Korridor zwischen dem Wohn- und dem Schlafzimmer lag. Lenore brauchte nicht lange, um ihre Sachen aus dem Auto zu holen und auszupacken. Nachdem sie Scott ins Bett gebracht hatte, setzte sie sich an den billigen Tisch aus Resopal und zählte wieder ihr Geld. Dabei verlor sie von einer Sekunde auf die andere ihre sonst so mühsam gewahrte Fassung. Es war komisch, aber so ging es ihr in letzter Zeit ständig. In einem Moment riss sie sich noch zusammen und im nächsten verließ sie die Kraft. Dann riss sie sich wieder zusammen, bis sie erneut die Kraft verließ. Normalerweise gelang es ihr sich zu beherrschen, bis Scott eingeschlafen oder beschäftigt war, bevor sie die Fassung verlor. Sie hatte gelernt, dabei keinen Lärm zu machen.

Lenore legte den Kopf auf den Tisch und spürte die Kühle des Furnierholzes auf ihrer Wange. Dann fragte sie sich, was besser wäre: sich Gedanken zu machen oder gar nicht erst nachzudenken. Sie hatte keine Arbeit. Obwohl Daniel ihr das ganze Geld mitgegeben hatte, blieben ihr nach der Kaution für die Wohnung und der ersten Monatsmiete nur noch 320 Dollar. Damit würde sie nicht lange über die Runden kommen. Sie musste für Scott eine Tagesbetreuung oder einen Kindergarten finden, und sie musste sich Arbeit suchen. Aber seitdem sie vor ein paar Tagen diesen fettigen Hamburger gegessen hatte, fühlte sie sich gar nicht wohl.

Langsam streckte Lenore ihre blasse Hand aus, drehte sie um und musterte die rosafarbene Handfläche mit den schwachen Linien. Dann drehte sie die Hand wieder zurück. Sie wirkte vertraut, und doch kam es ihr vor, als gehöre sie jemand anderem. Sie sah an sich herunter und verspürte dasselbe Gefühl bei ihren in einer Jeans steckenden Beinen. Diese Gliedmaßen gehörten ihr nicht.

Irgendwie fühlte sie sich bei diesem Gedanken ein bisschen besser. Wenn das nicht ihr Körper war, könnte sie es hier eine Zeit lang aushalten. Wenn das nicht ihr Leben war, könnte sie es ertragen. Sie kümmerte sich nur vorübergehend darum, traf ein paar Entscheidungen, bis der Eigentümer wieder zurück war. Plötzlich hörte sie sich leise auflachen. Wurde sie vielleicht verrückt? Das konnte sie sich nicht leisten.

Sie konnte Daniel noch nicht einmal eine Telefonnummer mitteilen. Niemand würde sich um Scott kümmern, wenn sie jetzt verrückt würde. Sie musste sich jetzt erst einmal zusammenreißen. Später könnte sie immer noch durchdrehen. Vielleicht morgen.

Mit einem tiefen Seufzer sah sie wieder an sich herunter. Jetzt gehörte die Hand wieder ihr. Sie hatte sie schließlich in den letzten vierundzwanzig Jahren ihres Lebens mit sich herumgetragen. Die Fingernägel waren abgekaut und am kleinen Finger war eine Narbe zu sehen. Sie hatte an dieser Stelle eine Warze entfernen lassen. Am Ringfinger trug sie den Ring, den ihr Vater ihr zum elften Geburtstag geschenkt hatte, und dem Fingergelenk des kleinen Fingers war anzusehen, dass es einmal gebrochen gewesen war. Das war beim Baseball passiert. Es war also tatsächlich ihre Hand. Lenore seufzte noch einmal und widmete sich wieder den Kleinanzeigen.

4

Seit ihrem Einzug in die Wohnung war eine Woche vergangen. Lenore fühlte sich, als ob sie in einem Kanu säße und auf einem trägen Fluss aus dickem Zuckersirup auf einen Wasserfall zutriebe. Es war unendlich anstrengend, gegen den Strom zu rudern. Sie wusste, dass sie es dennoch versuchen müsste. Ihr fielen so viele Dinge ein, die sie tun müsste. Doch anstatt sie anzugehen, lag sie im abgedunkelten Schlafzimmer und hörte zu, wie Scott sich Zeichentrickfilme ansah oder mit seinem Nintendo spielte. Das Gerät war Daniels Abschiedsgeschenk gewesen. Bevor sie auseinandergegangen waren, hatte sie ihn noch dafür kritisiert, dass er sein Geld für so etwas verschwendete, aber jetzt war sie froh darüber.

Sie kam einfach nicht aus dem Bett. Sie wusste nicht, was mit ihr los war, ob sie körperlich oder seelisch krank war, aber es lief auf dasselbe hinaus. Sie kam nicht aus dem Bett. Der Gedanke ans Aufstehen führte zu einer Vielzahl weiterer Gedanken, die sich vor ihr aufzutürmen schienen wie Berge aus Glas. Berge, die viel zu glatt und steil waren, um sie zu besteigen. Also blieb sie liegen. Sie schlief oder hörte der elektronischen Musik des Nintendos zu. Hin und wieder stand sie auf und machte Scott etwas zum Essen. Manchmal ging sie auch zu einem kleinen Lebensmittelladen und kaufte ein, aber danach fühlte sie sich immer so schläfrig, dass sie auf der Couch eindöste oder direkt wieder ins Bett kroch.

Am liebsten hätte sie Daniel angerufen, ihn gebeten, sie von hier wegzuholen. Aber dazu müsste er sie erst einmal finden. Obwohl sie ihm ihre Adresse nennen könnte, hatte sie das Gefühl sich verirrt zu haben. Wo war sie eigentlich? Wie war sie bloß hierhergekommen? Und warum um alles in der Welt hatte sie hierfür ihr trautes Heim aufgegeben? Manchmal fand sie das alles sehr komisch, und dann fing sie an zu lachen, aber leise und unter der Bettdecke, um Scott nicht zu erschrecken. Sie jagte sich selbst schon genug Angst ein. Mit jeder Faser ihres Herzens wünschte sie sich, Daniel möge sie finden. Manchmal war dieser Wunsch so stark, dass sie seine Nähe fast körperlich spürte. Manchmal meinte sie, er klopfte an die Wohnungstür. Mit einer Logik, die ihr schon wie Wahnsinn vorkam, glaubte sie seine Stimme hören zu können, wenn sie nur gut genug aufpasste. Sie hörte tatsächlich seine Stimme. Plötzlich wachte Lenore auf. Sie sah auf den Wecker, der neben ihrem Bett stand. Es war drei Uhr, aber aus dem Wohnzimmer drang helles Tageslicht zu ihr herein. Sie schloss daraus, dass es fünfzehn Uhr war. Natürlich. Jetzt erinnerte sie sich an heute Vormittag. Sie hatte für Scott das Frühstück gemacht, ihm Toast und Cornflakes hingestellt. Dann hatte sie eine Apfelsine geschält und zerteilt, aber Scott hatte nichts davon essen wollen. Sie selbst hatte gar nichts gefrühstückt, weil ihr allein von dem Gedanken an den sauren Geschmack der Apfelsine übel geworden war. Stattdessen war sie zurück ins Schlafzimmer gegangen, um sich noch einmal kurz hinzulegen, während Scott irgendwelche Zeichentrickfilme schaute. Jetzt war es fünfzehn Uhr und sie hörte Stimmen.

Lenore zog sich ihren Morgenmantel über und ging ins Wohnzimmer. Das Tageslicht war so grell, dass sie instinktiv die Augen zusammenkniff. Die Stimmen kamen aus dem Fernseher. Ein Sprecher teilte ihr mit ernster Stimme mit, sie könne für ihren Schadensfall Geld bekommen, wenn sie die Anwaltskanzlei von Howard G. Reynolds anriefe. Scott saß auf dem Fußboden, neben ihm standen eine Schüssel mit Cornflakes und ein leerer Milchkarton. Er warf ihr einen Blick zu. Seine Miene war genauso ernst wie die des Mannes im Fernsehen.

„Ich hab Hunger“, sagte er. Seine Stimme klang traurig. „Die Milch ist alle.“

Lenore nickte und sah sich in dem kleinen Wohnzimmer um. Der Raum war unordentlich. Überall lagen alte Zeitungen, leere Essensbehälter, schmutziges Geschirr und Kleidungsstücke herum. Plötzlich tat es ihr in der Seele weh, dass sie Scott so sich selbst überlassen hatte. „Ich zieh mir nur schnell was an“, meinte sie. „Wir holen uns Hamburger.“ Allein der Gedanke daran ließ ihren Magen rebellieren, aber Scott sprang sofort auf und suchte nach seinen Schuhen. Als Lenore ihm nachsah, bemerkte sie, dass auch er unordentlich aussah. Er hatte ein zerrissenes Schlafanzugoberteil und eine Trainingshose an, aber keine Socken. Sie ging wieder ins Schlafzimmer und zog sich an. Dann putzte sie sich die Zähne und bespritzte ihr Gesicht mit Wasser. Zum Richten ihrer Haare hatte sie nicht genug Kraft. Scott war in der Zwischenzeit in seine Jacke geschlüpft und hatte sich die Schuhe angezogen. Er wartete an der Tür auf sie. Lenore schnappte sich ihre Handtasche und die Wohnungsschlüssel und folgte ihrem Sohn ins Freie. Als sie nach draußen kam, kniff sie wieder die Augen zusammen, obwohl der Himmel grau war und Nebel in der Luft hing.

Langsam ging sie zum Auto, schloss Scott die Beifahrertür auf und stieg dann auf der Fahrerseite ein. Bereits erschöpft drehte sie den Zündschlüssel um, hörte aber nur ein leises Klicken, sonst nichts. Frustriert legte sie den Kopf auf das Lenkrad. Sie versuchte es noch einmal, aber sie wusste, dass das nichts bringen würde. Die Batterie war leer. Lenore kämpfte mit den Tränen. Während sie sich einerseits fragte, ob sie jetzt vollends zusammenbrechen würde – wegen einer solchen Kleinigkeit – schrie sie innerlich auf, dass ihr das alles zu viel war. Wenn sie nicht so dringend Milch gebraucht hätten, hätte sie sich direkt wieder in ihrem Bett verkrochen. Scott beobachtete sie stumm. Er war ruhig und angespannt zugleich, voller Sorge, aber auch voller Hoffnung.

Sie fuhr sich mit der Zunge über die Lippen und holte tief Luft. Welche Alternativen hatte sie denn? Sie könnten mit dem Bus fahren, aber diese Idee verwarf sie gleich wieder. Es wäre einfach zu viel für sie, jetzt in Erfahrung bringen zu müssen, welche Linie sie nehmen und wo sie aussteigen müssten und wie sie zurückkommen könnten. Sie sah sich suchend um. Das Mietshaus wirkte verlassen. Weit und breit war keine Menschenseele zu sehen. Doch mit einem Mal erinnerte sie sich an den Hausmeister, einen freundlich wirkenden Mann. Seine letzten Worte an sie hatten gelautet: „Rufen Sie mich an, wenn Sie etwas brauchen. Ich helfe Ihnen gerne.“ Mit einem Seufzer stieg sie aus dem Auto, nahm Scott an die Hand und ging auf die Wohnung des Mannes zu. Vor seiner Tür blieb sie einen Augenblick lang stehen und betrachtete die in Töpfe gepflanzten Tomaten. An den Zweigen hingen noch ein paar der roten Früchte. In einem großen Blumenkasten, der auf der Fensterbank rechts der Tür stand, blühten Geranien und Stiefmütterchen, und unter dem Fenster stand ein Gartenstuhl. Plötzlich überwältigte sie ein merkwürdiges Gefühl. Es schien ihr, als sei dieser kleine Schritt, der Entschluss, heute Nachmittag an diese Wohnungstür zu klopfen, von großer Bedeutung, als stellte sie damit die Weichen für ihr zukünftiges Leben. Sie hob die Hand und klopfte an.

Bevor Lenore mit der Schilderung ihres Problems fertig war, nickte Joe Caputo und griff nach seinem Mantel. Sie war erleichtert und dankbar zugleich, und zum ersten Mal seit Wochen umspielte ein schwaches Lächeln ihre Lippen. Der Hausmeister war ein lustig aussehender Mann. Er war nicht größer als einen Meter fünfzig, hatte eine wie poliert glänzende Glatze und einen riesigen Schnurrbart. Er lächelte ihr zu und folgte ihr zum Parkplatz, schloss den Kofferraum seines Autos auf und holte seine Starthilfekabel heraus. Aber es nützte nichts.

„Vielleicht kann man die Batterie neu aufladen", meinte er schließlich.

Lenore nickte und verschränkte die Arme vor der Brust. Es war kalt in Seattle. Obwohl es erst Oktober war, spürte sie die feuchte Kälte bis in ihre Knochen. Sie war zu müde, um über den nächsten Schritt nachzudenken. Deshalb setzte sie sich erst einmal auf die Bordsteinkante. Mr Caputo stand da und musterte sie prüfend. Dann zog er ein Taschentuch aus seiner Manteltasche, wischte sich das Öl von den Händen und setzte sich neben sie.

Scott spielte ganz in der Nähe. Er versuchte, eine dicke schwarze Katze hinter einem Rhododendron hervorzulocken. Lenore überlegte fast beiläufig, was Mr Caputo wohl sagen würde.

„Wissen Sie, ich habe ein paar Freunde zum Abendessen eingeladen."

Das hatte sie nicht erwartet. Sofort verspürte sie ein schlechtes Gewissen, weil sie ihn nicht nach seinen Plänen gefragt hatte, bevor sie ihm mit ihrer Bitte um Hilfe zur Last gefallen war. „Oh, bitte entschuldigen Sie. Ich wollte Sie nicht aufhalten."

Er schüttelte den Kopf. „Das ist kein Problem. Ich möchte auf etwas ganz anderes hinaus. Warum kommen Sie nicht auch zum Essen?"

Scott hatte aufgehört, mit der Katze zu spielen. Er stand jetzt vor ihnen und schien gespannt auf Lenores Antwort zu warten.

Sie schüttelte den Kopf. Allein der Gedanke an ein Zusammensein mit anderen Menschen machte ihr Angst. Doch Scotts erwartungsvoll glänzende Augen verrieten ihr, dass er darauf hoffte, sie würde Ja sagen.

Mr Caputo sprach weiter, bevor sie etwas erwidern konnte. „Ich habe jede Menge zu essen, und ich glaube, dass Sie sich gut mit meinen Freunden verstehen würden. Es sind ganz wunderbare Menschen. Und bitte nehmen Sie es mir nicht übel, wenn ich das sage, aber ich glaube, Sie und Ihr Sohn brauchen Hilfe." Sein Lächeln wirkte verlegen. Er war wirklich ein netter, ehrlicher Mensch. Seine Glatze glänzte wie ein Heiligenschein. „Was meinen Sie?", fragte er. Seine Stimme klang bittend. „Ich möchte Ihnen gerne ein gutes Essen servieren. Danach bringe ich Ihre Autobatterie zum Aufladen. Ich kenne eine gute Tankstelle ganz in der Nähe, auf der anderen Seite des Hügels."

„Mama, sag doch Ja", flehte Scott.

Lenore zögerte, aber sie wusste, dass sie die Einladung annehmen sollte. Denn eines war ihr klar: Es war das nackte Grauen, das sie nicht aus dem Bett aufstehen ließ. Das Grauen davor, allein die schwere Last des Lebens tragen, sich eine Arbeit suchen und sich ohne Daniel um Scott kümmern zu müssen. Sie fühlte sich unsagbar allein und schien nicht einmal dieselbe Sprache zu sprechen wie die Menschen um sie herum. Endlich nickte sie Mr Caputo zu. Zum Glück gelang es ihr, ihre Tränen zurückzuhalten.

„Gut." Er tätschelte ihr sanft die Hand. Irgendwie fand sie diese Geste sehr rührend. „Wollen Sie gleich mit zu mir rüberkommen und mir ein bisschen helfen?"

Plötzlich wurde Lenore bewusst, wie vernachlässigt Scott und sie aussahen. „Ich möchte mich nur schnell ein bisschen frisch machen."

Mr Caputo nickte. Als er lächelte, wurden seine Augen ganz klein. „Sie wissen ja, wo ich wohne."

Lenore rief nach Scott, der inzwischen wieder spielen gegangen war, und ging mit ihm zurück in die Wohnung. Dort tat sie ihr Bestes, damit sie manierlich aussahen. Sie duschte, zog sich etwas Richtiges an, kämmte sich das Haar und trug ein bisschen Lippenstift auf. Als sie mit sich fertig war, suchte sie für Scott saubere Sachen heraus. Dann kämmte sie ihm das Haar mit einem angefeuchteten Kamm. Es stand widerspenstig in alle Richtungen ab, und sie sah, dass es dringend gewaschen werden musste.

„Heute Abend musst du unbedingt in die Badewanne", sagte sie zu ihm. Scotts Augen leuchteten auf. Er wirkte erleichtert.

Deutlich ansehnlicher als beim letzten Mal gingen sie wieder zur

Wohnungstür von Mr Caputo. Scott war so munter wie seit Tagen nicht mehr. Während sie darauf warteten, dass ihnen ihr Gastgeber die Tür aufmachte, erzählte er ihr begeistert von einem Film, den er im Fernsehen gesehen hatte. Es ging um einen Hund, der von einem Wolf gejagt wurde. Lenore stieg der würzige Duft von Mr Caputos Tomaten in die Nase und sie musste daran denken, wie sehr sie sich immer einen Garten gewünscht hatte. Bisher war dieser Wunsch nie in Erfüllung gegangen.

Mr Caputo öffnete die Tür, begrüßte sie herzlich, bat sie herein und nahm ihnen die Jacken ab. Während er die Kleidungsstücke in den Schrank hängte, sah sich Lenore um. An den Wänden hingen zahlreiche gerahmte Fotos – alte und neue, Schwarzweiß- und Farbbilder. Die Möbel waren alt und passten nicht richtig zusammen. Eine handgewebte Decke mit indianischem Muster diente als Couchüberwurf. Zwei große Regale waren bis zum Bersten mit Büchern gefüllt, und auf einem Lehnstuhl räkelte sich faul eine dicke Siamkatze. Auf dem Tisch neben dem Sessel entdeckte Lenore ein japanisch-englisches Wörterbuch, zwei Fernbedienungen, einen Stenoblock, eine halb volle Tasse Kaffee, in der sich die Milch bereits ringförmig absetzte, zwei Füller von Waterman und eine in schwarzes Leder gebundene Bibel. Eine Telefonrechnung diente offenbar als Lesezeichen. Durch die Luft waberte der herrliche Duft von Gewürzen und Tomaten.

„Ich freue mich sehr, dass Sie da sind." Mr Caputo schenkte ihr ein strahlendes Lächeln. „Meine Freunde müssten auch jeden Moment eintreffen. Sie kommen einmal im Monat zu mir und dann koche ich meine Spezialität für sie: Polenta mit Hähnchen."

Lenore traute sich nicht zu fragen, was für ein Gericht das denn sei. Sie stellte überhaupt keine Fragen, sondern reagierte lediglich mit einem Kopfnicken.

Mr Caputo kümmerte sich zuerst um Scott. Er bedeckte den Couchtisch mit Zeitungspapier, ging dann zu dem Schrank, der im Flur stand, und kehrte schließlich mit einer Schachtel und mehreren Ausgaben der Zeitschrift *National Geographic* zurück. In der Schachtel befanden sich eine Schere, Klebstoff, Papier, ein Locher, Filzstifte und Heftklammern.

„Vielleicht hast du Lust, ein Buch zu basteln, Scott. Du kannst die Fotos von Tieren oder von deinen Lieblingsorten ausschneiden."

„Das ist aber nett von Ihnen", murmelte Lenore.

Mr Caputo reagierte mit einem Achselzucken. „Ich hebe diese Sachen für meine Enkelkinder auf."

„Wohnen sie in der Nähe?"

„Sie wohnen in Kanada, in Vancouver. Ich sehe sie nur selten", entgegnete ihr Nachbar mit einem schwachen Lächeln. „Kommen Sie doch mit in die Küche", fügte er hinzu.

Lenore folgte dem kleinen Mann und ließ sich von ihm zur Arbeit einteilen. Bereitwillig wusch sie das Gemüse, schnitt es klein und warf es in die Salatschüssel. Von allein wäre ihr niemals in den Sinn gekommen, solche Zutaten für einen Salat zu verwenden. Lenore beobachtete, wie Mr Caputo den Deckel von einem Topf nahm und umrührte. Das also war die Polenta, der dicke Maisbrei, den es zu dem Hähnchen und der Tomatensauce geben sollte. Dann schaute sie zu, wie er ein Kuchenblech einfettete und geschickt Brötchen formte – aus einem selbst gemachten Hefeteig, wie er ihr erzählte.

Als Lenore zusammen mit Mr Caputo den Tisch deckte, merkte sie plötzlich, dass sie Hunger hatte. Zum ersten Mal seit Tagen hatte sie Appetit. Sie war überrascht, dass ihr Nachbar ihr keine Fragen stellte. Stattdessen ließ er sie kleinere Arbeiten verrichten. Als es klingelte, waren der Tisch gedeckt, der Kaffee durchgelaufen und die Brötchen goldbraun gebacken.

Lenore fühlte sich, als habe man sie von einer einsamen Insel gerettet und wieder ins normale Leben zurückgebracht. In ihr stieg Dankbarkeit gegenüber dem dicken kleinen Mann auf, den sie erst vor Kurzem kennengelernt hatte. Neugierig wartete sie im Wohnzimmer darauf, den anderen Gästen zu begegnen, und ihr war dabei durchaus bewusst, dass zum ersten Mal seit Wochen etwas ihr Interesse geweckt hatte. Im Türrahmen standen drei Personen. Lenore betrachtete als Erstes eine hübsche Frau mittleren Alters mit Sommersprossen und kinnlangem, rotblondem Haar, in dem bereits weiße Strähnen schimmerten. Neben ihr stand ein Mann, der mittelgroß und um die Dreißig war. Er trug eine Brille mit Metallfassung. Sein braunes Haar war zurückgekämmt und sein ebenmäßiges Gesicht sah ernst aus. Die dritte Person war offenbar seine Frau. Mit ihrem kurzen, dichten, goldblonden Haar, ihren blauen Augen und ihrem Zahnpastalächeln war sie eine richtige Schönheit. Alle drei blickten Lenore freudig überrascht an, als sie sie erblickten.

„Kommt doch rein." Mr Caputo nahm seinen Gästen die Jacken ab. Dann nannte er Lenore ihre Namen. Die Frau mit den Sommersprossen war Edie Hamilton. Das Ehepaar hieß Matt und Jenny Reynolds. Alle beteuerten, wie sehr sie sich freuten, Scott und sie kennenzulernen. Während Mr Caputo Matt von der leeren Autobatterie erzählte, ging Jenny Reynolds neben Scott in die Hocke. Offensichtlich interessierte sie sich für seine Bastelarbeit.

„Jenny ist Lehrerin", erklärte Edie Hamilton und lächelte Lenore zu. Ihr Lächeln war herzlich, ohne aufdringlich zu wirken. Dann sagte auch sie Scott Hallo. Der Fußboden um den Wohnzimmertisch herum war bereits mit Papierschnipseln bedeckt, aber Mr Caputo schien das nicht zu stören.

Nachdem sie kurz miteinander geplaudert hatten, setzten sie sich alle zusammen an den Esstisch und ließen sich das Abendessen schmecken. Lenore war froh, dass mehrere Leute eingeladen waren. Das Gespräch verlief sehr angenehm und sie erzählte auch von sich selbst, von ihrem Umzug und von ihrer Begegnung mit Mr Caputo. Sie erfuhr, dass Matt der Pastor von Mr Caputos Kirchengemeinde war und dass auch Edie dort arbeitete. Sie fragte nicht, um welche Kirche es sich handelte oder wo sie sich befand, da es sie nicht sonderlich interessierte. Aber sie war froh, wieder unter Menschen zu sein. Scott aß mit großem Appetit, obwohl er stark gewürzte Speisen eigentlich nicht sonderlich mochte. Doch das Essen war wirklich gut und auch er fühlte sich merklich wohl in der Gesellschaft dieser Leute. Lenore spürte, wie sich ihre innere Anspannung löste und ihr warm wurde.

Edie beugte sich vor. „Und warum haben Sie sich für Seattle entschieden, Lenore?"

Sie fasste sich kurz, erklärte, dass es keinen bestimmten Grund gebe, dass es ein spontaner Entschluss gewesen sei und dass sie jetzt nach Arbeit suche. Als Edie sie nach ihrem Beruf fragte, antwortete sie ausweichend.

„Zuletzt habe ich in einem Altenheim dem Physiotherapeuten geholfen", sagte sie. Als sich das Gespräch am Tisch daraufhin um Arbeitsmöglichkeiten in Seattle drehte, atmete sie erleichtert auf. Nachdem alle satt waren, stand Scott auf und widmete sich wieder seiner Bastelarbeit. Mr Caputo füllte ihre Kaffeetassen mit starkem, dampfendem Kaffee und servierte dazu große Stücke selbst gebackenen Apfelkuchens.

„Stammen Sie aus Los Angeles?“, fragte Edie. Vermutlich wollte sie mit ihren Fragen erreichen, dass Lenore sich nicht aus der Runde ausgeschlossen fühlte.

Lenore schüttelte den Kopf. Sie überlegte, wie sie ihre Antwort formulieren sollte. „Meine Mutter konnte nie lange an einem bestimmten Ort bleiben“, meinte sie schließlich. „Wir sind oft umgezogen, als ich noch ein Kind war. Eigentlich wollte ich nicht in Los Angeles bleiben, aber dann lernte ich Scotts Vater kennen, und wir …“ Sie konnte nicht weitersprechen. Ihre Stimme brach und ihre Augen weiteten sich vor Verlegenheit. Hektisch blinzelte sie, um diesen Moment zu überspielen, aber von der Anstrengung wurde ihre Kehle so eng, dass ihr der Hals wehtat.

Lenores Schmerz spiegelte sich in Edies Miene wider. Matt und Jenny wirkten besorgt. Mr Caputo beugte sich vor und tätschelte sanft ihre Hand. Diese liebevolle Geste löste Lenores innere Erstarrung vollends. Sie merkte, wie sich ihr Gesicht verzog und ein stummer Schrei in ihrer Kehle aufstieg. Hastig griff sie nach ihrer Serviette und hielt sie sich vor das Gesicht. Während sie von einem trockenen Schluchzen geschüttelt wurde, war es im Rest des Raumes still. Sie hörte nur noch das Geräusch ihres eigenen Atems und irgendwo im Hintergrund ganz leise Edie Hamiltons Stimme, aber was genau sie sagte, konnte Lenore nicht verstehen.

Nach ein paar Minuten war es vorbei. Mr Caputo drückte ihr ein Papiertaschentuch in die Hand und sie putzte sich die Nase. Nachdem sie sich das Gesicht abgewischt hatte, hob sie den Kopf. Die anderen sahen sie noch immer voller Mitgefühl an. Und plötzlich sprudelte alles aus ihr heraus. Sie begann ihre Geschichte mit jenem Moment in der gemütlichen Wohnung in Los Angeles, als sie an der Spüle gestanden und die Kartoffeln abgebürstet hatte.

Als sie schließlich erschöpft schwieg, legte Edie Hamilton ihre Hand auf die von Lenore. „Wir wollen für dich beten“, sagte sie. Ihre Stimme klang so beruhigend, dass Lenores Magenkrämpfe sich schlagartig lösten, aber sie war dennoch vollkommen perplex. Edie hätte genauso gut von Lenore verlangen können, den Mund weit aufzumachen, damit sie ihr einen Backenzahn ziehen könne. Bisher hatte noch nie jemand für sie gebetet. Trotzdem nickte sie stumm. Ihr zarter Körper fühlte sich an wie ausgewrungen, als sie den Kopf senkte. Insgeheim fragte sie sich, ob sie sich bekreuzigen oder sich hinknien müsse.

„Herr Jesus“, begann Edie mit sanfter Stimme. „Wir wissen, dass du hier bist.“

„Ja, Herr“, murmelte Mr Caputo.

„Ja, das ist wahr, Herr Jesus.“ Matts Stimme klang in dem kleinen Raum überraschend laut. Lenore war verblüfft. Es war ihr noch nie in den Sinn gekommen, dass der Herr hier war und nicht irgendwo weit weg im Himmel. Normalerweise hätte sie dieser Gedanke beunruhigt, aber heute war das anders. Die Vorstellung, Jesus könnte ganz nah bei ihnen sein, vielleicht sogar auf dem leeren Stuhl neben Joe Caputo sitzen, tröstete sie auf seltsame Weise.

„Du hast versprochen, die Untröstlichen zu trösten“, fügte Jenny hinzu. Es klang, als ob sie den allmächtigen Gott an seine Versprechen erinnern wollte. „Und dass du die Niedergeschlagenen aufrichtest.“

Eine Zeit lang sprach jeder von ihnen ein paar kurze Sätze. Der Klang ihrer Stimmen legte sich wie eine warme Decke um Lenore. Sie spürte, wie sich der schmerzhafte Knoten in ihrem Brustkorb langsam löste und es kam ihr vor, als habe ihr jemand eine große Last abgenommen.

„Gib uns deinen Frieden, himmlischer Vater.“ Mit diesen Worten beendete Matt das Gebet.

Jetzt war alles still. Lenore schlug die Augen auf. Mit einem Mal war sie ganz ruhig. Ihre Tränen waren versiegt und ihr Magen hatte sich beruhigt. Ein paar Minuten lang schwiegen alle. Dann stand Mr Caputo auf und füllte noch einmal ihre Kaffeetassen. Lenore trank einen Schluck. Der Kaffee war heiß und stark, aber er tat ihr gut.

Edie brach das Schweigen. „Es wäre uns eine große Freude, dir zu helfen. Dürfen wir?“

Lenore warf einen Blick in die Runde. Alle nickten zustimmend und warteten auf ihre Antwort.

Es wäre ihnen eine große Freude. Lenore schüttelte ungläubig den Kopf. Sie war noch nie in ihrem Leben Menschen begegnet, die auf diese Weise mit ihr sprachen. „Ich weiß nicht, wie ihr das anstellen wollt. Ich weiß nicht einmal, ob man mir überhaupt helfen kann.“

„Dieser Gedanke ist nicht von Gott, sondern von seinem Gegenspieler“, sagte Matt. Seine Worte klangen nicht missbilligend, sondern triumphierend, so als sei ihm gerade eine schwierige Diagnose gelungen. „Hoffnungslosigkeit kommt nicht von Gott. Schließlich ist er ein Gott der Hoffnung.“

Lenore sah ihn erstaunt an. Sie hatte noch nie einen Menschen auf diese Art von Gott reden hören. Matt schien sich seiner Sache so sicher, als hätte er von zu Hause aus mit Gott telefoniert, bevor er hierhergekommen war.

„Ich habe schon ein paar Ideen", sagte Edie mit einem zuversichtlichen Lächeln. „Du musst nur Ja sagen."

Lenore nickte. Was hatte sie schon zu verlieren? Sie wusste, dass sie Hilfe brauchte.

Jennys Stimme klang sanft und melodisch, bildete einen schönen Kontrast zum lauten Bariton ihres Mannes. „Lenore, es ist im Prinzip so, als wärst du hingefallen, als lägst du auf der Straße, wolltest aufstehen und fielest doch wieder hin. Du brauchst in deinem Leben andere Menschen, die dir in einer solchen Situation aufhelfen und Scott auch. Ich glaube, dass Gott uns zu dir geführt hat. Wir sind so etwas wie dein Sicherheitsnetz."

Lenore war sich nicht sicher, ob dieses Bild passte, aber der Vergleich mit dem Sicherheitsnetz klang wunderbar. Plötzlich erinnerte sie sich an das Gebet, das sie in jener Nacht im Motel gesprochen hatte. Sie hatte um Hilfe gebeten. Sie hatte Gott gebeten, sie und Scott an einen Ort zu bringen, an dem sie sicher wären. Es war seltsam, dass auch Jenny von Sicherheit sprach. Sie unterdrückte eine erneute Tränenflut, aber diesmal waren es Tränen der Dankbarkeit, die in ihr aufstiegen. Wieder nickte sie und holte mehrmals tief Luft. Sie starrte auf Edies zarte Hand, die noch immer auf der ihren lag. Als sie den Kopf hob, sah sie, dass Mr Caputos Augen fast geschlossen waren, so breit war sein Lächeln. Außerdem hatte sich inzwischen ein dünner Sonnenstrahl durch den grauen Nebel gekämpft. Das warme Licht fiel direkt auf Mr Caputos Esstisch.

Wenn man im Leben erst einmal einen bestimmten Weg einschlug, ergaben sich die nächsten Schritte oft von selbst. Das hatte Lenore in den letzten Wochen am eigenen Leib erfahren. Eins hatte zum anderen geführt, bis sie sich so traurig und einsam gefühlt hatte, dass sie kaum noch in der Lage gewesen war, ihr Bett zu verlassen. Jetzt war es umgekehrt. Der erste Schritt, den sie auf einem guten Weg gemacht hatte, führte zum nächsten und zum übernächsten.

Nach dem Abendessen nahmen Mr Caputo und Matt die leere Batterie aus Lenores Auto und fuhren zur Tankstelle. Edie und Jenny wollten mit Lenore währenddessen einen Abstecher in den Lebensmittelladen machen. Sie begleiteten sie zurück zu ihrer Wohnung, damit Lenore ihre Handtasche holen konnte. Scott trug vorsichtig sein selbst gebasteltes Buch ins Wohnzimmer. Es bestand aus einer bunten Bilderansammlung von Tierköpfen und exotischen Orten, die er unbeholfen auf liniertes Papier geklebt hatte.

„Das ist mein Dschungelbuch“, erklärte er stolz und lehnte sein Werk ans Fenster.

Lenore griff nach ihrer Handtasche. Möglichst unauffällig warf sie einen Blick in ihren Geldbeutel, weil sie nicht wollte, dass die anderen sahen, wie sie ihr Geld zählte. Wieder bekam sie ein flaues Gefühl in der Magengegend, als sie die beiden Hundertdollarscheine und ein paar Zwanziger sah. Sie würde sich eine neue Autobatterie wohl kaum leisten können. Hastig überlegte sie, welche Lebensmittel sie am dringendsten brauchten.

„Heute zahlen wir.“ Edies Stimme klang entschlossen. Sie hatte wohl doch gesehen, wie Lenore ihr Geld zählte. „Du kannst deinen Geldbeutel stecken lassen.“

„Wir haben ein Budget für solche Notfälle“, ergänzte Jenny mit einem Kopfnicken. Ihre Augen glänzten freudig. Offenbar sah sie es als ein besonderes Vorrecht an, für Lenore Lebensmittel einkaufen zu dürfen.

Lenore biss sich auf die Unterlippe. Sie stand diesem Übereifer der beiden Frauen mit gemischten Gefühlen gegenüber. Ihre Eltern hatten nie viel von religiösen Institutionen gehalten. „Egal was ihr macht“, hatte ihr Vater immer gesagt, bevor er sie verließ, „lasst euch nie von einer christlichen Gemeinde einfangen.“

Jetzt klang ihr diese Warnung wieder in den Ohren, als sei es gestern gewesen. Aber hatte sie denn überhaupt eine Wahl? Lenore dachte an all die Tage, die sie im Bett verbracht hatte, und warf einen Blick in ihr Schlafzimmer. Sie konnte das Bett von hier aus sehen. Es sah genauso aus, wie sie es zurückgelassen hatte. Das zerknüllte Bettzeug türmte sich zu einem unordentlichen Hügel auf. Plötzlich erschien ihr ihre Zukunft wie ein riesiger Berg, den sie nicht allein erklimmen konnte. „Ich bin wohl wirklich ein solcher Notfall ... Ja, ich glaube, ich brauche tatsächlich Hilfe." Dieses Eingeständnis fiel ihr gar nicht so schwer wie gedacht.

Edie nickte zustimmend. Ihr Gesicht war ernst, beinahe feierlich.

„Na los, gehen wir", sagte Scott. Damit war der Bann gebrochen.

Sie stiegen in Edies Auto und machten sich auf den Weg. Dann fuhren sie zu einem großen Supermarkt in der Nähe des Stadtzentrums, in dem sie zuallererst einen Blumenstrauß aus roten Chrysanthemen und orangefarbenen Gerbera in den Einkaufswagen hineinlegten. Scott und Jenny machten sich auf die Suche nach einem Malbuch. Edie ging vor Lenore her. Sie machten zunächst an der Backtheke halt, dann in der Fleischabteilung und schließlich beim Obst und Gemüse. Der Einkaufswagen füllte sich, bis sie endlich alles hatten, was sie brauchten. An der Kasse bezahlte Edie mit einer Scheckkarte. Nachdem sie die Einkäufe im Kofferraum verstaut hatten, fuhren sie zurück zur Wohnung, wo Mr Caputo und Matt gerade dabei waren, Lenores Batterie anzuschließen. Bevor sich alle auf den Heimweg machten, waren Lenores Auto wieder fahrtüchtig und ihre Schränke sowie ihr Kühlschrank mit Lebensmitteln gefüllt. Auf dem kleinen Resopaltisch stand der orange-rote Blumenstrauß und Lenore hatte für den nächsten Vormittag einen Termin in der Kirchengemeinde.

„Wenn du möchtest, können wir dir bei der Arbeitssuche helfen", meinte Edie. „Außerdem haben wir eine Vorschule und einen Kindergarten. Das wäre vielleicht etwas für Scott."

„Ich kann mir so etwas vermutlich gar nicht leisten", erklärte Lenore geradeheraus.

„Wir haben auch Freiplätze", warf Jenny ein.

„Ich kann doch keine Almosen von euch nehmen."

„Warum denn nicht?" Edies Frage kam wie aus der Pistole geschossen. „Du brauchst doch Hilfe, oder nicht?"

Lenore wusste nicht so recht, was sie darauf erwidern sollte. „Aber wie kann ich mich dafür revanchieren?"

„Keine Angst ..." Edie nickte. Die Entschlossenheit in ihrem Blick wurde nur durch ihr warmherziges Lächeln abgemildert. „Du bekommst bestimmt eine Gelegenheit, dich zu revanchieren. Da bin ich mir ganz sicher."

5

Daniel hatte den Sessel in Lous Garage verstaut. Lou, der Oberbeleuchter, den er bei den Dreharbeiten zu *Laurel Canyon* kennengelernt hatte, war immer zu einer Gefälligkeit bereit, wenn er dafür einen oder zwei Hunderter bekam. Daniel hatte das mit bordeauxrotem Leder bezogene Möbelstück hinter einem Paar Wasserski und einer Chaiselongue aus verrostetem Metall abgestellt und es sorgfältig mit einem Bettlaken abgedeckt. Dabei war die Vergangenheit vor seinem geistigen Auge wie ein bittersüßer Film abgelaufen.

Diesen Sessel hatte Lenore ihm im ersten Jahr ihrer Beziehung geschenkt. Sie hatte viel zu viel Geld dafür ausgegeben, vor allem wenn man bedachte, dass sie in ein paar Monaten ein Kind erwartete. Aber so war sie nun einmal. Am Weihnachtstag stand das luxuriöse Möbelstück plötzlich in ihrer kleinen Wohnung. Es wirkte fehl am Platz neben ihren gebraucht gekauften Möbeln und den aus Hohlblocksteinen und Brettern zusammengezimmerten Bücherregalen, aber er hatte den Sessel von Anfang an gemocht. Er erinnerte sich noch gut an den Ausdruck unverfälschter Freude in ihrem Gesicht, daran, wie ihre Augen geleuchtet hatten, und ihre Hand vor ihren Mund gewandert war. In diesem Augenblick hatte sie wie ein kleines Kind ausgesehen. Daran hatte er an jenem Tag in der Garage seines Freundes Lou ständig denken müssen. Das war vor anderthalb Wochen gewesen. Er hatte sich eingebildet, dass seine Gefühle mit der Zeit nachlassen würden.

Aber da hatte er sich getäuscht.

Heute Morgen beim Aufwachen hatte er sich wieder so seltsam verlassen und fehl am Platz gefühlt. Zwar hatte er sich den Tag über mehr oder weniger gut gehalten, aber als er jetzt in Lous dämmrigem Wohnzimmer saß und ein lauwarmes Bier trank, versank er wieder in seinem Gefühlschaos. Es kam ihm so vor, als hätte er mit Lenore etwas ganz Entscheidendes, nämlich den Schlüssel zu seinem weiteren Lebensweg, verloren. *Benimm dich endlich wie ein Mann*, meldete sich eine innere

Stimme zu Wort. *Du hast eine Entscheidung getroffen und musst jetzt die Folgen tragen.*

Hol sie zurück, drängte ihn eine andere Stimme. Sie ließ ihm keine Ruhe, wie ein Überraschungsgast, der völlig unerwartet bei ihm aufgetaucht war und einfach nicht mehr gehen wollte.

Er könnte sie tatsächlich zurückholen. Sein Geld reichte für einen Hin- und Rückflug nach Seattle. Ihre Adresse stand in dem knapp formulierten Brief, den sie ihm geschickt hatte. Im Prinzip hatte sie ihm darin lediglich ihre neue Anschrift und Telefonnummer mitgeteilt. Er hatte das Blatt Papier in seine Brieftasche gesteckt. Ab und zu nahm er es heraus und betrachtete es, um sich zu vergewissern, dass sie nicht spurlos verschwunden waren. Sie hatten eine Wohnung und eine Anschrift. Er könnte sie also zurückholen.

Er könnte an Bord dieses Flugzeugs gehen, dann wären die beiden vielleicht schon in der nächsten Woche wieder bei ihm. Sie würde bestimmt mitkommen, wenn er sich jetzt sofort auf den Weg machte. Aber die Zeit drängte. Dieses Gefühl wurde er nicht los. Mit jeder Stunde, die verging, mit jedem Tag, der verstrich, stieg das Risiko, dass sie sich weiter voneinander entfernten und irgendwann in völlig verschiedenen Welten bewegten. Aber noch war es nicht zu spät. Er musste nur sofort handeln. Daniel stand vom Tisch auf und ging zum Telefon. Zuerst rief er die Auskunft an, dann die Fluggesellschaft. Um Mitternacht ging eine Maschine, die um 2.38 Uhr in Seattle landete. Es waren noch viele Plätze frei. Er könnte rechtzeitig zum Frühstück bei Lenore vor der Wohnungstür stehen, sie bitten, zu ihm zurückzukommen und sie beide dann nach Hause bringen. Dann würde er sie so schnell wie möglich heiraten, damit so etwas nicht noch einmal passieren konnte. Er spürte ihren Verlust wie einen körperlichen Schmerz, der ihn förmlich zu zerreißen schien, wenn er an sie dachte. Als er sich wieder hinsetzte, war die Entscheidung bereits gefallen. Er würde heute Nacht fliegen. Nach der Party. Als er an die Party dachte, schlug sein Herz schneller. Lou hatte ihm bereits vor Monaten eine Einladung besorgt. Lou, sein einziger echter Freund, war mindestens sechzig und sah eigentlich älter aus. Seine faltige Haut erinnerte an gegerbtes Leder. Er war Kettenraucher und hatte die seltsame Angewohnheit, beim Reden nicht die Oberlippe zu bewegen. Aber er tauchte immer genau dann auf, wenn Daniel Hilfe brauchte, wie ein seltsamer, faltiger, ausgedörrter Schutzengel. Vor anderthalb Wochen war er Daniel in einer Kneipe über den Weg gelaufen, just an dem Tag, an dem Lenore und Scott ihn verlassen hatten. Daniel hatte gerade sein drittes Glas Whisky geleert. Lou musterte ihn prüfend mit seinen wässrig blauen Augen und meinte dann nur, er sehe aus wie jemand, der gerade einen Totalschaden gehabt hätte. Trotzdem half er Daniel aus der Patsche. Er bot ihm eine Übernachtungsmöglichkeit in seiner Wohnung und ein Eckchen in seiner Garage für nur zweihundert Dollar im Monat an. Daniel hatte dieses Angebot angenommen. Natürlich hatte er diesen Betrag jetzt noch nicht, weil er Lenore fast sein ganzes Geld gegeben hatte. Aber Lou hatte dafür Verständnis, zumal Daniel erwähnt hatte, dass er auf einen Geldbetrag wartete, der jederzeit eintreffen müsste. Er hatte seine wenigen Umzugskisten und natürlich den Sessel in der Garage eingelagert und war in das Zweifamilienhaus gezogen, in dem Lou seine Wohnung hatte. In dem Haus war es furchtbar staubig. Die Hitze schien sich darin förmlich zu stauen und in der Luft hing immer ein schwerer Geruch, der an gekochten Kohl und abgestandenen Zigarettenrauch denken ließ.

Bei der Party handelte es sich um eine Filmpremierenfeier. Der Film handelte von Riesenspinnen und war eher drittklassig, aber der Partyservice, der das Büffet ausrichtete, gehörte einem Freund von Lou. Der Wachmann wiederum schuldete diesem Freund einen Gefallen. Aus purer Gutmütigkeit und für dreihundert Dollar hatte Lou Daniel deshalb eine Einladung besorgt. Daniel stand wieder auf, goss sich das restliche Bier ein und zog sich damit ins Bad zurück. Er brauchte in dem dampfumnebelten Badezimmer eine volle Stunde, um sich zurechtzumachen. Während er den gemieteten Smoking anzog, versuchte er jeden Gedanken an Lenore und Scott zu verdrängen.

Das riesige Haus, in dem die Party stattfand, hatte eine verglaste Fensterfront und lag in den Hügeln Hollywoods. Der Hüne, der als Wachmann arbeitete, winkte Daniel weiter, als er ihm seinen Namen nannte und erwähnte, dass er Lou kannte. Daniel blieb einen Moment lang im Türrahmen stehen und nahm die bei Partys übliche Geräuschkulisse in sich auf – das Klingen von Gläsern, als Gäste miteinander anstießen, das Stimmengemurmel, die Musik aus den Lautsprechern.

Er hatte alle seine Hoffnungen auf diesen Abend gesetzt. Mit einem leisen Schuldgefühl erinnerte er sich daran, dass er Lenore nur ungern hatte mitnehmen wollen, obwohl er sie eingeladen hatte. Es war ihm wichtiger gewesen, sich unter den Gästen frei bewegen und Kontakte knüpfen zu können. Dieser Wunsch hatte sich jetzt erfüllt, aber anstatt sich zu freuen, war sein Herz voller Wehmut. Daniel kniff die Augen zusammen und zwang sich, an etwas anderes zu denken. Noch einmal bereitete er sich auf diesen Abend vor. Schließlich wusste er, wer er war und was er wollte. Er schlüpfte in die Haut des Mannes, den er an diesem Abend darstellen wollte, straffte seine Schultern und betrat betont lässig das Haus.

„Sylvia, das ist Daniel Monroe", stellte Belinda Daniel ihrer Agentin Sylvia Wiley vor. Daniel legte seine ganze Anziehungskraft in sein Lächeln. Sylvia musterte ihn scheinbar gleichgültig, aber er hatte ihr Interesse geweckt. So etwas merkte er immer sofort.

„Daniel hat mit mir zusammen eine Hauptrolle in der Serie *Ein tolles Leben* gespielt", fügte Belinda hinzu. Daniel war ihr dafür sehr dankbar. Er hatte in der Serie nur eine Nebenrolle gespielt, aber Belinda hatte ihn von Anfang an gemocht. Es war ein Glücksfall, dass er sie hier getroffen hatte. Er heuchelte Interesse, während Belinda weiter mit Sylvia plauderte. Sie sprachen über Sylvias letzten Urlaub und Belindas neuestes Projekt, aber er merkte, dass Sylvia immer wieder den Blickkontakt mit ihm suchte. Er schenkte ihr jedes Mal ein strahlendes Lächeln, und das zeigte bald seine Wirkung. Schon wenige Minuten später drehte sich das Gespräch wieder um ihn.

„Wo haben Sie sonst noch mitgespielt?", fragte Sylvia. Sie sah ihm direkt in die Augen. „Ihr Gesicht kommt mir bekannt vor."

Er leierte die Titel der Fernsehkomödien herunter und erwähnte die Krimiserie. Der nächste Schritt war wohlüberlegt. „Es trifft sich gut, dass wir uns hier begegnen. Ich wollte Sie schon anrufen, weil ich auf der Suche nach einem neuen Agenten bin."

Er hoffte, dass sie ihn nicht nach seinem jetzigen Agenten fragte. Er hatte den Mann nie gesehen, weil dieser lediglich von seiner Wohnung im Randgebiet von Los Angeles aus agierte. „Was meinen Sie, Sylvia?", fragte er. Seine Stimme klang sanft. „Wären wir ein gutes Team?" Er wusste, dass Sylvia Wiley der jüngste Neuzugang der Talent-Agentur war, für die sie arbeitete. Sie wollte sich natürlich einen eigenen Kundenstamm aufbauen und könnte ihm vielleicht zum großen Durchbruch verhelfen.

Belinda beobachtete diese Unterhaltung mit einem amüsierten Grinsen.

Sylvias Augen verengten sich zu kleinen Schlitzen, während sie Daniel mit einem durchdringenden Blick musterte.

„Was sagen Sie dazu?“ Daniel sprach jetzt mit mehr Nachdruck und sah sie unverwandt an. Dann hob er seine Mundwinkel zu einem verheißungsvollen Lächeln, das sich langsam über sein Gesicht und seine Augen ausbreitete. Er merkte, wie sie darauf reagierte und sich instinktiv auf ihn zubewegte. Doch sie merkte es ebenfalls. Plötzlich schüttelte sie den Kopf und wandte den Blick ab. Als sie ihn wieder ansah, wirkte sie geschäftsmäßig.

„Das können Sie sich bei mir sparen.“ Sie griff in ihre Handtasche und reichte ihm eine Visitenkarte. „Rufen Sie mich an.“ Dann verabschiedete sie sich mit einem angedeuteten Winken von Belinda, warf Daniel noch einmal einen sarkastischen Blick zu und ging weiter.

„Gut gemacht“, konstatierte Belinda. Sie zog die Augenbrauen hoch und nickte ihm anerkennend zu. Dann winkte sie den Kellner heran, um sich noch ein Glas Sekt zu bestellen.

Daniel schwieg. Während er die Visitenkarte einsteckte, wurde seine Miene wieder ernst.

„Da drüben ist Doug Levine.“ Belinda nickte zur Bar hinüber. Dort stand ein kleiner Mann mit Halbglatze.

Daniel wusste natürlich, dass Doug Levine für die Besetzung von Filmrollen zuständig war. Er hatte einen sehr guten Ruf und viel Einfluss in der Branche.

„Willst du ihn kennenlernen?“

Daniel nickte. Ihm kam kurz der Gedanke, dass er nun eigentlich gehen müsste, wenn er die Mitternachtsmaschine nach Seattle noch erwischen wollte. Das verbleibende Zeitfenster war jetzt schon unheimlich eng.

„Dann komm mit.“ Belindas Stimme klang einladend. Selbstbewusst nahm sie seine Hand und ging auf die Bar zu. Er folgte ihr. Es war schließlich keine große Sache, beruhigte er sein schlechtes Gewissen. Er könnte auch morgen noch nach Seattle fliegen.

6

Lenores Wecker klingelte um Punkt halb acht. Sie brauchte eine Weile, bis sie sich an alles erinnerte, aber selbst dann kamen ihr die Geschehnisse des gestrigen Abends zu schön vor, um wahr zu sein. Vorsichtig versuchte sie zu ergründen, was sie fühlte. Der Kummer machte ihr das Herz noch immer schwer, aber sie merkte, dass sich ihre innere Erstarrung langsam löste. Die düstere Hoffnungslosigkeit, an die sie sich schon fast gewöhnt hatte, war etwas zurückgewichen, und das flaue Gefühl in ihrer Magengrube war verschwunden. So weit, so gut. Sie setzte sich im Bett auf und schaute sich in dem kleinen Schlafzimmer um, als sähe sie es zum ersten Mal. Viel gab es hier nicht zu sehen, nur ein kleines Fenster, eine Kommode und einen Schreibtisch.

Als ihr wieder einfiel, dass sie heute eine Verabredung hatte, warf dieser Gedanke einen kleiner Lichtschimmer auf den vor ihr liegenden Tag. Sie hatte etwas zu tun. Vorsichtig schaute sie zu ihrem Sohn hinunter. Scott schlief noch tief und fest. Seine kindlichen Züge glichen Daniels so sehr, dass sein Ausdruck ihrem Herzen einen Stich versetzte. Seine langen, dunklen Wimpern beschatteten seine Wangen und sein Mund war leicht geöffnet.

Lenore schlüpfte leise aus dem Bett, schlich ins Bad, wusch sich das Gesicht und musterte sich kritisch im Spiegel. Mit Unbehagen betrachtete sie die tiefschwarzen Ringe, die ihre Augen umgaben. Ihre Haut war so blass und zart, dass sie beinahe durchsichtig wirkte. Ruckartig bearbeitete sie ihr Haar mit der Bürste und zwirbelte es zu einem unordentlichen Knoten zusammen, den sie an ihrem Hinterkopf feststeckte. Dann zwinkerte sie ihrem Spiegelbild zu. Ohne Daniel fühlte sie sich wie ein anderer Mensch. Sie war so sehr daran gewöhnt, sich selbst aus seinem Blickwinkel zu betrachten, dass sie das Gesicht, das ihr jetzt aus dem Spiegel entgegenstarrte, kaum als das ihre erkannte. Wieder musterte sie ihr Antlitz, aber diesmal ohne die Verachtung, die sie sonst dabei an den Tag legte. Ihr Gesicht war zwar nichtssagend, aber nicht hässlich. Es genügte den Anforderungen des alltäglichen Lebens völlig. Lenore knipste das Licht im Badezimmer aus und ging leise durch das dämmrige Schlafzimmer in den kleinen Korridor, der als Küche diente.

Der Küchentisch stand voller Geschirr, das weggeräumt werden musste. Sie griff nach einer Kasserolle, füllte sie mit Wasser und stellte sie auf den altmodischen Herd. Der Wasserhahn tropfte. Dass Lenore ihn so fest wie möglich zudrehte, half nicht viel. Wahrscheinlich musste die Dichtung ausgetauscht werden. Ihr fiel auf, dass sie noch nicht einmal wusste, wo es hier in der Nähe einen Haushaltswarenladen gab. Nach ihrem Einzug in die neue Wohnung hatte sie keinerlei Interesse an ihrer Umgebung verspürt. Dieses Verhalten war eindeutig nicht normal für jemanden, der neu irgendwohin gezogen war. Lenore ging ins Wohnzimmer, das heute schon viel besser aussah, da sie gestern Abend plötzlich ihre häusliche Ader entdeckt hatte. Alles hatte mit der Suche nach ihrem Wecker begonnen. Sie hatte ein paar Umzugskisten durchsuchen müssen und dabei ein paar Spielsachen von Scott zutage gefördert.

„He, die hab ich ja ganz vergessen!“, hatte er mit leuchtenden Augen gerufen. Lenore war zwar nicht ganz klar gewesen, wie ein paar Plastiksoldaten und ein Panzer so viel Begeisterung wecken konnten, aber ihr Herz hatte vor Freude schneller geschlagen, als sie gesehen hatte, wie glücklich Scott über diesen Fund gewesen war. Also hatte sie den gesamten Inhalt der Kiste ausgepackt. Weitere Spielsachen hatten Scott kleine Freudenschreie ausstoßen lassen. Darunter hatten ein paar Badetücher gelegen, die sie zusammengelegt und im Badezimmer verstaut hatte. Da sie für den Termin in der Kirche ein Kleid brauchte, hatte sie als Nächstes zwei Kisten mit ihren Sachen ausgeräumt und die Kleidungsstücke in den Kleiderschrank gelegt. Als sie endlich auf die Kleider gestoßen war, waren diese zerknittert gewesen. Also hatte sie das Bügeleisen suchen müssen. Bis sie alles beisammen gehabt hatte, was sie für ihren heutigen Termin brauchte, hatte sie sechs oder sieben Umzugskisten ausgepackt. Die leeren Kisten standen jetzt ordentlich aufgestapelt neben der Wohnungstür. Bei der nächsten Gelegenheit wollte sie sie in den Müllcontainer wandern lassen. Nachdem sie mit ihrer Arbeit fertig gewesen war, hatte sie geschlafen – ohne schlecht zu träumen und längst nicht so unruhig wie in letzter Zeit.

Ihr Blick fiel auf die düsteren Möbel in der Wohnung. Im Wohnzimmer standen eine mit braunem Tweedstoff bezogene Couch und ein passender Sessel, ein Couchtisch und zwei Beistelltische im dänischen Stil, sowie zwei Stehlampen mit riesigen braunen Lampenschirmen. An den Wänden hingen drei kleine Bilder, auf denen Elfen und riesige Pilze zu sehen waren. Der Fernseher stand noch immer auf einer umgedrehten Umzugskiste. Lenore ging daran vorbei und zog die Vorhänge auf. Draußen war es grau in grau und ein leichter Nieselregen fiel vom Himmel, aber das störte sie nicht. Der sanfte Regen wirkte sogar beruhigend auf ihre Nerven. Sie ließ ihren Blick über den Parkplatz und den mit Beton gepflasterten Hof schweifen. Dahinter sah sie die Eingänge zu den anderen Wohnungen. Manche Hausbewohner hatten Blumen gepflanzt. Die einen hatten nur ein paar Blumenkästen aufgestellt, die anderen hatten vor ihren Türen ganze Minigärten. Lenore kniff die Augen zusammen, aber sie konnte keine bestimmte Blumensorte ausmachen, sondern lediglich ein paar rote und goldgelbe Farbkleckse. Die wenigen Bäume, die um den Gebäudekomplex herum standen, wirkten ein wenig armselig und verloren bereits ihre Blätter. Jetzt öffnete sich eine der Türen am anderen Ende des Hofes. Eine Frau in Kittelschürze trat aus ihrer Wohnung, beugte sich herab, um eine Zeitung aufzuheben und ging wieder hinein. Im Hintergrund hörte Lenore ein leises Blubbern. Ihr Wasser kochte.

Langsam ging sie wieder in die Küche und machte sich eine Tasse Tee, in den sie einen Löffel von dem Zucker hineingab, den Edie ihr gekauft hatte. Die Ereignisse des gestrigen Abends kamen ihr wieder in den Sinn. Sie hatte Kirchenleute getroffen und heute sollte sie sogar ein Kirchengebäude betreten. Das war wirklich erstaunlich. Obwohl sie nichts dagegen hatte, wäre sie nie von selbst auf die Idee gekommen, in eine Kirche zu gehen. Von religiösen Menschen hatte sie eher ein verächtliches Naserümpfen erwartet als diese Wärme und Herzlichkeit, die ihr gestern Abend entgegengebracht worden war. Schließlich hatten Daniel und sie in Sünde zusammengelebt. Aber auf dieses Problem war am Vorabend niemand zu sprechen gekommen. Es kam ihr merkwürdig vor, dass so etwas im richtigen Leben tatsächlich passierte. Sie musste lächeln. Wenn sie Daniel im Fernsehen gesehen hatten, sei es in einem Werbespot oder in einer Sendung, dann hatte er immer zu Scott gesagt: *„Das ist nur eine Scheinwelt. Im richtigen Leben würde so etwas nie passieren. Das richtige Leben, das sind wir – du und ich und*

Mama. Das ist das richtige Leben." Hatte er das ernst gemeint?, fragte sie sich heute. War ihr Zusammenleben mit Daniel das richtige Leben gewesen? Wer konnte das schon beurteilen? Nachdem sie ein wenig innere Distanz zu ihm gewonnen hatte, hatte sie daran so ihre Zweifel. Was war denn das richtige Leben, was die Scheinwelt gewesen? Sie setzte sich auf die Couch und starrte auf den dunklen Bildschirm des Fernsehers.

„Kann ich zum Frühstück Cornflakes haben?" Scott stand in der Küche. An seinem Gesichtsausdruck konnte sie erkennen, dass er die Lage sondierte, so wie sie es getan hatte. Sie stand auf und setzte ein Lächeln auf. Dazu bedurfte es einer bewussten Entscheidung, wie beim Anziehen. „Klar", erwiderte sie. „Vor oder nach dem Baden?"

Wieder wirkte Scott erleichtert. „Davor."

Lenore ging zu ihm hinüber, nahm die Schachtel Cornflakes aus dem Schrank und stellte ihm eine gefüllte Schüssel hin. Sich selbst machte sie auch eine Schüssel.

„Wollen wir heute in einem tropischen See schwimmen gehen?", fragte sie, als sie ihr gemeinsames Frühstück beendet hatten.

Diese Frage munterte Scott auf. Lenore ging ins Bad, ließ die Wanne volllaufen und gab ein paar Spritzer blaue und grüne Lebensmittelfarbe hinein. Zuletzt goss sie noch etwas Spülmittel nach. Scott kletterte in die Wanne und sie wusch ihm das Haar. Dann ließ sie ihn eine Weile allein, damit er im Wasser spielen konnte, während sie die Betten machte. Mit einem Mal kam es ihr so vor, als sei ihr Leben wieder normal, als sei nichts geschehen. Sie ließ sich auf das Bett niedersinken und legte sich kurz hin. Vor ihrem geistigen Auge tauchte Daniel auf. Lenore stellte sich vor, wie er den Raum betrat, ihren Namen rief und sie ihm antwortete. Erst wenn das geschehen würde, wäre alles so wie vorher.

„Ich bin fertig." Wieder wirkte Scott verunsichert. Rasch setzte sie sich auf. Ihr Sohn war allein aus der Badewanne geklettert und hatte sich wieder den Schlafanzug angezogen, allerdings verkehrt herum. Er betrachtete sie mit demselben wachsamen Blick, mit dem er sie direkt nach dem Aufstehen bedacht hatte.

„Bist du denn schon so verschrumpelt wie eine Dörrpflaume?", fragte sie ihn.

Scott kam näher und hielt ihr seine Hand hin. Tatsächlich war die Haut vom warmen Wasser bereits ganz runzelig.

„Komm, wir lesen ein bisschen", schlug sie vor. Die Fröhlichkeit in ihrer Stimme hörte sich selbst in ihren eigenen Ohren aufgesetzt an, aber Scott schien es nicht zu bemerken. „Ich glaube, ich weiß sogar, in welcher Kiste die Bücher sind." Sie klappte die entsprechende Kiste auf, holte die zuoberst liegenden Kinderbücher heraus und griff nach der Decke, die am Fußende des Bettes lag. Gemeinsam gingen sie ins Wohnzimmer und machten es sich auf dem Sofa gemütlich. Scott kuschelte sich beglückt in die Decke, während sie ein paar lustige Kindergeschichten lasen.

„Jetzt müssen wir uns aber beeilen, Scott, sonst kommen wir zu spät", sagte Lenore schließlich. Sie legte das Buch weg und ging ins Schlafzimmer, um Scotts Sachen zusammenzusuchen.

„Soll ich in der Schule bleiben, Mama?", fragte er zaghaft, als sie ihm beim Anziehen half.

„Möchtest du das denn gerne?"

„Ich weiß nicht."

Lenore sah in sein niedliches, zugleich unsicher und vertrauensvoll dreinblickendes Gesicht. Wieder verspürte sie in ihrem Herzen einen stechenden Schmerz. Für Scott war die Trennung von Daniel genauso schwer wie für sie, und sie hatte ihn mit seinem Kummer auch noch allein gelassen. Sie schwor sich, das nie wieder zu tun und für sie beide einen Weg zu finden, wie sie weiterleben konnten. Sie musste einen sicheren Halt finden und die gefährlichen Abgründe und Minenfelder des Lebens vorsichtig umgehen. Das war sie sich und ihrem Sohn schuldig.

„Na ja", meinte sie, während sie ihm in die Hosenbeine half. „Warum treffen wir diese Entscheidung nicht gemeinsam, wenn wir uns alles angesehen haben?" Sie lächelte ihm zu und holte die Schuhe mit den Klettverschlüssen aus dem Schrank. Für die Schnürschuhe blieb ihnen nicht genügend Zeit, weil Scott seit einiger Zeit darauf bestand, sie unter allen Umständen selbst zu binden.

„Ich will aber die anderen."

Mit einem Seufzer reichte sie ihm die Schnürschuhe. Normalerweise ließ sie Scott nicht in allem seinen Willen, aber wegen dieser Kleinigkeit wollte sie jetzt keine Diskussion mit ihm anfangen. Sie brauchte ihre Kraft momentan für Wichtigeres. „Du kannst dir die Schuhe auch im Auto binden", sagte sie deshalb nur.

Sie richtete sich genau nach den Angaben auf der Skizze, die Edie für sie angefertigt hatte, fuhr zuerst durch die Innenstadt von Seattle, dann die James Street entlang und schließlich den Hügel hinauf, bis sie rechts abbiegen mussten. Das von der Straße zurückgesetzte Gebäude aus roten Ziegelsteinen sprang ihr sofort ins Auge. *Gotteshaus der großen Gnade* stand auf dem Schild. Das Stadtviertel, in dem die Kirche stand, war eines der ältesten und ein wenig heruntergekommen. An der Straßenecke lungerten ein paar Männer herum, aber die Anlagen der Kirche waren in einem tadellosen Zustand und schön gestaltet. Immergrüne Bäume beschatteten einen mit Efeu bewachsenen Felsbrocken. Auf dem Stein standen die Worte: *Wir wollen den Menschen die Wahrheit verkündigen und die lebendige Hoffnung bringen.*

Lenore drückte die doppelte Glastür auf und blieb in der hohen Eingangshalle einen Augenblick lang still stehen. Der Teppichboden war zwar schon älteren Datums, aber sauber, und die Wände waren frisch gestrichen. Ohne Scotts Hand loszulassen, sah sie sich kurz um. Von jeder Seite der Halle gingen Flure ab, die in verschiedene Richtungen führten. Die riesige Doppeltür am Kopfende führte vermutlich in den Gottesdienstraum. Links von ihr befand sich ein von Glaswänden umgebenes Büro, in dem eine Frau saß, die jedoch gerade telefonierte. Trotzdem hob sie nun die Hand zum Gruß und winkte Lenore dann herein. Lenore folgte ihrer Aufforderung.

„Ich muss Schluss machen, Francine. Ja. Alles klar." Die Frau legte auf und drehte sich zu Lenore um. Sie hatte ein freundliches, offenes Gesicht und eisengraue Haare. „Guten Tag", sagte sie mit einem Lächeln, das Lenore und Scott wie eine warme Decke einhüllte.

Lenore lächelte die Frau ebenfalls an. „Ich habe einen Termin bei Edie Hamilton."

„Gehen Sie einfach durch diese Tür", die Frau zeigte auf die große Doppeltür des Gottesdienstraums, „und klopfen Sie an die erste Tür links." Lenore dankte ihr für die Auskunft und ging in die angewiesene Richtung.

Sie kamen an der Küche vorbei. Dort arbeiteten zwei Frauen an der

Spüle. Dann passierten sie eine Essens- und Kleiderausgabe, in der ein Mann mit einem freundlichen, runden Gesicht stand. Lenore drückte die Doppeltür auf und ging in den Gottesdienstraum, der aussah wie ein großes Theater. Über dem Altar hing ein Banner, das sich über die gesamte Breite des Raumes erstreckte. Sie las die Worte *„Der Gekreuzigte kann auch heute noch ein Menschenleben verändern."* Lenore starrte wie gebannt auf den Schriftzug, bis Scott ungeduldig an ihrer Hand zog. Dann drehte sie sich um und ging auf die erste Tür links zu. Edie stand mitten in ihrem Büro und durchwühlte einen Karton. Sie wirkte frustriert. Der Grund für ihre Verärgerung war offensichtlich. Das Büro war extrem klein, und überall lagen Gegenstände herum. Es war bis zum Bersten gefüllt mit schönen Möbeln, deren Farbtöne miteinander harmonisierten und von Rosa- und Pfirsichtönen bis hin zu Lavendel und Cremeweiß reichten, aber diese Harmonie wurde gestört durch etliche Stapel Papier, Kisten und Säcke mit unbekanntem Inhalt. Alles wirkte sehr chaotisch.

Lenore musste lächeln.

Als Edie hochsah, wich die Verärgerung aus ihrem Gesicht und machte einem strahlenden Lächeln Platz. Sie unterbrach ihre Suche. Lenore sah jetzt, dass die Kiste Kleidungsstücke enthielt, weil das Bein einer Jeans über ihrem Rand hing.

„Da bist du ja!", rief Edie und kam auf sie zu. Lenore war erleichtert. Sie hatte schon befürchtet, dass Edie es sich heute früh anders überlegt haben könnte. Vielleicht war ihr diese Aufgabe doch zu groß, vielleicht war ihr bewusst geworden, dass Lenore und Scott eventuell mehr Hilfe brauchten, als sie ihnen geben konnte. Als Edie vor Lenore stehen blieb, dachte Lenore schon, sie wolle sie umarmen, aber stattdessen nahm sie ihre Hand und drückte sie kräftig. Wieder schenkte sie ihr ein freudiges Lächeln. „Ich habe dafür gebetet, dass ihr es hierher schafft", sagte sie und sah Lenore direkt in die Augen. Dann beugte sie sich zu Scott herab. „Gleich beginnt die Schule. Möchtest du mal sehen, was heute Morgen auf dem Programm steht?"

Scott reagierte mit einem unsicheren Achselzucken.

„Ich glaube, heute kommen die Tierbabys."

Er hob interessiert den Kopf.

„Einmal in der Woche bringt die Frau vom Tierschutzbund kleine Kätzchen und Hunde mit. Die Kinder dürfen sie streicheln."

„Gut, dann geh ich jetzt dorthin“, verkündete Scott.

Edie ging mit ihnen zu dem Raum, in dem sich die Vorschule befand. Offenbar waren die Kinder mit einer Bastelarbeit beschäftigt. Vor einer farbigen Frau blieben die drei stehen. Sie war groß und kräftig, aber nicht dick. Ihr schwarzes Haar war von weißen Strähnen durchzogen. Sie trug eine Schürze, deren Stoff über und über mit Handabdrücken und Namen bedeckt war.

„Oma Eileen, das sind Scott und seine Mutter Lenore“, sagte Edie anstelle einer Begrüßung. „Sie sind heute zu Besuch bei uns. Scott überlegt sich, ob er hierbleiben möchte.“

Lenore beobachtete Scott. Er stand hinter ihr, sah sich aber interessiert um. Trotz seiner Unsicherheit war seine Neugierde geweckt.

„Wir freuen uns, dass du da bist, Scott“, entgegnete Oma Eileen. Ihre Stimme klang warm und herzlich. „Weißt du, unsere Klasse hat später ein paar ganz besondere Gäste.“

„Die Tierbabys?“, fragte Scott.

Oma Eileen stemmte die Hände in die Hüften und musterte ihn verblüfft. „Also, woher weißt du das denn?“

Er lächelte und zuckte mit den Schultern.

„Ja, das stimmt. Die Tierbabys kommen nach der Pause. Momentan gestalten wir gerade Bilder, die wir später an die Wand hängen“, erklärte Oma Eileen. „Dafür nehmen wir diese Blätter, tunken sie in die Farbe und drücken sie dann auf das Papier. Jeremy macht das gerade.“ Oma Eileen legte beide Hände auf die Schultern eines kleinen Jungen. Er sah hoch und warf einen Blick auf Scott. Dann arbeitete er weiter an seinem Bild.

Scott zog seine Jacke aus. Lenore nahm sie ihm ab, doch er würdigte sie keines Blickes mehr.

„Wo ist das Papier?“, wollte Scott stattdessen von Oma Eileen wissen.

„Ich kann für dich ein Blatt auf den Platz neben Katie legen“, erwiderte Oma Eileen mit ihrer klaren Stimme und deutlichen Aussprache.

„Ich glaube, wir sind hier überflüssig“, meinte Edie mit einem Lächeln.

„Ja, es sieht ganz so aus.“ Lenore fiel ein Stein vom Herzen.

„Ich sehe noch mal nach dir, bevor ich gehe“, sagte Lenore zu ihrem Sohn.

Er sah kurz auf. In der Hand hielt er ein halb in rote Farbe getauchtes

Blatt. Durch die Bewegung fielen kleine rote Tropfen auf die Unterlage aus Zeitungspapier. „Bis dann“, erwiderte er.

Sie gingen zurück zu Edies Büro.

„So.“ Edie deutete auf ein kleines Sofa und setzte sich in den danebenstehenden Sessel. „Das ist ja ziemlich gut gelaufen. Jetzt wollen wir doch mal sehen, wie wir dir helfen können.“

Lenore nickte und setzte sich gerade hin. Sie kam sich vor wie bei einem Bewerbungsgespräch und überlegte, ob sie versuchen sollte, einen möglichst guten Eindruck zu machen.

„Möchtest du eine Tasse Kaffee?“, fragte Edie.

„Ja, sehr gern“, entgegnete Lenore. Mit einem Mal merkte sie, dass sie kaum noch Magenbeschwerden hatte. Während Edie den Kaffee holen ging, sah Lenore sich genauer in dem Büro um. Es war ein schöner, alter Raum mit einer hohen Decke. Die Wände waren weiß verputzt und der Fußboden bestand aus dunklen, von vielen Schrammen gezeichneten Holzdielen. Auch die Möbelstücke waren alt. In der einen Ecke stand ein antiker Katheder und auf der anderen Seite erblickte Lenore einen gepolsterten Stuhl, der neben einem niedrigen Eichentischchen stand. Sämtliche Ablageflächen waren mit Akten und Papierstapeln bedeckt. Auch an den Wänden hingen an zwei großen Pinnwänden Zeitungsausschnitte, alte Eintrittskarten und Rechnungen sowie Karikaturen. Aber es war das Bild an der Wand hinter Edies Schreibtisch, das Lenores Aufmerksamkeit erregte. Es war eine altmodische Lithografie in einem verschnörkelten Rahmen. Eine Frau, die offenbar in großer Not war, klammerte sich kniend an ein Kreuz. Um sie herum tosten die Wellen. Das Kreuz stand nämlich auf einem großen Felsen mitten im Meer. Der Titel des Bildes lautete: *Der Fels in der Brandung*. Lenore starrte das Kunstwerk unverwandt an. Sie fühlte, dass die Frau auf dem Felsen eine Seelenverwandte war. Aber im Gegensatz zu ihr hatte sie keinen festen Halt, nur die kalten, glitschigen Felsbrocken. Jedes Mal, wenn die hohen Wellen sie trafen, fragte sie sich, ob sie nicht den Halt verlieren und weggespült oder gegen die Felsen geschleudert würde.

Lenores Blick fiel auf das Bücherregal. Sie konnte die Buchtitel von ihrem Platz auf dem kleinen Sofa aus nicht erkennen. Auf dem Tisch neben ihr entdeckte sie einen Notizblock, ein mit Bleistiften und Kugelschreibern gefülltes Körbchen, eine Zeitschrift über Patchworkarbeiten, einen allem Anschein nach selbst gebastelten Briefbeschwerer aus Stuckgips, verziert mit Muscheln, und zwei Bücher. Eines war eine Konkordanz und das andere ein Handbuch zu Begriffen aus dem Alten und Neuen Testament.

„So, da bin ich wieder."

Edies Stimme riss Lenore aus ihrer Betrachtung. Die Frau kam mit schnellen Schritten zurück ins Büro. Sie trug ein kleines Tablett, aber sie bewegte sich so rasch, dass der Kaffee überschwappte. Edie gehörte offenbar zu den Menschen, die immer ein hohes Tempo vorlegten.

„Ich musste warten, bis der Kaffee durchgelaufen war", entschuldigte sie sich. „Ich sage Matt immer wieder, dass wir uns eine Kaffeemaschine anschaffen sollten, bei der man bereits während des Kochens die Kanne entnehmen kann, aber er meint jedes Mal, wir bräuchten so ein Gerät nicht und ich solle lieber Geduld lernen."

Edie stellte das Tablett auf die Zeitschrift. Lenore erblickte zwei große Kaffeebecher, kleine Zuckerpäckchen und ein Pappkännchen mit halbfetter Kaffeesahne. „Du magst deinen Kaffee mit Milch und Zucker", konstatierte Edie.

„Ich bin beeindruckt. Mir ist gestern Abend noch nicht mal aufgefallen, ob du einen Kaffee getrunken hast oder nicht."

„Du hattest andere Sorgen."

Sie stellten sich ihren Kaffee so zusammen, wie jede von ihnen es mochte, dann nippte Lenore vorsichtig daran. Der Kaffee war gut. Heiß und stark. Sie sah auf und merkte, dass Edie sie musterte.

„Was ist?"

„Ich hab mir gerade vorgestellt, wie ich mich fühlen würde, wenn ich an deiner Stelle wäre."

Lenore zog die Augenbrauen in die Höhe. Sie hatte bei Kirchenleuten noch nie ein solches Mitgefühl erlebt. Die meisten hatten sie dazu bringen wollen, so zu funktionieren, wie sie es sich vorstellten, aber keiner von ihnen hatte jemals mehr über sie wissen wollen. Lenore überlegte sich, was sie Edie erwidern sollte. Die korrekte Antwort hätte gelautet: *Ich fühle mich verloren und mir graut vor dem Leben.* Aber sie brachte diese Worte nicht über die Lippen, sondern sah schweigend in Edies freundlich dreinblickende Augen.

„Macht es dir etwas aus, wenn ich kurz bete?", fragte Edie schließlich.

Lenore schüttelte den Kopf. Seit gestern Abend kam ihr das Beten längst nicht mehr so fremd vor, nein, sie erwartete es schon fast. Diese

Leute machten wohl keinen Schritt, ohne ihren himmlischen Chef zu befragen. Edie sprach ein kurzes Gebet. Sie bat Gott um Weisheit, wie sie Lenore am besten helfen könne. Als sie Amen sagte, schlug Lenore die Augen auf. Sie fühlte sich unwohl, weil sie nicht wusste, wie Edie ihr bei der Arbeitssuche helfen wollte. Würde sie Tests mit ihr machen oder ihr bohrende Fragen stellen?

„Ich habe heute früh jemanden angerufen", sagte Edie mit einem strahlenden Lächeln. „Ich freue mich so sehr, weil ich schon so ein Gefühl hatte. Nein, das stimmt nicht. Es war der Herr. Er hat mich auf diese Idee gebracht. Aber wie dem auch sei ... Erik Ashland ist Arzt. Er gehört zu unserer Kirchengemeinde und er hat mir letzte Woche erzählt, dass er eine Aushilfe für seine Praxis sucht. Er hat mich gebeten, Augen und Ohren offenzuhalten, aber ich habe nicht weiter darüber nachgedacht, bis ich dich kennengelernt habe." Erneut lächelte sie Lenore an, so als könnte Lenore sich den Rest selbst zusammenreimen.

„Ich hab noch nie in einer Arztpraxis gearbeitet", murmelte Lenore erschrocken. Sie hatte Angst davor, einen neuen Beruf lernen zu müssen, und noch dazu einen so anspruchsvollen.

„Aber du hast doch in einem Altersheim gearbeitet."

„Ja, natürlich. Aber das ist etwas ganz anderes."

Edie reagierte mit einem Achselzucken. „Weißt du, kein Mensch kommt auf die Welt und kann gleich alles." Ihre Stimme klang zuversichtlich.

Lenore überlegte kurz. „Da hast du recht."

„Komm einfach mit mir und lerne ihn kennen", schlug Edie vor. „Danach könnt ihr beide immer noch entscheiden, ob dieser Job der richtige für dich ist."

Dieser Vorschlag klang vernünftig. Schließlich brauchte sie dringend eine Arbeitsstelle.

Als Edie aufstand, folgte Lenore ihr bereitwillig. Auf dem Weg nach draußen gingen sie an der Vorschule vorbei und warfen einen Blick in den Raum. Scott saß zusammen mit den anderen Kindern im Kreis. Oma Eileen las ihnen gerade eine Geschichte vor. Lenore hörte ein paar Wortfetzen. Es ging um Jesus und einen Sturm. Ihr Sohn starrte die Lehrerin mit großen Augen an und lauschte hingerissen ihrer Stimme.

Als sie auf die Straße traten, hingen noch immer graue Wolken am Himmel. Lenore spürte den Nebel auf ihrer Haut, aber es war ein angenehmes Gefühl. Sie fragte sich lediglich, ob es in Seattle ständig regnete, aber dieser Gedanke vermochte sie nicht zu erschrecken. Im Gegenteil. Nach der unablässigen Hitze und dem grellen Sonnenlicht in Los Angeles fühlte sie sich von dem Wetter in Seattle regelrecht erfrischt. Plötzlich musste sie wieder an Daniel denken. Ihr wurde schwer ums Herz, deshalb verdrängte sie die Erinnerung an ihn rasch wieder.

Die beiden Frauen plauderten miteinander, während sie die Hauptstraße hinuntergingen. Edie erklärte Lenore, dass dieses Stadtviertel First Hill hieß und das älteste von ganz Seattle war. Früher war diese Gegend einmal sehr schön gewesen. Die Straßen waren gesäumt von hohen Ahornbäumen, deren Blätter jetzt in den herrlichsten Herbsttönen leuchteten. Aber man sah überall Anzeichen eines gewissen Verfalls. Hier und da lag eine zerbrochene Flasche auf der Straße. Manche Hauswände waren von oben bis unten mit Graffiti besprüht worden.

„Hier ist es", sagte Edie, als sie auf ein flaches, lang gestrecktes Gebäude aus roten Backsteinen zugingen. Es sah aus, als sei es in den Vierzigerjahren des letzten Jahrhunderts gebaut worden. Auf dem Schild stand *Dr. Erik Ashland, Kinderarzt, und Dr. Wesley Bannister, Arzt für Allgemeinmedizin*. Sie stiegen die Treppenstufen zur kleinen Veranda hinauf und drückten die Tür auf. Als sie eintraten, bimmelte ein Glöckchen. Im Wartezimmer war es voll. Ein älterer Mann saß darin, eine Frau mit einem Kleinkind und einem Säugling, eine werdende Mutter und eine weitere Frau mit etwa sechsjährigen Zwillingen.

„Hallo Sophie", grüßte Edie die Frau am Empfang. „Das ist Lenore. Erik hat mich gebeten, mit ihr vorbeizukommen."

Sophie war eine Schönheit. Sie war groß, gertenschlank und hatte weißblondes Haar. Als sie lächelte, zeigten sich auf ihren Wangen kleine Grübchen. Lenore fühlte sich plötzlich unsagbar unwohl mit ihrem widerspenstigen Haar, ihrem schlichten Kleid und ihrem nichtssagenden Gesicht.

„Ich gebe ihm Bescheid, dass ihr da seid", sagte Sophie. Kurz darauf kam sie zurück. Mit einer Handbewegung bat sie Lenore und Edie, ihr zu folgen. Sie warteten ein paar Minuten, bis Dr. Ashland aus einem Untersuchungszimmer herauskam. Der Arzt war etwa Mitte dreißig und mittelgroß, hatte ein ernstes Gesicht und wirkte ein bisschen grobschlächtig. Er hatte graue Augen, einen Schnurrbart und blondes Haar, das sich bereits lichtete. Zu seinen khakifarbenen Hosen und dem obligatorischen weißen Kittel trug er Clogs. Lenore starrte ihn verblüfft an. Sie hatte noch nie einen Mann mit Clogs gesehen. Edie stellte sie einander vor und zog sich dann ins Wartezimmer zurück.

Lenore folgte dem Arzt in sein Sprechzimmer. Wieder kam sie in ein unaufgeräumtes, mit Akten und Büchern übersätes Büro. Sie setzte sich unbeholfen auf den Stuhl, den Dr. Ashland ihr zurechtrückte. Das Vorstellungsgespräch war schneller vorüber, als Lenore befürchtet hatte, aber sie hatte ja auch nicht allzu viel vorzuweisen. Er fragte sie nach ihrer Berufserfahrung und sie sagte ihm, dass sie schon als Kellnerin und als Hilfskraft in einem Altenheim gearbeitet habe. Er nickte. Sein Gesicht verriet nichts. Es wäre wohl besser gewesen, wenn sie ihre beruflichen Fähigkeiten ein bisschen ausgeschmückt hätte. Daniel sagte ihr immer, sie müsse lernen, sich besser zu verkaufen, aber für sie hieß das nichts anderes, als entweder zu lügen oder zu übertreiben.

„Ich kann tippen“, ergänzte sie. Dann fuhr sie sich mit der Zunge über die Lippen und räusperte sich.

Dr. Ashland musterte sie skeptisch und sie merkte, wie sie allmählich mutlos wurde. Bis jetzt war ihr nicht klar gewesen, dass sie diesen Job unbedingt wollte. Ihre Kehle schnürte sich vor Verzweiflung zusammen.

„Vielleicht habe ich mich Edie gegenüber nicht klar genug ausgedrückt“, meinte er schließlich. „Ich suche keine Mitarbeiterin für den Empfang, sondern eine Sprechstundenhilfe.“

Lenore starrte ihn verwirrt an. „Ich weiß nicht, was Sie mir damit sagen wollen“, gestand sie ihm.

Dr. Ashland warf ihr einen erstaunten Blick zu. Dann entspannten sich seine Gesichtszüge und ein Lächeln trat auf seine Lippen, das erste, das sie von ihm gesehen hatte. „Sie würden mir bei der Behandlung der Patienten helfen“, erklärte er.

„Oh.“ Lenores Stimme klang so niedergeschlagen, wie sie sich fühlte. „So was kann ich nicht.“

Er schwieg. Dann sah er ihr wieder in die Augen. „Connie könnte Sie ausbilden. Sie ist die Sprechstundenhilfe von Dr. Bannister“, erläuterte er. „Vielleicht können Sie während der Arbeit alles lernen.“

Lenore wusste nicht, was sie sagen sollte. Bot er ihr die Arbeitsstelle an oder nicht? Plötzlich hoffte sie das inständig. Sie war schließlich arbeitslos und musste ein Kind ernähren. „Ich möchte sehr gerne für

Sie arbeiten", sagte sie. Sie versuchte sich ihre Verzweiflung nicht anmerken zu lassen.

Dr. Ashland wirkte nachdenklich. Schließlich nickte er ihr mit einem schwachen Lächeln zu. Seine Augen blickten sie freundlich an und wieder keimte etwas Hoffnung in ihr auf.

„Ich habe immer gute Erfahrungen mit den Leuten gemacht, die Edie mir empfohlen hat. Wir könnten es ja mal drei Wochen lang probieren. Ihnen wird hoffentlich nicht schlecht, wenn Sie Blut sehen."

„Nein", entgegnete Lenore mit einem heftigen Kopfschütteln.

Wieder warf er ihr einen Blick zu und diesmal konnte sie den Ausdruck in seinen Augen buchstäblich lesen. Sie sah Mitleid darin, aber auch eine gewisse Furcht, als ob er bereits wüsste, was auf ihn zukommen würde. Die Patienten würden länger warten müssen, Arbeit würde liegen bleiben. Aber es schien fast so, als ob seine Entscheidung bereits festgestanden hätte, als sie durch die Tür getreten und ihm begegnet war. Es kam ihr so vor, als läge sie verwundet am Straßenrand, und er, der stets barmherzige Samariter, könnte gar nicht anders, als ihr zu helfen. Sie merkte, wie sie die Luft anhielt.

Noch einmal musterte Dr. Ashland sie prüfend. Dann nickte er kurz. „Wir fangen vormittags um neun Uhr an", sagte er abschließend und stand auf. „Connie wird Sie einarbeiten."

Scott schwärmte von der Vorschule und von Oma Eileen. Er hatte die Tierbabys sofort ins Herz geschlossen. Jetzt waren sie unterwegs, um gemeinsam seine Hausaufgaben zu machen: Für die morgige Bastelarbeit sollten die Kinder Tannenzapfen sammeln. Sie mussten eine Weile laufen, bis sie auf Nadelbäume stießen. Der Boden unter ihnen war mit Zapfen bedeckt.

„Was bastelt ihr denn?", fragte Lenore.

„Das ist ein Geheimnis", verkündete Scott entschieden. Er bückte sich, um die Tannenzapfen aufzuheben. „Am besten sammeln wir ein paar mehr", schlug er vor. „Oma Eileen hat gesagt, wir sollen so viele wie möglich mitbringen, damit wir welche an die Kinder weitergeben können, die keine sammeln konnten."

Lenore sah ihren Sohn erstaunt an. Plötzlich füllten sich ihre Augen mit Tränen. „Das ist eine sehr gute Idee." Rasch bückte sie sich und wischte sich verstohlen die Tränen aus dem Gesicht. Gemeinsam füllten sie die Plastiktüte, die sie für diesen Zweck mitgenommen hatten. Als sie durch die Nebelschwaden zurück nach Hause gingen, wirbelten sie mit den Füßen das leise raschelnde Herbstlaub auf. Der herbe Duft der Erde und die Salzluft, die von der Meerenge herüberwehte, stiegen ihnen in die Nase. Lenore erkannte, dass jetzt alles anders war. Dadurch, dass sie an die Tür des Hausmeisters geklopft hatte, hatte sich ihr Leben von einem Tag auf den anderen verändert. Am Tag zuvor hatte sie noch starr vor Schmerz in ihrem Bett gelegen, und heute hatte sie einen Arbeitsplatz, ihre düstere Wohnung war bereits gemütlicher geworden, ihre Schränke waren gefüllt mit Lebensmitteln, ihr Sohn fühlte sich glücklich und geliebt. Wieder erkannte sie, wie im Leben ein Schritt zum nächsten führte und wie viel ein einziger Mensch mit einer kleinen Handlung bewegen konnte.

Die Bäume leuchteten in bunten Herbstfarben, aber durch den Nebel wirkten die warmen Töne gedämpft. Die Luft fühlte sich feucht und kühl an, der Himmel war silbergrau. Zedern und hohe Tannen hoben sich wie dunkle Schattenrisse von den in der Ferne hell schimmernden Bergen ab. Nachdenklich ging Lenore weiter. Mit einem Mal schien ihr dieser kalte, neblige Ort Lichtjahre entfernt zu sein von den endlosen, staubigen Stadtautobahnen, dem ständigen Motorenlärm, der Hitze in den Straßen, dem grellen Sonnenlicht, das sich in den Fenstern der Hochhäuser spiegelte, dem Müll und den niedergeschlagenen Menschen auf den Bürgersteigen. Sie hatte in diesem kurzen Moment das Gefühl, dass es doch noch einen Weg für sie gab. Es kam ihr so vor, als ob ihr ein neues Leben angeboten würde, von derselben Hand, die den Abendnebel über diesen Landstrich schickte, die diese Berge und die vor ihr liegende Bucht geformt hatte. Ihr Blick fiel auf das Steilufer, die Segelboote auf dem Meer, den hohen Turm der Space Needle, dem Wahrzeichen von Seattle, die Wolkenkratzer und dann wieder auf die Fähre, die tuckernd die Bucht durchquerte. Nachdem sie ein letztes Mal tief durchgeatmet hatte, ging sie zusammen mit ihrem Sohn den steilen Hügel hinunter. Zum ersten Mal spürte sie wieder so etwas wie Mut und Hoffnung.

7

Daniel kam nicht mehr dazu, in das Flugzeug nach Seattle zu steigen. Anstatt am Montagmorgen wie geplant zum Flughafen zu fahren, rief er Sylvia an.

„Kommen Sie in mein Büro“, lautete ihre Aufforderung. Daniel ließ sich das nicht zweimal sagen und lieh sich Lous Auto, einen zerbeulten braunen Volvo ohne Rückspiegel, aber dafür mit zwei Aufklebern. Auf dem einen stand *Jesus, bitte schütze mich vor deinen Anhängern* und auf dem anderen *Als Politik und Religion noch gemeinsame Sache gemacht haben, hat man Leute auf dem Scheiterhaufen verbrannt.* Die Heizung konnte man nicht abstellen und so ließ Daniel alle Fenster herunter, um nicht völlig durchgeschwitzt an seinem Ziel anzukommen. Er fuhr durch die Stadt, achtete aber kaum auf den herumliegenden Abfall, die unangenehmen Gerüche und das grelle Sonnenlicht, das sich in den Stoßstangen der vor ihm fahrenden Autos spiegelte. In der Nähe der Stadtverwaltung wechselte er auf eine andere Autobahn. Vor ihm lagen die kahlen, sonnenverbrannten Hügel von Los Angeles. Er kam an verkrüppelten Bäumen und verdorrten Sträuchern vorbei. Auf den Felsen standen riesige Häuser, die von unten wie düstere Festungen wirkten. Am Santa Monica Boulevard verließ er die Autobahn und fuhr durch Hollywood, das wie immer von Touristenscharen bevölkert war. Dann befand er sich in einer anderen Welt. Der starke Autoverkehr, der Staub und der Dreck der Stadt lagen hinter ihm. Die Landschaft vor ihm wirkte weitläufig und freundlich. Die breiten Boulevards wurden von Palmen und Eukalyptusbäumen gesäumt, die Wolkenkratzer hoben sich deutlich von einem tiefblauen Himmel ab. Das Wasser der Springbrunnen ließ in der Sonne kleine Regenbogen entstehen. In den blitzsauberen Straßen sah er teure Boutiquen und exklusive Restaurants. Die Agentur von Sylvia befand sich in einem flachen, lang gezogenen Gebäude. Daniel fuhr daran vorbei und stellte das Auto ein paar Straßenzüge weiter ab, weil er nicht damit gesehen werden wollte. Während er durch die breiten Drehtüren ging, streifte er sich sein Jackett über.

Sylvia sah in den kleinen Handspiegel, den sie in ihrer Schreibtischschublade aufbewahrte. Ihr Make-up war noch immer perfekt. Sie schloss die Schublade und warf einen letzten Blick auf den Text, den sie vorbereitet hatte. Es war ein Agenturvertrag mit Standardklauseln. Dann sah sie hoch und starrte auf die Wand ihres Büros. Hoffentlich machte sie keinen Fehler, wenn sie Daniel Monroe unter Vertrag nahm. Sie kannte die Spielregeln: Ein Fehler war noch verzeihlich, bei zweien wurde es kritisch und drei Fehler machten einen in dieser Branche bereits zum Versager. Als sie an diese Möglichkeit dachte, zog sich ihr vor Angst der Magen zusammen.

Sie stand auf und ging ans Fenster. Auf dem Boulevard herrschte reges Treiben. Die meisten Fußgänger waren Touristen, die hofften, einen Blick auf eine Berühmtheit erhaschen zu können. Das Komische daran war, dass diese Leute gar nicht wussten, wer die wirklichen Größen waren. Die Mächtigen im Filmgeschäft waren oft unsichtbar. Ihre Gesichter suchte man vergebens auf den Plakatwänden. Sylvia empfand eine leise Verachtung, wenn sie an die sogenannten Stars dachte. Für sie hatten diese Menschen keinen Charakter, und sie wünschte, sie könnte ihre Arbeit ohne sie machen. Die meisten von ihnen waren wie gierige, hungrige Kinder, die lautstark forderten, was ihnen angeblich zustand.

In der Eingangshalle wurden Stimmen laut. Mit einem Seufzer ließ Sylvia die Sonnenjalousie herunter und drehte sich zur Tür um. Ihr Assistent steckte den Kopf herein.

„Daniel Monroe ist da."

Sie nickte und ging auf ihren Besucher zu. „Guten Tag, Daniel", sagte sie betont herzlich. „Bitte kommen Sie herein."

Er betrat ihr Büro und nahm vor ihrem Schreibtisch Platz. Sie tauschten höfliche Floskeln aus. Er sah wirklich gut aus und hatte auch eine gewisse Ausstrahlung. Dennoch hätte sie fast den Kopf geschüttelt. Was war es, was diese Menschen zu etwas Besonderem machte? Natürlich hatten sie eine große Anziehungskraft, aber Sylvia glaubte, dass ein wesentliches Element auch noch etwas anderes, etwas weniger Schmeichelhaftes war. Es war die Kraft ihres riesigen, hungrigen Egos, das alle anderen Menschen in seinen Bann zog. Nun, solange Daniel dieses Charisma auch auf die Leinwand übertragen konnte, sollte es ihr recht sein. Es musste stark sein, um genug Geld einzubringen.

Sylvia sah Daniel zu, wie er den Vertrag unterschrieb. Seine Hände waren kräftig und braun gebrannt. Sie bewegten sich sicher, ohne zu zögern. Als er den Kugelschreiber hinlegte und sie ansah, wurden seine dunklen Augen weich wie geschmolzene Schokolade, und er schenkte ihr dieses gewisse Lächeln, das in den Mundwinkeln begann und an Intensität immer weiter zuzunehmen schien. Sylvia meinte fast, ihr müsste davon warm werden. Jetzt war sie davon überzeugt, keinen Fehler gemacht zu haben.

„Das ist die Karte des Castingleiters. Er erwartet Sie morgen früh", sagte sie schließlich.

„Danke, Sylvia." Seine Stimme klang sanft, tief und bedeutungsschwer.

Sie neigte den Kopf und ließ zu, dass er ihre Hand nahm. Sein Händedruck war warm und fest. Dann beobachtete sie, wie er ihr Büro wieder verließ. Der teure Armani-Anzug war wahrscheinlich geliehen, aber er sah an ihm aus, als sei er für ihn gemacht. Würde er es schaffen? Sie versuchte gelassen zu bleiben, schloss ihre Bürotür und ging wieder an die Arbeit. Ob er Erfolg hatte oder nicht, würde sich bald herausstellen.

Drei Wochen später zog Daniel aus Lous Zweifamilienhaus aus und nahm sich eine Wohnung in Santa Monica. Während er sich nun im Rückspiegel seines geleasten Autos betrachtete, versuchte er, in seine neue Rolle zu schlüpfen. Sylvia hatte ihm gleich in der ersten Woche nach Vertragsabschluss einen Termin zum Vorsprechen für eine echte Traumrolle besorgt. Es handelte sich um eine Hauptrolle in *Vor Gericht*, einer schon lange laufenden Fernsehserie. Er konnte es noch immer nicht fassen, aber er hatte die Rolle bekommen.

Natürlich hatte er Lenore und Scott etwas Geld geschickt. Er hatte sie schließlich nicht vergessen und sie fehlten ihm immer noch. Aber wenn er sich selbst gegenüber ehrlich war, dann wurden die Jahre, die er mit ihnen verbracht hatte, immer mehr zu einer Scheinwelt, einer Zeit in einem anderen Universum. Vielleicht hatte er sich gedanklich zu sehr auf die Rolle in einem Science-Fiction-Film eingelassen, auf die er sich gerade vorbereitete. Trotzdem dachte Daniel immer noch täglich an Lenore, vor allem abends, wenn er in seinem Bett lag, dem einzigen Möbelstück, das außer dem Ledersessel in seiner neuen Wohnung stand. Er fühlte sich unwohl, wenn ihr Gesicht vor seinem geistigen Auge erschien. In diesem Moment zerplatzte seine Euphorie wie eine Seifenblase. Von einer Sekunde auf die andere verspürte er eine große innere Leere, eine nackte Angst. Er lag dann da und vernahm den Verkehrslärm auf dem Boulevard geradezu unerträglich laut. Die Motorengeräusche der vorbeifahrenden Autos verdichteten sich zu dem Rauschen eines Flusses. Natürlich bekam er sich nach einiger Zeit wieder in den Griff. Er musste nur an den glücklichen Verlauf seiner Karriere denken, dann war diese innere Leere wie weggeblasen. Trotzdem war er froh über jeden neuen Morgen, darüber, dass er aufstehen und sein Leben weiterführen konnte.

Sein neues Leben. Es kam ihm fast so vor, als hätte er zwei verschiedene Persönlichkeiten. Die eine hatte die letzten Jahre mit Lenore und Scott verbracht, die andere war Daniel Monroe. Überall in Los Angeles erschien sein Bild auf den Werbeplakaten für die Fernsehserie *Vor Gericht.* Gestern hatte er es auf einem Stadtbus gesehen, und das war ein seltsames Gefühl gewesen. Er stand zwar im Hintergrund, links neben dem Hauptdarsteller, aber trotzdem war er deutlich zu erkennen. Sein ernstes Gesicht blickte auf den Richterstuhl. Als der Bus mit seinem Bild weitergefahren war, hatte Daniel gespürt, wie es ihn packte. Er fühlte sich wie ein Surfer, der plötzlich auf einem Wellenkamm ritt. Es kam ihm vor, als ob er von etwas mitgerissen würde, von etwas, das größer war als er selbst und das ihm einen festen Halt versprach.

Es war schon seltsam, sich zusammen mit den Filmgrößen auf den Fotos zu sehen. Es war merkwürdig und reizvoll zugleich, ernüchternd und berauschend. Eigentlich gab es nur zwei Möglichkeiten: Entweder hatte er sich von einem gewöhnlichen Menschen in ein außergewöhnliches Wesen verwandelt oder diese Filmstars waren gar nicht so einzigartig und besonders, wie er immer geglaubt hatte. Vielleicht unterschieden sie sich nicht von ihm. Er wusste nicht so genau, was er glauben sollte. Aber das galt im Grunde genommen für sein ganzes Leben. Auch jetzt verspürte er diese Unsicherheit. Wer war er denn wirklich? War er Daniel Monroe, ein Hauptdarsteller der beliebten Fernsehserie *Vor Gericht,* der in einem geleasten BMW auf dem Weg zu einer Essensverabredung mit Renee Lapin, einer anderen Hauptdarstellerin, war? Oder war er Scotts Vater und Lenores ehemaliger Lebensgefährte? War er das schwarze Schaf der Familie seiner Tante und seines Onkels? War er jemand, der es nicht schaffte, die wichtigsten Menschen in seinem Leben auf Dauer an sich zu binden?

Er kannte die Antworten auf diese Fragen nicht, aber jetzt, in diesem Moment, verspürte er kein Bedauern, kein Gefühl der inneren Leere oder der Verlorenheit, sondern er fühlte sich erstaunlich selbstsicher. Er war etwas Besonderes. Dieses Gefühl wollte er unbedingt festhalten.

Er traf ein paar Minuten zu spät vor dem Restaurant ein, drückte einem Angestellten lässig seine Autoschlüssel in die Hand und ging hinein. Sofort erblickte er sie. Dort saß Renee Lapin. Sie wartete – auf ihn. Als er ihr gegenüber Platz nahm, bekam sie gerade ihr zweites Glas Weißwein serviert.

„Du bist spät dran." Sie schien über seine Verspätung nicht wütend zu sein, sondern ihre Stimme klang vielmehr interessiert.

Renee Lapin, dachte er. *Ich bin mit Renee Lapin zum Essen verabredet.* Sie war zwar kein Megastar, aber auch kein kleines Filmsternchen. Die Leute erkannten sie, wenn sie sich in der Öffentlichkeit zeigte. „Bitte entschuldige." Er schenkte ihr sein spezielles Lächeln. „Die Vertragsverhandlungen haben länger gedauert als geplant."

Sie warf ihm einen ironischen Blick zu. „Na klar doch."

Wieder lächelte Daniel ihr zu. Er hatte sich immer gefragt, ob die Frauen, die er auf der Leinwand sah, in natura auch so makellos waren wie im Film. Aber er wurde nicht enttäuscht. Der Körper dieser Frau war straff und wohlgeformt. Sie hatte volles, rotbraunes Haar, sonnengebräunte Haut, ein ebenmäßiges Gesicht, weit auseinanderstehende blaue Augen. Ihre Beine, die sie unter dem Tisch ausgestreckt hatte, wirkten unendlich lang. Mit anderen Worten: Sie war einfach hinreißend. Jetzt nahm sie das Weinglas in ihre perfekt manikürten Hände und trank noch einen Schluck.

„Und, wie läuft's denn so?", fragte sie.

„Gut", antwortete er mit einem Kopfnicken. „Und wie läuft's bei dir?"

„Sehr gut“, entgegnete sie. Endlich lächelte sie ihn an. Sie hatte wunderschöne, weiße Zähne. Begeistert beugte er sich vor, aber plötzlich sah er die feine Linie, entlang des Zahnfleisches, wo die Veneers endeten. Sie hatte ihre Zähne mit Keramikschalen verblendet. Rasch lehnte er sich wieder zurück. Er wünschte, er hätte nicht so genau hingeschaut. Eine leise Enttäuschung machte sich in ihm breit, als wäre er ein Kind, dem man gesagt hatte, dass es keinen Nikolaus gab.

„Möchtest du etwas bestellen?“, fragte er.

„Ja, wenn du so weit bist.“ Er verdrängte den Gedanken an die Zahnveneers der Schauspielerin und konzentrierte sich wieder auf das Positive, auf das Gefühl, das ihm schon den ganzen Morgen über ungeheuren Auftrieb gegeben hatte. Er saß mit Renee Lapin an einem Tisch. Unauffällig sah er sich nach den anderen Gästen im Restaurant um, während Renee den Kellner herbeiwinkte. Ein paar Leute warfen verstohlene Blicke zu ihnen herüber.

„Ich nehme einen Shrimpssalat mit Himbeer-Vinaigrette, aber die bitte auf einem gesonderten Teller. Und bringen Sie mir noch ein Glas Weißwein.“ Sie tippte mit ihrem rot lackierten Fingernagel an den Rand ihres Weinglases.

Daniel bestellte irgendetwas. Das Essen war ihm in diesem Moment nicht so wichtig. Wieder sah er sich um und erkannte ein paar Gesichter. Nicht mehr lange, sagte er sich, dann würden die Leute auch ihn erkennen. Wie ein Blitz durchfuhr ihn die Gewissheit, dass das diesmal kein Wunschdenken war. Sylvia hatte es bestätigt. „Sie sind etwas Besonderes“, hatte sie zu ihm gesagt, als er den Vertrag für die Serie unterschrieben hatte. Ihre Stimme hatte aufrichtig geklungen. „Ihr Name wird in Hollywood bald ein Begriff sein.“ Er wusste bis heute nicht so genau, was sie damit meinte, aber es klang gut.

„Also“, meldete sich Renee wieder zu Wort. „Wie läuft's?“

Daniel sah sie an. Der Klang ihrer Stimme verwirrte ihn. Hatte sie ihm diese Frage nicht gerade schon gestellt?

„Sehr gut.“ Er nickte und schenkte ihr wieder sein spezielles Lächeln. „Wirklich sehr gut.“

8

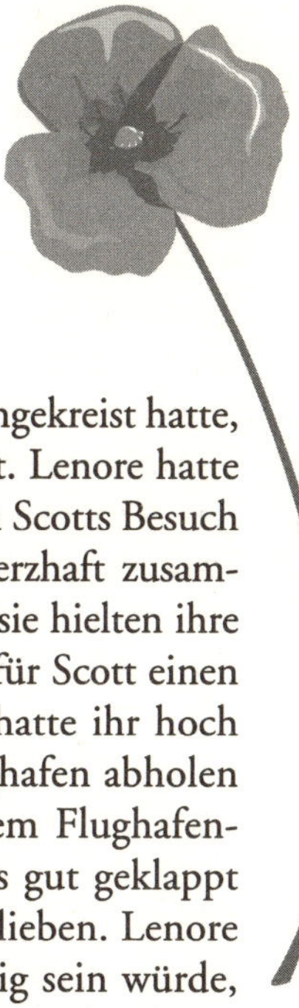

Im Vorfeld des Tages, den Daniel auf dem Kalender eingekreist hatte, hatte Scott seinem Vater bereits zwei Briefe geschickt. Lenore hatte mit Daniel telefoniert, um mit ihm die Einzelheiten von Scotts Besuch zu besprechen. Ihr Magen hatte sich jedes Mal schmerzhaft zusammengezogen, wenn sie seine Stimme gehört hatte, aber sie hielten ihre Gespräche kurz und sachlich. Lenore war es gelungen, für Scott einen Direktflug nach Los Angeles zu buchen, und Daniel hatte ihr hoch und heilig versprochen, dass er seinen Sohn vom Flughafen abholen würde. Tatsächlich hatten die beiden sie noch aus dem Flughafengebäude angerufen, um sie wissen zu lassen, dass alles gut geklappt hatte, und Scott war eine Woche bei seinem Vater geblieben. Lenore hatte befürchtet, dass Scott bei seiner Rückkehr traurig sein würde, aber ihrem Sohn ging es ganz gut. Er war sogar froh, wieder bei ihr zu sein. Vielleicht lag es auch daran, dass er seinen neuen Freund Derek vermisst hatte. Am ersten Tag nach seiner Rückkehr stand er frühmorgens auf, zog sich ohne ihre Hilfe an und packte die Souvenirs aus Los Angeles ein, damit er in der Schule von seinem Kurzurlaub erzählen konnte.

„Das ist Daniel?“, hatte Edie gefragt, als sie das Erinnerungsfoto von Scott und Daniel, das Scott mit nach Hause gebracht hatte, an der Pinnwand entdeckt hatte. Lenores einzige Reaktion war ein stilles Nicken gewesen. Vermutlich verglich ihre Besucherin gerade das braun gebrannte Gesicht des gut aussehenden Mannes mit Lenores milchweißer Haut und ihrem mausbraunen Haar, hatte sie sich gedacht. Aber nachdem Edie das Foto betrachtet und dann Scott gemustert hatte, hatte sie nur eine einzige Bemerkung gemacht: „Er kommt mir irgendwie bekannt vor.“

Lenore hatte Edie von Daniels Fernsehkarriere erzählt und angespannt auf neugierige Fragen oder zumindest diesen abschätzenden Blick gewartet, den sie so gut kannte. Aber beides war ausgeblieben.

Das Gespräch der beiden Frauen hatte sich anderen Themen zugewandt und sie hatten seitdem nicht mehr über Daniel gesprochen.

Lenore starrte mit leerem Blick hinaus auf den Parkplatz. Sie zwang sich, nicht mehr an Daniel zu denken. Von Carlene war noch nichts zu sehen, aber ihre neue Freundin hatte ohnehin ein anderes Zeitgefühl als die übrige Welt. Sie unterschied sich auch in anderer Hinsicht von anderen Menschen. Lenore hatte noch nie einen gläubigen Menschen wie Carlene getroffen. Ihre absolute Hingabe und ihr unerschütterliches Gottvertrauen schienen nicht zu ihrem Äußeren zu passen. Sie trug ihre Haare übertrieben toupiert, ihre Kleider waren stets knallbunt, und ihr Make-up äußerst farbintensiv. Carlene sprach in einem lockeren Ton über Jesus, aber das passte zu ihrer Persönlichkeit. Sie war alles andere als schüchtern oder reserviert. Lenore war verblüfft, dass sie Carlene so gern mochte. Sie musste lächeln, als sie sich daran erinnerte, wie die andere Frau ein paar ihrer Eskapaden zum Besten gegeben hatte.

„Ich hab mal aus einem Seil einen Keilriemen gebastelt", hatte Carlene an jenem ersten Tag geprahlt, als Lenore Scott nach der Schule, geplagt von innerer Unruhe und Zweifeln, zu ihr gebracht hatte. Wenn Oma Eileen ihr diese Frau nicht empfohlen hätte, hätte sie auf dem Absatz kehrtgemacht und wäre wieder nach Hause gefahren. „Sie ist ein echtes Original", hatte Scotts Lehrerin gemeint. „Aber sie liebt den Herrn und sie liebt Kinder. Dort drüben sitzt ihr kleiner Sohn Derek." Sie hatte auf einen Jungen mit Sommersprossen und einem breiten Lächeln gezeigt.

Edie hatte Oma Eileens Empfehlung bestätigt. „Sie hat ein gutes Herz", hatte sie gesagt. „Du kannst ihr wirklich vertrauen."

Die beiden Frauen hatten recht behalten. Auch wenn Lenore überraschend auftauchte, wirkten die beiden Jungen glücklich und zufrieden. Sie wurden von Carlene liebevoll betreut. Lenore merkte schnell, dass Carlene immer offen ihre Meinung sagte, aber Lenore machte das nichts aus. Sie empfand es als sehr angenehm, von Menschen umgeben zu sein, die das aussprachen, was sie dachten.

„Ach, Sie arbeiten bei Doc Ashland?", hatte Carlene sie an jenem ersten Tag gefragt.

Lenore nickte nur.

Carlene zog eine Grimasse und schüttelte den Kopf. „Nein, das wäre nichts für mich", platzte sie heraus. Ihre Stimme klang so ablehnend, als hätte Lenore ihr eine Arbeit bei dem Arzt angeboten.

Lenore reagierte auf diese Worte mit einem Lächeln. Sie hatte schon da gemerkt, dass es mit Carlene wenigstens nie langweilig werden würde.

„Aber ich sage immer: Man muss eben das machen, was man kann", hatte Carlene hinzugefügt. Dann folgte eine detaillierte Schilderung, wie sie das zu einem Keilriemen umfunktionierte Seil befestigt, den Knoten mit einem Nagelknipser bearbeitet hatte und dann zweiunddreißig Kilometer bis zur nächsten Tankstelle gefahren war. „Wenn man weiß, wie so was funktioniert, kann man es auch reparieren, stimmt's?" Ihr Gesicht hatte sich so verzogen, dass es beinahe wie das eines Clowns ausgesehen hatte, was es aber fast ständig tat.

Lenore wusste bei vielem zwar nicht wie es funktionierte, aber sie lernte dazu. Schon nach wenigen Wochen hatte sie von Carlene eine Menge gelernt. Nachdem Lenore sich erst einmal an ihr ungewöhnliches Erscheinungsbild gewöhnt hatte, hatte sie einen Blick hinter die Fassade der aufgedonnerten Singlemama werfen können. Carlene hatte wirklich ein gutes Herz. Lenore wurde bewusst, was für ein Glück sie hatte. Trotz der großen Gegensätze waren sie Freundinnen geworden, und Lenore war überaus dankbar für diese Freundschaft.

„Das wird eine tolle Sache", hatte Carlene begeistert gemeint, als Lenore sie gefragt hatte, ob sie Scott nach der Schule betreuen könne. „Derek ist in derselben Klasse, von daher ist das gar kein Problem. Während des Unterrichts putze ich das Kirchengebäude, und dann nehme ich nach der Schule einfach beide Jungs mit nach Hause."

Lenore beobachtete Scott, der auf dem Bordstein vor ihrer Wohnung saß und sehnsüchtig auf seinen Freund wartete. Derek war ein halbes Jahr älter als Scott, und dieser Altersunterschied machte ihn automatisch zu einem Helden. Die beiden Jungen waren inzwischen unzertrennlich. Scott mochte auch seine neue Tagesmutter, weil sie völlig zwanglos mit ihnen umging. Sie setzte ihnen Grenzen, räumte ihnen aber auch einen gewissen Freiraum ein, wobei sie Letzteres wörtlich nahm.

„Ich gehe jeden Tag mit ihnen in den Park. Dort können sie sich austoben. Das schont meine Möbel", hatte Carlene ihrer neuen Freundin erklärt. Die beiden Frauen und ihre Söhne hatten sich sogar schon getroffen, um sich gemeinsam einen Film anzusehen. Sie waren in die Vormittagsvorstellung von *Oliver & Co.* gegangen und hatten dabei so viel Spaß gehabt, dass sie sofort den heutigen Ausflug geplant hatten. „Ich zeige dir, wo ich am liebsten einkaufe“, hatte Carlene angeboten. Wieder warf Lenore einen Blick aus dem Fenster. Sie hoffte, dass Carlenes roter Kombi endlich auftauchen würde. Dann sah sie auf die Uhr. Carlene war erst zehn Minuten zu spät dran. Es könnte also noch länger dauern. Sie zog ihren Mantel wieder aus und sah sich die Broschüre an, die Dr. Ashland ihr gegeben hatte. Es handelte sich um das Programm eines im Norden der Stadt gelegenen Colleges.

„Es gibt dort einen Studiengang für Krankenpflege“, hatte er gesagt und sie mit hochgezogenen Augenbrauen angesehen. „Und wenn Sie wollen, können Sie nach anderthalb Jahren an die Universität wechseln und dort einen akademischen Abschluss machen. Sie sollten sich das überlegen. Sie haben eine natürliche Begabung für diesen Beruf.“

Lenore war vor Verlegenheit rot geworden, als sie dieses Lob gehört hatte. Die Arbeit in der Arztpraxis machte ihr Freude. Dr. Ashland sagte, ihm gefalle ihre ruhige und besonnene Art im Umgang mit den Patienten. Sie scheine immer zu wissen, wer von ihnen etwas härter angepackt und wer etwas sanfter behandelt werden müsse. Aber am besten gefiel Lenore bei ihrer Arbeit das Gefühl, endlich etwas wirklich Sinnvolles zu tun. Wenn verletzte oder kranke Kinder zu Dr. Ashland kamen, machte er sie wieder gesund. Und auch sie konnte den kleinen Patienten helfen, selbst wenn sie nur ihre Körpergröße und ihr Gewicht notierte, ihre Temperatur maß oder die Anweisungen des Arztes weitergab. Sie kam jeden Tag müde, aber zufrieden nach Hause. Ihre Arbeit war zwar anstrengend, aber sie wusste, dass sich diese Mühe lohnte. Wieder warf sie einen Blick auf das Vorlesungsverzeichnis. Eine seltsame Unruhe erfasste sie, denn das hier war etwas ganz anderes. Sie war sich nicht sicher, ob sie wieder die Schulbank drücken könnte. Allein die Anmeldung am College kam ihr wie ein unüberwindlicher Berg vor.

„Sie können sich die Arbeit so einteilen, dass Sie die Kurse besuchen können“, hatte ihr Dr. Ashland vorgeschlagen. „Mir ist schließlich auch geholfen, wenn Sie diese Ausbildung machen, weil Sie mir dann in der Praxis mehr Arbeit abnehmen können. Außerdem reicht das Gehalt einer Sprechstundenhilfe auf die Dauer nicht aus, wenn Sie vernünftig für Ihren Sohn sorgen wollen."

Da hatte er natürlich recht, aber in letzter Zeit hatte sich ihre finanzielle Situation ein bisschen entspannt. Daniel hatte Scott letzte Woche einen Brief geschickt. In dem Umschlag hatten ein paar Zeilen an sie gelegen und ein Scheck über einen Geldbetrag, der höher war als alles, was Lenore innerhalb eines Jahres verdienen konnte. Zuerst hatte Lenore befürchtet, dass Daniel in zweifelhafte Geschäfte verstrickt sein könnte, aber dann hatte sie seine Erklärung gelesen. *Habe eine gute Rolle bekommen. Werde noch mehr schicken. In Liebe, Daniel.*

In Liebe, Daniel. Sie hatte die Zähne zusammengebissen und gespürt, wie ihr Blut in Wallung kam. Der Schmerz über die Trennung von Daniel war in letzter Zeit einer kaum zu bändigenden Wut gewichen. Sie hatte den Scheck eingereicht, Daniels Brief in den Mülleimer geworfen und ihren Zorn hinuntergeschluckt. Diesen Aufruhr ihrer Gefühle konnte sie jetzt nicht brauchen. Sie würde sich ihrer hilflosen Wut ein andermal stellen müssen.

Ein roter Farbfleck auf dem Parkplatz riss Lenore aus ihren Gedanken. Carlene war endlich da. Lenore ging hinaus und schloss die Wohnungstür hinter sich ab. Als sie bei Carlenes Auto ankam, saß Scott schon auf dem Rücksitz. Carlene kontrollierte gerade, dass er sich auch richtig angeschnallt hatte, und winkte Lenore dann zur Begrüßung zu. „Zuerst fahren wir zum See. Dort hat die St.-Vincent-Stiftung einen Wohltätigkeitsladen, und die haben ganz anständige Sachen."

„Klingt gut", erwiderte Lenore. Während sie sich anschnallte, unterdrückte sie ein Schmunzeln. Carlene hielt nicht viel von den Möbeln, die in ihrer Wohnung standen.

„Kann sie dieses Zeugs loswerden?", hatte Carlene Mr Caputo gefragt.

„Klar", hatte dieser mit dem für ihn typischen strahlenden Lächeln geantwortet. Er schien sich nichts aus Carlenes abfälliger Bemerkung zu machen. „Ich stelle die Möbel einfach auf den Speicher."

„Ich hab kein Geld für neue Möbel", hatte Lenore protestiert. Damals hatte sie den Scheck von Daniel noch nicht bekommen.

„Dort, wo ich einkaufe, kannst du dir alles leisten", hatte Carlene ihre Freundin beruhigt.

Lenore fragte sich einen Moment lang, was Daniel wohl davon halten würde, wenn er erführe, dass sie in einem Wohltätigkeitsladen einkaufen wollte. Aber vielleicht wäre ihm das auch gleichgültig, solange niemand wusste, woher die Möbel kamen. Daniel war es immer wichtig gewesen, einen guten Eindruck zu machen. Für ihn war es die Hauptsache, dass die Fassade stimmte. Wieder biss Lenore die Zähne zusammen. Sie atmete tief durch und widmete sich dann wieder ihrer Freundin.

„Also gibt es in diesem Laden gute Möbel?", fragte sie.

Carlene nickte. „Auf jeden Fall sind die besser als das Zeugs, das du jetzt hast. Wenn man sich mit so einem Ramsch umgibt, muss man ja depressiv werden."

„Ich bin nicht depressiv", erwiderte Lenore bissig. Vielleicht wurden diese Worte ja dadurch wahr, dass sie sie laut aussprach. Aber Carlene hörte ihr gar nicht zu. Stattdessen griff sie in ihre Handtasche, wandte sich auf ihrem Sitz um und reichte den beiden Jungen je eine Zuckerstange. Ihr Auto zog dabei immer weiter nach links und blieb nur mit Mühe in der Spur. Lenore wollte schon das Lenkrad packen, aber in diesem Moment setzte sich Carlene wieder gerade hin, und das Auto kehrte auf die Mitte der Spur zurück.

„Was ist denn los?", fragte sie empört.

„Nichts." Lenore unterdrückte ein Schmunzeln und griff nach der Zuckerstange, die Carlene ihr hinhielt.

Zuckerstangen. Lenore schüttelte den Kopf. Es war kaum zu fassen, dass Weihnachten vor der Tür stand. Scott sollte am Tag danach erneut seinen Vater besuchen. Dieser Gedanke stimmte sie schlagartig traurig, ohne dass sie genau wusste, warum. Sie hatte nichts dagegen, dass ihr Sohn ein paar Tage bei seinem Vater verbrachte, ganz im Gegenteil. *Nimm mich mit,* rief es in ihrem Inneren. Aber sofort schrie eine andere, ebenso starke Stimme hasserfüllte Worte, wie ein verletztes und wütendes Kind. Wieder schüttelte sie den Kopf und verdrängte die bösen Gedanken. Ihre Gefühle waren in Aufruhr und ihre Gedanken widersprüchlich und turbulent. Nur über eines war sie sich im Klaren: Sie verspürte kein Verlangen, Weihnachten zu feiern, aber Scott zuliebe musste sie gute Miene zum bösen Spiel machen.

Carlene fuhr auf den Parkplatz des riesigen Wohltätigkeitsladens und parkte das Auto. Sobald sie das Gebäude betreten hatten, merkte Lenore, dass ihre Freundin recht gehabt hatte. Hier konnte man wahre

Schätze finden, wenn es einem nichts ausmachte, dass sie vorher jemand anderem gehört hatten. Sie sah einen Couchtisch aus Mahagoni und dazu passende Beistelltischchen. Die Möbelstücke waren nur leicht abgenutzt. Dann entdeckte sie zwei schöne alte Porzellanlampen, die Carlene zufolge nur neue Schirme brauchten.

„Ich kann dir neue Kabel einziehen, falls die Lampen nicht brennen", bot sie an. „Und für zwei fünfzig das Stück kannst du nicht viel falsch machen. Ach, schau mal", ergänzte sie und hielt einen Satz weißer Keramikbecher hoch. Auf den Tassen waren die Umrisse eines Nikolausgesichts zu sehen. Sie fuhr mit dem Fingernagel über die Farbe. Der abgesplitterte Nagellack auf ihrem Daumennagel wirkte genauso fleckig wie die Wangen des Nikolaus. „Wenn du die Farbe abrubbelst, hast du einen schicken weißen Becher. Das ist doch clever, oder?"

„Stimmt", erwiderte Lenore. Carlene nickte bedächtig und stellte alle sechs Becher in Lenores Einkaufswagen. Es folgte ein Kranz aus künstlichem Immergrün, den sie an ihre Wohnungstür hängen könnte. „Du brauchst ein bisschen Weihnachtsstimmung", erklärte sie. „Wenn du nicht genug Geld hast, kann ich zahlen."

„Ich habe genug Geld", sagte Lenore. Carlenes unbeholfene Freundlichkeit wärmte ihr das Herz. „Ich brauche aber einen echten Baum. Ohne den ist nicht richtig Weihnachten." Warum sagte sie so etwas? Vor ein paar Sekunden hatte sie das Fest gar nicht feiern wollen.

„Da hast du recht", pflichtete Carlene ihr bei. Sie lächelte zufrieden. „Christbaumschmuck findest du dort drüben hinter den Haushaltswaren."

Lenore folgte Carlenes Wegbeschreibung und sah sich den Weihnachtsschmuck an. Plötzlich war ihr Interesse geweckt. Sie entdeckte drei Schachteln mit Christbaumkugeln aus den fünfziger Jahren. Bevor sie den Laden verließen, fiel ihr Blick noch auf eine schwarze Hose und einen roten Pullover. Beide Kleidungsstücke wären ideal für Scotts Besuch bei seinem Vater. *Wenn er etwas Extravagantes braucht, kann Daniel ihm das kaufen*, dachte sie mürrisch. Nach einer ersten Schocksekunde schüttelte sie fassungslos den Kopf. Sie war verblüfft, wie gehässig sie auf einmal sein konnte. Die Feindseligkeit gegenüber ihrem früheren Lebensgefährten umgab sie wie ein dicker Panzer.

„Du hast echte Schnäppchen gemacht", rief Carlene begeistert und riss Lenore aus ihren hasserfüllten Gedanken. „Und in einem Monat denkst du nicht einmal mehr daran, dass es gebrauchte Sachen sind."

Lenore nickte zustimmend. Sie würde alles gründlich desinfizieren und die Kleidungsstücke mehrmals durchwaschen. Aber letztlich würde Carlene recht behalten. Niemand würde etwas merken. Die Kleider würden nach Weichspüler duften, die polierten Möbel würden glänzen und der Christbaumschmuck weihnachtliche Stimmung verbreiten. Carlene rauchte auf dem Rückweg zum Auto schnell eine Zigarette. Bevor sie einstieg, zertrat sie die Kippe mit dem Absatz ihres Schuhs.

„Du solltest wirklich nicht rauchen", schimpfte Lenore.

„Ja, ich weiß." Carlenes Stimme klang reumütig. „Aber ich rauche nur draußen oder im Bad. Und dann lasse ich stundenlang das Fenster offen stehen. Am Montag höre ich zum zigsten Mal damit auf."

Auf dem Rückweg zu Carlenes Wohnung hielten sie noch bei einem Supermarkt, kauften Zutaten für Pizza und Buttertoffee und ein Sechserpack Limonade. Dann liehen sie sich zwei Videos für die Kinder aus. Sie entschieden sich für *Wie der Grinch Weihnachen gestohlen hat* und *Frosty, der Schneemann*. Während sie das Essen zubereiteten, plauderten und lachten die beiden Frauen miteinander, und die Kinder sahen sich die Filme an. Später gingen die beiden Jungen in Dereks Zimmer, um dort zu spielen. Lenore und Carlene tranken Kaffee, aßen die Buttertoffees und redeten weiter. Der Fernseher lief im Hintergrund leise weiter und diente den beiden Frauen als Geräuschkulisse.

„Jetzt müssen wir aber los", meinte Lenore schließlich, als es schon fast zweiundzwanzig Uhr war. Carlene holte ihre Autoschlüssel und rief nach den beiden Jungen. Während Lenore das Geschirr zusammenstellte, endeten im Fernsehen die Nachrichten und ein Werbetrailer wurde ausgestrahlt. Lenore hörte eine vertraute Stimme, aber das, was sie sagte, ergab keinen Sinn. Daniel sagte: „Einspruch, hohes Gericht."

Lenore drehte sich abrupt um und starrte auf den Bildschirm. Ihre Lippen verzogen sich zu einem unausgesprochenen „Oh", während sie zu verstehen versuchte, was sie da sah. Daniel sah gut aus. Der dunkle Anzug, den er trug, passte ihm wie angegossen. Plötzlich wurde ihr klar, woher das viele Geld kam und warum Daniel so selbstsicher weitere Geldsendungen angekündigt hatte.

In diesem Augenblick kam Carlene zurück ins Wohnzimmer, gefolgt von Scott und Derek.

„Mensch, das ist ja Papa!“, rief Scott laut. „Das ist mein Papa!“

Carlenes Blick wanderte von Scott zum Bildschirm. Dann sah sie fragend Lenore und wieder den Fernseher an.

Lenore nickte schweigend.

„Das ist der Typ, den du verlassen hast?“, fragte Carlene und zeigte auf den Bildschirm.

Wieder nickte Lenore. In der Schlussszene des Einspielers stritt Daniel sich mit einer weiteren Filmfigur, der schönen Hauptdarstellerin. Lenore erwartete, dass Carlene sie auslachen oder der Lüge bezichtigen würde, aber die andere Frau starrte schweigend auf den Bildschirm, bis der Werbetrailer endete. Dann drehte sie sich zu Lenore um.

„Oh“, sagte sie bloß. Lenore sah Carlenes Augen aufblitzen. Sie hatte in nur wenigen Sekunden alles verstanden.

Weihnachten kam und ging vorüber. Bei Lenore wollte sich keine rechte Freude einstellen, aber sie war auch nicht traurig. Sie musste am Tag davor und am Tag danach arbeiten, wofür sie dankbar war. Am Morgen des Weihnachtstages packte Scott seine Geschenke aus. Mr Caputo hatte Lenore, Scott und Edie nach dem Gottesdienst zum Essen eingeladen. Es gab Truthahn.

„Das ist aber lieb von Ihnen“, sagte Mr Caputo, als er Lenores Geschenk auspackte. Sie hatte ihm ein Schreibset gekauft. Scott hatte in der Schule für Mr Caputo und Edie Rentiere gebastelt, deren Tierkörper aus Wäscheklammern bestanden. Die Geweihe waren aus Pfeifenreinigern gemacht.

„Wie schön“, freute sich Mr Caputo. Dann übergab er Lenore und Scott je ein Geschenk. Scott riss das Päckchen sofort auf und entdeckte darin eine komplette Ausstattung zum Malen, mit Wachsmalfarben, Buntstiften, Filzstiften und Zeichenpapier. Lenore nahm sich mehr Zeit beim Öffnen. Sie fragte sich, was wohl in der Schachtel sein könnte.

„Sie haben mich mal um ein paar Kochrezepte gebeten“, sagte ihr Vermieter schließlich verlegen.

Lenore schlug das Geschenkpapier sorgfältig auseinander. Ihr Blick fiel auf eine kleine Holzkiste, und als sie den Deckel abhob, sah sie

Rezeptkarten mit den leckeren Gerichten, für die Mr Caputo berühmt war. Zuoberst lag das Rezept für Hähnchen mit Polenta. Plötzlich füllten sich ihre Augen mit Tränen. Sie legte die Arme um den älteren Mann und drückte ihn fest an sich. Er tätschelte ihr sanft die Schulter.

„Ich hab nie Kochen gelernt", brachte sie schließlich heraus, als sie ihre Emotionen wieder im Griff hatte.

„Kein Mensch kommt auf die Welt und kann gleich alles", entgegnete Mr Caputo. Lenore fand es seltsam, dass der ältere Mann denselben Satz gebrauchte wie Edie, als sie ihr von der freien Stelle bei Dr. Ashland erzählt hatte. „Ich kann es Ihnen beibringen."

Edies Geschenk war ein behutsamer Anstoß: Es war ein in Leder gebundener Terminkalender. „Ich hoffe, du kannst ihn verwenden, um alle deine Termine unter einen Hut zu bekommen", sagte sie. Auf ihre dezente Art warb sie damit für die Entscheidung, die Lenore bald treffen musste. „Aus dir wird bestimmt eine hervorragende Krankenschwester." Ihre Stimme klang aufmunternd.

Scott freute sich riesig über die neuen Playmobilfahrzeuge, die Edie ihm geschenkt hatte, und auch Edie schien ihrerseits über Lenores Geschenk hocherfreut zu sein. Es war ein winziger Rahmen aus silbernem Filigran, den Lenore in einem Antiquitätenladen in der Nähe der Kirche gefunden hatte. Das antike Stück hatte mehr gekostet, als sie eigentlich hätte ausgeben wollen, aber sie war sich sicher gewesen, dass es Edie gefallen würde.

Der Tag verging schneller als erwartet. Sie ging um dieselbe Zeit schlafen wie Scott, weil sie sich sagte, dass sie schließlich am nächsten Morgen früh aufstehen müsse, um ihn zum Flughafen zu bringen. Aber insgeheim wollte sie nur nicht allein in ihrem winzigen Wohnzimmer sitzen, den Christbaum anstarren und an das Weihnachtsfest vom letzten Jahr denken.

Am nächsten Morgen brachte sie Scott zum Flughafen und ging zur Arbeit. Als sie von dort nach Hause kam, rief sie Leslie an und wünschte ihrer Schwester frohe Weihnachten. Sie ließ sich die neue Telefonnummer ihrer Mutter geben, hinterließ eine Nachricht auf deren Anrufbeantworter, und dann gehörte Weihnachten für sie der Vergangenheit an – bis zum nächsten Jahr. Nach drei Tagen kam Scott wieder zurück. In seinem Koffer steckte ein weiterer Scheck. Lenore wusste schon, wofür sie das Geld diesmal verwenden würde: Mit dieser Summe könnte sie ihre verringerte Arbeitszeit ausgleichen. Den Rest würde sie für Studiengebühren und Bücher verwenden, denn sie hatte sich entschlossen, tatsächlich noch einmal die Schulbank zu drücken. Diese Entscheidung tat ihrer Seele gut, da die Angst vor dem Unbekannten so groß war, dass sie sie von ihrer Traurigkeit und ohnmächtigen Wut ablenkte.

Bis zum ersten Tag des Wintertrimesters hatte sich ihre erbärmliche Angst in eine Mischung aus Aufregung und Beunruhigung verwandelt, wobei die Aufregung nur um Haaresbreite die Oberhand gewann. Sie fuhr zum Campus, stellte ihr Auto auf dem Studentenparkplatz ab und stieg aus. Die leinene Tragetasche, in der ihre brandneuen Bücher und das mitgebrachte Mittagessen steckten, lastete schwer auf ihrer Schulter. Mit Hilfe des Lageplans, den sie bei der Einführungsveranstaltung bekommen hatte, fand Lenore fast mühelos das Gebäude für die medizinischen Kurse und Vorlesungen. Sie war frühzeitig gekommen, und so mischte sie sich unter die Studenten, die vor dem Hörsaal herumstanden.

„Hallo." Die Stimme gehörte einer Frau mit kurz geschnittenem braunen Haar, die höchstens einen Meter fünfzig groß war. „Sieht ganz so aus, als ob wir zu den älteren Studenten gehören", fügte sie hinzu.

Lenore war verblüfft. Sie schätzte die Frau auf über vierzig, aber Lenore selbst war doch erst vierundzwanzig. Sie fühlte sich gar nicht alt.

„Ja, sieht ganz so aus", stimmte sie der anderen Studentin dennoch zu und folgte ihr in den Hörsaal.

Sie setzten sich hinter die seltsam geformten Schreibpulte, die in dem modernen, etwa einhundert Studenten fassenden Saal standen.

Lenore nahm ihr Notizbuch aus der Tasche und schrieb „5. Januar 1989, Fach: Anatomie und Physiologie" hinein. Dann zögerte sie, legte ihren Bleistift hin und sah sich um. Allmählich füllte sich der Saal. Ein junger Mann ließ sich auf den Platz vor ihr fallen. Er trug ein T-Shirt mit dem Namen einer Musikgruppe, von der sie noch nie im Leben gehört hatte. Eine junge Frau, deren dichtes, lockiges Haar unter einer Baseballkappe versteckt war, setzte sich neben ihn.

Als der Dozent den Raum betrat, wurde es dunkel. Auf einer großen Leinwand erschien eine Animation einer Zelle. Nach und nach kamen noch mehr Studenten in den Saal, jedes Mal, wenn sich die Tür öffnete und wieder schloss, schien das Licht von draußen auf das Bild.

„Anatomie und Physiologie sind lediglich Begriffe für Chemie und Physik, angewandt auf den menschlichen Körper", erklärte der Dozent. Für Lenore begann eine aufregende Zeit.

Am nächsten Morgen stand sie auf, als es noch dunkel war, machte sich einen Kaffee, holte ihre Bücher und setzte sich an den Küchentisch, den Carlene und sie bei einem weiteren Ausflug gefunden hatten, diesmal in einer Goodwill-Zweigstelle. Der Tisch war aus massivem Eichenholz. Er hatte zwar ein paar Kratzer, aber ansonsten war er stabil und erfüllte seinen Zweck.

Lenore schlug ihr Lehrbuch über Anatomie und Physiologie auf und begann mit dem Abschnitt über Zellbiologie. Sie tröstete sich mit dem Gedanken, dass das alles gar nicht so schwer sein konnte, aber ihre Schulzeit lag schon länger zurück. Der Dozent hatte es ernst gemeint, als er Chemie und Physik erwähnt hatte. Es genügte nicht, die Namen der Zellteile auswendig zu lernen. Seine Studenten sollten die chemische Zusammensetzung der Zellmembranen kennen, die elektrische Aufladung der Zell-Ionen und eine Menge anderer Fakten, die sie in der Schule nicht gelernt hatte. Lenore war froh, dass sie sich für einen Wiederholungskurs in Chemie eingeschrieben hatte. Nach der Lektüre der ersten Seiten des Lehrbuches war ihr nur zu deutlich bewusst, wie dringend sie eine Auffrischung ihres Wissens brauchte.

Sie blätterte das Buch durch und machte sich auf dem neben ihr liegenden Block Notizen. Dann versuchte sie zu verstehen, worum es bei Konzentrationsgradienten, ionischen und Elektronenpaarbindungen ging, warum sich solche Verbindungen bildeten und wieder lösten, wie sie das Verhalten der Zelle beeinflussten und auf die Abwehrkräfte eines Menschen wirkten. Lenore spürte, wie eine leichte Panik in ihr aufstieg. Das würde sie niemals lernen, geschweige denn verstehen. *Du bist zu alt für so was*, warnte sie eine innere Stimme. *Warum hast du überhaupt mit dieser Ausbildung angefangen? Such dir doch lieber eine Stelle als Kellnerin. Zu was anderem taugst du sowieso nicht*. Diese anklagende Stimme klang wie eine Kreuzung aus der ihrer Mutter und der ihrer Schwester.

Mit einem energischen Kopfschütteln starrte Lenore an die gegenüberliegende Wand. Dann versuchte sie bewusst zu atmen, wie damals bei der Geburt von Scott. Ein, aus, ein, aus. Langsam hob und senkte sich ihre Brust. Alles würde gut. Sie würde es schaffen. Es war nicht zu schwer.

„Eins nach dem anderen, alles schön der Reihe nach." Sie wiederholte halblaut diesen Rat, den Edie ihr gegeben hatte. Wenn Lenore an das Chaos in Edies Büro dachte, erschien es ihr allerdings so, als halte sie selbst sich nicht unbedingt an diese Worte. Lenore musste lächeln. Allein der Gedanke an Edie wirkte beruhigend auf sie. Wieder widmete sie sich den Lehrbüchern. Die Zeit verging wie im Flug, und dann musste sie Scott wecken.

9

Die Maskenbildnerin führte den Pinsel geschickt über Daniels Wangenknochen.

„Noch ein bisschen mehr auf dieser Seite“, schlug Daniel vor. Dann unterdrückte er ein Gähnen. Er war müde. Fünf Tage lang war er bis ein Uhr nachts aufgeblieben, weil er seine Texte und die Regieanweisungen hatte auswendig lernen müssen. Er brauchte dringend eine Tasse Kaffee, aber zuerst musste der Friseur seine Haare richten.

„Okay. Wir sind fertig.“ Die Maskenbildnerin wedelte mit der Hand zum nächsten Stuhl, und Daniel rutschte weiter, ohne den Frisierumhang abzunehmen.

„Kann ich vielleicht eine Tasse Kaffee bekommen?“, wagte er endlich zu fragen.

„Esme, sei so lieb und hol Daniel eine Tasse Kaffee“, rief der Haarstylist und warf einen kurzen Blick über seine Schulter.

Daniel hörte keine Antwort, und fragte sich, ob überhaupt jemand da war. Manchmal wusste er nicht, ob er unter Verfolgungswahn litt oder ob er nur überempfindlich war, aber es kam ihm immer häufiger so vor, als ob andere Menschen über ihn bestimmten.

Er rieb sich vorsichtig die Augen, um sein Make-up nicht zu verschmieren. Beinahe erwartete er, Scott in der Ecke mit seinen Spielzeugautos spielen zu sehen, aber die gelangweilt dreinschauende Volontärin, die er für den kurzen Besuch seines Sohnes an Weihnachten als Babysitterin engagiert hatte, saß schläfrig auf einem Stuhl neben ihm. Scott war nicht mehr hier. Er war schon seit fast drei Monaten wieder bei seiner Mutter in Seattle.

„Hier.“ Eine junge Frau um die zwanzig stellte eine Styroportasse auf die Ablage. Sie trug Jeans und einen schulterfreien Pullover in Übergröße. Ihr Haar war auf der einen Seite zu einem Pferdeschwanz zusammengebunden. Der Kaffee war offenbar übergeschwappt, denn die Tasse war an den Seiten voller brauner Flecke, die bereits angetrocknet waren. Daniel verdrängte den Gedanken, dass die Tasse nicht mehr so ganz frisch sein konnte. Er nahm sie in die Hand versuchte sich unter der Hand des Haarstylisten möglichst nicht zu bewegen und trank dankbar einen großen Schluck. Der Kaffee war fast kalt.

„Bitte neigen Sie den Kopf", sagte der Stylist.

Daniel versuchte sich an den Namen des Mannes zu erinnern. Harold oder Howard, oder sonst irgendetwas in diese Richtung. Gehorsam folgte er seiner Anweisung.

Harold oder Howard bearbeitete Daniels Haar zuerst mit der Schere, dann mit dem Kamm. Wieder musste Daniel an Scott denken.

Die beiden Besuche seines Sohnes waren für ihn wie schmerzhafte Schockbehandlungen gewesen, besonders der erste. Daniel hatte sich aus heiterem Himmel an die Fahrstunden erinnert gefühlt, die er mit sechzehn bekommen hatte. Er hatte damals bei über einhundert Stundenkilometern auf der Stadtautobahn versehentlich den ersten Gang eingelegt. Als er die kleine Gestalt seines Sohnes gesehen hatte, die an der Hand einer Flugbegleiterin die Gangway des Flugzeuges heruntergelaufen kam, hatte Daniel plötzlich dasselbe Gefühl verspürt. Er meinte, eine Vollbremsung gemacht und den Motor abgewürgt zu haben. Scott wirkte eingeschüchtert, aufgeregt, ja sogar ein bisschen ängstlich. Doch als er Daniel sah, strahlte er vor Freude und Erleichterung.

„Papa", rief er laut. Als Daniel dieses Wort hörte, schlug sein Herz schneller. Mit wenigen großen Schritten war er bei seinem Sohn, bückte sich und hob ihn hoch.

„Mensch, Kumpel, du hast mir echt gefehlt", sagte er. Dann schloss er die Augen und genoss die Nähe seines Sohnes, den mageren kleinen Kinderkörper mit den deutlich erkennbaren Rippen, der sich an ihn presste, Scotts seidenweiches Haar und die Wärme seiner Wange an seinem Hals. Es kam ihm vor, als seien sie nie voneinander getrennt gewesen. Er warf sogar einen Blick auf die Tür, in der Hoffnung, dass Lenore als nächste Passagierin aus dem Flugzeug treten würde. Aber er hielt vergeblich Ausschau nach ihrer schlanken Gestalt, den eckigen Schultern, dem widerspenstigen Haar und dem strahlenden Lächeln auf dem Gesicht. Stattdessen stand dort die Flugbegleiterin und trat ungeduldig von einem Fuß auf den anderen. Sie wartete darauf, dass Daniel sie fortschickte. Natürlich hatte er nicht erwartet, dass Lenore kommen würde. Als sie am Telefon miteinander gesprochen hatten, hatte der sachliche, knappe Tonfall ihrer Stimme seine Träume von einem Wiedersehen mit ihr wie eine Seifenblase zerplatzen lassen.

Sobald sie den Flughafen verlassen, sich durch den regen Autoverkehr auf den Stadtautobahnen gequält hatten und in der Wohnung in Santa Monica angekommen waren, hatte sich zwischen ihm und Scott ebenfalls alles verändert. Jetzt gab es keine Lenore mehr, die ihn in seiner Vaterrolle unterstützt hätte. Daniel merkte sofort, wie viel sie ihm abgenommen hatte. Sie hatte sich um die scheinbar unwichtigen Details wie das Essen, die Wäsche und all die Dinge des täglichen Bedarfs gekümmert, sodass er mit seinem Sohn hatte spielen können. Ohne Lenore musste er alles allein machen, und er stellte sich ziemlich unbeholfen an. Sogar die grundlegenden Dinge wurden zu einem Problem. Daniel hatte einem Laufburschen aus dem Filmstudio Geld gegeben, damit dieser ein Kinderbett kaufte und zusammenbaute. Aber keiner der beiden Männer hatte daran gedacht, dass man für ein Bett auch Bettzeug und Laken brauchte. Deshalb musste sich Scott mit Decken und Kissen behelfen. Daniel hatte sich auch noch keinen Fernseher gekauft. Die meisten Mahlzeiten nahmen Vater und Sohn in Restaurants ein. Dieser erste Besuch war etwas unglücklich verlaufen, vor allem weil Daniel versucht hatte, ihr früheres Leben nachzuahmen. Dieser Versuch war gründlich misslungen, und Scott schien das auch zu merken, obwohl er sich nicht beklagte.

Zu Weihnachten lief es im Grunde genommen nicht viel besser. Daniel hatte sich freigenommen, sodass die Dreharbeiten im Studio zwei Tage lang ohne ihn stattfinden mussten. Er nahm Scott mit ins Einkaufszentrum, wo dieser sich ein paar Spielsachen aussuchen durfte. Allerdings war Daniel nicht auf den Gedanken gekommen, alles noch einmal in Geschenkpapier einzupacken. Außerdem hatte er keinen Christbaum besorgt. Wieder einmal hatte er für so etwas keine Zeit gehabt. Am nächsten Morgen fuhren Vater und Sohn zu *Denny's Restaurant* und aßen dort Pfannkuchen. Später gingen sie in einen Freizeitpark. Als sie abends heimkamen, spielten sie noch mit Scotts neuen Spielsachen. Am Ende des dritten Tages, nach einem langen Drehtag, sah Scott mit leerem Blick von seinen Spielsachen auf und fragte Daniel, wann er wieder nach Hause könne.

Daniel hatte sich fest vorgenommen, beim nächsten Mal alles besser zu machen, aber es war noch unklar, wann der nächste Besuch stattfinden sollte. Vielleicht während der Ferien im Frühjahr oder aber in den Sommerferien. Wieder musste Daniel gähnen, aber obwohl er müde war, kamen seine Gedanken nicht zur Ruhe. Weihnachten war nicht umsonst ein Fest der Familie. Und tatsächlich hatte er nicht nur Besuch von seinem Sohn gehabt, sondern auch von seinen Verwandten in Kentucky gehört. Es hatte sich allerdings nicht um die erwarteten Glückwünsche zu seinem Erfolg gehandelt. Stattdessen hatte er die düstere Stimme seines Onkels auf dem Anrufbeantworter gehört, als er nach anstrengenden Dreharbeiten um Mitternacht nach Hause gekommen war.

„Deine Großmutter ist gestorben." Sein Onkel sprach noch immer mit jenem breiten Akzent, den Daniel sich mit großer Anstrengung abgewöhnt hatte.

„Die Beerdigung ist am Dienstag, aber du wirst wohl nicht kommen können." Nach einer kurzen Pause sprach er weiter. „Ich hab dich im Fernsehen gesehen." Daniel zuckte erschrocken zusammen. Er überlegte, welche Folge das wohl gewesen war, doch im Grunde genommen spielte das keine Rolle. Sein Onkel würde in jeder Episode etwas Anstößiges finden. „Ich kann einfach nicht fassen, was du da machst, Danny." Dieser Tonfall sagte mehr als tausend Worte. „Na ja, was soll's. Deine Tante Dorothy hat Abzüge von Omas Bildern machen lassen und für jeden von euch Jungs ein kleines Fotoalbum gebastelt. Wir schicken es dir zu." Es folgte ein tiefer Seufzer, dann ein Klicken. Sein Onkel hatte einfach aufgelegt.

„So, wir sind fertig." Howard oder Harold nahm Daniel den Frisierumhang ab. Daniel stand auf. Er war froh, dass er sich ein bisschen recken und strecken konnte.

„Die Kostümbildner warten schon auf Sie", sagte der Haarstylist.

Bis Daniel fertig angekleidet war, gab es in der Kantine kein Frühstück mehr. Aber eine der Serviererinnen, eine junge Frau, die wie eine Zwillingsschwester von Esme aussah, stellte ihm einen Teller mit Resten in die Mikrowelle. Die Eier waren zwar zu heiß und der Schinken ledrig, aber Daniel war trotzdem froh über diese unverhoffte Mahlzeit. Vielleicht sollte er sich morgen doch früher abholen lassen. Er nahm sich das letzte Rosinenbrötchen aus dem Brotkorb, der auf dem Tisch stand, und goss sich noch etwas Kaffee ein. Jetzt machte es ihm nichts mehr aus, dass die Tasse nicht sauber war. Er wartete auf seine erste Szene.

Schließlich musste er froh sein, dass er hier war. Diese Rolle war wirklich ein Traum, das hatte er sofort begriffen. Jack Forester, der Schauspieler, der den Bezirksstaatsanwalt gespielt hatte, war vorübergehend aus der Serie ausgestiegen, weil er eine Filmkarriere anstrebte. Daniel hatte die Rolle seines Nachfolgers, eines forschen jungen Anwalts, bekommen. Plötzlich hörte er hinter sich eine leise, dunkel klingende Stimme. Er drehte sich um. Es war Renee. Als er sie ansah, lächelte sie und flüsterte der neben ihr sitzenden Frau etwas zu. Die beiden redeten über ihn, das war offensichtlich. Daniels Blick fiel auf die andere weibliche Hauptdarstellerin, die momentan den Regisseur in Rage versetzte. Ihr Freund hatte wieder ihr gemeinsames Kind mit ins Studio gebracht. Offenbar war es dem Regisseur ein Dorn im Auge, dass sie die Dreharbeiten aufhielt, weil sie das Baby stillen musste.

„Das steht so im Vertrag, Todd“, rief sie ihm forschfröhlich zu. Dann schob sie den kleinen Finger zwischen den Mund des Babys und ihre Brust, damit sie die Seiten wechseln konnte. Daniel musste schmunzeln. Er musste an Lenore und Scott denken, daran wie zufrieden sein Sohn nach dem Stillen immer ausgesehen und seinen Kopf müde auf die Seite gerollt hatte. Sein kleines Bäuchlein war wohlig gerundet gewesen, während auf seiner Wange noch Reste der bläulichen Muttermilch zu sehen gewesen waren. Plötzlich spürte Daniel den Trennungsschmerz wie einen scharfen Messerstich in seinem Herzen. Gierig trank er seinen Kaffee aus und warf die leere Tasse weg. Er schaute auf die Uhr und zählte die Stunden bis zum Mittagessen.

Das angekündigte Fotoalbum lag in der Post, als Daniel nach Hause kam. Es war spät geworden, fast ein Uhr morgens, und er war todmüde. Aber er holte sich trotzdem etwas zu trinken und setzte sich in den Sessel. Dann riss er das braune Packpapier auf, klappte das wellige Deckblatt aus schwarzem Karton um und starrte verwirrt auf das erste Bild. Der Schnappschuss in Schwarz-Weiß wirkte auf ihn wie eine Szene aus einem Film. Er hob das Album höher und sah sich das Foto genauer an. Ein langer Tisch war mit mehreren sich überlappenden Tischtüchern bedeckt. Das Arrangement darauf wirkte seltsam feierlich: Die Tafel war gedeckt mit Porzellan und unterschiedlich geformten Gläsern, neben den Tellern lagen Silberbesteck und Stoffservietten. Seltsam war es, weil alles draußen stand. Eine Festtafel in der Wildnis. Im Hintergrund konnte man einen Birkenwald erkennen, mit den charakteristischen schlanken, silberweiß und schwarz gescheckten Stämmen. Seine fünf Tanten, die mit den Brüdern seines Vaters verheiratet waren, standen rechts vom Tisch in einer Reihe. Renate, die Kriegsbraut aus Deutschland, wirkte pummelig und verschüchtert. Betty war eine dunkelhaarige Schönheit mit glänzenden Augen und gleichmäßigen weißen Zähnen. Die unscheinbare Susie machte wie immer ein sauertöpfisches Gesicht. Dorothy wirkte puppenhaft mit ihrem blonden Haar und den Grübchen in den Wangen. Wanda Jean sah schon damals müde aus. Sie hatte eines ihrer vielen Kinder im Arm. Seine Mutter stand auf der anderen Seite des Tisches. Sie lächelte fröhlich, und ihr dunkles Haar umrahmte ihr Gesicht in weichen Wellen. Neben ihr stand sein Vater in einer weißen Marineuniform. Er hatte beide Hände auf ihre Schultern gelegt. Daniel erkannte ein paar Kinder im Vordergrund als seine Cousins. Was hatte seine Familie damals wohl gefeiert? Auf dem Tisch standen große Platten mit Grillhähnchen, weißglasierter Kuchen türmte sich auf runden Tellern, in den Karaffen war Eistee und in den Schüsseln erkannte er ganze Berge von Kartoffelsalat. War es ein Geburtstag gewesen oder eine Verlobung? Wieder fiel sein Blick auf das lächelnde Gesicht seiner Mutter. Dann schlug er die Seite um.

Daniel erblickte ein weiteres Schwarz-Weiß-Foto mit gezacktem Rand. Diesmal zeigte es ihn als pausbäckiges Baby auf dem Schoß seiner Großmutter. Im Hintergrund war ein Maisfeld zu erkennen. Seine Großmutter saß auf einem Stuhl mit überaus gerader Rückenlehne. Wieder wirkte die Szene ein wenig seltsam. Es schien so, als ob jemand den Stuhl bis zum Feld geschleppt, ihn auf die frisch gepflügte Erde gestellt und seine Großmutter gebeten hätte, sich für ein Foto darauf niederzulassen. Daniel beugte sich herunter, um das Bild genauer zu betrachten. Er wusste noch, dass seine Oma ungewöhnlich groß für eine Frau gewesen war. Ihr Gesicht war länglich, fast hässlich, obwohl er sie nie als unattraktiv empfunden hatte. Sie trug eine Drahtbrille. Der Fotograf hatte auf den Auslöser gedrückt, als sie die Augen geschlossen hatte, deshalb wirkte ihr Gesichtsausdruck auf seltsame Art demütig oder verschämt, als käme sie sich nicht gut genug vor, um auf einem Foto verewigt zu werden. Der Säugling Daniel sah offensichtlich bewundernd zu ihr auf. Mit einer ihrer Hände hielt sie sein nacktes Füßchen. Diese Geste wirkte beschützend und liebevoll. Lange betrachtete Daniel diese Szene, bis er endlich die nächste Seite aufschlug. Plötzlich empfand er den Tod seiner Großmutter als Verlust. Wer war Elenor Houston Monroe wirklich gewesen? Er wusste es nicht, und er würde es wohl niemals erfahren.

Daniel versuchte, sich an die Verstorbene zu erinnern, konnte sich aber die sporadischen Besuche, die seine Mutter nach dem Tod seines Vaters zustande gebracht hatte, nur bruchstückhaft ins Gedächtnis rufen. Seine Großmutter hatte ein Federbett besessen, und er hatte immer gern bei ihr übernachtet. Er hatte es gemocht, wie sich diese altmodische Bettdecke um seinen Körper geschmiegt und er morgens beim Aufwachen eine Kuhle hinterlassen hatte. Wenn er frühmorgens aufgestanden war, war sie bereits in der Küche gewesen. Sie hatte Eier in einer Pfanne gebrutzelt, und es hatte nach knusprigem Speck gerochen. Die Kuchen, die sie gebacken hatte, hatten ordentlich aufgereiht auf der Anrichte gestanden. Daniel erinnerte sich, wie sie an ihrem Tisch aus schwerem Eichenholz gesessen und in ihrer Bibel gelesen hatte, einem großen, in schwarzes Leder gebundenen Buch. Der Einband war schon ganz rissig gewesen vom Alter oder vielleicht von ihren Tränen. Die Eskapaden seines Vaters hatten ihr großen Kummer bereitet. Dennoch war sie immer gut gelaunt gewesen. Ihr Lachen hatte gackernd und so laut wie ihre Stimme geklungen. Sie hatte jedoch auch sehr streng sein können, und manchmal hatte sie eine Schonungslosigkeit an den Tag gelegt, die er als Kind immer bewundert hatte. Er erinnerte sich noch daran, wie sie einmal einem Huhn ohne zu zögern den Hals umgedreht, es in heißes Wasser getaucht und gerupft hatte. Das alles war so schnell gegangen, dass er ihr verblüfft und fasziniert zugleich zugesehen hatte.

Ein paarmal war er mit ihr in den Gottesdienst gegangen, aber die fast schmerzhaft wirkende Heftigkeit ihres Glaubens hatte ihn erschreckt. „Lass Jesus in dein Herz“, hatte sie ihn immer wieder gedrängt. Schließlich hatte er ihr ein Gebet nachgesprochen, weil er gewollt hatte, dass sie sich wieder beruhigte. Sie hatte zufrieden gelächelt, als ob sie meinte, die Sache sei damit für alle Ewigkeit erledigt. Damals war er neun Jahre alt gewesen. Er erinnerte sich noch an dieses geflüsterte Gebet und seine Wirkungslosigkeit. Er wünschte sich, seine erste Begegnung mit Gott hätte dramatischere Folgen gehabt.

Daniel blätterte weiter in dem Fotoalbum. Es folgten ein paar Bilder von der Kohlensiedlung, die das Zuhause seiner Großmutter gewesen war, bevor die Gewerkschaften ihre Lohnforderungen gestellt hatten, die Planierraupen gekommen waren und die hügelige Landschaft in eine Wohngegend verwandelt hatten. Dann kamen Fotos von seinen Eltern vor dem 1957er Chevrolet seines Vaters. Es folgte ein Bild, auf dem er zusammen mit einer damals zehnjährigen Cousine zu sehen war, einem lebhaften Mädchen mit einer bauschigen Folklorebluse und einem böse wirkenden Silberblick. Danach kamen noch weitere Seiten, die er zügig durchblätterte, aber auf dem letzten Blatt hielt er inne. Das Foto zeigte seine Großeltern und es war wohl kurz vor dem Tod seines Großvaters aufgenommen worden. Der alte Mann trug einen Schlafanzug, strahlte aber noch immer eine königliche Würde aus. Aufrecht und mit im Schoß gefalteten Händen saß er in seinem hochlehnigen Schaukelstuhl. An seiner Seite thronte seine Frau auf einem Stuhl. Ihre Gesichtszüge waren eingefallen, aber auch sie sah aus wie eine Königin mit ihrem weißen Haar, das sich wie eine Krone auf ihrem Kopf türmte. Hinter den alten Leuten war ein Bett zu sehen, ein schief hängendes Bild, ein halb von einem Vorhang verdeckter Schrank, ein Kalender. Daniel blätterte die letzte Seite um. Auf der Rückseite war ein Bild vom Familienfriedhof zu sehen, ein quadratisches Stück Land, das von einem schmiedeeisernen, mit Efeu bewachsenen Zaun umgeben war. Auf allen marmornen Grabsteinen stand sein Familienname: Monroe.

Daniel legte das Buch aus der Hand. Plötzlich befiel ihn eine seltsame Unruhe. Es kam ihm vor, als habe er jahrelang seinen eigenen Namen nicht gekannt. In seiner Verwirrung griff er auf seine übliche Strategie zurück. Er schickte Geld, einen großzügigen Betrag für den Grabstein, und einen riesigen Kranz.

10

„Ich will aber nicht *Mr Rogers* sehen." Scotts Stimme klang schon wieder so trotzig. „Ich will die *Ninja-Schildkröten* sehen." Er starrte sie misstrauisch an, schaltete um, ohne den Blick von ihr abzuwenden. Lenore drehte ihm kommentarlos den Rücken zu, weil sie mit ihrem Sohn keinen Streit anfangen wollte, bei dem sie verlieren würde. Es war ihr zwar wichtig, konsequent zu sein, vor allem dann, wenn Scott ausprobierte, wie weit er bei ihr gehen konnte, aber diesmal wusste sie, dass sie im Unrecht war. Die von ihr selbst aufgestellte Regel war willkürlich und galt erst seit Kurzem. Die Serie mit den Ninja-Schildkröten hatte sie ihrem Sohn verboten, weil sie im selben Programm lief wie *Vor Gericht. Es ist jetzt sieben Uhr morgens*, sagte sie sich. *Zur Comic-Zeit zeigen sie Werbung für Zeichentrickfilme und Frühstücksflocken und bestimmt keine Trailer zu Serien für Erwachsene, die zur besten Sendezeit laufen.* Ihre Angst, im Fernsehen Daniels Gesicht sehen zu müssen, nahm beinahe schon krankhafte Züge an.

In den Monaten seit ihrer Trennung hatte sich etwas in ihr verändert. Zunächst hatte sie gemeint, ihre Seele würde vor Kummer zerfließen, so oft hatte sie weinen müssen. Jetzt musste sie feststellen, dass verletzte Gefühle zu einer eisernen Selbstbeherrschung erstarren und sich verhärten konnten, bis nur noch kalte Wut übrig blieb. Diese Wut fühlte sich an wie ein schweres Stück Blei, das auf ihrem Herzen lastete und ihr den Magen zuschnürte.

In den ersten Wochen nach ihrer Flucht hatte Lenore vor ihrem geistigen Auge immer und immer wieder jene alles verändernde, eigentlich so kleine Szene mit Daniel in der Küche ablaufen lassen. Sie hatte die Worte bereut, die sie so unbesonnen ausgesprochen hatte. Aber jetzt dachte sie anders darüber, weil ihr nur zu bewusst war, welche Worte Daniel damals ungesagt gelassen hatte. Er hatte ihr nicht gesagt, dass er sie heiraten wolle. Wie konnte ein Mann so etwas tun? Diese Frage hatte sie sich bereits unzählige Male gestellt. Wie konnte ein Mann immer wieder behaupten, dass er eine Frau liebe, dann aber sie und ihr gemeinsames Kind einfach gehen lassen? Wann immer sie daran zurückdachte, ließ sie ihr gemeinsames Leben mit Daniel Revue passieren, die schönen und die weniger schönen Erinnerungen. Mittlerweile sah sie alles in einem neuen Licht, weil sie endlich den Schlüssel zu Daniels Gefühlsleben hatte. Er hatte sie nie wirklich geliebt. Das war ihr jetzt klar geworden. Wie hatte sie jemals das Gegenteil glauben können? Jeden Morgen und jeden Abend betrachtete sie voller Verachtung ihr Spiegelbild. Schließlich hatte sie die Bilder gesehen, die Fotos von der Frau, die Daniel nach ihrer Trennung zu ihrer Nachfolgerin erkoren hatte. Wenn sie im Laden an der Kasse wartete, sah sie auf der Titelseite eines Boulevardblatts garantiert Daniel und Renee Lapin. Die Gerüchteküche brodelte, weil Renee verheiratet war. Deshalb ging es in dem Blatt auch hauptsächlich um die Schauspielerin und Daniel war bloß der attraktive Liebhaber, der Grund für das Scheitern ihrer Ehe. Jede Woche sah Lenore mehr Bilder von ihm, auch an Orten, die sie für sicher gehalten hatte. Inzwischen erschien er ihr wie ein Ungeheuer mit zahlreichen Greifarmen, die dort auftauchten, wo sie es am wenigsten vermutete. Sie sah ihn, wenn sie am Frühstückstisch saß, wenn sie zusammen mit Carlene einen Film ansah, wenn sie eine Tüte Milch kaufen wollte.

Die Serie, in der Daniel mitspielte, war schon vorher erfolgreich gewesen, und ihr früherer Lebensgefährte hatte sich natürlich sofort in die Herzen der Zuschauer gespielt. Deshalb erschien er in jeder kurzen Sequenz, stets im Maßanzug, und immer wirkte sein braun gebranntes Gesicht zwar finster, aber ungemein attraktiv. Weil Lenore ihn nicht ständig sehen wollte, machte sie den Fernseher gar nicht mehr an. Sie versuchte sogar, Scott dazu zu bringen, es ihr gleichzutun, aber das funktionierte nicht allzu gut.

Letzte Woche hatte sie sich eine Boulevardzeitschrift gekauft, heimlich, als ob sie sich ein Pornoheft besorgt hätte. Sie hatte den Artikel mehrmals gelesen, das Bild eingehend gemustert, in seinem Blick und dem Zug um seine Mundwinkel nach kleinen Anzeichen von Traurigkeit gesucht, nach einem Anlass für Schadenfreude. Aber dann war der stechende Schmerz gekommen. Sie hatte herzzerreißend geweint und die Zeitschrift anschließend in die Mülltonne geworfen. Wieder ermahnte Lenore sich zur Selbstbeherrschung. Schließlich liebte sie ihn nicht mehr, und sie würde ihn auch nie wieder lieben.

Nachdem sie Scotts Mittagessen eingepackt hatte, ging sie ins Schlafzimmer. Auf der Kommode stand ein gerahmtes Foto von Scott. Es zeigte ihn mit seinem Vater vor dem weihnachtlich geschmückten Freizeitpark. Lenore biss die Zähne zusammen und fühlte Wut über diese erneute Erinnerung an Daniel in sich aufsteigen. Hastig drehte sie das Bild um, damit sie es sich nicht mehr ansehen musste. Plötzlich hörte sie hinter sich ein leises Geräusch. Sie drehte sich um. Scott sah sie unverwandt an. Sein Gesicht war ausdruckslos, aber in seinen Augen standen Tränen.

An diesem Tag machte Lenore ein bisschen früher Feierabend. Doch anstatt sofort zu Carlene zu fahren, um Scott abzuholen, bog sie in die Straße ein, die zur Kirche führte. Es war ein kalter, aber sonniger Tag, auch wenn sich ab und zu dunkle Wolken vor die Sonne schoben. Wie so oft im März war das Wetter unberechenbar, strahlender Sonnenschein und plötzliche Regengüsse wechselten sich häufig ab. Lenore fuhr an einer dicht gedrängt stehenden Menschenmenge vorbei. Die Leute warteten an der Haltestelle auf eine dieser altmodischen elektrischen Straßenbahnen, die den über den Straßen gespannten Stromkabeln folgten. *Wie schön wäre es doch, wenn auch unser Weg schon vorgezeichnet wäre*, dachte Lenore. *Wie einfach wäre es, wenn wir uns nur in eine bestimmte Richtung bewegen müssten. Dann müssten wir keine Entscheidungen treffen. Wir würden zwar keine Überraschungen erleben, aber auch keine Fehler machen. Wie gut wäre es, wenn uns jemand sagen würde: Bis hierher und nicht weiter.*

Lenore fuhr weiter bergauf und kam am Harborview-Krankenhaus vorbei. Auf der gegenüberliegenden Straßenseite parkte der Übertragungswagen eines Fernsehsenders mit aufgerichteter Satellitenschüssel. Ein Reporter stand davor und sprach etwas in ein Mikrofon. Das Fernsehen war immer da, wenn sich ein besonders grausiger Autounfall ereignet hatte, wenn man ein Autowrack geborgen oder es gebrannt hatte. Hierher wurden die Menschen gebracht, denen man woanders nicht mehr helfen konnte.

Vor dem Krankenhaus kauerten ein paar Obdachlose auf dem Bordstein. Sie sahen jämmerlich und verloren aus in ihren verblichenen, formlosen Mänteln. Außerdem saßen in Morgenmäntel und andere merkwürdige Gewänder gehüllte Patienten in Rollstühlen vor der Notaufnahme. Bei einigen von ihnen standen eingegipste Gliedmaßen in einem seltsamen Winkel vom Körper ab. Die meisten von ihnen hielten Zigaretten in der Hand. Lenore überkam bei ihrem Anblick ein merkwürdiges Gefühl. Sie sah lauter verletzte, zerbrochene Menschen, die vor dem Eingang des Krankenhauses herumlungerten, anstatt im Inneren des Gebäudes zu bleiben, wo sie Heilung und Hilfe bekommen würden. Langsam fuhr sie an den Obdachlosen und Kranken vorbei. Sie merkte, dass diese Leute sie ebenfalls ansahen. Dann bog sie um die Ecke und parkte neben dem Kirchengebäude.

Sie machte sich auf den Weg zu Edies Büro. Dort brannte Licht und die Tür stand offen. Wie immer befand sich der Raum in einem Zustand des kreativen Chaos.

„Hallo", sagte Lenore.

Edie saß am Computer. Sie hob den Kopf und begrüßte Lenore mit einem strahlenden Lächeln. „Hallo. Komm doch rein."

Lenore betrat das Büro und setzte sich auf einen Stuhl vor Edies Schreibtisch.

Sie sprachen über alles Mögliche, aber schon nach wenigen Minuten warf Edie Lenore einen prüfenden Blick zu.

„Meine feinen Antennen sagen mir, dass du etwas auf dem Herzen hast. Willst du es nicht loswerden?"

Lenore nickte ihr zu. Als sie den Mund aufmachte, floss eine Ansammlung giftiger Worte aus ihrer Seele wie eine Flut aus Säure. Mehr Worte, als sie hatte aussprechen wollen, mehr, als sie zu haben geglaubt hatte.

Edie zog eine Augenbraue hoch. „Vielleicht solltest du ein bisschen konkreter werden", erwiderte sie gelassen. ‚Ich hasse ihn so sehr, dass ich ihm den Tod an den Hals wünsche' ist mir ein bisschen zu ungenau."

Lenore rückte mit den Einzelheiten heraus, mit jedem bitteren Gedanken und jedem hässlichen Gefühl. Sie erzählte von Renee Lapin, ihrem schönen Haar, ihren fein gemeißelten Gesichtszügen, ihrem schlanken, hochgewachsenen Körper, ihren sinnlich geschwungenen Lippen und ihrer goldbraun gebrannten Haut. Edie hörte schweigend zu. Dann nickte sie und nahm Lenores Hände in die ihren. Ihre Augen blickten ruhig und ernst. „Die Verbitterung wird dich bei lebendigem Leib auffressen", sagte sie schließlich. „Du musst damit fertig werden."

Lenore sah Edie leer und freudlos an. Verbitterung – das klang so hart, so endgültig, als ob sie dieses Gefühl niemals wieder loswerden könnte. Plötzlich verdrängte Angst ihre steinerne Wut. Sie wollte die Verbitterung nicht für den Rest ihres Lebens in sich tragen. „Ich habe Angst, dass diese Bitterkeit weiter wächst wie ein Tumor, bis ich keinen Menschen mehr lieben kann", sagte sie.

„Genau das wird passieren", bestätigte ihr Edie. Lenore lief ein kalter Schauer über den Rücken. „Die Bitterkeit hat schon in dir Wurzeln geschlagen."

„Aber was soll ich denn machen?", fragte Lenore mit Tränen in den Augen.

„Gar nichts", antwortete Edie. Überrascht hob Lenore den Kopf und sah Edie erstaunt an. „*Du* kannst gar nichts machen. Aber *er* kann es."

Lenore hätte am liebsten laut losgeschrien. Sie musste nicht nachfragen, wen Edie meinte. *Er* beherrschte jedes Gespräch. Sie redete über *ihn*, als ob er in diesem Moment mit ihnen zusammen am Tisch säße. *Er hat mir das und das gesagt; er hat mir dies und jenes gezeigt.* Diese Worte hörte sie ständig. Seit Wochen ging sie nun schon mit ihren neuen Freunden zum Gottesdienst, aber das alles ergab für sie keinen Sinn. Bei Scott war das offenbar anders. Als er letzte Woche nach Hause kam, hatte er ihr etwas Wichtiges zu sagen gehabt.

„Ich hab Jesus gebeten, in mein Herz zu kommen", hatte er feierlich erklärt. Wie schön. Jetzt war *er* sogar schon ein Mitbewohner in ihrer Wohnung.

„Oh", hatte sie erwidert, nachdem sie in Gedanken rasch verschiedene Reaktionen durchgespielt und verworfen hatte. „Wie schön" hätte zu nichtssagend geklungen und die Frage nach dem Warum wäre zu unhöflich gewesen. Also hatte sie sich für: „Erzähl mir davon", entschieden.

Und das hatte er dann auch getan. Noch niemals zuvor hatten seine braunen Augen eine solche Entschlossenheit ausgestrahlt. „Oma Eileen hat gesagt, dass schlimme Sachen in unserem Herz sind. Aber wenn wir Jesus reinlassen, dann macht er alles sauber." Das klang so sachlich und nüchtern, als ob diese Tatsache allgemein bekannt wäre. „Wenn du willst, kannst du ihn auch in dein Herz lassen."

An diese Worte musste sie jetzt denken.

„Du weißt schon, was ich dir sagen will", sagte Edie. Es schien fast, als könne sie ihre Gedanken lesen.

Lenore nickte. Sie hatten schon häufiger über dieses Thema gesprochen. Es spielte im Grunde genommen keine Rolle, welche Fragen sie stellte. Wenn sie fragte, welche Entscheidungen sie treffen oder wie sie sich verhalten solle, wenn Scott nach seinem Vater fragte, was sie tun könne, damit sie sich besser fühlen würde oder wie sie jetzt mit dieser Wut umgehen solle, die Antwort schien immer dieselbe zu sein: Jesus. Sie sollte ihn in ihr Herz einladen wie einen reichen Gast, der alle eventuell anfallenden Kosten übernehmen würde.

„Muss ich Daniel dann auch vergeben?“, fragte sie.

Edie reagierte mit einem bedächtigen Kopfnicken. „Aber er hilft dir dabei. Und sei doch mal ehrlich: Willst du so weitermachen wie jetzt?“

Lenore schwieg.

„Es liegt allein an dir“, ergänzte Edie. „Jesus ist ein echter Gentleman. Er zwingt sich keinem Menschen auf.“

Lenore saß ganz still. Sie hörte das Ticken der Uhr, die hinter ihr im Bücherregal stand.

„Aber eins solltest du wissen: Die Folgen deiner Entscheidung musst du ebenfalls allein tragen.“

„Wie meinst du das?“ Edies Worte klangen beängstigend, irgendwie endgültig.

„Du bekommst das, was du dir aussuchst“, erwiderte Edie. „In diesem und im nächsten Leben. Du bekommst entweder Heilung und Vergebung oder Bitterkeit und Entfremdung von allem, was gut ist. Du hast die Wahl.“

Lenore machte den Mund auf und spürte, wie ihr Gesicht vor Zorn ganz rot wurde. „Aber Daniel ist doch derjenige …“

„Ich weiß, ich weiß!“ Edie hob beschwichtigend die Hand. „Und bevor du anfängst weiterzureden, möchte ich dir eins sagen: Nein, es ist nicht fair, dass er dich so sehr verletzt hat und damit ungeschoren davonkommt. Das ist wirklich unfair. Gott fordert dich auf, Daniel zu vergeben, weil er *dir* ein Leben in Freiheit schenken will und nicht weil Daniel deine Vergebung verdient hätte. Aber trotzdem hast du die Wahl. Du kannst dieser Sache jetzt sofort ein Ende bereiten und Daniel vergeben. Oder du kannst weiter deine Bitterkeit und Rachegefühle nähren und hoffen, dass er eines Tages den Preis dafür zahlen muss. Aber du kannst mir ruhig glauben …“ Plötzlich verzog sich ihr Gesicht. Offenbar erinnerte sie sich an einen selbst durchlittenen Schmerz. „Rache ist nicht süß, sondern bitter.“

In den nächsten Minuten saßen die beiden Frauen schweigend voreinander. Lenore hörte ihre eigenen schweren, unregelmäßigen Atemzüge. Dann spürte sie, wie sich in ihr etwas veränderte. Ihre innere Erstarrung löste sich und ihr Schmerz brannte wieder wie geschmolzenes Metall. „Wie mache ich das, wenn ich Daniel vergeben will?“, fragte sie Edie. Ihre Stimme hatte einen klagenden Tonfall angenommen und so klang ihre Frage wie ein Protest.

„Am besten denkst du an Jesus“, antwortete Edie. Lenore warf einen Blick auf das zweite Bild, das in Edies Büro an der Wand hing. Es zeigte Jesus als einen gesunden, kräftigen Mann. Sein Gesicht leuchtete, während er über einen See ruderte. Am anderen Ufer wartete eine Menschenmenge auf ihn. „Denk daran, welchen Preis er bezahlt hat, damit du zu ihm gehören kannst. Denk daran, was er für dich getan hat, obwohl du es nicht verdient hast. Dann fällt es dir vielleicht leichter, Daniel zu vergeben.“

Lenore blieb noch ein paar Minuten still sitzen. Sie befürchtete, dass sie wieder in Tränen ausbrechen würde, deshalb schwieg sie so lange, bis sie sich wieder im Griff hatte. Dann dankte sie Edie, nahm die Bibel, die ihr die andere Frau hinhielt, und verließ das Büro.

Es kam ihr so vor, als hätten sich alle gegen sie verschworen. Auf dem Flur hatte sie nur wenige Schritte zurückgelegt, als sie plötzlich hörte, wie jemand ihren Namen rief. Sie drehte sich um. Es war Matt, der in der Tür seines Büros stand.

„Hallo“, begrüßte er sie. Obwohl sein Gesichtsausdruck wie immer ernst war, freute er sich offenbar darüber, sie zu sehen. „Erst heute früh habe ich zu Jenny gesagt, dass wir dich endlich mal anrufen müssen. Wir möchten dich und Scott gerne mal besuchen, weil wir wissen wollen, wie es euch geht.“

„Danke.“ Eine andere Erwiderung fiel Lenore nicht ein.

„Hast du ein paar Minuten Zeit?“

Sie unterdrückte einen Seufzer und nickte stattdessen. Matt verschwand kurz in seinem Büro. Als er zurückkam, trug er ein Jackett. „Ich wollte gerade los und mich mit Jenny treffen. Heute Abend haben wir frei und wir wollen ausgehen. Möchtest du zusammen mit uns eine Tasse Kaffee trinken, bevor du dich auf den Heimweg machst?“

Ein weiteres Gespräch über Religion war ihr jetzt einfach zu viel. Lenore sah auf ihre Armbanduhr. „Ich muss Scott abholen“, erwiderte sie.

Matt quittierte diesen Einwand mit einem Lächeln und einem Achselzucken. „Es dauert höchstens eine Viertelstunde. Carlene macht das doch nichts aus, oder doch?“

„Wohl eher nicht“, antwortete Lenore mit einem gezwungenen Lächeln.

Matt führte sie zu einem Café in einer Parallelstraße. Auf dem Schild stand der Name *Bei Spiro*. Jenny saß an einem Tisch nahe der Heizung und winkte den beiden zu.

„Ich hab gerade an dich gedacht“, sagte Jenny mit einem strahlenden Lächeln. Auch sie freute sich offenbar, Lenore zu sehen.

„Es tut mir leid, dass ich in euren gemeinsamen Abend reinplatze“, entschuldigte sich Lenore.

„Ich musste sie praktisch zwingen mitzukommen“, ergänzte Matt. Dann beugte er sich vor und gab Jenny einen Kuss.

Die drei plauderten über Belangloses. Als die Kellnerin kam, bestellte Matt Kaffee und Baklavas. Er bestand darauf, die Rechnung zu bezahlen. Lenore beobachtete, wie er ein dünnes Bündel mit Dollarscheinen aus seiner Jackentasche zog und das Geld abzählte. Plötzlich war sie beschämt über ihr abwesendes Verhalten. Sie unterhielten sich über Scott, über Dr. Ashland, über Lenores Ausbildung und über die Kinder von Jenny und Matt. Irgendwann brachte die Kellnerin den Kaffee und die Baklavas, und sie schlürften den Kaffee und knabberten an dem süßen, nussigen Gebäck.

„Wie geht es dir denn so?“, fragte Matt endlich. In seinen Augen las sie echte Freundlichkeit, ohne jeden Hintergedanken. Lenore wurde klar, dass auch Edie offen und ehrlich zu ihr gewesen war. Schließlich war sie es ja gewesen, die die andere Frau um ihren Rat gebeten hatte.

„Mir geht es gut“, antwortete sie, weil sie den beiden nicht den Abend verderben wollte, indem sie sie mit ihren Problemen belästigte.

„Wirklich?“, hakte Jenny nach.

„Aber ja“, erwiderte Lenore. „Na ja, ich stehe vor einer Entscheidung“, gab sie schließlich zu, ging aber trotzdem nicht ins Detail. „Deshalb bin ich bei Edie gewesen.“

Jenny nickte und wartete ab. Auch Matt drängte Lenore nicht, ihnen mehr zu verraten. Stattdessen rührte er noch einen Löffel Sahne in seinen Kaffee.

Lenore nahm einen Bissen von ihrer Baklava. Der süße, nussige Geschmack legte sich angenehm auf ihre Zunge. An ihren Fingern klebte Honig. Sie nahm einen Schluck Kaffee, um die klebrige Süße herunterzuspülen. Der Kaffee war heiß und stark, so wie sie ihn mochte. „Habt ihr schon mal erlebt, dass ihr eine Entscheidung treffen musstet, die ihr nicht verstehen konntet und auch nicht treffen wolltet?", fragte sie schließlich.

Jenny nickte.

„Aber klar doch", sagte Matt.

„Und was war das?" Sie war erschrocken über ihre eigene Kühnheit. Vermutlich würden Matt und Jenny ihr sagen, dass sie das nichts angehe.

„Das war die Entscheidung, in diese Gemeinde zu kommen", antwortete er ihr jedoch unverblümt.

Lenore runzelte die Stirn. Eine solche Antwort hatte sie nicht erwartet. Matt aß seine Baklava auf, wischte sich die Finger an der Serviette ab und trank einen großen Schluck Kaffee. Lenore wartete ab, aber er schwieg.

„Und weiter?", bohrte sie schließlich nach.

Er reagierte mit einem Achselzucken. „Ich habe nie ein theologisches Seminar besucht", erklärte er. „War noch nicht einmal auf einer Bibelschule." Seine blauen Augen blickten sie offen an. „Ich war an der Universität von Washington und habe dort in einem christlichen Männerwohnheim gewohnt. Mein Mentor war ein ehemaliger Missionar, der im Bereich des Gemeindebaus tätig war." Er lächelte ironisch. „Den Rest kannst du dir vielleicht selbst zusammenreimen."

Lenore schüttelte den Kopf. „Ich würde die Geschichte gerne hören."

Matt lächelte wieder. „Er erzählte mir, dass hier auf dem First Hill eine ganz bunt gemischte christliche Gemeinde ihre Kirche habe. Sie heiße *Gotteshaus der großen Gnade*, sei jedoch am Aussterben. Zuerst fragte er, ob wir ein paar Wochen lang aushelfen könnten. Ich könne doch das Predigen übernehmen." Er zeigte mit einem Kopfnicken auf seine Frau. „Jenny könne die Lieder begleiten und singen. Ich wies ihn darauf hin, dass ich für diese Aufgabe nicht qualifiziert sei. ‚Fragt doch Gott', sagte er nur. ‚Wenn er euch in diesen Dienst ruft, braucht ihr keine weitere Qualifikation.' Also habe ich Gott gefragt. Wir haben zwei Wochen lang dafür gebetet und schließlich hatten Jenny und ich beide denselben Eindruck. Wir sollten Ja sagen. Und so sind wir an irgendeinem Sonntag zum ersten Mal hier aufgetaucht. Es war tatsächlich eine sterbende Gemeinde. Als ich zum ersten Mal gepredigt habe, kamen insgesamt dreißig Besucher, und etwa die Hälfte von ihnen trudelte erst nach Beginn des Gottesdienstes ein. Jenny und ich brachten den Gottesdienst hinter uns, gingen nach Hause und strichen erleichtert die erste der vereinbarten vier Wochen aus unserem Kalender. Der Monat zog sich endlos und am Ende rief mich mein Freund an. Er teilte mir mit, dass der Pastor sich entschlossen habe, nach seinem Studienjahr nicht mehr in die Gemeinde zurückzukehren. Die Gemeinde sandte eine Delegation zu uns, die uns inständig bat zu bleiben. Matt grinste. „Ich weiß noch, was ich danach gemacht habe. Ich ging in mein winzig kleines Arbeitszimmer, fiel dort auf die Knie und flehte Gott an, diesen Kelch an uns vorübergehen zu lassen. ‚Nein. Nein. Das mach ich nicht. Auf gar keinen Fall.'" Matts Grinsen wurde breiter. „So etwas solltest du niemals zu Gott sagen. Das ist nämlich ungefähr so, als würdest du vor einem Stier mit einem roten Tuch herumrennen."

Lenore musste lächeln und trank noch einen Schluck von ihrem Kaffee.

„Wir haben damals schließlich gesagt, dass wir es für ein paar Monate probieren wollten. In der Gemeinde gab es nämlich eine kleine, von Eileen Wilson – Oma Eileen – geleitete Gruppe", erklärte er. „Diese Leute beteten dafür, dass Gott diese Gemeinde zu einem Licht für die Umgebung machte. Wir trafen uns mit ihnen zum Gebet. Die Gruppe bestand aus sieben Mitgliedern. Zunächst wurde die Situation in der Gemeinde nicht besser. Die einzigen neuen Besucher waren Obdachlose, die ab und zu hereingeschneit kamen und mitten im Gottesdienst wieder nach draußen schlenderten. Der einen Hälfte der noch übrig gebliebenen Gemeindemitglieder gefielen meine Predigten nicht, und deshalb verließen sie die Gemeinde. Es sah ganz danach aus, als würden wir das Kirchengebäude nicht länger halten können, weil die Gemeinde die Hypothek nicht mehr zahlen konnte. Schließlich wurde mir klar, dass ich diese Probleme nicht würde lösen können. Ich war mutlos, erschöpft und enttäuscht über die Gleichgültigkeit der Menschen, deren Pastor ich sein sollte. An einem Sonntagmorgen spitzte sich die Lage zu. Ich brach meine Predigt mittendrin ab. Dann ging ich zum Altar und lud alle ein, zu mir nach vorne zu kommen. Ich wusste, dass ich vor Gott niederknien, meine eigenen Rettungspläne und Wachstumsmaßnahmen aufgeben und mich ganz ihm überlassen musste, bis er zu uns sprechen oder die Gemeinde sich ganz leeren würde. Wir beteten bis zum Ende des Gottesdienstes. Am Sonntagabend beteten wir weiter, und auch am Mittwoch. Am darauffolgenden Sonntagmorgen trafen wir uns wieder. Bei jedem dieser Gottesdienste knieten wir uns vor den Altar. Jenny spielte auf der Orgel. Wir sangen und fielen vor Gott nieder. Und dann geschah es – in mir und in den anderen. Ich hörte auf, nach der Lösung unseres Problems zu suchen, weil ich sie vor mir sah. Es war das Kreuz von Golgatha. Nachdem wir drei Wochen lang das Angesicht unseres Herrn gesucht und uns vor ihm niedergeworfen hatten, waren noch fünfzehn Menschen übrig geblieben. Irgendwann spürten wir, dass der Herr uns sagte, wir sollten unsere Häupter erheben. Wir stellten unsere Stühle im Kreis auf und schlossen einen Bund mit ihm."

Lenore merkte, dass Matts Geschichte sie gefangen nahm. Sie beugte sich vor, um jedes Wort in sich aufzunehmen.

„Er hatte jedem von uns mit Bibelversen und durch das Wirken seines Geistes deutlich mitgeteilt, was sein Wille war. ‚Wenn ihr mich groß macht, will ich die Menschen zu mir ziehen. Sucht mein Angesicht und macht euch selbst klein vor mir. Macht mich groß, dann werde ich mich um alles andere kümmern.' Wir nahmen uns vor, den Lobpreis und das Gebet zu den Grundpfeilern unserer Gemeinde zu machen. Und Gott hat uns dafür gesegnet."

Lenore dachte an die drei überfüllten Gottesdienste, die vielen Menschen mit leuchtenden Gesichtern und die engagierten Mitarbeiter in der Gemeinde, an die freudig klingenden Lieder. Ihr fehlten die Worte.

„Der Gekreuzigte kann auch heute noch Menschenleben verändern", sagte Jenny leise.

Lenore sah den beiden direkt in die Augen. Sie verspürte plötzlich eine tiefe Sehnsucht in ihrem Herzen, und dieses Gefühl beunruhigte sie. Sie sah weg. Ein paar Minuten lang sagte niemand etwas. Dann brach Lenore das Schweigen. „Ich muss jetzt wirklich gehen."

Matt stand lächelnd auf. „Wir müssen auch los. Wir wollen noch ins Kino und würden gerne in die frühe Vorstellung gehen, damit wir zu Hause sind, bevor unser Babysitter die Kinder ins Bett bringt."

„Danke für den Kaffee", sagte Lenore.

„Gern geschehen." Die drei zogen ihre Mäntel an und machten sich auf den Weg. Matt hielt Lenore und Jenny die Tür auf. Dann winkten die beiden ihr zum Abschied zu. Lenore sah ihnen nach, wie sie Hand in Hand die Straße überquerten und dann in einer Menschenmenge verschwanden.

Sie holte Scott ab, machte ihm Abendessen, spielte mit ihm, las ihm vor und brachte ihn ins Bett. Aber trotz ihrer Geschäftigkeit wollten ihr Jennys letzte Worte einfach nicht aus dem Kopf gehen. *„Der Gekreuzigte kann auch heute noch Menschenleben verändern."* Obwohl sie es sich nicht erklären konnte, wusste sie, dass diese Worte wahr waren. Wieder stand sie vor einer Entscheidung, von der ihr weiteres Leben abhing. Als Scott eingeschlafen war, griff sie nach der Bibel, die Edie ihr gegeben hatte. Es war ein bereits genutztes Exemplar. Lenore schlug das Buch an einer beliebigen Stelle auf. Ihr Blick fiel auf einen Vers, der unterstrichen und mit gelbem Leuchtmarker hervorgehoben war.

„Ein Weizenkorn, das nicht in den Boden kommt und stirbt, bleibt ein einzelnes Korn. In der Erde aber keimt es und bringt viel Frucht, obwohl es selbst dabei stirbt."

War es nicht genau das, was sie wollte? Wollte sie nicht, dass ihr armseliges Leben einen Sinn hatte? Sie dachte an Beete mit Erbsen, Bohnen, Tomaten und Mais, an Weinstöcke, an denen dunkelrote, pralle Trauben hingen. Frucht. Herrliche, gesunde Frucht. Genau das wünschte sie sich. Das hatte sie sich schon immer gewünscht, auch wenn ihr das nicht bewusst gewesen war.

„Wer an seinem Leben festhält, wird es verlieren. Wer aber sein Leben loslässt, wird es für alle Ewigkeit gewinnen."

Edie hatte am Seitenrand ein Zitat von einem gewissen Jim Elliot notiert. *„Der ist kein Tor, der hingibt, was er nicht behalten kann, auf dass er gewinne, was er nicht verlieren kann."*

Lenore starrte auf die Buchseite. Diese Worte trafen sie mitten ins Herz. Wenn sie zurückdachte, hatte sie immer versucht, alles festzuhalten. Sie hatte versucht, ihr eigenes Leben zusammenzuhalten, als ihre Mutter und ihre Schwester es auseinandernehmen wollten, sie hatte versucht, Daniel und ihre gemeinsame Zukunft festzuhalten, und jetzt versuchte sie, ihn von sich fernzuhalten. Diese verzweifelten Versuche hatten jedoch wenig bewirkt, abgesehen davon, dass sie bei ihr ein Gefühl der Erschöpfung hinterlassen hatten, die sie bis in ihre Knochen zu spüren schien. Aber Lenore konnte sich beim besten Willen nicht vorstellen, dass Gott ausgerechnet an ihr interessiert sein könnte. Schlussendlich schlug sie die Bibel zu und ging ins Bett, aber sie lag noch lange wach.

Genau eine Woche später wurde Lenore ein neuer Mensch. Scott schlief schon, aber Lenore hatte sich noch einmal an den Küchentisch gesetzt. In der Wohnung war es still. Nur das leise Ticken der Küchenuhr war zu hören. Sie las wieder in der Bibel, und diesmal geschah etwas Seltsames. Weil sie nicht so recht wusste, wie sie es anstellen sollte, schlug sie das Buch wieder an einer beliebigen Stelle auf. Ihr Blick fiel auf die Worte: *„Merkst du es denn nicht? Noch stehe ich vor deiner Tür und klopfe an."* Genau das hatte sie in den letzten Wochen und Monaten gespürt, ja, gehört. Es kam ihr so vor, als ob *er* geduldig, aber beharrlich anklopfte. Er hämmerte zwar nicht wütend gegen die Tür, aber es war auch kein zaghaftes, leises Pochen, sondern ein deutlich hörbares Klopfen. Sie hörte es nur ab und zu, und ihr war klar, dass *er* als wahrer Gentleman nicht ewig anklopfen würde. Dieser Gedanke jagte Lenore einen kalten Schauer über den Rücken. Er würde sich ihr nicht aufdrängen. Er wusste, dass sie da war, und irgendwann würde er ihre Entscheidung respektieren. Plötzlich spürte sie so etwas wie Panik in sich aufsteigen, vermischt mit Scham, weil sie so dickköpfig und stolz war. Am liebsten wäre sie zur Wohnungstür gerannt und hätte sie weit aufgerissen. Es hätte sie nicht überrascht, *ihn* dort auf der Türmatte stehen zu sehen. Stattdessen schloss sie die Augen, senkte den Kopf und faltete fest die Hände.

„Bitte komm rein", flüsterte sie eindringlich. „Komm rein. Du kannst mich haben. Mach mit mir, was du willst. Ich gebe auf."

Als sie diese Worte aussprach, empfand sie plötzlich eine grenzenlose Erleichterung. Es war, als ob *er* mit einem frischen Windstoß in ihr Herz eingezogen wäre. Sie atmete reine Luft, und ein tiefer Frieden breitete sich in ihr aus, ja schien aus ihr herauszufließen. Lenore hätte lachen und tanzen können vor Freude, aber ihr liefen heiße Tränen die Wangen herunter. Sie musste die nächsten Worte nicht lesen, um zu wissen, dass etwas mit ihr geschehen war. Sie hatte etwas abgegeben und etwas dafür erhalten. Trotzdem suchte ihr Blick den nächsten Vers und Lenore verschlang die Worte förmlich. Sie waren für sie wie ein kostbarer Schatz, und so nahm sie sie tief in ihr verwundetes, gebrochenes Herz auf. *„Wer jetzt auf meine Stimme hört und mir die Tür öffnet,* *zu dem werde ich hineingehen und wir werden miteinander essen – ich mit ihm und er mit mir.“*

Lenore wischte sich die Tränen ab. Vor ihrem geistigen Auge wurde jener erste Abend bei Mr Caputo wieder lebendig, als sie vor seiner Tür gestanden hatte, einsam, verwahrlost und verängstigt. Sie erinnerte sich an den gedeckten Tisch, an das köstliche Essen, das darauf gestanden hatte, an die freundlichen Gesichter und das liebevolle Verhalten der anderen Gäste. Ein Stuhl war frei geblieben. Mit einem Mal erschien es ihr im Bereich des Möglichen, dass *er* darauf gesessen und geduldig auf den richtigen Augenblick gewartet haben könnte.

Wieder senkte sie den Kopf und weinte bitterlich, weil ihr die Entscheidungen, die sie in ihrem bisherigen Leben getroffen hatte, in *seiner* Gegenwart plötzlich so armselig, so falsch und wertlos vorkamen. Sie sagte ihm das, und daraufhin schien sein Frieden auch die verborgensten Winkel und Windungen ihres Herzens zu durchdringen. Sie wusste nicht, wie lange sie so dasaß. Immer wieder schlug sie die Bibel auf, las darin, hielt inne und sprach dann mit *ihm*. Sie spürte seine Gegenwart und sah, wie er ihr durch die Worte in dem aufgeschlagenen Buch antwortete. Als sie endlich schlafen ging, war es fast zwei Uhr morgens. Trotzdem fühlte sie sich nicht erschöpft, sondern erfrischt. Zum ersten Mal in ihrem Leben fühlte sie sich sicher, als ob nichts sie mehr erschüttern könnte. Sie legte sich ins Bett und schlief sofort ein. Die Bibel lag neben ihr auf dem Kopfkissen und ihre Hand auf ihrem Herzen.

Lenore erkannte, dass Edie recht gehabt hatte. Ihr Schmerz hatte eine tiefe Furche in ihre Seele gerissen, aber jetzt flossen statt des geschmolzenen Bleis kleine Rinnsale der Freude durch diesen Canyon. Die ersten Auswirkungen zeigten sich am nächsten Abend, als sie den Brief schrieb.

Lieber Daniel, lauteten ihre ersten Worte. *Ich war sehr wütend auf dich, aber das ist jetzt vorbei. Ich bete, dass Gott dich auf deinem weiteren Weg segnet.* Sie wollte sich seine Reaktion auf diese Zeilen lieber nicht vorstellen. Deshalb schickte sie den Brief so schnell wie möglich ab, zusammen mit einem Schulfoto von Scott. Es kam ihr so vor, als würde sie Saatkörner in den Wind werfen, aber sie wusste, es lag nicht in ihrer Hand, ob diese Saat aufging oder nicht. Wieder verspürte sie den vertrauten Schmerz, doch diesmal merkte sie, dass etwas anders war. Ihre Bitterkeit war verschwunden und ihre innere Heilung hatte bereits begonnen.

Auch die seelischen Wunden, die durch die abrupte Trennung von Daniel entstanden waren, begannen langsam zu heilen. Wenn sie betete, stellte sie sich ganz unbedarft vor, dass Jesus sich mit ihr hinsetzte und mit ihr ein Gespräch führte. Sie betete auch für Daniel, und zu ihrer Verwunderung bemerkte sie schon bald, dass sie ihm von Herzen alles Gute wünschen konnte. Es war merkwürdig, aber indem sie Gott um seinen Segen und Frieden für ihren ehemaligen Lebensgefährten bat, nahm ihre Sehnsucht nach Daniel ab. Ein anderer hatte jetzt seinen Platz in ihrem Herzen eingenommen.

Lenore las die Briefe, die dieser andere ihr geschrieben hatte. Es waren zärtliche und zugleich leidenschaftliche Liebeserklärungen. *„Hab keine Angst"*, sagte *er* zu ihr, *„denn ich habe dich erlöst! Ich habe dich bei deinem Namen gerufen, du gehörst zu mir ... So viel bist du mir wert."* Wenn Lenore sich im Spiegel betrachtete, schien es ihr fast, als hätte sich sogar ihr Gesicht verändert. Es war weicher geworden und es leuchtete von innen heraus. In *seinen* Augen war sie schön, und diese Tatsache spiegelte sich in ihren Gesichtszügen wider. In ihren geflüsterten Gebeten sagte sie ihm, dass sie ihn ebenfalls liebte. Jeden Abend, bevor sie die Bibel aufschlug, schrieb sie einige Dinge auf, die sie auf jeden Fall im Gedächtnis behalten wollte. Sie gab sich selbst das feierliche Versprechen, niemals zu vergessen, wie sie sich gefühlt hatte, als sie meinte, ganz allein in der Welt zu sein und keinen Menschen zu haben, der freundlich zu ihr war. Sie schrieb auf, was sie empfunden hatte, als Mr Caputo und Edie Hamilton sie vor dem Untergang gerettet hatten, denn so empfand sie das heute. Jetzt erst verstand sie, was diese Menschen wirklich für sie getan hatten. Sie hatten sie gerettet. Sie hatten die Hände nach ihr ausgestreckt und sie aus dem Schlammloch herausgezogen, zu dem ihr Leben verkommen war.

Am Mittwochabend ging sie zum Bibelkreis der Gemeinde und erzählte Edie und Mr Caputo, dass sie ihr Leben Jesus übergeben hatte. Die beiden weinten vor Rührung und umarmten sie.

„Du hast unseren einzigen wahren Freund kennengelernt“, sagte Mr Caputo strahlend. Seinen Augen glänzten.

Lenore wollte den beiden nochmals für ihre Hilfe danken, aber Edie meinte nur, sie solle sich keine Gedanken machen. Dann wiederholte sie die Worte, die sie bereits an jenem ersten Abend zu Lenore gesagt hatte. Wenn sie den Herrn und seine Wege kennen würde, käme auch sie einmal an die Reihe, sich zu revanchieren. Lenore fragte sich, wie das konkret aussehen könnte, und gelobte sich feierlich, dass sie nie einen Menschen mit leerem Magen wegschicken würde, wenn sie etwas zu Essen im Haus hatte, und dass es bei ihr immer einen Platz für einsame, allein gelassene Menschen geben würde, auch wenn es nur ein Schlafsack auf dem Fußboden wäre. Ihr Herz schlug plötzlich schneller, als ihr bewusst wurde, dass sie sich auf die Zukunft freute. In gewisser Weise ging es ihr ähnlich wie Daniel. Auch sie stand an der Schwelle zu etwas Neuem. Im Mai, als Daniels Geburtstag nahte, merkte sie, wie viel sich inzwischen in ihr getan hatte. Sie nahm die Karte, die sie für ihn gekauft hatte und schrieb ihm wieder ein paar Zeilen. Mit ein paar Worten wünschte sie ihm alles Gute. Auch diesmal legte sie ein Foto von Scott bei. Es war ein Schnappschuss, den Oma Eileen gemacht hatte. Scott saß mit einer Krone auf dem Kopf vor seiner Klasse. Alle anderen Kinder hatten ihm bei dieser Gelegenheit gesagt, was sie an ihm mochten. Oma Eileen hatte diese Komplimente netterweise aufgeschrieben und Lenore zugeschickt. Auch eine Kopie dieses Blattes faltete Lenore nun zusammen und schob sie in den Briefumschlag. Dann legte sie den Brief in das Päckchen, das Scott seinem Vater schicken wollte. Dabei vergoss sie ein paar Tränen. Doch sie weinte nicht um sich selbst, sondern um Daniel, der so vieles versäumte. Ob er seine Entscheidung wohl manchmal bedauerte? Nach ihrem Tränenausbruch fühlte sich Lenore besser. Sie war zwar traurig, fühlte sich aber trotzdem getröstet.

Am nächsten Tag, als im Fernsehen ein Werbetrailer lief, war sie sich vollends sicher, dass Gott ihr verbittertes Herz geheilt hatte. Sie legte gerade Wäsche zusammen, als Daniel auf dem Bildschirm erschien. Spontan rief sie nach Scott. Er war im Schlafzimmer und spielte dort mit den Kindern von nebenan.

„Scott, komm schnell!“, brüllte sie laut. Alle Kinder kamen angerannt. Lenore deutete auf den Bildschirm. „Sieh doch!“, sagte sie in dem Moment, als Daniel in einen Kampf mit einem Kung-Fu-Meister verwickelt war und sein Gegner gerade in hohem Bogen über die Kühlerhaube eines parkenden Autos flog.

Scott warf zuerst einen Blick auf den Bildschirm, dann sah er seine Mutter an. Seine Augen glänzten, als er sich zu den anderen Jungen umdrehte. „Das ist mein Papa“, erklärte er ehrfürchtig.

„Das ist ja cool“, sagten die anderen Kinder. „Das ist voll cool.“

Lenore verspürte keine Bitterkeit mehr, sondern lediglich einen tiefen Frieden, der sie wie ein warmer Mantel einhüllte.

11

Wieder einmal war es ein langer, ermüdender Drehtag. Daniel nickte mehrmals ein, während er auf seinen Einsatz wartete. In letzter Zeit litt er unter Schlafstörungen. Er drückte eine Limette über seinem Wasserglas aus, leckte sich den Saft von den Fingern und trank einen Schluck, um wieder wach zu werden. Diesmal wartete er auf die richtigen Lichteinstellungen, damit das letzte Streitgespräch für *Vor Gericht* gedreht werden konnte. Müde rieb er sich die Augen. Sie fühlten sich entzündet an und brannten. Zwar könnte er sich kurz hinlegen, aber das Sofa war eigentlich zu schmal für ihn und außerdem würde man ihn wahrscheinlich wachrütteln, sobald er eingedöst war, und dann stünde er wie benebelt vor der Kamera. Theoretisch könnte er auch den Fernseher einschalten, der in der Ecke des Wohnmobils stand, aber er hatte keine Lust aufzustehen und das Gerät anzuschalten. Also starrte Daniel einfach nur auf die Wand. Sie war mit einer Art Raufaser tapeziert, die denselben Beigeton aufwies wie das zweisitzige Sofa in der Ecke. Er warf einen Blick auf die Uhr, streckte seine müden Glieder und versuchte, jeden Gedanken auszublenden. Auf diese Weise überbrückte er den Großteil der endlosen Warterei, aus der sein Leben inzwischen bestand.

Wenigstens begegneten ihm die Mitarbeiter des Fernsehteams jetzt mit ein bisschen mehr Respekt. Außerdem hatte er seine eigene Garderobe in Form eines Wohnmobils. Aber sein Drehplan war langweilig und gleichzeitig stressig. Sie drehten die komplette neue Staffel von *Vor Gericht* in einem dreimonatigen Marathon praktisch rund um die Uhr. Ausgestrahlt wurden die Folgen über das ganze Jahr verteilt. Folglich hatte er nach diesen drei Monaten Zeit für andere Projekte. Geplant war, dass er nach Hongkong flog, um dort seinen neuen Actionfilm mit einem Kung-Fu-Meister zu drehen. Der Film handelte von einem amerikanischen Detektiv, der mit einem chinesischen Polizeikollegen zusammenarbeiten musste. Das klang zwar ein bisschen seltsam, aber man konnte ja nie wissen. Kampfsportarten lagen zurzeit voll im Trend. Wenn dieser Film ein Erfolg würde und auch der nächste – ein Drama – beim Publikum gut ankommen würde, könnte das sein Durchbruch sein.

Plötzlich überkam Daniel ein leichtes Frösteln. Was, wenn das Gegenteil eintreten würde? Wenn diese Filme zu Flops würden, wäre seine Beinahe-Karriere blitzartig beendet. Schon der bloße Gedanke daran fühlte sich an wie ein Todesurteil oder die Diagnose einer unheilbaren Krankheit. Aber dann wurde Daniel wieder ruhiger. Alles war in bester Ordnung. Seine Karriere würde einen oder sogar zwei Misserfolge verkraften können. Er war auf dem besten Weg, ein Filmstar zu werden. Und natürlich war er glücklich. Die Berichte und Fotos in den Boulevardblättern in den letzten Wochen waren ihm nicht entgangen. Man bezeichnete ihn als die dritte Partei in Renee Lapins Dreiecksverhältnis. Ihr Ehemann, der Megastar, stand zwar im Vordergrund der Berichterstattung, aber wen interessierte das schon? Ohnehin machten die Medien viel Wirbel um nichts. Renee und Charles hatten sich längst getrennt und die Scheidung war bereits eingeleitet. Aber für Daniel war es ein wichtiger Karriereschritt, dass er in Blättern wie dem *Globe* und dem *National Enquirer* erwähnt wurde. Es war ein Zeichen dafür, dass er einen weiteren Meilenstein erreicht hatte. Seine Agentin hatte ihn kürzlich angerufen und ihm mitgeteilt, er habe sogar schon ein paar Dutzend Fanklubs. Sie hatte ihm eine Liste weitergeleitet, auf der unter anderem der „Offizielle Fanklub von *Vor Gericht*", „Jennifers Klub der Verehrerinnen von Daniel Monroe" und „Kellys Daniel-Monroe-Marathon" standen. Inzwischen wurde er von seinen Fans erkannt, wenn er ein Restaurant betrat oder eine Straße entlangging.

Sylvia rief ihn gelegentlich an, wenn sein Name in einer Zeitschrift erwähnt wurde. „Lesen Sie die Seite zwölf in der *Variety* von heute." Oder: „Ich schicke Ihnen die neue *Entertainment.* Sie werden in der Kolumne ‚Interessante Gesichter' erwähnt." Darüber hinaus hatte das Prominenten-Magazin *People* bei Sylvia angerufen und ihr mitgeteilt, dass man ihn auf der Titelseite einer Ausgabe ablichten wolle. Geplant sei eine Fotomontage aus seinem Bild und dem von sechs oder sieben anderen Schauspielern. Die Schlagzeile: „Neue Sterne am Himmel von Hollywood." Daniel war zu dem Fototermin gegangen und hatte sich später die Korrekturabzüge der Seite angesehen. Er war gut zu erkennen gewesen in seinem schwarzen Armani-Anzug und mit der Zigarre in der Hand. Sein Gesicht war zwar nur im Kleinformat zu sehen, aber es wäre schon seltsam, wenn er im Frühjahr im Supermarkt in der Schlange warten und sich aus den Zeitschriftenregalen plötzlich selbst entgegenschauen würde. Es war schon seltsam genug, dass er neuerdings in Geschäften angestarrt oder von Fremden angesprochen wurde. In der vorigen Woche war ihm ein Fotograf so hartnäckig wie ein mit einer Kamera ausgerüstetes Gespenst gefolgt. Daniel beobachtete das ganze Treiben um seine Person, als ob es ihn gar nichts anginge.

„Ihr Name wird in Hollywood zu einer Marke, wie ich es Ihnen prophezeit habe", neckte Sylvia ihn hin und wieder.

Daniels innere Anspannung hatte nachgelassen, während er über die letzten Monate nachdachte, aber sie war nicht völlig verschwunden. Seltsamerweise musste er plötzlich an eine seiner Tanten denken, während er immer noch auf seinen Einsatz wartete. *„Diese Frau hat einen psychischen Knacks"*, hatte seine Mutter immer dann gesagt, wenn ihr Name in einem Gespräch erwähnt worden war. *„Kaum ist eins ihrer Babys abgestillt, kriegt sie schon wieder ein neues. Sie sollte gleich einen ganzen Wurf zur Welt bringen, nicht jedes Mal bloß eins."*

Daniel hatte sich hin und wieder gefragt, warum seine Tante wohl diesen seltsamen Drang verspürte, das Babybett jedes Jahr aufs Neue zu füllen. Aber jetzt verspürte er plötzlich dasselbe Verlangen, wenn es um seinen Erfolg ging. Auch er wollte dieses berauschende Gefühl immer wieder aufs Neue erleben. Eigentlich hatte er sich mit seinem ersten großen Erfolg selbst etwas beweisen wollen, und auch den anderen, obwohl er sich nicht so sicher war, wer diese anderen eigentlich waren. Aber obwohl er mit der Fernsehserie einen ersten Durchbruch geschafft hatte, spürte er, dass das noch nicht genug Bestätigung für ihn war. Und selbst als die Produzenten seine Figur mehr ins Rampenlicht der Serie gestellt hatten, war ihm das noch nicht gut genug gewesen. Jetzt strebte er eine Filmkarriere an. Jeder weitere Erfolg schien ihn nur dazu zu drängen, noch mehr zu erreichen und noch erfolgreicher zu sein als beim letzten Mal. *„Mach's noch einmal, und noch einmal!"* Die Anfeuerungsrufe in seinem Inneren wollten einfach nicht verstummen. *„Du musst noch mehr erreichen, noch besser werden."*

Daniel trank noch einen Schluck Mineralwasser und hörte dann ein

Schlurfen vor der Tür seines Wohnmobils. Er seufzte und sah wieder auf seine Armbanduhr. Jetzt konnte es nicht mehr lange dauern.

Warum genügte ihm sein Erfolg nicht? Diese Frage stellte er sich zum wiederholten Mal. Er hatte doch bereits eine gewisse Berühmtheit erlangt. Sogar in einer bekannten Quizsendung war sein Name aufgetaucht. Erst letzte Woche hatte er hier vor dem Fernseher gesessen und mit angesehen, wie die Kandidaten dazu aufgefordert worden waren, die passende Frage zur Antwort aus der Sparte „Namensvettern" zu finden. Die Antwort lautete: „Der gesuchte Star einer bekannten Gerichtsserie heißt wie der fünfte Präsident der USA." Die aus Cincinnati stammende Lehrerin für naturwissenschaftliche Fächer hatte mit ihrer Frage den Volltreffer gelandet: „Wer ist Daniel Monroe?"

Wer ist Daniel Monroe? Daniel hätte es nicht für möglich gehalten, aber die Antwort schien für ihn immer weniger greifbar zu sein. Schöne und schmerzliche Erinnerungen an Ereignisse, die in seinem Leben von zentraler Bedeutung gewesen waren, waren im dunklen Nebel der Vergangenheit verschwunden. Dazu gehörte die unaussprechliche Freude, die er empfunden hatte, als er Scott zum ersten Mal im Arm gehalten hatte, aber auch der betäubende Schmerz, der ihn an jenem Tag überwältigt hatte, als er seinen Sohn fest umklammert und sich dann von ihm hatte trennen müssen. Daniel konnte diese Momente nicht mehr gezielt abrufen. Stattdessen kamen die Erinnerungen, wenn er sie am wenigsten erwartete, wenn er sie nicht wollte.

Wer ist Daniel Monroe? Er versuchte, diese quälende Frage zu verdrängen. Obwohl er dem Alkohol nicht besonders gerne zusprach, saß er ein- oder zweimal in der Woche zu Hause in seinem Sessel und trank mehr als er vertrug. Vielleicht sollte er häufiger ausgehen. Er war zwar ab und zu mit Renee zusammen, aber er war auch oft allein. Wenn er abends öfter weggehen würde, würde er sich bestimmt besser fühlen.

Er hörte, dass sich wieder jemand seiner Tür näherte. Dann klopfte jemand an die Tür und riss sie im selben Augenblick auf. Die Leute hier warteten nie, bis er sie hereinbat. Es war schon seltsam. Er war einsam, aber nur selten wirklich allein. Daniel trank einen letzten Schluck Mineralwasser und begrüßte die Frau, die im Türrahmen stand, mit einem Kopfnicken. „Wir sind jetzt bereit für deine Szene, Daniel." Es war die junge Assistentin, die für ihn schwärmte. Sie sah ihn mit einem strahlenden Lächeln an.

„Bin schon da", erwiderte er und streifte sich das Jackett über, während er hinausging.

Daniel schloss seine Wohnungstür auf, legte das Päckchen und die Briefe neben seinem Sessel auf den Boden, ging zum Fenster und zog den Vorhang auf. Auf der Promenade und dem Boulevard herrschte dichter Verkehr, obwohl es schon nach Mitternacht war. Die Lichter von Santa Monica blendeten ihn, auch wenn er sie nur undeutlich sehen konnte, wie durch einen Nebel. Ihm gefiel es hier nicht. Dieser Ort vermittelte ihm das Gefühl, er habe sein Ziel knapp verfehlt, sei kurz vor dem Ziel gescheitert. Aber was war eigentlich sein Ziel? Wo wollte er hin? Er war sich nicht sicher, aber Santa Monica war nicht das Ziel, das er sich ersehnt hatte.

Und diese Wohnung, die ihm noch vor einigen Monaten so luxuriös vorgekommen war ... was hatte er sich nur dabei gedacht? War er etwa blind gewesen? Hatte er nicht gemerkt, dass die Straße, in der er wohnte, direkt in den ärmeren Stadtteil überging? Er erinnerte sich an Lous Sofa in dem Zweifamilienhaus. Vielleicht hatte er deshalb gemeint, diese kleine Wohnung mit dem einen Schlafzimmer bedeute einen Aufstieg. Aber jetzt war er anderer Meinung. Jetzt schämte er sich, wenn der Fahrer des Fernsehstudios ihn abholte, weil die Penner aus Venice Beach die Straße bevölkerten und nur siebenhundert Meter von ihm entfernt schäbige, unverputzte Häuser standen. Letzte Woche hatte er sich entschlossen, sich nach einer Wohnung in einer besseren Lage umzusehen, vielleicht in den Hügeln von Hollywood. Er war zwar noch nicht reich, aber bestimmt gab es etwas Bezahlbares in einer angenehmeren Umgebung. Morgen würde er sich endlich darum kümmern. Gleich morgen früh.

Daniel sah auf seine Armbanduhr. Es war schon spät und er sollte morgen früh um halb sieben abgeholt werden. Eigentlich müsste er schon längst im Bett liegen. Dennoch goss er sich in aller Seelenruhe ein Glas Whisky ein, setzte sich in den Ohrensessel und sah seine Post durch. Schließlich hatte er heute Geburtstag. Seine Tante und sein Onkel hatten natürlich auch in diesem Jahr daran gedacht: Von ihnen hatte er ein kleines, dünnes Päckchen bekommen, und wie erwartet befand sich darin eine Krawatte. Ihm graute davor, die Karte zu lesen, aber dann tat er es doch. Ebenfalls wie erwartet standen Bibelverse darauf, einer zog sich auf der Vorderseite über das Bild eines Mannes, der mit einer Angelrute an einem Fluss stand. Ein weiterer Vers stand auf der Innenseite. Seine Tante hatte ihn mit ihrer ungleichmäßigen Handschrift unter den netten, aber banalen vorgedruckten Glückwunsch geschrieben: *Gottes Segen für dein neues Lebensjahr.*

Daniel klappte die Karte wieder zu und las noch einmal den Bibeltext auf der Vorderseite. *Du öffnest deine Hand und sättigst deine Geschöpfe; allen gibst du, was sie brauchen.* Dann öffnete er die Karte noch einmal und las den anderen Vers. *Ich aber bringe Leben – und dies im Überfluss.* Seine Tante hatte ein paar persönliche Zeilen hinzugefügt und ihm alles Gute gewünscht. Die sonst üblichen Grüße an Scott und Lenore fehlten diesmal.

„Oh, Danny. Das tut mir sehr leid“, hatte sie gemurmelt, als er ihr gesagt hatte, dass die beiden ihn verlassen hatten. „Sie ist ein so lieber, wertvoller Mensch. Wir haben nie etwas gegen sie gehabt, sondern nur gegen euer Zusammenleben.“ Er hatte erwidert, dass er das verstehe, und ihr dann Lenores neue Anschrift und Telefonnummer gegeben. Bevor sich das Gespräch um ihn selbst hatte drehen können, hatte er aufgelegt.

Daniel ließ den Briefumschlag fallen und öffnete den nächsten, den aus teurem Pergament. Auf der Rückseite prangte das Logo seiner Agentur. Es war ein Geburtstagsgruß von Sylvia, auf ihrem geprägten Briefpapier. Das war wirklich nett von ihr. Lächelnd ließ er den Brief fallen und sah seine übrige Post durch. Ansonsten hatte er zwei Rechnungen und ein paar Reklamebriefe bekommen. Jetzt blieb nur noch das Päckchen. Es stand zu seinen Füßen und kam ihm vor wie eine Bombe in einem Schuhkarton. Diese merkwürdige innere Stimme flüsterte ihm wieder etwas zu. Daniel hatte sie zum ersten Mal gehört, als er den Brief von Lenore aufgemacht hatte. „*Was hast du getan?*“, hatte ihn diese Stimme gefragt, nicht aufgeregt oder wütend, sondern bedächtig, als ob die Antwort bereits feststünde. Er hatte diese Frage damals nicht beantwortet, sondern das Gefühl, das sie hervorrief, gewaltsam unterdrückt, diesen verrückten, beklemmenden Verdacht, dass er einen schrecklichen, nicht wiedergutzumachenden Fehler begangen hatte. Trotzdem erinnerte er sich noch daran, was er empfunden hatte, als er ihren ersten Brief aufgemacht hatte. Jetzt fühlte er sich genauso. Sein Herz pochte laut und er wusste nicht, ob aus Vorfreude oder Furcht.

Lieber Daniel, hatte sie damals geschrieben. *Ich war sehr wütend auf dich, aber das ist jetzt vorbei. Ich bete, dass Gott dich auf deinem weiteren Weg segnet.* Er hatte damals lange dagesessen und diese Zeilen angestarrt. Viel mehr stand nicht in ihrem Brief. Unterschrieben hatte sie mit: *Mit lieben Grüßen, Lenore.* Sie hatte ein Bild von Scott dazugelegt. Schlagartig war ihm die Tragweite seiner Entscheidung klar geworden. Für ihn war das alles nichts weiter als eine nüchterne Transaktion gewesen. Aber mit einem Mal war es, als hätte jemand für Sekundenbruchteile ein Licht angeknipst. Auch jetzt noch konnte Daniel diesen seltsamen, dumpfen Schmerz spüren, den er damals empfunden hatte. Dieses Gefühl der Reue. Zum Glück hatte es nicht lange angehalten und sein gesunder Menschenverstand hatte schnell wieder die Oberhand gewonnen. Nach und nach hatte er sich an die Worte in dem Brief gewöhnt, an Scotts strahlendes Lächeln auf dem glänzenden Fotopapier. Der Schmerz hatte langsam nachgelassen. Er hatte das Bild in seine Brieftasche gesteckt und den Brief in die Schublade seines Schreibpults. Dort lagen sie immer noch, sorgfältig versteckt.

Aber jetzt hatte er wieder einen ungebetenen Gast, diesmal in Form eines in braunes Packpapier eingewickelten Päckchens. Daniel seufzte tief und riss den Tesafilm ab. Das Papier klaffte auseinander. Es war tatsächlich ein Schuhkarton, auch wenn Daniel der Name der Herstellerfirma gänzlich unbekannt war. Er hatte von dieser Marke noch nie in seinem Leben gehört. Offenbar war der ursprüngliche Inhalt für Scott bestimmt gewesen. Es waren schwarz-weiße Spiderman-Sportschuhe mit LED-Leuchten an den Fersen. Scott hatte also Schuhe, die beim Gehen aufleuchteten.

Als Daniel den Deckel des Kartons abnahm, zitterte seine Hand ganz leicht, weshalb er noch einen Schluck aus seinem Whiskyglas nahm. Dann schob er die erste Schicht Seidenpapier zur Seite. Darunter lag eine Plastiktüte, in der Buttertoffees mit Nüssen waren – seine Lieblingssorte. Erstaunt und gerührt zugleich betrachtete Daniel die Süßigkeiten. Dann nahm er den nächsten Gegenstand aus dem Karton. Es war etwas Flauschiges, Zusammengerolltes – ein Paar neongrüne Socken. Er musste lächeln. Bestimmt hatte Scott diese Strümpfe selbst ausgesucht. Ganz unten im Schuhkarton lag noch etwas dick mit Seidenpapier Umwickeltes. Nachdem Daniel es ausgepackt hatte, hielt er ein Stück gebrannten Gips in der Hand, mit den Handabdrücken seines Sohnes. Lange starrte er diesen Gegenstand an, als ob es sich um eine Hieroglyphe handelte, deren Bedeutung er erst entschlüsseln musste.

Ganz zum Schluss machte er die Geburtstagskarte auf. Sie war einfach und nicht übermäßig sentimental gestaltet. Das Foto darauf zeigte einen Weinberg. Daniel musste an ein Gemälde mit einem ähnlichen Motiv denken, das Lenores Schwester ihr einmal zu Weihnachten geschenkt hatte, und musste lächeln. Lenore hatte schon immer eine seltsame Vorliebe für Weintrauben gehabt. Sie hatte immer gesagt, dass sie eines Tages gerne Wein anbauen würde, weil sie so fasziniert war von den dunkelroten, runden Früchten, von der Art, wie sie sich unter den breiten, gezackten Blättern verbargen. Ungläubig starrte Daniel die Karte an. Wieder ein Bibelvers. Unter dem Bild stand in kunstvoll geschwungener Schrift. *Ich bin der Weinstock, und ihr seid die Reben. Wer bei mir bleibt, so wie ich bei ihm bleibe, der trägt viel Frucht. Denn ohne mich könnt ihr nichts ausrichten.*

Erstaunt zog er die Augenbrauen hoch. Er kannte Lenore nicht als religiösen Menschen, aber jetzt schickte sie ihm bereits zum zweiten Mal eine Karte, auf der etwas über Gott oder Religion stand. Er fragte sich, ob sie vielleicht den Verstand verloren hatte. Wieder las er die Sätze, und plötzlich verspürte er eine große innere Unruhe. Es war ein seltsamer Geburtstagsgruß. Sollte das vielleicht ein kleiner Seitenhieb sein? Unsicher faltete er die Karte auseinander. Auf der Innenseite standen keine weiteren Bibelverse, sondern nur ein handschriftlicher Gruß von Lenore. *Herzlichen Glückwunsch zum Geburtstag, Daniel,* las er. *Uns geht es gut. Ich hoffe, dass bei dir auch alles in Ordnung ist. Liebe Grüße, Lenore.* Scott hatte seinen Namen neben den ihren geschrieben, in großen, unbeholfen wirkenden Buchstaben. Wieder lag ein Bild von ihm bei, diesmal ein Schnappschuss aus der Schule. Daniel sah sich das Foto genauer an. Sein Sohn hatte eine Krone auf dem Kopf. Kurz darauf entdeckte er das Stück Papier mit den vielen Komplimenten, die andere Kinder seinem Sohn gemacht hatten. Auf einmal meinte er, sich selbst zu sehen und zu spüren, wie die Zuneigung der Mitschüler seine innere Leere ausfüllte. Mit einem Kopfschütteln verdrängte Daniel diesen Gedanken. Ohne weiter darüber nachzugrübeln steckte er den gesamten Inhalt des Päckchens in die Schublade seiner Kommode. Aber nachdem er ins Bett gegangen war, konnte er nicht einschlafen, obwohl er die Vorhänge zugezogen hatte. Noch lange lag er wach, starrte in die Dunkelheit und hörte auf das gleichmäßige Rauschen des nächtlichen Autoverkehrs.

12

1992

Aus ihnen war ein perfekt eingespieltes Team geworden; den ganzen Tag lang arbeiteten sie Hand in Hand. Dr. Ashland musste ihr nicht mehr sagen, was sie zu tun hatte. Lenore wusste inzwischen ganz genau, was ihr Chef brauchte und wann er etwas benötigte. Er wusste aber auch, wann sie alle Hände voll zu tun hatte, wann das Wartezimmer mit Patienten überfüllt war, wann sich die Telefonnotizen auf ihrem Schreibtisch stapelten. Dann kam er und sortierte die Zettel. Wortlos nahm er die Hälfte mit in sein Büro. Oft sah sie ihn noch lange nach Feierabend am Schreibtisch sitzen, etwas auf Karteikarten notieren oder Patienten anrufen. Sie hatte ein schlechtes Gewissen, weil sie so viele Jahre lang nur halbtags gearbeitet hatte. Deshalb hatte sie ihn in der Vergangenheit schon häufig gebeten, an ihrer Stelle doch lieber eine Vollzeitkraft einzustellen, aber Dr. Ashland hatte sich standhaft geweigert. Er hatte immer hinter ihr gestanden, als sie die Krankenpflegeausbildung gemacht hatte. Nach zwei Jahren am College war sie staatlich geprüfte Krankenschwester gewesen. Dann hatte sie noch einmal anderthalb Jahre gebraucht, um ihren Abschluss an der Universität zu machen. Bei der Abschlussfeier letzte Woche war Dr. Ashland wie selbstverständlich dabei gewesen. Zusammen mit Edie, Mr Caputo, Matt und Jenny, Carlene und Derek sowie einer kleinen Gruppe von Gemeindemitgliedern hatte er fröhlich applaudiert und Hochrufe ausgestoßen, als man ihr das Diplom überreicht hatte. Jetzt hatte sie einen akademischen Grad in Krankenpflege.

Lenore musste lächeln, als sie sich erinnerte, wie sehr sie sich über diesen Erfolg gefreut hatte, aber sie dachte auch voller Dankbarkeit an Dr. Ashland. Ohne ihn hätte sie es niemals so weit geschafft. Im Laufe der Jahre war ihr Respekt vor dem Arzt immer größer geworden. Wie viele Jahre waren es inzwischen eigentlich schon? Während sie darauf wartete, dass Dr. Ashland das Rezept für ein Neugeborenes mit einer Mittelohrentzündung unterschrieb, rechnete sie zurück. Es waren fast vier Jahre. Wieder einmal empfand sie Mitleid mit dem Arzt. Die Leidenschaft für seinen Beruf schien ihn auszufüllen, aber er war auch ein einsamer Mensch. Sie wusste, dass es einmal eine Frau an seiner Seite gegeben hatte. Kurz nachdem sie in der Praxis zu arbeiten begonnen hatte, hatte sie das herausgefunden. Sie war in seinem Büro gewesen, weil sie auf seinem Schreibtisch nach einer Karteikarte gesucht hatte. Plötzlich war ihr das gerahmte Foto auf dem Sideboard ins Auge gefallen. Die Frau war sehr attraktiv, klein und zierlich, mit einem kurzen, dunklen Haarschopf. Die beiden standen in Shorts und Wanderstiefeln Arm in Arm auf einem Aussichtspunkt. Als sie gehört hatte, wie sich hinter ihr die Bürotür öffnete und Dr. Ashland hereinkam, hatte sie ein merkwürdiges Schuldgefühl durchzuckt. Irgendwie hatte sie sich gefühlt, als hätte sie seine Schreibtischschubladen durchsucht, dabei hatte sie sich lediglich ein für alle sichtbares Foto angesehen.

„Das ist meine Frau Michelle. Sie ist im letzten Jahr gestorben", hatte er schroff gesagt.

Lenore hatte ihn ungläubig angestarrt. Sein Gesicht war ausdruckslos gewesen, aber seine grauen Augen waren schmerzerfüllt.

„Ein betrunkener Autofahrer." Das war alles, was er dazu sagte. Aber was hätte er auch sonst noch dazu sagen sollen?

„Das tut mir wirklich leid", hatte Lenore geantwortet.

Dr. Ashland hatte nur genickt und einen Augenblick lang an ihr vorbei in die Ferne gestarrt.

Dann hatte sein Telefon geklingelt, und der Bann war gebrochen gewesen. Sie hatte zusehen können, wie er seinen Schmerz wieder in seinem tiefsten Inneren verschlossen hatte. Als er nach dem Telefonhörer gegriffen hatte, war sein Gesichtsausdruck schon wieder so freundlich distanziert wie immer gewesen.

Nach und nach hatte sie mehr über ihren Chef erfahren. Er wohnte in einem bescheidenen Häuschen im Norden von Seattle. Er hatte keine Kinder und noch nicht einmal Haustiere leisteten ihm in seiner Einsamkeit Gesellschaft. Seine Arbeit bestimmte sein Leben, und natürlich die Kirchengemeinde. Er war in mehreren Ausschüssen und einer der Gemeindeältesten. Zunächst hatte Lenore sogar Angst vor ihm verspürt, oder zumindest eine gewisse Ehrfurcht. Aber in den letzten drei Jahren war er ein wenig aufgetaut. Sie meinte zu wissen, woran das lag. Der Schmerz über seinen Verlust hatte nachgelassen, und so war der wahre Erik Ashland wieder zum Vorschein gekommen. Offenbar hatten sie beide eine ähnliche Erfahrung gemacht.

„So, ich bin fertig", sagte er jetzt und reichte ihr die Patientenakte zusammen mit dem unterschriebenen Rezept. Er lächelte sie an, doch dann schien ihm noch etwas einzufallen. „Einen Moment noch."

Sie wartete, während er noch einmal die Abrechnung in die Hand nahm. Resolut strich er die reguläre Gebühr für den Arztbesuch durch und schrieb nur die Hälfte des Betrags auf.

„Ihr Mann ist arbeitslos", erklärte er kurz angebunden. Dann gab er ihr die Unterlagen zurück.

Lenore nickte beinahe ehrfürchtig und fühlte sich geradezu überwältigt, als sie das Rezept ins Wartezimmer brachte und es der dankbaren Mutter des Säuglings gab. Sie wusste nur allzu gut, wie diese sich fühlte, kannte dieses Gefühl der Hilflosigkeit, wenn die Meereswogen sich an einer kleinen Insel der Verzweiflung brachen. Und sie hoffte, dass sie das niemals vergessen würde.

Als die letzten Patienten gegangen waren, ging Lenore zurück zum Empfang und arbeitete sich durch die vielen Telefonnotizen, die auf ihrem Schreibtisch lagen. Ganz bewusst ignorierte sie die verlockend warmen Strahlen der Junisonne, die durch die Fenster der Praxis schienen. Sie sah auf ihre Armbanduhr. Es war erst siebzehn Uhr. Heute könnte sie pünktlich Feierabend machen. Edie hatte sehr geheimnisvoll getan, als sie sie zu einem kleinen Ausflug eingeladen hatte, und wenn sie nicht so viel zu tun gehabt hätte, wäre ihre Neugier wohl kaum zu bändigen gewesen. Aber so verdrängte Lenore diesen Gedanken schnell wieder und nahm den Telefonhörer in die Hand, um die Mutter des Babys mit dem Hautausschlag anzurufen.

Es war siebzehn Uhr dreißig, als sie Feierabend machen konnte. Kurz vor achtzehn Uhr holte sie Scott ab, fuhr mit ihm bei McDonalds vorbei und dann nach Hause. Es war ein herrlicher Sommertag und Lenore führte sich vor Augen, dass sie noch genügend Zeit haben würde, das herrliche Wetter zu genießen. Ab und zu schien Seattle sich mit strahlendem Sonnenschein für die vielen grau-nebligen Tage zu entschuldigen. Heute war einer dieser Entschuldigungstage. Die Luft war mild, der Himmel kristallklar, im Südosten war der Gipfel des Mount Rainier deutlich zu erkennen.

Scott ging zum Spielen nach draußen, während Lenore sich umzog und dann ebenfalls auf die offene Veranda ging, um die warmen Sonnenstrahlen zu genießen. Aus reiner Gewohnheit nahm sie ihr Übungsbuch mit. Sie setzte sich auf die Treppenstufen und blätterte darin, aber sie hatte diesmal kein großes Interesse am Inhalt. Dabei musste sie, auch wenn sie ihr Studium bereits erfolgreich abgeschlossen hatte, noch die staatliche Prüfung bestehen. Lustlos betrachtete Lenore das Lehrbuch. Sie tröstete sich mit dem Gedanken, dass die Zeit der Büffelei bald vorbei sein würde, und zwang sich dazu, sich auf den Absatz zu konzentrieren, den sie gerade gelesen hatte. Es ging um diabetische Stoffwechselstörungen, deren Symptome und Behandlung. Scott und seine Freunde hatten mit einer Brennball-Runde begonnen. Nach einer Weile legte Lenore das Buch zur Seite und betrachtete die Veranda vor ihrer Wohnung, auf der sie eine Art Garten angelegt hatte. Er bestand aus drei riesigen Blumentöpfen. Darin wuchsen Stiefmütterchen, Ringelblumen, Petunien und Geranien. Eine geblümte Türmatte verzierte den Eingangsbereich.

Ihre Wohnung war endlich zu einem Zuhause geworden. Schon vor langer Zeit hatte sie Scott das Schlafzimmer überlassen. Carlene und sie hatten in einem Secondhandladen passende Regale entdeckt, sodass er jetzt eine ganze Regalwand für seine Spielsachen und Bücher hatte. Außerdem hatte sie ein preisgünstiges Stockbett gekauft, damit seine Freunde gelegentlich bei ihm übernachten konnten. Sie dagegen schlief im Wohnzimmer auf dem Sofa. Jeden Abend blieb sie lange auf, las entweder in ihren Fachbüchern oder in der Bibel, die Edie ihr geschenkt hatte. Noch immer war dieses Exemplar ihre Lieblingsbibel, obwohl sie sich inzwischen mehrere andere Ausgaben gekauft hatte. Lenore wusste nicht so genau, wann es geschehen war, aber ohne es zu merken war sie mit ihrem Leben zufrieden geworden. Natürlich tat es ihr noch immer weh an Daniel zu denken, aber der Schmerz hatte im Lauf der Zeit nachgelassen. Sie hatte für Scott sogar ein Einklebebuch und Klebstoff gekauft, ihm bei der Suche nach Berichten über seinen Vater geholfen und mit ihm gemeinsam die

Artikel ausgeschnitten und eingeklebt – zumindest jene, die harmlos genug für ihren Sohn waren.

Vielleicht war sie deshalb so zufrieden, weil ihr Herz jetzt *ihm* gehörte, jenem Fremden, dem sie begegnet war. Ihre anfängliche Hingabe hatte sich in eine leidenschaftliche, beschützende Liebe verwandelt. Sie musste schmunzeln beim Gedanken daran, dass *er* ihren Schutz brauchen könnte. Das war natürlich nicht der Fall, berichtigte sie sich mit einem Kopfschütteln. Vielmehr hütete sie eifersüchtig ihre Liebe zu *ihm*. Sie räumte gnadenlos alle Hindernisse weg, die dieser Liebe im Weg standen. Wenn sie zu ihm betete, geschah das voller Inbrunst, und sie hielt nichts vor ihm zurück. Sie gehörte ganz ihm. Dieses Wissen erfüllte sie mit einer übersprudelnden Freude und durchströmte sie mit einem Frieden, der tiefer war als jeder Fluss, den sie kannte. Ihr Leben gehörte ihm. Was brauchte sie sonst noch?

Oft las sie in der Bibel die Geschichte von der Frau, die Jesu Füße mit einem kostbaren Öl gesalbt hatte. Im Gebet stellte sie sich vor, sie selbst wäre diese Frau, trüge das Salböl auf, wüsche die schwieligen Füße des Herrn mit ihren Tränen und trocknete sie mit ihrem Haar. Voller Freude gab sie *ihm* ihr Leben hin. Jede Nacht flüsterte sie ihm zu, wie sehr sie sich nach seiner Nähe sehnte. „Mach mit mir, was du willst, damit ich bei dir bleibe“, sagte sie zu ihm. „Lass mich nicht ohne dich leben.“ Sie betete auf diese Art, weil sie sich nur zu gut kannte, weil sie wusste, wie wenig eigene Willenskraft sie hatte, wie schwach ihr Glaube war. „Halt mich ganz fest“, flüsterte sie ihm zu. Dabei dachte sie an das Gemälde in Edies Büro, an die Frau auf dem Felsen. Die Meereswogen brausten um sie herum und ihre schlanken Arme klammerten sich am Kreuz fest. Wann immer sie sich dieses Bild vor Augen führte, wusste sie, dass er sie niemals loslassen würde. Sie misstraute nur sich selbst, ihrer eigenen Unentschlossenheit. „Rette mich vor mir selbst“, bat sie ihn. Sie wollte, dass in ihrem Leben *sein* Wille geschehen sollte. Es erschien ihr erstrebenswerter, mit seinem Namen auf den Lippen und in ihrem Herzen in seine Gegenwart zu treten, als ohne ihn leben zu müssen und wieder zurückzukehren zu jener Sinnlosigkeit, Leere und tiefen, ziellosen Sehnsucht, die sie früher so sehr geplagt hatten. Sie wollte nicht mehr zurück in ihr altes Leben. Das versprach sie ihm feierlich.

„Lass mich nicht erleben, wie meine Liebe zu dir erlischt“, flüsterte sie im Gebet. Sie spürte, wie *er* diese Hingabe annahm und ihrer Liebe ein Siegel aufdrückte. Lenore dachte lächelnd, dass manche Menschen sie vermutlich für verrückt oder hysterisch halten würden, weil der Gedanke an den Tod für sie etwas Tröstliches war. Aber mit dem Tod war ja nicht alles zu Ende. Im Grab endeten eben nicht alle Hoffnungen, Träume und das Leben, sondern der Tod war für sie bloß ein Schritt aus diesem trockenen, staubigen Tal der Erde in ein neues Land voller Leben. Erst dort würde ihr Herz sein wahres Zuhause finden.

Edie fuhr auf den Parkplatz und Lenore winkte ihr zu. Rasch ging sie hinein und legte ihr Übungsbuch auf den Schreibtisch, der in einer Ecke des Wohnzimmers stand. Einen kurzen Moment lang betrachtete sie das mit Fachliteratur angefüllte Bücherregal. Jetzt musste sie nur noch eine weitere Hürde nehmen, dann könnte sie die Bücher wegpacken. Sie spürte schon einen Vorgeschmack auf die Freiheit, aber er war getrübt von einer leisen Enttäuschung, weil sie wusste, dass sie nicht in einem Krankenhaus würde arbeiten können. Dabei hatte Dr. Ashland sie praktisch dazu gedrängt, endlich zu kündigen. Als sie daran dachte, musste sie immer noch den Kopf schütteln. Erik hatte ihr damals eine Chance gegeben, als sie keine andere Wahl gehabt hatte. Unter keinen Umständen würde sie ihn jetzt einfach im Stich lassen, wo sie seiner Praxis endlich einmal von Nutzen sein konnte. Er hatte ihr auf seine geradlinige Art eine Gehaltserhöhung angeboten und sie hatte dieses Angebot dankbar angenommen, obwohl das Finanzielle für sie immer noch kein Problem war. Daniel hatte sein Versprechen gehalten und weitere Geldbeträge geschickt. Inzwischen hatte sie auf ihrem Sparkonto eine ziemlich große Summe angelegt. Sie dachte sogar an einen Umzug, aber sie wollte diese Entscheidung erst treffen, wenn die Schulferien anfingen. Aber plötzlich stand dieser Zeitpunkt unmittelbar bevor. Sie legte diese Angelegenheit gedanklich ebenso resolut zu den Akten, wie sie das Buch aus der Hand legte. Dann schloss sie die Wohnungstür ab und stieg in Edies Auto. Scott hatte sich schon von seinen Freunden verabschiedet, die jetzt ohne ihn weiterspielten, und war auf den Rücksitz geklettert. Er hatte sich sogar angeschnallt.

„Wird das große Geheimnis jetzt endlich gelüftet?", fragte Lenore, während sie auf dem Beifahrersitz sich ebenfalls anschnallte.

Edie blieb wortkarg und schüttelte bloß den Kopf. „Ich will nur, dass ihr beide euch etwas anseht", sagte sie zum wiederholten Mal. Das war das Einzige, was ihr zu entlocken war. Doch Lenore machte das nichts aus. Sie mochte Überraschungen.

Sie fuhren die James Street entlang, bis sie zur First Avenue kamen. Dann bogen sie nach Norden in die Queen Anne Avenue ab. Als sie den Hügel hinauffuhren, wirkte die Gegend plötzlich vertraut. Dann passierten sie Dicks Imbiss, und mit einem Mal war sich Lenore sicher. Sie kamen in das ruhige Stadtviertel, durch das Lenore an ihrem ersten Tag in Seattle gelaufen war, die Gegend mit den großen alten Häusern und den von Baumwurzeln hochgedrückten Bürgersteigen. Das Auto schlängelte sich durch die stillen, von Bäumen überschatteten Straßen. Endlich hielt Edie vor einem herrschaftlichen alten Haus an. Ein Jägerzaun begrenzte die weitläufigen Rasenflächen. Die Haustür war dunkelrot gestrichen, eine breite Veranda erstreckte sich über die gesamte Vorderseite des Hauses und der Garten lag im Schatten hoher Bäume. Lenore erkannte Ahornbäume, Tannen und Zedern. Das alte Haus wirkte vornehm und friedlich zugleich. Weit zurückgesetzt von der Straße stand es in herrschaftlichem Glanz. Lenore folgte Edie aus dem Auto auf die geräumige Veranda und wartete, während Edie etwas unbeholfen mit dem Schlüssel herumhantierte. Fast hätte sie vor Spannung die Luft angehalten. Sie ahnte, dass etwas Besonderes in der Luft lag. Sogar Scott war ungewöhnlich still. Das einzige Geräusch war das helle Geklimper eines Windglockenspiels.

Endlich gelang es Edie, den Schlüssel im Schloss herumzudrehen. Die Tür schwang mit einem leisen Knarren auf und Edie winkte die beiden herein. In der Eingangshalle lagen verblasste Orientteppiche auf einem Parkett aus dunklem Eichenholz genau wie im Wohn- und Esszimmer. Durch elfenbeinfarbene Spitzengardinen drang goldenes Sonnenlicht. An ein paar Fenstern fehlten die Gardinen, aber diese Scheiben waren aus altem, gewelltem Butzenglas. Lenore fühlte sich in diesem Haus seltsam heimisch. Es kam ihr so vor, als sei sie schon einmal hier gewesen.

„Die meisten Möbelstücke sind an die Angehörigen gegangen, aber Mrs Hosford, die Eigentümerin des Hauses, hat ein paar wenige Stücke hier stehen lassen.“

Lenore nickte. Voller Spannung wartete sie darauf, dass Edie ihr die ganze Geschichte erzählte. Sie folgte ihr ins Esszimmer. Der Raum war riesig und tatsächlich teilweise möbliert: Lenore sah einen Esstisch aus

Eichenholz, der Platz für mindestens fünfzehn Personen bot, eine eingebaute Glasvitrine für Porzellan und an der Decke einen schön geschwungenen Kronleuchter aus Zinn, verziert mit winzigen Eicheln. Obwohl der Tisch gewaltige Ausmaße hatte, konnte man bequem um ihn herumgehen. Auch hier lag auf dem Eichenparkett ein alter Perserteppich.

„Die Küche ist ziemlich altmodisch“, sagte Edie bedauernd. „Aber man kann sie modernisieren.“ Lenore folgte ihrer Freundin und sah sich begeistert um. Ihr Mund verzog sich unwillkürlich zu einem Lächeln. Sie erblickte ein weißes, emailliertes Spülbecken und Schränke aus dem gleichen Material. In der Ecke stand ein massiver, mit Holz anzufeuernder Kochherd.

„Es gibt auch einen Elektroherd“, erklärte Edie. „Dieser Teppichboden wird wohl rausmüssen“, fügte sie hinzu und zeigte auf den gelben, groben Bodenbelag.

Lenore grinste. Dieser Teppich machte die Küche in ihren Augen erst so richtig warm und gemütlich. „Mir gefällt es so, wie es ist. Ich würde hier nichts verändern.“ Plötzlich hörte sie Scotts Schritte auf der Treppe. Edie marschierte los und zeigte Lenore die übrigen Räume.

Das Wohnzimmer war ebenfalls riesig, aber es standen keine Möbel darin. Im Arbeitszimmer zogen sich an drei Wänden eingebaute Bücherregale entlang, die bis oben hin voll waren. Die Außenwand war komplett verglast. Im ersten Stock befanden sich fünf Schlafzimmer, im zweiten zwei Mansardenzimmer. Drei große Badezimmer verteilten sich über das Haus und sogar der Keller war ausgebaut. Dort gab es zwei weitere provisorische Schlafzimmer, eine große Waschküche und einen Lagerraum.

Der Garten hinter dem Haus war sehr groß. Wenn man zur Hintertür hinausging, stand man auf einer mit Backsteinen gepflasterten Terrasse, die von einer mit Weinranken bedeckten Pergola überdacht wurde. Dahinter lag eine Rasenfläche mit einem Springbrunnen. Eine große Gartenkugel rundete die Dekoration ab. Überall wuchs Unkraut und die Weinstöcke waren schon lange nicht mehr geschnitten worden, sodass die Ranken mit ihren gezackten Blättern alles bedeckten, was sich in ihrer Reichweite befand. Lenore gefiel dieser Wildwuchs. Sie setzte sich auf eine Stufe und betrachtete den riesigen Busch mit den lilafarbenen Blüten, der neben ihr wuchs. Plötzlich flatterte ein Schmetterling herbei und ließ sich auf dem Blattwerk nieder. Während sie das Tierchen beobachtete, näherte sich ihnen eine dicke Hummel. Lenore ließ ihre Blicke über den vernachlässigten Garten schweifen. Er war einmal sehr schön gewesen, und wenn der Besitzer sich etwas Mühe gab, könnte er schon bald wieder in neuer Schönheit erblühen.

Edie setzte sich neben sie. „Tiffy Hosford war heroinsüchtig. Sie starb im Alter von neunzehn Jahren", sagte sie und streckte Lenore einen vergilbten Zeitungsausschnitt hin. Lenore sah ihre Freundin fragend an. Als sie schwieg, nahm Lenore das Stück Papier entgegen und betrachtete es genauer. Es war eine Todesanzeige. Tiffany Marie Hosford. Sie warf einen Blick auf das Datum in der unteren Ecke der Anzeige. Sie war fünf Jahre alt. Es stand das Übliche darin. Das Geburts- und Todesdatum, die Namen der Hinterbliebenen, Ort der Beerdigung. Ihr fiel nichts Außergewöhnliches daran auf. Edie warf Lenore einen fragenden Blick zu.

„Sie ist an einer Überdosis gestorben, aber darum geht es nicht." Edie drückte Lenore eine weitere Todesanzeige in die Hand. Patricia Anne Hosford. Geboren im Jahr 1925. Wieder war der Text der Anzeige kurz. Sie war letzte Woche gestorben. Weder die Todesursache noch die Namen von Angehörigen wurden erwähnt.

„Tiffy ist immer wieder bei der Lebensmittelausgabe unserer Kirchengemeinde aufgetaucht. Wir haben versucht, ihr zu helfen. Ein paar Mal haben wir es geschafft, sie von den Drogen wegzubekommen, aber sie ist danach wieder in die Szene zurückgekehrt und rückfällig geworden. Nach Tiffys Tod hat uns ihre Großmutter" – sie hielt Patricia Hosfords Todesanzeige hoch – „einen netten Brief geschrieben und sich bei uns bedankt, weil wir für ihre Enkelin da waren. Matt und ich haben sie angerufen und sie gefragt, ob wir etwas für sie tun könnten, aber sie hat dankend abgelehnt. Sie war eine gläubige, aber eine … na ja … sehr zurückhaltende Frau. Wir dachten, dass wir nie wieder etwas von ihr hören würden. Natürlich hätten wir gern mehr für Mrs Hosford getan, aber wir wollten auch nicht aufdringlich sein."

„Logisch." Lenore nickte wieder. Sie kam sich schon wie einer dieser Hunde mit Wackelkopf vor, die manche Leute hinter die Heckscheibe ihres Autos stellten.

„Letzte Woche hat Matt einen Anruf von Mrs Hosfords Nachlassverwalter bekommen. Sie hat ihr Haus der Kirchengemeinde vermacht."

Lenore spürte, wie sich ihre Augen vor Erstaunen weiteten. „Dieses Haus?"

Edie nickte.

„Das gibt's doch nicht." Ihr fehlten die Worte. Das war eine überwältigende Geste. Plötzlich spürte Lenore, wie viel es dieser Frau bedeutet haben musste, dass es Menschen gegeben hatte, die freundlich und liebevoll zu ihrer Enkelin gewesen waren. Ihr kamen die Tränen, als sie an ihre eigene Hoffnungslosigkeit dachte und an die lieben Menschen, die sie damals gerettet hatten. Sie konnte ihnen zwar kein Haus vermachen, aber plötzlich verspürte sie den Wunsch, diesen Menschen ebenfalls etwas geben zu können.

„Ich wollte dir das Haus auf jeden Fall zeigen. Jetzt müssen wir aber noch etwas anderes erledigen. Bist du so weit?"

„Klar", entgegnete Lenore. Sie empfand ein leises Bedauern, als sie das geräumige, freundliche Haus verließen, die Haustür hinter sich zuzogen, sie abschlossen und zum Auto zurückgingen. Noch einmal schaute sie an dem anmutigen, alten Haus hinauf, bewunderte seine geschwungenen Linien, seine verblichene Schönheit. Schon bald würde auf dem Rasen ein Schild mit der Aufschrift „Zu verkaufen" stehen. Dieses Haus würde mit Sicherheit einen guten Preis erzielen. Doch obwohl die Kirchengemeinde das Geld gut gebrauchen konnte, gefiel Lenore der Gedanke nicht, dass das Haus von fremden Menschen bewohnt werden würde. Es war seltsam, aber sie spürte eine innere Verbindung zu diesem Haus, zu diesem Ort.

Sie verließen die Chestnut Street und fuhren wieder den Hügel hinunter, zurück in die raue Welt. Lenore seufzte tief. Es war ein schöner Ausflug gewesen, aber es war höchste Zeit für eine Rückkehr in die Wirklichkeit.

Die Menschen, die um den langen Tisch herum saßen, lächelten ihr aufmunternd zu. Unter anderen Umständen hätte Lenore Angst bekommen, aber heute war sie zu verwirrt, um sich zu fürchten. Edies Erledigung im Kirchengebäude entpuppte sich als eine Sitzung mit dem Pastor und den Gemeindeältesten. Wenn nicht alle dieses strahlende Lächeln auf den Lippen gehabt hätten, hätte Lenore vermutlich gemeint, man wolle sie für irgendetwas maßregeln. Auch Erik war hier. Ein schwaches Lächeln umspielte seine Lippen.

„Du hast dir das Haus angesehen.“ Matt kam sofort zur Sache.

Lenore nickte. In ihrem Herzen fühlte sie sowohl Vorsicht als auch Begeisterung.

„Mrs Hosford hat uns das Haus vermacht. Wir dürfen damit machen, was wir für richtig halten. Aber sie hat in ihrem Testament einen Wunsch geäußert“, erklärte Matt. Er nahm ein Stück Papier in die Hand und las vor:

„Dieses Haus, das ich so sehr geliebt habe, soll zu einem Segen werden. Es soll dem Reich Gottes und nicht nur einer Familie oder ein paar Menschen zugute kommen. Es ist aber auch mein Wunsch, dass es wieder zu einem Zuhause werden soll. Diese beiden Wünsche scheinen sich gegenseitig auszuschließen. Deshalb überlasse ich es Ihnen, die richtige Entscheidung zu treffen.“

„Seitdem wir die Nachricht von Mrs Hosfords Vermächtnis bekommen haben, beten wir“, fügte Matt hinzu. „Und wir haben den Eindruck, dass der Herr uns denselben Wunsch aufs Herz gelegt hat wie der alten Dame. Dieses Haus soll dem Reich Gottes dienen und gleichzeitig ein Zuhause sein. Aber der Herr hat uns ein Stück weiter geführt. Als wir ihm dieses Anliegen im Gebet gebracht haben, ist jedem von uns dein Name eingefallen.“

Lenore warf einen erstaunten Blick in die Runde. Die fünf Männer nickten ihr lächelnd zu.

„Das verstehe ich nicht“, gestand sie. Aber ihr Herz klopfte so laut, als begreife es durchaus und als stimme es zu. Sie wusste zwar nicht, was die Ältesten vorhatten, aber sie wollte ihrem Wunsch gemäß handeln, ohne ein weiteres Wort zu verlieren. Am liebsten wäre sie vorgeprescht. „Immer schön *langsam*“, ermahnte sie sich in Gedanken.

„Der Herr hat uns auch einen bestimmten Bibelabschnitt ans Herz gelegt“, fuhr Matt fort. Er schlug seine Bibel auf und las vor: „Ein Anwalt der Witwen und ein Vater der Waisen ist Gott in seinem Heiligtum. Den Einsamen gibt er ein Zuhause, den Gefangenen schenkt er Freiheit und Glück. Wer jedoch gegen jede Ordnung verstößt, führt ein trostloses Leben.“ Er legte die Bibel wieder hin.

Lenore nahm diese Worte in sich auf. Sie drangen in ihr Herz und plötzlich überkam sie eine tiefe Gewissheit. Zwar begriff sie nicht den vollständigen Sinn dieser Bibelverse, aber sie wusste, dass sie eines Tages alles verstehen würde.

„Nach intensivem Gebet haben wir den Eindruck, dass Gott dieses Haus zu einem Segen für Menschen ohne Familie machen will", sagte Matt. „Es soll ein Zuhause sein, in dem verschiedene Menschen wie eine große Familie zusammenleben."

„Aber wer sollen diese Leute denn sein?", fragte Lenore. „Wie soll das funktionieren?"

Matt reagierte mit einem Achselzucken. „Die Frage nach dem *Wer* wird sich klären, wenn der Herr bestimmte Menschen zu uns schickt. Ich glaube, wenn erst einmal ein Anfang gemacht ist, wird das Ganze auch funktionieren."

Lenore saß regungslos da und dachte über seine Worte nach, aber auch darüber, was er noch nicht gesagt hatte. *„Jedem von uns ist dein Name eingefallen"*, hatte er vorhin gesagt. Sie wünschte es sich so sehr, dass sie Angst hatte, überhaupt daran zu denken. Unter dem Tisch faltete sie ihre Hände. *„Herr, ich will, was du willst"*, sagte sie *ihm* in Gedanken.

„Könntest du dir vorstellen, dass Scott und du die ersten Bewohner dieses Hauses werdet?", fragte Matt mit leiser Stimme. Schlagartig flammte Freude in ihr auf. Es war, als ob ein fast erloschenes Feuer wieder aufloderte, weil eine Tür geöffnet worden war.

„Ja!", rief Lenore laut. „Oh ja!" Von dem Moment an, als sie dieses alte Haus betreten hatte, hatte es sich wie ein Zuhause angefühlt. Der Gedanke, es wieder zu neuem Leben zu erwecken, machte ihr Freude. „Kann Mr Caputo auch einziehen?", platzte sie mit ihrer dringlichsten Frage heraus.

„Ich habe gewusst, dass du die ideale Person für diese Einrichtung bist! Das habe ich den Ältesten heute Morgen auch schon gesagt!" Edie hopste auf ihrem Stuhl förmlich auf und ab.

„Dieser Gedanke ist uns auch gekommen", verkündigte Matt mit einem strahlenden Lächeln. „Du, Scott und Joe werdet die Gründungsmitglieder sein, die ersten Bewohner dieses Hauses."

„Und wer noch?", fragte Lenore und dachte dabei an die vielen leeren Schlafzimmer.

Matt zuckte wieder mit den Achseln. Die anderen Ältesten schüttelten ratlos die Köpfe. Edie drehte sich zu ihr um und lächelte sie an. „Sie werden im richtigen Augenblick kommen", prophezeite sie. „Du musst für sie nur eine brennende Kerze ins Fenster stellen."

13

Lenore sammelte die letzten Putzsachen zusammen und lud sie ins Auto. Sie brauchte nur noch einen weiteren Tag, bis alles fertig war. Die Kirchengemeinde hatte bereits am letzten Wochenende einen großen Trupp freiwilliger Helfer zum Haus geschickt. Sie hatten die Wände gestrichen, die Dachrinnen gereinigt, das hohe Gras gemäht und die Büsche gestutzt. Heute wollten sie die Abschlussarbeiten machen, wie Carlene es nannte. Lenore sah auf die Uhr, rief nach Scott und stieg ins Auto. Wahrscheinlich würden sie sich verspäten. Tatsächlich wartete Carlene bereits auf sie, als sie an der Bäckerei, dem vereinbarten Treffpunkt, ankamen.

„Bitte entschuldige die Verspätung“, begrüßte Lenore ihre Freundin mit einem Lächeln.

„Null Problemo“, entgegnete Carlene. Sie drückte ihre Zigarette aus und ließ die Kippe in den Papierkorb fallen. Sie war penibel, wenn es um ihr Verhalten als Raucherin ging, weil sie meinte, auf diese Weise für ihre schlechte Angewohnheit Abbitte leisten zu können. „Ich hab uns Donuts besorgt“, verkündete sie und hielt eine Tüte hoch. „Und Kaffee. Für Joe hab ich auch einen eingepackt.“

Lenore dankte ihr. Mr Caputo war bereits zum Haus vorgefahren. In jeder freien Minute arbeitete er auf dem Grundstück, weil er ihr feierlich versprochen hatte, dass sie noch in diesem Jahr ihren Garten bekommen solle, auch wenn es dafür fast schon etwas spät war.

„Ich fahre dir hinterher“, schlug Carlene vor. „Die Jungs können bei mir mitfahren.“

Lenore nickte, winkte ihr zu und fuhr langsam voraus, damit Carlene ihr trotz des Verkehrs leicht folgen konnte. Es war nicht mehr weit. Bereits nach wenigen Minuten bog sie in die Straße – ihre Straße – ein. Ihr Herz pochte vor Freude, als sie das Haus sah, das schon bald ihr Zuhause sein würde.

Mr Caputo kam aus dem Garten nach vorne gelaufen und half den beiden Frauen beim Ausladen der Putzgeräte und Reinigungsmittel. Dann machte er sich wieder an die Arbeit, glücklich über die Fortschritte, die er im Garten machte. „Bis zu unserem Einzug ist das Unkraut weg und der Boden umgegraben.“ Lenore hatte sich in der Stadtbibliothek bereits ein paar Bücher ausgeliehen und Pläne für einen Gemüsegarten und Blumenbeete entworfen. Schon jetzt freute sie sich darauf, den Garten wieder in seiner früheren Pracht erstrahlen zu sehen. Scott und Derek rannten hinter Mr Caputo her, um ihm Gesellschaft zu leisten. Lenore bemerkte, dass er an der Mauer am anderen Ende des Grundstücks bereits das Beet für seine Tomaten angelegt hatte. Mr Caputo hatte ihr erläutert, dass das eine sehr gute Stelle sei. „Hier bekommen sie genug Sonnenlicht und die Mauer gibt ihnen die nötige Wärme“, hatte er ihr erklärt.

Lenore ging ins Haus, sah sich kurz um und machte sich an die Arbeit. Die Regale und Schränke mussten ausgewischt und mit frischem Schrankpapier ausgelegt werden. Carlenes dominant-selbstbewusste Schritte hallten durch die leeren Zimmer, als sie einen Rundgang durch das Haus machte. Schließlich kam sie zurück und verkündete ihre Meinung wie ein Gerichtsurteil.

„Das Haus ist schon in Ordnung“, sagte sie. „Es ist zwar groß genug für eine kleine Armee, aber es gefällt mir.“

„Es wird sich bestimmt bald mit Bewohnern füllen. Warum ziehst du nicht auch hier ein?“, fragte Lenore ein weiteres Mal. Ihre Freundin war die Erste gewesen, die sie in ihrer neuen Funktion als Leiterin dieses Hauses angesprochen hatte.

Carlene hatte dankend abgelehnt. „So was ist nicht mein Ding“, lautete ihre Begründung. „Außerdem darf ich in so einem Haus nicht rauchen.“

„Du könntest zum Rauchen nach draußen gehen“, hatte Lenore entgegnet.

„Lieber nicht.“ Carlene hatte den Kopf geschüttelt. „Nein danke.“

Jetzt griff Carlene in ihre Tragetasche und zog ein Paar Gummihandschuhe heraus. „Ich komme gerade von der Maniküre“, erklärte sie. Dann ging sie zum Herd. Noch bevor Lenore den ersten Schrank ausgewischt hatte, war die Oberfläche des Herdes sauber. Carlene hatte bereits begonnen, die Herdplatten abzumontieren. Großzügig sprühte sie jede Menge Herdreiniger ins Innere der Backröhre. Während sie den

Kopf wegdrehte, um die giftigen Dämpfe nicht einatmen zu müssen, redete sie weiter. „Ich könnte wetten, dass hier drunter ein Parkettboden liegt." Verächtlich musterte sie den gelben Teppichboden. „Willst du den rausreißen?"

Lenore kannte dieses verdächtige Glitzern in Carlenes Augen. Doch sie mochte den Teppichboden nach wie vor und außerdem hatten sie heute schon genug zu tun. „Heute nicht", sagte sie mit Entschiedenheit, weil sie entdeckt hatte, dass sich Carlenes Begeisterung nur damit bremsen ließ.

„Dann eben nicht", brummte Carlene kopfschüttelnd, als wolle sie damit ihr Unverständnis ausdrücken, und wandte sich wieder dem Herd zu.

Die beiden Frauen arbeiteten hart. Um die Mittagszeit machten sie eine kleine Pause und bestellten Pizza für alle. Als sich der Tag seinem Ende zuneigte, war die Küche blitzsauber, die Möbel und Fußböden glänzten, und auch im Garten hatte sich einiges getan. Die Beete waren bereit für Saatgut oder Pflanzen und die drei Tomatenstauden standen wie aufrechte Zinnsoldaten an ihrem neuen Platz. Lenore stand eine Weile lang schweigend da und beobachtete, wie die letzten Sonnenstrahlen durch die alten Butzenscheiben fielen und die Spitzengardinen sich im sanften Abendwind wölbten. Dieser Ort war wirklich wunderschön – und ihr Zuhause.

Die Einweihungsparty fand in der darauffolgenden Woche statt. Etwa zwanzig Leute waren zu Kaffee und Kuchen und zur Segnung des Hauses gekommen.

„Das ist für dich", sagte Edie. Lenore überlegte, was wohl in dem großen, in Packpapier eingewickelten Paket sein könnte. Neugierig riss sie das Papier auf und stand dann minutenlang kopfschüttelnd da, weil sie es einfach nicht glauben konnte. Es war die Lithografie von der Frau, die sich am Kreuz festklammert.

„Oh, Edie."

„Sag bloß nicht, dass du das nicht annehmen kannst. Dieses Bild muss hier sein. Das weiß ich ganz genau", fügte Edie hinzu, weil sie ahnte, was Lenore sagen wollte.

Lenore spürte Tränen in ihren Augen aufsteigen. Sie hatte dieses Bild immer geliebt. „Ich hänge es hier im Wohnzimmer auf, damit jeder es sieht, der durch diese Tür geht."

Auch Carlene überreichte Lenore ein Einzugsgeschenk. Sie hatte in ihrem Malkurs ein Willkommensschild angefertigt. Es war wirklich sehr schön geworden. Umrahmt von Weinlaub und Rosenknospen stand in der Mitte in geschwungenen Lettern der Spruch: *Den Einsamen gibt er ein Zuhause.*

„Edie hat mir den Text empfohlen", erklärte ihre Freundin. Jetzt konnte Lenore die Tränen nicht länger zurückhalten. Sie hängte das Schild in der Diele auf, damit sie es sofort sehen konnte, wann immer sie das Haus betrat.

Carlene war anzusehen, dass ihr dieser Platz gefiel.

Matt rief alle Gäste zusammen, um ein Gebet zu sprechen. „Dieses Haus soll zu deiner Ehre dienen, oh Gott. Mach es zu einem Lichtstrahl und zieh die Menschen an, die du hierher rufst, diejenigen, die du ins Licht deiner großen Liebe führen willst."

„Amen", sagte Lenore. Sie fragte sich, was das wohl für Menschen sein würden, woher sie kommen und wann sie hier auftauchen würden. Sie stellte sich einen Mann vor, der mit gesenktem Kopf auf das Haus zulief, um sich vor dem kalten Wind zu schützen. Vielleicht war es auch eine Frau, die ihr Kind fest umklammerte, um es vor einer beängstigenden, einsamen Welt zu schützen. Sie erinnerte sich noch gut daran, wie sie selbst in jenem Motelzimmer gesessen hatte und die Dunkelheit sie wie ein dichter Nebel umgeben hatte. Damals hatte sie mit unbeholfenen Worten nach einem Wesen gerufen, das ihr doch helfen und sie an einen sicheren Ort bringen sollte. Jetzt weinte sie richtig. Die Tränen flossen wie warme Sturzbäche ihre Wangen hinunter. Hastig wischte Lenore sie weg. „Amen", wiederholte sie. „Amen."

Als der Sommer sich seinem Ende zuneigte, verlief ihr gemeinsames Leben im Haus bereits in ruhigen Bahnen. Lenore arbeitete weiter bei Dr. Ashland, Scott verbrachte die Zeit nach der Schule immer noch bei Carlene. Mr Caputo hatte zwar dagegen protestiert, aber Lenore wollte ihn nicht überstrapazieren. Scott war jetzt immerhin schon acht Jahre alt und konnte ganz schön anstrengend sein, vor allem dann, wenn er mit seinen Freunden zusammen war. Wenn Lenore und Scott am späten Nachmittag nach Hause kamen, hatte Mr Caputo das Abendessen bereits so gut wie fertig. Sie aßen gemeinsam, Lenore und Scott machten den Abwasch, und dann setzten sie sich zusammen und lasen oder sahen fern. Manchmal gingen sie auch spazieren oder genossen das milde Sommerwetter im Garten. Ihr Leben glich dem einer ganz normalen Familie.

Lenore kümmerte sich um den Garten, Mr Caputo brachte ihr bei, was er wusste, und den Rest lernten sie gemeinsam. Das riesige Stück Land in der sonnigen Südecke nutzten sie als Gemüsegarten. Dort standen inzwischen Mais, Stangenbohnen und Erbsen in ordentlichen Reihen. Auch der Salat, der Weißkohl, die Gurken, die Zucchini, die Kürbisse und die Karotten gediehen prächtig. Mr Caputo war tatsächlich der absolute Tomaten-Experte. Die Pflanzen, die in einer dichten Reihe an der Mauer standen, trugen gesunde grüne Blätter und waren über und über mit dicken roten Früchten bedeckt.

Lenore hatte die Blumenbeete um das Haus herum von Unkraut und alten Pflanzen befreit und dort Hortensien, Schneeballbüsche, Malven und Hibiskus gepflanzt. Auf die eine Seite der vorderen Veranda setzte sie eine Glyzinie und auf die andere ein Geißblatt. In der hinteren Ecke des Grundstücks hatte sie einen alten Gartenschuppen entdeckt, ein altes, modrig riechendes Häuschen, das mit alten Spaten, Maurerkellen und zerbrochenen Tontöpfen vollgestellt war. Alles war mit einer feinen Staubschicht überzogen gewesen, aber vieles noch brauchbar.

Lenore liebte die Arbeit im Garten. Sie pflanzte und grub für ihr Leben gern, genoss es, die dunkle Erde an ihren Händen zu spüren und das helle, warme Sonnenlicht auf ihrem Kopf. Sie bewässerte auch gerne den Garten, beobachtete, wie der Wasserstrahl in einem hohen Bogen aus dem Schlauch schoss und sich das Licht in allen Regenbogenfarben in den unzähligen Wassertropfen brach.

Eines Tages schickte man Lenore das Ergebnis ihres Staatsexamens zu: Jetzt war sie staatlich geprüfte Krankenschwester. Offenbar hatte man auch Erik Ashland benachrichtigt, denn dieser bat sie noch am selben Tag nach der Arbeit in sein Büro.

„Sie sind hier in der Praxis unterfordert“, sagte er. „Ich finde, Sie sollten es wenigstens mal in einem Krankenhaus probieren. Das sind Sie sich schuldig.“ Sein Gesicht wirkte verschlossen, aber in seinen Augen war ein leises Bedauern zu lesen. „Wenn es Ihnen nicht gefällt, können Sie jederzeit hierher zurückkommen.“ Er hielt kurz inne. „Sie wissen, was ich von Ihnen halte.“

Lenore zuckte zusammen und ihre Wangen röteten sich vor Verlegenheit. „Ich werde ein paar Bewerbungen losschicken“, erwiderte sie schließlich. Ihre Gefühle schwankten zwischen Begeisterung und dem Wunsch, weiter in der Praxis zu arbeiten, dennoch folgte sie dem Rat des Arztes. Allerdings wollte sie sich nur bei einem einzigen Krankenhaus bewerben. Sie wusste ganz genau, wo sie arbeiten wollte. Deshalb fuhr sie am nächsten Tag schnurstracks zum First Hill. Wieder standen etliche gebrochene und verlorene Menschen vor dem Krankenhaus herum. Lenore fragte sich zur Personalabteilung des Harborview-Krankenhauses durch und bekam sofort eine Stelle als Nachtschwester angeboten.

Durch ihre neue Arbeitsstelle wurde sie zu einem nachtaktiven Wesen: Sie ging ins Bett, wenn andere Leute aufstanden, konnte dafür aber die Nachmittagsstunden mit Scott und Mr Caputo verbringen. Wenn die beiden ins Bett gingen, fuhr sie zur Arbeit. Lenore wusste, dass sie den Nachtdienst nicht unbegrenzt würde durchhalten können, aber das wollte sie auch gar nicht. Trotzdem gefiel ihr die Atmosphäre im nächtlichen Krankenhaus. Es war eine kleine Welt, in der es keinen Schlaf gab. Das Krankenhaus schien ein Eigenleben zu führen. Und ob sie nun dort war oder nicht, diese Welt bewegte sich nach ihrem besonderen Rhythmus weiter. Die einen Mitarbeiter kamen zur Arbeit, die anderen machten Feierabend, Mahlzeiten wurden zubereitet, Wäsche wurde gewaschen, Betten wurden beschmutzt und sauber gemacht, Patienten wurden eingeliefert, umgelegt, gepflegt und umsorgt. Zwar fehlte Lenore die familiäre Wärme in Eriks Praxis, das kindliche Vertrauen seiner kleinen Patienten, aber sie spürte, dass sie auch hier im Krankenhaus ihr Zuhause gefunden hatte und hierher gehörte. Irgendwann ging der Herbst zu Ende und ein verregneter Winter begann. Zum ersten Januar wurde im Tagdienst eine Stelle frei, auf die Lenore sich bewarb. Sie wurde sofort genommen.

Lenore fuhr gerne in den frühen Morgenstunden durch die dämmrigen, manchmal regennassen Straßen zur Arbeit. Sie hatte stets einen Thermosbecher dabei, gefüllt mit heißem, starkem Kaffee. Mr Caputo bereitete ihn ihr jeden Morgen zu, genau wie einen Teller heißen Haferbrei.

„Es stimmt, was man über Hafer sagt", ermahnte er sie jeden Morgen mit einem bekräftigenden Kopfnicken, während er ihr beim Essen zusah. „Haferbrei gibt dir Kraft und Antrieb, und beides brauchst du bei deiner schweren Arbeit."

An diesem Morgen parkte Lenore ihr Auto wie gewohnt auf dem Mitarbeiterparkplatz und fuhr mit dem Aufzug auf ihre Station, die Chirurgie im siebten Stock. Die Gummisohlen ihrer Schuhe quietschten leise, als sie den Korridor entlangging. So hatte sie sich das immer vorgestellt, wenn sie davon geträumt hatte, endlich Krankenschwester zu sein.

„Morgen." Erlene, eine der Nachtschwestern, wirkte müde und erschöpft.

„Wie war die Nacht?"

„Viel zu tun", erwiderte Lenores Kollegin mit gespitzten Lippen. Sie beugte sich über eine Fieberkurve. „Drei neue Patienten aus der Notaufnahme."

Lenore wollte ihre Kollegin nicht weiter stören und ging in den Aufenthaltsraum. Dort schloss sie ihren Spind auf und hängte ihren Mantel hinein. Bis zur Übergabe hatte sie noch zehn Minuten, und so nutzte sie die Zeit, um einen Blick auf das Schwarze Brett zu werfen. Vielleicht gab es dort etwas Neues. Ein Aushang kündigte für nächsten Freitag eine interne Weiterbildung für die Pflegekräfte an, auf einem anderen wurde ein Haus zur Miete angeboten. Wieder einmal war Lenore dankbar für ihr neues Zuhause. Inzwischen hatte sie sich dort richtig gemütlich eingerichtet. Erst hatte sie Scotts Zimmer nach seinen Wünschen gestaltet, dann hatte sie sich ihrem eigenen kleinen Reich gewidmet. Bei einem Wohltätigkeitsbasar des Altenheims auf Carlenes Seite des Hügels hatte sie eine Tagesdecke aus Chenille gefunden.

„Dort gibt es tolle Sachen", hatte Carlene ihr im Vorfeld verraten. Die beiden Freundinnen hatten sich frühzeitig getroffen, damit sie noch genügend Auswahl hatten. Wieder einmal hatte Lenore Carlenes schier unerschöpfliche Energie bewundern müssen und ihre Fähigkeit, aus einfachen Dingen wahre Schätze zu machen.

In einem Trödelgeschäft hatte Lenore eine Frisierkommode mit einer schön geschwungenen Vorderseite gefunden, die sie im letzten Sommer aufgearbeitet hatte, doch ihr kostbarstes Stück war die große Patchworkdecke, die Edie für sie angefertigt und ihr zu Weihnachten geschenkt hatte. Diese Decke hatte ein Blockhausmuster aus rotbraunen, mahagoni- und goldfarbenen sowie dunkelroten Stoffstreifen.

„Diese Farben passen am besten zu deinem Haar", hatte Edie mit einem Lächeln gesagt und Lenore damit überrascht. Sie hätte nie geglaubt, dass ausgerechnet ihr Haar jemanden zu so etwas Schönem inspirieren könnte. Aber die handgenähte Patchworkdecke sah wirklich schön aus, wenn sie sorgfältig zusammengefaltet am Fußende ihres Bettes lag. Der rotbraune Fichtenholzboden war in einem recht guten Zustand und ein paar bunt gewebte Teppiche machten das Zimmer wohnlicher. Lenore hatte sich ein Radio gekauft und ein paar Bilder aufgehängt, die sie im Laufe der Jahre gesammelt hatte. In einer Ecke stand ein großer, dick gepolsterter Ohrensessel, in dem sie sich vor dem Schlafengehen entspannen, lesen oder Musik hören konnte.

Lenore füllte ihren Kaffeebecher erneut auf und ging zum Stationszimmer. Die Schwestern und Pfleger der Nachtschicht waren jetzt bereit für den Übergabe-Bericht. In der nächsten halben Stunde plante sie ihre Arbeit und prägte sich die Patienten ein, um die sie sich kümmern sollte. Sie sprach mit ihnen, fragte, wie es ihnen ging, und notierte sich sorgfältig, welche Untersuchungen, Medikamente oder Therapien für sie vorgesehen waren.

In ihrer Schicht kamen zwei neue Patienten dazu. Der eine hatte eine Blinddarmoperation hinter sich, die andere eine Bauchhöhlenöffnung, bei der ein großer Tumor mit Metastasen im gesamten Unterbauch festgestellt worden war. Dieser Patientin wollte sich Lenore besonders liebevoll widmen. Alles war bereit, als Cass Hendrickson in ihrem Bett aus dem Aufwachraum in ihr Zimmer gerollt wurde.

„Die Familie ist im Warteraum", sagte der Krankenpfleger. „Ich hab ihnen gesagt, dass Sie sie hereinrufen werden."

Lenore nickte. Mrs Hendrickson schlief tief und fest; die Narkose zeigte noch immer ihre Wirkung. Lenore überprüfte die Schläuche, die aus der Bauchdecke ihrer Patientin ragten, sowie die Infusionen. Dann las sie die Anweisungen, die der Arzt auf der Krankenakte hinterlassen hatte, und sorgte für einen ausreichenden Vorrat an Schmerzmitteln.

Die Frau sollte sich schließlich nicht quälen. Später würde sie noch genug unter Schmerzen leiden müssen.

Mrs Hendrickson war eine große, kräftige Frau und laut Krankenakte fünfundvierzig Jahre alt. Lenore war eines bereits jetzt klar: Diese Frau würde schon bald an Gewicht verlieren und in sich zusammensinken, sobald der Krebs und die Schmerzen die Oberhand gewönnen. Plötzlich fühlte sie eine unbändige Wut in sich aufsteigen. Es war jedes Mal aufs Neue schlimm für sie, wenn sie einem Patienten nicht helfen konnte. Noch einmal überprüfte sie den Infusionsschlauch der Frau. Dann strich sie die Decke glatt und holte die Angehörigen, damit Mrs Hendrickson vertraute Gesichter um sich hatte, wenn sie aufwachte. Wenigstens das konnte Lenore für ihre Patientin tun.

Ihr war es lieber, wenn sie Menschen helfen und zusehen konnte, wie sich schmerzlich zusammengezogene Augenbrauen glätteten und verkrampfte Gesichtszüge entspannten. Sie freute sich, wenn sie den Angehörigen ihrer Patienten mit ein paar wenigen Erklärungen die Angst nehmen konnte. Mit manchen von ihnen konnte sie sogar beten. Schon nach wenigen Wochen auf dieser Station kamen ihre Kolleginnen und Kollegen auf Lenore zu, wenn sie mit uneinsichtigen oder überängstlichen Patienten zu tun hatten und baten sie, mit ihnen zu reden. Wenn sie ein paar Minuten bei diesen Menschen war, ihnen sanft über die Arme strich oder beruhigend auf sie einredete, war meistens bald wieder alles in Ordnung. Diese Erfahrungen gaben Lenore das Gefühl, etwas Sinnvolles zu tun und wirklich gebraucht zu werden. Ihr schien es, als sei sie ein anderer Mensch geworden. Nichts erinnerte mehr an jene verängstigte junge Frau, die vor mehr als vier Jahren hier in Seattle angekommen war und die es noch nicht einmal fertiggebracht hatte, ihr Bett zu verlassen.

Ein Tag folgte dem anderen, ein Monat dem nächsten. Irgendwann konnte Lenore ihr erstes Dienstjahr im Krankenhaus feiern und Scott kam in die vierte Klasse. Ihre kleine Familie lebte bereits seit über zwölf Monaten in dem großen Haus, als Mrs Callahan und Angie bei ihnen einzogen.

14

Lenore sah nach dem Schokoladenkuchen, den sie im Backofen hatte. Heute war ihr freier Tag und eigentlich wollte sie das Haus putzen. Außerdem hatte sich im Garten haufenweise Laub angesammelt, das weggeharkt werden musste, und dann wollte sie noch ihre liegen gebliebene Wäsche waschen. Inzwischen war es bereits zehn Uhr, aber sie konnte sich zu nichts aufraffen. Also war sie am Tisch sitzen geblieben, hatte eine zweite und eine dritte Tasse Kaffee getrunken und in einem Roman gelesen. Für sie war es ein wahrer Luxus, einmal nichts tun zu müssen, keine Medikamente auszuteilen, keine Betten zu machen, keine Patienten zu versorgen. Scott war in der Schule und Mr Caputo hielt sich in seinem Zimmer auf. Mrs Callahan und Angie waren spazieren gegangen. Sie hatten verkündet, oben auf dem Hügel einen Bummel durch die Geschäfte machen zu wollen. Die beiden neuen Mitglieder ihrer „Familie“ fügten sich nicht so problemlos in ihre Hausgemeinschaft ein, wie Lenore das gehofft hatte.

Lenore schätzte Mrs Callahan auf Mitte sechzig. Sie war es gewohnt, dass Frauen in diesem Alter fast jugendlich wirkten, weil sie flotte Haarschnitte, Tennisschuhe und modische Kleidung trugen, aber Mrs Callahan stammte aus Knoxville im Staat Tennessee und gehörte noch zur „alten Schule“. Sie bevorzugte konservativ geschnittene Kleider und bequeme Schnürschuhe, ihr dichtes, silbergraues Haar war dauergewellt und in kleine Löckchen gelegt. Lenore hatte die Frau auf Anhieb gemocht.

„Sie ist hierher gezogen, weil sie sich um ihre Enkelin kümmern wollte“, hatte Edie vor ihrer Ankunft erklärt. „Aber dann ist ihre Tochter auf und davon gegangen. Jetzt ist Mrs Callahan in einer Zwangslage. Sie hat ihre Wohnung in Knoxville bereits aufgegeben, und ihr fehlt das Geld für einen weiteren Umzug. Eigentlich will sie so schnell wie möglich zurück in ihre Heimat, aber ich habe da so meine Bedenken.“ In Edies Blick hatte Skepsis gelegen. „Sie lebt von einer kleinen Rente und so wird es vermutlich eine Weile dauern, bis sie nach Tennessee zurückkehren kann."

„Bring sie doch mal vorbei", hatte Lenore vorgeschlagen. Kurz darauf war Mrs Callahan mit Angie im Schlepptau bei ihnen erschienen. Das Kind ihrer jüngsten Tochter war acht Jahre alt.

„Die ist total verzogen", hatte sich Scott nach seiner ersten Begegnung mit ihr beklagt. Angie hatte vor Wut seine Burg aus Legosteinen zerstört, weil er ihr nicht erlaubt hatte, die Zugbrücke zu öffnen und zu schließen.

„Sie braucht eine feste Hand", hatte Mr Caputo ihm zugestimmt.

Lenore erklärte ihnen, dass Angie oft sich selbst überlassen gewesen war und es Großeltern generell schwerer fiel, Nein zu sagen als den eigenen Eltern. Scott hatte ihr daraufhin einen skeptischen Blick zugeworfen. Er schien ihr diese Begründung nicht so recht abzunehmen. Und tatsächlich sah auch Lenore schon bald ein, dass man wegen Angies Benehmen etwas tun musste. Angie hatte eine unverschämte Art, Forderungen zu stellen, ob es sich nun um ein Glas Wasser handelte oder um die Plätzchen, die ganz frisch aus dem Backofen kamen. Lenore hätte am liebsten jedes Mal allein aus Prinzip Nein gesagt, weil das Kind sie zum Widerspruch reizte. Die Kleine hatte viel zu viele Spielsachen, die sie ständig im ganzen Haus verteilte, sodass die arme Mrs Callahan sich zweimal am Tag mühsam bücken musste, um alles wieder einzusammeln.

„Ich kann Angie holen und ihr sagen, dass sie das machen soll", hatte Lenore ihr erst heute früh wieder vorgeschlagen.

„Ach nein, es ist einfacher, wenn ich das selbst mache."

„Ganz bestimmt", murmelte Lenore vor sich hin. Der gesamte Haushalt hatte gestern Abend wieder einmal einen von Angies Wutanfällen miterlebt, als es Zeit für sie gewesen war, ins Bett zu gehen, sie aber noch nicht gewollt hatte.

„Nein!" Sie hatte einen durchdringenden Schrei ausgestoßen. „Ich *will* jetzt nicht schlafen. Ich *will* noch nicht ins Bett!"

Also war sie bis dreiundzwanzig Uhr aufgeblieben. Schlussendlich war sie auf dem Sofa eingeschlafen und Lenore hatte sie geweckt, nach oben gebracht und ins Bett gesteckt. Ihr Kinderbett stand in einer Ecke von Mrs Callahans Zimmer.

„Sie kann ein eigenes Zimmer haben", hatte Lenore der älteren Frau bei ihrem Einzug vorgeschlagen.

„Sie hat Albträume", hatte Mrs Callahan erwidert, und Lenore hatte dunkle Schatten unter den Augen der Frau erkennen können.

Lenore versuchte, großzügig über vieles hinwegzusehen. Vielleicht war das Kind von seiner Mutter sträflich vernachlässigt worden, bevor die Großmutter sich seiner angenommen hatte. Mrs Callahan sprach nicht gerne darüber, aber Edie hatte Lenore erzählt, dass die Tochter manchmal tagelang verschwunden gewesen war. Das kleine Mädchen habe damals nicht viel mehr zu essen gehabt als einen Laib Brot und ein Glas Erdnussbutter, und der Fernseher habe ihr als Geräuschkulisse gedient.

Wieder sah Lenore nach dem Kuchen. Er war in der Mitte noch nicht durch und wackelte hin und her, als sie die Form wieder in die Mitte des Rostes schob und die Tür des Backofens schloss. Dabei entstand ein kreischendes Geräusch, das „wie das von einer tobsüchtigen Katze" klang, wie Mrs Callahan gestern Abend scherzhaft bemerkt hatte. Lenore musste lächeln, als sie an diesen Kommentar dachte. Die ältere Dame war klug, humorvoll und hatte ein gutes Herz. Sie tat Lenore leid, weil sie es mit ihrer Enkelin so schwer hatte, aber nicht nur mit ihr. Ihre Tochter hatte sich schon seit Monaten nicht mehr bei ihr gemeldet.

„Das hat sie offenbar schon häufiger gemacht", hatte Edie gesagt. „Sie macht sich davon, meistens mit einem Typen, und steht dann sechs Monate später wieder vor der Tür und will Angie zurückhaben. Aber diesmal hat das Gericht die Hände im Spiel. Mrs Callahan hat das Sorgerecht für sie beantragt."

Lenore dachte mit einem Kopfschütteln über diese verfahrene Situation nach. Sie fragte sich, was für ein Leben Angie wohl gehabt hatte und ob sie so verzogen war, weil ihre Mutter sich nie richtig um sie gekümmert hatte. Nachdem sie den Backofen geschlossen hatte, schüttete sie Scheuerpulver in das Spülbecken und schrubbte das vergilbte Porzellan so lange, bis es wieder weiß glänzte. Dann stand sie eine Weile da und starrte zum Fenster hinaus, aber sie nahm die kahlen Zweige der Bäume und den großen Holzhaufen daneben kaum wahr. *Es ist schon seltsam*, dachte sie, *wie die Seele für sich selbst sorgt. Wenn sie überanstrengt oder verletzt ist, versucht sie, einen Ausgleich zu schaffen.* Als sie sich damals wegen Daniel so schrecklich gefühlt hatte, hatte sie sich ins Bett gelegt, um sich vor weiteren Verletzungen zu schützen.

Möglicherweise war diese Schutzreaktion sogar im genetischen Code des Menschen verankert. Vielleicht war der Wunsch, nicht leiden zu müssen und für sich selbst zu sorgen ein fester Bestandteil der menschlichen Seele.

Die Haustür wurde so heftig zugeschlagen, dass Lenore Angst hatte, ihr Kuchen könne in sich zusammenfallen. Sie hörte, wie Angie und Mrs Callahan sich miteinander unterhielten. Allerdings führte Angie das Wort. Wie so oft beklagte sie sich lauthals über irgendetwas. Mit einem tiefen Seufzer trocknete sich Lenore die Hände ab.

Nach zwei langen Wochen voller Wutanfälle, Frechheiten und nervenaufreibender Szenen eskalierte die Situation an einem Abend, als alle beim Essen saßen. Es begann damit, dass Angie den Hackbraten verschmähte, den Lenore gemacht hatte.

„Dieses Zeug ist ja widerlich." Sie verzog das Gesicht zu einer angewiderten Grimasse, verschränkte die Arme vor der Brust und lehnte sich auf ihrem Stuhl zurück. Offenbar wollte sie keinen Bissen mehr essen.

„So etwas sagt man nicht bei Tisch." Mrs Callahan schüttelte den Kopf, wobei ihr Gebiss leise klapperte.

„Ich will Honigpops." Angies Tonfall war so herablassend, als spräche sie mit einer Dienerin. Mrs Callahan erhob sich von ihrem Platz, allem Anschein nach um das Verlangte zu holen. Lenore stand ebenfalls auf und folgte der älteren Frau in die Küche.

„Mrs Callahan", begann sie vorsichtig.

Die alte Dame sah sie schuldbewusst an, griff aber bereits nach der Schachtel. Dann nahm sie eine Müslischale aus dem Schrank.

„Es steht mir nicht zu, Ihnen zu sagen, wie Sie Ihre Enkelin erziehen sollen", sprach Lenore unbeirrt weiter.

„Na ja, besonders viel Erziehung hat sie bisher nicht genossen." Mrs Callahan schüttelte den Kopf. „Genau das ist ja das Problem."

„Das stimmt, aber ist es nicht besser, spät anzufangen, als gar nicht?" Lenore lächelte und versuchte, ihre Stimme optimistisch klingen zu lassen.

Mrs Callahan, die gerade die Honigpops in die Müslischale schütten wollte, hielt mitten in der Bewegung inne. Ihrem Gesicht waren ein Zögern und eine gewisse Furcht abzulesen. „Sie haben schon recht, aber es ist leichter, ihr einfach nachzugeben."

„Vielleicht, kurzfristig betrachtet", erwiderte Lenore nachdenklich. „Wir werden bestimmt ein paar schreckliche Tage durchleben müssen, aber wenn wir hart bleiben, werden wir auf lange Sicht alle zufriedener sein, auch Angie."

„Ich glaube, Sie haben recht." Mrs Callahan umklammerte die Schachtel Honigpops wie einen Rettungsring. „Mir fehlt für so etwas bloß die Kraft." Dann schüttelte sie den Kopf. Ihre kleinen Löckchen blieben an Ort und Stelle, als seien sie festgeklebt.

„Zuerst wird es unangenehm sein", gab Lenore zu. „Eine Zeit lang war es ziemlich laut, als Scott diese Trotzphase durchgemacht hat." Sie erinnerte sich, wie Daniel sie gedrängt hatte, Scotts Forderungen nachzugeben. Aber sie war hart geblieben, weil sie daran hatte denken müssen, was aus ihrer kleinen Schwester geworden war, nur weil sie alles bekommen hatte, was sie sich wünschte.

„Ist Scott auch so gewesen?"

„Jedes Kind ist so", erwiderte Lenore. „Man muss den Kindern nur über diese Phase hinweghelfen."

„Dafür habe ich nicht die Kraft", wiederholte Mrs Callahan. „Aber mir ist schon klar, was man tun muss." Sie warf Lenore einen flehenden Blick zu.

„Wenn Sie wollen, probiere ich es", schlug Lenore ihr vor. Sie fühlte sich dabei wie eine Jungfrau, die sich freiwillig als Menschenopfer anbot.

Mrs Callahan wirkte erleichtert. „Ich bin Ihnen ja so dankbar." Sie reichte Lenore die Schachtel Honigpops. Lenore stellte sie wieder in den Küchenschrank, und zwar mit voller Absicht in den hohen Hängeschrank. Dann gingen die beiden Frauen zurück ins Esszimmer.

„Tut mir leid, Angie", sagte Lenore mit nüchterner freundlicher Stimme und einem Lächeln auf den Lippen. „Du bekommst keine Honigpops, ehe du nicht alles aufgegessen hast. Wenn du dann immer noch Hunger hast, brauchst du keinen Kuchen zu essen, sondern kannst stattdessen ein Schälchen Honigpops haben."

Angie nahm Lenore genauso wenig wahr wie eine Fliege, die gegen die Fensterscheibe flog. Sie wandte sich an Mrs Callahan, als hätte Lenore kein Wort gesagt. „Oma, ich *will* meine Honigpops."

Ihre Oma erwiderte nichts. Stattdessen stand sie auf und half Mr Caputo, der den Kirschkuchen servierte.

„Oma!" Angies Stimme schwoll zu einem Schreien an. Endlich sah Mrs Callahan ihre Enkelin an.

„Es ist so, wie Miss Lenore gesagt hat", erwiderte sie zunächst zögernd. „Keine Honigpops, ehe du aufgegessen hast."

Angie starrte sie verblüfft an. Dann verzog sich ihr Gesicht und sie begann zu weinen. Laute, herzzerreißende Schluchzer drangen aus ihrem Mund. Mrs Callahan warf Lenore einen flehenden Blick zu, aber diese schüttelte energisch den Kopf.

„Dein Essen steht für dich bereit, wenn du Hunger hast", sagte sie zu Angies Hinterkopf. Sie musste lauter sprechen, weil das Weinen des Mädchens inzwischen in ein lautes Heulen übergegangen war. Mr Caputo, Scott und Mrs Callahan entschlossen sich dazu, ihren Nachtisch im Arbeitszimmer zu genießen.

„Angie", fuhr Lenore fort. Sie streckte die Hand aus, um dem Kind über den Kopf zu streichen, aber Angie schlug wütend um sich. „Du kannst Mr Caputo morgen bei der Zubereitung des Abendessens helfen. Und wenn deine Oma und du mit dem Kochen dran seid, kannst du dir dein Lieblingsgericht aussuchen." *Dann merkst du auch gleich, wie viel Arbeit das Kochen und Aufräumen macht,* dachte sie insgeheim. Angie wurde daraufhin noch wütender. Ihr Geheule verwandelte sich in ein lautes Brüllen. Aus dem Arbeitszimmer drangen Stimmen in die Küche. Im Fernsehen lief anscheinend gerade die Sendung *Glücksrad.*

Lenore begann den Tisch abzuräumen und das Geschirr zu spülen. Dabei beobachtete sie Angie, die sich entschlossen hatte, ihrer Wut Luft zu machen, indem sie ein Buch zerriss, das Mrs Callahan ihr erst letzte Woche gekauft hatte. Sie riss die Blätter entzwei, trat nach den Überresten und warf das zerfledderte Buch schließlich auf den Orientteppich in der Diele. Dann setzte sie sich neben den Papierhaufen und fing wieder an zu schluchzen. Lenore ging zwei Mal zu ihr hin, aber jedes Mal schlug Angie nach ihrer Hand und hörte nicht auf zu weinen. Schließlich ließ Lenore das Mädchen in Ruhe und stellte die Lebensmittel in den Kühlschrank. Das Essen, das Angie nicht angerührt hatte, deckte sie mit Frischhaltefolie ab.

Als Lenore endlich das Geschirr gespült und die Küche fertig aufgeräumt hatte, lag Angie schlafend auf dem Fußboden in der Diele.

Lenore kehrte in der Küche noch den Boden, wischte die Arbeitsplatten ab, fegte die Krümel von der Tischdecke und blies die Kerzen aus. Dann holte sie Mr Caputo, der Angie nach oben trug und sie in ihr Kinderbett legte. Er murmelte dabei leise etwas vor sich hin. Lenore verstand nur die Wörter „eins mit dem Gürtel verpassen“ und „Holzschuppen“.

Sie ist so ein hübsches Kind, dachte Lenore, als sie die Kleine zudeckte. Sie hatte langes, dunkles Haar und braune Augen. Lenore musste plötzlich an Daniel denken. Vielleicht hätte eine gemeinsame Tochter so ausgesehen wie Angie. Auf Zehenspitzen schlich sie aus dem Zimmer, ließ die Tür einen Spaltbreit offen und das Licht im Flur brennen.

Am nächsten Morgen aß Angie schweigend die Schüssel Haferbrei, die man ihr hinstellte. Alle waren erleichtert über diese Reaktion. Dann nahm sie den Proviant, den Mr Caputo für sie zusammengepackt hatte, und machte sich auf den Weg in die Schule. Als sie wieder nach Hause kam, wirkte sie ein bisschen munterer. Sie aß ein bisschen Käse mit Salzcrackern und half Mr Caputo dann bei der Zubereitung von Auberginen-Parmesan-Sandwichs. Beim Abendessen warf sie einen skeptischen Blick auf dieses Gericht, aber alle, auch Mr Caputo, waren sich einig, ihr ein bisschen Spielraum zu gewähren.

„Auberginen-Parmesan-Sandwichs sind nicht jedermanns Sache“, meinte er mit einem Kopfnicken. Seine Wangen waren rot und rund, als er Angie anlächelte. „Hier, nimm dir noch ein Stück Brot und ein bisschen Obstsalat.“

Am nächsten Abend half Angie ihrer Großmutter dabei, Hühnerfrikassee mit kleinen Klößchen zu kochen. Sie aß ihren Teller anstandslos leer und sah Lenore mit einem strahlenden Lächeln an, als sie zum Nachtisch ein Schälchen Honigpops bekam.

15

Scott lag in seinem Bett und dachte daran, dass er die Weihnachtsfeiertage bei seinem Vater verbringen sollte. Er wollte nicht hinfahren; nicht, weil er Heimweh bekommen oder seine Mutter ihm fehlen würde, nein, das war es nicht. Er war jetzt schließlich schon in der vierten Klasse und groß genug. Heimweh hatten nur kleine Kinder. Er schluckte schwer und blinzelte. Kamen ihm etwa die Tränen? Nein. Es war schon in Ordnung so. Natürlich könnte er seinen Vater besuchen.

Aber er wollte gar nicht daran denken, wie sie zu Hause Weihnachten feiern würden und was er versäumen würde, wenn er nicht dabei wäre. Er würde es vermissen, mit Derek zu spielen, während Mama und Tante Carlene Weihnachtsplätzchen backten. Er könnte zwar noch mithelfen, den Weihnachtsbaum zu schmücken, aber er wäre nicht mehr da, um am Heiligen Abend seine Weihnachtssocke aufzuhängen. Mr Caputo machte mit ihnen immer die Weihnachtseinkäufe und fuhr sie zu einem Billigladen, und auch da könnte er in diesem Jahr nicht dabei sein. Genauso, wie er das Weihnachtsfrühstück bei Onkel Matt und Tante Jenny verpassen würde. Er könnte dann auch nicht hören, wie Angie bei der Weihnachtsaufführung *Herbei, oh ihr Gläubigen* auf dem Klavier vorspielte. Aber das war nicht so schlimm, weil sie sowieso immer furchtbar viele Fehler machte.

Bei Papa gingen sie zu Weihnachten nicht in die Kirche. „Ich bin kein Kirchgänger", hatte sein Vater gesagt, als Scott ihn danach gefragt hatte. Weihnachten bei seinem Vater unterschied sich kaum von anderen Tagen. Letztes Jahr hatte Papa am Weihnachtsabend arbeiten müssen. Deshalb war Scott mit Donelle nach Disneyland gefahren. Donelle arbeitete für seinen Vater. Er hatte eine Pistole, ein Funkgerät und ein Telefon in seinem Auto. Anschließend waren sie in dem großen Spielwarengeschäft gewesen und Scott hatte sich dort aussuchen dürfen, was ihm gefiel. Dann waren sie Essen gegangen, aber im Restaurant hatte es keinen Truthahn mit leckerer Soße wie zu Hause gegeben, sondern nur Steaks. Papa hatte ihm versichert, dass er in diesem Jahr nicht arbeiten müsse. Er würde zusammen mit Scott nach Disneyland fahren und er würde ihm einen Super Nintendo kaufen. Aber Scott konnte sich darauf nicht so richtig freuen.

Vielleicht lud ihn Esperanza zu sich nach Hause ein. Bei diesem Gedanken hob sich Scotts Stimmung etwas. Esperanza war Papas Haushälterin, aber sie hatte Scott einmal mit zu sich nach Hause genommen. Er war den ganzen Tag bei ihr geblieben. Ihre Enkelkinder waren vorbeigekommen und sie waren gemeinsam in den Park und ins Schwimmbad gegangen. Danach hatten sie auf der Straße Brennball gespielt und Esperanza hatten für sie alle eine große Pizza gemacht. Aber dann hatte er wieder zu seinem Vater zurückgemusst. Natürlich war Papas Haus der helle Wahnsinn. Es war wie ein Schloss und der riesige Garten war sogar von einem verschnörkelten Zaun umgeben. Papa hatte ihm gezeigt, wie er das große Tor mit einem Knopfdruck aufmachen konnte. Scott mochte auch den Whirlpool, das Schwimmbecken mit der großen Überdachung und Papas Cabrio. Aber er begleitete seinen Vater nur ungern ins Studio. Dort saß er immer nur herum und wartete auf ihn. Die Babysitterin, die Papa engagiert hatte, redete nicht mit ihm, sondern hatte Kopfhörer auf und hörte ständig Musik. Er wollte nicht zu seinem Vater fahren, aber er musste wohl. Papa wäre traurig, wenn er nicht kommen würde. Aber Scott fühlte sich ziemlich einsam dort, auch wenn sein Vater zu Hause war.

Scott lag in seinem Bett und lauschte in die Dunkelheit hinein. Im Haus war es ruhig, aber dann hörte er, wie sich eine Tür öffnete und wieder schloss. Danach vernahm er Schritte auf der Treppe. Er wusste, dass es Mr Caputos waren. Oft wachte Scott nachts auf und hörte, wie der alte Mann nach unten ging. Er machte sich meistens eine Tasse heiße Schokolade, und manchmal leistete Scott ihm Gesellschaft, manchmal aber auch nicht, so wie heute Abend. Manchmal lag er einfach nur in seinem Bett und hörte zu, wie das Haus leise knackte und ächzte. Diese Geräusche machten ihm keine Angst, weil sie so ähnlich klangen wie wenn Mrs Callahan oder Mr Caputo sich hinsetzten. Mrs Callahan sagte immer, dass das Haus es sich „gemütlich" mache und Mr Caputo behauptete, dass es sich „setzen" würde.

„Das sind die Baumwurzeln, die unter dem Haus wachsen", hatte ihm seine Mutter im letzten Sommer erklärt. „Eines Morgens wachen wir in den Baumwipfeln auf und haben ein Baumhaus."

Scott wünschte sich ein Baumhaus. Er wünschte es sich so sehr. Aber Mr Caputo hatte gesagt, er könne nichts zusammenbauen. Seine Mutter konnte das auch nicht, und Mrs Callahan schon gar nicht. Er hatte seinen Vater gebeten, doch nach Seattle zu kommen und ihm ein Baumhaus zu bauen, aber Papa hatte gesagt, das gehe nicht. Dabei hatte er so traurig ausgesehen, dass Scott sich nicht getraut hatte, nach dem Grund zu fragen. Stattdessen hatte Papa ihm eine Menge Fragen gestellt. Er hatte wissen wollen, wie es denn so sei in dem großen Haus mit den vielen Leuten darin, was sie denn so machten und ob Mama einen Freund habe. Scott wusste nichts von einem Freund, aber er konnte viel erzählen von seinem Leben mit Mr Caputo, Mrs Callahan und Angie. Manchmal hatten sie auch genug voneinander und Angie konnte ganz schön nerven. Aber wenn er allein sein wollte, ging er einfach in sein Zimmer und machte die Tür zu. Seine Mama machte das auch manchmal. Sie verschwand dann in ihrem Zimmer und hängte das „Bitte nicht stören"-Schild raus, das Tante Carlene in ihrem Malkurs für sie gemacht hatte. Wenn Mama dann wieder rauskam, hatte sich ihre Laune deutlich verbessert.

„Ich weiß nicht, wie ihr das aushaltet, immer zusammen zu sein", hatte Tante Carlene gesagt, als sie Mama das Schild geschenkt hatte. Aber es war gar nicht so schlecht. Fast immer war jemand da, mit dem man reden konnte. Wenn Mr Caputo mal in seinem Zimmer war und die Tür geschlossen hatte, waren Mrs Callahan oder Mama in der Küche und machten Popcorn. Oder sie saßen im Wohnzimmer vor dem Fernseher. Zur Not war auch Angie da.

„Hat deine Mutter einen Freund?", hatte ihn sein Vater beim letzten Telefongespräch erneut gefragt. Scott hatte wieder gesagt, dass er das nicht wisse. Ihm gefiel es nicht, wenn Papa so viele Fragen stellte. Seine Mutter fragte ihn nie etwas, wenn er von seinen Besuchen bei Papa zurückkam. Sie wollte höchstens wissen, ob es schön gewesen war. Aber Papa fand es merkwürdig, dass sie alle im selben Haus lebten, obwohl sie nicht miteinander verwandt waren. Es war aber nicht merkwürdig, sondern gut so. Scott kam gerne nach Hause und sah sich zusammen mit Mrs Callahan und Angie *Duck Tales – Neues aus Entenhausen* an. Dann machte er seine Hausaufgaben, während jemand aus dem Haus das Abendessen zubereitete. Wenn seine Mutter von ihrem Dienst im Krankenhaus zurückkam, setzten sie sich alle an den Esstisch. Nach dem Essen durfte er noch ein bisschen fernsehen oder etwas spielen oder machen, was er wollte, dann half ihm seine Mutter, den Schulproviant für den nächsten Tag vorzubereiten. Wenn er geduscht hatte, kam Mama in sein Zimmer, sie sprachen zusammen das Abendgebet und dann schlief er ein. Sie beteten immer für alle Hausbewohner, für Tante Edie, Onkel Matt und Tante Jenny und auch für seinen Vater. Wenn seine Mutter arbeiten musste oder aus einem anderen Grund nicht zu Hause war, betete Mr Caputo mit ihm. Samstags gingen sie immer irgendwohin – entweder in die Stadtbibliothek oder in die Eisdiele. Manchmal kauften sie auch Lebensmittel ein oder sie aßen bei McDonalds einen Hamburger. Sonntags gingen sie in den Gottesdienst.

Scott drehte sich um und versuchte, es sich in seinem Bett bequem zu machen. Bis zu seiner Abreise waren es noch fünf Tage. Noch eine Schulwoche, dann sollte er zu seinem Vater fliegen. Wieder fragte er sich, ob er seiner Mutter sagen sollte, dass er keine Lust hatte, die Weihnachtsferien bei seinem Vater zu verbringen. Doch dann dachte er erneut daran, wie traurig Papa sein würde, und er fühlte sich schlecht. Wirklich schlecht. Wieder musste er gegen die Tränen ankämpfen. Es blieb ihm nichts anderes übrig: Er musste Papa besuchen. Scott lag in seinem Bett und lauschte dem Knacken und Ächzen des Hauses. Wieder hörte er, wie Mr Caputo seine Zimmertür öffnete und schloss. Dann war alles ruhig.

16

Am Weihnachtsabend saß Scott im Haus seines Vaters am Küchentisch und starrte traurig auf das Thunfisch-Sandwich und die Tüte Kartoffelchips, die vor ihm lagen. Es war so weit ganz gut gewesen, bis Papa weggegangen war. Serena war auch fort, aber das machte Scott nichts aus. Im Gegenteil, er war sogar froh darüber, weil er merkte, dass Papas Freundin ihn nicht leiden konnte. Aber kurz nachdem sein Vater weggegangen war, hatte Mama angerufen, und plötzlich fühlte er sich ganz einsam. Jetzt ging auch noch Esperanza nach Hause. Nur Donelle war noch da, und niemand wusste, wann Papa zurückkommen würde. Donelle hörte nebenan Musik. Er konnte die Bässe wummern hören. *Bum, bumpa, bum, bumpa, bum.* Scott spürte, wie ihm Tränen in die Augen traten, während er zusah, wie Esperanza nach ihrer Handtasche und ihrem Mantel griff. Mit einem strahlenden Lächeln drehte sie sich zu ihm um.

„Okay, Scottie“, sagte sie. „Ich dir wünschen eine frohe Weihnachten. Donelle ist hier, wenn du etwas brauchen, bevor deine Papa nach Hause kommen.“ Sie machte die Tür auf. Scott wollte zwar nicht fragen, aber die Worte sprudelten einfach so aus ihm heraus.

„Bitte, kann ich mit dir kommen?“, fragte er flehend.

Esperanza hielt inne. Sie schloss die Tür wieder und kam auf ihn zu. Ihre dunklen Augen blickten ihn besorgt an. Er wollte nicht heulen, denn Erwachsene mochten so etwas nicht. Esperanza setzte sich neben ihn, legte ihm die Hand auf den Kopf und strich ihm zärtlich durch das Haar. „Deine Vater wird sehr enttäuscht, wenn du Weihnachten nicht bei ihm bleiben“, sagte sie schließlich. Ihm gefiel ihre Art zu sprechen und ihre Augen sahen irgendwie aus wie die von Mama, obwohl sie nicht dieselbe Farbe hatten. Esperanza hatte braune Augen. An Mamas Augenfarbe konnte er sich nicht so recht erinnern, aber sie war auf jeden Fall anders. Aber wenn sie ihn ansah, stand in ihren Augen derselbe Ausdruck wie in denen von Esperanza. Tapfer unterdrückte Scott seine Tränen. Doch dann legte Esperanza den Arm um ihn und klopfte ihm sanft auf die Schulter. Da brachen sämtliche Dämme. Scott legte den Kopf auf den Tisch, damit Esperanza nicht sehen konnte, wie er weinte. Ihre beiden Arme legten sich um ihn und fühlten sich wunderbar weich an. Er ließ sich von ihr hin und her wiegen, und schon nach einer Minute hörten seine Tränen auf zu fließen. Esperanza nahm die Papierserviette, die sie neben sein Milchglas und sein Thunfisch-Sandwich gelegt hatte, und wischte ihm das tränennasse Gesicht ab.

„Nase putzen", sagte sie und reichte ihm die Serviette.

Er gehorchte ihr schweigend. Als Esperanza die Hand ausstreckte, weil sie die Serviette haben wollte, gab er sie ihr, und sie warf sie in den Abfalleimer. Dann kam sie zum Tisch zurück und setzte sich wieder hin.

„Du willst nach Hause", sagte sie.

Scott nickte stumm und dachte darüber nach, was sie daheim wohl gerade machten. Bestimmt packten sie Geschenke ein, legten sie unter den Baum und gingen dann in den Gottesdienst.

Auch Esperanza nickte. „Ist manchmal schwer, wenn Eltern auseinander sind."

Schon wieder spürte Scott einen dicken Kloß in seinem Hals. Ihm war nicht ganz klar, warum genau er so traurig war, aber den wichtigsten Grund kannte er. „Meine Mama fehlt mir so sehr", sagte er.

Esperanzas Augen blickten ihn sanft und zärtlich an. „Ich weiß."

Scott kämpfte gegen die Tränen an. Er wusste, dass Esperanza ihn nicht mit zu sich nach Hause nehmen würde. Wahrscheinlich hatte er es schon die ganze Zeit geahnt, aber er brauchte dringend einen Menschen, dem er erzählen konnte, wie miserabel er sich fühlte. Seinem Vater konnte er das nicht sagen.

„Weißt du", ergänzte Esperanza, während ihr Blick in die Ferne zu schweifen schien. „Meine Söhne alle seien groß."

Scott schniefte, fuhr sich mit dem Ärmel über die Nase und nahm einen Schluck von seiner Schokoladenmilch. Esperanza machte ihm immer Schokoladenmilch.

„Schon viele Jahre, da waren sie kleine Jungs wie du." Sie lächelte ihn an und er lächelte zurück. Plötzlich fühlte er sich ein bisschen besser.

„Du essen Sandwich, während wir reden", sagte sie. Sie stellte ihre Handtasche auf den Fußboden.

Scott nahm das Sandwich in beide Hände und biss ein kleines Stück ab. Es schmeckte wirklich lecker. Dann aß er ein paar Kartoffelchips.

„Sie werden groß. Haben Jobs und nie Zeit. Sie fehlen mir." Jetzt blickten Esperanzas Augen ihn traurig an. „Nur ich und meine Mann? Das sein nicht richtig." Sie schüttelte den Kopf.

Scott überlegte sich, was er darauf erwidern könnte, damit sie sich besser fühlte, aber in diesem Moment lächelte Esperanza ihn wieder mit ihren ebenmäßig weißen Zähnen an.

„Aber jedes Jahr zu Weihnachten sie alle kommen, und ich fühle mich gut. Ich bin glücklich." Sie legte ihre Hand dorthin, wo ihr Herz war. „Wenn sie kommen, ist alles gut. So, wie es sein soll. Du weißt?"

Er nickte.

Wieder stahl sich ein Lächeln auf ihre Lippen. Sie stupste ihn mit dem Zeigefinger sanft auf die Brust. „Und so fühlen deine Vater, wenn du kommen. Sein Herz ist voll bis zum nächsten Mal, wenn er dich wieder sehen."

Scott hatte die erste Hälfte seines Sandwichs gegessen. Jetzt griff er nach der zweiten.

„Manchmal ist schwer für dich. Dir fehlt Mutter, andere Familie. Aber denk doch nur: Du gehst in zwei Tagen wieder heim." Sie hielt zwei Finger hoch. „Nur zwei Tage, und du bist zurück, wo du willst sein. Und du nimmst was mit."

Scott dachte an die Spiele und Spielsachen, aber Esperanza stupste ihn wieder an.

„Du nimmst tief da drinnen Glück mit, weil du Vater Freude gemacht hast."

Während er seine Milch austrank, dachte Scott darüber nach.

Esperanza lächelte wieder und warf einen Blick ins Wohnzimmer. Dort lagen seine Geschenke unter dem Weihnachtsbaum mit dem künstlichen Schnee und dem rosafarbenen Baumschmuck. Serena hatte den Baum gekauft. Jemand hatte ihn in einem großen Transporter geliefert, schon fertig geschmückt. Scott hatte so etwas noch niemals zuvor erlebt.

„Die Spielsachen?", fragte Esperanza und winkte lässig ab. „Sie gehen kaputt. Du verlierst sie. Egal." Sie zuckte mit den Achseln. „Aber das hier?" Sie deutete auf sein Herz. „Das bleibt."

Scott wusste nicht, was er darauf erwidern sollte. Aber er fühlte sich schon besser.

„Jetzt du essen Sandwich auf." Esperanza stand auf, aber sie ging nicht weg. Stattdessen zog sie ihren Mantel aus, hängte ihn wieder an den Wandhaken und schlüpfte in ihre Schürze. „Ich bleiben, bis Vater nach Hause kommen. Wir machen was Gutes." Sie lächelte ihm wieder zu. Dann begann sie, vor sich hin zu summen und Zutaten aus dem Küchenschrank zu holen. „Wir machen Churros."

Scott aß sein Sandwich auf und schwang die Beine auf und ab, bis er mit den Füßen an die Tischbeine stieß. Er wusste zwar nicht, was Churros waren, aber er war froh, dass Esperanza bleiben wollte, bis sein Vater nach Hause kam. In seiner Brust war es ganz warm – genau an der Stelle, die Esperanza berührt hatte und an der er sein Herz vermutete.

Als sein Vater nach Hause kam, hatte er einen Truthahn in der Hand und im Auto schien noch mehr zu sein, denn er verschwand gleich wieder in Richtung Garage. Serena kam kurz darauf in die Küche und wurde richtig wütend, als sie den Vogel sah. Scott wusste nicht, warum, aber nachdem Esperanza sich ihren Mantel angezogen hatte und verabschiedete, wurde sie noch wütender.

„Wohin gehen Sie?", fragte sie die Haushaltshilfe. Ihre Stimme klang schrill und bösartig. „Und was ist das hier? Es ist kurz vor sieben und die Küche ist leer." Sie wedelte mit ihrer Hand. „Wir haben doch das Menü für heute Abend besprochen."

Esperanza stand kerzengerade da. Scott merkte, wie wütend sie war. „Mr Monroe sagen, er kümmert sich um Abendessen. Er sagen, ich soll heute Mittag schon nach Hause gehen. Ich bin aber noch geblieben wegen Scott." Sie warf ihm einen Blick zu.

In diesem Moment kam Papa wieder herein, mit einer Tüte voller Lebensmittel, die er auf die Anrichte legte. „Warten Sie, Esperanza", sagte er und griff in seine Jackentasche. „Ich bin froh, dass Sie noch da sind. Hier, das ist für Sie." Er reichte Esperanza einen Briefumschlag und gab ihr einen Kuss auf die Wange. „Danke für alles. Frohe Weihnachten."

„Gern geschehen", erwiderte Esperanza und lächelte Scott ein letztes Mal zu, bevor sie sich umdrehte und ging. Serenas Zorn wuchs ins Unermessliche. Scott fühlte sich wieder schlecht.

„Das ist einfach Klasse“, verkündete Serena und machte eine ausladende Handbewegung, die die gesamte Küche umfasste. Sie betrachtete den Truthahn, den Papa auf die Anrichte gelegt hatte. „Hoffentlich verlangst du nicht von mir, dass ich dieses Ding zubereite.“

„Ich werde den Truthahn zubereiten“, erwiderte Papa. „Das ist unser Abendessen.“

„Es ist sieben Uhr, Daniel. Es dauert Stunden, bis ein Truthahn gar ist. Sollen wir etwa um zwei Uhr morgens essen?“

„Nein, morgen“, meinte Papa. „Heute Abend gehen wir Essen.“

Serena sah nicht mehr ganz so wütend aus. „Gut. Ich rufe bei El Gaucho an.“

Dann sagte Papa, dass sie nicht ins El Gaucho gehen würden, und sie explodierte. Scott verkroch sich zu Donelle ins Wohnzimmer, der dort fernsah. Trotzdem konnte er noch hören, wie sein Vater und Serena sich stritten. Allerdings hörte er nur Serenas schrille Stimme. Donelle stellte den Fernseher lauter, aber nach einer Weile sagte er: „Mach's gut, mein Junge. Frohe Weihnachten.“ Dann ging auch er weg. Als es in der Küche leiser wurde, ging Scott zur Tür und warf einen verstohlenen Blick in den Raum. Serena sprach jetzt leiser, aber sie sah immer noch wütend aus. Sein Vater trank etwas von seinem Spezialgetränk, das Scott nicht probieren durfte.

„Hör zu“, sagte Papa schließlich. Jetzt zitterte seine Stimme vor Wut. Das passierte nicht oft, aber wenn es so weit war, wusste Scott, dass jeder Widerspruch zwecklos war. „Scott hat Hunger. Du kannst mitkommen oder hierbleiben, aber wir gehen jetzt was essen.“

„Denk bloß nicht, dass ich noch hier bin, wenn ihr zurückkommt“, erwiderte Serena. Papa schwieg.

„Komm, Kumpel, wir gehen“, rief er stattdessen. Jetzt schrie Serena ihn wieder an.

Scott versuchte sich zu erinnern, was Esperanza zu ihm gesagt hatte. Sie hatte gemeint, er würde das Herz seines Papas mit Freude füllen. Aber davon merkte er nichts. Gar nichts.

Serena war unglücklich, und wenn das der Fall war, war niemand glücklich. Daniel hoffte, dass sie darüber hinwegkommen würde, wie immer.

„Das El Gaucho ist nicht der richtige Ort für ein Kind", hatte Daniel protestiert. „Und schon gar nicht am Weihnachtsabend." Es wäre für Scott ein Albtraum gewesen, wenn sie ihn in dieses exklusive Restaurant geschleppt hätten. Das „Kutschenhaus" hingegen war genau das richtige. Es gab dort für jeden etwas. Scott konnte Truthahn und als Nachtisch Kürbiskuchen essen, und er selbst konnte seinen Scotch mit Soda trinken. Er trank gerade sein zweites Glas und lauschte den Regentropfen, die gegen die Fensterscheibe prasselten. Dabei beobachtete er, wie sein Sohn seinen Teller leer aß. Er warf einen Blick auf die Uhr. Es war kurz nach zehn und das Restaurant war leer. Alle anderen saßen jetzt zu Hause, freuten sich auf den ersten Weihnachtsfeiertag, hängten ihre Weihnachtssocken auf oder vertrieben sich auf eine andere Art und Weise die Zeit. Normale Leute verbrachten den Weihnachtsabend im Kreis ihrer Familie. Aber er konnte sich kaum noch daran erinnern, was er früher an diesem Tag gemacht hatte. Der Truthahn, den er mitgebracht hatte, war ein vergeblicher Versuch gewesen, diese vage Erinnerung wieder aufleben zu lassen. Aber stattdessen hatte er Serena verärgert.

Die Folge war eines ihrer berüchtigten Wortgefechte gewesen. Nein, er musste sich berichtigen. Bei einem Wortgefecht waren mindestens zwei Menschen beteiligt. Wenn Serena einen ihrer Wutanfälle bekam, konnte man jedoch nicht mehr vernünftig mit ihr reden. Deshalb hörte er bloß zu und beobachtete, wie sie sich immer mehr in Rage redete. Wie immer hatte sie das sehr gut hinbekommen. Die stets etwas heisere Stimme, die er so sehr bewunderte, war zu einem schrillen Keifen geworden. Ihre zarte Haut hatte sich rosarot verfärbt, ihre roten Lippen sich zu einem Schmollmund verzogen und damit einen wirkungsvollen Kontrast zu ihrem glänzenden schwarzen Haar gebildet. Sie sah wunderschön aus, wenn sie wütend war, hatte Daniel distanziert festgestellt. Aber dann war vor seinem inneren Auge plötzlich eine beängstigende Vision von einem Medusenhaupt mit sich windenden Schlangen anstelle von Haaren erschienen.

Er hatte versucht, einem gewöhnlichen Tag einen weihnachtlichen Zauber zu verleihen, so wie Lenore es immer getan hatte. Das hatte er versucht, als er im Spielwarengeschäft nach passenden Geschenken gesucht hatte, und das würde er auch morgen noch versuchen, wenn er den Truthahn in den Backofen schieben, den gekauften Kürbiskuchen auswickeln und im Gaskamin ein Feuer entfachen würde. Aber er wusste schon jetzt, dass diese Versuche scheitern würden. Außerdem hatte er Serena nicht in seine Kalkulation mit einbezogen. Das war ein Fehler gewesen. Serenas Vorstellung von häuslicher Gemütlichkeit bestand darin, dass man zu Hause ein Essen genoss, das die Köchin zubereitet hatte.

Natürlich gab es auch Dinge, die Serena perfekt beherrschte, das musste Daniel ihr neidlos zugestehen. Wenn sie das Gesicht einer Werbekampagne war, verkaufte sich das angepriesene Produkt mit Sicherheit. Wenn sie in einem Spielfilm mitspielte, wurde dieser Film zum Publikumsmagneten. Auf ihrem Kaminsims standen unzählige Film- oder Fernsehpreise, die das bewiesen. Wenn sie ihre Wutanfälle bekam, holte sie zu Schlägen aus, die wirklich trafen. Ihr letzter war ein Rundumschlag gewesen. Sie hatte ihm vorgeworfen, dass er keine Rücksicht auf ihren vollen Terminplan nehme, dass er lebensuntüchtig sei und dass er seinen Sohn zu sehr verwöhnte. Als er an diesen letzten Teil ihrer Schimpftirade dachte, zuckte Daniel zusammen. All ihre anderen Vorwürfe waren unbegründet gewesen, aber dieser nicht. Allerdings sah Scott nicht aus wie ein verwöhntes Kind, vergewisserte sich Daniel mit einem Blick auf seinen Sohn. Er verhielt sich auch nicht wie eins. Aber er wirkte gelangweilt. Ihn langweilten das schöne Haus, der Swimmingpool, das aufwendig ausgestattete Heimkino, der Fitnessraum und der große Berg an Spielsachen, den Daniel ihm seit seiner Ankunft letzte Woche gekauft hatte. Das alles hatte für ihn seinen Reiz verloren. Der Junge wirkte unglücklich. Gestern Abend hatte er Daniel mit trauriger Stimme gefragt, wann er wieder nach Hause könne.

„Am zweiten Weihnachtsfeiertag“, hatte Daniel ihm geantwortet. Dabei hatte er eine gewisse Erleichterung verspürt, gepaart jedoch mit einem schlechten Gewissen. ‚Was ist bloß geschehen?‘, fragte er sich und fühlte sich schrecklich hilflos. Und was konnte er tun, um diese Entwicklung aufzuhalten? Er grübelte kurz darüber nach. Dann gab er der Kellnerin ein Zeichen und bestellte noch ein Glas Whisky. Sein drittes, und sein letztes heute Abend, nahm er sich vor.

Die Kellnerin brachte das Glas und der Restaurantchef ging mit einem Staubsauger in der Hand durch den Gastraum. Dabei warf er einen auffälligen Blick auf seine Armbanduhr. Daniel tat so, als habe er nichts bemerkt.

„Schmeckt dieser Truthahn so gut wie er aussieht?“, fragte er Scott. Seine Stimme klang betont fröhlich, obwohl er sich gar nicht danach fühlte.

„Klar doch“, antwortete Scott in jenem ausdruckslosen Tonfall, an den sich Daniel bereits gewöhnt hatte. „Ich glaub schon.“

Al Younger betrachtete sich prüfend in dem vom Wasserdampf angelaufenen Spiegel. Seine Augen waren blutunterlaufen. Er nahm das Fläschchen mit den Augentropfen aus dem Apothekenschränkchen und gab ein paar Tropfen in jedes Auge. Gestern war sein freier Tag gewesen und er hatte ihn dort zugebracht, wo er den Großteil seiner Freizeit zubrachte, nämlich auf seinem Stammplatz in *Handys Bar*. Gestern Abend war er als Letzter gegangen, und heute hatte er fast den ganzen Tag verschlafen. Er knöpfte den obersten Knopf seines Uniformhemds zu, rückte die Krawatte zurecht, sah nach, ob seine Dienstmarke am richtigen Platz saß und schnallte sich das Pistolenhalfter um. Sein Magen brannte schmerzhaft, also nahm er eine Handvoll Kautabletten gegen Sodbrennen und fuhr sich mit dem Kamm durch sein immer spärlicher werdendes Haar. Beim Verlassen des Badezimmers sah er sich einen Sekundenbruchteil lang im Spiegel und dachte, er sehe seinen Vater. Er musterte sich gründlicher. Ja, er könnte es tatsächlich sein: Er hatte die gleichen wasserblauen Augen, und sein weiß werdendes blondes Haar hatte den gleichen Bürstenschnitt und sein Gesicht die gleichen wettergegerbten Sorgenfalten. Die Haut seines Vaters war durch die jahrelange Feldarbeit unter der heißen Sonne vorzeitig gealtert, seine Gesichtszüge hingegen waren von schweren Zeiten geprägt, die er größtenteils selbst verschuldet hatte.

Al löschte in seiner kleinen Wohnung das Licht und ging zum Fernseher, um das Gerät abzuschalten. Gerade faselte ein Sprecher irgendein dummes Zeug über Religion. Man sollte diesen Blödsinn wirklich aus den Programmen nehmen, schoss es ihm durch den Kopf. Für ihn war das die reinste Lärmbelästigung, sonst nichts. Die Sendung wurde von einer Werbepause unterbrochen: Ein paar Kinder saßen auf dem Schoß eines Weihnachtsmanns. Zerstreut stellte Al fest, dass heute Weihnachten war. Diese Erkenntnis wurde nicht wie sonst von Leere und Traurigkeit begleitet, von den Erinnerungen an die Mädchen, als sie noch klein und niedlich gewesen waren, nicht so verbittert wie ihre Mutter.

Er hatte seine Töchter schon seit Jahren nicht mehr gesehen, und er konnte sich kaum an die gemeinsame Zeit mit ihnen erinnern. Doch das war auch kein Wunder. Er war ja nie da gewesen, sondern hatte immer gearbeitet. Das hatte ihm seine Frau zumindest als Grund dafür genannt, warum sie ihn verlassen hatte. Nun ja, und dann war da noch seine Neigung, gelegentlich zu tief ins Glas zu sehen. Fast zwanzig Jahre war das jetzt schon her. Sie war einfach gegangen und hatte die Mädchen mitgenommen, und wie in diesen kitschigen Fernsehserien, die seine Mutter immer so gern gesehen hatte, hatte sie ihm einen Brief zurückgelassen. Der Umschlag hatte an der Kaffeekanne gelehnt. *Lieber Al …* und so weiter.

Er schlüpfte in seine warme Jacke. Draußen regnete es und es war kühl. Aber er hätte sich sowieso etwas übergezogen, weil er seine Uniform verdecken wollte. Die Nachbarn sollten nicht wissen, dass er Polizist war. Ansonsten würden die Frauen ständig heulend vor seiner Tür stehen, wenn ihre Ehemänner sie mal zu hart angepackt hatten oder ihre Kinder nicht pünktlich nach Hause kamen. Er machte zwar seine Arbeit, aber nach Feierabend wollte er seine Ruhe haben, schließlich war er kein Held. Das war er nie gewesen und er würde es auch niemals sein. Mit einer Klarheit, die er sich nicht erklären konnte und über die er mit keinem Menschen gesprochen hatte, wusste er, dass zwischen ihm und denjenigen, die er verhaften musste, ein schmaler Grat war. Diesen Grat hatte er noch nie überschritten. Zwar war er ein paarmal nah dran gewesen, aber vor dem letzten Schritt war er immer zurückgeschreckt. Merkwürdigerweise machte diese Selbsterkenntnis ihn stolz. Deshalb empfand er auch einen so tiefgründigen, ungestümen Hass auf alle, die diesen Schritt tatsächlich machten.

Al zündete sich eine Zigarette an und fuhr zum Polizeirevier. Es gefiel ihm gar nicht, dass man ihn von Los Angeles wieder nach Hollywood versetzt hatte. Die Innenstadt war zwar einigermaßen erträglich, aber die Bewohner von Beverly Hills verhielten sich einfach unmöglich, wenn sie wegen eines Einbruchs oder wegen privater Streitigkeiten anriefen. Im Grunde genommen waren diese Leute auch nicht besser als die Menschen, die in den Slums wohnten. Sie versteckten ihre Verbrechen nur geschickter hinter schönen Fassaden und Unmengen an Geld.

Er seufzte tief, als er sein Auto parkte, betrat das Polizeirevier, trug sich in die Anwesenheitsliste ein und ertrug schweigend die Dienstbesprechung. Dann zogen sein Partner und er los, um den Streifenwagen aus der Garage zu holen. Sie hatten gerade den Motor gestartet, als der Funkruf kam. Al hörte aufmerksam zu, während sein Partner die Anschrift notierte. Dann wendete er den Streifenwagen, gab Gas und fuhr Richtung Beverly Boulevard. Sein Partner saß kopfschüttelnd auf dem Beifahrersitz. Al hörte nicht auf zu fluchen, während er sich auf den Verkehr konzentrierte. Solche Einsätze mochte er gar nicht. Er verspürte einen glühenden Hass auf den Täter. Ein Widerling von einem Filmstar hatte ein Kind überfahren.

17

Ungeordnete Bilder stürmten auf Daniels Gehirn ein. Um ihn herum spielten sich hektische Szenen ab, ohne richtige Reihenfolge und ohne einen Bezug zur Wirklichkeit. Vergeblich versuchte Daniel, diese verwirrenden Puzzleteile zu einem stimmigen Ganzen zusammenzusetzen. Er sah das blinkende Blaulicht des Polizeiautos und das grelle Rot des Rettungswagens. Er hörte das Knistern der Funkgeräte, das spritzende Geräusch der Autoreifen auf der regennassen Fahrbahn. Das grelle Licht der Scheinwerfer und Warnblinkanlagen blendete ihn. Die Autos, die an ihm vorbeifuhren, bremsten ab, Fahrer und Beifahrer starrten ihn an, zeigten mit Fingern auf ihn und öffneten ihre Münder zu entsetzten Ausrufen. Inzwischen fiel der Regen in wahren Sturzbächen vom Himmel. Er hörte, wie Scott weinte. Der andere Junge war totenblass. Er wirkte klein und hilflos, wie er so dalag auf der regennassen Straße unter dem viel zu großen Mantel und in den zu weiten Hosen. Er bewegte sich nicht. Daniel hatte das Gefühl, als ob ihm selbst auch das Blut in den Adern gerinnen würde, so leblos und starr wie er sich fühlte. Trotzdem folgte er den gebrüllten Anweisungen der wütenden Polizisten. Er berührte seine Nase mit der Fingerspitze, blies in das Gerät, das man ihm hinhielt. Dann drückte man ihn unsanft auf den Rücksitz des Streifenwagens und legte ihm Handschellen an. Scott weinte noch lauter.

„Bitte", sagte er zu dem einen Polizisten, dem großen mit dem blondweißen Bürstenschnitt. „Kümmern Sie sich doch um meinen Jungen."

Die Kiefermuskeln des anderen Mannes begannen zu mahlen. „Der kommt auch noch dran." Das war alles, was er sagte.

Der andere Junge war ihnen wichtiger, der ältere, der so still dalag, während die Sanitäter sich über ihn beugten. Derjenige, den Daniel nicht gesehen hatte. Er hatte versucht, Scott aufzumuntern. Um das furchtbare Schweigen im Auto zu brechen, hatte er sich zu ihm herübergelehnt und ihm sanft das Knie getätschelt.

„He, Kumpel“, hatte er zaghaft angefangen. „Was meinst du, was in den Päckchen ist, die unter dem Weihnachtsbaum liegen?“

Keine Antwort.

„Wollen wir die Geschenke noch heute Abend auspacken oder sollen wir bis morgen warten?“

Scott hatte nicht reagiert. Und mit einem Mal sah Daniel das Kind auf dem Zebrastreifen. Der Junge war plötzlich aufgetaucht, wie aus dem Nichts. Jetzt wusste Daniel, was dieser abgedroschene Satz bedeutete, der nicht nur in fast jeder Fernsehshow und in jedem Film zu hören war, sondern auch im wirklichen Leben von Menschen wie ihm ausgesprochen wurde. Er hatte genau im falschen Moment weggesehen. Der Junge war wie aus dem Nichts aufgetaucht. Sie hatten sich wie in einem Vakuum getroffen. Ihre Blicke waren einander begegnet und Daniel hatte das Erschrecken des Jungen gesehen, als dieser gemerkt hatte, dass Daniel nicht anhalten würde.

Natürlich hatte er plötzlich und heftig gebremst. Die Bremsspuren dienten später als Beweise. Er war stehen geblieben, hatte Scott angeherrscht, er solle sitzen bleiben, und war dann dorthin gerannt, wo der Junge liegen geblieben war. Der Aufprall hatte ihn etwa fünf Meter durch die Luft geschleudert. Daniel hatte ihn mit seinem Mantel zugedeckt und um Hilfe gerufen. Er hatte gebetet, als er sich neben dem Jungen hingekniet hatte, und sehnlichst gehofft, dass er weiteratmen, dass es noch nicht zu spät sein würde.

Jetzt saß er auf dem Rücksitz des Streifenwagens. Er hielt sich den Kopf und hörte noch immer das laute Weinen seines Sohnes.

„Kann ich meine Frau anrufen?“, bat er die Polizisten. Erst als die Worte heraus waren, merkte er, dass er damit Lenore gemeint hatte.

Ganz unerwartet erwies sich Mrs Callahan als Stütze in der Not nach dem Anruf um zwei Uhr morgens. Mr Caputo hatte so fest geschlafen, dass er das Klingeln nicht gehört hatte, aber Mrs Callahan klopfte an Lenores Zimmertür, sobald diese den Hörer aufgelegt hatte.

„Ist alles in Ordnung?“, fragte die ältere Frau und öffnete die Tür einen Spaltbreit. Ihr Kopf war mit rosafarbenen Lockenwicklern aus Schaumstoff bedeckt.

Lenore schüttelte den Kopf. Sie zitterte in ihrer Panik wie Espenlaub. Obwohl sie sonst so besonnen reagierte, wenn andere Menschen in Not waren, schien ihr Gehirn den Dienst quittiert zu haben, nachdem sie Daniels erste Worte gehört hatte. „Das war Daniel“, sagte sie. „Es hat einen Unfall gegeben.“

Mrs Callahan kam herein und schloss die Tür. „Was hat er denn genau gesagt?“, fragte sie. Sie setzte sich neben Lenore und nahm ihre Hand.

„Nicht viel.“ Lenores Stimme zitterte.

„Sind Scott oder Daniel verletzt?“, fragte Mrs Callahan schnell.

Lenore schüttelte den Kopf. „Nein. Aber ein anderer Junge ist verletzt. Ein Kind. Daniel hat ein Kind angefahren, und jetzt hat man ihn verhaftet. Wegen Trunkenheit am Steuer.“

„Oh Jesus“, sagte Mrs Callahan, und Lenore war zunächst verwirrt, bis sie begriff, dass die alte Dame betete. Sie neigte ebenfalls den Kopf und war dankbar für die Geistesgegenwart ihrer Mitbewohnerin, die an das einzig Sinnvolle dachte, was sie jetzt tun konnten.

„Gib uns Ruhe, Herr, gib uns deinen Frieden“, murmelte Mrs Callahan. „Dein Wort sagt, dass du uns nicht einen Geist der Furcht gegeben hast, sondern der Kraft, der Liebe und der Besonnenheit.“ Es folgte ein langes Schweigen. Lenore merkte, dass ihr Atem ruhiger ging. Ihr wurde wieder einmal bewusst, dass sie die Geschehnisse nicht in der Hand hatte und auch nicht die Verantwortung dafür übernehmen musste. Sie begann zu beten, als Mrs Callahan wiederum innehielt.

„Herr Jesus“, bat Lenore, „bitte kümmere dich um das verletzte Kind. Du bist doch der große Arzt. Du kannst auch diesen Jungen heilen. Und sei auch mit Scott und Daniel. Bewahre Scott vor Gefahren, Herr. Tröste ihn. Schicke ihm doch jemanden, der ihm hilft.“ Ihre Stimme klang flehend. „Es muss doch dort jemanden geben, den du zu Scott schicken kannst, Herr. Bitte führe diese Person zu meinem Jungen.“

Die beiden Frauen unterhielten sich weiter miteinander, ohne ihr gemeinsames Gebet mit einem Amen zu beenden.

„Ich muss unbedingt dort anrufen und herausfinden, was sie mit Scott machen.“ Das war Lenores größte Sorge.

„Lebt Daniel mit einer Frau zusammen?“, fragte Mrs Callahan.

„Das weiß ich nicht“, gab Lenore zu. Daniels Privatleben war ihr einfach zu kompliziert und sie hatte so wenig wie möglich darüber wissen wollen.

„Wenn niemand ihn bei sich aufnehmen kann, stecken sie ihn vorübergehend in ein Kinderheim", sagte Mrs Callahan und Lenore begriff, dass die ältere Frau wohl schon mehr als genug Erfahrungen mit staatlichen Einrichtungen gesammelt hatte. Deshalb rief sie zuerst die Auskunft an und bat um die Nummer der Polizei in Los Angeles, dann erkundigte sie sich bei der Information des Flughafens nach dem nächsten Flug nach Los Angeles. Sie musste unbedingt so schnell wie möglich dorthin, um ihren Sohn vor einem ungewissen Schicksal zu retten.

„Vielleicht können Sie ja bei Daniel zu Hause anrufen, um herauszufinden, ob dort jemand ist, der mehr weiß als Sie."

Auch das war ein naheliegender Schritt. Lenore fragte sich, warum sie nicht selbst daran gedacht hatte. Sie wählte Daniels Privatnummer, aber die Mühe hätte sie sich auch sparen können. Bei Daniel sprang nur der Anrufbeantworter an. Sie hinterließ eine Nachricht und wählte dann die Nummer der Polizei in Los Angeles. Zuerst landete sie im falschen Bezirk und wurde drei Mal weiter verbunden. Während sie in der Warteschleife hing, zog sie sich ihre Jeans und ihr Sweatshirt an. Diese Sachen hatte sie getragen, als sie um Mitternacht die Zimtschnecken aus dem Backofen geholt hatte. Jetzt kam ihr das so belanglos vor. Wieder einmal erkannte sie, wie plötzlich das Leben seine Richtung ändern konnte. Endlich landete sie beim Polizeirevier von Hollywood. Sie sprach zuerst mit dem Polizisten, der Telefondienst hatte, der verband sie mit dem diensthabenden Einsatzleiter, dann hing sie wieder in der Warteschleife, aber schlussendlich konnte sie mit der zuständigen Betreuerin für Opfer und Zeugen von Verbrechen sprechen. *Das passt doch*, dachte sie. Schließlich war Scott auch ein Opfer, weil sein Vater sich so verantwortungslos verhalten hatte. Allmählich wich die erste Benommenheit einem hell lodernden Zorn. Jetzt wollte sie sich nicht mehr abwimmeln lassen. Lenore schickte ein kurzes Stoßgebet an ihren Herrn und dann sprach sie weiter.

„Ich komme meinen Sohn holen", sagte sie der resoluten Frau am anderen Ende der Leitung. „Wo kann ich ihn abholen?"

„Wahrscheinlich ist er vorübergehend in einem Heim untergebracht worden", erwiderte die Stimme am anderen Ende der Leitung. „Ich erkundige mich und rufe Sie zurück."

„Dafür bleibt keine Zeit", sagte Lenore wie aus der Pistole geschossen. „Ich bin schon so gut wie aus der Haustür."

„Kommen Sie einfach zum Polizeirevier", sagte die Frau. „Bis zu Ihrer Ankunft werde ich Ihre Fragen beantworten können."

Lenore sah vor ihrem geistigen Auge, wie Scott im kalifornischen Pflegesystem verloren ging. Sie verspürte plötzlich eine unbändige Angst, ihn nie mehr wiederfinden und in die Arme schließen zu können.

„Verbinden Sie mich mit dem Chef des Polizeireviers", bat sie ihre Gesprächspartnerin. Ihre Stimme klang jetzt genauso resolut wie die der Beamtin. Sie hatte ihren ersten Schock endlich überwunden. „Ich will mit der Person sprechen, bei der mein Sohn jetzt ist."

Al wusste selbst nicht so recht, warum er bei dem Jungen geblieben war. Damit Scott nicht ins Heim musste, hatte er sich sogar bis zum Ende seiner Schicht krankgemeldet. Es lag nicht an den drängenden Bitten der Mutter; gegen solche Taktiken war er immun. Hysterische Weibsbilder hatten bei ihm keine Chance, weil er zu viele Weinkrämpfe und Gefühlsausbrüche über sich hatte ergehen lassen müssen, als seine Töchter größer geworden waren. Immer wieder hatte er Krisensituationen durchstehen müssen, aber das hier war auch für ihn neu. Es war eine brenzlige Angelegenheit, wenn der Exmann das gemeinsame Kind hatte und wegen Alkohol- und Drogenmissbrauchs am Steuer festgenommen wurde. Al biss die Zähne zusammen, als er an den schwer verletzten Jungen in der Notaufnahme des Krankenhauses dachte. Er war dort, weil er dem Sportwagen eines Filmstars im Weg gewesen war. Wie gerne hätte Al zwanzig Minuten lang unter vier Augen mit Daniel Monroe geredet und ihm gezeigt, wo es langging. Er hätte ihn so zusammengestaucht, dass ihm endlich bewusst geworden wäre, wo er eigentlich hingehörte, wo sein Platz in dieser Welt war – in der wirklichen Welt.

Al warf einen Blick auf den Jungen, der neben ihm auf einem orangefarbenen Plastikstuhl saß. Ihn traf keine Schuld an dem Unfall. Trotzdem wusste Al immer noch nicht, warum er sich dazu bereit erklärt hatte, hier im Polizeirevier bei dem Kleinen zu bleiben, bis seine Mutter aus Seattle eintraf. Es war kurz vor acht Uhr morgens und sie hatte erwähnt, dass sie um halb sieben abfliegen würde. Vermutlich müssten sie also noch eine ganze Weile warten. Wieder fragte sich Al, warum er unbedingt den barmherzigen Samariter hatte spielen wollen. Brüsk hatte er das Geplapper der Sozialarbeiterin mit der Bemerkung unterbrochen, er könne den Jungen nicht gehen lassen, bevor alle Formulare ausgefüllt seien.

„Ich mache in zwanzig Minuten Feierabend“, hatte die Sozialarbeiterin in herausforderndem Tonfall gesagt. „Wenn er bis dahin nicht fertig ist, müssen Sie eben den Babysitter spielen.“

„Tun Sie, was Sie nicht lassen können“, hatte er erwidert, ohne von seiner Schreibmaschine aufzublicken. Jetzt saß er am ersten Weihnachtsfeiertag auf dem Revier fest, tat so, als hätte er noch viel zu tun und schob auf seinem Schreibtisch Papiere hin und her, während die anderen Kollegen aus seiner Schicht sich schnell verdrückten. Er wusste immer noch nicht, *warum* er es getan hatte, aber er wusste, *wann* er es beschlossen hatte, obwohl er sich das immer noch nicht eingestehen wollte. Es war gleich zu Beginn gewesen, als der Kleine laut heulend am Straßenrand gestanden hatte, während er zusah, wie die Sanitäter sich um den anderen Jungen kümmerten. Aus welchem Grund auch immer war Al zu ihm hingegangen. Er hatte sich neben ihn gekniet und ihm die Hand auf die Schulter gelegt. „Na, komm schon“, hatte er gesagt, weil ihm nichts anderes eingefallen war. Dann hatte er nicht weitergewusst. Schließlich hatte er ihm nicht einfach sagen können, er solle sich zusammenreißen. Dafür war der Kleine zu verzweifelt. „Benimm dich gefälligst wie ein Mann“ – diese Worte waren wohl kaum angemessen, auch wenn sein Vater sie ihm immer entgegengeschleudert hatte, wenn er eine Träne vergossen oder auch bloß weinerlich ausgesehen hatte. „Na, komm schon“, hatte Al deshalb wiederholt. Diesmal hatte er dem Jungen sanft auf den Rücken geklopft, und diese Geste hatte die gewünschte Wirkung gezeigt. Der Kleine hatte aufgehört zu weinen – natürlich nicht sofort. Es hatte eine Zeit lang gedauert, aber dann waren seine Tränen versiegt. Er hatte sich näher an Al gedrängt, während er sich das Gesicht am Ärmel seiner Jacke abgewischt hatte.

„Willst du zu mir in den Streifenwagen kommen?“, hatte Al ihn gefragt.

Der Kleine hatte genickt.

Sie hatten zusammen im Streifenwagen gesessen und eine Zeit lang waren nur die unregelmäßigen Atemzüge des kleinen Jungen zu hören gewesen.

„Niemand wird deinem Vater etwas antun“, hatte er schließlich gesagt. Am erleichterten Blick des Jungen hatte Al gemerkt, dass er den Nagel auf den Kopf getroffen hatte. „Und der andere Junge wird auch wieder. Sie bringen ihn ins Krankenhaus und machen ihn gesund. Das geht schon klar.“

„Es war ein Unfall“, hatte der Kleine gesagt.

„Klar.“ Mehr gab es dazu nicht zu sagen.

„Ich will meine Mama anrufen.“

„Das kannst du machen, sobald wir auf dem Polizeirevier sind. Es dauert nicht mehr lange.“

Der Kleine hatte dagesessen und sich vor und zurück bewegt. Aber wenigstens hatte er nicht mehr geweint.

„Ich bin Al“, hatte Al dann gesagt, weil ihm nichts Besseres einfiel. „Und wie heißt du?“

Das war der Beginn der Freundschaft zwischen dem Polizisten und Scott Monroe gewesen. Er hatte den Jungen mit aufs Polizeirevier genommen und zugelassen, dass er zusammen mit seinem Vater auf dem Rücksitz des Streifenwagens saß. Er hatte dem Vater sogar die Handschellen abgenommen, damit der Kleine nicht ausflippte. Das Letzte, was er an diesem Abend gebrauchen konnte, war ein weiterer hysterischer Anfall. Während der Fahrt hatte Al zugehört, wie Vater und Sohn miteinander gesprochen hatten, und als sie auf dem Revier angekommen waren und Als Partner Daniel Monroe zur Abnahme der Fingerabdrücke und zur Registrierung mitgenommen hatte, war Al mit dem Jungen zum Telefon gegangen. Er hatte ihn seine Muter anrufen lassen. Nach nur ein oder zwei Minuten hatte der Kleine Al den Hörer gereicht. Das Gespräch mit der Mutter war alles andere als angenehm verlaufen. Wenn das alles gewesen wäre, hätte er wahrscheinlich zugelassen, dass diese widerliche Sozialarbeiterin den Jungen in ein Heim brachte. Aber die letzten Worte des Kleinen an seine Mutter hatten Al bewusst gemacht, dass er ihn auf keinen Fall in die Fänge dieser Frau geraten lassen würde. Nicht, solange er in dieser Angelegenheit etwas zu sagen hatte.

„Du brauchst dir keine Sorgen um mich zu machen, Mama“, hatte der Junge gesagt. „Ich bin bei Al, und der passt auf mich auf." Dann hatte er Al mit einem Blick angesehen, den Al seit vielen Jahren nicht mehr gesehen hatte. Al blickte von seiner Schreibarbeit auf und grübelte, was an diesem Blick so besonders gewesen war. Als es ihm klar wurde, war er zutiefst erschüttert. Der Junge hatte Vertrauen zu ihm. Ja, das war es. Er hörte auf zu tippen und sah kurz auf. Scott betrachtete Als Dienstmarke, trank Limonade aus einer Dose und traktierte den orangefarbenen Plastikstuhl mit seinen Füßen. Dann, als hätte er Als Blick gespürt, sah er hoch und lächelte Al zu. Dabei verengten sich seine Augen zu schmalen Schlitzen und sein Gesicht zog sich zusammen. Al nickte ihm zu und entblößte die Zähne. Mehr brachte er nicht zustande, richtig lächeln konnte er nicht. Der Kleine vertraute ihm. Er konnte ihn nicht enttäuschen, egal, wie viele andere er früher schon enttäuscht hatte.

Die Mutter entsprach ganz und gar nicht Als Erwartungen und auch seine Reaktion auf sie war nicht wie gewohnt. Zunächst einmal passte sie kein bisschen zu dem Schönling, der jetzt in einer der Gefängniszellen saß. Sie wirkte frisch und natürlich mit ihrer cremeweißen Haut, den großen grünen Augen und dem dicken rotbraunen Haar. Sie trug Jeans und ein Sweatshirt und seltsamerweise hätte Al schwören können, dass er einen mehligen Handabdruck auf der Gesäßtasche ihrer Hose gesehen hatte. Sie sah aus, als sei sie gerade dabei gewesen, das Weihnachtsessen zuzubereiten, als das Telefon geklingelt hatte. Offenbar hatte sie sich in der Eile noch nicht einmal einen Mantel übergezogen.

„Mama", schrie Scott, als er sie sah und rannte auf seine Mutter zu. Die junge Frau hatte eben noch am Schreibtisch des diensthabenden Polizisten gestanden, aber nun rannte auch sie los. Der Ausdruck auf ihrem Gesicht, als sie die Arme fest um ihren Sohn legte, war für Al die Bestätigung, dass er richtig gehandelt hatte. Sie schloss die Augen und bewegte die Lippen. Anscheinend sprach sie ein Gebet, zumindest vermutete Al so etwas in die Richtung. Ihm fiel noch etwas anderes an der jungen Frau auf: Sie war nicht in Tränen ausgebrochen, sondern ihre Augen blitzten kämpferisch. Es war, als wolle sie sagen: ‚Ich habe den ganzen weiten Weg zurückgelegt, um meinen Sohn zu finden, glaubt bloß nicht, dass mich irgendetwas oder irgendjemand von ihm trennen kann.'

„Sind Sie Al?", fragte sie schließlich. Einen Augenblick lang wurde er unsicher. Er fühlte sich plötzlich schuldig.

„Ich bin Al", bestätigte er. Seine Stimme klang eine Spur härter als sonst, weil er versuchte, seine Nervosität zu überspielen.

Sie ergriff seine Hand und hielt sie länger als bei einem normalen Händedruck. Ihre Augen strahlten. „Wie kann ich Ihnen bloß danken?"

„Ach, das war doch eine Selbstverständlichkeit", wehrte er mit einem reflexartigen Kopfschütteln ab.

„Das war keine Selbstverständlichkeit. Sie haben Ihren Weihnachtsabend für uns geopfert."

„Kein Problem." Nervös trat Al von einem Fuß auf den anderen und zog seine Hand zurück.

„Ich bin Ihnen unendlich dankbar", sagte die junge Frau. Er war froh, als sich der Junge zu Wort meldete.

„Papa ist im Gefängnis", platzte Scott heraus. Weil seine Mutter jetzt hier war, verlor er die Kontrolle über seine Emotionen und hätte beinahe wieder angefangen zu weinen.

Al war froh, dass Scotts Mutter bloß schweigend den Kopf schüttelte und den Jungen noch fester an sich drückte.

„Kann ich ihn sehen?", fragte sie.

Jetzt schüttelte Al den Kopf. „Er wird noch vernommen. Morgen früh wird er dem Staatsanwalt vorgeführt, und dann wird er wohl gegen Kaution entlassen. Dann können Sie ihn sehen."

„Nein", sagte sie. Ihr Gesicht wirkte traurig und entschlossen zugleich. „Nein. Ich nehme meinen Sohn mit nach Hause."

Al hätte an ihrer Stelle genauso gehandelt. Daniel Monroe sollte seine Probleme gefälligst selbst lösen. Es war höchste Zeit dafür.

„Wir bitten Papa einfach, dass er dir deine Sachen zuschickt", sagte sie zu Scott. Dem Kleinen schien das recht zu sein. Offenbar wollte er genauso schnell weg von hier wie seine Mutter. Al konnte das gut nachvollziehen. Er hätte Los Angeles sofort den Rücken gekehrt, wenn er die Möglichkeit gehabt hätte, woanders hinzugehen.

„Ich fahre Sie zurück zum Flughafen", bot er ihr an und war selbst von seinen Worten überrascht. Er hatte das ganz sicher nicht geplant, aber ihre Art, das Kinn und die schmalen Schultern zu straffen, weckte seinen Beschützerinstinkt. Er würde erst dann inneren Frieden verspüren, wenn er sie sicher zum Flughafen gebracht hatte.

„Vielen, vielen Dank“, sagte sie und lächelte ihn an. Ihr Lächeln wärmte Al das Herz. Sie war eine wirklich hübsche junge Frau und viel zu gut für einen Schönling wie Daniel Monroe. Er hätte zu gern gewusst, was sie jemals an diesem Mann gefunden hatte.

„Dann gehen wir.“ Er war kein Mann großer Worte. Die Fahrt zum Flughafen dauerte nicht lange, da niemand mehr unterwegs war. Alle waren bereits dort, wo sie sein wollten. Einen kurzen Moment lang überlegte Al, was Scotts Mutter wohl für das Flugticket hatte bezahlen müssen, als sie ohne vorherige Buchung einfach so am Schalter aufgetaucht war – und das ausgerechnet an Weihnachten. Sie selbst schien sich darüber jedoch keine Gedanken zu machen. Am Flughafen angekommen parkte Al das Auto und begleitete sie in die Abflughalle. Dort half er ihnen, den Schalter ihrer Fluggesellschaft zu finden, wartete, bis Scotts Mutter den nächsten Flug nach Seattle gebucht hatte und ging sogar noch zu einem Schnellimbiss, um für die beiden je einen Hamburger zu kaufen, damit sie etwas zu essen hatten, während sie auf ihren Flug warteten. Immerhin war es inzwischen schon Mittagessenszeit. Die Hamburger waren zwar überteuert, aber schließlich war es für die beiden das Weihnachtsessen. Als ihre Abflugzeit näher rückte, lebte Scotts Mutter sichtbar auf, genauso wie ihr Sohn, der munter drauflos plapperte und lachte. Es war, als wäre ihm ein Stein vom Herzen gefallen. Zweifellos würden die Fragen und die Traurigkeit wiederkehren. Vielleicht heute Abend, wenn der Junge zu Bett ging. Aber im Moment war alles gut, sehr gut sogar. Al merkte, dass er sich in der Gesellschaft von Mutter und Sohn geradezu wohlfühlte. „Und was machen Sie so in Seattle?“, fragte er, um ein bisschen Konversation zu betreiben.

„Ich arbeite als Krankenschwester im Harborview-Krankenhaus.“

Das passte zu ihr. Er hatte sofort gemerkt, dass sie ein gutes Herz hatte.

„Waren Sie schon mal im Nordwesten?“

Al schüttelte den Kopf. „Obwohl eine Schwester von mir dort wohnt.“

„Oh, wo denn genau?“

„In Edmonds."

„Das ist ganz in unserer Nähe – die Stadt liegt nördlich von Seattle."

„Hmhm." Al traute sich nicht, weitere Fragen zu stellen, weil er Angst hatte, zu aufdringlich zu wirken. Also schwieg er lieber. Die junge Frau sprach weiter, aber was aus ihrem Mund kam, war nicht das übliche, oberflächliche Geschwätz, das ihn häufig bis zur Weißglut reizte. Als sie ihn um seine Adresse bat, gab er sie ihr. Zwar zögerte er einen kurzen Moment lang, aber dann erkannte er, dass er keinen Grund für sein Zögern hatte. Sie würde bestimmt nicht aus heiterem Himmel vor seiner Wohnungstür auftauchen. Obwohl Al sie nicht darum gebeten hatte, gab sie ihm auch ihre Anschrift. Sie redeten noch eine Weile und als ihr Flug aufgerufen wurde, fiel ihm der Abschied überraschend schwer.

„Noch einmal vielen Dank für alles", sagte sie und drückte ihm erneut die Hand.

„Danke, Al", sagte auch Scott. Er streckte die Arme aus und bevor Al wusste, wie ihm geschah, hatte der Junge ihm seine dünnen Ärmchen um die Hüfte gelegt. Al erwiderte die Umarmung unbeholfen und klopfte dem Kleinen verlegen auf den Rücken.

„Kein Problem", sagte er noch einmal. Dann sah er zu, wie die beiden zum Flugsteig gingen. Dem Jungen ging es jetzt gut. Er lief neben seiner Mutter her und die hatte ihm den Arm um die Schultern gelegt. Immer wieder drückte sie ihn liebevoll an sich. Als sie die Sicherheitskontrolle passierten, betrachtete Al ihren geraden Rücken, die glänzenden Wellen ihres Haars, die mehlbestäubte Jeans. Plötzlich hatte er das Gefühl, einen wertvollen Menschen verloren zu haben. Er wusste, er würde die beiden nie wiedersehen, und einen Augenblick lang wünschte er sich, dass es anders wäre.

18

Die nächsten sechs Monate waren für Lenore äußerst herausfordernd. Sie betete, dass sie keine Fehler machte, und sagte ihrem Sohn die Wahrheit, aber in Liebe. „Papa ist im Gefängnis", erklärte sie ihm. „Aber deshalb ist er nicht gleich ein schlechter Mensch. Sie wissen, es war ein Unfall, aber er hat gegen das Gesetz verstoßen."

„Er hätte nicht Alkohol trinken und dann Auto fahren dürfen." Scott wiederholte Lenores Erklärung wie ein Schüler die Antworten des Katechismus.

„Nein, das hätte er nicht. Er hat sich nicht an die Regeln gehalten und dafür wird er jetzt bestraft. Aber er hat dich lieb und er sorgt sich auch um den Jungen, den er angefahren hat."

Die letzten Worte waren noch untertrieben. Wieder einmal kam Lenore der ungehörige Gedanke, dass das schmerzhafte Zusammentreffen mit Daniels Porsche für den fünfzehn Jahre alten Jungen ein echter Glücksfall gewesen war. Lenore wusste nicht, wie viel Daniel letztlich bezahlt hatte, aber offenbar mussten sich der Junge und seine Familie nun nie wieder Sorgen ums Geld machen. Der Junge hatte sich bei dem Unfall zwar den Oberschenkelknochen gebrochen und eine Gehirnerschütterung zugezogen, aber seinen Job als Tellerwäscher in einem Nobelrestaurant in Beverly Hills konnte er hinterher an den Nagel hängen. Wahrscheinlich hätte er das Restaurant sogar kaufen können, wenn er das gewollt hätte; Lenore wusste, wie großzügig Daniel sein konnte, wenn er sein Gewissen beruhigen wollte.

Daniel hatte angerufen und schrieb seit seiner Verhaftung einmal in der Woche. In seinem ersten Brief an sie hatte er sich entschuldigt. Lenore hatte lange und intensiv gebetet, bevor sie ihm geantwortet hatte.

„Wie könnte ich ihm verschweigen, was ich gefunden habe?", fragte sie Edie. „Soll ich ihm das etwa vorenthalten und damit die Möglichkeit, dasselbe zu finden?"

„Natürlich nicht." Edies Stimme machte Lenores Unsicherheit ein Ende. „Lass dein Licht leuchten!"

Also hatte sie ihm geantwortet und ihm auf ihre geradlinige Art erzählt, wie sie zu Jesus Christus gefunden hatte, oder besser noch, wie ihr Herr sie gefunden hatte, und sie hatte ihn dazu eingeladen, diesen Herrn auch näher kennenzulernen.

„Das klingt so steif und hölzern", hatte sie zu Edie gesagt.

„Nein, deine Worte sind kraftvoll und aufrichtig", hatte ihre Freundin sie korrigiert.

Sie schickte den Brief ab. Etwa eine Woche später schrieb Daniel ihr zurück. Er dankte ihr, dass sie sich Gedanken über ihn machte und schrieb, er freue sich über ihren Glauben, aber – wie hatte er es noch einmal ausgedrückt? – so etwas sei nicht sein Ding. Seitdem schrieb er nur noch an Scott. Lenore hatte den ersten dieser Briefe gelesen und das, was da stand, war ergreifend gewesen. *Es tut mir leid,* hatte Daniel geschrieben. *Es tut mir leid, dass ich diesen Jungen angefahren habe. Es tut mir leid, dass ich dich verletzt habe.* Scott las die Briefe und beantwortete sie auch, aber die Post, auf die er jede Woche wartete, kam nicht von seinem Vater, sondern von Al Younger. Es war ein seltsames Nebeneinander. Lenore hätte darüber gelacht, wenn es wirklich lustig gewesen wäre. Ein Brief kam von Papa, dem Knastbruder, der andere von Al, dem Polizisten, der Papa verhaftet hatte. Al schrieb, wie er sprach – kurz und knapp. Aber jedes Mal legte er ein kleines Geschenk bei. Mal war es eine alte Dienstmarke, mal eine Baseballkappe mit dem Logo der Polizei von Los Angeles, dann ein Autoaufkleber oder ein Schlüsselanhänger mit der Aufschrift „Keine Macht den Drogen". Scott hortete diese Schätze und wieder empfand Lenore das als Ironie. Sein Vater war ein Filmstar, dessen Gesicht einem von großen Postern und Titelblättern entgegenlächelte und hatte Fanklubs. Er drückte seine Liebe aus, indem er seinen Geldbeutel weit öffnete. Aber für den kleinen Jungen war ein einfacher Mann in Uniform die eigentliche Vaterfigur.

„Wenn ich groß bin, werde ich Polizist", sagte Scott jetzt. „Wie Al." Er wollte, dass Al sie besuchen kam und bat Lenore um ihre Erlaubnis.

„Natürlich kann er kommen", antwortete sie, aber sie bezweifelte, dass es jemals zu einem Besuch kommen würde. Al wirkte nicht besonders abenteuerlustig. Vermutlich war es für den Polizisten nach dreißig

Jahren auf den Straßen von Los Angeles schon ein Abenteuer, jeden Abend gesund nach Hause zu kommen.

Etwa sechs Monate lang kamen die Briefe von Al pünktlich jede Woche. Und genau deswegen war Lenore beunruhigt, als sie plötzlich nichts mehr von ihm hörten.

Al ging am ersten Juni in den Ruhestand, doch das wollte er dem Jungen nicht sagen, ohne dass er genau gewusst hätte, warum. Wenn er ehrlich zu sich selbst war, dann lag es vermutlich an der Art, wie die Augen des Kleinen aufgeleuchtet hatten, als er Als Dienstmarke betrachtet hatte, wie er seine Worte förmlich in sich aufgesogen und wie er ihn angesehen hatte, als er ihn zum Abschied umarmt hatte. Diese Heldenverehrung kam auch in seinen Briefen zum Ausdruck. *Wenn ich groß bin, will ich Polizist werden, so einer wie du.* Der Junge liebte Al, den Polizisten, nicht Al, den faulen Säufer. Eine Zeit lang hatte er Scotts Briefe noch beantwortet, aber nachdem er den Dienst quittiert hatte, hatte er nicht mehr so tun können, als sei er der Held, für den der Junge ihn hielt.

Al wusste nicht so genau, warum er schließlich beschlossen hatte in den Ruhestand zu gehen, obwohl ihm davor immer gegraut hatte und er diesen Zeitpunkt so lange wie möglich hatte hinauszögern wollen. Vielleicht war er einfach müde gewesen, müde von den vielen Notrufen, müde von den Tränen, dem Blut und dem Hass, müde von dem Lärm und dem grellen Rundumlicht der Streifenwagen. Er sehnte sich nach Ruhe und Frieden, und er wollte in Ruhe gelassen werden. Was eigentlich seltsam war, denn er verbrachte seine gesamte Freizeit in *Handys Bar*. Dort saß er auf seinem Stammplatz neben drei anderen alten Versagern und Säufern. Wenn er nicht in der Bar war, spürte er in sich eine innere Leere und Kälte, als ob ihm etwas fehlte, aber sobald er auf seinem Barhocker saß, den anderen Stammgästen und den Barkeepern einen Gruß zugebrummt und ein paar Drinks gekippt hatte, ging es ihm wieder besser. Das richtige Wort für das, was er spürte, lautete wohl „Einsamkeit", aber bis zu diesem Zeitpunkt hatte er sich das nie wirklich eingestehen wollen.

Dieser Sommer war einfach schrecklich. Die Hitze lag schimmernd auf dem Asphalt der Straßen, der Verkehr war dichter als sonst, die Luft stank nach Benzin. Und dann der Lärm – überall war laute Musik aus tragbaren Radios, Stereoanlagen von Autos oder Fernsehgeräten zu hören. Die Gebäude, die Bürgersteige, die Papierkörbe und Müllcontainer waren mit verschnörkelten Graffiti verunstaltet, die fast wie fremdländische Buchstaben aussahen. Al fand es hier unerträglich. Er wäre weggegangen, wenn er gewusst hätte, wohin. Sein Leben war zu einer tristen Routine verkommen. Er betrank sich in *Handys Bar*, ging irgendwann nach Hause, schlief ein bisschen, machte sich dann einen Kaffee und wartete darauf, dass die Bar wieder öffnete.

Im Juli spürte er die ersten Auswirkungen seines Lebenswandels. Irgendetwas stimmte nicht mit ihm und er hatte Angst, es könnte etwas Ernstes sein. Seine Kleider hingen lose an ihm herab, er war nur noch Haut und Knochen und seine Haut war blass. Außerdem fühlte er sich immerzu müde und zerschlagen.

Zu seinem ersten Zusammenbruch kam es auf der Treppe zu seiner Wohnung. Doch anstatt zum Arzt zu gehen, klopfte sich Al nur den Staub von den Kleidern und diagnostizierte selbst, dass er sich vermutlich eine Rippe geprellt hatte. Als er zum zweiten Mal zusammenbrach, war die Angelegenheit weitaus blutiger. Er stürzte auf dem Bürgersteig, stieß mit dem Kopf gegen die Bordsteinkante und erlitt eine tiefe Platzwunde. Irgendein Weltverbesserer wählte die Nummer des Notrufs und so landete er im Bezirkskrankenhaus. Dort las ihm ein junger indischer Arzt mit britischem Akzent und ernstem Gesicht die Leviten. „Wenn Sie Ihr Leben nicht ändern, werden Sie sterben", sagte er. „Sie haben Diabetes und brauchen bis an Ihr Lebensende Insulin. Wenn Sie weiter trinken, schädigen Sie nicht nur Ihre Leber. Ihr Körper kann den Alkohol nicht abbauen."

Beim dritten Mal fand er sich mit Rippenbrüchen und einer Gehirnerschütterung im Krankenhaus wieder. Während der Ausnüchterung hatte er mit krampfartigem Zittern und Halluzinationen zu kämpfen und als er trocken war, wurde ihm schlagartig bewusst, dass er vor dem Tod mehr Angst hatte als vor einem Leben ohne Alkohol. Doch eines war ihm klar: Er brauchte Hilfe, um nüchtern zu bleiben. Deshalb tat er das in seinen Augen einzig Vernünftige. Er rief seine Schwester an. Sie kam nach Kalifornien, konfrontierte ihn jedoch gleich nach ihrer Ankunft mit dem Entschluss, ihn mit zu sich nach Hause zu nehmen.

Al merkte, dass Marie nicht wirklich glücklich über diese Lösung war. Offenbar fühlte sie sich jedoch gezwungen, an ihm ihre Christenpflicht zu erfüllen. Also trottete er gehorsam hinter ihr her und sah zu, wie sie seinen dürftigen Hausstand ohne große Umstände auflöste, dann ließ er sich von ihr ins Krankenhaus verfrachten, wo er lernte, seinen Blutzucker zu kontrollieren und sich die Insulinspritzen zu setzen. Bereits nach wenigen Tagen führte sie ihn mit fester Hand ins Flugzeug. Sein Gepäck bestand aus einem Überseekoffer und zwei kleineren Koffern. Darin befanden sich all seine Habseligkeiten. In Seattle meldete sie ihn für das stationäre Programm der Obdachlosen-Mission an, das ihm in achtundzwanzig Tagen beibringen sollte, wie er trocken bleiben konnte. Dann bekam die Tochter seiner Schwester ein weiteres Kind und ihre Besuche wurden seltener. Gelegentlich rief sie an, aber das war es dann auch. Al machte ihr das nicht zum Vorwurf. Warum sollte sie sich auch weiter um ihn kümmern? Sie hatte schließlich schon jetzt mehr für ihn getan als er jemals für sie.

Nun war er also in Seattle, in der Pike Street am Marktplatz, wo die Saufbrüder und Penner herumhingen, auf dem Bürgersteig schliefen oder im Rausch umkippten. Er war einer von ihnen, und er war beinahe froh, hier zu sein. Schließlich zeigten ihm diese gescheiterten Existenzen täglich, was aus ihm geworden war. Er fragte sich, ob hinter dieser Standortwahl eine bewusste Strategie der Missionsgesellschaft steckte oder ob sie sich bloß dort befand, wo ihre Kunden waren. Jedem, der bei ihnen hereinschneite, boten die Mitarbeiter das Evangelium und eine warme Mahlzeit pro Tag an. Die Teilnehmer des Entzugsprogramms hatten einen voll gepackten Stundenplan. Sie mussten zum Unterricht, wo sie das Zwölf-Schritte-Programm eingetrichtert bekamen, außerdem hatten sie Putzdienst, Küchendienst und arbeiteten sich durch das Programm. Al leistete seinen Beitrag. Er arbeitete sich durch die zwölf Schritte und es war ihm ernst damit, so ernst wie damals, als er alles daran gesetzt hatte, den schmalen Grat zwischen den Verbrechern und ihm nicht zu überschreiten. Ja, genau das war es. Jetzt war es ihm klar. Er hatte die Grenze verrückt. Früher hatte er sie bis zum Äußersten verschoben, da ihre einzige Aufgabe gewesen war, ihn an Taten zu hindern, die ihn ins Gefängnis gebracht hätten. Das hatte ihn aber nicht davon abgehalten, seinem eigenen Körper Gewalt anzutun. Jetzt hatte er die Grenze enger gesteckt. Alkohol war für ihn tabu, er durfte nicht rauchen und er musste jeden Tag drei anständige Mahlzeiten zu sich nehmen, seinen Blutzucker kontrollieren, sich seine Insulinspritzen geben. Manchmal kam ihm das alles so lächerlich vor. Warum machte er sich überhaupt die Mühe? Es gab auf der ganzen Erde keine Menschenseele, die es kümmerte, ob er lebte oder starb. Aber wann immer ihm dieser Gedanke kam, musste er an den kleinen Jungen denken, und sofort bekam er ein schlechtes Gewissen. Er hatte Scott schon seit Wochen nicht mehr geschrieben. Der Kleine machte sich bestimmt Sorgen um ihn. Na ja, darum würde er sich später kümmern. Er würde ihn besuchen, bevor … bevor was geschah? Al wusste es nicht. Er zählte die Tage bis zum Abschluss des Programms, ohne zu wissen, wie es danach mit ihm weitergehen würde. Eins war jedoch interessant: Es war ihm nicht gleichgültig, was anschließend mit ihm geschah. Er wollte unbedingt nüchtern bleiben. Das war sein neues Ziel, sein einziges. Ansonsten hatte er keinerlei Ambitionen und erst recht keine Pläne.

Der Leiter der Obdachlosen-Mission war ein hagerer junger Mann. Sein Haar sah aus, als ob es mit einer Kreissäge geschnitten worden wäre, und seine Kleider stammten vermutlich aus dem Secondhandladen im Erdgeschoss. Sein Name war Jason. Al wurde bewusst, dass er bereits Alkoholiker gewesen war, als der junge Mann noch in den Windeln gelegen hatte.

Al setzte sich auf den Stuhl, den der junge Mann ihm angeboten hatte. Er versuchte, Jason nicht spüren zu lassen, dass er sich in seiner Gegenwart unwohl fühlte. Wahrscheinlich lag das an der Religion. Natürlich war dieser ganze Ort durchtränkt von Religion, aber es schien niemandem etwas auszumachen, wenn er sich höflich weigerte, ihrem Glauben zu folgen. Sie konnten ihren Jesus gerne für sich behalten. Er wollte zwar nüchtern bleiben, aber aus ihm machte niemand einen Fanatiker. Schließlich hatte er auch seinen Stolz. Bei diesem Gedanken stahl sich ein Lächeln auf Als Lippen. Er erinnerte sich daran, wie er auf der schmutzigen Treppe vor seiner Wohnung umgekippt war. Jason meinte wohl, sein Lächeln gelte ihm, und nahm es als Aufforderung, mit dem Gespräch zu beginnen.

„Sie stehen kurz vor dem Abschluss des Programms, Al."

Al nickte. Schließlich bedurfte diese Aussage nicht vieler Worte. Morgen würde er das Programm abschließen und es gab eine lange Liste mit Menschen, die schon auf seinen Platz hier warteten. Er müsste dann also weg … aber wohin?

„Wohin werden Sie gehen?", fragte Jason, der offenbar denselben Gedanken hegte.

Al zuckte gespielt gleichgültig mit den Schultern.

Jason wartete auf eine Erwiderung. Das war auch so eine Marotte von diesen Leuten hier.

„Keine Ahnung", sagte Al schließlich.

„Welche Pläne haben Sie?"

„Keine Ahnung."

Jason warf ihm einen strengen Blick zu. Langsam bekam Al Respekt vor dem Jungen, vor allem als dieser hinzufügte: „Das ist gar nicht gut."

„Ich weiß."

Es folgte ein langes Schweigen.

„Brauchen Sie Hilfe?"

Wieder wurde diese Frage von einem strengen Blick begleitet.

Al biss die Zähne zusammen. Seine Kiefernmuskeln arbeiteten. Wieder zuckte er mit den Schultern.

Jason wartete ab.

„Klar", antwortete Al endlich. Die Leute hier waren zwar hilfsbereit, aber sie wollten auch, dass man sie um ihre Hilfe bat. So etwas ging Al gegen den Strich.

Jason nickte. Offenbar war er mit dieser einsilbigen Antwort zufrieden. Er blätterte in dem Adressbuch, das vor ihm auf dem Schreibtisch lag. „Vielleicht habe ich etwas für Sie", meinte er und wählte eine Nummer. Ganz gegen seinen Willen musste Al sich eingestehen, dass der Jungen seine fünf Sinne beisammen hatte, Jesus hin oder her.

„Matt", sagte Jason, als am anderen Ende jemand abnahm. „Hier ist Jason Thomas von der Obdachlosen-Mission ... Gut ... Ja, klar. Und wie geht's dir?" Es folgte eine längere Pause, dann ein Lächeln. „Jaja, ich weiß." Nach einer erneuten Pause kam er zur Sache. „Habt ihr eigentlich immer noch das Haus? Du weißt schon, das in der Chestnut Street ... Aha ... Ja, genau. Ich habe einen Klienten hier, der eine Bleibe braucht, bis er wieder auf eigenen Füßen stehen kann ... Nein. Nein, kein Problemfall. Es ist ein Polizist im Ruhestand ... Ja, durchaus." Er notierte sich etwas. „Danke, Matt. Ich bin dir wirklich zu Dank verpflichtet." Jason legte auf und schrieb weiter. Dann hob er den Kopf und warf Al einen Blick zu. Seine Brille war ihm auf die Nase gerutscht. Zerstreut schob er sie höher.

„Der hiesigen Kirchengemeinde gehört ein Haus. Vielleicht können Sie dort eine Zeit lang wohnen. Das Haus wird von einer Frau aus der Gemeinde geführt. Sie müssen dorthin gehen und mit ihr reden. Hier haben Sie ihren Namen und ihre Telefonnummer."

Al nahm das Stück Papier entgegen, das ihm Jason reichte, las den Namen und die Anschrift, und sah dann wieder Jason an. Der Blick des jungen Mannes verriet nichts. Als Augen verengten sich. Wieder sah er auf den Namen und die Adresse. Das Ganze musste ein Trick sein. Das hatte doch jemand inszeniert. Er las den Zettel ein drittes Mal. *Lenore Vine, Chestnut Street 33.* Es konnte nur eine Lenore Vine in Seattle geben, außerdem war dies die Adresse, die er auf seine Briefe an Scott geschrieben hatte. Plötzlich wurde sein Mund vor Aufregung ganz trocken und seine Handflächen wurden im Gegenzug feucht. Diese ganze Sache war total verrückt. Aber was hatte er schon zu verlieren? Er musste lachen, obwohl er das alles gar nicht witzig fand. Er fühlte sich, als würde er gleich durchdrehen. Irgendwie war ihm die ganze Angelegenheit ein bisschen unheimlich.

19

Lenore starrte an die Küchenwand, presste den Telefonhörer enger an ihr Ohr und konzentrierte sich auf das, was Matt ihr zu sagen hatte. Er schilderte ihr ihren künftigen Mitbewohner.

„Er hat eine raue Schale“, meinte Matt. „Aber wenn er keine Unterkunft findet, wird er vielleicht auf der Straße landen. Er glaubt nicht an Gott. Ganz im Gegenteil. Ich hab heute Nachmittag noch mal mit Jason geredet. Der Mann ist dem Glauben gegenüber feindselig eingestellt. Die Entscheidung liegt ganz bei dir“, sagte er zum Schluss. „Du brauchst kein schlechtes Gewissen zu haben, wenn du Nein sagst.“

Natürlich trommelte Lenore sofort die anderen Hausbewohner zusammen. Es traf sich gut, dass Mr Caputo und Mrs Callahan gerade zu Hause waren. Zu dritt versammelten sie sich um den Esszimmertisch. Mr Caputo wirkte besorgt und sein rundes Gesicht sah ernst aus.

Im Hintergrund waren Scott und Angie zu hören. Die beiden waren zwar keine dicken Freunde geworden, aber zumindest vertrugen sie sich. Sie spielten gerade ein Murmelspiel, das Angie sich ausgedacht hatte. Lenore hörte das Klicken der Glaskugeln aus dem Wohnzimmer.

„Heute Nachmittag wird er entlassen“, erklärte Lenore. „Er hat Diabetes und ein Alkoholproblem. Wenn er auf der Straße landet, wird er wohl sterben, und wegen seiner schwachen Gesundheit nimmt ihn kein Obdachlosenheim auf.“ Die traurige Geschichte des Mannes erschütterte sie zutiefst. Auf eine seltsame Art und Weise faszinierte es sie, dass produktive Menschen innerhalb weniger Monate aus einem normalen Leben gerissen werden konnten und auf der Straße landeten. Meist war der gemeinsame Nenner bei Schicksalen dieser Art ein Suchtproblem, und dieser Fall bildete da keine Ausnahme.

Sie begannen zu beten. Wieder wurde Lenore eines bewusst: Es war kein Zufall, dass Mrs Callahan zu ihnen dazugestoßen war. Sie brachte die Dinge immer auf den Punkt.

„Gott, du hast gesagt, dass uns durch deinen Geist alles offenbart ist", sagte sie in ihrem schleppenden Südstaaten-Tonfall. „Sogar deine tiefsten Gedanken. Wir haben deinen Geist empfangen. Bitte sage uns jetzt, was du von uns willst, oh Herr. Wir alle sitzen hier und hören zu. Sprich zu uns mit deiner stillen, ruhigen Stimme, damit wir tun können, was du uns sagst." Ihre Stimme klang so fest wie ihr Glaube.

„Herr, du weißt alles", fügte Lenore hinzu. „Wenn du uns diesen Mann schickst, dann gib uns bitte inneren Frieden darüber."

Ein paar Minuten lang schwiegen alle. Dann betete Mr Caputo. „Unser himmlischer Vater, dein Sohn hat auch gesagt: Was ihr für einen meiner geringsten Brüder getan habt, das habt ihr für mich getan." Als sie diese Worte hörte, erinnerte sich Lenore wieder daran, wie sie auf ihrem Bett gelegen hatte, krank vor Kummer, müde und starr vor Angst. Sie erinnerte sich daran, wie sie sich mühsam aus der Wohnung gequält hatte, meinte das Klicken der leeren Autobatterie zu hören und sah sich selbst, wie sie an Mr Caputos Tür geklopft hatte. Sie meinte noch immer den köstlichen Duft in der Nase zu haben, der durch die offene Tür nach draußen gewabert war. Sie erinnerte sich, wie Edie und Jenny sie in den Lebensmittelladen mitgenommen hatten und an das, was danach geschehen war. All die kleinen Schritte, die sie schließlich hierher geführt hatten, in dieses warme, geliebte Zuhause, hatten damit begonnen, dass ein Mensch „Ja" gesagt hatte. Plötzlich spürte sie in sich ein seltsames Drängen, als ob diese Gelegenheit niemals wieder kommen würde, als ob alles von dieser einen Entscheidung abhängen würde, obwohl sie sich momentan nicht vorstellen konnte, was dieses „alles" sein sollte.

Als sie die Augen aufschlug, sahen die anderen sie bereits an.

„Ja", sagte Lenore wie aus der Pistole geschossen.

„Ja, er soll kommen", bestätigte Mr Caputo.

„Danke, Jesus." Mrs Callahans Stimme klang entschlossen und ruhig zugleich.

Er kam ihr bekannt vor, aber Lenore wusste nicht, wo sie ihn hinstecken sollte. Mit einem freundlichen Lächeln machte sie die Tür auf. Sie versuchte immer noch, ihrem Gedächtnis auf die Sprünge zu helfen, als Scott mit einem Freudenschrei die Treppe heruntergerannt kam. Er wusste sofort, wer er war, der abgemagerte Fremde im Türrahmen.

„Al!“, rief er laut. „Ich hab's gewusst! Ich hab gebetet, dass du kommst!“

Lenores Blick wanderte von ihrem Sohn zu Al Younger. Er war es tatsächlich. Jetzt erkannte sie ihn. Er war dünner geworden, viel dünner. Sein Gesicht wirkte fahl und eingefallen, aber seine Augen waren noch immer so leuchtend blau wie damals und seine Kiefernmuskeln spannte er auch auf die gleiche Art an wie bei ihrer ersten Begegnung. Es war einfach unglaublich und es konnte kein Zufall sein, dass er jetzt vor ihrer Tür stand. Aber so waren die Wege Gottes. Sie erlebte das immer wieder. Er verwebte Menschen miteinander und trennte sie wieder. Er brachte den einen nach Hause und nahm den anderen weg. Auf diese Weise arbeitete Gott an dem wundersamen Teppich, den seine Wege bildeten. Aus den groben Fehlern und falschen Schritten der Menschen schuf er ein wunderbares Bild.

„Warum hast du mir nicht geschrieben?“, wollte Scott wissen. Seine verletzten Gefühle trübten die Freude über das Wiedersehen mit Al.

„Ich bin krank gewesen“, antwortete Al. In gewisser Weise war das die Wahrheit. Lenore führte ihn ins Haus, dessen Fenster und Türen allesamt weit geöffnet waren. Es war warm und sonnig, ein wunderschöner Septembertag.

Scotts Gesicht wurde ernst. „Bist du wieder in Ordnung?“

„Ich glaub schon. Vielleicht. Na ja, so genau weiß ich das nicht. Ich bin kein Polizist mehr“, sprudelte es förmlich aus Al heraus. Ihm war es offenbar wichtig, alle Karten auf einmal auf den Tisch zu legen.

Scott sah ihn erstaunt an. Er brauchte einen Augenblick, um all diese Informationen zu verarbeiten. Lenore fragte sich, ob sich Scotts Heldenverehrung nur auf Als Beruf bezogen hatte oder auf ihn als Person.
„Willst du mein Meerschweinchen sehen?“, fragte Scott schließlich.

„Klar doch“, antwortete Al. Er wirkte erleichtert, als er hinter Scott die Treppe hinauftrottete. Etwa eine Viertelstunde später kamen die beiden wieder herunter. Lenore hatte inzwischen Kaffee gemacht. Jetzt stellte sie zwei Kaffeebecher, Sahne und Zucker auf den Tisch.

„Scott, Al und ich müssen miteinander reden“, sagte sie, als die beiden in die Küche kamen. „Du kannst später wieder herunterkommen.“

Scott nörgelte zwar etwas herum, ging aber dann hinaus. Lenore schloss die Küchentür und goss Kaffee in die beiden Becher. Einen Augenblick lang saßen Al und sie schweigend da und nippten an ihren Tassen. Dann lächelte Lenore und schüttelte den Kopf.

„Was ist los?“, fragte Al.

„Ich habe gerade daran gedacht, wie seltsam es ist, dass sich unsere Wege auf diese Weise wieder kreuzen.“

„Das finde ich auch.“ Al machte große Augen.

„Obwohl mich das eigentlich nicht überraschen sollte“, ergänzte sie.

Er starrte sie unverwandt an, fragte aber nicht weiter nach. „Ich bin ein Säufer“, sagte er stattdessen. Seine Stimme klang ausdruckslos. „Dieses ganze Gerede von wegen ‚Der Polizist, dein Freund und Helfer‘ – das ist alles Unsinn. Ich bin ein nutzloser Alkoholiker.“ Er sprach leise. Obwohl er blass und abgespannt aussah, wirkte sein Körper noch immer durchtrainiert. Seine Muskeln glichen dicken Tauen. Wieder biss er die Zähne zusammen und mahlte mit dem Kiefer. Aber seine blauen Augen verrieten nichts.

„Das waren Sie“, berichtigte sie ihn.

„Wie bitte?“ Er sah sie verdutzt an.

„Sie *waren* ein nutzloser Alkoholiker. Das liegt in der Vergangenheit“, sagte sie leise. „Jetzt ist die Gegenwart. Der Gekreuzigte kann auch heute noch Menschenleben verändern.“

Wieder starrte er sie an. Er schüttelte den Kopf und begann dann zu sprechen. „Die letzten dreißig Jahre war ich Polizist, die meiste Zeit im Süden von Los Angeles.“ Seine Stimme klang noch immer ausdruckslos. „Ich hab die schlimmsten Abartigkeiten und Verbrechen gesehen, die Menschen sich ausdenken können. Es gibt keine Sünde, die ich nicht dokumentiert, beobachtet oder selbst begangen habe. Das ist das Leben, das ich kenne. Von eurem Gekreuzigten weiß ich nichts.“

Lenore nickte und vermutete, dass es genau diese ständigen Begegnungen mit den menschlichen Abgründen gewesen waren, die seine Seele zerfressen hatten. Denn diesen Eindruck machte er auf sie. Es hatte den Anschein, als habe sich etwas in sein Inneres geschlichen, während Al Younger so alltäglichen Dingen nachgegangen war wie Essen und Trinken, Täter verhaften, abends schlafen gehen und morgens wieder aufstehen, um diese Routine zu wiederholen. Und dieses Etwas hatte jeden Tag ein kleines Stückchen an seiner Seele gefressen.

Wieder trank Al einen Schluck Kaffee. Dann beendete er den nüchternen Schnelldurchlauf durch sein Leben. „Meine Frau ist abgehauen“, sagte er. „Vor zwanzig Jahren. Die Kinder sind längst erwachsen. Ich hab eine Schwester hier. Meine beiden Töchter wohnen in Oregon, aber sie wollen nichts mit mir zu tun haben.“ Er nippte erneut an seinem Kaffee, dann wechselte er das Thema. „Und was machen Sie hier eigentlich? Ist das ein Gästehaus?“

„Nicht ganz“, erwiderte Lenore.

„Das ist doch nicht etwa so eine Hippie-Kommune? Dann übernachte ich lieber auf der Straße. Mit so was will ich nichts zu tun haben.“

Lenore musste schmunzeln. Beinahe hätte sie laut losgelacht. Al Younger saß hier, weil er dringend Hilfe brauchte, und dennoch besaß er die Unverfrorenheit, die hilfreich ausgestreckte Hand zurückzuweisen. „Nein, es ist keine Hippie-Kommune“, antwortete sie nachsichtig. „Wir sind alle gerne hier, Al, und inzwischen fühlen wir uns schon ganz wie eine Familie. Das ist alles.“

„Aber ihr seid alle religiös?“

Eine Haarspalterei wegen seiner Wortwahl war überflüssig, schließlich wusste Lenore, was er sagen wollte. Also nickte sie nur.

„Geht ihr alle in dieselbe Kirche oder so was?“

„Zwei von uns gehen in dieselbe Kirchengemeinde, aber der Gottesdienstbesuch ist keine Pflicht. Sie sind uns auf jeden Fall willkommen.“

„Sind Sie sich da sicher?“ In seinem Blick lag Skepsis.

„Wir würden uns freuen, wenn Sie bei uns bleiben, aber nur, wenn Sie das auch möchten.“ Lenore war es wichtig, dass Al seine Bereitschaft, bei ihnen einzuziehen, laut aussprach.

Er dachte kurz nach und nickte dann mit dem Kopf. „Muss … muss ich einen Test machen oder so was Ähnliches?“

Lenore schüttelte den Kopf, hakte aber noch einmal nach. „Möchten Sie hier bei uns wohnen?“

Al starrte sie misstrauisch an, als vermutete er hinter ihrer Frage irgendwelche Hintergedanken. „Ich kann’s ja probieren, wenn Sie mitmachen.“

„Wir machen mit.“ Sie lächelte und sah Al Younger in die Augen, aber sein Blick verriet noch immer nichts. Anstatt ihr Lächeln zu erwidern, trank er noch einen Schluck Kaffee. Jetzt schwiegen sie beide. Das einzige Geräusch war das Ticken der Küchenuhr.

20

Al wohnte inzwischen seit fast einem Vierteljahr bei ihnen, und heute, zwei Tage vor Weihnachten, hatte er Geburtstag.

„Ich werde sechsundsechzig“, hatte er vor wenigen Tagen gesagt. Lenore hätte ihn mindestens zehn Jahre älter geschätzt. In seinen Augen spiegelten sich Lebensüberdruss und Schmerz. *Wer ist dieser Mann?*, hatte sich Lenore anfangs oft gefragt. Allmählich fand sie es heraus und bekam einen flüchtigen Eindruck von dem Menschen, als den Gott ihn ursprünglich geplant hatte. Als sie daran denken musste, wo Scott den Tag verbrachte – in dem Baumhaus, das Al für ihn gebaut hatte – stahl sich ein Lächeln auf Lenores Lippen. Heute war Carlenes und ihr alljährlich stattfindender Plätzchenbacktag. Carlene steuerte Rezepte und Zutaten für vier Sorten Weihnachtsplätzchen bei und Lenore tat es ihr gleich. Dann kam die große Backaktion mit allen acht Rezepten. Wenn sie fertig waren, teilten die beiden Frauen die Plätzchen untereinander auf.

„Das ist eine tolle Sache“, hatte Carlene Lenore vorgeschwärmt, als ihr vor Jahren zum ersten Mal diese Idee gekommen war. „Wir können beide das Plätzchenbacken an einem einzigen Tag erledigen.“

Lenore hatte ihrer Freundin zugestimmt. Allerdings brauchte diejenige, in deren Küche das große Ereignis stattfand, noch einmal einen ganzen Tag zum Saubermachen. In diesem Jahr war Lenore an der Reihe gewesen. Als die beiden Frauen alle Plätzchen gebacken hatten, standen überall in der Küche benutzte Messbecher herum, Backpapierfetzen zierten die Arbeitsplatten und alle Oberflächen waren mit Mehl bestäubt. Auf dem Boden standen die Tüten mit Schokoladenstückchen, Nüssen und Mehl, die sie im Lebensmittelladen gekauft hatten. Aber sie hatten Plätzchen in Hülle und Fülle. Scott und Derek hatten den Tag im Baumhaus verbracht. Zwischendurch hatten sie sich Kostproben und eine Thermoskanne Kakao geholt. Im Baumhaus war es behaglich und warm. Al hatte die Bretter so fest zusammengefügt, dass die beiden Jungen es sich dort richtig gemütlich machen konnten. Bereits kurz nach seinem Einzug hatten Scott und er mit der Planung begonnen. Sie hatten mehrere Ausflüge zum Baumarkt gemacht, tagelang über Plänen gegrübelt und schließlich das ganze in einem Gefrierbeutel gelagerte Restgeld der letzten Monate in Material für das Baumhaus investiert. Natürlich hatten alle Hausbewohner darüber abstimmen müssen, wofür das Geld verwendet werden sollte, weil das das Geld war, das nach dem Kauf von Lebensmitteln vom Haushaltsgeld übrig geblieben war. Aber niemand hatte etwas dagegen gehabt. Die einzige Bedingung war gewesen, dass Angie das Baumhaus ebenfalls benutzen durfte. Aber heute hatte auch sie Besuch von einer Freundin, mit der sie oben in ihrem Zimmer mit ihren Barbiepuppen spielte, sodass die Jungen das Baumhaus ganz für sich hatten.

Al hatte Scott gezeigt, wie man das Holz vermisst und schneidet. Lenore war gerührt gewesen, als sie die beiden bei der Arbeit beobachtet hatte. Das Dach wurde mit Holzschindeln belegt, die Wände isoliert und zusätzlich mit Rigipsplatten gesichert. Die Bodenlatten wurden mit Teppichboden bedeckt. Al entpuppte sich als wahrer Künstler im Umgang mit Holz.

Als Lenore nun den Tisch deckte, gab sie sich ganz besonders viel Mühe. Die weihnachtliche Tischdecke war frisch gebügelt, in den Kerzenhaltern steckten neue Kerzen und die schönste Seite der aus dunkelrot blühenden Weihnachtssternen bestehenden Tischdekoration hatte sie zu Als Platz hingedreht. Außerdem nahm sie heute das gute Porzellan mit dem weihnachtlichen Muster, das Mrs Hosford ihnen mit dem Haus vermacht hatte, und stellte den roten Geburtstagsteller an Als gewohnten Sitzplatz. Darum herum baute sie seine Geburtstagskarten und die Geschenke auf.

Heute war sie mit Kochen an der Reihe. Wie üblich hatte sie sich für nahrhafte und wohlschmeckende Hausmannskost entschieden. Auf der hinteren Herdplatte köchelte schon in einem riesigen Topf ein Eintopf vor sich hin und zum Nachtisch gab es Heidelbeer-Muffins, ein im letzten Sommer selbst eingemachtes Pfirsich-Kompott und einen Geburtstagskuchen mit Schokolade und Pfefferminz, in dem so wenig Zucker war, dass Al meinte, er könne ein Stück davon probieren. Lenore hatte ihm das Versprechen abgenommen, danach seinen Blutzuckerspiegel zu testen.

Sie konnte die Schokolade schon riechen. Ihr Duft zog durch das Haus wie eine süße, tröstliche Wolke. Lenore liebte den Geruch und den Geschmack von Essen so sehr, dass sie eigentlich schon die Kleidergröße XXL tragen müsste. Und wenn sie an sich heruntersah, musste sie feststellen, dass ihre Beine tatsächlich dicker geworden waren und ihr Bauch auch nicht mehr so ganz flach war. Sie hatte ein bisschen zugenommen. Nun ja, vielleicht nicht nur ein bisschen. Aber was spielte das für eine Rolle? Es machte doch wirklich keinen Unterschied, ob sie hässlich und dünn oder hässlich und mollig war. Wahrscheinlich war ihre Gewichtszunahme auf Mr Caputos Kochkünste zurückzuführen. Wenn er mit Kochen an der Reihe war, machte er Polenta und Hühnchen, Tortellini oder Calzone, sein berühmtes Brot oder aber Brötchen, die die ganze Küche mit ihrem feinen Hefearoma erfüllten. Mrs Callahan war auch nicht viel besser. Wenn sie kochte, gab es Spezialitäten aus den Südstaaten wie Grillhähnchen oder Fisch mit Weißkrautsalat, dicke Bohnen und Maisbrot oder Rinderbraten mit Kartoffeln und grünen Bohnen. Außerdem gab es immer etwas Außergewöhnliches und Köstliches zum Nachtisch. Al hatte in den drei Monaten seit seinem Einzug meistens Pizzen bestellt oder war mit ihnen in ein Restaurant gegangen, wenn er mit Kochen an der Reihe war.

Lenore ging in die Küche und rührte den Eintopf um. Dann sah sie nach dem Kuchen und den Muffins. Alles sah gut aus. Sie setzte sich an den Küchentisch und schaute sich zufrieden um. In der Küche war alles kunterbunt und warm. Obwohl nichts richtig zusammenpasste, wirkte der Raum einladend. Ständig veränderte sich etwas, da sie im Gebrauchtwarenladen immer wieder neue Sachen entdeckte. Inzwischen zierten die Küche ein Brotkasten aus grünweißem Email, ein altes Waschbrett, sowie ein Milcheimer, den sie mit Trockenblumen gefüllt hatte. Auch die anderen Räume im Haus waren wohnlicher geworden. Das Wohnzimmer und das kleine Familienzimmer waren mit weich gepolsterten Sofas und Sesseln möbliert. Für Farbtupfer sorgten selbst genähte Kissen, Patchworkdecken und Überwürfe. An den Wänden hingen bunte Bilder und überall standen Töpfe mit üppigen Zimmerpflanzen. Die Regale waren gefüllt mit Büchern und Gesellschaftsspielen, in Körben steckten zahlreiche Spielsachen. Nichts passte zusammen, alles war abgenutzt, aber das Haus war so heimelig, dass jeder sich darin wohlfühlte.

Abends saßen sie oft zusammen, bis auf Al, der die meiste Zeit im Keller mit seinen Holzarbeiten verbrachte. Aber sogar er kam zu ihnen hinauf, wenn im Fernsehen eine Polizeiserie lief. Lenore und Mr Caputo lasen viel oder planten die Gartenarbeit für das kommende Jahr. Dabei ließen sie sich von den Gartenkatalogen inspirieren, die immer wieder bei ihnen im Briefkasten landeten. Mrs Callahan hatte immer eine Handarbeit, mit der sie sich gerade beschäftigte. Angie und Scott machten ihre Hausaufgaben oder spielten. In gewisser Weise waren sie doch wie eine Kolonie, dachte Lenore schmunzelnd, obwohl diese Bezeichnung andererseits auch wieder vollkommen unpassend für ihre bunt zusammengewürfelte Hausgemeinschaft war. Aber in mancher Hinsicht erfüllten sie das Klischee. Das meiste Gemüse, das sie aßen, bauten sie selbst an, und als Wärmequelle diente ihnen der mit Holz beheizbare Küchenherd, wenn der Strom ausfiel. Das passierte zwar nicht oft, aber wenn es der Fall war, breitete sich in Lenore trotzdem ein Gefühl der Behaglichkeit aus. Diese Behaglichkeit empfand sie auch, weil sie hier mit den anderen zusammenlebte. Zum ersten Mal in ihrem Leben hatte sie das Gefühl, ein Zuhause zu haben.

Jetzt sah sie sich in der Küche um, die noch immer ihr Lieblingsraum im ganzen Haus war. Mrs Callahan sagte immer, die Küche sei das Herz eines Hauses. Weiterhin war der grobe gelbe Teppichboden das Auffälligste an dem ganzen Raum. Die Farbe biss sich mit dem Weihnachtsschmuck, den die Kinder auch hier aufgehängt hatten, und wieder musste Lenore lächeln.

„Warum reißt du dieses Zeugs nicht endlich raus?“ Carlene hatte diesbezüglich nie Ruhe gegeben. „Ich wette jeden Betrag, dass da drunter ein Hartholzboden ist.“

„Ja, schon möglich“, stimmte Lenore ihr jedes Mal zu, aber sie weigerte sich standhaft, den Teppichboden auch nur anzufassen. Ihr gefiel die Küche so, wie sie war. Sie fand sie gemütlich und heimelig.

Der breite, schwere und zerkratzte Eichenholztisch war immer noch derselbe, den sie kurz nach ihrem Einzug im Secondhandladen gefunden hatte. Das Spülbecken war ebenfalls alt und das weiße Email an manchen Stellen schon abgeplatzt. Aber es war noch immer schön. Nach wie vor befand es sich unter dem Fenster, sodass Lenore einen guten Blick auf den Garten und an klaren Tagen sogar noch weiter bis auf die Insel hatte, wenn sie das Geschirr spülte. Wenn es neblig war, konnte sie allerdings nur bis zu der sich anmutig im Wind wiegenden Tanne und zum wilden Wein sehen. Das Fenstersims beherbergte wie immer eine Vielzahl verschiedenster Gegenstände. Dort standen Mr Caputos winzig kleine Töpfe mit Küchenkräutern, eine Tonschüssel, die Scott in der Schule angefertigt hatte, Mrs Callahans Weihnachtskaktus, der übersät war mit grellrosa Blüten, eine Kaffeetasse, die sie schon längere Zeit vermisst hatte, und ein kleines Kärtchen mit einem Bibelvers: *Ich lasse dich nicht im Stich, nie wende ich mich von dir ab.*

Neben dem Herd stand ein riesiges Regal aus Eichenholz. Es nahm die Hälfte der Wand ein. Ein Efeu rankte sich mit seinen hellgrünen Blättchen um Gläser mit eingemachtem Gemüse. Ordentlich aufgereiht standen sie da, die grünen Bohnen, die Birnen, Pfirsiche und Gewürzgurken, der Apfelbrei und Mr Caputos Tomaten. An einer Schnur, die an der Decke entlang gespannt war, hingen getrocknete Kräuter, Lavendel, Knoblauch, Rosen und ein kleiner Strauß aus orangefarbenen Lampionblumen. Außerdem hatte Angie aus rotem, weißem und schwarzem Tonkarton und Wattebäuschen einen Nikolauskopf gebastelt und ihn ebenfalls dort aufgehängt.

Lenores Blick fiel auf den Kalender, der an der Wand hing. In den Quadraten mit dem jeweiligen Datum war in den unterschiedlichsten Farben alles Wichtige eingetragen. Heute, am 23. Dezember, hatte Mrs Callahan mit ihrer ordentlichen Handschrift und einem schwarzen Filzstift die Worte *Als Geburtstag* eingetragen. Mr Caputo hatte mit roter Tinte und in Druckbuchstaben den wöchentlichen Küchenplan notiert. Das Quadrat für den ersten Weihnachtsfeiertag war das bunteste. Dort standen die Namen ihrer Gäste und wer welche Speisen mitbringen würde.

Scott würde Daniel in diesem Jahr nicht besuchen. Er wollte nicht fahren. Das hatte er ganz offen gesagt. Er war jetzt zehn Jahre alt, alt genug, um das selbst zu entscheiden. Nach dem Fiasko vom letzten Jahr war sein Entschluss verständlich. Aber für Daniel wäre es das erste Weihnachten ohne seinen Sohn. Lenore war deswegen bedrückt und sie fragte sich, was Daniel wohl jetzt, in diesem Augenblick, empfand. Sie hatte Scott aufgefordert, seinen Vater anzurufen, und Scott hatte mit einem Achselzucken zugestimmt, aber er war nicht gerade begeistert gewesen, mit seinem Vater telefonieren zu müssen. Lenore hingegen stellte sich vor, wie Daniel ganz allein unter dem Weihnachtsbaum saß, von seinen Freunden und seiner Familie verlassen. Ein Anruf bei ihm war das Mindeste, was sie tun konnten. Sie hatte für Scott die Nummer gewählt und als Daniels Anrufbeantworter ansprang, war sie zugleich erleichtert und enttäuscht gewesen. Eine sanfte Frauenstimme sprach die Nachricht. „Hallo, Sie haben den Anschluss von Daniel und Serena gewählt. Wir sind momentan nicht erreichbar, aber Sie können uns nach dem Signalton eine Nachricht hinterlassen." Die Worte klangen so, als wollte sie sagen: „Wer weiß? Vielleicht habt ihr Glück und wir rufen tatsächlich zurück." Lenore hatte kurz überlegt, wer diese Serena wohl war und was für eine Rolle sie in Daniels Leben spielte.

Schon eine Stunde später hatte Daniel zurückgerufen, aber da war Lenore gerade in ihrem Zimmer gewesen und hatte ihre Wäsche in den Kleiderschrank geräumt. Scott hatte nach dem Klingeln abgenommen und Vater und Sohn hatten kurz miteinander gesprochen. Nachdem Scott den Hörer aufgelegt und ihr erzählt hatte, dass das Daniel gewesen war, hatte sie schon wieder diese seltsame Mischung aus innerer Leere und Erleichterung verspürt. Es war verrückt, aber andererseits auch offensichtlich. Solange Scott beide Eltern brauchte, würde es immer wieder Berührungspunkte zwischen ihnen geben. *In guten wie in schlechten Zeiten*, dachte Lenore und merkte, wie sarkastisch dieser Satz aus dem Ehegelübde in ihrem Kopf klang. Ihr Leben und das von Daniel würden immer miteinander verflochten sein. Sie musste an die Glyzinie und das Geißblatt denken, die sie an der vorderen Veranda gepflanzt hatte. Die beiden Pflanzen waren untrennbar zusammengewachsen. Obwohl das Geißblatt in milden Wintern seine grünen Blätter behielt und die Glyzinie ihr Laub abwarf, konnte man nicht die eine Pflanze zurückschneiden, ohne die andere zu zerstören. Vielleicht war es mit Daniel und ihr so ähnlich wie mit den beiden Sträuchern. Manchmal fragte sich Lenore, ob sie ihn jemals wiedersehen würde. Sie waren jetzt schon genauso lange voneinander getrennt, wie sie zusammengelebt hatten. Machte die verstrichene Zeit etwa alles ungeschehen? Glichen sich die Jahre aus wie positive und negative Zahlen?

Zerstreut zog Lenore mit den Fingerspitzen die Holzmaserung des Küchentischs nach. Wie sah Daniels Gesicht wohl heute aus, ohne günstige Beleuchtung und ungeschminkt? War noch etwas übrig von dem Mann, den sie geliebt hatte? Sie schloss die Augen. Noch immer sah sie seine fast schwarzen Augen vor sich und hörte den einschmeichelnden Tonfall seiner Stimme. So hatte er immer mit Scott geredet. „Nein." Lenore sprach das Wort laut aus und stand mit einem entschlossenen Kopfschütteln auf. Heute hatte sie nun wirklich keine Zeit in sich zu gehen und sich selbst zu bemitleiden. Sie holte tief Luft. Dann stürzte sie sich in die Arbeit und tat alles dafür, dass das Abendessen rechtzeitig auf dem Tisch stand.

Lenore servierte den zuckerarmen Kuchen und das Diabetiker-Eis. Von Scott und Angie erntete sie mürrische Gesichter, von den Erwachsenen hingegen ein höflich gemurmeltes Dankeschön. Al dankte ihr und aß dann schweigend weiter. Er schien sich unwohl zu fühlen, weil er heute im Mittelpunkt stand. Lenore wusste nicht, ob er sich über den Geburtstagsteller, die vielen Geschenke und die Karten freute oder nicht. Er hatte ihr einen skeptischen Blick zugeworfen, als er sich an den Tisch gesetzt hatte, als befürchte er, sie wolle ihm eine Falle stellen. Beim Essen war er sonderbar schweigsam. Alle anderen unterhielten sich miteinander, lachten und machten Scherze. Dann sollte Al seine Geschenke auspacken. Lenore wusste nicht so recht, wie er sich verhalten würde.

„Dieses Zeugs schmeckt scheußlich", sagte Scott und nahm noch einen Bissen von dem Kuchen. Lenore warf ihm einen tadelnden Blick zu.

„Hier, mach meins zuerst auf." Angies Stimme hatte wieder den gewohnten Befehlston. Sie schob dem Geburtstagskind ein aufgerolltes Stück Papier hin. Al sah sie argwöhnisch an. Dann nahm er das Geschenkband ab und rollte das Papier auseinander. Es war ein riesiger Nikolaus. Sein Sack quoll über mit Geschenken. *Der Nikolaus ist wohl momentan ihr Lieblingsmotiv*, dachte Lenore.

„Ich hab ihn gemalt", verkündete Angie. Sie schien auf ein Lob zu warten.

„Er hat keinen Hals", meinte Scott.

„Doch, hat er", verteidigte sich Angie.

„Mir gefällt er", kommentierte Al trocken. Er starrte Angie mit einem bösen Blick an. Offenbar hatte sie ihm mehr abgerungen, als er zu sagen bereit gewesen war.

Angie lächelte zufrieden.

„Dieses Bild ist doch blöd", murmelte Scott.

„Jetzt gebt endlich Ruhe", sagte Mrs Callahan und reichte Al die Handschuhe, die sie für ihn gekauft hatte. „Die können Sie gut gebrauchen, wenn Sie draußen Holz hacken."

Er nickte zustimmend. „Vielen Dank." Seine Stimme klang tonlos und barsch zugleich.

Dann machte er das Geschenk auf, das Lenore und Scott ihm besorgt hatten. Es war ein Flanellhemd.

Mr Caputo schenkte ihm ein Werkzeug für seine Holzarbeiten.

Nachdem Al seine Geschenke schweigend ausgepackt hatte, sah er sich alles genau an und legte die Gegenstände dann mit einem knappen „Danke" neben seinen Teller. Seine Lippen waren fest zusammengepresst. Lenore befürchtete schon, dass sie einen Fehler gemacht hatte. Vielleicht hätten sie diesen Tag einfach nicht beachten sollen. Ihre Zweifel erwiesen sich jedoch als unberechtigt. Einen Moment lang war es im Raum ganz still. Al starrte seine Geschenke an und dann auf die gegenüberliegende Wand des Esszimmers. Seine hellblauen Augen wirkten plötzlich noch wässriger als sonst. Er räusperte sich laut.

„Das ist der schönste Geburtstag meines Lebens", sagte er. „Ehrlich." Wieder klang seine Stimme barsch und ruppig. Es war, als würde er Widerspruch erwarten. Bevor jemand etwas erwidern konnte, stand er auf, zog seine neuen Handschuhe an und ging nach draußen, um den Holzvorrat wieder aufzufüllen.

Niemand sagte etwas, als er das Zimmer verließ. Angie und Scott rannten nach oben, weil sie spielen wollten. Mr Caputo warf Lenore einen Blick zu und dann verzogen sich seine Lippen zu einem strahlenden Lächeln. Mrs Callahan begann den Tisch abzuräumen. Dabei summte sie leise das Lied „Welch ein Freund ist unser Jesus".

21

Serena hatte zu ihm gehalten. Das Mindeste, was Daniel im Gegenzug für sie tun konnte, war, sie zu heiraten. Schließlich wollte sie das unbedingt, obwohl er sich nicht erklären konnte, warum. Es schien fast, als habe der Unfall – dieser Ausdruck klang viel zu steril, zu „sauber" für sein Verbrechen – ihren Hang zum Dramatischen geweckt. Ihre anspruchsvolle, überkritische Haltung gegenüber Daniel war plötzlich wie weggeblasen gewesen. Stattdessen war sie in eine andere Wirklichkeit eingetaucht, in die spannungsgeladene, überhöhte Welt der Filme, in denen sie mitspielte. Jetzt war Daniel der unterdrückte Häftling, der missverstandene, suchtkranke Einzelgänger, der auf Abwege geratene Filmstar. Sie war die Frau, die ihn verstand, seine große Liebe, die ihn vor dem Abstieg in die Gosse retten würde. Sie hatte zu ihm gehalten, als er seine Gefängnisstrafe absitzen musste. All seine anderen Freunde hatten ihn hängen gelassen. Beim ersten Anzeichen einer Krise hatte sie das Weite gesucht. Serena hingegen hatte ihre Chance gewittert. Jetzt konnte sie endlich einmal glänzen. Es hatte etwa drei Monate gedauert, bis man ihn vor Gericht gestellt hatte, aber sie war immer an seiner Seite geblieben. Nach seiner Verurteilung hatte sie ihm allwöchentlich einen medienwirksamen Besuch im Bezirksgefängnis von Los Angeles abgestattet. Das Blitzlichtgewitter der Fotografen hatte sie umgeben, sobald sie aus dem Auto stieg. Sie hatte vor den Paparazzi standhaft erklärt, dass sie Daniel für unschuldig hielt, auch wenn er sich vor Gericht dummerweise schuldig bekannt hatte. Es sei ein Unfall gewesen, nicht mehr und nicht weniger, behauptete sie steif und fest. Er sei keineswegs unzurechnungsfähig gewesen und Trunkenheit am Steuer sei es nur gewesen, wenn man dem Buchstaben des Gesetzes akribisch folge. Auch wenn sie Daniel besucht hatte, hatte sie übermäßiges Mitgefühl gezeigt. Offenbar glaubte sie wirklich, dass sie der Lage gewachsen sei und ihm in der Stunde der Not tatsächlich beistehe. Das alles wäre gut und schön gewesen, wenn er sich nicht ganz sicher gewesen wäre, zu Recht im Gefängnis zu sitzen. Er hatte seine Strafe verdient, und sogar noch mehr als das.

Daniel hatte seine Gefängnisstrafe in aller Stille abgesessen, ohne lästigen Medienrummel. Wie so oft war die Wirklichkeit bei Weitem nicht so schlimm gewesen wie der Gedanke daran, was für einen Sinn das Ganze überhaupt hatte. Im Gefängnis war es noch nicht einmal so anders gewesen als bei den Dreharbeiten. Man hatte ihm auch dort gesagt, wann er morgens aufzustehen und abends ins Bett zu gehen hatte. Auch dort hatte er sich von einer Beschäftigung zur nächsten geschleppt und das Essen im Gefängnis war auch nicht schlimmer gewesen als das, was ihm der Proviantmeister im Studio vorsetzte. Er hatte dieselbe Langeweile, dieselbe vertraute Ziellosigkeit verspürt, und die Leute, die in seiner Nähe gewesen waren, hatten ihm die gleichen gelangweilten, übermüdeten Blicke zugeworfen wie die Kameraleute und Beleuchter. Diese Leute waren von einem Star genauso wenig beeindruckt wie ein Installateur von seiner Rohrzange. Im Gefängnis gab es keine Fans. Niemanden hatte es auch nur im Geringsten interessiert, dass er Daniel Monroe war, am allerwenigsten die Männer, mit denen er sich eine Zelle geteilt hatte. Er war zusammen mit einem zwanzigjährigen Mann, der seine Frau geschlagen hatte, einem unschuldig aussehenden Drogenhändler und einem Jungen, der einen Verbrauchermarkt überfallen hatte, eingesperrt worden. Auch die Wachleute hatten sich nicht für ihn interessiert, sondern ihn bloß mit verächtlichen Blicken gemustert.

Daniel hatte versucht, sich irgendwie zu beschäftigen. Deshalb hatte er sich unzählige Bücher aus der Bibliothek ausgeliehen oder sich vor den Fernseher gesetzt. In manchen Sendungen hatte er auch Berichte darüber gesehen, wie er mit dem Gesetz in Konflikt geraten war. Kurzum, er hatte alles versucht, um nicht nachdenken zu müssen. Die meiste Zeit hatte er damit Erfolg gehabt. Lenores Brief hatte ihm allerdings einen heftigen Schlag versetzt. So etwas hatte er nicht erwartet. Ihm war zwar bewusst gewesen, dass sie ein religiöses Erlebnis gehabt hatte, aber ihre Schilderung hatte ihn an den Drill erinnert, mit dem er aufgewachsen war. Plötzlich hatte er eine tiefe innere Unruhe verspürt. Damals, als seine Tante und sein Onkel ihn in diese Richtung hatten drängen wollen, war es ihm leichtgefallen, die ganze Sache mit einem verächtlichen Achselzucken abzutun. Aber die Tatsache, dass Lenore die gleichen Gedanken äußerte, hatte ihn aus der Bahn geworfen, ohne dass er so genau wusste, warum.

Im September hatte er seine sechsmonatige Gefängnisstrafe schließlich abgesessen. Er war entlassen worden, aber nach nur drei Tagen zu Hause hatte man ihn in ein Flugzeug gesetzt und ihn in die Wüste von Arizona zu einem Rehabilitationsprogramm gebracht. Das war die Idee seiner Agentin gewesen, und er hatte sich ohne ein Wort des Protests gefügt. In Arizona war es glühend heiß und trocken gewesen – in jeder Hinsicht. Wieder war sein Leben so ähnlich verlaufen wie im Gefängnis oder bei den Dreharbeiten. Andere Leute hatten ihm gesagt, was er tun, denken und bereuen und wie er sich ändern sollte. Er hatte widerspruchslos mitgemacht. Zwei Monate später, Ende November, war er nach Hause gekommen. Erst dann hatte Serena ihm von ihren Plänen erzählt. Die Hochzeit sollte zu Weihnachten stattfinden. Sie hatte ihm die Pressemitteilung gezeigt und er hatte den Text gelesen, die Worte, die man ihm in den Mund gelegt hatte. Er hatte sie nur noch aussprechen müssen. *Ich habe meine Gefängnisstrafe abgesessen. Ich bin jetzt wieder auf dem richtigen Weg. Ich will einen Hausstand gründen. Ihre Liebe hat mir die Kraft zum Durchhalten gegeben.* Ihm war es so oder so recht. Es schien ja doch alles keine Rolle zu spielen.

Nach seiner Entlassung aus dem Gefängnis hatte er den Jungen, den er angefahren hatte, besuchen wollen. Sein Anwalt hatte ihm jedoch davon abgeraten. Er solle ihm einen Brief schreiben, wenn er das unbedingt wolle, aber er solle sich nicht persönlich bei ihm blicken lassen. Sie könnten nicht noch zusätzlichen Ärger gebrauchen. Natürlich war Daniel gleich nach dem Unfall im Krankenhaus gewesen, auch wenn es ihm äußerst schwergefallen war, sich bei dem Jungen und seiner Familie zu entschuldigen. Sie hatten die Entschuldigung schweigend und mit großen Augen angenommen. Daniel hatte ihnen eine größere Geldsumme gegeben, aber damit war noch nichts aus der Welt geschafft. Und sein Gewissen hatte er damit auch nicht beruhigen können. Nach seiner Rückkehr aus der Rehabilitation war er am Zuhause des Jungen vorbeigefahren. Sein Fahrer hatte ihn dorthin gebracht, weil er seinen Führerschein noch nicht zurückbekommen hatte. Daniel hatte draußen gewartet, bis er sah, wie der Junge das Haus verließ, einen Nachbarn grüßte und dann in sein Auto – einen neuen Mustang

– stieg und wegfuhr. Nach dieser Begebenheit hatte er sich ein bisschen besser gefühlt, und auch die Albträume hatten aufgehört.

Die Trauung am Weihnachtsabend war Serenas Idee gewesen. Er hätte Nein gesagt, wenn Scott gekommen wäre, aber in diesem Jahr hatte sein Sohn ihn nicht besuchen wollen. Er war sich ziemlich sicher, dass es auf absehbare Zeit keine weiteren Besuche geben würde, obwohl sie dieses Thema in ihren Briefen sorgfältig aussparten. Wenn sie sich schrieben, verwendeten sie immer häufiger leere Phrasen, weil sie ihre Gefühle nicht mehr zu Papier bringen konnten. Daniel brauchte die persönliche Begegnung mit Scott. Er wollte mit ihm reden, ihn in den Armen halten. Er wollte nach Seattle fliegen, schon bald. Immer wieder sagte er sich, dass er das tun würde, sobald sein Leben wieder etwas ruhiger geworden wäre, aber er dachte nicht darüber nach, was genau das bedeutete. Vielleicht nach der Hochzeit.

Serena hatte dieses Ereignis in Windeseile organisiert, obwohl man das nicht merkte. Bei all dem Glanz und Glamour hätte sie auch Monate oder gar Jahre dafür gebraucht haben können. Sie war heute Abend in bester Stimmung, und das nicht nur wegen der Hochzeit. Morgen sollte *Der reiche Liebhaber* anlaufen. In ihrem neuesten Film ging es um die Tochter eines kleinen Farmers, die in New Orleans zur reichsten Bordellbesitzerin wurde – oder so ähnlich. Daniel konnte sich an die Einzelheiten nicht mehr erinnern. Schließlich hatte er eine längere Pause vom Filmgeschäft gemacht.

Jetzt war er also da, sein Hochzeitstag. Die Gäste waren versammelt, die ehemaligen Freunde, die Serena mit Mühe und Entschlossenheit wieder zusammengetrommelt hatte. Serena mischte sich gerade unter die Leute und begrüßte alle freudig. Einer ihrer Bekannten sollte sie trauen. Der Mann hatte von der Church of Scientology eine Lizenz zum Verheiraten und Beerdigen. Heute Abend gab sich Serena ganz besonders lebhaft und charmant. Sie sah gut aus in ihrem Hochzeitskleid aus roter Seide. Ein ähnliches Kleid hatte sie in der finalen Sequenz ihres Films getragen. Daniel fragte sich zwar, warum eine Frau an ihrem Hochzeitstag so aussehen wollte wie eine Bordellbesitzerin, aber natürlich würde er Serena diese Frage nie stellen.

Immer mehr Leute kamen in den Raum, der mit teurem Glitterkram in Rot und Silber dekoriert war, und die Jazzband begann zu spielen. Auf dem Büffet standen Eisskulpturen. Keine glich der anderen und jedes Detail war kunstvoll ausgearbeitet, allerdings begannen sie schon zu schmelzen. Es gab Hummer, für zweihundert Gäste. Daniel war auf seltsame Weise distanziert, als er sich überlegte, wie viel sie dieser Spaß wohl kosten würde. Aber das spielte schließlich auch keine allzu große Rolle. Serena war vermögend, und auch er hatte jede Menge Geld, trotz der großen Summe, die er der Familie des Jungen nach dem Unfall überschrieben hatte. Außerdem hatte er gerade einen neuen Vertrag unterzeichnet. Er spielte in einem Actionfilm einen Vietnam-Veteranen, der plötzlich durchdreht. Offenbar sollten sein eigener Alkoholmissbrauch und sein Konflikt mit dem Gesetz dem Film eine gewisse Glaubwürdigkeit verleihen. Nachdem man sichergestellt hatte, dass er pünktlich zu den Dreharbeiten erscheinen und das Projekt auch durchhalten würde, hatte man ihm die Rolle angeboten. Und obwohl Daniel nicht gerade begeistert davon war, würde er sie spielen. Bei diesem Gedanken schwenkte er seine mit Ginger Ale gefüllte Champagnerflöte.

Er warf einen Blick quer durch den Raum und sah Serena einen Moment lang zu, wie sie die ankommenden Gäste begrüßte und ihnen stolz den teuren Brillantring zeigte. Plötzlich durchfuhr Daniel ein seltsames Gefühl, das er sich zunächst nicht erklären konnte. In wenigen Augenblicken sollte er Serena heiraten. Ihm war die Ironie dieser Situation voll bewusst. Er liebte Serena nicht. Warum wollte er sie also heiraten, nachdem er sich so beharrlich geweigert hatte, die Mutter seines Sohnes zu seiner Ehefrau zu machen? Ja, genau das war es. Diese geplante Ehe mit Serena war schon jetzt zum Scheitern verurteilt. Serena forderte von ihm die Heirat, er hingegen war sich sicher, dass er von ihr in nicht allzu ferner Zukunft die Scheidung fordern würde. Jetzt warf sie ihm einen Blick zu und winkte. Gehorsam winkte er zurück und lächelte ihr zu.

Er musste an Lenore denken. Was trug sie wohl heute, am Weihnachtsabend? Bestimmt kein eng anliegendes, tief dekolletiertes Kleid. Darauf würde er wetten. Bei diesem Gedanken musste Daniel schmerzlich lächeln. Plötzlich fühlte er sich so einsam, dass er sein Glas hingestellt und einfach weggegangen wäre, wenn er gewusst hätte, wohin.

„Daniel!“ Serena winkte ihn zu sich. Der Fotograf, den sie engagiert hatte, hatte soeben einen Schnappschuss von ihm gemacht, wie er so allein und nachdenklich da stand. Serena würde ihm dieses Foto übel nehmen, das wusste Daniel. Er stieß einen Seufzer aus, der aus der Tiefe seines Herzens zu kommen schien.

„Daniel, *bitte* komm hierher!"

Mit einem kurzen Kopfnicken leerte er sein Glas in einem einzigen Zug. Er hätte jetzt lieber etwas Stärkeres im Glas gehabt, damit er innerlich ruhiger wurde. Aber es half alles nichts. Er machte sich auf den Weg zu seiner zukünftigen Frau. *Serena reicht an Lenore nicht heran*, dachte er plötzlich. Während er auf Serena zuging, begann in seinem Inneren ein so heftiger Streit, als ob jemand vor ihm gestanden und die beiden Frauen miteinander verglichen hätte. *Serena reicht bei Weitem nicht an Lenore heran*, dachte er wieder. *Noch nicht einmal an ein einziges Haar auf ihrem Kopf.* Dann beugte er sich vor, gab Serena einen Kuss auf die Wange und stellte sich neben sie.

22

Die Feiertage erinnerten Lenore an ein Feuerwerk, weil eine Freude auf die nächste folgte und es zu schnell ging, um alles richtig genießen zu können. Weihnachten war ein Kaleidoskop aus bunten Farben, fröhlichem Gelächter, gutem Essen und zerrissenem Geschenkpapier, und es endete abrupt am späten Abend des ersten Feiertags. Die Hausbewohner zogen sich in ihre Zimmer zurück und hinterließen im Wohnzimmer ein herrliches Chaos. Es waren nur noch die sanften Klänge von Mr Caputos neuer Weihnachtsmusik zu hören. Lenore kannte die Melodie nicht, aber sie war auf eine zutiefst berührende Art und Weise schön. Sie sah sich im Wohnzimmer um und warf einen Blick auf ihre Armbanduhr. Sie sollte es wie die anderen machen und endlich ins Bett gehen. Stattdessen setzte sie sich auf das Sofa, stellte eine Tasse Tee vor sich auf den Couchtisch und sah zu, wie die letzten Flammen des Kaminfeuers langsam kleiner wurden und schließlich in einem Funkenregen verglühten. Weihnachten war wieder sehr schön gewesen. In diesem Jahr hatten sie ihre Geschenke an Heiligabend ausgepackt. Sie machten es immer abwechselnd, weil es bei den Hausbewohnern unterschiedliche Traditionen gab. Einige von ihnen waren daran gewöhnt, die Geschenke an Heiligabend zu bekommen und die anderen am Morgen des ersten Feiertags. Diesmal war wieder Heiligabend an der Reihe gewesen. Nach dem Abendessen hatten sie ihre Geschenke vor dem von Al gut bestückten, hell flackernden Kaminfeuer ausgepackt.

Lenore hatte Angie nicht schon wieder Spielzeug schenken wollen, das dann doch wieder nur auf dem Fußboden landete. Deshalb hatte sie ihr ein Buch mit den Geschichten von Mrs Piggle-Wiggle gekauft. Scott und sie waren zum Buchladen auf dem Queen Anne Hill gelaufen und hatten dort außerdem für Mrs Callahan einen Bildband über das Leben in den Bergen und für Mr Caputo einen Vogelführer erstanden.

„Was für ein Buch können wir denn für Al kaufen, Mama?“, hatte

Scott sie gefragt. Lenore hatte nicht so recht gewusst, was sie sagen sollte.

„Vielleicht ist Al kein Büchermensch“, hatte sie schließlich erwidert. Aber dann hatte Scott ein Buch mit Plänen für Holzarbeiten gefunden und so hatten sie das mitgenommen.

Nachdem sie ihre Geschenke ausgepackt hatte, waren diejenigen, die das wollten, in den Weihnachtsgottesdienst gegangen. Mr Caputo hatte dieses Jahr wegen einer Erkältung nicht daran teilnehmen können und Al war auch zu Hause geblieben, weil er kein Kirchgänger war, aber Mrs Callahan, die normalerweise in die Baptistengemeinde am See ging, hatte sich Lenore und Scott diesmal angeschlossen. Seltsamerweise war Angie während des gesamten Gottesdienstes still sitzen geblieben.

Am Morgen des ersten Feiertags hatte es geregnet, aber sie hatten es sich trotzdem gemütlich gemacht. Da es Mr Caputo schon etwas besser gegangen war, hatte er zum Frühstück für alle Hausbewohner Heidelbeer-Pfannkuchen zubereitet. Die Erwachsenen waren bei einer Tasse Kaffee am Küchentisch sitzen geblieben und hatten zugesehen, wie Scott und Angie mit ihren Geschenken spielten. Scott hatte von Al Werkzeuge für Holzarbeiten bekommen und Lenore hatte ihm einen Modellbaukasten gekauft – von einem Teil der Geldsumme, die Daniel geschickt hatte. Den Rest hatte sie auf Scotts Sparkonto eingezahlt. Dort hatte sich bereits ein ansehnlicher Betrag angesammelt – dank Daniels übermäßiger Großzügigkeit. Angie hatte einen echten Kinderherd geschenkt bekommen. Sie hatte einen Teig für einen Schokoladenkuchen zusammengemixt und die Form in die kleine Backröhre gestellt.

„Funktioniert dieses Ding denn wirklich?“, hatte Mr Caputo argwöhnisch gefragt, sich mit einem leisen Ächzen auf die Knie niedergelassen und in den beleuchteten Backofen geschaut.

„Na klar doch“, hatte Angie empört erwidert.

Zum Abendessen war noch mehr Besuch gekommen. Edie hatte ihren Neffen mitgebracht, einen auf einem Schiff in Bremerton stationierten Marinesoldaten, und einen seiner Freunde. Carlene war mit Derek und ihrem neuen Freund Robbie gekommen. Matt, Jenny und ihre Kinder hatten ihnen nur eine Stippvisite abgestattet und mit ihnen zusammen den Nachtisch genossen. Der Abend war mit lautem, fröhlichem Geplauder zu Ende gegangen. Es war ein herrlicher Tag gewesen.

Lenore legte den Kopf an die Lehne des Sofas. Auf den weichen Polstern schienen sich sogar ihre Knochen zu entspannen. Sie nippte an ihrem Tee und spürte, wie ihr wohlig warm wurde.

Als sie noch mit Daniel zusammengelebt hatte, hatten sie beide zu Weihnachten immer dasselbe Ritual gehabt. Am Weihnachtsabend waren sie lange aufgeblieben, hatten die Geschenke für Scott eingepackt und sie in seinen Weihnachtsstrumpf gesteckt. Aber am ersten Feiertag, nachdem die Geschenke ausgepackt waren und Scott nach dem Abendessen im Bett lag, hatten sich Lenore und Daniel noch einmal ins Wohnzimmer gesetzt. Dort hatte stets zerrissenes Geschenkpapier auf dem Boden gelegen und Scotts neue Spielsachen. Die Geschenke, die sie sich gegenseitig gemacht hatten, hatten meist noch halb in den Schachteln gesteckt. Sie hatten sich ein warmes Getränk gemacht und ihre schönste Weihnachtsmusik aufgelegt. Dann hatten sie eng aneinander gekuschelt auf dem Sofa gesessen, die Lichter am Weihnachtsbaum betrachtet und die Erinnerung an diesen Tag noch einmal aufleben lassen.

„Hast du gesehen, was für ein Gesicht Scott gemacht hat, als er das Dreirad unter dem Baum entdeckt hat?“, hatte Daniel dann zum Beispiel gefragt.

„Und erst die duftenden Filzstifte“, hatte Lenore hinzugefügt und den Kopf in die Kuhle zwischen Daniels Kinn und Schulter gelegt. „Hoffentlich steckt er sie sich nicht ständig in den Mund.“

So hatten sie dagesessen und diese kleinen, vertrauten Momente miteinander geteilt, bis schließlich einer von ihnen vom Schlaf übermannt worden war oder sie sogar beide eindösten.

Plötzlich stellte sich bei Lenore wie ein ungebetener Gast die altbekannte Traurigkeit ein. Um sie zu vertreiben stand sie rasch auf, hob ein liegen gebliebenes Stück Geschenkpapier auf und warf es ins Feuer. Die Glut flackerte kurz auf. Der Weihnachtsbaum, eine schön gewachsene Tanne, war schon ganz trocken, weil er seit dem ersten Dezember im Wohnzimmer stand. Erneut bückte sich Lenore, um eine Karte und noch ein Stück zerknittertes Geschenkpapier aufzuheben, die ebenfalls im Kamin landeten. Sie griff nach dem Schürhaken und schob das Papier unter das letzte sanft glühende Holzscheit.

Dann steckte sie die Musikkassette, die Mr Caputo ihr geschenkt hatte, in den Rekorder und machte es sich wieder auf dem Sofa bequem. Ein Saxofon spielte „White Christmas“ in hohen, klaren Tönen, die durch die Luft zu schweben schienen wie Seifenblasen, die beim kleinsten Windstoß platzen könnten. Die Melodie klang sehnsüchtig und irgendwie einsam. Lenore seufzte tief und gab den Kampf gegen die immer stärker werdende Traurigkeit auf. Was hatte Weihnachten an sich, dass es eine solche Mischung aus Freude und Schmerz hervorrufen konnte? Vielleicht war es der eigentliche Sinn des Feiertags. Ein Baby wurde geboren, um für die Menschheit zu sterben. Vielleicht ließ sich die Freude nicht von der Trauer trennen. Vielleicht war es falsch, das überhaupt zu versuchen.

Lenore verdrängte die Erinnerungen nicht länger, sondern dachte an Scotts erstes Weihnachten. Für Daniel hatte sie eine neue Jogginghose gekauft. Zu Hause war er immer nur in alten Jogginghosen und einem T-Shirt herumgelaufen. Dabei war es ihm egal gewesen, ob die Farben zusammenpassten oder nicht. Er hatte ihr in jenem Jahr ein paar wollene Hausschuhe geschenkt, weil sie immer kalte Füße hatte. Die Schuhe waren grün. Sie lagen noch immer irgendwo in ihrem Kleiderschrank, obwohl die Sohle völlig durchlöchert war, weil sie es nicht fertigbrachte, sie wegzuwerfen. Daniel und sie hatten Scott schon damals Bücher geschenkt. Sie hatten ihrem Sohn frühzeitig eine Vorliebe zur Literatur vermitteln wollen. An jenem Weihnachtsfest waren es *Das wunderbare Haus* und *Das neugierige Häschen* gewesen, ein Buch, in dem unterschiedliche Materialien verarbeitet waren wie Sandpapier für die stoppelige Wange des Vaters und weiches Fell für das Häschen. Lächelnd saß Lenore auf dem Sofa. Ihre Augen waren auf die orangefarbene Glut im Kamin gerichtet, aber ihr Blick ging in die Ferne. Das letzte Lied, das sie noch hörte, war „Weihnachten zu Haus“. Wieder breiteten sich sehnsuchtsvolle Töne im Raum aus. Dann schlief sie ein.

Am nächsten Morgen trank Lenore nach dem Aufstehen rasch eine Tasse Kaffee, während Al das Feuer schürte, das er im Küchenherd angezündet hatte. Lenore beschloss, sich schnell die Schlagzeilen in der Zeitung anzusehen, bevor sie sich auf den Weg zur Arbeit machte. Zuerst warf sie einen Blick auf die erste Seite, dann auf die Lokalnachrichten und schließlich den Kulturteil. Sie erstarrte, als sie das Foto sah. Zuerst konnte sie den Sinn des Bildes nicht so recht erfassen. Er sah aus wie immer, aber er trug einen Smoking. Neben ihm stand eine Frau. Sie war ein rassiger, dunkelhaariger Typ, eine klassische Schönheit. Ihr figurbetontes rotes Kleid war fast bis zur Hüfte ausgeschnitten. Lenore las die Zeile unter dem Foto gleich zweimal. Sie konnte nicht fassen, was da stand.

„Das ist Serena", sagte Scott nüchtern, der in diesem Moment hinter ihr auftauchte und ihr über die Schulter sah.

„Du kennst sie?" Lenore wusste, dass diese Worte aus ihrem Mund kamen, aber die Stimme, die sie sagte, schien nicht ihr zu gehören, so schrill und verschreckt klang sie. Al drehte sich um. Seine Augenbrauen zogen sich zusammen.

„Klar kenne ich sie. Sie ist eine blöde Zicke."

Lenore konnte den Blick nicht von dem Bild abwenden. Sie hörte, wie Scott wieder die Treppe hochschlurfte, aber sie blieb sitzen und starrte unverwandt das Foto an.

„Ist alles in Ordnung?" Al setzte sich auf den Stuhl ihr gegenüber. Er wirkte besorgt, stellte Lenore beinahe klinisch distanziert fest. Plötzlich war in ihr dieselbe gläserne Leere wie damals, als sie Daniel den Heiratsantrag gemacht und er sich mit seiner Antwort so viel Zeit gelassen hatte. Jetzt hatte er diese Frau geheiratet. Diese Serena. Sie hieß Serena Le Masurier – so stand es in der Zeitung.

„Was hat sie, was ich nicht habe?", fragte sie Al. Dann lachte sie los. Noch immer klang ihre Stimme schrill und verzweifelt.

„Wie bitte?" Als Gesichtszüge verdüsterten sich.

„Diese Frau." Lenore knallte die Zeitung vor Al auf den Tisch, sprang auf, stellte sich hinter ihn und tippte mit dem Zeigefinger auf das Foto. Wieder lachte sie hysterisch auf.

„Was hat sie, was ich nicht habe?" Jetzt liefen ihr Tränen die Wangen herunter. Wütend packte sie die Zeitung, knüllte sie zusammen und warf sie auf den Boden. Sie merkte, wie Al um Fassung rang. Er starrte die zerknüllte Zeitung an, als wolle er dem Papier Gewalt antun. Dann ging er auf sie zu, packte sie an beiden Ellbogen und drückte sie sanft auf einen der Küchenstühle.

„Ganz ruhig", sagte er zu ihr. Seine Stimme klang zornig. „Bleib ganz ruhig", wiederholte er. Lenore hielt den Atem an, um ein erneutes Aufschluchzen zu unterdrücken. Sie griff nach einer Serviette.

„Was ist denn hier los?“ Mr Caputo kam im Morgenmantel die Treppe heruntergelaufen. „Stimmt etwas nicht?“ Er warf Al einen bösen Blick zu, als vermute er, dass der ehemalige Polizist an Lenores Tränen schuld sei.

„Sieh dir das mal an.“ Al deutete auf den Fußboden und beugte sich dann wieder beschützend über Lenore.

Mr Caputo hob die Zeitung auf, strich das zerknitterte Papier glatt und hielt es sich mit ausgestrecktem Arm vor die Augen. „Ich hab meine Brille oben liegen lassen. Was steht denn da?“

„Der Schönling hat geheiratet.“

Zuerst zeigte sich auf Mr Caputos Gesicht Verwirrung, aber dann ging ihm ein Licht auf. Er sah Lenore bekümmert an.

„Oh nein.“ Er ging zu ihr und legte den Arm um sie. „Oh nein“, sagte er noch einmal.

Al fluchte leise vor sich hin.

„Oh nein“, wiederholte Mr Caputo und klopfte Lenore sanft auf den Rücken.

Sie weinte noch eine Weile, dann ging sie zum Spülbecken, wusch sich das Gesicht und trocknete es sich mit einem Papiertuch ab. Sie hörte, wie Mr Caputo wie ein aufgescheuchtes Huhn herumgluckte, während Al wilde Drohungen gegen Daniel ausstieß. Ihr Blick fiel auf den kleinen Obstgarten, den sie angelegt hatte. Die Apfelbäume mussten dringend geschnitten werden. Warum fiel ihr das erst jetzt auf? Im Winter war genau die richtige Zeit dafür. Sie hätte sich sofort an die Arbeit gemacht, wenn sie nicht Dienst gehabt hätte. So jedoch drehte sie sich um, räusperte sich laut und verabschiedete sich von den beiden Männern. Obwohl sie ihnen versicherte, dass es ihr gut ging, spürte sie, wie sie ihr besorgt nachschauten.

Lenore fuhr durch den frostig kalten Dezembermorgen zum Krankenhaus. Im Osten der Stadt ging gerade langsam die Sonne hinter den Hochhäusern auf. Sie tauchte alles in ein rosiges Licht – die Wohnhäuser, die Masten der Telefonleitung, das Dach des Krankenhauses, die Funkantennen des Hubschrauberlandeplatzes. Erst als Lenore ihr Auto auf dem Parkplatz für Mitarbeiter parkte, merkte sie, dass sie vergessen hatte, ihr Mittagessen einzupacken, aber das störte sie nicht weiter. Sie brauchte kein Essen. Schon allein der Gedanke daran ließ ihren Magen rebellieren. Einen Augenblick lang fühlte sie sich genauso wie damals,

als Daniel … Nein, sie wollte jetzt nicht daran denken. Sie musste sich zusammenreißen. Doch in ihrem Inneren fühlte sie eine merkwürdige Starre und Kälte.

Nein, du heulst jetzt nicht, meldete sich ihr Gewissen drohend zu Wort. Sie erinnerte sich an einen Vorfall aus ihrer Kindheit. Ihre Mutter hatte sie und ihre Schwester wieder einmal bei einer neuen Tagesmutter untergebracht. Leslie hatte sich in eine Ecke gesetzt und sofort angefangen zu spielen, aber Lenore hatte weinen müssen. Die Tagesmutter, eine wild und gefährlich aussehende Frau, hatte Lenore mit einem messerscharfen Blick taxiert. „Nein. Du heulst jetzt nicht", hatte sie sie angefahren. Lenore hatte in die kleinen, harten Augen der Frau gestarrt und sofort gemerkt, dass mit ihr nicht zu spaßen war. Deshalb war sie gegen ihre Traurigkeit vorgegangen, indem sie ihre Fantasie spielen ließ und so tat, als müsse sie sich vor feindlichen Soldaten verstecken und der kleinste Laut könnte sie verraten. Jetzt fühlte Lenore sich genauso. Sie meinte noch immer die böse funkelnden, schwarzen Augen der Tagesmutter auf sich gerichtet zu fühlen, die sie anstarren würden, sobald sie sich umdrehte. *Nein. Du heulst jetzt nicht.*

Lenore meisterte ihren Arbeitstag ohne größere Komplikationen. Schließlich brauchten die Patienten ihre volle Aufmerksamkeit, und für sie hatte es den Vorteil, dass sie nicht zum Nachdenken kam. In gewisser Hinsicht war das ein Segen, aber es hatte auch Nachteile. Ihr Kontakt zu ihrem Herrn schien genauso gekappt zu sein wie ihre Verbindung zu ihren Gefühlen. Sie hatte ihm nichts zu sagen. Sie hatte keine Bitten an ihn. Ihr Herz war zu Eis erstarrt. Auf dem Heimweg stellte sie das Autoradio an. Sie wählte einen Nachrichtensender. Als sie zu Hause war, parkte sie das Auto vor dem Haus und sprach zum ersten Mal kein Dankgebet, sondern ging sofort hinein.

Edie hatte angerufen und ihr eine Nachricht hinterlassen. Der Zettel lag neben dem Telefon. Mr Caputo und Al behandelten Lenore so vorsichtig wie ein rohes Ei. Mrs Callahan sagte zwar nichts, aber Lenore sah, dass ihre Augen voller Mitleid waren. Sie ging nach oben, schlüpfte in eine Jogginghose und zog sich ihre warme Jacke an.

„Ich gehe spazieren", erklärte sie den anderen, als sie wieder herunterkam. „Ihr braucht mit dem Essen nicht auf mich zu warten."

„Moment mal." Al sprang rasch auf. „Es ist schon dunkel draußen."

„Mir wird schon nichts passieren." Lenore drehte sich um und ging davon, bevor er ihr widersprechen konnte. Sie war schon eine Zeit lang unterwegs, als sie merkte, dass Al ihr folgte wie ein großer, dunkler Schatten, wie ein ramponierter Schutzengel in einem abgetragenen Wollmantel.

Al sagte nie etwas, aber immer, wenn Daniels Name zufällig erwähnt wurde, murmelte er wüste Drohungen vor sich hin. Am zweiten Tag nach Daniels Hochzeit kam Mr Caputo in Lenores Zimmer. Er wollte mit ihr sprechen, aber Lenore ließ ihn abblitzen.

„Mir geht es prima", versicherte sie ein wenig zu schnell. Mr Caputo war sich dessen offensichtlich nicht so sicher, aber er ließ sie trotzdem allein. Lenore war erleichtert und traurig zugleich.

Sie folgte ihrer täglichen Routine, stand morgens auf, fuhr zur Arbeit und kam nach Feierabend wieder nach Hause. Dabei kam es ihr so vor, als würde sie sich bei der Verrichtung dieser Tätigkeit von außen beobachten. Noch schlimmer wurde es, als Carlene sie wieder einmal zum Essen ausführen wollte. Ein gemeinsamer Einkaufsbummel diente ihr als Vorwand. Ihre Freundin hatte jetzt eine gute Arbeitsstelle am Flughafen; zwischen den Flügen reinigte sie die Flugzeuge. Deshalb kaufte sie nicht mehr in Secondhandläden ein, sondern in Antiquitätengeschäften. Die beiden Frauen gingen in Wellingford in ein paar dieser Läden und Carlene schlug vor, dass sie mittags im *Blue Moon* einen Hamburger essen könnten.

„Klar doch", meinte Lenore, aber diesen Entschluss sollte sie noch bereuen. Sobald die beiden Freundinnen in dem Restaurant Platz genommen hatten, machte Carlene den Mund auf.

„Es wird endlich Zeit." Carlene fixierte ihre Freundin über den Rand ihres Kaffeebechers hinweg. „Wir müssen dringend über dein Liebesleben reden."

Lenore hatte keine Kraft mehr, auf diese Bemerkung mit Humor oder Ironie zu reagieren. Sie warf ihrer Freundin bloß schweigend einen düsteren Blick zu. „Da gibt es nichts zu bereden."

„Doch." Carlene hob beschwichtigend die Hand und Lenore fiel auf, dass sie ihre Fingernägel diesmal lila lackiert hatte. „Jetzt hör mir erst mal zu. Der Typ ist jetzt verheiratet. Edie hat es mir erzählt."

Lenore nippte an ihrer Cola und sah aus dem kleinen Fenster. Der Himmel war grau und mit dunklen Wolken verhangen.

„Es ist höchste Zeit, dass du dir einen Freund suchst." Anstatt etwas zu erwidern, musterte Lenore Carlenes Haar. Es war am Ansatz braun und die Spitzen waren blondiert. Das sei gerade der neueste Trend, hatte ihre Freundin ihr vor einer Woche erklärt. Lenore fand es seltsam, dass manche Frauen es darauf anlegten, mit wirrem, halb frisiertem Haar herumzulaufen. Carlene war eine hübsche Frau. Lenore betrachtete die zierliche, mit zarten Sommersprossen gesprenkelte Stupsnase ihrer Freundin, ihre von langen, dichten Wimpern umgebenen blauen Augen und ihr herzförmiges Gesicht. Für Carlene war gutes Aussehen etwas Selbstverständliches. Lenore fragte sich, wie es sich anfühlte, schön zu sein. Es fiel ihr schwer, sich das vorzustellen.

Carlene redete noch immer. „Zufällig weiß ich, dass Erik Ashland schon seit Jahren in dich verknallt ist!" Irritiert schüttelte sie den Kopf. „Aber ihr zwei seid so verklemmt, dass es Jahre dauern kann, bis es endlich zwischen euch beiden funkt."

Wieder schüttelte sie den Kopf. Dann wedelte sie mit der Hand vor Lenores Gesicht hin und her und schnippte mit den Fingern. „Hallo, ich rede mit dir!" Ihre Stimme klang leicht genervt.

„Ich hör dir doch zu", erwiderte Lenore. Carlene hatte ihr nichts Neues erzählt. Sie wusste selbst, was der Arzt für sie empfand. Außerdem hatte Edie vor ein paar Wochen ein ähnliches Gespräch mit ihr geführt. Die ältere Frau war dabei jedoch etwas diplomatischer vorgegangen als Carlene, die sich wie immer wie ein Elefant im Porzellanladen benahm.

„Mir ist aufgefallen, dass Erik Ashland mehr will als eine freundschaftliche Beziehung zu dir", hatte Edie vorsichtig gesagt. „Aber wenn er nur einen winzigen Schritt macht, scheinst du dich in die entgegengesetzte Richtung zu bewegen. Es kommt mir so vor, als wolltest du dich dadurch vor weiteren Verletzungen schützen."

Sie hatte ihre Hand auf die von Lenore gelegt. „Ich habe dich wirklich gern", hatte sie gesagt. „Deshalb möchte ich, dass du in deinem Leben alles hast, was Gott für dich will."

Plötzlich stand Lenore Eriks Bild vor Augen. Sie sah, wie er sorgfältig die Karteikarten las, bevor er seine Patienten untersuchte. Sie konnte seinen konzentrierten Gesichtsausdruck sehen, wenn er nachdachte.

Er kannte die Namen von fast allen Patienten. Besorgte Eltern rief er selbst an, und wenn sie wegen kleiner Wehwehchen mit ihren Kindern zu häufig in die Praxis kamen, hörte er ihnen trotzdem geduldig zu. Schließlich wusste er, dass auch er sich irren konnte.

Gelegentlich begegnete Lenore ihm, wenn auch längst nicht so oft wie damals, als sie für ihn gearbeitet hatte. Im Gottesdienst begrüßte er sie herzlich, und einmal in der Woche kam er bei ihnen vorbei. Er tat dann immer so, als wolle er Mr Caputo besuchen, um ihm ein Buch zurückzubringen oder sich ein neues auszuleihen. Dabei spielte es für ihn aber allem Anschein nach keine Rolle, ob Mr Caputo zu Hause war oder nicht. Meistens nahm Erik Ashland sich die Zeit, mit Lenore noch eine Tasse Kaffee zu trinken. Sie wusste, dass sie der eigentliche Grund für seine Besuche war, aber sie taten beide so, als ob er spontan bei ihnen hereinschauen würde, weil er ohnehin gerade in der Gegend war. Es fiel Lenore nicht schwer, sich sein Gesicht in Erinnerung zu rufen. Sein blondes Haar war an den Schläfen schon von silbrigen Strähnen durchzogen, seine Falten waren in den letzten Jahren ausgeprägter geworden und seine kühlen grauen Augen schienen immer auf einen Punkt in der Ferne gerichtet zu sein.

Zu den Büchern, die er Mr Caputo vorbeigebracht hatte, gehörte auch *Don Quijote*. Lenore fand, dass das passte. Erik war zwar nicht so naiv und weltfremd wie der verwirrte alte Mann, der gegen Windmühlen kämpfte, aber er schien die gleiche heldenhafte Entschlossenheit zu besitzen wie die Romanfigur. Jeden Tag begab er sich in Situationen, vor denen viele Menschen zurückschreckten. Er sah tagtäglich Kinder, deren Krankheiten er nicht heilen konnte, traurige und problembehaftete Teenager. Er hatte zu viele Patienten und zu wenig Zeit, um sich um jeden von ihnen intensiv zu kümmern. Dazu musste er noch mit seiner eigenen Trauer über den Verlust seiner Frau fertig werden. Vielleicht verhielt er sich ihr gegenüber deshalb so zurückhaltend. Lenore fragte sich, warum sie selbst so reserviert war. Ihr Ärger über Carlenes Einmischung verrauchte langsam.

„Du lässt den armen Kerl ständig abblitzen", sagte Carlene gerade. „Dabei fällt es ihm bestimmt nicht leicht, bei dir einen Annäherungsversuch zu wagen."

„Ich lasse ihn gar nicht abblitzen." Das war die Wahrheit. Erik war genauso vorsichtig wie sie selbst. Sie glichen zwei Stachelschweinen, die sich skeptisch begutachteten und jeden weiteren Schritt sorgfältig überdachten. Erst jetzt wurde Lenore bewusst, was Carlene danach gesagt hatte. „Was soll das heißen: Es fällt ihm bestimmt nicht leicht, bei mir einen Annäherungsversuch zu wagen?“

„Na ja, wenn die Kerle deine Vorgeschichte kennen, haben sie vielleicht ein bisschen Angst davor, sich mit dir zu verabreden. Wer kann schon mit einem Filmstar konkurrieren?“

Lenore wurde nachdenklich. Sie musste an Daniel denken – aber nicht an den Daniel, den sie von früher kannte. Damals, als sie noch mit ihm zusammen gewesen war, hatte er entspannt gewirkt, in Jeans und Sweatshirt auf dem Boden gesessen und mit Scott gespielt, auf dem Sofa gelegen oder Geschirr gespült. Aber diesen Daniel gab es nicht mehr. Lenore dachte an den dunkelhaarigen, gut aussehenden Mann auf dem Foto, der in seinem Smoking aufrecht dastand und auf seine strahlende Braut in ihrem leuchtend roten Hochzeitskleid herabblickte.

„Es gibt niemanden, mit dem ein Mann konkurrieren müsste“, presste sie schließlich hervor. „Unsere Beziehung – oder wie auch immer man es nennen will – war nicht von Dauer. Wir waren einfach nicht füreinander bestimmt.“

Sie versuchte sich vorzustellen, wie sie an der Stelle dieser Frau stand, rechts von Daniel, atemberaubend schön in einem leuchtend roten Kleid, wie Daniel sich zu ihr herunterbeugte, wie sie gemeinsam vor der Kamera posierten. Aber das Bild, das vor ihrem geistigen Auge auftauchte, erschien ihr wie eine seltsame Laune der Natur, so gefährlich wie ein Virus, so fragwürdig wie eine Mutation, so schlimm wie ein grotesker Fehler.

Mit einem tiefen Seufzer schüttelte Carlene den Kopf. Sie wechselte das Thema, aber Lenore wusste, dass sie es darauf nicht beruhen lassen würde. Es war bestimmt kein Zufall, als Erik Ashland sie am nächsten Tag anrief und sich mit ihr für den Silvesterabend verabredete.

23

Lenore ließ es über sich ergehen, dass Edie vorbeikam, um ihr beim Anziehen und Schminken zu helfen. Die mütterliche Freundin steckte ihr das Haar hoch, trug Rouge und Lippenstift auf, befestigte antike Granat-Ohrringe an ihren Ohrläppchen und legte ihr ein passendes Kollier um den Hals. Lenore trug ein dunkelrotes Kleid mit schwarzem Samtbesatz und Erik wirkte freudig überrascht, als er sie so sah. Sie kam sich beinahe frivol vor, war aber gleichzeitig verlegen, weil sie befürchtete, aus einer simplen Einladung zu viel gemacht zu haben. Doch damit lag sie falsch. Erik sah richtig vornehm aus in seinem grauen Anzug und hatte sich eine seidene Krawatte umgebunden. Er führte sie in ein elegantes, französisches Restaurant. Es war ihr furchtbar peinlich, wenn sich ihre Arme zufällig berührten oder sich seine Hand leicht auf ihren Rücken legte. Für sie war ein Rendezvous ein unnatürliches Ritual, ein seltsames Spiel. Ihr wäre es lieber gewesen, wenn sie darauf verzichten und ganz entspannt von einer Freundschaft zu einer Liebesbeziehung hätten wechseln können. Ihr Gespräch verlief stockend, wie ein Automotor, dem gerade das Benzin ausging und der daher nur noch stotternd lief. Offenbar fühlten sie sich beide etwas unwohl, weil diese Situation neu für sie war.

„Was machst du eigentlich in deiner knappen Freizeit, Erik?", fragte Lenore schließlich. Weil sie so verlegen war, sprudelten die Worte förmlich aus ihr heraus. Eriks Augen hatten etwas Merkwürdiges an sich. Obwohl er sie direkt ansah und ihr zulächelte, wirkte sein Blick seltsam distanziert.

„Ich lese gerne", entgegnete er.

„Welches Buch liest du gerade?" Sie wollte es ganz genau wissen.

„*Die Stadt Gottes* von Augustinus." Das war wirklich interessant und faszinierend. Sie nickte ihm aufmunternd zu und wartete, bis er weitersprach.

„In einem Abschnitt geht es darum, wie Gott die Finsternis vom

Licht trennt“, sagte er schließlich. „Augustinus meint, dass das der Zeitpunkt war, zu dem Satan aus dem Himmel ausgestoßen und die Hölle erschaffen wurde. Das alles kann man im ersten Buch Mose in zwei Versen zwischen den Zeilen lesen.“

Lenore wurde nachdenklich.

„Weißt du, Gott hat die Finsternis nicht als gut bezeichnet.“ Eriks Stimme klang ruhig und sein Gesicht zeigte keinerlei Emotionen. „Alles andere hat Gott gut genannt, nur die Finsternis nicht.“

Lenore musterte ihn schweigend. Er bemerkte ihren Blick allerdings nicht, weil er seinen eigenen Gedanken nachhing. Aber kurz darauf lächelte er sie an. Bis sie mit dem Essen fertig waren, unterhielten sie sich über die Arbeit. Beide waren froh, ein unproblematisches Gesprächsthema gefunden zu haben.

Nach dem Essen machten sie einen Spaziergang auf der Strandpromenade. Lenore war dankbar für Edies warmen schwarzen Wollmantel, aber immerhin regnete es nicht. Es war eine klare Winternacht. Die hell beleuchtete Fähre tuckerte langsam durch die Bucht und einen kurzen Moment lang wanderten Lenores Gedanken zu Daniel. Sie wusste nicht so recht, warum. Ob er und seine neue Ehefrau wohl in den Flitterwochen waren? Sie zwang sich, an etwas anderes zu denken. Als sie zu Erik hinübersah, bemerkte sie, dass auch er in die Ferne starrte. Plötzlich hatte Lenore ein schlechtes Gewissen. Auch für ihn war diese Situation nicht ganz einfach, und sie hatte nur an sich gedacht. Plötzlich empfand sie eine tiefe Zuneigung zu ihm. Schließlich war er für sie kein Fremder, sondern der Mann, der ihr geholfen hatte. Ihm verdankte sie ihre erste Arbeitsstelle. Sie kannte ihn. Als sie langsam weiterging, nahm sie seinen Arm, aber dabei fühlte sie sich so kühn, als überquerte sie auf einer schwankenden Brücke einen tiefen Abgrund. Erik reagierte auf diese vertrauliche Geste, indem er ihr sanft die Hand drückte. Seine Lippen umspielte ein schwaches Lächeln. Beinahe unmerklich glich er seine großen Schritte ihrem Tempo an.

Kurz darauf fuhren sie zu dem kleinen Nachtlokal am Pioneer Square, in dem sie den restlichen Abend verbringen wollten. Lenore gefiel die Live-Band, obwohl sie von Jazz nichts verstand. Um Mitternacht, als die anderen Paare das neue Jahr mit Jubelrufen begrüßten und sich küssten, beugte sich Erik vor und berührte mit seinen Lippen kurz ihren Mund. Plötzlich spürte sie, wie ihr heiß wurde. Ein seltsames

Gefühl befiel sie. Empfand sie etwa Angst? Lenore wusste es nicht, aber sie wünschte sich jetzt, sie hätte bei ihrem gemeinsamen Spaziergang die Hände in ihren Taschen gelassen.

Als der Abend sich seinem Ende zuneigte und Erik mit seinem alten Volvo vor dem Haus vorfuhr, spürte sie wieder diese seltsame Furcht in sich. Obwohl sie wusste, dass Erik dem gleichen Moralkodex folgte wie sie, war sie sich nicht sicher, ob sie ihn noch ins Haus bitten sollte oder nicht. Er parkte das Auto, öffnete die Beifahrertür für sie und begleitete sie zur vorderen Veranda. Lenore wusste nicht, was sie tun sollte. Wieder erschien ihr alles viel zu verwirrend und peinlich. Sie wollte nur noch eines: ins Haus gehen, sich aus dem Kleid schälen, ein warmes Bad nehmen und in ihr Flanellnachthemd schlüpfen.

Eigentlich könnte sie Erik Ashland einen Kuss geben, einen richtigen, bei dem sie ihn fest an sich drückte und ihm die Arme um den Hals schlang. Sie versuchte sich vorzustellen, wie sich sein Kinn in ihrer Hand anfühlen würde, so wie sie es von Daniel her kannte. Aber es wollte ihr einfach nicht gelingen. Zum Glück blieben ihnen beiden weitere Peinlichkeiten erspart. Bevor sie oder Erik etwas Verkehrtes sagen oder tun konnten, flog die Haustür auf. Scott und Derek rannten auf die Veranda. Beide Jungen hatten Feuerwerkskörper in der Hand.

„Was wollt ihr denn damit?", rief Lenore. Der darauf folgende Streit ließ keine romantischen Gefühle mehr aufkommen. Sie beschlagnahmten die Feuerwerkskörper und einigten sich schließlich auf die harmloseren Wunderkerzen. Erik zündete sie mit den langen Streichhölzern aus der Küche an. Dann setzten sie sich auf die Verandaschaukel und beobachteten die Kinder, wie sie an diesem kalten, dunklen Neujahrsmorgen miteinander spielten. Sie schwiegen, während die Jungen hin und her hüpften und mit den Wunderkerzen große Bögen und Spiralen in die Winterluft malten, und sahen zu, wie die hellen, goldfarbenen Funken die Dunkelheit erhellten und dann langsam verglühten. Lenore schloss die Augen. Sie konnte noch immer das warme, grelle Licht der Wunderkerzen sehen, auch als diese schon längst erloschen waren.

In den nächsten Wochen hörte sie zwei Mal von Erik. Einmal kam er zum Abendessen vorbei, das andere Mal wollten sie zusammen ins Kino gehen, aber dann bekam Scott eine Halsentzündung und die Verabredung fiel ins Wasser. Lenore war darüber nicht übermäßig enttäuscht.

Die Tage kamen und gingen, doch irgendetwas stimmte nicht. Sie hatte das dumpfe Gefühl, dringend etwas unternehmen zu müssen, aber sie wusste nicht so recht, was. Während sie wieder einmal darüber nachdachte, erschien vor ihrem geistigen Auge ein Bild. Sie sah sich selbst auf den Knien. Natürlich hatte sie die ganze Zeit über gebetet, aber ihre Gebete waren kurz und knapp gewesen, wie die wortkargen Erwiderungen gegenüber einem Ehemann, der sie zutiefst verletzt hatte und sich nicht bei ihr entschuldigen wollte. Sie ging in den Gottesdienst und hörte den Predigten aufmerksam zu. Aber in ihrem Herzen war es so kalt und trostlos wie in den regnerischen Wintern in Seattle.

Edie versuchte mit ihr darüber zu reden, als die beiden Frauen wieder einmal zum Mittagessen in ein Restaurant gingen. „Du bist nicht so wie früher“, sagte sie. Auf ihrem freundlichen Gesicht zeigten sich tiefe Sorgenfalten. „Ich weiß, dass dich die Sache mit Daniel durcheinandergebracht hat.“

„Ach, meine Beziehung zu Daniel liegt schon so lange zurück. Ich will gar nicht mehr darüber reden“, erwiderte Lenore. Ihre Stimme klang schroffer als beabsichtigt.

„Das ist auch in Ordnung so. Vielleicht ist es sowieso besser, keine Worte mehr darüber zu verlieren.“ Lenore war überrascht, dass Edie ihr zustimmte. „Was soll man denn auch noch dazu sagen?“ Edie nahm noch einen Schluck Wasser und drückte dann ihre Zitrone aus. „Vorbei ist vorbei. Schließlich ist er jetzt verheiratet.“

Lenore spürte, wie diese Worte sie wütend machten. *Vorbei ist vorbei?* War das etwa alles? Sie wollte gerade den Mund aufmachen, um etwas darauf zu erwidern, als Edie weitersprach.

„Ich will dir eigentlich etwas ganz anderes sagen. Ich finde, du solltest etwas Neues wagen. Dein Leben verändern.“

Dieser Vorschlag überraschte Lenore, weil er wie aus heiterem Himmel kam und so gar nicht zu ihrer besonnenen Freundin passte. „Was willst du damit sagen? Was soll ich denn tun?“

„Das weiß ich nicht so genau.“ Edie schüttelte den Kopf. „Aber du könntest es im Gebet vor Gott bringen.“

Lenore folgte dieser Empfehlung und kam zu demselben Schluss wie ihre Freundin. Genau da lag ihr Problem, stellte sie erleichtert fest. Sie langweilte sich, weil sie Tag für Tag das Gleiche machte. Eine Woche später schaute sie nach der Arbeit noch auf der Intensivstation vorbei. Dorthin kamen die Unfallopfer oder schwer Erkrankten, die entweder per Hubschrauber oder im Notarztwagen bei Ihnen angeliefert wurden. Hier lagen die Patienten, denen sonst niemand helfen konnte. Ihre Freundin Anita hatte sich vor ein paar Monaten von der Chirurgie hierher versetzen lassen. Lenore sprach kurz mit ihr. Dann ging sie durch die Station und plötzlich spürte sie, wie ihr Blut in Wallung geriet. Als dort eine Stelle frei wurde, bewarb sie sich und wurde eingestellt. Erst musste sie eine dreimonatige Schulung mitmachen. Es war anstrengend. Dreimal pro Woche drückte sie die Schulbank und an zwei Tagen arbeitete sie auf der Station.

Ihr seelischer Schmerz schien jedoch nachzulassen. Da sie auf der Intensivstation ständig unter Spannung stand, kam sie nicht zum Nachdenken. Wichtig waren nur die Patienten, die vor ihr lagen. Viele von ihnen waren lebensgefährlich verletzt oder schwer krank. Auf der Station herrschte ein ständiges Kommen und Gehen. Die Schwestern wechselten alle paar Tage die Patienten, damit sie keine zu enge Bindung entwickelten und es sie nicht aus der Bahn warf, wenn sie bei Dienstbeginn ein leeres Bett vorfanden. Vielleicht brauchte Lenore diese Ablenkung von ihrem eigenen Kummer. Allmählich fühlte sie sich besser. Sie begann wieder zu beten, richtig zu beten und als sie erst einmal zu Gott zurückkehrte, schämte sie sich für ihre Wut. Sie merkte, wie er sie wieder zu sich zog, und ihr wurde klar, dass er sie immer lieben würde, gleichgültig, was sie tat. Sie traf sich auch weiter mit Erik. Ihre Verabredungen blieben allerdings unromantisch, weil sie beide Angst hatten, die Grenze zwischen Freundschaft und Beziehung zu überschreiten. Sie wussten, dass sich alles verändern würde, wenn sie diesen Schritt wagten.

Als der Sommer begann, war Lenore fast wieder die Alte. Ihre Freunde und ihre Mitbewohner waren erleichtert, als sie sahen, dass sie wieder im Garten arbeitete. Sie pflanzte Kartoffeln, Karotten und Zwiebeln in langen Reihen, auf anderen Beeten setzte sie Blumenkohl, Steckrüben und Broccoli, Sonnenblumen, Weißkohl und Zucchini. Im Herbst, als Lenore die herrlich duftenden Früchte ihrer Arbeit erntete, war Daniel geschieden.

24

„Wenn Sie nichts mehr brauchen, gehe ich jetzt nach Hause, Mr Monroe.“ *Es gibt immer noch Beständigkeit in meinem Leben*, dachte Daniel. Esperanza, seine Haushälterin, und Sylvia, seine Agentin, blieben ihm erhalten. Alle anderen waren neu. Ihm wurde klar, dass sein Leben einem Theaterstück glich, bei dem alle paar Jahre die Besetzung komplett ausgetauscht wurde. Man konnte es auch mit den Gruppen-Interviews vergleichen, die er immer dann über sich ergehen lassen musste, wenn ein neuer Film mit ihm in die Kinos kam. Alle dreißig Minuten saß er mit acht oder zehn neuen Reportern an einem Tisch. Es waren immer wieder neue Gesichter, aber dieselben Fragen. Zuerst kam die eine Gruppe, dann hatte er eine Minute Ruhe, bevor die nächste Gruppe eintraf. In seinem Leben war es genauso. In der letzten Zeit war es von Serena und ihrem Gefolge belegt gewesen, aber jetzt hatte sich das wieder geändert. Serena war fort und ihr Personal auch, zusammen mit ihren gemeinsamen Freunden. Jetzt war er wieder an genau demselben Punkt, an dem er sich befunden hatte, als er sie kennengelernt hatte. Nur seine Agentin und seine Haushälterin waren noch da – und natürlich die Trittbrettfahrer. Er konnte hören, wie sie sich wieder einmal stritten. Im Hintergrund wummerte ihre laute Rap-Musik.

„Ist gut, Esperanza“, sagte er zu seiner Haushälterin. „Bis morgen dann.“ Er sah ihr nach, als sie durch die Hintertür hinausging und verspürte plötzlich den seltsamen Drang, ihr zu folgen und sie zu bitten, ihn mit zu sich nach Hause zu nehmen, damit er mit ihr zu Abend essen könnte. Ihm wäre alles recht, ob sie nun Hackbraten, Tacos oder Spaghetti machte.

„Ich hab dir doch gesagt, es war Vic Damone!“ Trotz der Geräuschkulisse konnte er hören, wie Donelle sich mit seinem Cousin stritt. Daniel ging am Wohnzimmer vorbei. Er sah, wie sie und ein paar ihrer Freunde sich im Nebenzimmer auf Sesseln und Sofas herumlümmelten. Am liebsten hätte er sie alle weggeschickt, aber es schien ihm die Mühe nicht wert zu sein. Stattdessen ging er nach oben. Er wollte zuerst duschen und dann versuchen zu schlafen. Woran lag es eigentlich, dass sowohl Arme als auch Reiche ständig von einer ganzen Armee von Schmarotzern umgeben zu sein schienen? Er erinnerte sich an die Zeit, als Lenore und er in der Wohnung in der Verdara Street gewohnt hatten. Ihre direkten Nachbarn hatten von der Sozialhilfe gelebt. Das wusste er, weil diese Leute immer Wutanfälle bekommen hatten, wenn die Zahlungen zu spät eingegangen waren. Dann hatte es da noch eine Frau mit blondiertem Haar gegeben. Er wusste sogar noch ihren Namen. Sie hieß Bobbie Garrison und wohnte zusammen mit ihrer erwachsenen Tochter in der Wohnung unter ihnen.

Außerdem hingen in der Wohnung zu jeder Tages- und Nachtzeit manchmal bis zu fünf Personen herum, und natürlich blockierten sie ständig Daniels Parkplatz. An Sommerabenden saßen sie stundenlang auf der Terrasse und rauchten. Die Enden ihrer Zigaretten glühten wie rote Lichter in der Dunkelheit. Sie tranken Bier und stritten sich darüber, wer die nächste Runde holen musste. Ab und zu schimpften sie lautstark mit den Kindern, die zu lange aufblieben und noch immer auf dem Parkplatz spielten.

Heute sah sein Leben im Prinzip genauso aus, aber heute war er Bobbie Garrison. Jeder Tag war so langweilig wie der vorherige und jeder Tag drehte sich um Banalitäten. Jeden Tag war er umgeben von Leuten, die er kaum kannte, die sich aber aus seinem Kühlschrank bedienten, vor seinem Fernseher saßen und seine alkoholischen Getränke konsumierten. Daniel versuchte, sich an die Namen dieser Leute zu erinnern. Wenn ihn sein Gedächtnis im Stich lassen sollte, konnte er immer noch nach unten gehen und ihnen einen Besuch abstatten. Da war zum Beispiel Andrew. Daniel hatte Mitleid mit ihm gehabt, als er ihm eines Abends nach den Dreharbeiten in einer Bar begegnet war. Andrew war ebenfalls Schauspieler und die beiden Männer hatten bei mehreren Werbefilmen zusammengearbeitet. Er hatte Daniel erzählt, dass er gerade weder eine Arbeit noch eine Übernachtungsmöglichkeit habe.

Dann war da noch Donelle, der Leibwächter, den Daniel vor vielen Jahren engagiert hatte, nachdem eine krankhaft hartnäckige Verehrerin ihn ständig angerufen und ihm Briefe geschickt hatte. Als sie schließlich sogar den Zaun hochgeklettert war und auf der vorderen Veranda einen Liebesbrief platziert hatte, hatte Donelle seinen Cousin Tyrell als Wachmann für das Grundstück engagiert. Auch er war jetzt unten bei den anderen.

Natürlich war da auch noch Esperanza, seine wunderbare Haushälterin. Aber sie ging jeden Abend nach Hause. Genauso wie der Landschaftsgärtner und sein Helfer. Viermal in der Woche kam sein Fitnesstrainer vorbei und all diese Leute hatten natürlich Freunde, die immer einen Grund hatten, hier bei ihm herumzuhängen. Außerdem war Denise in letzter Zeit immer öfter hier, und wo sie war, war ihr Heer von Assistenten und Mitarbeitern nicht weit. Es wurde gleich ruhiger, wenn sie mal nach Hause fuhr, so wie heute Abend. Dann gab es natürlich auch noch die Besucher, die einen Grund hatten, bei ihm vorbeizuschauen. Das waren Leute, die eine Unterschrift brauchten oder ihm eine Nachricht überbrachten. Aber auch sie schienen immer ein bisschen länger als nötig zu bleiben, um noch etwas zu essen oder zu trinken.

Daniel ließ seine Kleider einfach auf den Boden fallen und stellte sich unter die Dusche. Das heiße Wasser fühlte sich auf seinem Rücken an wie spitze Nadeln. Aber es war ein gutes Gefühl, so normal. Vielleicht hatten er und Bobbie Garrison letzten Endes eines gemeinsam: Aus verschiedenen Gründen führten sie beide kein normales Leben. *Ein normales Leben.* Daniel versuchte sich zu erinnern, welche Bedeutung diese Worte überhaupt hatten. Ein normales Leben – das bedeutete, beim Klingeln eines Weckers aufzustehen, unter die Dusche zu gehen und sich dann auf den Weg zur Arbeit zu machen, zu einer Arbeit, bei der man wirklich etwas tat, etwas anfertigte oder andere Leute bediente. Am Ende eines Tages in einem normalen Leben hatte man etwas geschafft. Man hatte vielleicht Autos verkauft, Türen an Flugzeuge genietet, Zäune aufgestellt oder Häuser gebaut. Zu einem normalen Leben gehörte auch, dass zu Hause die Familie auf einen wartete, vielleicht nur eine Person, vielleicht drei oder vier, wenn man Kinder hatte. Aber es waren jeden Tag dieselben Menschen, zu denen man zurückkehrte. Nach Feierabend machte man etwas ganz Normales. Man bereitete zum Beispiel ein Abendessen zu, eine vollständige Mahlzeit, die aus Fleisch und Gemüse bestand. Die Zutaten dafür hatte man natürlich selbst im Supermarkt oder im Lebensmittelladen gekauft und wenn schließlich alles auf dem Tisch stand, aß die ganze Familie zusammen. In einem normalen Leben aß man etwas Vernünftiges, nicht irgendwelche Kleinigkeiten aus der Mikrowelle oder irgendwelches Fingerfood, das man schnell hinunterschlang, während man im Auto saß oder in einem zur Garderobe umgebauten Wohnmobil. Im richtigen Leben gab es jemanden, der nicht perfekt war, der vielleicht spitze Schultern hatte. Er musste lächeln, als er daran dachte, wie dünn sie immer gewesen war. Im richtigen Leben ging man jeden Abend mit derselben Frau ins Bett und wachte jeden Morgen neben ihr auf. Man genoss die Wärme, wenn man sich unter der Bettdecke aneinanderkuschelte, bis es Zeit war zum Aufstehen.

Daniel trat aus der Dusche heraus und trocknete sich ab. Als er in den Spiegel sah, starrte ihm sein Gesicht vollkommen regungslos entgegen. Es wirkte wie erstarrt und einsam. Ihm fehlten die Strukturen des täglichen Lebens, die langweiligen, banalen Dinge des Alltags, die aber nötig waren, um etwas anderes hervorzubringen als einen egozentrischen Schauspieler wie ihn selbst. Er trocknete sich vor dem Spiegel ab, achtete dabei jedoch kaum auf seinen braun gebrannten, durchtrainierten Körper, weil er beinahe den Eindruck hatte, dass er einem anderen gehörte.

Er war erfolgreich. Das musste er sich immer wieder sagen, und manchmal holte er diesen Gedanken hervor wie ein abgetragenes, aber bequemes Kleidungsstück. Nach dem Karriereknick durch den Unfall war es wieder aufwärts gegangen. Serena und seine Agentin hatten recht behalten. Ihre Hochzeit und die spätere Scheidung hatten die Medien und das Publikum offenbar von diesem leidigen Vorfall abgelenkt. Seine Haftstrafe war schon fast in Vergessenheit geraten. Seitdem hatte er bereits mehrere wichtige Rollen gespielt, sodass er eindeutig auf dem aufsteigenden Ast war und kurz davor stand, eine Berühmtheit zu werden. Sein nächster Film würde für seinen endgültigen Durchbruch als Kinodarsteller sorgen. Das sagten alle und Daniel wusste, dass das nicht nur so dahergeredet war, um seinem Ego zu schmeicheln. Es war die Wahrheit. Als er sich das ins Gedächtnis rief, stieg in ihm eine Begeisterung auf, die ihm scheinbar Flügel zu verleihen schien. Aber in seinem tiefsten Inneren wusste er auch, dass das alles ein groß angelegter Betrug war, ein ausgeklügelter Scherz. Hollywood war eine Stadt voller Egoisten. Das war ihm in aller Schärfe deutlich geworden.

Jeder Schauspieler, jede Schauspielerin meinte, er oder sie sei allein im Raum. Alle schnitten sich einen Film so lange zurecht, bis nur noch ihr eigenes Gesicht übrig blieb, perfekt ausgeleuchtet und mit einem strahlenden Lächeln direkt in die Kamera. Daniel musste an die Sage von Narziss denken, dem jungen Mann, der das Mädchen, das ihn liebte, zurückgewiesen hatte und der sich zur Strafe in sein eigenes Spiegelbild verliebte.

Seit Neuestem befiel Daniel ein seltsames Gefühl, wenn er sich selbst auf Bildern sah. Er hatte das Gefühl, den Mann auf den Fotos nicht zu kennen. Natürlich war er es, aber gleichzeitig meinte er, er sehe einen Fremden. Fast schien es, als habe er sich vollkommen von sich selbst distanziert. Das war seltsam, denn zu Beginn hatte er das ganz anders empfunden. Er erinnerte sich noch, wie er anfangs gemeint hatte, er sei tatsächlich die Person auf dem Foto, in dem Werbespot, im Film. Eine Zeit lang hatte er dieses Gefühl sogar genossen, hatte sich frei gefühlt und gedacht, er könnte in die Haut eines jeden Menschen schlüpfen. Inzwischen fühlte er sich längst nicht mehr frei. Stattdessen erfasste ihn immer häufiger eine eiskalte, dumpfe Angst. Wenn das Spiel einmal aus wäre, könnte er sich dann überhaupt noch daran erinnern, wer er wirklich war, wer der wahre Daniel Monroe war?

Daniel goss sich ein Glas Likör ein und nahm einen Schluck. Das Getränk rann ihm wie heißes Glas die Kehle herunter. Er setzte sich in den Sessel neben seinem Bett, legte den Kopf zurück und versuchte sich an etwas Wahres, Echtes zu erinnern. Plötzlich dachte er an eine bestimmte Szene und war darüber völlig überrascht. Die Erinnerung machte sich zuerst als Klang bemerkbar. Das Bild vor seinem geistigen Auge kam erst später hinzu. Daniel hörte die perlenden Töne eines Klaviers zunächst wie ein Echo aus der Vergangenheit, aber dann schwollen sie langsam zu voller Lautstärke an. Näselnde Stimmen schlossen sich dem Klavier an und ließen die Melodie zu einem Klagelied werden. *„Wenn ich die Welt gewinne und hab doch meinen Heiland nicht, was wäre dann mein Leben wert?"*

Er erinnerte sich, wie er zugehört hatte, als die anderen diese Frage sangen und wie er am liebsten davongelaufen wäre. Aber wie immer war er eingekeilt gewesen zwischen dem kräftigen, von der Arbeit im Kohlebergwerk gestählten Körper seines Onkels und denen seiner drei wohlerzogenen Cousins. Er sah vor seinem geistigen Auge sich selbst, wie er mit den Füßen gegen die Rückseite der Kirchenbank trat. Er sah seine schmutzigen Hände mit den Trauerrändern unter den Fingernägeln, den stumpfen Bleistift, mit dem er auf dem Programmzettel Bilder zeichnete, seine dünnen Unterarme, auf denen er die Härchen zählte. Er hatte alles Mögliche getan, um die Zeit zu überbrücken. Auch nach all den Jahren meinte Daniel noch, den muffigen Gestank des Gesangbuchs in der Nase zu haben. Er konnte noch immer sehen, wie das Sonnenlicht sich einen Weg durch das bunte Kirchenfenster bahnte, durch das hell strahlende Mosaik, das Jesus beim Gebet im Garten zeigte. Er erinnerte sich an jedes Detail – an die hölzerne Rückenlehne der Kirchenbank, die Umschläge für die Kollekte, das Zählbrett, an dem man ablesen konnte, wie viele Leute die Sonntagsschule besucht hatten. Er dachte an all die Sonntage, die er in der Baptistengemeinde verbracht hatte.

„Kommt mein sehnend Herz zur Ruhe in den Dingen, die so bald vergehn?"

Als ihm diese Worte des Liedes in den Sinn kamen, wurde ihm wieder bewusst, dass alles vergänglich war, dass nichts Bestand hatte. Das hatte er schon als Kind gewusst. Daniel schloss die Augen und meinte, sein Kopf lehnte an der Rückenlehne der Kirchenbank, während die Stimmen weitersangen.

„Wenn ich die Welt gewinne und hab doch meinen Heiland nicht,
was wäre dann mein lebenslanges Streben wert?
Sind alle Freuden dieser Welt denn mehr als nur ein Augenblick
des Lebens in meines Heilands Licht?"

Die Worte durchdrangen ihn. Dann meinte Daniel plötzlich, freundliche Stimmen zu hören und sanfte Hände zu spüren. Seine Erinnerungen verschmolzen zu einem bunten Kaleidoskop. Jetzt sah er nicht nur die Kirchengemeinde, sondern auch seinen Onkel und seine Tante, sein Leben in ihrem Zuhause. Es war ein guter Ort zum Aufwachsen gewesen, aber sein Leben dort war nicht von Dauer gewesen. Er war dort ein Gast geblieben, ein Besucher. Obwohl man sich um ihn kümmerte, ihn wusch, badete und ihm zu Essen gab, obwohl er die abgelegten Jeans, Hemden und Schlafanzüge seiner Cousins getragen, obwohl er mit allen fünf an einem Tisch gesessen und im untersten

Stockbett geschlafen hatte, hatte er nicht wirklich dazugehört. Obwohl Tante Dorothy ihm jeden Morgen das Haar gekämmt und ihm wie den anderen drei sein Mittagessen in einer braunen Papiertüte mitgegeben hatte, war er ein Außenseiter geblieben.

Daniel summte die anderen Verse des Liedes und war überrascht, dass er den Text im Gedächtnis behalten hatte. Aber es war auch das Lieblingslied seiner Tante gewesen. Sie hatte es gesungen, wenn sie gekocht oder geputzt hatte. Jetzt kam es ihm so vor, als ob sie ihn schon damals vorbereitet hätte auf die Frage, die er eines Tages beantworten musste.

„Was ist es wert, wenn ich Reichtum hab und Liebe rein und hehr,
und einen Namen, den man ehrt von nah und fern,
und hab doch keine Hoffnung, die mich trägt zu meinem Herrn,
und hab doch keinen Hafen für mein Schiff auf sturmgepeitschtem Meer.
Wenn ich die Welt gewinne und hab doch meinen Heiland nicht,
der litt und starb am Kreuze auch für mich, der stillt den Sturm auf hoher See,
wo ist dann meine Zuflucht, der Ort, wohin in meiner Angst ich geh?"

Plötzlich fühlte Daniel sich sehr müde. Er goss sich noch einen Likör ein. Vor seinem geistigen Auge erschien Lenore und drängte die anderen Erinnerungen in den Hintergrund. In letzter Zeit musste er oft an sie denken. Häufig kamen die Gedanken an ihr hageres Gesicht und ihr dickes, rotbraunes Haar in den seltsamsten Momenten. Er erinnerte sich an sie, wie sie damals gewesen war, so warm und lebendig. In ihrer Nähe hatte er die gleiche Wärme und das gleiche Leben in sich gespürt. Sie war manchmal zwar zurückhaltend und ungeschickt gewesen, aber sie war immer lebendig. Es war seltsam, dass er zwar schon mit vielen Frauen zusammengewesen war und jede Frau haben konnte, die er wollte, sich aber trotzdem nach diesem Wesen mit den knochigen Schultern und dem spitzen Kinn sehnte. Sogar jetzt könnte er seine einsame Grübelei beenden, indem er den Telefonhörer abnahm und eine x-beliebige Nummer wählte. Er brauchte nicht allein zu sein. Innerhalb einer Stunde könnte er fast jede Frau, die er wollte, hier haben.

Lenore Vine. Er dachte daran, wie sie ihm einmal erklärt hatte, welche Bedeutung ihr Name hatte. Lenore bedeutete wohl „beruhigend" und Vine leitete sich von „Weinstock" ab. Ein beruhigender Weinstock. Ja, das war sie, und er sehnte sich nach Beruhigung. Er sehnte sich danach, im kühlen Schatten eines Weinstocks zu sitzen. Das wäre eine wahre Freude. Wieder nippte Daniel an seinem Likör und dann erkannte er die Wahrheit. Er hatte die Welt gewonnen, eine große, betriebsame Welt, in der wichtige Geschäfte gemacht wurden, viel Werbung und viel Geld, eine Welt, in der die Leute über jede seiner Äußerungen sagten, dass sie geistreich und humorvoll sei, auch wenn das nicht stimmte. Die Welt, die er gewonnen hatte, trennte Lichtjahre von der winzigen Wohnung, in der Lenore und er gelebt hatten. Und dennoch hatte er jedes Mal seine Zweifel, wenn sie ihm eine Geburtstags- oder Weihnachtskarte schickte. Immer lagen Fotos von Scott bei und so hatte er nachvollziehen können, wie aus dem niedlichen Kind nach und nach ein schlaksiger Junge geworden war. Er hatte jedes Mal seine Zweifel, wenn er am Telefon ihre Stimme hörte. Er war immer da, dieser Gedanke. Was würde passieren, wenn er sie anrufen würde? Es war jetzt schon viele Jahre her, aber er wusste, dass er nie für das bezahlt hatte, was er ihr angetan hatte. Er fragte sich, ob sie noch immer das Gefühl hatte, dass er ihr etwas schuldete – eine Entschuldigung, eine Erklärung. Er wollte schon zum Telefon gehen, sie anrufen und ihr eine anbieten, aber dann erfüllte ihn der bloße Gedanke mit Scham. Er konnte sie unmöglich anrufen, wenn er betrunken war. Daniel schüttelte den Kopf und goss sich noch ein Glas Likör ein. Er blieb im Sessel sitzen und trank, bis er einschlief.

25

2000

Scott wusste nicht so genau, warum er bis acht Uhr abends mit Jason und Tyler im *Kidd-Valley*-Imbiss geblieben war. Vielleicht lag es daran, dass Mr Caputo ihn heute Nachmittag so missbilligend angesehen hatte, als er gerade hatte gehen wollen. Der ältere Mann hatte kopfschüttelnd seine Haare betrachtet und Al hatte drohend mit dem Finger auf ihn gezeigt und gesagt: „Sieh zu, dass du spätestens um fünf wieder zu Hause bist, mein Freund."

„Sieh zu, dass du spätestens um fünf wieder zu Hause bist, *mein Freund"*, äffte Scott Al nun nach, um seinem Ärger Nachdruck zu verleihen. Während er allein in der dunklen Küche saß und darauf wartete, dass die übrigen Hausbewohner von dem Geburtstagsessen zurückkamen, zu dem sie seine Mutter ausgeführt hatten, zählte Scott noch einmal all die Gründe auf, warum er nicht das machen wollte, was alle von ihm verlangten. Er fragte sich, ob seine Mutter wütend auf ihn sein würde. Zwar meldete sich daraufhin sofort sein schlechtes Gewissen, aber er hatte die Nase einfach voll von ihren ständigen Forderungen. In Gedanken spielte er ihre vielen Fragen noch einmal in Gedanken durch. „Scott, hast du deine Hausaufgaben gemacht?", „Scott, Mr Jackson hat schon wieder angerufen, weil du zu spät zum Unterricht gekommen bist", „Scott, warum warst du letzten Freitag nicht in der Schule?", „Scott, wohin gehst du, wenn ich dich mit dem Auto zur Jugendstunde fahre?" Immer diese Fragen und diese ständigen Nörgeleien. Und dann versuchte sie auch noch permanent, ihm irgendwelche Kerle aufzudrängen, die ihm den Vater ersetzen sollten. Dabei hatte er einen Vater. Er brauchte diese billigen Ersatzfiguren nicht, die seine Mutter anschleppte. Scott schnippte mit den Fingern. Sein Vater wäre in Null Komma Nichts hier, wenn er ihn brauchen würde. Aber das wäre unnötig, denn Scott hatte ohnehin vor, nach Los Angeles zu fliegen. Er wollte bei seinem Vater wohnen. Schließlich war er schon sechzehn, also alt genug, um seine eigenen Entscheidungen zu treffen. Bei seinem Vater würde er es besser haben als hier. Seattle war sowieso eine Stadt für Versager.

Als Scott hörte, wie das Auto seiner Mutter vor dem Haus anhielt, verdrehte er unwillig die Augen. Dann stand er rasch auf und knipste das Licht an. Es sollte nicht so aussehen, als habe er hier gesessen und auf sie gewartet. Er wusste, dass es seine Mutter und die anderen Hausbewohner waren, die soeben vor dem Haus gehalten hatten. Dieses Auto konnte man schon hören, wenn es noch meilenweit entfernt war. Wütend schüttelte Scott den Kopf. Es war ihm peinlich, dass seine Mutter dieses Auto fuhr. Es war ein Lincoln aus dem Jahr 1981. Seine Mutter hatte ihn zu einem günstigen Preis bekommen, weil der eine Kotflügel eingedrückt war. Al bot ihr immer wieder an, er könne auf dem Schrottplatz nach einem neuen Kotflügel suchen, aber seine Mutter meinte, diese Delle sei doch nicht so schlimm. Es sei viel teurer, wenn man den neuen Kotflügel umspritzen lassen müsse. Wegen dieses Autos hatten sie schon viel Streit gehabt. Jedes Mal, wenn seine Mutter ihn von der Schule abholte, sagten seine Freunde: „He, Scott, dein Kreuzfahrtschiff kommt um die Ecke.“ „He, Scott, dein *Traumschiff* legt jetzt an.“ „He, Scott, die *Queen Mary* fährt gerade über die Kreuzung.“ Warum konnten sie kein normales Auto haben? Oder einen coolen Wagen wie sein Vater? Wenn sein Vater mit seinem Porsche vor der Schule vorfahren würde, würde niemand mehr lachen. Er hatte es satt, ständig ausgelacht zu werden.

Die Haustür ging auf und Mr Caputo kam in die Küche. „Wo bist du denn gewesen?“, fragte er in diesem unerträglichen Flüsterton, der eher ein leises Rufen war. Der alte Mann war wütend, aber in seiner Wut sah er irgendwie witzig aus. Sein Gesicht war zu einer seltsamen Grimasse verzogen und die wenigen Haarsträhnen, die er noch auf dem Kopf hatte, umrahmten wirr seine Glatze. Scott verkniff sich ein Lachen, aber lächeln musste er trotzdem.

„Das ist nicht witzig, junger Mann“, sagte Al. Der ehemalige Polizist war soeben hinter Mr Caputo getreten.

Als Angie hereinkam, warf sie Scott einen mitleidigen Blick zu. Dann verdrehte sie hinter Mr Caputos Rücken die Augen, ging zum Spülbecken und goss sich ein Glas Wasser ein. Angie zeigte es ihnen allen. Jedes Wochenende schlich sie sich weg und ging mit ihren Freunden auf irgendwelche Partys. Das nächste Mal würde er mitgehen. Was machte es schon, wenn sie ihn dabei erwischten!

Al starrte Scott böse an und ging dann zu Scotts Erleichterung nach unten. Der ehemalige Polizist konnte manchmal unberechenbar sein. Mr Caputo warf ihm einen kalten Blick zu und einen kurzen Moment lang fühlte Scott sich schlecht. Es kam ihm so vor, als ob Mr Caputo ihn nicht einmal mehr mögen würde.

Mrs Callahan kam in die Küche und stellte die Kaffeemaschine an. Sie bedachte Scott mit einem Kopfschütteln und klapperte mit ihrem Gebiss. Als er hörte, wie seine Mutter und Edie sich im Esszimmer unterhielten, kam ihm die Idee, dass er sich durch die Diele schleichen und nach oben gehen könnte, doch gerade als er aufstehen wollte, wurden die Stimmen lauter. Seine Mutter kam herein.

„Scott, wo bist du bloß gewesen?" Ihre Stimme klang eher verletzt als wütend. Wieder meldete sich Scotts schlechtes Gewissen, aber dann gewann der Ärger die Oberhand.

„Ich bin nur ein bisschen spät dran gewesen", log er. „Wir müssen uns ganz knapp verpasst haben. Tut mir leid." Das war wieder eine Lüge.

Seine Mutter sagte nichts, sondern sah ihm direkt in die Augen, so lange, dass es ihm peinlich wurde. Dann schüttelte sie fast unmerklich den Kopf und ging hinaus, um ihren Mantel aufzuhängen. Edie sah ihn ebenfalls an, aber in ihrem Blick lag keine Wut oder Verärgerung, sondern eher eine leichte Neugier, als wollte sie ihm eine Frage stellen, die sie sich nicht selbst beantworten konnte. Es schien sich nicht um eine dieser unechten Fragen zu handeln, mit denen ihn die anderen traktierten, nur damit sie auf ihm herumhacken konnten. Aber dann kam seine Mutter zurück. Edies Mund verzog sich zu einem schwachen Lächeln und dann setzte sie ihr Gespräch mit seiner Mutter fort. Ein paar Minuten später merkte Scott, dass niemand auf ihm herumhacken wollte, zumindest nicht heute Abend. Mr Caputo und Mrs Callahan holten die Geburtstagstorte aus dem Kühlschrank und überlegten laut, wie sie den Kuchen am besten schneiden sollten. Angie hatte sich ins Arbeitszimmer zurückgezogen und den Fernseher eingeschaltet. Al war unten in seiner Holzwerkstatt und nun klingelte es an der Haustür. Als seine Mutter aufmachte, konnte er hören, dass es Dr. Ashland war. Kurz darauf trafen weitere Besucher ein. Scott erkannte Carlenes Stimme. Derek musste heute Abend Basketball spielen. Noch ein paar Minuten lang lungerte Scott in der Küche herum, dann ging er nach oben. Er war irgendwie enttäuscht, ohne genau sagen zu können, warum.

Eigentlich wollte er wieder ins Wohnzimmer gehen, wenn sie die Geburtstagstorte aßen, aber niemand kam um ihn zu holen. Also blieb er in seinem Zimmer. Zuerst war er ein bisschen wütend auf die anderen, weil sie sich dort unten offenbar sehr gut amüsierten. Wahrscheinlich spielten sie wieder eines ihrer blöden Spiele. Er legte eine Kassette in seinen Gettoblaster ein und setzte die Kopfhörer auf.

„Du solltest die Musik wirklich leiser machen, Scott", hatte seine Mutter ihn erst gestern wieder ermahnt. „Wenn ich sie durchs ganze Zimmer hören kann, obwohl du die Kopfhörer aufhast, ist das entschieden zu laut. Auf die Dauer schadest du damit deinem Gehör."

„Na und, was soll's", hatte er erwidert. Jetzt drehte er die Lautstärke schon allein aus Protest noch ein bisschen weiter auf.

Am nächsten Morgen lag Lenore im Bett und lauschte dem fröhlichen Vogelgezwitscher vor ihrem Fenster. Sie stand auf, zog die Jalousie hoch und warf einen Blick nach draußen. Trotz des herrlichen Wetters fühlte sie sich müde und ausgelaugt. Die Landschaft sah aus wie von der Sonne geküsst. Es hatte fast den Anschein, als sei die Stadt in ihr Festgewand geschlüpft. Lenore hatte einen freien Tag und noch dazu schönes Wetter. Wann hatte sie zum letzten Mal so viel Glück gehabt? Plötzlich meldete sich ihr schlechtes Gewissen, weil sie diesen sonnigen Junimorgen eigentlich genießen sollte, ihr heute aber absolut nicht der Sinn danach stand. Sie ließ die Jalousie an ihren Platz zurückfallen und dachte an ihren Sohn. Sie machte sich Sorgen um ihn. Er war ihr entglitten. In ihrem Inneren fühlte sie dieselbe Trauer, als ob jemand gestorben sei. Er war ein so niedlicher kleiner Junge gewesen mit seinem weichen braunen Haar, seinen riesig wirkenden braunen Augen und der zarten Haut, die immer aussah, als sei sie sonnengebräunt, selbst im Winter. Sie spürte, wie ihr Tränen in die Augen stiegen. Deshalb schniefte sie laut und räusperte sich. Sie sah ihn vor sich, als er etwa vier Jahre alt war. Damals hatte er Jeans, ein Flanellhemd und Cowboystiefel getragen, die Daniel und sie ihm zum Geburtstag geschenkt hatten. Er hatte sie immer verkehrt herum angezogen. „Damit meine Füße sich nicht verwursteln", hatte er damals gesagt.

Wo war dieser kleine Junge jetzt? Er war für immer verschwunden. Diese Erkenntnis versetzte Lenores Herzen einen schmerzhaften Stich. Wieder empfand sie Trauer. In gewisser Weise war es tatsächlich, als ob Scott gestorben sei. Dieser kleine Junge würde niemals wiederkommen. Wieder musste Lenore sich räuspern. Sie sah sich suchend um und griff nach einem Papiertaschentuch. Nachdem sie sich die Nase geputzt hatte, kniete sie sich neben ihr Bett. Sie betete so inbrünstig, wie sie es immer tat. Manchmal meinte sie die Finsternis förmlich zu spüren, die ihren Sohn umgab. Er trug sie mit sich herum wie eine düstere Aura. Sie flehte Gott an, diese Finsternis zu durchdringen und beendete ihr Gebet mit denselben Worten, die sie fast immer gebrauchte, wenn sie für Scott betete. „Oh Gott, bitte rette meinen Sohn." Sie meinte es so wörtlich, als befände sich der Junge in tödlicher Gefahr und diese geflüsterten Worte wären seine einzige Rettung.

Sie fühlte sich getröstet, als sie sich daran erinnerte, was Scott ein paar Monate nach ihrer Ankunft in Seattle zu ihr gesagt hatte. „Ich hab Jesus gebeten, in mein Herz zu kommen. Wenn du willst, kannst du ihn auch in dein Herz lassen." Was Gott angefangen hatte, konnte er auch vollenden. An diese Verheißung klammerte sie sich. Sie wischte sich über die Augen und putzte sich erneut die Nase. Wieder meldete sich ihr schlechtes Gewissen. ‚*Wenn du nicht so viel Zeit in die Ausbildung und die Arbeit investiert hättest, hättest du dich mehr um Scott kümmern können*', sagte die anklagende Stimme in ihrem Inneren. Obwohl sie bei diesem Gedanken immer ein flaues Gefühl in der Magengegend bekam, regte sich in ihr jedes Mal Widerspruch. Sie ahnte, dass Scott nicht noch mehr Aufmerksamkeit gebraucht hatte. Im Gegenteil, er wollte sich von ihrer mütterlichen Fürsorge befreien.

„*Man hat's nicht leicht*", hatte Mrs Callahan gestern Abend zu ihr gesagt, als sie die Geburtstagstorte angeschnitten hatten und Scott nicht heruntergekommen war. Lenore wusste, dass die alte Dame recht hatte. Es war wirklich nicht leicht, wenn eine Mutter ihren Sohn allein großziehen musste, auch wenn ihre Freunde und Mitbewohner ihr mit Rat und Tat zur Seite standen. Sie hatte sich sogar schon überlegt, ob sie Daniel anrufen sollte. Vor einiger Zeit hatte Scott mit diesem rebellischen Verhalten angefangen, mit der Grunge-Musik, den dazugehörigen Klamotten und den langen, ungepflegten Haaren, die ihm in dünnen Strähnen ins Gesicht hingen. Er benahm sich genauso unmöglich, wie er aussah. Lenores schlechtes Gewissen verwandelte sich in Wut, wenn sie an die unzähligen Sticheleien dachte, die er in den letzten Monaten gegen sie losgelassen hatte.

Sie zog sich Shorts und ein T-Shirt an, ging ins Bad und wusch sich das Gesicht. Im Grunde genommen wusste sie schon, wo bei ihrem Sohn das Problem lag. Sie hätte eine Abhandlung über die Ursachen für sein Verhalten schreiben können, aber das machte es für sie nicht leichter. Mit sechzehn befand sich Scott in der schlimmsten Phase der Pubertät, die vergleichbar war mit einer Kanufahrt im Wildwasser. Ihr Sohn versuchte, sich zwischen den Felsen hindurch zu manövrieren und sein Boot am Kentern zu hindern. Er musste herausfinden, was es bedeutete, ein Mann zu werden, aber er musste diesen Weg allein gehen. Lenore konnte ihm dabei nicht helfen und offenbar waren auch Mr Caputo und Al hilflos. Sie war immer der Meinung gewesen, dass Scott ein Überangebot an männlichen Vorbildern zur Verfügung stand. Zwar hätte sie es trotzdem gern gesehen, wenn ihr Sohn sich mit Erik angefreundet hätte, aber dieser Versuch war ein kompletter Misserfolg gewesen. Lenore wusste nicht so genau, was schiefgelaufen war. Erik hatte sich ihr nicht anvertraut, sondern bloß gesagt, dass ihre gemeinsame Wildwasserraftingtour „schön" gewesen sei. Scott hatte nur gemeint, dass Erik ein Versager sei, genau wie die anderen.

Lenore trocknete sich das Gesicht ab und ging nach unten. In der Küche war niemand. Allerdings stand der Kaffee schon bereit und auf dem Tisch waren außerdem ein Karton mit Plunderstückchen und die Reste von Lenores Geburtstagstorte angerichtet. Sie schien allein zu sein. Es war weit und breit kein Geräusch zu hören, außer dem Aufheulen von Als Motorsäge in seiner Werkstatt im Keller. Scott und Angie waren in der Schule, zumindest noch für die nächsten paar Tage, Mr Caputo hatte heute Vormittag Dienst in der Suppenküche der Kirchengemeinde und Mrs Callahan half im Altersheim aus. Sie hatte das ganze Haus für sich allein. Normalerweise hätte Lenore die ungewohnte Ruhe genossen, aber heute war sie dafür innerlich zu aufgewühlt. Sie strich sich das Haar aus der Stirn, goss sich eine Tasse Kaffee ein, nahm sich ein Stückchen und ging nach draußen auf die Terrasse.

Die Luft war angenehm kühl und feucht. Sie duftete nach Sommer. Lenore setzte sich in einen Gartenstuhl und begutachtete ihren Garten. Die Weinstöcke waren bereits bedeckt mit breiten, flachen Blättern. Sie erfreute sich jedes Mal an ihrem Anblick. Die zarten, hellgrünen Ranken des Weins streckten sich in alle Richtungen aus und überwucherten das Rankgitter, das Al gebaut hatte. Unter diese Laube aus Weinblättern konnte man sich zurückziehen, um zu lesen oder an einem Sommernachmittag den sanften Tönen der Windglockenspiele zuzuhören.

Der Gemüsegarten entwickelte sich prächtig und auch der Schnittblumengarten, den sie in diesem Jahr angelegt hatte, gedieh sehr gut. Allerdings wuchs zwischen den Blumen dort auch eine Menge Unkraut. Lenore aß ihr Stückchen auf und leckte sich die Finger ab. Dann trank sie einen letzten Schluck Kaffee und goss den Rest schwungvoll auf die Klematis, die sich um das Verandageländer rankte.

„In dem Artikel hier steht etwas über einen Typen in Parkland", hatte Al letzte Woche gesagt und die Zeitung hochgehalten. „Jeden Morgen hat er den Rest von seinem Kaffee auf die Klematis an seiner Veranda gegossen, und das Ding ist im letzten Sommer zehn Meter lang geworden. Dieses Jahr will er es wieder versuchen."

„Das könnten wir auch mal probieren", hatte Lenore vorgeschlagen.

„War der Kaffee schwarz oder mit Milch und Zucker?" Mr Caputo hatte es genau wissen wollen.

Al hatte den Artikel noch einmal überflogen und dann den Kopf geschüttelt. „Davon steht hier nichts."

„Wir versuchen es mal und sehen, was passiert", hatte Lenore gemeint. Bis jetzt sah die Klematis ganz gut aus, aber sie war noch nicht in die Höhe geschossen. Lenore bückte sich und riss einen Löwenzahn aus der Erde. Dann sah sie noch mehr Unkraut. Wieder bückte sie sich und riss die lästigen Pflanzen heraus. Während sie arbeitete, spürte sie den Zug der Muskeln in ihren Armen, ihrem Rücken und in den Beinen. Am Ende des Sommers wäre ihre Haut dunkler. Ihr Haar noch wirrer und drahtiger, und die roten Strähnen wären deutlicher sichtbar. Aber was spielte das schon für eine Rolle?

Während sie sich weiter vorarbeitete, überlegte sie erneut, ob sie Daniel anrufen sollte. Aber dann verwarf sie diese Idee wieder. Daniel würde ihr bestenfalls vorschlagen, sie solle Scott zu ihm schicken, damit er bei ihm wohnen könne. Aber sogar in ihren wildesten Träumen konnte sich Lenore nicht vorstellen, dass das eine gute Lösung wäre. Wann immer sie die Berichte in den Zeitungen oder der Boulevardpresse las, wurde ihr klar, dass Daniel im Grunde genommen auch nicht erwachsener war als sein Sohn. Mal heiratete er diese Frau, mal sah man ihn mit einer anderen, dann ließ er sich scheiden und war kurz darauf mit einer Neuen liiert. Mal nahm er diese und dann wieder jene Droge. Manchmal hatte sie richtiggehend Angst, wenn Scott seinen Vater besuchte, aber ihr Sohn hatte ihr beschwichtigend erklärt, dass diese Berichte aufgebauscht oder sogar Lügen seien.

„Mama, wenn ich dort bin, ist alles okay. Meistens bin ich mit Papa allein und manchmal kommen seine Freunde zu Besuch, aber es passiert nichts Schlimmes. Ganz ehrlich."

„Welche Freunde denn?", hatte Lenore schon mehrfach gefragt, doch Scott reagierte auf solche Fragen bloß mit einem Achselzucken und einem beharrlichen Schweigen, sodass Lenore schließlich den Kopf geschüttelt und seine Kurzbesuche bei seinem Vater in die Hände Gottes gelegt hatte. Immerhin waren diese Besuche selten genug. In den letzten beiden Jahren war Scott nur zwei Mal bei seinem Vater gewesen. Im letzten Sommer hatte er ihn eine Woche lang besucht und zu Weihnachten für ein paar Tage.

Lenore brauchte mehrere Stunden, bis das Unkraut gejätet war. Dann nahm sie den Gartenschlauch und goss die Pflanzen. Als sie hineinging um zu duschen, fühlte sie sich besser. Die Gartenarbeit erfüllte sie wie nichts anderes mit einem Gefühl der Zufriedenheit. Noch nicht einmal ihre Arbeit im Krankenhaus schenkte ihr diese Erfüllung. Vielleicht lag es daran, dass solche Dinge wie das Pflanzen und das Wachstum so natürlich und einfach waren. Man grub den Garten um, man bewässerte ihn, und alles wuchs, ohne Seelenqual, ohne Sorgen. Am liebsten wäre sie bei ihrem Sohn genauso vorgegangen, ganz nach dem Motto: Sorge nur für das richtige Umfeld und vertraue darauf, dass alles gut wird. Aber ihr war klar, dass es so einfach nicht war.

26

Sechs Wochen später bekam ihre kleine Hausgemeinschaft Zuwachs. Benjamin Kaplan war ein stämmiger, mittelgroßer Mann mit dichtem grauen Haar, einem buschigen Vollbart und einem durchdringenden Blick. Irgendwie erinnerte er Lenore an den biblischen Patriarchen Abraham. Edie brachte ihn an einem Samstagnachmittag zum Haus. Seine Wohnung hatte lichterloh gebrannt, nachdem er einen Topf mit Nudeln auf dem Herd vergessen hatte und er eingeschlafen war. Nur seine Katze und er waren dem Feuer entkommen, all seine Habseligkeiten hatte er verloren. Da er gehört hatte, dass die Kirchengemeinde eine Kleiderkammer betrieb, ging er dorthin, wo er Edie traf und ihr seine tragische Geschichte erzählte. Alles andere ergab sich wie von selbst. Benjamin Kaplan schüttelte den Kopf. In seinen Augen standen Tränen der Dankbarkeit, als er seine neue Familie betrachtete. „Ich danke Gott für euch alle."

„Wir freuen uns, dass Sie bei uns sind", sagte Lenore. Die anderen nickten zustimmend. Dann gingen sie alle zusammen ins Esszimmer, um das einfache Mittagessen einzunehmen. Es gab Thunfisch-Sandwichs und Äpfel. Während des Essens erzählte Mr Kaplan ihnen seine Geschichte.

Er war 1930 in Deutschland geboren worden, also kurz vor der Machtübernahme der Nationalsozialisten. Seine Eltern wollten nach Amerika auswandern. „Ihre Auswanderungs-Nummer war jedoch sehr hoch, weil sie niemanden in Amerika hatten, der für sie bürgen konnte. Fünfundvierzigtausend. Das bedeutete, dass viele vor ihnen das Land verlassen konnten. Für uns Juden wurde die Lage immer schlimmer. Meine Eltern wussten nicht, ob sie überhaupt noch würden ausreisen können. Als ich acht Jahre alt war, ging unsere Synagoge in Flammen auf. Jüdische Kinder durften keine Schule mehr besuchen. Die Nazis begannen schließlich mit den Deportationen in die Konzentrationslager, aber dann war endlich unsere Nummer dran. Im Jahr 1941 verließen wir Deutschland. Wir haben es gerade noch geschafft", sagte er. Seine Miene verdüsterte sich. „Die meisten aus unserer Familie blieben zurück."

Sie hatten sich in New York niedergelassen. Sein Vater war Kantor gewesen. „Wir waren orthodoxe Juden und hielten uns strikt an die jüdischen Speisegesetze. Meine Mutter hatte zwei verschiedene Sorten Geschirr und ein extra Service für das Pessach-Fest."

Lenore warf einen bestürzten Blick auf ihr Thunfisch-Sandwich. Sie konnte sich nicht erinnern, dass Thunfisch in der Bibel erwähnt wurde. Aber hatte Jesus nicht Fisch gegessen?

„Keine Angst", meinte Benjamin Kaplan beschwichtigend, als er ihren Blick sah. Er schüttelte den Kopf. „Schon als junger Mann habe ich unsere Bräuche hinterfragt. Nachdem ich das dritte Buch Mose gelesen hatte, wurde mir klar, dass unsere Regeln weit über das hinausgingen, was Gott uns vorgeschrieben hat. Meine Zweifel wuchsen und schließlich wurde ich Agnostiker."

Lenore legte ihr Sandwich wieder zurück auf den Teller. Seine Geschichte interessierte sie mehr als das Essen.

„Ich machte eine Ausbildung als Drogist", erzählte er weiter. „Mein Kollege war ein brennender Christ. Ich sagte ihm, ich sei nicht interessiert an seinem Glauben und bat ihn, in meiner Anwesenheit nicht darüber zu sprechen. Er meinte nur, es sei vom intellektuellen Standpunkt her unredlich, eine solche Bitte zu äußern. Das war wohl die einzige Möglichkeit, mich zum Zuhören zu zwingen. Er forderte mich auf, selbst in der Bibel zu lesen, und zwar im Alten *und* im Neuen Testament."

„Und haben Sie das gemacht?", fragte Scott. Lenore machte es Mut, dass ihr Sohn so aufmerksam zuhörte. Auch Al schien von der Geschichte fasziniert zu sein.

„Nein, aber Gott ließ nicht locker." Mit einem Lächeln rührte Mr Kaplan seinen Tee um. „Danach reihte sich ein *Zufall* an den anderen. Ein paar Wochen später wurde ich krank und musste in die Poliklinik. Die Ärztin, die mich behandelte, war aus Madras. Das liegt in Indien. Ich nahm an, dass sie Hinduistin war, und so fühlte ich mich bei ihr sicher. Deshalb sprach ich mit ihr sowohl über meine körperlichen Beschwerden als auch über meine inneren Kämpfe. Es stellte sich jedoch heraus, dass sie Christin war, und bevor ich ging, gab sie mir ein Neues Testament." Bei der Erinnerung musste er kopfschüttelnd lächeln.

„Ich habe es aber nicht gelesen", gestand er. „Kurz darauf kam jedoch ein jüdischer Freund bei mir vorbei. Ich erzählte ihm alles und dann sprachen wir darüber. ‚Es passieren einfach zu viele Zufälle', sagte ich. In diesem Augenblick klingelte das Telefon. Der Anrufer wollte meinen früheren Mitbewohner sprechen. Als ich ihm sagte, er sei weggezogen, erwähnte der Mann, dass er meinen Mitbewohner zu einer judenchristlichen Bibelstunde einladen wollte."

Lenore spürte, wie sie eine Gänsehaut bekam. Sie liebte solche Geschichten, in denen Gott Menschen und Ereignisse auf seine Ziele zulenkte.

„Da habe ich aufgegeben", sagte Mr Kaplan lächelnd. „Ich bin hingegangen."

„Und?", fragte Mr Caputo, aber sein zufriedenes Gesicht zeigte, dass er die Antwort schon ahnte.

„Ich habe Yeshua gefunden", antwortete Mr Kaplan leise.

Lenore wurde innerlich ganz warm vor Freude. Als Augen verengten sich, als ob er nachdenken müsse. Scott sank immer tiefer in sich zusammen. Mr Caputo reagierte mit einem strahlenden Lächeln.

„Gelobt sei Gott!", rief Mrs Callahan.

„Mann oh Mann", sagte Angie. „Das ist eine echt coole Story."

Zwei Stunden später kündigte Edie telefonisch die Ankunft von Nathan Delacroix an. „Manchmal geht es Schlag auf Schlag", sagte sie.

„Wer ist es denn?", fragte Lenore. Sie war heute mit Kochen an der Reihe und bereitete gerade einen riesigen Topf Gemüsesuppe mit Rindfleisch zu. Die würde sie problemlos strecken können, sodass das Essen auch noch für einen oder mehrere Überraschungsgäste reichte, dachte sie und war froh, dass sie sich für dieses Gericht entschieden hatte. Aber andererseits gab es keine Zufälle, hatte Mr Kaplan ihnen das nicht soeben in aller Deutlichkeit vor Augen geführt?

„Er heißt Nathan Delacroix, aber du brauchst ihn nur aufzunehmen, wenn du noch Platz für eine weitere Person hast", meinte Edie. „Ich weiß, dass das Haus langsam voll wird."

„Natürlich klappt das", erwiderte Lenore. „Al richtet sich ohnehin gerade eines der Zimmer im Keller her. Nathan kann das letzte leere Zimmer im ersten Stock haben. Es ist schon seltsam. All die Jahre ist niemand gekommen und jetzt haben wir zwei neue Leute an einem einzigen Tag."

„Wie heißt es so schön? Man weiß nie, was ein Tag bringen wird."

„Wer ist dieser Nathan?"

„Ein Junge vom Land", antwortete Edie. „Er kommt aus Georgia. Vor wenigen Tagen hat er seinen Dienst bei der Marine beendet, und jetzt will er noch ein bisschen hierblieben und Geld verdienen, während er sich überlegt, wie es weitergehen soll. Er hat mich gefragt, ob ich eine günstige Übernachtungsmöglichkeit kenne."

„Na ja, günstig sind wir allerdings", meinte Lenore. „Er ist herzlich willkommen bei uns."

„Er kommt noch vor dem Abendessen", sagte Edie.

Lenore legte auf und ging zurück in die Küche. Sie deckte gerade den Tisch, als Scott die Treppe herunterkam. Es musste Scott sein, auch wenn Lenore ihren Sohn kaum erkannte. Er hatte sich die Haare schwarz gefärbt, sodass sie Ton in Ton mit seiner Kleidung waren. Der Blick, den er ihr zuwarf, war ebenfalls düster. Sie nahm all ihren Mut zusammen, weil sie wusste, dass ihnen wieder einmal eine Konfrontation bevorstand.

„Wohin gehst du?", fragte sie ihn. Trotz allem klang ihre Stimme ruhig.

„Zu einer Show."

„Was ist das für eine Show?"

„Ein Konzert?" Er sprach, als hielte er sie für ein kleines Dummerchen, weil sie nicht in der Lage war, seine Gedanken zu lesen.

„Welche Gruppe? Mit wem? Und wo?"

Scott schloss die Augen und atmete geräuschvoll aus, um seiner Frustration Ausdruck zu verleihen. „Sister in Chains. Mit ein paar Jungs aus der Schule. Im *Devil's.*"

Lenore schüttelte den Kopf, bevor er den Satz beenden konnte. „Nein", sagte sie.

„Warum denn nicht?" Scott war wütend und es war ihm gleichgültig, ob sie das merkte oder nicht.

„Scott!" Das Gesicht seiner Mutter wurde rot. Das bedeutete, dass auch sie wütend war. Diese Erkenntnis verschaffte ihm eine gewisse Befriedigung.

„Was für Leute gehen denn in ein Haus, das nach dem Teufel benannt ist?“

Scott reagierte mit einem Kopfschütteln und verdrehte die Augen. Sie war ja so schräg. Es überraschte ihn, dass sie nicht verlegen wurde. „Das ist bloß ein *Musik*-Klub, *Mama*. Ich erklär's dir gerne noch mal, und ich mach's kurz, damit du es auch kapierst.“ Diesen Satz hatte er letzte Woche zu Jason gesagt und jetzt platzte er damit heraus, ohne groß nachzudenken.

„Bitte nicht in diesem Ton, Scott.“

Seine Mutter war jetzt wirklich wütend. Na prima. Jetzt würde sie ihm nicht mehr erlauben, zum Konzert zu gehen.

„Sorry“, brummte er.

Seine Mutter warf ihm einen zornigen Blick zu. Dann schleppte sie einen riesigen Suppentopf zum Tisch. Scott wusste, dass er ihr eigentlich helfen sollte, blieb aber trotzig stehen und verschränkte die Arme vor der Brust.

„Beim letzten Mal sah es dort aus wie in Dantes Inferno, als ich dich abgeholt habe.“

„Was soll das denn heißen?“, fragte er, hätte seine Worte jedoch am liebsten sofort wieder zurückgenommen. Sie ärgerte sich, wenn er so mit ihr sprach. Natürlich ging sie jetzt erst recht auf ihn los. Wieder blitzte Wut in ihren Augen auf.

„Scott, der Kerl, der an der Abendkasse saß, hatte ein bierdeckelgroßes Stück Kork in seinem Ohrläppchen!“

In diesem Moment klopfte es an der Haustür.

Scott fiel keine Widerrede ein, deshalb schüttelte er einfach nur den Kopf und warf seiner Mutter einen genervten Blick zu.

„Geh zur Haustür“, sagte seine Mutter und hielt seinem Blick stand. „Wir bekommen einen neuen Mitbewohner.“

„Na toll“, erwiderte Scott. Dann zog er seine Hose noch ein Stückchen tiefer. Sie war schon zu lang und manchmal verfing er sich sogar darin, aber es war eine Markenhose, die er sich im Fabrikverkauf geholt hatte. Alle anderen Jungs trugen auch so etwas. „Genau das, was wir brauchen“, murmelte er, als er zur Tür ging. „Noch so ein Bekloppter für dieses Irrenhaus.“ Er riss die Haustür wütend auf, sodass der Messingklopfer klappernd gegen das Holz schlug.

„Hey.“

So einen Typen hatte er nicht erwartet. Er hatte zwar einen komischen Bürstenhaarschnitt, aber ansonsten sah er ziemlich cool aus.

„Ich bin Nathan“, sagte der Fremde und streckte Scott die Hand entgegen.

Scott musterte den Neuankömmling prüfend und Nathan tat dasselbe mit ihm.

„Hi! Wie geht's?“, brachte Scott schließlich heraus. Er ergriff die angebotene Hand. Dann machte er die Tür weiter auf und ließ Nathan herein.

Lenore stellte Teewasser auf und dachte über die Geschehnisse des heutigen Tages nach, vor allem über die Ankunft von Nathan Delacroix. Sobald sie ihn gesehen hatte, hatte sich ein seltsames Gefühl in ihr ausgebreitet. Dieser junge Mann war die Antwort auf ihre Gebete. „Bitte kümmere dich um meinen Jungen, himmlischer Vater“, hatte sie erst letzte Nacht inbrünstig gebetet und dann darüber nachgedacht, dass Gott Wege und Möglichkeiten hatte, die weit über ihr eigenes Vorstellungsvermögen hinausgingen. Und jetzt, noch nicht einmal vierundzwanzig Stunden später, hatte sie Nathan Delacroix in ihrem Haus begrüßen können, diesen hoch gewachsenen, schlaksigen Jungen aus Georgia. Er sah aus wie achtzehn, aber sie schätzte ihn auf mindestens dreiundzwanzig, weil er bereits vier Jahre lang bei der Marine gewesen war. Als sie ihn Mr Kaplan, Mr Caputo, Mrs Callahan und Angie vorgestellt hatte, hatte er sich höflich und respektvoll verhalten. Aber wenn er mit Scott redete, war er ganz anders.

„Ich bin mit vier Brüdern aufgewachsen“, hatte er zu Lenore gesagt, bevor er sich in sein Zimmer zurückgezogen hatte, als diese ihm für sein Interesse an ihrem Sohn gedankt hatte.

„Es hat mir Spaß gemacht“, hatte er erwidert und es wohl ehrlich gemeint. Scott und er hatten sich nach dem Abendessen über verschiedene Musikgruppen unterhalten. Die Verabredung mit seinen Freunden hatte Scott offenbar vergessen. Nathan war mit ihm in sein Zimmer gegangen und die beiden hatten Musik gehört. Später waren sie in den Garten gegangen. Scotts Skateboard hatten sie mitgenommen.

„Nathan meint, wir haben da draußen genug Platz für eine Halfpipe,

Mama", hatte Scott gesagt, als sie ihm einen Gutenachtkuss gegeben hatte. Lenore wusste nicht, was eine Halfpipe war, aber es war das erste Mal seit Wochen, dass Scott in einem normalen Tonfall und ohne dieses Augenrollen mit ihr sprach.

„Das ist ja toll, mein Schatz", hatte sie deshalb erwidert. „Was ist denn eine Halfpipe?" Ihr waren leise Zweifel gekommen, als Scott ihr erklärte hatte, dass es sich dabei um eine riesige, halbkreisförmige Vorrichtung handele, mit deren Hilfe die Skateboardfahrer Sprünge vollführen konnten. „Im Skate-Park in der Nähe von Dereks Haus gibt es so ein Ding."

„Das ist toll", hatte Lenore wiederholt und ihre Zweifel für sich behalten. Allerdings hatte sie sich fest vorgenommen, in Zukunft darauf zu achten, dass Scott seinen Helm trug, wenn er mit dem Skateboard unterwegs war.

Jetzt sah sie sich nach ihrem Lieblingsbecher um, dem mit dem Foto von Scott. Er hatte ihr die Tasse zu Weihnachten geschenkt, als er acht Jahre alt gewesen war. Sie entdeckte den Becher in der Spülmaschine, nahm ihn heraus und spülte ihn mit der Hand. Dann goss sie heißes Wasser hinein, um die Tasse für den Tee vorzuwärmen. Sie musste sich dringend ein bisschen entspannen und den Stress abbauen, bevor sie zu Bett ging, obwohl es heute nicht so schlimm war wie gestern. Plötzlich fühlte sie sich nicht mehr so alleingelassen. Ihr schien es, als habe sie Hilfe bekommen auf dem kleinen Floß, das Scott und sie so verzweifelt von den gefährlichen Felsen und den im Wasser treibenden Baumstämmen wegzusteuern versuchte. Plötzlich war jemand da, der ihnen mit einem zusätzlichen Paddel half. Schon zum hundertsten Mal fragte sich Lenore, warum es oft so schwer war, Mutter zu sein. Stolz und Traurigkeit, Freude und Bedauern wechselten sich auf dieser langen Reise miteinander ab, und immer lauerte die Angst unter der Oberfläche.

Wieder musste sie an Daniel denken. Sie hörte nie direkt von ihm und in letzter Zeit waren die Kontakte zwischen ihm und Scott seltener geworden. Sie fragte sich, wo er wohl gerade war, jetzt in diesem Augenblick. Die Zeiger der Küchenuhr, die über dem Spülbecken hing, verrieten ihr, dass es 22.15 Uhr war. Lenore wusste nicht, ob Daniel sich gerade an der West- oder der Ostküste aufhielt oder vielleicht sogar auf einem anderen Kontinent war. Einen Moment lang hatte sie die verrückte Idee, ihn anzurufen. Aber stattdessen betete sie. Und plötzlich war der Wunsch, Daniels Stimme zu hören, wie weggeblasen.

Lenore räumte die Küche auf, wischte noch ein letztes Mal die Arbeitsplatte ab, goss das kochende Wasser über den Teebeutel mit ihrer Lieblings-Kräutermischung, gab einen Teelöffel Honig hinein, knipste das Licht aus und ging die Treppe hinauf. In ihrem Zimmer ließ sie sich auf ihren bequemen Sessel fallen, trank genüsslich ihren Tee und las noch ein paar Seiten in dem Roman, den sie am Tag zuvor angefangen hatte. Danach stand sie auf, um duschen zu gehen.

Ihr ging noch immer so viel durch den Kopf, dass sie sich erst nicht viel dabei dachte, als sie den Knoten fühlte. Kopfschüttelnd gab sie noch etwas Duschgel auf ihre Hand und tastete noch einmal ihre Brust ab. Der Knoten war immer noch da. Er war winzig klein, hart und unbeweglich, als sie versuchte, ihn zu verschieben. Er tat nicht weh, als sie darauf drückte. Das waren schlechte Zeichen. Sie versuchte, ruhig zu bleiben und keine voreiligen Schlüsse zu ziehen. Es könnte ja auch eine gutartige Zyste sein. Aber der Knoten fühlte sich nicht gutartig an, sondern bösartig, klein und hart. Er fühlte sich wie Krebs an. Trotz der Wärme im Badezimmer wurde Lenore eiskalt, als ihr klar war, was das bedeutete. Obwohl der Knoten nur so groß wie eine Erbse und kaum zu ertasten war, könnten sich schon Metastasen gebildet haben. Sie wusste, dass ihre Großmutter an Krebs gestorben war. Hatte sie Brustkrebs gehabt? Und auch eine ihrer Tanten hatte mit dieser todbringenden Krankheit zu kämpfen gehabt.

Bestimmt war ihre Angst übertrieben. Sie hatte sich sicherlich getäuscht. Eine Ultraschall-Untersuchung würde Gewissheit bringen. Lenore versuchte zu beten, aber es kam ihr so vor, als würden ihre Gedanken vom Wasserstrahl der Dusche weggewaschen. Sie trocknete sich ab, schlüpfte in ihren Bademantel, legte sich ins Bett, knipste das Licht aus und versuchte einzuschlafen. Aber sie lag noch lange wach. Mit weit geöffneten Augen starrte sie in die warme Sommernacht hinaus und fand es sonderbar, dass etwas so Kleines wie dieser Knoten solche Folgen haben, dass ein erbsengroßes Stück Furcht so viel größer sein konnte als alle anderen Ängste.

27

Gleich am Montagmorgen rief Lenore ihre Frauenärztin an. „Kommen Sie bitte sofort“, sagte Dr. Forrest und schaufelte für Lenore einen Termin am Nachmittag frei. Auch der Ärztin gefiel der Knoten in Lenores Brust nicht und so folgten in den nächsten zwei Wochen ein gutes Dutzend weitere Untersuchungen. Lenore musste mehrere Male eine Mammografie über sich ergehen lassen, außerdem wurden Ultraschall-Untersuchungen durchgeführt und Gewebeproben entnommen.

Als alle Tests abgeschlossen waren, sollte Lenore bei einem Chirurgen vorstellig werden. Edie begleitete sie.

„Es haben sich noch keine Metastasen gebildet“, sagte er. „Das ist die gute Nachricht. Weniger gut sind allerdings die multiplen Herde.“ Er sah ihr direkt in die Augen und Lenore nickte. Sie ahnte, was er ihr raten würde.

„Übersetzen Sie das mal für mich“, meldete sich Edie zu Wort. Ihre Stimme klang ungeduldig, fast zornig.

„Der Krebs hat nicht gestreut“, erwiderte der Chirurg. „Aber wir haben mehr als einen Tumor gefunden. Das ist nicht so gut.“

„Oh.“ Edie schwieg.

„Was empfehlen Sie mir?“, fragte Lenore den Chirurgen. Sie war überrascht, wie gelassen sie auf diese Diagnose reagierte. Irgendwie schien das alles ihre eigenen Gefühle gar nicht zu berühren.

„Wegen der multiplen Herde und der Krebserkrankungen in Ihrer Familie empfehle ich eine Brustamputation. Aber ein paar Wochen Wartezeit würden am Ergebnis in Ihrem Fall wohl nicht viel ändern, falls Sie lieber noch eine zweite Meinung einholen möchten.“

„Nein“, entgegnete Lenore. Sie hatte schon genug Zeit zum Nachdenken gehabt. Nachdem die Mammografie ergeben hatte, dass es mehrere Tumore waren, hatte sie gewusst, was ihr bevorstand. Es war ihr nicht wichtig, ob sie nur noch eine Brust haben würde. Wichtig war allein Scott. Sie musste für ihn da sein. „Ich folge Ihrer Empfehlung." Ihre Stimme zitterte. Jetzt rang sie um Fassung.

Edie drückte ihr sanft die Hand.

Dr. Simons sagte gar nichts. Seine großen Augen sahen sie bekümmert an. Dann nickte er.

Als sie nach Hause kam, war Scott gerade in der Küche und machte sich Nachos. Obwohl es erst sechzehn Uhr war, hätte sie sich am liebsten im Bett verkrochen und sich die Decke über den Kopf gezogen, so wie sie es damals während ihrer ersten Wochen in Seattle gemacht hatte. Aber stattdessen erzählte sie Scott von ihrer Krebserkrankung. Sie ließ ihn weiter mit den Nachos herumhantieren und zwang ihn nicht, sich hinzusetzen und ihr in die Augen zu sehen. Ihm fiel es leichter mit ihr zu reden, wenn er beschäftigt war.

„Hast du noch Fragen?", fragte sie ihn, als sie mit ihrer Erklärung fertig war.

„Nein." Er träufelte geschmolzenen Käse auf die Tortilla Chips. „Eigentlich nicht."

„Du kannst mich ruhig alles fragen, oder wenn du einfach reden willst ..." Lenores Stimme wurde leiser und dann schwieg sie.

Scott stocherte mit einer Gabel in einer vollen Dose Chilischoten herum, bis sie als kompakte Masse auf die Nachos fielen. Er verteilte sie gleichmäßig auf den Chips und dem Käse, ohne auf Lenores Worte zu reagieren. Lenore hatte nicht die Kraft, ihn zum Reden zu bringen. Sie ging zu ihm hin, stellte sich auf die Zehenspitzen, damit sie an seine Wange kam und gab ihm einen Kuss. Sein Körper war steif wie ein Brett.

Als Nächstes rief Lenore ihre Mutter und ihre Schwester an. Beide Frauen reagierten so, wie sie es von ihnen erwartet hatte. Ihre Mutter bot ihr zwar an, nach Seattle zu kommen, wirkte aber ungemein erleichtert, als Lenore dankend ablehnte. Leslie stellte ein paar Fragen, und dann jammerte sie über ihr eigenes schweres Schicksal. Sie erzählte eine obskure Geschichte von ihrem Freund, der im Gefängnis saß, und einem gestohlenen Scheckbuch. Den anderen Hausbewohnern erzählte Lenore es nach dem Abendessen. Mr Caputo, Mr Kaplan, Nathan

Delacroix und Mrs Callahan hörten ihr erschrocken zu. Selbst Angie war ungewöhnlich still und sah Lenore mit schreckgeweiteten Augen an. Es war seltsam, dass von allen Mitbewohnern des Hauses in der Chestnut Street Al mit der größten Betroffenheit reagierte. Er stand brüsk auf und entfernte sich mit steifen Schritten vom Tisch. Die anderen sahen ihm erstaunt nach. Nach einer Weile folgte Lenore ihm in die Küche.

„Das ist nicht fair", rief er wutentbrannt. „Warum hat es *dich* getroffen?" Er schien noch mehr sagen zu wollen, riss sich aber dann zusammen. Sein Gesicht war vor Wut und Schmerz verzerrt, als er sich zu ihr herüberbeugte und sie fast zärtlich auf die Wange küsste. Dann entschuldigte er sich und ging zur Kellertreppe. Seine Bewegungen waren so mechanisch wie die einer Marionette. Sie konnte hören, wie er unten die Türen zuknallte und mit so schweren Schritten in seinem Zimmer auf- und abging, dass der Boden unter ihren Füßen erzitterte.

Lenore wachte wie gewohnt um halb sechs auf. Sie wollte schon aus dem Bett schlüpfen, duschen und zur Arbeit gehen, als ihr einfiel, dass sie Urlaub genommen hatte. Mindestens einen Monat lang musste sie nicht zur Arbeit. Morgen früh sollte sie operiert werden. Sie verdrängte ihre Angst, drehte sich noch einmal um und schlief weiter. Als sie zum zweiten Mal wach wurde, stieg ihr ein köstlicher Duft in die Nase. Es war acht Uhr. Sie schlüpfte in ihren Morgenmantel und ging die Treppe hinunter. Das leise Knarren der zweiten und der drei letzten Treppenstufen klang so beruhigend, dass sie fast wieder hinaufgegangen wäre, um dieses vertraute Geräusch noch einmal zu hören. Stattdessen ging sie in die Küche, um Mr Caputo einen guten Morgen zu wünschen. Der ältere Mann machte Spaghettisauce. Er sagte immer, dass eine solche Sauce mindestens acht Stunden lang auf dem Herd stehen müsse, sonst sei sie ungenießbar. Auf seinem Gesicht zeigten sich Sorgenfalten, als er Lenore sah. Sie zuckte zusammen.

Mr Caputo legte den langstieligen Löffel einfach auf die Arbeitsplatte. Er machte sich noch nicht einmal die Mühe, nach der Löffelablage zu suchen, dabei war er in dieser Hinsicht sonst so pedantisch. Dann nahm er sie in die Arme. Seine Umarmung war warm und tröstend.

Lenore lehnte sich kurz an ihn und legte den Kopf auf seine Schulter. „Unsere Gebete werden dich durchtragen", sagte er schließlich.

Als sie sich an den Küchentisch setzte, goss er ihr eine Tasse Kaffee ein und reichte ihr Milch und Zucker. Dann bot er ihr seine eigene Art von Therapie an. „Ich mache dir jetzt ein gutes Frühstück."

Lenore saß am Eichentisch und trank ihren Kaffee und wartete auf ihre Eier mit Speck. Während Mr Caputo diese Mahlzeit zubereitete, plauderte er über dieses und jenes. Plötzlich meinte Lenore, sie sei wieder in seiner alten Wohnung. Sie sah sich selbst, wie sie in seiner Küche auf einem Hocker gesessen und ihm zugesehen hatte, wie er Brötchen backte und die Polenta anrührte. Damals war sie wegen Daniel so niedergeschlagen gewesen, dass ihr der Gedanke an den Tod erträglicher erschienen war als die Vorstellung, ohne ihn weiterzuleben. Seitdem waren fast zwölf Jahre vergangen. Das war eine lange Zeit.

Als Mr Caputo ihr einen Teller mit köstlich duftenden Eiern, knusprigem Speck und gebuttertem Toast servierte, ließ sie es sich schmecken.

Die übrigen Stunden des Tages vergingen wie im Flug. Lenore fühlte sich wie betäubt, als sie ihre Sachen packte – einen Morgenmantel und ein Nachthemd, eine hochgeschlossene Bluse für den Heimweg, ein zweites Paar Socken, Unterwäsche. Einen BH würde sie wohl nicht brauchen.

Beim Abendessen war die Stimmung gedrückt. Jetzt bereute es Lenore, dass sie den anderen von der bevorstehenden Operation erzählt hatte. Wenn sie geschwiegen hätte, hätte sie sich am nächsten Morgen auf dem Weg ins Krankenhaus wenigstens noch an die fröhlichen Stimmen ihrer Mitbewohner erinnern können, an Mr Caputos strahlendes Lächeln und seinen scherzhaften Wortwechsel mit Mr Kaplan, seinem neuen Freund, an Mrs Callahans liebevolle Zurückhaltung und an Als brummige Freundlichkeit. Sie hätte noch immer die gutmütigen Beleidigungen im Kopf gehabt, die sich Nathan Delacroix und Scott so oft an den Kopf warfen, und Angies schelmisch blitzende Augen und ihre unverblümte Art, die Wahrheit zu sagen. Aber jetzt saßen alle wie erstarrt am Tisch. Al machte eine besonders düstere Miene. Er sah aus, als müsse er seine ganze Willenskraft aufwenden, um seine Wut im Zaum zu halten. Am liebsten hätte er vermutlich den großen

Esszimmertisch genauso umgeworfen wie Jesus damals die Tische der Geldwechsler im Tempel.

„Ihr macht es ihr doch nur noch schwerer." Lenore hörte das laute Flüstern von Mrs Callahan, als sie hinausging, um zusammen mit Mr Caputo das Kompott und die Eiskrem zu holen. Sie hatte jedoch noch nicht einmal genug Kraft, um darüber zu lächeln.

Erik hatte sie nichts von der bevorstehenden Operation erzählt, obwohl sie mehrmals mit ihm gesprochen hatte, seitdem sie die Diagnose kannte. Sie hatte auch die anderen gebeten, ihm nichts zu sagen. Zuerst hatte sie sich eingeredet, sie wolle es ihm mitteilen, sobald die Untersuchungen abgeschlossen waren, aber dann hatte es sich einfach nicht ergeben. Sie hatten beide alle Hände voll zu tun und sie wollte es ihm nicht am Telefon sagen. Insgeheim war ihr klar, dass es noch einen anderen Grund für ihr Schweigen gab, nämlich seinen Gesichtsausdruck, als er über seine Frau gesprochen hatte und darüber, wie Gott das Licht von der Finsternis trennte. Sie wollte ihn nicht auch noch mit ihren eigenen Ängsten belasten. Sie würde es ihm später erzählen, wenn alles vorbei war.

Nachdem sie den Nachtisch gegessen hatten, war es schließlich Angie, die dafür sorgte, dass sich die allgemeine Anspannung löste. Sie stand von ihrem Stuhl auf, ging zu Lenore, kniete sich vor sie und nahm ihre Hände. Mit einem tiefen Seufzer und der übertriebenen Dramatik einer Fünfzehnjährigen sagte sie: „Lenore, bete mit mir."

Lenore musste lachen. Dieses Lachen wirkte auf die anderen wie ein Befreiungsschlag, und schließlich lachten alle. Dann senkte Lenore den Kopf und Angie sprach ein Gebet.

„Jesus, bitte lass Lenore nicht allein, und wehe, du lässt sie sterben."

„Angie!", rief Mrs Callahan entrüstet.

„Amen", sagte Lenore mit fester Stimme, und dann musste sie wieder lachen.

„Amen", wiederholten die anderen.

Angie sah sie mit einem strahlenden Lächeln an. Dann verließ sie so leichtfüßig das Zimmer, als sei das Problem damit gelöst.

Der nächste Morgen war hektisch und voller Betriebsamkeit. Um sechs Uhr wurde sie im Krankenhaus aufgenommen. Dann bekam sie ein Glycerinstäbchen mit Zitronengeschmack in die Hand gedrückt, mit dem sie sich den Mund austupfen konnte, da sie nüchtern bleiben musste und weder etwas trinken noch etwas essen durfte. Nachdem man ihr die Medikamente zur Vorbereitung auf die Operation verabreicht hatte, wurde sie auf einer Liege zum Operationsraum gerollt. Mr Caputo und Edie warteten zusammen mit Scott auf dem Flur. Sie konnten noch ein paar Worte miteinander wechseln, bevor sie operiert wurde.

„Hallo, meine Liebe." Mr Caputo streichelte ihren Arm. Lenore war bereits schläfrig von den Beruhigungsmitteln, die durch den Infusionsschlauch in ihre Vene tropften, aber sie konnte sehen, dass Scott den Tränen nahe war. Vielleicht hätte sie in ihren Bemühungen, Daniel zu erreichen, hartnäckiger sein und nicht nachgeben sollen, nachdem er sie auf ihren einzigen Anruf hin nicht zurückrief. Aber andererseits wusste sie nicht so genau, ob die Anwesenheit seines Vaters für Scott überhaupt eine Hilfe oder nur eine weitere Belastung gewesen wäre.

„Komm her, mein Süßer", sagte sie zu Scott. „Lass dich umarmen." Sie suchte in seinem Gesicht nach einer Ähnlichkeit mit dem Baby mit den feinen Haaren und den großen braunen Augen, aber sein Kinn war ausgeprägt und mit Bartstoppeln übersät. Wenn sie ihn ansah, sah sie Daniels dunkle, fast schwarze Augen und seine sonnengebräunte Haut.

Scott beugte sich über sie und legte unbeholfen seine Hände auf ihre Schultern. „Ich hab dich lieb, Mama." Seine Worte waren kaum zu verstehen. Es schien ihm schwerzufallen, sie auszusprechen.

„Ich dich auch." Mehr konnte sie nicht sagen, weil sie sich zu müde fühlte.

„Wir beten für dich." Das war Edie. Das Gesicht ihrer Freundin tauchte hinter Scotts Schulter auf. Lenore nickte nur und schloss die Augen. Es war zu anstrengend, sie offen zu lassen.

Als Nächstes hörte Lenore ein schrilles, hohes Heulen wie das einer Sirene. Sie überlegte kurz, wo sie war und woher dieser seltsame Ton kam. Plötzlich hatte sie Angst.

„Jetzt reicht's aber!", hörte sie jemanden schreien.

„Das geht jetzt schon seit zwanzig Minuten so", beklagte sich eine andere Stimme.

Sie spürte eine Hand an ihrem Handgelenk. Verängstigt klammerte Lenore sich daran fest, aber die Krankenschwester zog ihre Hand weg. Jemand zerrte an ihrer Bettdecke. Dann rief eine Stimme: „Wie fühlen Sie sich, Lenore?" Die Worte waren fast schmerzhaft laut. „Lenore, wachen Sie auf!"

Als die Stimme noch lauter wurde, merkte Lenore, dass sie da war, in ihrem Körper. Er tat weh. Das war alles. Dann begann das Heulen wieder.

„Ich gebe ihr etwas Morphium." Da war wieder die Stimme, deren Besitzerin die Hand weggezogen hatte.

Einen Augenblick später – oder war inzwischen eine Stunde vergangen? – waren die Schmerzen nicht mehr so stechend. Es kam Lenore so vor, als habe jemand einen Wattebausch zwischen das bohrende Messer und ihre Brust gelegt. Dann schlief sie ein. Der Schlaf fiel wie ein dunkler Vorhang zwischen sie, die schrillen Stimmen und ihren Schmerz.

28

„Telefon für dich, Scott.“ Nathan deutete mit dem Kopf in Richtung Küche. „Ich glaub, es ist dein Vater.“

Scott stand auf, um den Anruf entgegenzunehmen. Sein Schädel brummte und sein Magen war wie verknotet. Er fühlte sich nicht gut. Seit seine Mutter ihm von dem Knoten, von dem Krebs erzählt hatte, ging es ihm schlecht. Sein Magen rebellierte. Aber was konnte er schon ändern? Konnte er sie um Entschuldigung bitten, nachdem er sich so idiotisch benommen hatte? Das ging doch nicht. Er konnte hier im Haus mit niemandem reden. Die hielten ihn sowieso alle für einen Trottel. Also hatte er seinen Vater angerufen. Natürlich hatte er nur den Anrufbeantworter erreicht. Er hatte eine Nachricht hinterlassen. „Hallo“, sagte er jetzt. Seine Stimme klang ausdruckslos.

„Hallo Kumpel“, begrüßte ihn sein Vater am anderen Ende der Leitung. „Wie läuft’s denn so?“

„Gut.“

„Wer war denn dieser Typ am Telefon?“, fragte sein Vater. Seine Stimme klang plötzlich gezwungen und angespannt. Scott bereute es schon, dass er ihn überhaupt angerufen hatte. Es war immer dasselbe. Papa durfte machen, was er wollte, aber wehe, es hatte den Anschein, dass Mama ihr eigenes Leben führte.

„Niemand.“ Er verschwieg seinem Vater, dass Nathan Delacroix nicht viel älter war als er selbst. „Bloß ein Freund von uns.“

Am anderen Ende der Leitung war es längere Zeit still. „Oh. Also, was gibt’s?“

„Nichts“, erwiderte Scott. Er hatte das Gefühl, nicht mehr sagen zu können, selbst wenn er gewollt hätte. Die Worte blieben ihm schlicht und einfach im Hals stecken.

„Und wie geht’s euch allen?“

„Gut.“

Sein Vater atmete gleichmäßig aus und ein. Dann sagte er etwas, das Scott seine Verdrossenheit vergessen ließ.

„Gib mir mal kurz deine Mutter."

Scott war zuerst überrascht und dann wurde er wütend, obwohl er nicht genau wusste, warum.

„Sie hat zu tun", antwortete er. „Sie kann jetzt nicht zum Telefon kommen." Das war immerhin die Wahrheit. Sie war im Krankenhaus. Man hatte ihr dort die Brust abgenommen.

„Richtest du ihr aus, dass ich angerufen habe?", fragte sein Vater. Seine Stimme klang sanft und ruhig. Er schien sich nicht über ihn zu ärgern, so wie Mama und die anderen es so oft taten.

„Klar", sagte Scott, obwohl er nicht die Absicht hatte, das zu tun.

Er legte auf und starrte den Hörer böse an. So genau wusste er nicht, warum er seinen Vater angelogen hatte. Irgendwie war er wütend auf ihn, weil er nicht zu ahnen schien, was hier vorging. *Aber er verdient es auch nicht, mehr zu wissen,* dachte Scott.

Er schämte sich ein wenig, weil er wusste, dass er ungerecht war. Wenn sein Vater gewusst hätte, was los war, hätte er seine Hilfe angeboten. Vielleicht hätte er Scott zu sich eingeladen oder vielleicht wäre er sogar hierhergekommen. Aber vielleicht hätte er auch gar nichts getan. Scott gestand sich ein, dass diese Möglichkeit bestand. Plötzlich war er wieder wütend, wütend und froh zugleich, dass er seinem Vater nichts von der Erkrankung seiner Mutter gesagt hatte. *Papa verdient es nicht, mehr zu wissen*, dachte er wieder.

Nachdem er aufgelegt hatte, saß Daniel minutenlang da und betrachtete das Telefon. *Warum macht man so etwas?*, fragte er sich. *Warum starrt man nach einem Anruf auf das Telefon, als hielte es eine Deutung des Gesprächs für einen parat, als wäre es ein Reporter, der das Geschehen kommentierte?*

Scott hat irgendwie feindselig geklungen. Daniel erwartete fast, dass das Telefon mit ihm redete. *Und was ist mit dem Typen, der zuerst am Telefon war? Ich glaube, da steckt mehr dahinter, als Scott mir sagen wollte.*

Er fragte sich, ob er langsam durchdrehte.

„Wer war das?" Denise kam die Treppe herunter. Ihre Koffer standen schon abholbereit in der Eingangshalle.

„Niemand."
„Ich dachte, du hättest telefoniert."
Daniel erwidert nichts, sondern musterte sie prüfend, als sähe er sie zum ersten Mal, heute, an dem Tag, an dem sie ihn verlassen wollte. Er betrachtete ihre langen Beine, ihre goldbraune Haut und ihre weit auseinanderstehenden, hellblauen Augen, die ihrem Gesicht einen hilflosen, flehenden Ausdruck verliehen. Ihr einziger Makel war ihr zu breiter Mund, aber sie verstand es, ihn zu einem mädchenhaften, süßen Schmollmund zu verziehen, wenn sie für die Kameras lächelte.
„Was ist los?", wollte sie wissen.
Daniel schüttelte den Kopf. „Ach, nichts."
Denise seufzte tief und kramte in ihrer Handtasche. „Was ist bloß los mit dir?", murmelte sie.
Der Gedanke, sie könnte ihn verstehen, wenn er ihr alles erzählte, erschien ihm geradezu lächerlich. Sie hatte das Gefühlsleben und die geistigen Fähigkeiten einer Sechzehnjährigen. Manchmal benahm sie sich wie Scott. Trotzdem hatte er sie geheiratet. Aber dieser Fehler würde behoben, sobald sie ihren Anwalt anrief. Sie meinte, es läge an seiner Trinkerei, aber Daniel kannte den wahren Grund. Sie wollte nicht mit einem Versager zusammenleben. Wie alle anderen hier wollte auch sie so schnell wie möglich das Feld räumen.
Daniel beugte sich über die Platte seines Sekretärs und rieb sich mit den Fingern die Schläfen. Lenore war nicht da. Sie hatte Pläne. Sie war beschäftigt. Natürlich war sie das. Wieder überlegte er, warum er unbedingt jetzt ihren Anruf erwidern und mit ihr über Scott hatte reden wollen. Sie hatte ihm bereits vor einer Woche eine Nachricht auf dem Anrufbeantworter hinterlassen, aber er hatte das Gespräch mit ihr immer weiter hinausgezögert. Jetzt allerdings brauchte er Trost. Daniel schüttelte den Kopf, als ihm bewusst wurde, wie lächerlich, wie jämmerlich dieses Verlangen nach ihrer Zuwendung war. Oder trieb ihn dazu das letzte bisschen gesunder Menschenverstand, der ihm noch geblieben war? War das ein verzweifelter Versuch, Kontakt mit dem letzten aufrichtigen Menschen aufzunehmen, den er kannte? Dieser Gedanke ließ Daniel laut auflachen. Das wäre wirklich eine Ironie des Schicksals. Aus dem Augenwinkel bemerkte er, dass Denise ihn beobachtete.
Er hatte Lenore verlassen, weil er das Leben in vollen Zügen hatte

auskosten wollen. Und er hatte alles bekommen, was er sich gewünscht hatte. Wenn er die Geschichte seines Lebens geplant hätte wie einen der Filme, in denen er mitspielte, hätte sie nicht besser verlaufen können. Bis jetzt. Sein letzter Film war ein Flop gewesen. Seine neueste Serie war abgesetzt worden. Daniel redete sich ein, dass das nur kleine Rückschläge gewesen waren. Aber seine Leute verließen ihn wie Ratten ein sinkendes Schiff.

„Was machst du denn da?" Denises Stimme klang gereizt.

„Ich *denke nach*, Denise." Seine Worte trieften vor Sarkasmus. Am liebsten hätte er noch hinzugefügt, dass sie das natürlich nicht verstehen könne, aber er verkniff sich diese bissige Bemerkung.

„Du machst mir wirklich Angst."

„Entschuldige." Er stand auf und ging nach oben. Dort zog er sich eine Jacke an und setzte eine Baseball-Kappe auf. Als er nach der Sonnenbrille griff, musste er lächeln. Immerhin wollte er die dunkle Brille tragen, damit die Leute ihn nicht erkennen konnten. Wie banal. Angesichts der schlechten Platzierungen seiner Filme und der geringen Einnahmen an den Kinokassen musste er sich über ein allzu großes Interesse an seiner Person momentan nun wirklich keine Sorgen machen.

„Wohin gehst du?", wollte Denise wissen, als er durch die Eingangshalle ging. Jetzt hatte ihre Stimme wieder diesen verdrießlichen Ton, den er so gut kannte.

„Weg."

Denise atmete geräuschvoll aus. Offenbar nahm sie es ihm übel, dass er ihr den großen Abgang verdarb.

„Ich hab immer gedacht, dass du zu den ganz Großen gehörst", sagte sie zu ihm, obwohl er ihr den Rücken zudrehte. Anscheinend musste sie unbedingt noch eine bösartige Bemerkung loswerden. „Aber jetzt kenne ich die Wahrheit."

Er hielt inne und drehte sich um, damit sie einen letzten Giftpfeil auf ihn abschießen konnte.

„Du bist auch nur einer von diesen Typen, die *beinahe* den Durchbruch geschafft hätten."

Daniel rief vom Auto aus an und hatte Glück. Robert Pasquale war zu Hause. Er meinte, natürlich würde er sich freuen, wenn Daniel vorbeikäme. Daniel fuhr zu ihm, obwohl er nicht so genau wusste, warum er sich überhaupt auf den Weg gemacht hatte. Es war schon viele Monate her, dass er zuletzt mit Pasquale gesprochen hatte. Er hatte den Kollegen bei einer Geburtstagsparty für Eldon Heywood, den Spielshow-Papst, getroffen. Das war eines der letzten gesellschaftlichen Ereignisse gewesen, zu denen man Daniel eingeladen hatte. Einmal hatte er zusammen mit Pasquale in einem Film mitgespielt. Obwohl aus Robert nie ein Superstar geworden war, war er ein guter und gefragter Schauspieler. Ein paar seiner Filme hatten den Beifall der Kritiker gefunden und fast alle spielten eine Menge Geld ein. Daniel beneidete ihn.

„Du siehst nicht gerade frisch aus", hatte Robert auf der Party zu ihm gesagt. „Geht's dir gut?"

„Klar doch", hatte Daniels etwas zu überschwängliche Antwort gelautet. Pasquale hatte den Drink in Daniels Hand mit hochgezogenen Augenbrauen gemustert.

„Komm mich doch mal besuchen", hatte er vorgeschlagen und seine Telefonnummer auf ein Stück Papier gekritzelt. Daniel hatte die Nummer monatelang in seiner Brieftasche mit sich herumgetragen, ohne irgendetwas zu unternehmen.

Jetzt hielt er vor der Einfahrt an. Nach ein paar Sekunden öffnete sich scheinbar wie durch Zauberhand das riesige schmiedeeiserne Tor. Er fuhr hindurch und die Torflügel schlossen sich wieder. Daniel folgte der Auffahrt bis zum Haus, das einen seltsamen Kontrast zu dem imposanten Tor und der langen Einfahrt bildete. Es war ein schlichtes, einstöckiges Haus im rustikalen Stil. Offenbar war Robert Pasquale die Ruhe wichtiger als Protz und Prunk. Sein Schauspielkollege erwartete ihn schon an der Tür. Der Raum hinter ihm war in ein warmes Licht getaucht.

Er führte Daniel in das geräumige Wohnzimmer und bot ihm einen Platz in einem bequemen Lehnsessel an. Der Raum war gemütlich mit alten Möbeln eingerichtet. Ein Schäferhund lag schlafend neben dem langen Sofa. Er hob den Kopf, sah Daniel aus trüben Augen an und machte es sich dann wieder bequem. Sein Schwanz wedelte kurz und schlug mit einem leisen Klopfen auf den Boden.

„Du leidest also an der Filmstar-Melancholie", meinte Pasquale. Daniel zuckte erschrocken zusammen. Er wusste nicht, ob diese Worte ernst oder sarkastisch gemeint waren.

„Ich bin eher ein ehemaliger Filmstar", korrigierte er seinen Freund schließlich.

Pasquale widersprach ihm nicht. „Willst du auch eine Cola?“ Er zeigte auf sein eigenes Glas.

Daniel sah seinen Kollegen erstaunt an. Es war lange her, dass er so etwas angeboten bekommen hatte. „Ja, bitte.“

Pasquale verschwand. Ein paar Minuten später kam er mit einem bedruckten Mickymausglas zurück. Daniel nahm das Glas mit einem Lächeln entgegen und trank einen Schluck. Es war tatsächlich eine Cola pur.

Pasquale setzte sich in einen alten grünen Liegesessel. An der einen Armlehne war der Bezug schon ganz fadenscheinig. Das Buch, in dem er gerade las, lag aufgeklappt auf dem Tisch neben dem Sessel. Daniel las den Titel auf dem Umschlag, aber er hatte noch nie davon gehört. Das Buch stand wohl nicht auf der Empfehlungsliste von Oprah Winfreys Buchklub. Pasquale strich sich über den Vollbart, schlug die Beine übereinander und lehnte sich in dem riesigen, alten Sessel zurück. Er sah Daniel neugierig an und wartete offensichtlich darauf, dass er zu sprechen begann. Daniel nahm noch einen Schluck von seiner Cola. Dann lehnte er seinen Kopf gegen die Sessellehne.

„Ist deine Zeit im Filmgeschäft vorbei?“, fragte Pasquale schließlich.

Daniel hob den Kopf und sah seinem Gegenüber in die Augen. Pasquale lächelte, aber es war eher ein mitfühlendes als ein boshaftes Lächeln. Mit einem Achselzucken meinte Daniel: „Vielleicht.“

„Es tut weh, wenn der Traum vom großen Erfolg zerplatzt wie eine Seifenblase.“

„Das stimmt.“

„In der Filmbranche tummeln sich viele Schauspieler, die zuerst Erfolg haben und als der nächste Superstar gehandelt werden, aber dann verläuft ihre Karriere im Sand. Und die Leute fragen sich: ‚Na, was der wohl jetzt macht?‘“

Daniel musste an Denises Worte denken, dass er auch nur einer von diesen Typen sei, die beinahe den Durchbruch geschafft hätten.

„Obwohl du einen guten Start hingelegt hast“, fügte Pasquale hinzu. „Eine Menge Filme und einer davon war richtig gut.“

„Ein paar von ihnen haben eine Menge Geld eingespielt“, berichtigte Daniel ihn. „Drei um genau zu sein.“

„Nicht zu vergessen die Fernsehserie.“

Daniel nickte zustimmend.

„Arbeitest du gerade?“

Wieder reagierte Daniel mit einem Achselzucken. „Meine Agentin hat Verhandlungen laufen.“

Jetzt zuckte Pasquale mit den Schultern. Er wusste, dass das alles und nichts heißen konnte.

„Nimmst du Drogen?“

Daniel schüttelte den Kopf.

„Dann ist es also nur der Alkohol.“

Daniel nickte.

„Das kenne ich.“ Pasquale hob sein Colaglas. „Diese Weihnachten bin ich zehn Jahre trocken.“

„Meinen Glückwunsch.“

Pasquale neigte den Kopf. „Natürlich weißt du, dass die Trinkerei nicht gut fürs Geschäft ist. Wenn die Leute dich für einen Säufer halten, geben sie dir keine Rollen mehr. Schließlich wissen sie nicht, ob du zu den Dreharbeiten überhaupt auftauchst, und wenn ja, in welcher Verfassung du bist.“

Daniel nickte wieder. Vermutlich hatte Pasquale die Gerüchte gehört oder die Artikel in der Boulevardpresse gelesen. Aber beides war übertrieben. Während der Dreharbeiten war er nie betrunken gewesen. Vielleicht hatte er ein paarmal einen Kater gehabt, aber die Produktion eines Films hatte sich wegen ihm noch nie verzögert. Das war nur dummes Gerede, nichts weiter.

„Willst du es mit einer Entziehungskur probieren?“

Daniel schüttelte den Kopf. „So was brauch ich nicht.“ Natürlich nicht. Er war schließlich kein Alkoholiker.

Daniel rechnete mit einem selbstgefälligen Grinsen seines Gegenübers. Aber Pasquale blieb ernst. Seine Augen blickten bekümmert, fast traurig. „Wie du meinst“, sagte er leise.

Ein paar Minuten lang saßen sie schweigend da. Daniel bekam ein schlechtes Gewissen. Schließlich war er hierhergekommen, um seinen Kollegen um einen Rat zu bitten.

„Hast du ein paar weise Worte für mich?“, fragte er schließlich gespielt ehrerbietig. Gleichzeitig hoffte er, dass Pasquale nicht wieder von einer Entziehungskur anfangen würde.

Pasquale überlegte kurz. „Hast du Geld?“

„Ja, ein bisschen was.“ Mehr wollte Daniel nicht sagen. Natürlich hatte er Geld. Er war ja noch nicht ganz am Boden, sondern nur auf dem Weg dorthin. Nach der Scheidung würde er zwar sein schönes Haus in Bel Air und zwei seiner drei Sportwagen verkaufen müssen, aber er war noch lange nicht pleite.

„Du könntest natürlich die Comeback-Nummer probieren", sagte Pasquale langsam. „Der Phönix aus der Asche kommt in Hollywood immer gut an. Mach eine Entziehungskur – es spielt keine Rolle, ob du sie brauchst oder nicht", fügte er rasch hinzu. „Wenn du zurückkommst, gibst du eine Pressekonferenz. Dann nimmst du jede Rolle an, die man dir anbietet. Du wirst hart arbeiten müssen, aber vielleicht schaffst du es."

„Ich hab so was schon mal gemacht", gestand Daniel seinem Kollegen.

„Dann mach's noch mal. Mach's so oft wie nötig. Oder aber du hörst endlich auf, dir und anderen was beweisen zu wollen. Du musst doch kein Superstar werden. Gib dich doch damit zufrieden, dass du genug zu Essen hast und ein neues Leben anfangen kannst." Er machte eine ausschweifende Handbewegung, die sein Buch und das ganze Zimmer mit einschloss. Sein Hund warf ihm einen Blick zu, in dem leise Zweifel lagen.

„Und wie soll ich das anstellen?"

„Du hörst auf, den Dingen nachzujagen, die dich kaputtmachen. Es ist wie ein Spiel", meinte Pasquale und schüttelte den Kopf. Seine Lippen verzogen sich zu einem wissenden Lächeln. „Du erzählst allen, dass du die Nase voll hast vom Filmgeschäft. Dann ziehst du an einen Ort, wo dich niemand kennt oder sich niemand für dich interessiert. So wie in Montana, wo die Jungs sich bloß an ihre Hutkrempe tippen, wenn sie dir auf der Straße begegnen. Am besten, du gehst so weit wie möglich von hier weg."

„Dann wäre meine Karriere beendet." Daniel wurde klar, dass er in seinem tiefsten Innern genau das wollte. Aber was sollte er ohne die Schauspielerei mit sich anfangen? Und wer wäre er dann noch?

Pasquale quittierte diese Worte mit einem erneuten Achselzucken. „Na und?"

„Das klingt nach einem langweiligen Leben", erwiderte Daniel. Er drehte sein Glas hin und her. Die dunkle Flüssigkeit darin bildete kleine Strudel.

Robert Pasquale zwinkerte ihm zu und verzog das Gesicht. „Aber scheinbar wäre es viel besser als dein jetziges Leben."

Daniel starrte in die Flammen des Kaminfeuers.

„Es ist nicht leicht, eine solche Entscheidung zu treffen", sagte Pasquale nach einer Weile beschwichtigend. Dann schwiegen die beiden Männer eine Zeit lang.

Als er nach einem kurzen Zwischenstopp im Spirituosenladen wieder bei sich zu Hause eintraf, hatte Daniel den Beschluss gefasst, nichts zu überstürzen. Wenn er dem Rat seines Kollegen folgte, würde er viel aufgeben müssen. Außerdem konnte man sich im richtigen Leben nicht so einfach davonstehlen. Er müsste sich um den Verkauf seiner beiden Häuser und seiner Autos kümmern … Daniel war zu erschöpft, um diese Gedanken zu Ende zu führen. Als er daran dachte, wie mühsam es wäre, sich aus seinem jetzigen Leben loszueisen, kam es ihm so vor, als stünde er am Fuß eines hohen Berges, den er nur mit einem Seil bewaffnet bezwingen sollte. Es wäre etwas anderes, wenn er statt der Schauspielerei ein anderes Ziel gehabt hätte oder wenn er wüsste, wohin er gehen könnte. Daniel seufzte tief und ging mit dem Schlüssel in der Hand langsam die Treppe zur Hintertür hoch. Heute Abend war er einfach zu müde, aber morgen würde er über all das nachdenken.

Sobald er im Haus war, sah er, dass Denise samt ihrem Gepäck verschwunden war. Er goss sich ein Glas Whisky ein und schaltete den Fernseher an. Gerade lief wieder diese Show, in der man Schauspieler befragte, die sich durch besonders beeindruckende Leistungrn hervorgetan hatten. Einen kurzen Moment überlegte Daniel, ob man ihn vielleicht auch einmal einladen würde, aber dann winkte er verächtlich ab. Wohl eher nicht. Sein größter Kassenschlager war *Der dunkle Schatten des Ninja* gewesen. Mit einem solchen Film qualifizierte man sich ganz bestimmt nicht für diese Sendung.

Trotzdem tat Daniel so, als sei er derjenige, der von dem großspurigen Moderator interviewt wurde. Er beantwortete die Fragen gemeinsam mit dem geladenen Gast. Schließlich war das eine gute Übung im Improvisieren.

Wie lautet Ihr Lieblingswort?

Ruhe. Ja, das wäre es. Vor seinem geistigen Auge sah er ein hohes, in der Dämmerung liegendes Gebäude mit glatten Steinfußböden. Ruhige Nischen, die hinter schweren Vorhängen aus dickem Stoff versteckt waren. Von ferne hörte er leises Wasser plätschern. Ruhe.

Wie lautet das Wort, das Sie am wenigsten mögen?

Sonnenlicht. Es war so grell und vulgär. Es brannte auf seinem Gesicht und blendete seine Augen. Er sehnte sich nach einem Ort, an dem es dämmrig und kühl war.

Was macht Sie an?

Er ließ kurz alle Frauen in seinem Leben Revue passieren, bevor sich die Antwort wie von selbst ergab. Freundlichkeit. Erst jetzt wurde ihm bewusst, wie wichtig ihm Freundlichkeit, Treue, Freude und Anmut waren. Es kam nicht auf einen wohlproportionierten Körper an, sondern auf die inneren Werte, auf Tugenden. Das war zwar ein altmodisches Wort, aber Tugenden machten ihn an. Er erinnerte sich an die alten Kinderbücher, die seine Tante Dorothy sammelte. Jede darin enthaltene Geschichte sollte den Kindern eine bestimmte Charaktereigenschaft nahebringen. Vielleicht war das gar nicht so verkehrt, dachte Daniel jetzt. Er lächelte traurig und stieß ein bitteres Lachen hervor, als ihm klar wurde, dass eine Frau mit inneren Werten ihn bestimmt nicht würde haben wollen.

Welches Geräusch mögen Sie gern?

Den Klang von Scotts Stimme, aber nicht so, wie sie heute am Telefon geklungen hatte, desinteressiert und ausdruckslos, seiner eigenen Stimme immer ähnlicher. Nein, er liebte die Erinnerung an diese Kinderstimme, die hoch und begeistert klang, und … laut. Wieder musste er lächeln.

Welches Geräusch mögen Sie gar nicht?

Geschwätz. Davon hatte er die Nase voll, von diesem leisen Geraune bei jeder Feier, dieses sinnlose, oberflächliche Geschnatter, das aus den Mündern aller Anwesenden herauskam. Nur einmal in seinem Leben wollte er die Wahrheit hören, in klaren, deutlichen Worten, selbst wenn sie wehtat.

Wie lautet Ihr Lieblingsfluch?

Daniels Lachen klang in der Stille seines Wohnzimmers wie ein raues Krächzen. Ironischerweise war es Schönheit. ‚Oh, wie schön du bist.‘

‚Er ist so schön.‘ Jetzt wurde ihm klar, und diese Erkenntnis quittierte er fast desinteressiert, dass Schönheit in Wirklichkeit ein Fluch war.

Welchen anderen Beruf würden Sie gerne ausüben?

Ein Job bei der Müllabfuhr wäre ganz in Ordnung. Er könnte auch als Anstreicher arbeiten oder in einer Tankstelle, die rund um die Uhr geöffnet hatte.

Wenn es einen Himmel gibt und Sie an der Himmelspforte ankommen, welche Worte würden sie dann gerne von Gott hören?

Wieder musste Daniel lachen. Er wusste ganz genau, was Gott zu ihm sagen würde. Zuerst würde er seine Gästeliste sorgfältig überprüfen und dann mit einem bedauernden Kopfschütteln sagen: „Du stehst hier nicht drauf, Kumpel.“ Dann würde er Daniel mit einer Kopfbewegung dorthin zurückschicken, woher er gekommen war. Beinahe beiläufig stellte sich Daniel die Frage, ob er Gott vielleicht ein paar Geldscheine zustecken könnte, um ihn dazu zu bringen, noch einmal ein Auge zuzudrücken und ihn trotzdem hereinzulassen.

29

Als Lenore schließlich erwachte, fühlte sich ihr Brustkorb an wie eine einzige klopfende Wunde. Der stechende Schmerz breitete sich von ihren Armen bis in ihre Schultern aus und von dort aus weiter bis in ihren Kopf. Selbst ihre Fingerspitzen fühlten sich an, als würden sie mit heißen Nadeln traktiert. Lenore war zwar wach, aber ihr Kopf war noch nicht klar. Deshalb nahm sie alles um sich herum wie durch einen milchigen Schleier wahr.

„Wie fühlen Sie sich?"

Lenore schlug die Augen auf. Dr. Simons stand an ihrem Bett. „Mir tut alles weh."

Der Arzt nickte und schrieb etwas in ihre Krankenakte.

Lenore bewegte die Finger. Daraufhin spürte sie, wie ihr die kleinen Nadelstiche von ihren Achselhöhlen durch ihren Brustkorb schossen.

„Wir probieren es heute mit Flüssignahrung und vielleicht ein bisschen Schonkost. Sie müssen aufstehen und herumlaufen. Deshalb stellen wir sobald wie möglich auf orale Schmerzmittel um."

„Wann kann ich nach Hause?"

Dr. Simons reagierte mit einem Achselzucken. „Morgen. Übermorgen. Haben Sie sonst noch Fragen?"

„Nein." Lenore schüttelte den Kopf und spürte, dass die Nadelstiche diesmal einen anderen Weg nahmen, von ihrem Nacken über die Schulter bis in ihre Finger. Es waren dieselben glühenden Nadeln wie eben. Dr. Simons nickte ihr kurz zu und drehte sich um. Noch bevor er das Zimmer verlassen hatte, drückte sie den Klingelknopf.

Die Krankenschwester, die auf ihr Klingeln hin kam, kannte Lenore noch nicht. Sie war nicht eine von denen, die die Tür offen ließen. Es war auch nicht die Schwester, die bei ihrem ersten Erwachen aus der Narkose ihre Hand weggezogen hatte.

Sie war jung und hübsch, hatte blondes Haar. Wenn sie lächelte, bildeten sich Grübchen auf ihren Wangen. Vom Aussehen her konnte sie aus Skandinavien, aus Schweden oder Norwegen stammen. *Sie hat ihre Ausbildung bestimmt erst vor Kurzem abgeschlossen*, dachte Lenore und warf einen Blick auf ihr Namensschild. *Kristin Knutsen, examinierte Krankenschwester*, stand darauf.

„Ich bin froh, dass Sie heute so richtig wach sind, aber Sie haben bestimmt Schmerzen." Schwester Kristin sprach in einem normalen Tonfall mit Lenore, ohne zu schreien wie die andere Krankenschwester in der Aufwachstation. Aber jetzt brüllte Lenore ja auch nicht mehr vor Schmerzen.

„Ja, die habe ich", erwiderte Lenore. Das Sprechen und sogar das Atmen taten ihr weh.

„Ich gebe Ihnen zuerst etwas gegen die Schmerzen. Sie sollen sich schließlich nicht unnötig quälen. Sobald Sie sich dann ein bisschen besser fühlen, kümmern wir uns ums Essen."

„Ich hätte gerne was zu trinken", sagte Lenore leise. Trotz der Infusion quälte sie immer noch ein unerträgliches Durstgefühl. Ihre Mundhöhle war wie ausgedörrt.

„Ich bringe Ihnen gleich beides – die Medikamente und etwas zum Durstlöschen." Schwester Kristin machte auf dem Absatz kehrt und verließ das Zimmer. Kurz darauf kehrte sie zurück. Sie injizierte Lenore ein Schmerzmittel und reichte ihr eine Tasse mit Eisstückchen. „Wenn Sie das bei sich behalten, bekommen Sie ein bisschen Wasser." Die junge Krankenschwester lächelte Lenore an. Ihre blauen Augen glänzten sanft und wieder bildeten sich Grübchen auf ihren Wangen.

Lenore verzehrte zunächst die Eisstückchen. Dann trank sie Wasser, Limonade und Suppe. Mit Schwester Kristins Hilfe konnte sie sogar mehrmals aufstehen. Allerdings krümmte sie sich beim Laufen über die Wunden in ihrem Arm und ihrem Brustkorb. Schwester Kristin stützte sie und zog die Stange mit dem Infusionstropf wie einen ungebetenen Gast hinter ihnen her. Zum Abendessen gab es sogar schon Haferbrei und Vanillepudding. Lenore sah von ihrem Tablett auf, als Nathan Delacroix mit Scott im Schlepptau das Zimmer betrat.

„Hallo Jungs." Sie lächelte die beiden freudig an und merkte, dass der angespannte Zug um Scotts Mundwinkel ein wenig nachließ.

„Komm und gib mir einen Kuss. Genau hier." Mit ihrem gesunden

Arm deutete sie auf ihre Wange. „Das ist eine der wenigen Stellen, die mir nicht wehtun."

„Geht's dir gut, Mama?", fragte Scott mit einem Stirnrunzeln. Das war seit Tagen der erste vollständige Satz, den sie von ihm hörte.

Sie lächelte ihm zu. „Mit jeder Minute, die vergeht, fühle ich mich besser."

Nathan Delacroix musterte prüfend ihr Tablett. „Na ja, das ist zwar kein Kartoffelpüree mit Soße, aber es könnte auch schlimmer sein."

Schwester Kristin kam herein und musterte verdutzt den Besuch. Ihr erster Blick galt dem hochgewachsenen und gut aussehenden Nathan. Lenore merkte, wie Nathan förmlich aufblühte, als die junge Krankenschwester ins Zimmer trat.

„Schwester Kristin, das ist mein Sohn Scott, und das ist unser Freund Nathan Delacroix."

„Freut mich, Sie kennenzulernen", sagte Nathan in seinem weichen, langgezogenen Dialekt. Sein offenes, attraktives Gesicht strahlte vor Freude.

Kristins Gesicht wurde plötzlich brennend rot. „Freut mich auch."

Scott blinzelte Lenore verschwörerisch zu und plötzlich spürte sie ihre Schmerzen nicht mehr.

Schwester Kristin hatte am nächsten Tag frei und so konnte Lenore sich nicht mehr bei ihr bedanken. Denn am Morgen kam Dr. Simons ins Zimmer, studierte ihre Karteikarte und beobachtete sie einen Moment lang dabei, wie sie da so im Bett saß und eine Portion Rühreier verzehrte. Dann meinte der Arzt, sie könne nach Hause gehen. Um die Mittagszeit halfen Al und Edie ihr vor dem Haus in der Chestnut Street so vorsichtig aus dem Auto, als sei sie aus Glas. Aus irgendeinem Grund fühlte Lenore sich desorientiert. Es schien ihr, als würde sie versuchen zu tanzen, aber ihre Füße wollten einfach nicht dem Takt der Musik folgen. Alles war seltsam. Im Haus herrschte eine merkwürdige Stille. Angie und Scott waren nicht da und Mr Kaplan war nirgends zu sehen. Aber Lenore merkte, dass die Hausbewohner sich auf ihre Rückkehr vorbereitet hatten, und so versuchte sie fröhlich zu wirken. Mrs Callahan hatte ihr Bett frisch bezogen, auf ihrem

Nachttisch stand eine Vase mit Blumen und aus der Küche kam ein köstlicher Duft.

„Ich habe dir eine Gemüsesuppe gemacht." Mr Caputo strahlte sie an. Das Lächeln ließ seine Augen so klein werden, dass sie fast verschwanden.

Al stellte ihren Koffer in ihrem Zimmer ab und Edie half ihr ins Bett.

Aber Lenore verspürte weiterhin dieses seltsame Gefühl. Alles im Haus wirkte fremd auf sie, obwohl sich in den letzten zwei Tagen nichts verändert hatte. Schließlich erkannte sie, dass sie es war, die nicht so recht hierher passte. Immerhin folgte sie nicht ihrer normalen Routine. Genauso war es gewesen, wenn sie als Kind krank gewesen war und nicht in die Schule musste. Im Fernsehen liefen andere Sendungen als gewohnt. Das Licht, das durch die Fenster ins Haus fiel, war anders. Von draußen drangen fremde Geräusche herein. Sie hörte Lieferwagen, die Müllabfuhr und die Postautos. Tagsüber war ihr das Haus fremd, weil sie es sonst nur abends und nachts erlebte. Lenore schüttelte den Kopf. Sie war zu müde und krank, um sich näher mit diesem Gefühl zu befassen. Sie hatte Krebs, und sie hatte eine Brust verloren. Alles tat ihr weh und sie fühlte sich unwohl. Leise bat sie Edie um ein Glas Wasser. Dann nahm sie eine Tablette und schlief ein.

Scott ging es ziemlich mies. Sein ganzes Leben war verkorkst. Einfach alles lief schief, in allen Bereichen. Seine Mutter war krank, vielleicht sogar todkrank, und er fühlte sich schlecht. Richtig schlecht. Er dachte eine Zeit lang darüber nach und machte sich dann auf die Suche nach Nathan, der am Küchentisch saß und etwas auf ein Stück Papier schrieb. Vielleicht war es ja ein Brief.

„Mir geht's grade nicht so prickelnd", murmelte Scott.

Nathan hob den Kopf und zog die Augenbrauen hoch. „Entschuldige. Was hast du gesagt?"

„Ich hab gesagt, mir geht's grade nicht so prickelnd." Scott betonte jedes einzelne Wort, weil er sich ärgerte, dass er sich wiederholen musste.

„Oh", entgegnete Nathan sanft und mit einem Achselzucken. „Das *muss* auch so sein." Seine Stimme blieb ruhig und er schien nicht wütend zu sein.

Scott war verwirrt. Er meinte, er hätte ihn nicht richtig verstanden, aber Nathan sprach weiter und räumte alle Zweifel aus.

„Wann hörst du endlich mit diesem kindischen Benehmen auf und wirst erwachsen?", fragte Nathan. Die Frage klang so freundlich, als ob er Scott zu einem Ausflug oder zu einer Partie Basketball einladen wollte.

Scott war vor Überraschung wie erstarrt.

„Ich habe eine Neuigkeit für dich, Kumpel", sagte Nathan. Jetzt klang seine Stimme brüsk und hart. „Du bist vielleicht was Besonderes, aber du bist nicht der Nabel der Welt. Nicht immer dreht sich alles nur um dich. Du solltest zur Abwechslung auch mal an andere denken."

Scott wurde vor Wut ganz heiß. Er wollte gerade etwas erwidern, als Mr Caputo die Treppe herunterkam. Sein Gesicht war puterrot und so verärgert, wie Scott es noch nie zuvor gesehen hatte. In der Hand hielt er ein Papiertütchen. *Das* Papiertütchen.

„Was ist das?", fragte Mr Caputo mit ausdrucksloser Stimme. „Ich wollte gerade ein paar saubere Klamotten in deine Kommode einräumen. Da habe ich das hier gefunden."

Scott griff nach dem Tütchen, aber Nathan riss es ihm aus der Hand.

„Gib das sofort her!" Scott wollte seinem Freund die Papiertüte wegnehmen, aber Nathan packte ihn am Arm, hielt ihn fest umklammert und wollte ihn gar nicht mehr loslassen. Scott wollte schon losbrüllen, aber in letzter Sekunde fiel ihm ein, dass seine Mutter genau über ihnen im Bett lag und schlief. Er überlegte es sich anders.

„Komm mit", sagte Nathan und zerrte Scott nach draußen zur Garage, hinter die Laube aus wildem Wein. Scott konnte sehen, dass Mr Caputo und Al wie zwei neugierige alte Damen am Küchenfenster standen und beobachteten, wie Nathan ihn anbrüllte. Wegen so einer Lappalie stellten sich alle an, als hätte er einen Mord begangen. Nur weil man eine winzige Menge Gras bei ihm entdeckt hatte, meinten alle gleich, er sei ein Junkie. Scott empfand ein seltsames Gefühlswirrwarr. Zuerst spürte er glühenden Zorn, dann Angst und schließlich stieg eine tödlich kalte Bitterkeit gegenüber Mr Caputo, Nathan, Al und sogar gegenüber seiner Mutter in ihm auf, obwohl er Letzteres nicht verstehen konnte.

„Hast du den Verstand verloren?" Nathans Worte klangen scharf und beißend.

Scott schaltete die Ohren auf Durchzug, als Nathan ihm von Drogen erzählte und Typen in der Marine, die ihre ganze Karriere in den Sand gesetzt hatten, weil sie ihre Finger nicht von dem Zeug hatten lassen können. Außerdem sagte er irgendetwas über Leute, die als Versager endeten, weil sie nur noch eines im Kopf hatten, nämlich sich zu berauschen. Scott stand schweigend da und ließ die Schimpftirade über sich ergehen. Als Nathan zu ihnen gekommen war, hatte er geglaubt, er sei sein Freund. Aber jetzt machte er eine schwere Zeit durch, weil seine Mutter an Krebs erkrankt war, und trotzdem machte Nathan so ein Geschrei wegen nichts und wieder nichts.

„Wenn ich dich noch einmal mit so etwas erwische, mit jeder Art von Droge oder auch nur mit Alkohol, dann nehme ich dich mit hier raus hinter diese Garage und ziehe dir das Fell über die Ohren. Ist das klar?“

Scott erwiderte nichts, sondern starrte sein Gegenüber nur böse an.

Nathan brachte sein Gesicht ganz nahe vor Scotts. „Ich rede mit dir.“

„Ja, ist klar“, antwortete Scott endlich.

Nathan starrte ihn kurz an und plötzlich empfand Scott in seinem Gefühlschaos noch etwas anderes. Er fühlte sich verletzt. Als er merkte, dass er den Tränen nahe war, blinzelte er mehrmals und biss sich auf die Lippen.

„Also gut.“ Nathan schüttelte noch immer den Kopf. Dann drehte er sich um und ging zurück zum Haus. Nach ein paar Schritten blieb er stehen. „Eins noch“, fügte er hinzu. „Du wirst hier nicht den ganzen Tag lang rumstehen und vor dich hinschmollen, während deine Mutter krank im Bett liegt. Ich gebe dir fünf Minuten. Dann bewegst du deinen Hintern wieder rein. Mach was Sinnvolles, anstatt Löcher in die Luft zu starren. Wenn nicht, komme ich wieder hier raus und ziehe dir wirklich das Fell über die Ohren.“

Scott starrte seinen angeblichen Freund an. Er versuchte, dieselbe Kälte in seinen Blick zu legen, die er innerlich spürte.

„Du bist mir wichtig.“ Nathan sah ihn düster, fast drohend an. „Und ich lasse nicht zu, dass du dich mit Drogen vollpumpst. *Hast du das kapiert?*“

Scott schwieg wieder und diesmal zwang Nathan ihn nicht zu einer Antwort.

Nachdem Nathan verschwunden war, wartete Scott noch eine Minute, dann ging er ins Haus, an Mr Caputo und Al vorbei, die noch immer in der Küche standen, nach oben in sein Zimmer und holte das Geld aus seinem geheimen Versteck. Es waren etwa einhundert Dollar. Er schob sich die Scheine in die Hosentasche und machte sich noch nicht einmal die Mühe, ein paar Sachen zusammenzupacken. Anschließend ging er zum Zimmer seiner Mutter, blieb davor stehen und griff sogar nach der Türklinke. Doch dann überlegte er es sich anders. Seine Mutter war ohne ihn besser dran. Er schlich sich die Treppe hinunter und mied sorgfältig die knarrenden Stufen. In der Küche unterhielten sich Mr Caputo und Al inzwischen mit Nathan. Leise schloss Scott die Haustür hinter sich, dann rannte er los. Er erwischte den Bus in Richtung Stadtzentrum und setzte sich genau in dem Moment auf einen freien Platz, in dem Nathans fünf Minuten abliefen. An der fünften Haltestelle stieg Scott in eine andere Buslinie um, die ihn zu dem Busbahnhof brachte, an dem die Greyhound-Busse abfuhren. Dort blätterte er dem Mann am Fahrscheinschalter einundneunzig seiner hundert Dollar hin, um ein einfaches Ticket nach Los Angeles zu kaufen. Scott musste zwar schlucken, aber die Entscheidung fiel ihm nicht schwer. Für eine Rückfahrkarte reichte sein Geld nicht. Beinahe hätte er seinen Vater angerufen, um ihm zu sagen, dass er kam, aber dann entschied er sich doch anders. Er wollte lieber einfach so bei seinem Vater auftauchen. Schließlich wollte er ihn überraschen.

Sylvia nahm drei Anrufe entgegen, während Daniel im Vorzimmer saß und wartete. Sie hatte ein bisschen Angst vor der Begegnung mit ihm. Nachdem sie das letzte Telefonat beendet hatte, sah sie auf die Uhr. Diesen Teil ihrer Arbeit mochte sie am wenigsten. Sie bereitete sich innerlich auf das vor, was kommen musste, und nahm sich vor, es nicht persönlich zu nehmen. Dann rief sie ihre Sekretärin an und bat sie, Daniel hereinzuschicken. Die Tür ging auf. Trotz seiner sorgfältig aufeinander abgestimmten Kleidung sah ihr Klient schrecklich aus. Er war wohl wieder verkatert. Als er die Sonnenbrille abnahm, sah sie seine blutunterlaufenen Augen. Sie stieß einen bedauernden Seufzer aus. Im Leben eines jeden Trinkers kam irgendwann der Moment, in dem er seine Sucht nicht mehr mit Schminke übertünchen konnte und selbst ein kräftiger Spritzer Rasierwasser die Alkoholfahne vom Vortag nicht mehr vertuschte.

„Bitte entschuldigen Sie die lange Wartezeit", sagte Sylvia höflich.

Daniel lächelte sie an. Seine Anziehungskraft war zwar schwächer geworden, aber sie war noch immer da. Wieder spürte sie ein leises Bedauern. Es war wirklich schade. So eine Verschwendung. Sie versuchte, sich auf das rein Geschäftliche zu konzentrieren.

„Haben Sie von ihnen gehört?", fragte Daniel. Damit machte er es ihr leichter.

Sie nickte. „Eine Absage." Seine drei letzten Filme hatten nur sehr wenig eingespielt, deshalb hatten seine Chancen, eine größere Rolle zu ergattern, von vorneherein schlecht gestanden, aber Sylvia hatte ihr Bestes getan.

Daniel atmete geräuschvoll aus.

Sie spannte sich innerlich an und wartete ab. Sie war gespannt, was er sagen würde, ob er alles noch schwerer machen würde, als es sowieso schon war. Doch er schwieg. Also holte Sylvia tief Luft. Es fehlten nur noch ein paar Worte, dann wäre es vorbei. „Ja, Daniel. Die letzten vier Filme, in denen Sie mitgespielt haben, sind den Bach runter gegangen. Ich glaube, Sie müssen Ihre Erwartungen ein bisschen herunterschrauben."

Daniel nickte. Wieder stahl sich ein Lächeln auf seine Lippen. Diesmal wirkte es spöttisch. Sie wusste nicht so genau, ob dieser Spott ihr galt oder ihm selbst.

„Wir sollten uns mehr auf das Fernsehen konzentrieren", fügte sie hinzu. „Vielleicht eine weitere Rolle in einer Serie oder zumindest ein paar Gastauftritte. Ich habe zwar keine so guten Beziehungen zum Fernsehen, aber ein paar Kollegen von mir machen auf diesem Gebiet eine hervorragende Arbeit."

Daniel stand auf und ging auf ihren Schreibtisch zu. Sylvia erstarrte. Plötzlich hatte sie Angst. Aber er streckte ihr nur seine Hand entgegen.

„Danke für die gute Zusammenarbeit, Sylvia."

Sie schüttelte ihm die Hand und verspürte wieder dieses leise Bedauern. Es war wirklich jammerschade. „Auf Wiedersehen, Daniel."

Diesmal war sein Lächeln so umwerfend wie früher, trotz der Spuren, die der Alkohol und die Enttäuschung auf seinem Gesicht hinterlassen hatten. Dann drehte er sich um und verließ das Büro.

30

In Los Angeles herrschte brütende Hitze. Scott kniff die Augen zusammen. Er war noch immer benommen, weil er sich im Tiefschlaf befunden hatte, als der Bus im Busbahnhof eingefahren war. Jetzt sah er sich seine Umgebung genauer an. Diesen Anblick hatte er nicht erwartet, obwohl er nicht so genau wusste, welche Vorstellung er eigentlich gehabt hatte. Er dachte an seine Besuche bei seinem Vater, als er noch ein Kind gewesen war. Sein Vater hatte ihn immer vom Flughafen abgeholt, zusammen mit Donelle, dem Chauffeur. Auf dem Rücksitz des Luxusautos hatte immer schon ein Geschenk für ihn bereitgelegen. Scott konnte sich nicht erinnern, dass sie jemals durch eine solche Gegend gekommen waren. Die Straßen, durch die das Auto seines Vaters gefahren war, waren breit und sauber gewesen. Es hatte immer eine kühle Brise geweht, und sie waren von Palmen gesäumt gewesen. Überall hatten tolle Autos herumgestanden. Auf den Bürgersteigen hatte kein Abfall herumgelegen, und sie waren an schicken Geschäften vorbeigefahren. Hier war alles ganz anders. Scotts Blick fiel auf die Straße, die von der Greyhound-Station wegführte. Er sah überall Maschendrahtzäune mit Stacheldraht, wie in einem Gefängnis. Die Fenster an den Gebäuden waren vergittert und die Häuser selbst waren über und über mit Graffiti bedeckt. Überall lag Abfall herum. Scott zog seine Jacke aus und lief los.

„Die Bushaltestelle ist ein Stück weiter die Straße rauf", hatte der Fahrer gleichgültig gemeint. Ihm war völlig egal gewesen, ob Scott in den richtigen Bus einstieg oder nicht. Scott hatte seinen Vater eigentlich von einer Telefonzelle aus anrufen wollen, aber das Münztelefon im Busbahnhof war besetzt gewesen, und davor hatten schon Leute darauf gewartet, dass sie an der Reihe waren. Deshalb war Scott weitergegangen. An einer Tankstelle war wieder eine Telefonzelle, aber das Telefon war defekt. Offenbar hatte jemand den Hörer gestohlen. Das Kabel hing lose herunter. Es blieb Scott also nichts anderes übrig, als seinen Weg fortzusetzen. Ihm wurde heiß und er begann zu schwitzen. Als er an einem Penner vorbeikam, wurde ihm bewusst, dass er noch keine Gelegenheit gehabt hatte, sich zu waschen. Wahrscheinlich sah er genauso schlimm aus wie dieser Typ. Seine Mutter würde ausrasten, wenn sie ihn so sehen könnte. Als er an seine Mutter dachte, zog sich Scotts Magen schmerzhaft zusammen. Sein schlechtes Gewissen meldete sich zu Wort und er bekam fast keine Luft mehr. Aber beim Gedanken an Nathans Beschimpfungen wurde er wieder wütend. Was bildeten er, Al und Mr Caputo sich eigentlich ein? Scott versuchte, seinen unbändigen Zorn vom Vortag wieder heraufzubeschwören, aber es wollte ihm einfach nicht gelingen. Im Laufe der langen Busfahrt war seine Wut verglüht und in sich zusammengeschrumpft. Die Wirklichkeit hatte ihn eingeholt. Er fühlte sich wie ein Verbrecher, weil er sich einfach so davongeschlichen und seine Mutter im Stich gelassen hatte. Er hätte vorher mit ihr reden sollen. Aber was hätte das gebracht? Sobald Mr Caputo ihr das Tütchen mit dem Stoff gezeigt hätte, wäre sie ohnehin fertig mit ihm gewesen. Er hatte ihr schon oft genug wehgetan. Vielleicht wäre es für alle das Beste, wenn er bei seinem Vater blieb. Seine Mutter würde bestimmt schneller gesund, und er würde sich in Los Angeles sowieso viel wohler fühlen.

Scott warf einen verstohlenen Blick auf ein paar komische Typen, die an der nächsten Straßenecke herumlungerten. Nach einem kurzen Moment des Zögerns drehte er sich rasch um und lief in die nächste Seitenstraße. Gute zehn Minuten später fand er endlich die Bushaltestelle. Als der nächste Bus kam, fragte er die Fahrerin, welche Linie zu der Anschrift auf seinem Zettel fuhr, und stieg in den entsprechenden Bus. Erleichtert stellte er fest, dass die Straßen allmählich sauberer und freundlicher wurden und die Leute nicht mehr so furchterregend aussahen. Am Sunset Boulevard musste er umsteigen. Hier liefen jede Menge Touristen mit Kameras und elegant gekleidete Männer mit Aktenkoffern herum. Jetzt wurde er angestarrt, weil er genauso wild aussah wie die Leute, die nicht hierher gehörten. Scott hatte Hunger, aber er hatte sein letztes Geld bereits ausgegeben und so sagte er sich, dass er bald bei seinem Vater sein würde, am Ziel seiner langen Reise. Bei seinem Vater würde man ihm jeden Wunsch von den Augen ablesen.

Endlich kam der Bus, der ihn das letzte Teilstück fahren würde. Als der Fahrer ihm ein Zeichen gab, stieg Scott aus. Er folgte der kurvenreichen Straße, bis er vor einem hohen Tor stand, das er noch nie in seinem Leben gesehen hatte. Sein Vater war offenbar umgezogen. Er konnte das Haus nicht sehen, aber am Tor befand sich eine Türglocke. Scott drückte auf den Klingelknopf.

„Hallo." Eine fremde Stimme klang durch den Lautsprecher.

„Donelle?"

Es folgte ein kurzes Schweigen.

„Der arbeitet nich' mehr hier. Was woll'n Sie denn?"

„Ich will meinen Vater besuchen."

Wieder schwieg der Mann am anderen Ende der Lautsprecheranlage. Dann öffneten sich die großen Flügel des schwarzen, schmiedeeisernen Tores und Scott ging hinein. Als er sich noch einmal umdrehte, schloss sich das Tor bereits wieder hinter ihm.

31

Es war eine interessante Erfahrung für Lenore, dass ein neues Problem ein bereits bestehendes total überdecken und es völlig nichtig erscheinen lassen konnte. Ein kleiner Teil ihres Verstands war noch ruhig und distanziert geblieben, aber der komplette Rest befand sich in allerhöchster Alarmbereitschaft. Von einer Sekunde auf die andere hatte sich alles verändert. Noch vor vierundzwanzig Stunden hatte sie das Gefühl gehabt, einen vernichtenden Verlust erlitten zu haben, aber jetzt war es nur noch eine bandagierte Wunde auf ihrer Brust. An die düstere Todesahnung, die ihre Krebserkrankung mit sich gebracht hatte, erinnerte sie sich jetzt nur noch verschwommen und undeutlich. Das alles erschien ihr furchtbar weit weg und banal. Nervös ging Lenore im Wohnzimmer auf und ab. Wie unter einem inneren Zwang lief sie alle paar Minuten zum Fenster. Der Ausblick war immer derselbe. Es war bewölkt. Im gepflegten Vorgarten wehte der Wind ein paar Ahornblätter über den saftig grünen Rasen. Auf der Straße parkten die Autos in einer ordentlichen Reihe. Aber noch immer sah sie auf dem Bürgersteig keinen verwahrlosten Jungen, der das Gartentor aufstieß und auf das Haus zulief. Sie ließ die Gardine wieder fallen und ging erneut auf und ab. Der Brustkorb tat ihr weh, aber sie wollte keine Schmerztablette nehmen, weil sie einen klaren Kopf behalten wollte. Seit den frühen Morgenstunden war sie auf den Beinen. Mr Caputo war in ihr Zimmer gekommen und hatte sie geweckt, um ihr zu erzählen, dass Scott verschwunden war. Er hatte ihr auch den Grund gesagt.

Lenore ging zum Telefon – das war der andere Schritt ihres nervösen Tanzes. Wieder wählte sie Daniels Nummer und wieder erreichte sie nur den Anrufbeantworter. Diesmal hatte keine Frauenstimme die Ansage aufgesprochen, sondern Daniel, der müde und gelangweilt klang. Lenore hinterließ ihm noch eine Nachricht. Ihre Stimme klang schrill und panisch.

Natürlich hatte sie die Polizei angerufen, aber dort hatte man ihr nur mitgeteilt, dass sich die Beamten im Bundesstaat Washington nicht einschalten, wenn ein Jugendlicher weggelaufen war. Die Polizei könne erst dann eingreifen, wenn man ein Verbrechen vermute. „Er hat Ihnen das Auto gestohlen?“, hatte der Polizist deshalb hoffnungsvoll gefragt.

Auch Edie und Matt hatte Lenore verständigt. Die beiden waren vorbeigekommen und hatten gemeinsam mit ihr gebetet. Schließlich, als abzusehen war, dass sie nichts tun konnten als zu warten, hatte Lenore sie zum Aufbruch gedrängt. Ihre Freunde hatten versprochen, später wieder vorbeizuschauen und weiterhin für Scott zu beten.

„Mein Liebes, ich bin mir sicher, dass er zu seinem Vater ist.“ Mr Caputo versuchte, sie zu beruhigen.

„Aber wo ist Daniel denn? Warum ruft er nicht zurück?“ Lenore war ängstlich und wütend zugleich. „Was ist, wenn Scott bei Daniel niemanden antrifft? Vielleicht ist Daniel zu Dreharbeiten unterwegs. Wenn Scott allein in Los Angeles ist, kann alles Mögliche passieren!“

Al war ebenfalls nervös im Zimmer auf und ab gegangen. Aber jetzt hielt er inne und drehte sich zu Lenore um. Sein Gesicht war von Sorge, Zorn und Entschlossenheit verzerrt. „Ich mach mich auf den Weg. Ich kenne noch ein paar frühere Kollegen bei der Polizei. Wir werden den Jungen schon finden.“

„Ich komme mit“, sagte Nathan. Auch er hatte in der Nacht kaum geschlafen. Er gab sich die Schuld an Scotts Verschwinden. Immer wieder hatte er sich bei Lenore entschuldigt. Sie hatte versucht, ihn zu beruhigen, denn sie hätte an seiner Stelle bestimmt ganz genauso reagiert. Im Grunde genommen hatte sie diese Entwicklung schon seit Monaten, wenn nicht seit Jahren, kommen sehen. Scott verglich sie ständig mit Daniel, dem Filmstar, dem coolen Typen, dem, der seinen Sohn wirklich verstehen konnte. Bei solchen Vergleichen schnitt sie immer schlecht ab. Und jetzt war er anscheinend zu seinem Vater gegangen. Er hatte eine Entscheidung getroffen. Zum ersten Mal in all den Jahren musste Lenore sich damit auseinandersetzen, dass Scott möglicherweise nicht mehr nach Hause kommen würde. Vielleicht wäre es jetzt umgekehrt. Vielleicht würde Scott jetzt sie an Weihnachten und in den Sommerferien besuchen kommen. In ihrer Kehle bildete sich ein dicker Kloß, sodass sie kaum schlucken konnte. Dann ermahnte sie sich, keine voreiligen Schlüsse zu ziehen. *Bitte gib mir die Weisheit, die ich brauche, und beschütze meinen Sohn,* betete sie unablässig. Der pochende Schmerz in ihrer Brust hatte jetzt denselben Rhythmus angenommen wie ihr Herzschlag.

„Wartet noch ein bisschen“, sagte sie schließlich. „Daniel ruft bestimmt bald zurück.“

Falls Scott nicht bei seinem Vater sein sollte, könnten Nathan und Al ihn ohnehin nicht finden, selbst wenn die beiden Männer da anderer Meinung waren. Trübselig starrte Lenore ins Leere. Langsam gewann ihre Verzweiflung die Oberhand. Sie stellte sich vor, wie ihr Sohn einsam und verlassen an einer Straßenecke in Los Angeles stand und schloss die Augen, um dieses Bild aus ihren Gedanken zu verbannen.

Nathan verließ daraufhin das Zimmer. Al brummte etwas und trat ans Fenster. Mrs Callahan murmelte etwas vor sich hin. Das leise Klicken ihrer Zahnprothese durchbrach traurig die Stille. Als Angie in der Küche laut nach ihr rief, ging sie hinaus. Lenore setzte sich. Sie fühlte sich zittrig und wie zerschlagen, war aber trotzdem total aufgekratzt. Mr Caputo verschwand in Richtung Küche. Nach einer Weile kehrte er mit einem Tablett in der Hand zurück. Darauf befanden sich ein Teller Suppe, ein Stückchen Toastbrot und ein Glas Milch. Sogar an ihre Schmerztabletten hatte er gedacht. Da Lenore sich nicht streiten wollte, aß sie gehorsam, aber sie ging nicht ins Bett. Stattdessen blieb sie auf dem Sofa sitzen. Sie wickelte sich in die Decke, die Mr Caputo ihr um die Schultern gelegt hatte, und wartete auf das Klingeln des Telefons.

Dieses Haus war ganz anders als die tolle Villa, die Papa vorher gehabt hatte. Und den Typen, der ihn hereingelassen hatte, hatte Scott auch noch nie vorher gesehen. Der Mann war dunkelhäutig, hochgewachsen und durchtrainiert. Er nannte ihm noch nicht einmal seinen Namen, sondern deutete bloß mit dem Kopf auf die Glasschiebetür, die zum Swimmingpool führte. „Dein Vater ist da draußen“, sagte er. „Wenn er aufwacht, sag ihm, dass er mir noch mein Honorar schuldet.“ Er setzte eine Sonnenbrille auf und verschwand durch die Tür, durch die Scott gerade hereingekommen war.

Scott stand einen Augenblick lang unschlüssig da. Er erblickte seinen Vater in einem Liegestuhl am Swimmingpool, aber er wusste nicht, ob der Leibwächter ihm gesagt hatte, dass sein Sohn hier war. Scott sah sich im Haus um. Offenbar war sonst niemand da, ganz im Gegensatz zu früher. In der Villa seines Vaters hatte es bei jedem seiner Besuche nur so gewimmelt von Personal und Gästen. Hier drin war es dämmrig, weil die dunklen Vorhänge vor den großen Fenstern zugezogen waren. Am Telefon seines Vaters blinkte ein rotes Licht. Scott zog die Schiebetür auf und ging nach draußen. Da es im Haus recht kühl gewesen war, traf ihn die Hitze wie ein Faustschlag ins Gesicht.

Sein Vater drehte sich um, als er hörte, dass die Tür aufging. Er setzte sich nicht auf, stellte aber sein Glas auf den Boden und nahm die Sonnenbrille ab.

Scott trat ein bisschen näher an ihn heran.

„Scott?“, fragte sein Vater.

Wenigstens erkennt er mich noch. Scott konnte es sich nicht erklären, aber ihn überrollte eine riesige Welle der Erleichterung. *Natürlich erkennt er mich noch,* dachte er. *Schließlich bin ich sein Sohn.* Trotzdem waren seit ihrer letzten Begegnung ein paar Jahre vergangen. Seit diesem Drama mit dem Autounfall hatte Scott seinen Vater nicht mehr so häufig besucht. Er warf einen Blick auf das dickwandige Glas, das neben dem Liegestuhl stand. Daniel trank etwas Braunes. Er erspähte eine Flasche hinter dem Glas. Es war Whisky, aber er kannte die Marke nicht. Auf dem Etikett war nicht der wilde Truthahn abgebildet, der damals, als Scott noch klein gewesen war, auf der Flasche des „speziellen Getränks“ seines Vaters, das Scott nicht probieren durfte, zu sehen gewesen war.

„Hallo“, sagte Scott. Er wartete darauf, dass sein Vater aufstand und ihn umarmte.

Daniel stand tatsächlich auf und strich sich mit der Hand über das Gesicht. Aus nächster Nähe konnte Scott sehen, dass sein Vater furchtbar aussah, vielleicht so schrecklich wie er selbst. Sein Vater hatte sich wohl mehrere Tage lang nicht rasiert. Seine Augen waren blutunterlaufen und er roch nach Alkohol. Endlich umarmte Daniel Scott kurz. Dann klopfte er ihm unbeholfen auf den Rücken. Wieder strich er sich über das Gesicht.

„Setz dich doch.“ Daniel deutete mit einer lässigen Handbewegung auf den zweiten Liegestuhl, aber Scott nahm lieber in einem der Klubsessel Platz. Der Swimmingpool sah einladend aus. Das aquamarinblaue Wasser war spiegelglatt. Die Sonne ging langsam unter. Aber anstatt froh zu sein, dass er am Ziel seiner langen Reise angekommen war, bedauerte Scott es plötzlich, hierhergekommen zu sein. So hatte er sich seine Ankunft bei seinem Vater nicht vorgestellt. Die Wirklichkeit war anders als seine Träume, so dunkel und leer, irgendwie unheimlich. Es war nicht so, wie es sein sollte.

„Was führt dich hierher?" Die Stimme seines Vaters klang zwar freundlich, aber Scott merkte, dass er sich unwohl fühlte. Seine Ankunft hatte bei ihm nicht die überschwängliche Freude ausgelöst, die Scott erwartet hatte. Jetzt erkannte er, dass es kindisch von ihm war, das auch nur anzunehmen. Sein Vater war zwar jedes Mal außer sich vor Freude über seine Besuche gewesen, als Scott sechs Jahre alt gewesen war, aber jetzt war die Situation eine andere. Niemand freute sich über den Überraschungsbesuch eines sechzehnjährigen Unruhestifters. Bestimmt wollte sein Vater ihn so schnell wie möglich wieder loswerden.

Scott überlegte sich, wie er auf Daniels Frage reagieren sollte. Welche Antwort wollte sein Vater hören? *Die sind ausgerastet, weil ich mir ein bisschen Stoff besorgt hab. Ich hab mir gedacht, dass du mich verstehst.* Das war immerhin die Wahrheit. Er warf einen Blick auf die Whiskyflasche. „Na ja, ich hab mal sehen wollen, wie's dir so geht", sagte er schließlich.

„Weiß Mama, dass du hier bist?", fragte sein Vater. Er war wohl doch nicht so ahnungslos, wie Scott vermutet hatte.

Er antwortete mit einem Kopfschütteln und sein Vater nickte wissend.

„Am besten rufen wir sie gleich an", meinte er. „In letzter Zeit hab ich meinen Anrufbeantworter nicht so oft abgehört. Es kann also gut sein, dass sie schon probiert hat, uns zu erreichen."

„Ruf du sie an", bat Scott ihn. Er hatte Angst vor einer Konfrontation mit seiner Mutter. „Kann ich bei dir duschen?"

„Klar", antwortete sein Vater. Er lächelte. Für ihn war es wohl nichts Besonderes, dass sein Sohn vierundzwanzig Stunden lang mit dem Bus unterwegs gewesen war und völlig überraschend bei ihm auf der Terrasse stand.

„Die Treppe rauf und dann rechts. Nimm dir ein paar saubere Sachen von mir."

Sie gingen zusammen ins Haus. Scott ließ sich unter der Dusche viel Zeit. Dann schlüpfte er in eine kurze Hose seines Vaters. Sie war ihm zwar zu groß, aber die langen Hosen passten ihm überhaupt nicht. Als er wieder nach unten kam, trug sein Vater ein T-Shirt und Jeans. Er hatte Kaffee aufgesetzt. Das Blinklicht am Telefon war verloschen.

Scott hörte den Summer vom Tor. Ein paar Minuten, nachdem sein Vater auf eine Taste gedrückt hatte, klingelte es an der Haustür. Daniel ging nach vorn und kam mit einem Pizzakarton zurück. Er stellte ihn vor Scott hin und klappte ihn auf. Es war Scotts Lieblings-Pizza. Peperonisalami mit extra viel Käse. Er lächelte seinen Vater an. Zum ersten Mal seit seiner Ankunft hier hatte er ein gutes Gefühl. Er begann zu essen. Sein Vater wollte nichts, sondern saß nur da und beobachtete, wie Scott die Pizza hungrig verschlang. Als er mit dem Essen fertig war, saßen sich Vater und Sohn schweigend gegenüber.

„Geht's Mama gut?“, fragte Scott schließlich. Er wischte sich mit der Serviette über den Mund. Die Pizza lag ihm jetzt wie ein Stein im Magen. Er hätte nicht so schnell essen sollen.

„Ihr geht's gut“, antwortete sein Vater. Von der Operation erwähnte er nichts und plötzlich wollte Scott ihm auch nichts mehr davon erzählen. Er wollte nicht, dass sein Vater wusste, wie schäbig er sich benommen hatte. Welcher Sohn ließ seine Mutter mit ihren Schmerzen einfach allein? Mit einer gewissen Verbitterung erkannte Scott jedoch, dass Daniel ihm das eigentlich nicht zum Vorwurf machen konnte. Schließlich hatte sein Vater ihn und seine Mutter ebenfalls verlassen. Vielleicht waren sie aus freien Stücken gegangen, aber Scott wusste, dass sich seine Mutter etwas anderes gewünscht hatte. Er erinnerte sich noch genau, wie es in der ersten Zeit gewesen war, wie traurig seine Mutter, wie traurig er gewesen war. Jetzt spürte er Wut in sich aufsteigen, Wut auf seinen Vater. Es machte ihn noch wütender, als er merkte, dass sein Vater und er sich nichts mehr zu sagen hatten. Dabei war er ohnehin schon wütend. Er war wütend, weil er vierundzwanzig Stunden in einem Bus hatte verbringen müssen, um seinen Vater besuchen zu können. Er war wütend, weil er nicht gewusst hatte, wo das Haus seines Vaters war. Er war wütend, weil er bei seiner Ankunft hier die Erlaubnis eines anderen gebraucht hatte, um überhaupt bis zur Haustür zu gelangen. Er war wütend, weil sein Vater am Swimmingpool gewesen und sich hatte volllaufen lassen, anstatt etwas Sinnvolles, ja, etwas Gutes zu tun.

„Ist das alles, was du hier machst?“, explodierte Scott schließlich. Mit einer Kopfbewegung zeigte er auf den Swimmingpool.

Ein paar Sekunden lang sah sein Vater ihn überrascht an. Dann lächelte er, aber das Lächeln wirkte gekünstelt. „Im Großen und Ganzen ja“, erwiderte er.

„Arbeitest du denn nicht mehr?“

„Klar arbeite ich noch. Heute habe ich frei.“ Die Stimme seines Vaters klang sanft, aber er senkte den Blick.

Scott starrte ihn einen Augenblick lang an, aber dann sah er ebenfalls zu Boden. Er kam sich plötzlich dumm und unreif vor.

„Hör zu“, begann sein Vater.

Scott erstarrte. Jetzt kam es. Das war es dann gewesen. „Du brauchst nichts zu sagen“, meinte er, als sein Vater verstummte. „Ich weiß, dass ich wieder nach Hause muss.“

Wieder schwiegen sie sich an. Als Scott den Kopf hob, konnte er den Gesichtsausdruck seines Vaters nicht deuten. In seinen Zügen lag Traurigkeit, aber auch noch etwas anderes, Rätselhaftes.

„Momentan bin ich kein gutes Vorbild für dich“, sagte sein Vater schließlich mit einem schiefen Lächeln. Die Worte klangen, als würden sie von jemand anderem stammen.

„Hat Mama das gesagt?“

„Sie hat recht.“

Scott reagierte mit einem betont lässigen Achselzucken. „Wie du meinst.“ Er wusste nicht so ganz, was er mit seinem Gefühlschaos anfangen sollte. Einerseits fühlte er sich gekränkt, weil er wie ein kleines Kind nach Hause geschickt wurde, andererseits hatte er ein schlechtes Gewissen, weil er von zu Hause weggelaufen war. Er hatte Angst vor seiner Rückkehr. Er war bitter enttäuscht darüber, was er hier in Los Angeles vorgefunden hatte, aber auch ein bisschen erleichtert. Es war seltsam, er war tatsächlich erleichtert. Scott wurde klar, dass er unbedingt wieder nach Hause wollte. Im Grunde genommen wollte er das schon, seit er aus dem Bus gestiegen war und erkannt hatte, dass er zwar vor etwas davongelaufen war, die lange Fahrt ihn aber nicht an das Ziel seiner Wünsche und Hoffnungen gebracht hatte. In seinem tiefsten Inneren hatte er das bereits gewusst, bevor er bei seinem Vater angekommen war und ihn in diesem Zustand am Swimmingpool vorgefunden hatte.

„Du kannst gerne bei mir übernachten“, sagte sein Vater. „Morgen früh setze ich dich aber dann in einen Flieger. Wenn du willst, kannst du mich an Weihnachten wieder besuchen.“

„Klar doch", murmelte Scott. Er wich dem Blick seines Vaters aus und schaute noch einmal zum Swimmingpool. Eine leichte Brise bewegte das Wasser, sodass er sich kräuselte und sich winzig kleine Wellen bildeten. Dann war die blaue Oberfläche mit einem Mal wieder spiegelglatt. „Das ist schon Okay", fügte er hinzu. Plötzlich wünschte er sich, es wäre schon morgen.

Der Flug dauerte zweieinhalb Stunden. Im Flughafen von Seattle warteten sie schon auf ihn. Seine Mutter wirkte ein wenig blass und trug Jogginghosen. Als er auf sie zuging, legte sie einen Arm um ihn und drückte ihn fest an sich. Dann weinte sie. Sie gab ihm einen Kuss, brüllte ihn an, schluchzte wieder und küsste ihn erneut auf die Wangen. Al starrte ihn böse an und brummte etwas von wegen schlimmen Streichen und die Strafe dafür. Dann holte er das Auto. Mr Caputo sagte: „Du hast uns einen ganz schönen Schrecken eingejagt, junger Mann." Diesen Satz wiederholte er wie in einer Endlosschleife. Mrs Callahan schnalzte missbilligend mit der Zunge und schüttelte den Kopf. Angie verdrehte die Augen und warf ihm einen verständnisvollen Blick zu.

„Wo ist denn Nathan?", fragte Scott schließlich.

„Er ist zur Arbeit gegangen. Aber er lässt dir ausrichten, dass du nicht wieder verschwinden sollst. Er will mit dir reden, wenn du zu Hause bist", entgegnete seine Mutter. Eine leichte Zornesröte stieg ihr in die Wangen. „Ich habe ihm gesagt, dass das kein Problem ist, weil du erst mal gar nicht weggehen wirst."

Scott nickte lediglich. Er wusste, dass er unter Hausarrest stand. Aber das war kein Problem, weil er das bereits erwartet hatte. Schließlich hatte er genügend Zeit zum Nachdenken gehabt. Und er hatte gründlich nachgedacht, während er in dem angenehm kühlen Flugzeug gesessen, an seiner Cola genippt und die Bordzeitschrift betrachtet hatte. Dabei waren Erinnerungen an Früher in ihm aufgestiegen. In der Welt seines Vaters hatte es ihm nie besonders gut gefallen. Er hatte immer nach Hause gewollt, bevor die Zeit seines Besuchs bei ihm um gewesen war. Aber er hatte in den letzten Jahren stets gedacht, dass er Heimweh gehabt hatte, weil er noch ein Kind gewesen war. In Wirklichkeit war es um etwas ganz anderes gegangen, nämlich darum, wer er selbst und wer sein Vater war, darum, wer sie alle waren. Scott warf einen Blick auf die wild durcheinanderredende Menschenhorde, die um ihn herumstand. Diese komische Familie, die er manchmal überhaupt nicht mochte, erschien ihm auf einmal gar nicht mehr so schlecht. Zumindest war er diesen Leuten nicht gleichgültig. Bei dieser Erkenntnis bildete sich ein dicker Kloß in Scotts Kehle. Er musste wieder an seinen Vater denken, der bei seiner Ankunft in dem Liegestuhl am Swimmingpool gelegen hatte. Natürlich war er seinem Vater auch wichtig, aber Scott hatte das Gefühl gehabt, dass da irgendetwas nicht stimmte. Er wusste nicht, was es war, aber ihm war in den letzten Stunden bewusst geworden, dass er die Probleme seines Vaters nicht lösen konnte.

„Du und ich – wir müssen uns aussprechen, wenn wir zu Hause sind“, kündigte ihm seine Mutter an. Sie presste die Lippen fest zusammen, legte aber gleichzeitig den Arm so fest um ihn, als wolle sie ihn nie wieder loslassen.

„Okay“, erwiderte Scott. Plötzlich fühlte er sich besser. Es kam ihm so vor, als hätte er nach einem ewig langen Flug zum ersten Mal wieder festen Boden unter den Füßen.

32

Man hätte meinen können, dass sie sich zusammengesetzt und es geplant hätten, aber das war natürlich nicht der Fall. In den nächsten Wochen wurde Lenore von allen Hausbewohnern nach Strich und Faden verwöhnt. Sie fühlte sich, als ob alle sie in einer festen, warmen Umarmung hielten. Mr Caputo und Mr Kaplan führten in der Küche das Regiment. Momentan besprachen sie, wie sie die bevorstehenden jüdischen Feiertage gestalten wollten. Mr Kaplan hatte alle Mitbewohner gefragt, ob sie etwas dagegen hätten, wenn sie die Tage, die mit dem jüdischen Neujahrsfest begannen, gemeinsam begehen würden.

Lenore hatte sofort begeistert zugestimmt. Scott hatte mit einem gleichgültigen Achselzucken reagiert, aber sein Zorn auf alles und jeden schien inzwischen verraucht zu sein. Lenore versuchte erst gar nicht, diesem Mysterium auf den Grund zu gehen, aber vor Erleichterung war ihr ganz warm ums Herz. Ihr Sohn hatte seine Strafe – drei Monate Hausarrest – gleichmütig hingenommen. Er schien sogar ganz zufrieden mit diesem Schicksal zu sein und lud seine Freunde nun zu sich ein, anstatt ständig mit ihnen zu Konzerten zu gehen oder sonst irgendwo herumzuhängen, wie er es vor seiner Flucht getan hatte. Angie nahm im Unterricht gerade die unterschiedlichen Religionen durch und hoffte, durch eine genaue Kenntnis der jüdischen Feiertage und ihrer Rituale einige zusätzliche Punkte einheimsen zu können. Al hatte gemeint, er habe nichts dagegen, solange er nicht etwas Religiöses machen müsse. Mr Caputo hatte die eigentliche Idee zu der Feier gehabt und sogar Mrs Callahan, die überzeugte Baptistin, hatte den Vorschlag für gut befunden. „Ich möchte einen besseren Einblick in das Leben unseres Erlösers bekommen. So etwas ist fast wie eine Reise ins Heilige Land", hatte sie begeistert zugestimmt.

Also hatten die beiden Männer mit der Planung begonnen. Sie kritzelten lange Einkaufslisten auf die Rückseite von Briefumschlägen und entwarfen Speisepläne. Lenore gefiel diese Begeisterung. Die Stimmung im Haus war seit ihrer Krebserkrankung gedrückt gewesen und es hatte eine beinahe unheimliche Stille geherrscht, doch jetzt schienen das Haus und seine Bewohner langsam wieder zum Leben zu erwachen.

Al hatte sich vorgenommen, den Motor von Lenores Auto zu überholen. Schließlich würde sie noch eine Zeit lang nicht zur Arbeit fahren, er hatte also genug Zeit dazu. Jeden Morgen und jeden Nachmittag widmete er sich dieser Aufgabe. Wann immer Lenore einen Blick aus dem Fenster warf, sah sie, wie Al sich über die offene Motorhaube beugte oder unter dem Wagen lag. Aus seiner Hosentasche hing meistens ein orangefarbener Lappen, und ein roter Werkzeugkasten stand neben ihm auf dem Boden.

Mrs Callahan hatte die komplette Reinigung des Hauses übernommen. Die meisten Arbeiten hatte sie sowieso schon gemacht und es schien ihr nichts auszumachen, dass nun alles an ihr hängen blieb. Lenore hörte sie oft singen, während sie staubsaugte, putzte und fegte. Den Wäschekorb nahm Mrs Callahan immer mit ins Wohnzimmer. Sie sah sich im Fernsehen Seifenopern an, während sie die Wäsche zusammenlegte. „Weißt du, dass Jill immer noch mit Andrew zusammen ist?“, fragte die Frau auf dem Bildschirm dann beispielsweise. Mrs Callahan saß kopfschüttelnd vor dem Fernseher, obwohl sie die Sendungen mit großem Interesse verfolgte. Missbilligend sagte sie immer wieder: „Herr, hab Geduld mit diesen Menschen.“

Nathan schien bei Scott die Vaterrolle übernommen zu haben. Als Scott aus Los Angeles zurückgekommen war, hatten sich die beiden etwa eine dreiviertel Stunde lang ins Studierzimmer zurückgezogen. Als sie herausgekommen waren, waren sie wieder die besten Freunde gewesen, ja, mehr als das. Nathan war zu Scotts Mentor geworden. Lenore flüsterte ein leises Dankgebet. Die beiden waren auch vorher schon miteinander befreundet gewesen, aber es hatte den Anschein gehabt, als ob zwischen ihnen eine Barriere stünde. Scott hatte kein wirkliches Vertrauen zu dem jungen Mann gehabt. Lenore wusste nicht, was zwischen den beiden vorgefallen war, aber seit Scotts Rückkehr schien diese Barriere zwischen ihnen verschwunden zu sein.

Nathan hatte sich inzwischen bei der Berufsfeuerwehr beworben. Er stand auf der Warteliste und um die Zeit zu überbrücken, hatte er einen gut bezahlten Job in einem Lagerhaus angenommen. Ab halb drei hatte er Feierabend. Um die gleiche Zeit hatte Scott Schulschluss.

„Auf dem Heimweg kann ich dort vorbeifahren und ihn abholen", hatte Nathan Lenore vorgeschlagen. „Das ist gar kein Problem." Nachmittags halfen die beiden Al meistens bei der Arbeit am Auto. Manchmal hörte Lenore sie auch hinten im Garten stundenlang Basketball spielen. Scott war fast wieder der Alte. Sein Blick war weniger finster und manchmal stahl sich sogar ein Lächeln auf seine Lippen. Bei jedem Aufprall des Basketballs schloss Lenore die Augen und sagte: „Danke, Herr."

Auch Lenore selbst fühlte sich allmählich besser, sowohl körperlich als auch seelisch. Die Schnittwunde war verheilt. Sie betrachtete sie immer wieder gründlich und schonungslos. Natürlich hatte sie zuerst bitterlich geweint, aber sie zwang sich, sich die Narben tagtäglich anzusehen, ja, ihren Anblick sogar zu lieben, als ob es sich um ihren Fuß oder ihre Hand handelte. Sie sahen zwar nicht schön aus, aber sie gehörten zu ihr. Lenore hatte sich außerdem angewöhnt, das Thema Krebs mindestens einmal täglich zur Sprache zu bringen, wenn sie mit den anderen Hausbewohnern zusammen war. Ganz bewusst sprach sie das Wort „Krebs" aus. Beim ersten Mal hatten die anderen betroffen und erschrocken zugleich reagiert, aber inzwischen nahmen sie es als selbstverständlich hin.

„Ich lese gerade ein Buch, in dem es darum geht, wie man mit Krebs leben kann", hatte Lenore gestern Abend beim Essen erwähnt.

„Wie ist das Buch?", hatte Mr Caputo gefragt.

„Bitte reich mir mal die Schüssel mit den grünen Bohnen", hatte Nathan zu Scott gesagt.

Es wurde von Mal zu Mal leichter – für sie und für die anderen.

Mittlerweile hatte sie es auch Erik erzählt. Er hatte sanft und mitfühlend reagiert, aber sein Blick war ganz trüb geworden, als er das Wort „Krebs" gehört hatte. Lenore hatte gemerkt, wie er die Rollen gewechselt hatte. Von einer Sekunde auf die andere war er wieder ganz der Arzt gewesen, den sie von früher her kannte. Er hatte alles ganz genau wissen wollen. Am nächsten Tag hatte er sie besucht und ihr Pralinen und einen Strauß Margeriten mitgebracht. Seitdem kam er in regelmäßigen Abständen vorbei. Er war aufmerksam und freundlich zu ihr, aber er hatte sie nie gefragt, warum sie ihm nicht schon früher von ihrer Erkrankung erzählt hatte. Lenore fand das seltsam.

„Heute ist eine besondere Nacht für das jüdische Volk. Für mich als messianischen Juden, also einen Juden, der an Yeshua HaMaschiach, Jesus den Messias, glaubt, hat diese Nacht eine noch tiefere Bedeutung." Mr Kaplan trug eine Kippa, die traditionelle jüdische Kopfbedeckung, und einen Gebetsschal. Der Tisch war festlich gedeckt. Lenore hatte mitbekommen, wie Mr Caputo und Mr Kaplan sich gestritten hatten, ob sie das gute Porzellan verwenden sollten oder nicht. Offenbar hatte Mr Caputo diesen Wortwechsel gewonnen, denn hier stand es in voller Pracht, sein Royal Doulton Service, dazu die guten Kristallgläser von Waterford und die schöne Spitzentischdecke.

Lenore merkte, wie es ihr innerlich warm wurde. Für diesen Anlass hatte sie sich zum ersten Mal seit Wochen schön gemacht. Sie strich ihr elegantes Kleid glatt und trank einen Schluck Wasser. Der dunkelrote Wein, den Mr Kaplan für alle in die Gläser gegossen hatte, sogar für Angie und Scott, sollte erst später im Verlauf der Zeremonie getrunken werden. Lenore wusste nicht, warum sie sich so wohlfühlte. Vielleicht lag es daran, dass sie sich zurücklehnen und den festlichen Abend genießen konnte oder daran, dass sie noch unter den Lebenden weilte und ihren Sohn bei sich hatte, der allmählich seine tiefe Traurigkeit überwand. Vielleicht fühlte sie sich auch einfach nur sicher und von Gott und ihren Mitmenschen geliebt. Lenore beschloss, dass es unnötig war, dem genauen Grund für ihren inneren Frieden nachzuspüren. Dankbar lehnte sie sich auf ihrem Stuhl zurück und genoss dieses Glücksgefühl.

Mr Kaplan nahm seine Bibel in die Hand und rückte seine Brille zurecht. „Mehr als siebenhundert Jahre vor der Geburt Jesu hat der Prophet Jesaja diese Worte über den künftigen Messias niedergeschrieben." Seine Stimme klang tief und dunkel. *Doch wer glaubt schon unserer Botschaft? Wer erkennt, dass Gott es ist, der diese mächtigen Taten vollbringt? Der Herr ließ seinen Boten emporwachsen wie einen jungen Trieb aus trockenem Boden.*

Lenore musste an das sanfte, mitfühlende Herz Jesu denken und an die Welt, die ein dürrer Ort der Gewalt war.

Er war weder stattlich noch schön. Nein, wir fanden ihn unansehnlich, er gefiel uns nicht!

Auch Jesus gehörte nicht zu den Schönen und Reichen.

Er wurde verachtet, von allen gemieden. Von Krankheit und Schmerzen war er gezeichnet. Man konnte seinen Anblick kaum ertragen. Wir wollten nichts von ihm wissen, ja, wir haben ihn sogar verachtet. Dabei war es unsere Krankheit, die er auf sich nahm; er erlitt die Schmerzen, die wir hätten ertragen müssen …

Sie musste an ihren eigenen Wundschmerz nach der Operation denken.

Wir glaubten, dass Gott ihn schlug und leiden ließ, weil er es verdient hatte. Doch er wurde blutig geschlagen, weil wir Gott die Treue gebrochen hatten; wegen unserer Sünden wurde er durchbohrt. Er wurde für uns bestraft – und wir? Wir haben nun Frieden mit Gott! Durch seine Wunden sind wir geheilt.

Beim Gedanken an das, was Jesus für sie getan hatte, durchströmte Lenore aufs Neue dieser tiefe Frieden.

Mr Kaplan klappte die Bibel zu und rezitierte den letzten Vers dieses Abschnitts aus dem Gedächtnis: *Wir alle irrten umher wie Schafe, die sich verlaufen haben; jeder ging seinen eigenen Weg. Der Herr aber lud alle unsere Schuld auf ihn.*

Am Tisch herrschte tiefes Schweigen.

Lenore warf einen Blick auf den Teller, der vor ihr stand. Darauf lagen zwei Apfelstücke und ein winziges Schälchen mit Honig, ein Symbol für ein süßes neues Jahr. Sie sah zu, wie Mr Kaplan das Apfelstück in den Honig tauchte und es sich in den Mund steckte. Sie machte es ihm nach. Die Süße des Honigs verband sich mit dem säuerlichen Fruchtgeschmack des Apfels. Nachdem Lenore auch das zweite Apfelstück in den Honig getunkt hatte, senkte sie den Kopf und schloss die Augen.

„Leschana towa“, sagte Mr Kaplan.

Lenore hob den Kopf.

„Leschana towa“, wiederholte er. Sein Gesicht strahlte heller als die Kerzen, die vor ihm standen. „Auf ein gutes Jahr.“

33

In der Woche vor Thanksgiving herrschte im Haus freudige Betriebsamkeit, weil sich alle auf den Feiertag vorbereiteten. Lenore arbeitete inzwischen wieder halbtags im Krankenhaus. Ihre Kraft war zurückgekehrt und sie hatte neuen Mut geschöpft.

Niemand wusste mehr so genau, wann Al den ersten Brief von Arvid Chamberlain bekommen hatte. Lenore entdeckte eines Tages einen Umschlag von ihm auf dem Telefontischchen. Erst als sie ihn in der Hand hielt, sah sie, dass der Brief an Al adressiert war. Das lächelnde Gesicht des stets gepflegten Fernsehevangelisten mit dem dichten Haarschopf war auf dem Briefumschlag abgebildet. Wenn Lenore und die anderen sonntags aus dem Gottesdienst gekommen waren, hatte Al schon mehrfach vor dem Fernseher gesessen und sich die Sendungen des Evangelisten angesehen. Lenore war zwar überrascht gewesen, aber sie hatte sich zunächst nichts dabei gedacht.

Wundergebet zu Thanksgiving am Donnerstag, dem 23. November, stand in dicken roten Lettern auf dem Briefkuvert. *Welches dringende Gebetsanliegen bringen Sie schon lange vor Gott?* Lenore schüttelte den Kopf. Sie wusste, dass sich im Brief ein Rückumschlag und eine Antwortkarte befanden. Auf dieser Antwortkarte konnte man ankreuzen, wie viel man spenden wollte. Sie hatte bereits mehrere ähnliche Briefe bekommen, aber nicht von Arvid Chamberlain, sondern von der Brief-Gemeinde von Pastor Ewing. Im Umschlag hatte ein Blatt Papier gelegen, auf dem ein farbenfroher Orientteppich abgebildet war. Darunter stand: *Ihr authentischer Gebetsteppich* und ihr wurde versichert, dass Ihre Gebete erhört würden, wenn sie eine kleine Spende schicken und ihr Anliegen auf diesem Teppich kniend und in Gedanken an Pastor Ewing vor Gott bringen würde.

Als sie den an Al adressierten Brief sah, meinte Lenore, das sei wieder so eine Art Reklame. Aber später, als Al ihr in der Diele begegnete, sagte er, er müsse mit ihr reden. Also setzten sie sich an den Küchentisch.

Als Gesichtszüge wirkten angespannt. „Ich hab für dich mit Pastor Chamberlain einen Gebetsbund geschlossen", sagte er.

„Tatsächlich?" Mehr fiel Lenore dazu nicht ein.

Al nickte zustimmend. „Ich hab einen Tausch vereinbart. Pastor Chamberlain hat mir persönlich geschrieben, was es damit auf sich hat. Er meint, ich kann mich als Opfer für jemand anderen darbringen und Gott wird dieses Opfer annehmen."

Lenore schüttelte verwirrt den Kopf. „Das verstehe ich nicht."

Als Gesicht war inzwischen brennend rot geworden, aber er sprach mit ruhiger Stimme weiter. „Ich hab Gott mein Leben für deins angeboten. Ich hab ihm versprochen, dass ich ihm dienen und dann an deiner Stelle sterben will, wenn er verhindert, dass du wieder Krebs bekommst."

Lenore war sprachlos. Wieder schüttelte sie den Kopf und starrte Al verblüfft an.

„Ich hab angerufen und meinen Bund mit Pastor Chamberlain besiegelt. Zur Bestätigung muss ich dir davon erzählen und danach darf ich nie wieder darüber reden."

„Al ..." Lenore tastete sich vorsichtig vor, wie in einem fremden Haus, in dem es stockdunkel war.

„Pastor Chamberlain hat dir gesagt, dass du an meiner Stelle sterben und mich so davor bewahren kannst, an Krebs zu sterben?"

Al nickte. Seine eisblauen Augen sahen sie unverwandt an. „Ja, genau so ist es."

So etwas gibt es doch gar nicht, Al, wollte Lenore schon erwidern. Aber dann sah sie das Feuer in seinen Augen und das schwache Lächeln, das auf seinen Lippen lag. Al wirkte glücklich. Es war, als schöpfte er aus dieser Gewissheit neue Kraft. Deshalb sagte sie nichts von dem, was ihr bereits auf der Zunge lag. Sie presste die Lippen fest zusammen. Dann machte sie den Mund auf, holte tief Luft und schloss ihn wieder.

„Ich danke dir", sagte sie schließlich. Das war wohl das Mindeste, was man jemandem sagen konnte, der behauptete, er habe mit Gott einen Handel um ihr Leben abgeschlossen.

„Das ist doch gern geschehen." Al sprach diese Worte so feierlich aus, als sei er ein König und dies eine feierliche Zeremonie.

„Du hast recht", meinte Matt. „Er ist zutiefst davon überzeugt." Er rührte in seinem Kaffee und zeigte mit der freien Hand zur Kellertür. Al hatte seine Tischsäge sofort wieder angeschaltet, nachdem er Matts Fragen ohne große Umschweife beantwortet hatte.

„Er ist sich sicher, dass er mit Gott einen Handel abgeschlossen hat", fügte Matt kopfschüttelnd hinzu. „Er ist fest davon überzeugt, dass er sich an deiner Stelle geopfert hat. Von nun an will er regelmäßig in den Gottesdienst gehen und in der Bibel lesen. Er hat mir gesagt, er sei ein neuer Mensch und deshalb werdest du weiterleben."

„Hast du ihm erklärt, dass Gott ganz anders an uns wirkt?"

Matt nickte. Sein Lächeln wirkte resigniert. „Das habe ich versucht."

Trotz allem musste Lenore lächeln. Sie konnte sich dieses Gespräch sehr gut vorstellen. Al war nicht besonders aufgeschlossen gegenüber neuen Gedanken, wenn er sich erst einmal eine Meinung gebildet hatte.

„Am besten, wir überlassen dieses Problem unserem Herrn", schlug Matt schließlich vor. „Er kennt uns Menschen durch und durch und er ist viel geschickter als wir. Wenn Al es wirklich aufrichtig meint, kann der Herr ihm auch den richtigen Weg zeigen."

„Ich weiß nicht, was ich davon halten soll", erwiderte Lenore kopfschüttelnd. Sie hatte von einem anderen Menschen noch nie so viel Opferbereitschaft erfahren. Al hatte ihr sein Leben zu Füßen gelegt wie ein Kavalier, der seinen Umhang auf eine Pfütze wirft, damit die Dame seines Herzens trockenen Fußes weitergehen kann.

„Niemand liebt mehr als einer, der sein Leben für die Freunde hingibt", murmelte Matt.

Lenore starrte ihn an. Das Herz schlug ihr bis zum Hals und in ihren Augen brannten Tränen.

34

2003

Daniel schreckte aus dem Schlaf hoch. Er spürte das laute Pochen seines Herzens in seiner Brust und ihm dröhnte der Schädel. Auf seiner Zunge lag ein saurer Geschmack. Als er versuchte zu schlucken, merkte er, dass sein Mund viel zu trocken war. Er quälte sich aus dem Bett und ging nach unten. Draußen war es hell und sonnig, wie immer. Die Uhr am Küchenherd verriet ihm, dass es kurz vor zwölf Uhr mittags war. Daniel trat ans Fenster und sah zum Tor hinunter. Es war niemand dort, keine Touristen, keine Fans, keine Paparazzi mit Kameras, deren Objektive auf sein Gesicht gerichtet waren, um seine Verzweiflung zu dokumentieren. Eine Zeit lang waren sie ihm überallhin gefolgt. Sie waren in ihren Autos hinter ihm hergejagt. Einmal hatten sie ihm sogar in einer Sackgasse aufgelauert. Mit seinem riesigen Geländewagen hatte er im Rückwärtsgang den kleinen PKW des Fotografen gerammt, so lange, bis der Fluchtweg frei gewesen war. Daniel musste lächeln, als er daran dachte, wie er die Gaffer und die Medien ausgetrickst hatte. Jeden Morgen war er zum schmiedeeisernen Tor gegangen, um sich der dort versammelten Menschenmenge zu stellen. Er war einfach vor dem Tor stehen geblieben, regungslos, ziellos. Manchmal war er auch im Vorgarten herumgeschlendert, mit einer Zigarette im Mundwinkel, unrasiert, in alten Jogginghosen und einem zerrissenen T-Shirt. Oft war er ungewaschen gewesen und hatte entsprechend gerochen. Nachdem er das eine Zeit lang durchgezogen hatte, hatte man an seinem Verstand gezweifelt. In Boulevardblättern wie dem *Enquirer* und der *Sun* konnte man Schlagzeilen lesen wie: „Daniel Monroe leidet an Psychose." Die *Los Angeles Times* berichtete: „Monroe vor der Insolvenz." Aber das war schon eine Weile her. Jetzt ließ man ihn in Ruhe.

Vielleicht verlor er tatsächlich den Verstand. Daniel spürte wieder dieses seltsame Pochen an seinen Schläfen und ihn überwältigte das dumpfe Gefühl, dass etwas mit ihm nicht stimmte. Ja, er war ausgerastet. Für ihn war der Vorhang gefallen. Er merkte, wie ihm etwas schwummrig wurde und er überlegte, was er seinem Magen zumuten könnte. Dann wählte er aus der Ansammlung von Tassen, die in der Spüle auf den Abwasch warteten, eine aus. Er ließ das Wasser so lange laufen, bis es lauwarm war, spülte die Tasse notdürftig aus und füllte sie dann bis zum Rand. Anschließend nahm er die Dose mit dem löslichen Kaffee von der Anrichte und rührte einige Teelöffel hinein. Vorsichtig nahm er ein paar Schlucke. Die noch nicht aufgelösten Kaffeekügelchen, die an der Oberfläche schwammen, ignorierte er. Eines davon blieb an seiner Oberlippe hängen.

Die kleinen Schlucke ließen seinen Magen rebellieren. Ihm wurde übel. Er versuchte sich zu erinnern, wann er zum letzten Mal etwas Richtiges gegessen hatte, aber das war schon zu lange her. Gestern Abend hatte es nur ein paar Häppchen gegeben. Dazu hatte er etwas getrunken. Esperanza hatte ihm letzte Woche noch etwas Richtiges gekocht, bevor er ihr von Herzen dafür gedankt hatte, dass sie ihm jahrelang das Haus sauber gehalten und das Essen zubereitet hatte. Er hatte ihr zum Abschied eine kleine Prämie mitgegeben. Noch immer musste er lächeln, wenn er daran dachte, wie groß ihre Augen plötzlich geworden waren, als er ihr das dicke Bündel Geldscheine in die Hand gedrückt hatte.

Daniel öffnete die Tür seines Kühlschranks. Das kalte, blaue Licht schien bis auf den Fußboden seiner Küche. Das Innere des Kühlschranks war fast leer; es standen weder Milch noch Fruchtsaft darin. Ein paar von Zahnstochern zusammengehaltene Fleischbällchen-Spieße hingen auf einem Teller wie gefallene Soldaten. Auf einem anderen Teller lagen Pizzareste, um die sich eine Öllache gebildet hatte. In einem Schüsselchen entdeckte er einen Käsedip, aus dem der Schimmel spross wie ein zottiger, blauer Bart. Angewidert schlug Daniel die Kühlschranktür wieder zu. Er zögerte kurz, bevor er aus dem Schrank neben der Spüle ein sauberes Glas und eine Flasche Whisky nahm. Dann ging er ins Wohnzimmer und ließ sich in seinen Sessel fallen.

Im Raum war es still. Das einzige Geräusch kam von dem alten Ledersessel, der leise knarrte, als Daniel darin versank. Liebkosend fuhr Daniel mit dem Daumen über den Bezug, dann lehnte er sich zurück. Der Sessel passte sich den Konturen seines Körpers perfekt an.

„Lass ihn doch wenigstens neu beziehen", hatte Renee immer gejammert.

Serena hatte nichts gesagt, sondern das Möbelstück einfach in den Keller tragen lassen. Aber er hatte es wieder nach oben geholt.

Denise war am störrischsten gewesen. „Der kommt doch aus der Mottenkiste. Schmeiß ihn endlich weg."

Er hatte all diese Nörgeleien überhört und an dem Sessel festgehalten wie an einem auf dem Meer treibenden Wrackteil, das ihn am Untergehen hinderte.

Als Daniel einen Schluck von seinem Whisky trank, spürte er die Schärfe des Alkohols zuerst in seinem Mund, dann in der Speiseröhre und schließlich im Magen, wo sie sich ausbreitete und ihn von innen heraus erwärmte. Er leckte sich die süßen Reste von den Lippen und dachte an seine Mutter, die eine Entziehungskur nach der anderen gemacht hatte. Damals hatte er das nicht verstehen können, aber heute sah er klarer. Wie oft hatte er schon gesagt, er könne mit dem Trinken aufhören, wenn er es nur wollte? Jetzt fragte er sich, ob das die Wahrheit war oder ob Leute wie er diesen Vorwand brauchten, um weiter zu trinken.

Das Telefon zwitscherte wie ein elektronischer Vogel, aber dann brach das Klingeln abrupt ab, weil der Anrufbeantworter sich anschaltete. Das rote Licht blinkte. Daniel wartete, bis das Gerät mit einem Klicken wieder ausging. Dann hörte er die Nachrichten ab.

„Daniel …" Er erkannte die Stimme seines neuen Agenten. Er hatte den Mann nie persönlich kennengelernt, sondern nur ab und zu mit ihm telefoniert. Wieder trank Daniel einen Schluck Whisky und stützte sich mit den Armen am Sessel ab, als erwarte er einen Angriff.

„Ich sage es Ihnen nur ungern am Telefon", begann der Mann zögernd. „Aber die Leute von Lifetime haben sich wegen des Films bei mir gemeldet. Sie wollen den Film jetzt doch für ein jüngeres Publikum produzieren und denken, dass Sie deshalb nicht der richtige Typ dafür sind. Aber rufen Sie mich trotzdem an. QVC bietet Ihnen einen halbstündigen Werbefilm für Bauchmuskel-Trainingsgeräte an."

Daniel stieß die angehaltene Luft mit einem lauten Zischen aus. Er fühlte sich, als hätte sein Agent ihm einen harten Schlag in die Magengrube versetzt. Er hatte die Rolle nicht bekommen. Dieser Film war in diesem Jahr das einzige seriöse Angebot gewesen. Es ging darin um einen Mann mit drei Ehefrauen. So fühlte sich also der Abstieg an. Jetzt war er wieder dort, wo er angefangen hatte; bei Werbefilmen für Haarwuchsmittel und Fitnessgeräte. Daniel entrang sich ein trockenes, tonloses Lachen. Dann trank er einen großen Schluck Whisky. Die Begründung passte wirklich, war sogar perfekt. Wenn er an so etwas glauben würde, würde er es als eine Art kosmische Gerechtigkeit deuten. Er war nicht der richtige Typ dafür, hieß nichts anderes, als dass sein Aussehen nicht passte. Daniel schüttelte den Kopf und schloss die Augen. Plötzlich sah er Lenores hageres Gesicht und ihre übergroßen Augen vor sich. So hatte sie ausgesehen, als sie ihm damals gesagt hatte, dass sie ihn verlassen würde.

Der Anrufbeantworter klickte zweimal und spielte die nächste Nachricht ab. „Mr Monroe, hier ist Kelly Newton von der Bank of America. Bitte rufen Sie mich zurück." Auch an dieser Front war die Zeit für ihn abgelaufen. Daniel musste sich eingestehen, dass er hier als Hausbesetzer lebte. Sein Blick wanderte in seinem im Hazienda-Stil gebauten Haus umher, dem letzten auf seinem Weg nach unten. Er hatte sich hochgearbeitet. Zuerst war da Lous Sofa gewesen. Dann waren die Wohnung in Santa Monica, das Haus in den Bergen und die Villa in Bel Air gekommen. Der Abstieg hatte sich über dieselben Stationen vollzogen. Bald würden sie hier die Tür versiegeln, weil er in den letzten fünf Monaten seine Raten für das Haus nicht bezahlt hatte. Wieder lachte Daniel trocken auf. Vielleicht war Lou ja noch am Leben.

Er hörte die nächste Nachricht ab. Die Finanzierungsgesellschaft wollte wissen, wo die Ratenzahlungen für sein Auto blieben.

Die nächste Nachricht war von der Kreditkartengesellschaft.

Es blieb noch ein letzter Anruf. Daniel wand sich innerlich. Zwar sagte er sich, dass es eigentlich nicht noch schlimmer kommen könnte, aber trotzdem hielt er einen Moment inne. Sein Blick ging ins Leere, während er noch einmal über die Ironie des Schicksals nachdachte, dass man ihn wegen seines Aussehens abgelehnt hatte. Er war nicht der richtige Typ. Die Pfunde, mit denen er sein ganzes bisheriges Leben lang gewuchert hatte – sein perfekter Knochenbau, das Zusammenspiel von Sehnen und Muskeln, die Art, wie seine Gesichtszüge sich zusammensetzen, die Wohlgeformtheit seiner Arme, Beine und Schultern – waren soeben für wertlos erklärt worden. Der Wert eines Menschen wurde letztlich also von Äußerlichkeiten bestimmt, von der Tatsache, dass die Augen einen Millimeter weiter auseinander, oder enger zusammenstanden, von der Frage, ob die Hautpigmente gleichmäßig verteilt waren oder sich als Sommersprossen zeigten, ob die Blutgefäße dicht unter der Haut der Wangen lagen oder tiefer. Das ganze Leben konnte schließlich von der Form eines Unterkiefers oder einer Nase abhängen. Wer hätte gedacht, dass von solchen Kleinigkeiten so viel abhängen konnte? Dabei hätte doch gerade er es wissen müssen. Von allen Menschen auf dieser Welt müsste er das eigentlich am besten verstehen. Daniel dachte an Lenores Augen, die grüngolden leuchteten wie das aufgewühlte Meer. Er sah ihr dichtes, braunes Haar vor sich, das tiefe Grübchen in ihrem Kinn. Sie war so dünn gewesen, dass es fast schon wehtat. Ihre milchweiße Haut entsprach nicht dem gängigen Schönheitsideal und man konnte ihre Rippen zählen.

Daniel riss die Augen auf und kam mit einem schmerzhaften Ruck wieder in der Gegenwart an. Wie um seine Kräfte zu sammeln, senkte er nochmals den Blick. Dann erhob er sich mühselig, durchquerte das Zimmer und durchwühlte die Schublade seines Schreibtisches, bis er das Gesuchte fand. Er nahm den Revolver in die Hand, ging zurück zu seinem Platz und machte es sich wieder im Sessel bequem. Dann schob er sich den Lauf der Waffe in den Mund. Hinten auf der Zunge schmeckte er die Rückstände von Öl und Schießpulver. Die Kälte des Metalls ließ ihn bis in sein tiefstes Inneres erzittern und schließlich begann er zu würgen. Daniel zog den Revolver wieder heraus und legte ihn auf sein Bein. Dann trank er noch einen Schluck Whisky. Er behielt die Flüssigkeit kurz im Mund, um den metallenen Geschmack loszuwerden. Wieder kam ihm eine Frage in den Sinn. Was würde er zurücklassen, wenn er sterben würde?

„Wenn ich sterben würde." Als Daniel die Worte laut aussprach, klang seine eigene Stimme plötzlich fremd in seinen Ohren. Ein finsterer Abgrund tat sich in seinem Inneren auf und er spürte, dass er noch nicht bereit war zu sterben. Hastig ließ er den Revolver auf den Boden fallen. Eine Zeit lang blieb er still sitzen, dann brachte er es endlich über sich, die letzte Nachricht auf seinem Anrufbeantworter abzuhören. Er erkannte die Stimme sofort, obwohl er sie seit vielen Jahren nicht mehr gehört hatte. Aber er hatte den sanften Tonfall dieser Stimme mit dem fast singenden Akzent niemals vergessen.

„Danny, hier ist deine Tante Dorothy. Dein Onkel George ist gestern zu unserem Herrn heimgegangen."

Sie sprach weiter, doch alles, was danach kam, hörte er nicht mehr. Er musste die Nachricht später noch einmal abspielen, um zu erfahren, wann die Beerdigung stattfinden sollte. Sein Onkel war verunglückt, aber die Schilderung seiner Tante blieb selbst nach dem dritten Abhören lückenhaft. Deshalb rief Daniel sie schließlich an. Als er ihre Stimme hörte, kam ihm ein seltsamer Gedanke. Ihm war eine Gnadenfrist gewährt worden. Der tragische Tod eines anderen Menschen hatte sich zwischen ihn und seinen eigenen Tod geschoben. Daniel war sich selbst nicht so sicher, warum, aber er wusste, dass er zur Beerdigung seines Onkels fahren musste. Das Flugticket bezahlte er mit seiner letzten noch gültigen Kreditkarte. Dann legte er sich erst einmal hin, bevor er seine Sachen packte, unter die Dusche ging, sich rasierte und nach Kentucky aufbrach.

35

Sie begruben Daniels Onkel oben auf dem Berg, nicht unter Tage, wo er die meiste Zeit seines Lebens verbracht hatte. Daniel stand neben seiner Tante und seinen Cousins am offenen Grab. Diesen Ehrenplatz hatte er nicht verdient, dachte er, als die sterblichen Überreste von George Monroe der Erde übergeben wurden. Statt auf der kleinen Familiengrabstätte, an die Daniel sich noch erinnerte, wurde sein Onkel auf dem städtischen Friedhof beerdigt. Ein Kleinlaster fuhr vorbei und wirbelte dabei den Schotter auf. Ein Schwarm Stare landete im Sturzflug in dem kleinen Kiefernwäldchen, das den Friedhof umgab. Die Trauernden drängten sich dicht ums Grab. Die Männer bewegten sich in ihren ungewohnten Feiertagsanzügen unbeholfen, die Frauen trugen allesamt Hüte und hochhackige Schuhe. Sie pressten sich Taschentücher gegen die Augen. Vom Bergrücken her wehte ein eisiger Wind. Daniel verkroch sich noch tiefer in seinem Mantel. Er dachte daran, wie bleich und wächsern sein Onkel auf dem weißen Satin seines Sargs ausgesehen hatte und überlegte, wo wohl seine Seele war. Er hoffte, dass sie sich wirklich sicher in den Armen Jesu befand, wie alle anderen mit strahlenden Gesichtern und Tränen in den Augen verkündet hatten. Der Pastor, ein rundlicher Mann mit rotem Gesicht, las etwas aus seiner Bibel vor. Trotz des vertrauten, weichen Akzents klangen die Worte feierlich. „Ein Weizenkorn, das nicht in den Boden kommt und stirbt, bleibt ein einzelnes Korn. In der Erde aber keimt es und bringt viel Frucht, obwohl es selbst dabei stirbt. Wer an seinem Leben festhält, wird es verlieren. Wer aber sein Leben loslässt, wird es für alle Ewigkeit gewinnen."

Die Trauergemeinde stimmte mit einem leise gemurmelten „Amen" zu.

„Wir wollen beten."

Alle senkten die Köpfe.

„Unser Vater im Himmel, wir legen deinen Sohn George in deine

Hände." Die Gesichtszüge des Pastors waren zwar etwas plump, aber seine Stimme klang ruhig und sicher. „Vater, wir danken dir, dass er in diesem Augenblick dein Angesicht schauen darf. Tröste uns, Vater, bis wir ihm in deine Herrlichkeit nachfolgen."

Wieder sagten alle „Amen".

Die Menge der Trauernden zerstreute sich, nachdem der Sarg in der Erde versenkt worden war. Seine Tante war umrundet von ihren Söhnen und Schwiegertöchtern. Daniel fühlte sich plötzlich fehl am Platz. Seine Gegenwart war eher eine Ablenkung als ein Trost. Was hatte er sich eigentlich eingebildet? Sein Blick fiel auf die Familie, in der er aufgewachsen war, aber er erkannte niemanden wieder, obwohl die Gesichter ihm vertraut vorkamen. Sie hatten alle eine gewisse Ähnlichkeit miteinander, waren sozusagen verschiedene Variationen ein und desselben Themas.

Ein paar Leute starrten ihn an. Sie lächelten zaghaft, als er ihre Blicke erwiderte. Daniel ging zurück in das Kirchengebäude und sah sich in aller Ruhe noch einmal die kleine Ausstellung an, die die Frauen seiner Cousins liebevoll zusammengestellt hatten. Die Bilder und Worte zeigten das Leben von Onkel George. Er betrachtete die Fotos und las die handgeschriebenen Texte. Sein Onkel hatte nicht allzu viel zustande gebracht. Nach seinem Schulabschluss hatte er im Kohlebergwerk gearbeitet. Er hatte seine eigenen Kinder und den Sohn seines Bruders großgezogen, und er hatte regelmäßig die Gottesdienste besucht.

„Du kommst doch noch mit nach Hause, Danny?" Die Hand seiner Tante berührte sanft seinen Arm.

Er legte seine eigene Hand über die ihre und nickte. „Klar", antwortete er. „Ich komme."

Sie klopfte ihm sanft auf den Rücken und folgte den anderen nach draußen.

Er wartete, bis sie gegangen war, dann verließ auch er das Kirchengebäude. Es war neblig geworden. Die feuchte Luft ließ ihn frösteln. Der Wind war noch immer eisig. Daniel ging zu seinem Mietwagen und fuhr die Straße entlang zu dem Ort, den er noch einmal sehen wollte. Die Hügel und Täler hoben und senkten sich in einem sanften Wiegerhythmus, und die kahlen Bäume wirkten wie graue Risse in der dicken Nebelschicht. Hier und dort tauchte eine alte Scheune oder ein Blockhaus beinahe gespenstisch aus dem Grau auf. Die Landschaft wirkte rau und kahl, aber sie war noch genauso schön wie in seiner Erinnerung.

Daniel parkte das Auto auf dem Bergrücken und betätigte die Zentralverriegelung. Den Weg musste er zuerst suchen, weil er von Unkraut und Unterholz überwuchert war. Er arbeitete sich an dürren Ästen vorbei, und als er schon meinte, er habe sich getäuscht, stieß er auf die kleine Lichtung. Der schmiedeeiserne Zaun wirkte hier draußen im Wald vollkommen fehl am Platz. Daniel drückte das verrostete Tor auf und ging hinein. Das Tor schloss sich hinter ihm mit einem lauten, metallischen Quietschen. Sein Blick wanderte über die ordentlich aufgereihten Gräber. Auf jedem Grabstein stand derselbe Name: Monroe.

Endlich entdeckte er das Grab seines Vaters, aber als er den Namen las, überwältigte ihn plötzlich ein seltsames Gefühl. Es kam ihm vor, als betrachte er nicht den Grabstein seines Vaters, sondern seinen eigenen. Auf dem kalten Marmor war sein Name eingemeißelt. *Daniel Joseph Monroe.* Das Herz klopfte ihm bis zum Hals, seine Kehle wurde trocken und eng. Er schluckte schwer, drehte sich um und ging zurück zum Auto.

Die Fahrt zum Haus seines Onkels war wie eine Reise in die Vergangenheit. Das Haus sah noch genauso aus wie früher. Nichts hatte sich verändert an dem kleinen, einstöckigen Haus aus roten Ziegeln, das an einem abschüssigen Hang stand. Im Vorgarten wuchsen noch immer Hartriegel-Sträucher und Azaleen. Natürlich waren jetzt keine Blätter und Blüten zu sehen. Unter dem peinlich sauberen Carport stand nur ein Auto. Der Transporter hatte den Zusammenstoß mit dem anderen Auto nicht überstanden. Totalschaden. Daniel ging unter dem Carport hindurch zur Küchentür, so wie er es jahrelang gemacht hatte. Tante Dorothy mochte es nicht, wenn die Jungen von draußen hereinkamen und durch das Wohnzimmer liefen. Nach einem kurzen Moment des Zögerns klopfte er an. Die Frau eines Cousins machte die Tür auf. Ihre Wangen färbten sich rosa, als sie ihn sah.

„Oh. Komm rein. Du brauchst doch nicht zu klopfen“, meinte sie mit einem nervösen Lächeln.

„Danke.“ Daniel ging hinein und versuchte, sich erst einmal zurechtzufinden. In der Küche war es warm. Es roch himmlisch nach Kaffee und frisch Gebackenem. Wahrscheinlich waren es Tante Dorothys Zimtschnecken. Daniel konnte sie buchstäblich vor sich sehen, die großen, mit Zuckerguss verzierten Stückchen. Wenn man hineinbiss, lag einem der wunderbare Geschmack von Zimt und Zucker auf der Zunge. An der Spüle standen seine Großtanten. Sie trugen das weiße Haar teilweise aufgesteckt, teilweise zu stahlgrauen Korkenzieherlocken gedreht. Die nächste Generation wirbelte um den Tisch herum. Tante Dorothys Schwestern waren inzwischen auch schon um die Sechzig. Verna sah noch immer genauso aus wie früher – schon mit dreißig hatte sie ausgesehen wie jetzt. Jo war einmal eine hübsche Frau gewesen, aber die Jahre hatten in ihrem Gesicht tiefe Spuren hinterlassen. Mattie dagegen sah heute besser aus als früher. Sie wirkte weicher und runder. Die Frauen seiner Cousins waren alle gekommen, nicht nur die von Georges Söhnen, sondern auch die der anderen Verwandten. George hatte neben Daniels Vater noch vier Brüder gehabt. Jeder von ihnen hatte mindestens einmal geheiratet und zahlreiche Kinder gezeugt. Daniel kannte die meisten von ihnen nicht. Zwar kamen ihm einige der Gesichter bekannt vor, aber er erinnerte sich nicht mehr an ihre Namen.

Alle Gespräche verstummten, als Daniel die Küche betrat. Sie begrüßten ihn, ein bisschen zu herzlich für seinen Geschmack. Er stellte sich vor, wie sie im Supermarkt an der Kasse anstanden, die dort ausgestellten Zeitschriften sahen und die Schlagzeilen über ihn lasen. Plötzlich durchfuhr ihn die Scham wie ein eiskalter Schauder. Vielleicht wäre es doch besser gewesen, wenn er sich schon am Grab von seiner Tante verabschiedet hätte. Aber jetzt war es zu spät. Seine Großtanten kamen auf ihn zu, um ihn zu Hause willkommen zu heißen. Sie wollten von ihm umarmt werden und so ließ er sich an wogende Busen drücken. Mit ihren von dicken blauen Adern durchzogenen, von Arthritis verkrümmten Händen, tätschelten ihm die alten Damen die Wange. Tante Dorothy nahm ihm den Mantel ab. Obwohl ihr Mann so plötzlich und unerwartet gestorben war, hielt sie sich tapfer. Daniel dachte wieder darüber nach, wie merkwürdig das alles war. Noch vor Kurzem hatte sein Onkel mitten im Leben gestanden. Und jetzt war er plötzlich nicht mehr da. Er hatte bloß die Spur wechseln wollen, aber diese einfache Entscheidung hatte seine letzte sein sollen.

Daniel wartete, bis sich die Freude über sein Erscheinen gelegt hatte. Dann entfloh er leise in den Hausflur. Sein Foto hing neben den Bildern der anderen Jungen. Das Haus erschien ihm jetzt viel kleiner als früher, aber das lag vielleicht auch daran, dass sich heute alle Mitglieder der Baptistengemeinde hier versammelt hatten. Sein Onkel war vierzig Jahre lang in derselben Gemeinde gewesen – ein weiterer Beweis für seine Treue. Daniel ging ins Wohnzimmer. Die Männer saßen um den leise laufenden Fernseher herum und sahen sich ein Football-Spiel an. Seine Onkel waren alle hier versammelt und auch viele seiner Cousins. Hier gelang es ihm besser, die Namen mit den Gesichtern in Verbindung zu bringen.

Während der nächsten Stunde mischte er sich unter seine Verwandten und versuchte, ungezwungen mit ihnen zu plaudern. Alle waren nett zu ihm und niemand erwähnte die Gerüchte über seinen schwindenden Ruhm. Vielleicht wussten sie nichts davon, aber ein paar von ihnen waren offensichtlich informiert. Daniel merkte es an der übergroßen Vorsicht, mit der sie nach den richtigen Worten suchten, um ihn nicht zu verletzen. Einige hatten jedoch auch keine Ahnung. Sie klopften ihm kräftig auf den Rücken und machten Scherze über den nach Hause zurückgekehrten Hollywood-Star. Er reagierte betont freundlich auf ein paar wohlmeinende Bemerkungen über die Schauspielerei, über Hollywood, über neue Kinofilme. Aber die meiste Zeit hörte er den anderen zu. Sie redeten über alltägliche Dinge, ihre Arbeit, ihre Kinder, die Kirchengemeinde. Er hörte auch den üblichen Tratsch. Zwei seiner Tanten begannen eine hitzige Diskussion über die Vorteile von ausgezählten Kreuzstichen gegenüber der traditionellen Stickerei. Vor allem bestimmte jedoch der Unfall seines Onkels die Gespräche. Jede Einzelheit wurde jetzt noch einmal durchgesprochen. Offenbar wollten sich die Verwandten mit dem Wissen, wie es geschehen war, über die Frage nach dem Warum hinwegtrösten.

Es war seltsam, aber Daniel sah sich in einem ganz anderen Licht, seit er aus Los Angeles weg war. Besonders seltsam war es, unter Menschen zu sein, die ihm so ähnlich sahen. Das Rohmaterial war dasselbe, aber die Endergebnisse hätten nicht unterschiedlicher sein können. Noch vor zehn Jahren hätte er darüber anders gedacht. Er hätte seine Verwandten bestimmt nicht mit einem höhnischen Lächeln abgetan, denn er war trotz seiner vielen Fehler niemals unfreundlich gewesen. Aber er hätte sich ihnen überlegen gefühlt, weil sie hiergeblieben waren, im Kohlebergwerk, im Lebensmittelgroßmarkt oder in der Versicherungsagentur arbeiteten und nicht wie er hinaus in die große weite Welt gezogen waren. Diese Art von Überheblichkeit hatte er abgelegt. Aufmerksam hörte er zu, wie seine Verwandten miteinander sprachen. Joe wollte an diesem Wochenende mit einem Freund namens Charly zum Angeln an den Big Bear Creek fahren. Jack musste bei seinem Auto die Winterreifen aufziehen. In der Küche plauderten die Frauen mit gedämpften Stimmen. Plötzlich erklang Tinas lautes, ansteckendes Lachen. Es klang wie die Salven eines Maschinengewehrs. Trotz der inneren Leere, die er schon die ganze Zeit verspürte, musste Daniel lächeln. Wenn aus Danny Joe nicht Daniel Monroe geworden wäre, wäre ihm dieses Lachen vertraut. Je länger er seinen Verwandten zuhörte, desto mehr wurde ein lange, vielleicht schon jahrelang, gehegter Verdacht zur Gewissheit. Er hatte einen Fehler gemacht. Diese Erkenntnis erschreckte ihn zutiefst, und eine Mischung aus Angst und Reue machte sich in seiner Seele breit wie eine ätzende Flüssigkeit.

Er ging zu seinem Cousin Jack hinüber, dem ältesten Sohn von Onkel George und Tante Dorothy. Von allen ihren Söhnen stand er ihm vermutlich am nächsten. Jack hatte es mit stoischer Ruhe hingenommen, als Daniel bei ihnen eingezogen war. Obwohl er von da an sein Einzelzimmer, das Privileg des Ältesten, mit Daniel hatte teilen müssen, hatte er sich nie beklagt. Der Familienzuwachs hatte ihn zwar nicht übermäßig begeistert, aber er hatte Daniel auch keine üblen Streiche gespielt. Schon damals hatten sie nur wenig gemeinsam gehabt; die drei Jahre Altersunterschied hatten eine fast unüberwindbare Kluft zwischen ihnen gebildet. Wenn Daniel sich richtig erinnerte, hatte er auch mit seinen jüngeren Cousins nicht allzu viel anzufangen gewusst. Er war schon immer ein Außenseiter gewesen, ein Fremder in einer Gruppe enger Freunde. Schon den ganzen Tag über war ihm das immer wieder bewusst geworden.

Jack sah ihm direkt in die Augen und das war richtig erfrischend nach den vielen Seitenblicken und den unbeholfenen Gesprächsanfängen der anderen Familienmitglieder.

„Woran arbeitest du gerade, Danny?“ Jacks Stimme war tief und kräftig, fast so wie Daniels eigene, aber natürlich hatte sie noch jenen Akzent, den Daniel sich durch harte Arbeit abtrainiert hatte.

„An gar nichts", antwortete Daniel. Eine direkte Frage verdiente schließlich eine direkte Antwort. „Momentan wird die Arbeit immer weniger."

„Kommt das ab und an mal vor?"

„Ab und an mal." Vor allem dann, wenn man auf dem absteigenden Ast war. „Und was ist mit deiner Arbeit?"

„Bin immer noch in der Finanzfirma. Jetzt werden's bald dreißig Jahre."

„Und was machst du sonst so? Ich meine, nach Feierabend?", fragte Daniel. Diese Frage klang zwar banal, aber er wollte es wirklich wissen.

Sein Cousin reagierte mit einem leichten Achselzucken. „Sonntags gehen wir zum Gottesdienst, morgens und abends, und dann noch mal jeden Mittwochabend. Jack Junior spielt jeden Freitagabend Football und wir gehen zu jedem Spiel. Im Herbst gehe ich zur Jagd und im Frühjahr zum Angeln. Alles in allem machen wir nichts Besonderes. An den Wochentagen steh ich morgens auf und geh zur Arbeit. Verglichen mit deinem Leben ist meins wohl einfach stinknormal." Diese Worte klangen nicht wie eine Entschuldigung, sondern wie eine einfache Feststellung.

„Was machst du, wenn du nach Hause kommst?", fragte Daniel. Plötzlich sehnte er sich nach den Einzelheiten eines Lebens, das er nie gekannt hatte.

Sein Cousin musterte ihn skeptisch. „Sag mal, betreibst du vielleicht Studien für eine Rolle?"

„So was Ähnliches."

Jack zuckte wieder mit den Achseln. „Also, mal sehen ... An den meisten Abenden komm ich so gegen sechs nach Hause. Dann essen wir erst mal alle zu Abend."

Daniel wusste noch, dass sein Cousin drei Söhne und eine Tochter hatte. Er konnte sich zwar nicht mehr an ihre Namen erinnern, aber er konnte sich vorstellen, wie sie alle um den Tisch herum saßen. Jeder hatte einen dampfenden Teller mit Rinderbraten und Kartoffelpüree vor sich stehen und daneben standen mit Milch gefüllte Gläser.

„Dann machen die Kinder ihre Hausaufgaben. Colleen und ich lesen zusammen in der Zeitung und dann machen wir den Fernseher an. An den Dienstagabenden habe ich mir immer die Folgen von *Vor Gericht* angeschaut", meinte er und lächelte trocken.

Daniel erwiderte das Lächeln seines Cousins. Colleen kam aus der Küche und gesellte sich zu ihnen. Sie war ein wenig mollig, aber sehr nett, und Daniel wünschte, er fände sie schön. Sie lehnte sich an ihren Mann und presste sich ein zerfleddertes Papiertaschentuch an die Nase. „Ab und zu überkommt's mich einfach. Ich hab gerade gedacht: Das muss ich ihm erzählen. Aber er ist ja nicht mehr da ..." Tränen traten ihr in die Augen. Jack legte den Arm um sie und zog sie an sich. Sie legte einen Moment ihren Kopf auf seine Schulter, aber dann hatte sie sich wieder im Griff, putzte sich resolut die Nase und sie setzten ihre Unterhaltung fort. Als sie sich nichts mehr zu sagen hatten, suchte sie krampfhaft nach einem weiteren Gesprächsthema.

„Hast du ein Foto von deinem Jungen dabei?", fragte sie schließlich. Allem Anschein nach war sie froh, endlich eine konkrete Frage stellen zu können.

„Scott", fügte Jack hinzu. Er legte seiner Frau beide Hände auf die Schultern, woraufhin sie lächelnd zu ihm aufblickte.

„Ja, stimmt", meinte sie. „Scott." Daniel bemerkte, dass sich beim Lächeln Grübchen in ihren Wangen bildeten. Er nahm ein Foto aus seiner Geldbörse, das Scott bei seiner Schulabschlussfeier zeigte. Das lange, strähnige Haar war einem kurzen Haarschnitt gewichen und auch der baumelnde Ohrring war verschwunden. Daniel reichte Colleen das Bild.

„Oh." Wieder lächelte sie und dann schüttelte sie den Kopf. „Er sieht ja aus wie Robbie." Sie hob den Kopf und warf Jack einen auffordernden Blick zu.

„Ja, klar doch", stimmte er zu.

Daniel warf einen Blick auf die Jungen, die auf dem Sofa saßen. Robbie, den Jüngsten in der Gruppe, schätzte er auf sechzehn. Er sah tatsächlich aus wie Scott, der Cousin, der in dieser Runde fehlte, der die anderen noch nie kennengelernt hatte. Der Junge mit der starken Ähnlichkeit mit seinen Verwandten lebte an der Westküste. Er hatte keine Ahnung von der Existenz dieser Cousins. Wieder spürte Daniel, wie sich diese schleichende, lähmende Angst in seinem Inneren ausbreitete.

Hastig verabschiedete er sich von Jack und Colleen. Dann suchte er seine Tante und sagte auch ihr Auf Wiedersehen. Jetzt bedauerte er es wirklich, hierhergekommen zu sein. Er wollte so schnell wie möglich weg.

„Wir sollten noch ein paar Bilder machen, bevor du gehst", drängte ihn Tante Dorothy. „Von allen zusammen."

Daniel reagierte mit einem resignierten Achselzucken.

„Hier drüben", sagte sie. „Nur von den Jungs." Daniel stellte sich auf den ihm zugewiesenen Platz. Alle anderen standen bereits in einer wohlgeordneten Gruppe zusammen, vermutlich nach Alter. Sie hatten bestimmt schon viele solcher Fotorunden überstehen müssen. Daniel stand neben Andrew, links von Jack, vor Merle und Dwight. Im Vordergrund waren ein paar zapplige kleine Jungen aufgereiht. Das Blitzlicht der Kamera leuchtete zweimal auf.

„Noch eins." Wieder blitzte es. Jetzt waren es schon zwei Fotos.

„Ich mach noch eins mit der Polaroid", verkündete Großtante Lucille. Aus dem einen wurden fünf Bilder.

Als sie fertig waren, machte Daniel sich klammheimlich auf den Weg nach draußen. Jetzt stellten sich die einzelnen Familien für Gruppenbilder auf.

Seine Großtante Lucille fing ihn ab, als er gerade zur Tür hinaushuschen wollte. Sie packte ihn an den Armen und drückte ihn fest an sich. Ihr unscheinbares, ehrliches Gesicht legte sich in bekümmerte Falten, als sie ihm sanft die Wange tätschelte. „Ich bete für dich", sagte sie schließlich. „Das mach ich schon ziemlich lange."

„Danke", erwiderte Daniel. Wieder erwachten Erinnerungen an seine Kindheit. Das hatten sie alle zu ihm gesagt, als seine Mutter ihn allein zurückgelassen hatte und als sein Vater gestorben war.

„Hier, nimm das schon mal mit." Sie drückte ihm eines der Sofortbilder in die Hand. „Ich lass mir von Dorothy deine Adresse geben. Dann schick ich dir eins von den großen Fotos, wenn ich die Abzüge hab."

Wieder dankte er ihr, beugte sich zu ihr herunter, umarmte sie kurz und gab ihr einen flüchtigen Kuss auf die Wange. Die Haut seiner Großtante war zart. Sie duftete nach Haarspray, aber dieser Duft war auf seltsame Weise tröstlich. Er verband ihn mit ehrlichen, wenn auch unbeholfenen Zuneigungsbekundungen, Gottesdienstbesuchen, feierlichen Mahlzeiten.

Daniel saß bereits im Auto, als er sich das Foto ansah. Es war lächerlich klein. Alle zwanzig Männer der Familie waren auf einem zehn Zentimeter großen Viereck zu sehen. Er suchte sich selbst auf dem

Bild. Da stand er, aber vom Gesamteindruck her unterschied er sich gar nicht so stark von den anderen. Ein paar seiner Verwandten sahen sogar besser aus als er. An ihm war nichts Außergewöhnliches.

Daniel startete den Motor und fuhr zurück zum Motel. Sein Herz pochte unkontrolliert, ein Instrument, das imponierte. Er konzentrierte sich ganz auf die Landschaft, auf den vor ihm liegenden Weg, weil er sich von einer Erkenntnis verfolgt fühlte, vor der er am liebsten davongelaufen wäre.

In der Stadt sah nichts aus wie früher. Aus der schläfrigen Hauptstraße war eine Einkaufsmeile geworden. Daniel erblickte einen Videoladen, ein Geschäft für Büroartikel, einen McDonalds, einen Spirituosenladen, einen Pizza Hut. Ungläubig schüttelte er den Kopf. Dann fuhr er an der Wohnung vorbei, in der er zusammen mit seiner Mutter gewohnt hatte. Er erinnerte sich noch gut an den baufälligen Wohnblock, in dem sie sich befunden hatte. Mit seinem seltsamen Gestänge und den vielen Geländern wirkte das U-förmige Gebäude, dessen Innenhof als Parkplatz fungierte, eher wie ein Motel als ein Wohnhaus. Das Zuhause seiner Kindheit stand noch und es hatte sich nicht verändert.

Daniel fuhr zurück zum Spirituosenladen und kaufte sich eine Flasche Scotch. Dann lenkte er sein Auto endlich zum Motel. Er schob die Plastikkarte in das Lesegerät an seiner Zimmertür und wartete, bis das grüne Licht aufleuchtete. Das Zimmer war kahl, leer und kalt. Zigarettengeruch hing in der Luft. Daniel ließ sich auf den einzigen Sessel fallen, stellte die Flasche auf den Furnierholztisch und starrte sie nachdenklich an. Er könnte sie einfach aufmachen und die Wirklichkeit wieder einmal ersäufen, diese Erkenntnis, die ihn nun schon jahrelang verfolgte. Oder aber er könnte sich der so lange verdrängten Wahrheit stellen. Sein Blick fiel auf die kalkweißen Wände. Er dachte an all die Fehler, die er gemachte hatte. Manche von ihnen waren so gravierend gewesen, dass er alles andere, was danach gekommen war, als verkehrt einstufen musste, wenn er sich diese Fehler eingestand. Das würde bedeuten, dass in seinem Leben alles falsch gelaufen war. Es war wie bei einer Mathematikaufgabe: Wenn man am Anfang einen Rechenfehler machte, zog sich dieser bis zum Ende durch. Oder wie bei einem Lied, das der Sänger in einer falschen Tonart zu singen begann.

Wieder warf Daniel einen Blick auf die Flasche. Der Drang, sie einfach auszutrinken, war übermächtig. Wie ein zweiter Pulsschlag pochte er in seinen Adern. Fahrig strich Daniel sich mit der Hand über das Gesicht. Dann verbarg er den Kopf in seinen Handflächen. Gleich darauf setzte er sich gerade hin. Abrupt stand er auf. Bevor er es sich anders überlegen konnte, ging er mit der Flasche ins Bad, drehte den Schraubverschluss auf und goss die braune Flüssigkeit in den Abfluss. Als die Flasche leer war, stellte er sie auf den Spülkasten und setzte sich auf den Rand der Badewanne.

Jetzt endlich gestand er es sich ein, zum ersten Mal in all den Jahren.

Er hatte einen Fehler begangen, einen nicht wiedergutzumachenden Fehler. Ihm war, als ob diese Erkenntnis sich vor ihm auftat wie eine klaffende Wunde, die so groß war, dass sie ihn zu verschlingen drohte. Eines war ihm klar: Er konnte diesen Fehler nicht korrigieren. Dafür war es zu spät. Während er den weißen Handtuchstapel auf dem kalten Metallgestell anstarrte und die blendend weiße Wand dahinter musterte, wurde ihm bewusst, dass er diesen Fehler nur noch zugeben, nur noch bekennen konnte. Wenigstens das war er ihr schuldig.

Er flog nach Los Angeles zurück, machte aber nur kurz in seinem Haus Zwischenstation. Ein letztes Mal ging er durch die abgedunkelten Zimmer. Vor seinem Sessel hielt er kurz inne. Dort lagen noch immer die leere Whiskyflasche und der Revolver. Jetzt wurde ihm überdeutlich klar, was es bedeutete, wenn man nichts mehr zu verlieren hatte. Er wollte schon in sein Schlafzimmer gehen, als ihm das blinkende Lämpchen seines Anrufbeantworters auffiel. Er blieb stehen, um die Nachrichten abzuhören. Sobald er die Taste drückte, befiel ihn eine seltsame Vorahnung.

„Hallo, Papa." In Daniels Hals bildete sich ein Kloß, als er die Stimme seines Sohnes hörte. Sie klang tief, wie seine eigene. Inzwischen war er schon neunzehn Jahre alt und ging aufs College. „Papa, ich habe ein Stipendium für ein Auslandssemester bekommen", sagte Scott. „Nach Weihnachten fliege ich nach Europa. Ich weiß noch nicht, wann ich wieder zurückkomme. Ich würde dich gerne noch einmal sehen, bevor es so weit ist. Das ist alles. Ich melde mich noch mal bei dir."

Wieder verspürte Daniel in seiner Seele einen tiefen, stechenden

Schmerz. Aber dahinter lag auch das Bewusstsein, dass das ein Wink des Schicksals war. Er nahm sich erst gar nicht die Zeit, darüber nachzudenken, sondern handelte direkt. Zuerst ging er in sein Schlafzimmer und zog sich anstelle des Anzugs, den er zur Beerdigung seines Onkels getragen hatte, eine Jeans und ein Sweatshirt an. Dann kramte er seinen alten Rucksack aus der hintersten Ecke seines Kleiderschranks hervor und warf wahllos irgendwelche Kleidungsstücke hinein. Er nahm seine Brieftasche aus der Jacketttasche seines Anzugs, zählte die letzen Geldscheine, die er noch besaß und die er vor den Leuten von der Inkassofirma in Sicherheit gebracht hatte, und faltete sie zusammen. Es waren zweitausend Dollar in kleinen Scheinen. Eigentlich war noch mehr übrig, aber die Fahrt nach Kentucky hatte ihn einiges gekostet. Daniel schob die Geldscheine in eine seiner Jeanstaschen. Auf dem Weg nach draußen blieb er nur noch einmal kurz stehen. Er legte die Hand auf den Sessel, den einzigen Gegenstand, den er vermissen würde. Den Revolver rührte er nicht mehr an, sondern ließ ihn einfach liegen.

Dann fuhr er mit dem Geländewagen in die Innenstadt. Er parkte das Auto am Straßenrand und rief die Finanzierungsgesellschaft an. Nachdem er dem zuständigen Mitarbeiter den Standort des Wagens durchgegeben hatte, ging er zu Fuß zur Greyhound-Station und kaufte eine einfache Fahrkarte nach Seattle. Als er in den Bus einstieg, spürte er die neugierigen Blicke der anderen Fahrgäste, aber niemand sprach ihn an. Kaum hatte er einen freien Sitzplatz gefunden, fuhr der Bus ab. Daniel schloss die Augen und lehnte den Kopf gegen das vibrierende Fenster. Wieder dachte er über das Grundproblem seines Lebens nach. Die vergangenen Jahre liefen wie ein Film vor seinem inneren Auge ab. Er hatte gehört, dass es Menschen, die im Sterben lagen, ähnlich ging. Wieder kam ihm der Vergleich mit dem verborgenen Fehler in der Mathematikaufgabe in den Sinn. In der Rückblende erkannte er, dass sein Leben bis zu einem gewissen Punkt gut verlaufen war. Aber dann hatte er eine Entscheidung treffen müssen und das hatte er getan. Er hatte sich für einen bestimmten Weg entschieden und von da an war alles schiefgelaufen, auch wenn es zunächst ganz gut ausgesehen hatte.

Daniel schlief eine Weile. Als er wieder aufwachte, aß er Orangenkekse mit Erdnussbutter, trank Limonade, benutzte die übel riechende Bustoilette, und schlief dann weiter. Der Fernbus passierte San Francisco, dann quälte er sich durch die Gebirgslandschaft der Siskiyou Mountains und die dunklen Wälder des Bundesstaates Oregon. Das Ziel der Fahrt war Seattle, aber Daniel wusste, dass der Ort, den er suchte, auf keiner Landkarte zu finden war. Zu Beginn seiner Reise hatte er zwar nach Seattle fahren wollen, um sich von seinem Sohn zu verabschieden, aber jetzt erkannte er, dass er in Wirklichkeit ein anderes Ziel hatte. Er war auf der Suche nach der Wahrheit, nach Lenore.

36

Lenore hob den Kopf und genoss die warmen Sonnenstrahlen, die auf ihr Gesicht fielen. Morgen war Herbstanfang. Das Licht verlor bereits die grelle Helligkeit des Sommers und wurde langsam golden. Es war zwar immer noch hell, aber nicht mehr so heiß wie in den vergangenen Wochen. Die Sonnenstrahlen bahnten sich ihren Weg durch die gold glänzenden Ahornblätter, die knorrigen Kiefern und den leise raschelnden Bambus. Sie fielen auf Mr Kaplans Bonsais, die ordentlich aufgereiht wie kleine Zinnsoldaten am Zaun standen. Lenores Gesicht spiegelte sich in der blauen Gartenkugel und in der kleinen Pfütze aus Regenwasser, die sich in der Vogeltränke gesammelt hatte. Um sie herum herrschte ein fast übernatürlicher Frieden. Ihre Schritte wurden von dem dicken, grünen Moosteppich auf den Gartenwegen gedämpft. Sie schloss die Augen und blieb ganz ruhig stehen. Jetzt hörte sie den leisen Glockenklang eines Windspiels, den krächzenden Ruf einer Krähe, das sanfte Rascheln der ersten heruntergefallenen Blätter, das Plätschern von Wasser, das durch ein Bambusrohr in den Karpfenteich geleitet wurde. Sie hatte das Gefühl, als stünde die Zeit still, als verharrten die Zeiger der Uhr einen Moment lang, bevor sie sich weiterbewegten. Einen Augenblick lang überfiel Lenore eine unerklärliche Angst. Sie versicherte sich rasch, dass alles in Ordnung war. Vor ihrem geistigen Auge erschienen die Namen der Menschen, die sie liebte. Sie wurde etwas ruhiger. Scott besuchte auf der anderen Seite des Hügels das College. Jetzt machte sich die finanzielle Großzügigkeit seines Vaters wirklich bezahlt. Da er den Eignungstest für das Auslandssemester bestanden hatte, würde Scott nach Weihnachten für einige Zeit ins Ausland gehen. Und obwohl er Lenore in dieser Zeit furchtbar fehlen würde, freute sie sich mit ihm über diese Chance. Mr Caputo war gesund und zufrieden. Seine Tochter hatte ihn für diese Woche zu sich eingeladen. Das war für ihn eine seltene, aber willkommene Abwechslung. Angie hatte ihre rebellische Phase hinter sich gelassen, allerdings musste sie nun die Folgen tragen, besonders in Gestalt ihres einjährigen Sohnes Joey. Alle Hausbewohner liebten den Kleinen, und Mrs Callahan war wegen des Kindes nicht so enttäuscht und betroffen gewesen, wie Lenore es zunächst befürchtet hatte. Wahrscheinlich hatten die jahrelangen Erfahrungen mit Angies Mutter ihre Widerstandskraft erhöht. An dieser Front erlebte die kleine Familie momentan sogar so etwas wie eine Heilung. Angies Mutter hatte vor Kurzem Kontakt mit ihrer Tochter aufgenommen. Sie hatte eine Entziehungskur hinter sich und war wieder nach Tennessee gezogen. Angie, Joey und Mrs Callahan waren gerade bei ihr zu Besuch.

Lenore vermisste Nathan, aber sie musste lächeln, als sie an ihn dachte. Er arbeitete jetzt bei der Berufsfeuerwehr in der Stadt Everett. Ihre damalige Krankenschwester Kristin und er waren verheiratet und erwarteten ihr erstes Kind. Mr Kaplan erzählte immer noch seine Witze, kochte für alle Hausbewohner und war mit seiner ruhigen Art ein angenehmer Zeitgenosse.

Nur Al machte ihr in letzter Zeit Sorgen. Er hatte kaum noch Appetit, und seine Kräfte schienen nachzulassen. Sie befürchtete, dass sein Blutzuckerspiegel viel zu hoch war. Zwar hatte er ihr versprochen, zum Arzt zu gehen, aber sie würde ihn noch einmal zur Rede stellen müssen und fragen, ob er den Termin tatsächlich wahrgenommen hatte. Lenore lächelte, als ihr wieder einmal bewusst wurde, dass er noch immer den grimmigen Beschützer spielte, wenn sie sich seiner Meinung nach in Gefahr begab. Aber er war nicht mehr der Eigenbrötler, der er zu Beginn gewesen war. Arvid Chamberlain erwähnte er zwar mit keinem Wort mehr, aber seitdem er diesen seltsamen Handel mit dem Fernsehevangelisten abgeschlossen hatte, ging er regelmäßig zusammen mit Lenore zum Gottesdienst. Lenore war sich inzwischen sicher, dass sein Glaube tief und aufrichtig war, obwohl er in manchen Punkten merkwürdige Auffassungen vertrat.

Es war erstaunlich, aber ihre Mutter hatte tatsächlich geheiratet. Mit ihrem neuen Ehemann führte sie in Arizona ein halbwegs normales Leben, vorerst zumindest. Ihre Schwester hatte sie letztes Jahr hier besucht. Sie war eine Woche lang geblieben, aber die sieben Tage waren Lenore wie ein ganzer Monat vorgekommen. Leslie war noch immer die Alte.

Mit den Menschen, die sie liebte, war alles in bester Ordnung, beruhigte sich Lenore ein weiteres Mal. Sie stellte sich ihre Welt als eine perfekt geformte Seifenblase vor, die in der Luft schwebte. Sofort kam ihr der Gedanke, dass eine schöne Seifenblase jederzeit platzen könnte. Wieder verspürte sie eine düstere Vorahnung, eine leise, aber nagende Angst, die sie nicht so recht einordnen konnte. Sie dachte zurück an ihre Kindheit, an das eine Jahr, das sie im Bundesstaat Oklahoma gewohnt hatten. Es war während der Tornado-Saison gewesen. Sie erinnerte sich an einen Nachmittag, an dem es draußen drückend schwül gewesen war. In der Ferne hatte sie ein Unheil verkündendes Donnergrollen gehört. Ihre Mutter, ihre Schwester und sie hatten sich zu den Nachbarn auf den Rasen gesetzt.

„Es ist so still", hatte einer von ihnen gesagt.

„Richtig unheimlich."

„Der Himmel hat so eine komische Farbe", meinte ein anderer.

„Es ist so still."

Jetzt fühlte sich Lenore ganz genauso. Sie hatte den Eindruck von der Außenwelt abgeschirmt und umgeben von Stille zu sein, aber diese Stille war unheimlich.

Sie schlug die Augen auf, sog die feuchte, herb duftende Luft tief ein und ging zum Gartenschuppen. Dabei wirbelten ihre Füße das erste Herbstlaub auf. Der Anblick des unansehnlichen Holzbaus ließ sie in die Wirklichkeit zurückkehren. Der Schuppen hatte einen neuen Anstrich bitter nötig. Die weiße Farbe blätterte an etlichen Stellen ab und darunter wurde das graue, verwitterte Holz sichtbar. Von Weitem sah man es kaum, weil der Schuppen fast ganz von Efeu überwuchert war, aber wenn man direkt davorstand, war es nicht zu übersehen. Lenore rüttelte am rostigen Riegel, zog die Tür auf und hob sie ein wenig an, damit sie nicht auf der Ausbuchtung des gepflasterten Weges hängen blieb. Dann ging sie hinein. Einen Moment lang blieb sie lächelnd stehen und atmete den Duft von feuchter Erde, alten Steinen und den zum Trocknen aufgehängten Kräutern und Blumen ein. Die Rosen waren schon so weit. Ihre gelben Blütenblätter sahen aus wie altes Pergament, die Spitzen waren leicht rosa gefärbt. Auf dem Boden lagen getrocknete Hortensienblüten wie eine schwerelose Masse neben großen Sträußen aus Schleierkraut und Sonnenblumen, Pfefferschoten, ordentlich aufgerollten Kordeln, aufeinandergestapelten Tontöpfen, einem Zinkeimer, einem alten Axtgriff, den sie schon längst einmal hatte abschmirgeln und wiederverwenden wollen, einer Pflanzkelle, die geschärft und geölt werden musste, einer Schachtel mit Metallschildern, einem Eimer voller Tonscherben, zusammengebundenen Bambusstäben, die sie im nächsten Frühjahr für die Erbsenspaliere verwenden wollte.

Lenore brauchte länger als sonst dafür, ihre Sachen zusammenzusuchen. Zuerst griff sie nach den ledernen Gartenhandschuhen, die Al ihr letztes Jahr zu Weihnachten geschenkt hatte, dann nach dem Spaten, ein Geburtstagsgeschenk von Scott, und nach dem Rechen, den Mr Caputo ihr gekauft hatte, als sie hier eingezogen waren, um ihre Patchwork-Familie zu gründen. Sie rieb sich mit dem Handrücken die Nase, und dann verließ sie den Schuppen, um mit der Arbeit zu beginnen.

Wieder warf sie einen Blick zum Himmel hinauf. Eine graue Wolkenwand zog sich drohend näher. Der Wind frischte auf. Lange würde der Regen nicht mehr auf sich warten lassen. Sie ließ ihren Blick im Uhrzeigersinn über den gesamten Garten schweifen und blieb an dem Beet mit den Taglilien hängen. Mit entschlossenen Schritten ging sie zu ihnen hinüber. Zielsicher wie ein Chirurg sein Skalpell stieß sie ihren Spaten in die Erde. Beinahe konnte sie es hören, wie die scharfe Klinge einige Wurzeln durchtrennte. Sie grub vorsichtig um den Wurzelballen herum, fuhr mit dem Spaten darunter, lockerte ihn, setzte den Spaten noch einmal an und hob die Pflanze aus dem Boden. Die Blätter waren farblos und papierdünn, die langen, verdorrten Stängel kündeten von der verwelkten Pracht der ehemals orangefarbenen Blüten. Lenore grub eine Pflanze nach der anderen aus, bis der Boden um sie herum förmlich übersät war. Dann nahm sie den Spaten und zerteilte das Wurzelwerk zunächst in zwei und dann in vier Teile. Jetzt hatte sich ihre Ausbeute vervierfacht. Zwei Mal musste sie mit der Schubkarre hin- und herfahren, um sämtliche Pflanzenstücke zu den freien Stellen am Zaun zu bringen, und dann brauchte sie eine ganze Weile, bis sie alle wieder eingepflanzt hatte. Im nächsten Frühjahr würde jedes Viertel starke, neue Wurzeln gebildet haben. Dann würde sie die Wurzelballen wieder ausgraben und die alten Wurzelstränge entfernen.

Lenore hielt inne und legte eine kurze Pause ein. Im sanften Wind raschelten die Blätter des Bambus hinter ihr wie Papier. Sie stützte sich einen Moment auf ihren Spaten, aber dann machte sie mit den Tomaten weiter. Die strauchartigen Pflanzen trugen schwer an der Last der späten Früchte. Die verbliebenen Tomaten glänzten in allen Farbschattierungen zwischen Grün und Rot. Da waren braunrote Früchte mit gelben Streifen, goldgelbe mit grünen Flecken, manche leuchteten in grellem Orange oder in Paprikarot. Dazwischen hingen ein paar kleine, grüne Tomaten, denen keine Zeit mehr bis zur Vollreife blieb. Sie riss die Pflanzen mitsamt den Wurzeln aus und trug sie vorsichtig in den Schuppen. Dann hängte sie sie verkehrt herum an die Leine, die Al zu diesem Zweck durch den Raum gezogen hatte. Hier konnten die halbreifen Früchte ausreifen. Die grünen Tomaten würden sie später zu einer leckeren Würzsauce verarbeiten. Als Lenore auch mit dieser Arbeit fertig war, wischte sie sich die staubigen Hände an ihrem Overall ab, trat aus dem Schuppen und warf einen Blick nach oben.

Der Himmel verdüsterte sich weiter, aber der Wind wurde nicht stärker. Die Melodien der Windspiele klangen wie Gesang. Lenore konnte den Regen schon riechen. Bald würde es anfangen zu regnen und dann würde der Regen bis in den April hinein andauern. Sie zögerte. Ihr Blick wanderte von der dichten, grauen Wolkendecke wieder hinab zu ihrem Garten. Sie überlegte, was noch zu tun war, und machte einen erneuten Rundgang, den sie an der hinteren Veranda begann. Den ersten Regentropfen, der auf ihre Wange fiel, ignorierte sie.

Der Garten war jetzt schöner als im Sommer, weil die Augen sich an den dunkleren herbstlichen Farben erfreuen konnten. Die Blumen wirkten voll und reif, obwohl sie an den Rändern schon braun wurden, und die Blätter an den Bäumen und Sträuchern waren nicht mehr saftig grün, sondern zeigten sich in gedämpften Gold- und Orangetönen, in warmen Gewürzfarben. Natürlich kannte sie die wissenschaftliche Erklärung für dieses Naturschauspiel. Das Chlorophyll, das den Blättern die grüne Farbe verlieh, wurde abgebaut. Aber von ihrem Gefühl her erlebte sie diese Jahreszeit immer als eine Zeit des Reifens, der Erfüllung, der Milde, wie bei den sauren Trauben, die zu einem weichen, alten Wein heranreiften. Manche Menschen liebten den sommerlichen Garten, wenn alles in voller Blüte stand, aber sie mochte den Herbst lieber, mit seinen sanften, ruhigen Farben, dem goldenen Licht.

Langsam ging sie zurück zum Gartenschuppen. Ihre Füße hinterließen tiefe Abdrücke in dem feuchten, kurzen Gras und der braunen Erde darunter. Sie kam an ihrem kleinen Beet mit den einjährigen Blumen vorbei. Hier würde sich die Blütenpracht nicht mehr lange halten.

Die roten Geranien hatten schon einen Teil ihrer Blüten eingebüßt, aber ihre Blätter waren noch immer grün. Die Ringelblumen blühten noch immer in leuchtendem Gelb und Orange, obwohl sie schon bald ganz verschwinden würden.

Lenore fegte die restliche Erde vom Schubkarren und lehnte ihn gegen den Dachvorsprung neben dem Beet mit der Kapuzinerkresse. Die Pflanzen mit ihren fast kreisrunden Blättern schienen sich einander zuzuwenden wie tratschende Frauen. Hinter dem Schuppen wuchsen Brombeersträucher. Ihre dornigen Ranken waren zu einer Art Gartenlaube verwachsen. Die letzten Beeren waren schwarz und schrumpelig, die Blätter färbten sich bereits scharlachrot und golden. Sie musste dieses Gewirr unbedingt zurückschneiden, aber diese Arbeit konnte noch warten. Lenore wischte sich mit dem Handrücken den Schweiß von der Stirn und zog sich die Handschuhe aus. Für heute war sie fertig mit der Gartenarbeit. Sie musste sich um das Abendessen kümmern, weil die anderen bald zurück sein würden.

Lenore stand lange unter der Dusche, um all die Erde und den Schmutz loszuwerden. Dann zog sie sich eine Jeans und ein Sweatshirt an. Als sie sich das Haar bürstete, sah sie nur kurz in den Spiegel. Sie hatte ihren Garten genossen, weil er in ihrem Leben der einzige Ort der Poesie war, aber jetzt musste sie sich wieder den Dingen des Alltags zuwenden. Was sollte sie bloß kochen?

Als sie endlich die knarrenden Treppenstufen hinunter und in die Küche gegangen war, prasselten die Regentropfen bereits auf das Dach. Sie hatte sich entschieden, was es zum Abendessen geben sollte. Falls sie genug Bohnen hatte, wollte sie Chili con Carne machen. Außerdem wollte sie einen Kuchen backen. *Ein Apfelkuchen ist am besten*, dachte sie und betrachtete die Kiste mit den Gravensteinern, die neben dem Spülbecken auf dem Boden stand. Sie hatten in diesem Jahr eine reiche Apfelernte gehabt. Neben den vierzehn Gläsern Apfelmus, die in der Vorratskammer zwischen den eingemachten Pfirsichen und Birnen standen, blieben ihnen noch drei volle Kisten Äpfel, obwohl Lenore alle Freunde und Bekannte am Erntesegen hatte teilhaben lassen. Von nur einem Kuchen würde der Vorrat kaum dezimiert. Sie entschloss sich, gleich mehrere Apfelkuchen zu backen und die anderen einzufrieren.

Mit einem Fuß stieß sie die Kiste zum Spülbecken, dann holte sie die größten und besten Äpfel heraus. Sie füllte das Spülbecken mit den Früchten, wusch, schälte und viertelte sie. Dann entfernte sie die Kerngehäuse und schnitt die Viertel in dünne Scheiben. Sie merkte nicht, wie die Zeit verging, während sie ihre Arbeit ruhig und systematisch verrichtete. Es lag keine Spannung mehr in der Luft und das Prasseln des Regens auf dem Dach wirkte beruhigend. Ihre düsteren Vorahnungen von vorhin erschienen ihr jetzt dumm und abstrus. Ihr Leben verlief in ruhigen Bahnen. Es war so geregelt und verlässlich wie das Ticken der Küchenuhr an der Wand. Natürlich lagen Veränderungen in der Luft, aber es waren Veränderungen zum Guten. Sie musste an Erik denken. Ihre Beziehung war für die anderen Hausbewohner immer wieder ein Anlass für Witzeleien. Mrs Callahan nannte sie Barney und Thelma Lou, in Anlehnung an deren sich im Schritttempo aufbauende Langzeit-Romanze in der *Andy Griffith Show*. Vermutlich verdiente sie diesen wohlmeinenden Spott. Aber jetzt war sie so weit. Sie nahm an, dass Erik das genauso sah. Schließlich hatte er geduldig gewartet, bis Scott seinen Schulabschluss in der Tasche hatte. Diese Geduld hätte sie von keinem anderen Mann verlangen können. Aber schon bald würde ihr Sohn endgültig auf eigenen Füßen stehen und sie wäre bereit für einen neuen Lebensabschnitt.

Natürlich hatten sie schon des Öfteren ganz allgemein über das Thema „Ehe" gesprochen, aber jetzt stünde einer Heirat im nächsten Sommer nichts mehr im Wege. Sie war zwar traurig, weil sie dann von hier würde weggehen müssen, aber schließlich war im Leben nichts von Dauer. Sie konnte Erik ja schlecht bitten, hier einzuziehen, obwohl sie diesen Vorschlag einmal gemacht hatte. Er hatte jedoch nicht gerade begeistert reagiert. Lenore verspürte deswegen zwar ein leises Bedauern, aber sie sagte sich immer wieder, dass Erik der richtige Mann für sie sei und jetzt der richtige Zeitpunkt für eine Heirat. All ihre Freunde hatten dem zugestimmt, besonders Carlene, die sich über diese Entwicklung riesig freute und sich nur ein kleines bisschen über ihre besonnene Planung ärgerte.

„Du liebes bisschen", hatte sie ausgerufen. „Verliebte sind doch nicht so verkopft, sondern machen verrückte, spontane Sachen. Meine alte Großmutter ist ja impulsiver als ihr zwei."

Lenore musste jedes Mal lächeln, wenn sie an Carlene dachte, an ihre kecke, selbstbewusste Freundin mit den Kleidern aus dem Secondhandladen und den künstlichen Fingernägeln. Trotzdem verspürte sie ein leichtes Unbehagen, weil Carlene mit ihren Worten den Nagel auf den Kopf getroffen hatte. Aber schließlich gab es ja verschiedene Arten von Liebe. Da gab es einmal diese heftige, brennende Leidenschaft, die das Herz zum Klopfen brachte. Und dann gab es die Liebe zwischen erwachsenen Menschen.

Lenore öffnete die Tür zur Vorratskammer und holte den großen Sack Zucker heraus. Dann gab sie etwas davon zu den Äpfeln, streute etwas Zimt darüber und rührte die Masse gründlich um. In der Küche breitete sich ein köstlicher Duft aus. Sie gab eine Handvoll Mehl dazu, rührte die Äpfel noch einmal um und machte den Teig. Sie schnitt das Backfett langsam in das Mehl und achtete genau auf den richtigen Zeitpunkt. Wenn sie den Teig zu lange knetete, würde er hart und geschmacklos. Anschließend legte sie die Kuchenformen aus. Der Teig reichte für vier Kuchen. Sie schüttete die Äpfel darauf und darüber gab sie Butterstückchen. Sie legte Wert auf gute Butter, weil Margarine längst nicht so gut schmeckte. Fünf bis sechs Butterflöckchen pro Kuchen reichten aus. Dann teilte sie den restlichen Teig, den sie vorher beiseitegelegt hatte, in vier Klumpen, rollte ihn wieder aus und legte ihn über die Äpfel.

Geschickt kniff sie die Ränder zusammen. Mit einer Gabel stach sie Löcher in zwei der Kuchendecken, damit die Luft entweichen konnte, in die anderen beiden Teigdecken schnitt sie mit dem Messer kleine Schlitze. Dann waren die Kuchen fertig. Beinahe feierlich standen sie auf der Arbeitsplatte, wie wohlgenährte Könige und Königinnen, die Hof hielten. Lenore betrachtete sie mit einem zufriedenen Lächeln.

Anschließend ging sie noch einmal in die Vorratskammer. Schließlich musste sie sich noch um das Hauptgericht kümmern. Sie würde wohl oder übel ein paar Dosen Bohnen kaufen müssen, weil ihr keine Zeit mehr blieb, Trockenbohnen einzuweichen und zu kochen. Außerdem brauchte sie für die gedeckten Apfelkuchen ohnehin noch Vanilleeis, das gute mit den braunen Pünktchen aus der Vanilleschote. Sie sah auf die Küchenuhr. Dann schlüpfte sie in ihre Jacke und nahm den Regenschirm aus dem Schrank. Es blieb ihr noch genügend Zeit, um zu Fuß zum Lebensmittelladen zu gehen.

Nach ihrer Rückkehr räumte sie die eingekauften Lebensmittel weg und legte Musik auf, die ihr die Zeit vertrieb, während sie Zwiebeln hackte und das Hackfleisch briet. Als sie schließlich den Tisch deckte, zog der scharfe Duft von Cayenne-Pfeffer und Zwiebeln durch das Haus, vermischt mit dem Zimtgeruch von den beiden Kuchen, die gerade im Backofen standen. Die für die Gefriertruhe bestimmten Kuchen waren bereits abgekühlt, und so packte sie sie in Gefrierfolie und nahm die beiden anderen aus dem Ofen.

Lenore warf einen Blick aus dem Fenster. Der Wind war stärker geworden, sogar viel stärker. Im Garten war es zwar dunkel, aber sie konnte dennoch sehen, wie sich die Silhouetten der Bäume nach unten bogen. Sie hörte, wie der Wind aufheulte und das Haus wie aus Protest knarrte.

Dann ging die Haustür auf. Mr Kaplan und Al kamen gemeinsam herein. Danach kam Scott vom College nach Hause, ließ seinen Rucksack im kleinen Wohnzimmer zu Boden fallen und trampelte die Treppe hoch. Mr Caputo rief an, weil er schon übermorgen zurückkommen wollte und nicht erst am Samstag. Er fragte Lenore, ob sie ihn vom Busbahnhof abholen könne. Sie bejahte. Plötzlich klingelte es an der Tür, gerade in dem Augenblick, als Lenore merkte, dass sie aus Versehen für eine Person zu viel gedeckt hatte. Sie hatte sich noch immer nicht an Nathans Abwesenheit gewöhnt, und einen kurzen Moment lang überlegte sie, ob die Person, die an der Haustür stand und darauf wartete, dass sie aufmachte, vielleicht ein Ersatz für Nathan war. Später war ihr klar, dass dieser Gedanke eine Vorahnung gewesen war. Beinahe hätte sie den zusätzlichen Teller abgeräumt, als sie am Tisch vorbeiging, aber sie hatte ihre Überlegung noch nicht ganz zu den Akten gelegt und außerdem wollte sie den Teller nicht mit zur Haustür nehmen. Also ließ sie ihn erst einmal stehen. Bis sie die Hand auf den Türgriff legte, merkte sie nicht, dass sie darin noch das Besteck hielt.

Ein Windstoß hätte ihr die Tür beinahe aus der Hand gerissen, als sie sie aufmachte. Dann stand sie wie erstarrt da.

37

Unter dem Vordach stand Daniel. Er hielt den Kopf gesenkt, als wäre er ins Gebet vertieft, und er war vollkommen durchnässt. Als sie ihn sah, fühlte Lenore sich wie versteinert.

„Lenore?“, fragte er zögernd und hob den Kopf.

Sie war noch immer wie gelähmt, obwohl sie alle Einzelheiten wahrnahm, und ihr Verstand versuchte die Tatsache zu verarbeiten, dass Daniel hier war. Vor ihrer Haustür.

Er war dem Regen schutzlos preisgegeben. Wasser tropfte ihm vom Haar auf den Hemdkragen. Er hatte keine Jacke an und er sah aus wie ein frierendes Häuflein Elend. Lenore starrte ihn verblüfft an. Seit Jahren hatte sie sich ausgemalt, wie sie sich verhalten würde, wenn sie ihn wiedersehen sollte. Mal hatte sie sich vorgestellt, sie würde in Tränen ausbrechen, mal hatte sie ihm vor Wut am liebsten die Augen auskratzen wollen. Jetzt geschah gar nichts. Sie stand einfach nur da und starrte ihn an.

Er musste husten. Dieses Geräusch löste ihre Erstarrung. Sie machte die Tür weit auf und trat zurück, überrascht, dass ihre Arme und Beine sich noch bewegten.

Daniel wollte das Haus schon betreten, aber dann hielt er inne und stellte seinen Rucksack unter das Vordach.

„Bring den lieber mit rein“, sagte sie schließlich. „Da draußen wird er nur nass.“

Daniel hob den Rucksack auf, kam herein und stellte ihn auf den Boden. Regen tropfte auf den Eichenboden.

Lenore schloss die Tür hinter ihm. Jetzt klang der Wind wie ein leises Ächzen. Schweigend standen sie sich gegenüber. Plötzlich fühlte sich Lenore zutiefst erschöpft, wie nach einem Langstreckenlauf.

„Was willst du hier?“, fragte sie ihn schließlich. Sie brachte die Worte kaum heraus, weil sogar ihre Lippen starr waren.

„Ich … äh …“ Daniel räusperte sich. „Scott hat mich angerufen.“

Lenores Augen weiteten sich vor Erstaunen. „Scott hat dich eingeladen?“

„Na ja, nicht ganz.“

Sie schwiegen ein paar Minuten lang. Daniel senkte den Kopf und sah auf seine Füße. Lenore folgte seinem Blick. Auf dem Dielenboden verteilten sich in Windeseile Wasserlachen, in den kleine, geflügelte Ahornsamen schwammen, die Daniel mit ins Haus gebracht hatte. Er hob den Kopf und ihre Blicke begegneten sich. Seine Augen blickten traurig. Sein Gesicht wirkte schmal und eingefallen.

„Papa?“

Sie drehten sich um. Scott kam gerade die Treppe herunter. Überrascht sah er seinen Vater an. „Mensch, das ist ja eine Überraschung.“

„Ich denke, du hast ihn angerufen“, platzte Lenore heraus.

Scotts Augenbrauen zogen sich zusammen. „Ja“, erwiderte er. „Das hab ich.“

Daniel machte den Mund auf, holte tief Luft und schloss ihn wieder.

Scott kam in den Flur und schüttelte seinem Vater zunächst die Hand, aber dann umarmte er ihn. Es war eine unbeholfene Umarmung, wie sie nur Männer zustande brachten, ein Zwischending zwischen Distanz und Nähe.

Lenore legte das Besteck auf den Tisch in der Diele. Ihre Hände zitterten, und ihr war plötzlich schwindlig.

„Und wo übernachtest du?“, fragte Scott.

Daniel schien ein wenig von seiner Fassung und seinem alten Charme zurückerlangt zu haben. Er lächelte, aber sein Lächeln wirkte nicht strahlend, sondern müde und angespannt. „Ich hab noch keine richtigen Pläne.“

Er sah traurig und müde aus. Ihm war kalt und er war vom Regen durchnässt. Wenn man den Berichten in der Boulevardpresse Glauben schenken konnte, war er pleite, einsam und verlassen. Lenore verschränkte die Arme vor der Brust. Plötzlich wurde ihr ganz kalt.

„Kann er in Nathans Zimmer schlafen?“, fragte Scott Lenore.

In der peinlichen, angespannten Stille, die auf diese Frage folgte, durchdachte Lenore mehrere Szenarien, die aber allesamt darauf hinausliefen, dass Daniel wieder vor der Haustür landete. Aber sie musste auch Scott berücksichtigen. Ihr Sohn hatte einen seltsamen Ausdruck in den Augen. Es war nicht direkt ein Hoffnungsschimmer, aber es war mehr als nur Mitleid. Daniels plötzliches Auftauchen war alles andere als ein leicht zu lösendes Problem. Es war vielmehr eine Komplikation in Menschengestalt. Lenore hatte immer wieder erlebt, dass es nur zwei Wege gab, mit solchen Komplikationen umzugehen. Der erste war der einfachere. Man weigerte sich einfach, sich mit ihnen auseinanderzusetzen. Man schickte sie mit all ihren Problemen woandershin. Oder aber man konnte sie zulassen und sich mit ihnen befassen. Das war meistens eine chaotische Angelegenheit, mit vielen Verwirrungen, Missverständnissen und Fallen. Lenore hatte noch nie den ersten Weg gewählt, obwohl sie schon oft kurz davor gestanden hatte und die Versuchung noch nie so groß gewesen war wie jetzt. Dieser Mann, den sie niemals hatte wiedersehen wollen, brachte einen Sack voller Probleme mit sich. Das war ihr bewusst, aber dennoch hob sie die Schultern zu einem hilflosen Achselzucken. Mehr brachte sie in diesem Moment nicht zustande. Sie war noch immer wie betäubt, obwohl sich ihre innere Starre langsam löste und sie den ersten stechenden Schmerz verspürte. Diese Qualen erinnerten sie an ihre Operation und sie fragte sich, wann sie anfangen würde, laut aufzuheulen.

Scott nickte, sah seiner Mutter aber nicht direkt in die Augen. „Komm mit nach oben, Papa", sagte er.

Daniel schaute sie fragend an. Offenbar wartete er auf ihre Zustimmung.

„Klar. Zeig ihm Nathans Zimmer." Es wäre ja nur für eine Nacht oder höchstens für zwei, redete sie sich ein. Danach könnte das Leben wieder wie vorher verlaufen, bevor sie einen Blick vor die Tür geworfen und jenes Gesicht gesehen hatte, das sie nicht erwartet hatte, bevor Daniel zurückgekommen war.

„Du kannst ja erst mal duschen und dir trockene Klamotten anziehen", sagte Scott zu seinem Vater, als sie zur Treppe gingen. „Es gibt bald Abendessen und danach können wir reden."

Daniel nickte und ging schweigend hinter Scott her.

Lenore folgte den beiden Männern die Treppe hinauf. Sie wollte in ihr Zimmer gehen und erst einmal allein sein. Sie brauchte jetzt ein bisschen Zeit, um sich wieder zu sammeln.

Scott führte Daniel zu Nathans ehemaligem Zimmer. Es war neu renoviert, die Kommode und der Kleiderschrank waren blitzblank und das Bett war frisch bezogen. Lenore hatte sogar ein frisches Handtuch auf die Tagesdecke gelegt, weil sie nie wusste, wann wieder ein neuer Mitbewohner auftauchen würde. Plötzlich verspürte sie das Bedürfnis, laut loszulachen, weil ihr die Ironie der Situation bewusst wurde. Sie hatte das Zimmer für Daniel vorbereitet. Für ihn hatte sie die Steppdecke gewaschen und sorgfältig zusammengelegt, für ihn hatte sie das Bett frisch bezogen.

Daniel trat über die Schwelle und drehte sich einmal um sich selbst. Er wirkte so überrascht wie ein Kind, das am Weihnachtstag nach unten kommt und sieht, wie ein lebendes Pony die untersten Zweige des Christbaums auffrisst. Sein Rucksack plumpste mit einem dumpfen Laut hinter ihm zu Boden. Er zog ihn ins Zimmer.

„Das Bad ist am Ende des Flurs." Scott deutete auf die Tür. „Dort gibt's jede Menge warmes Wasser. Warum wärmst du dich nicht ein bisschen auf und ziehst die nassen Sachen aus?"

„Ja, das mache ich. Danke", erwiderte Daniel.

Lenore ging in ihr Zimmer, bevor Daniel sich umdrehen und sie ansprechen konnte. Sie wollte jetzt einfach nur ihre Ruhe haben und auch nicht mit Scott reden. Nachdem sie die Tür hinter sich geschlossen hatte, lehnte sie sich mit dem Rücken dagegen. Sie wollte sich schützen und einen möglichst großen Abstand zwischen sich und den Mann bringen, der soeben über ihre Türschwelle getreten war. Daniel. Daniel war gekommen. Ohne ihre Umgebung wahrzunehmen starrte sie an die gegenüberliegende Zimmerwand. Daniel war gekommen, aber es war ganz anders, als sie es sich immer vorgestellt hatte. In ihrer Fantasie hatte sie sein Leben in Hollywood in einem krassen Gegensatz zu ihrem eigenen, ruhig verlaufenden Alltag hier gesehen. Die Fotos in den Zeitschriften zeigten ihn in dunklen Anzügen und mit Sonnenbrille oder aber im Smoking. Sie hatte sich vorgestellt, wie er in einer schwarzen, stromlinienförmigen Limousine oder in einem kleinen, schnellen Sportwagen saß. Sie hatte sich vorgestellt, wie er für seine attraktiven Begleiterinnen teure, glitzernde Geschenke, Blumen und Wein kaufte. Ja, das alles hatte er für sie getan, für die Frauen, die sie auf den Fotos an seiner Seite gesehen hatte, hochgewachsene, gertenschlanke Frauen. Die einen waren blond und elfengleich gewesen, hatten hauchdünne Kleider getragen und ständig gewechselt, wie die Phasen des Mondes. Die anderen waren dunkel und rassig gewesen, und sie schienen von innen heraus zu strahlen wie geschliffene Edelsteine. Daniel hatte sich all diesen Frauen gegenüber wie der vollendete Kavalier verhalten.

Aber der Mann, der zu ihr gekommen war, war anders, weil Lenore weder elfengleich noch schön war.

Sie spürte, wie sich der alte Schmerz wieder in ihr rührte. Sie ging zu ihrem Sekretär und setzte sich auf den Stuhl.

Einmal hatte sie auf einem Foto einen Vulkan gesehen, der auf Island ein ganzes Dorf bedrohte. Die Dorfbewohner hatten eine geniale Lösung gefunden, um diese Bedrohung abzuwenden. Sie hatten den ausbrechenden Vulkan mit Meerwasser begossen. Dieses Bild von dem gefrorenen Feuer hatte Lenore noch immer im Kopf. Sie hatte sich damals gefragt, was wohl bei einem erneuten Ausbruch passieren würde. Würde sich die Lava einen Weg durch die Eisschicht bahnen und diesen Schutzschild aufsprengen? Würde die gefrorene Spitze schmelzen? Jetzt, in diesem Moment, fühlte sie sich wie dieser Vulkan. Unter der Eisschicht, die ihre Seele überzog, bewegte sich etwas. Ein kleiner Spalt tat sich auf und es entwich eine winzige Dampfwolke. Lenore presste ihre tränennassen Augenlider aufeinander und lachte kurz auf. Sie war überrascht, dass sie überhaupt noch Tränen zu vergießen hatte. Eigentlich hatte sie wegen diesem Mann schon genug geweint. Umso erstaunlicher war es, dass er ihr Herz noch immer zu Tränen rühren konnte. Aber natürlich hatte er gewartet, bis ihre Seele nicht mehr leer war, bevor er wieder aufgetaucht war.

„Nein“, sagte sie laut. „Das passiert mir nicht noch einmal, nie mehr.“ Daniel war hierhergekommen, um ihr den so hart erkämpften Frieden zu rauben. „Nein“, wiederholte sie. Ihre Kehle schnürte sich zusammen, als sie die Tränen zu unterdrücken versuchte. Sie überlegte, mit wem sie eigentlich sprach, denn im Zimmer war es still, und die leise Stimme, die manchmal zu ihrem Herzen sprach, schwieg ebenfalls. Erschöpft ließ Lenore den Kopf auf die Schreibtischplatte sinken und spürte dem kühlen Holz an ihrer Wange nach. Es schien ihr, als sei kaum Zeit vergangen seit jenem Tag, an dem sie hatte zusehen müssen, wie er sich von ihr abgewandt hatte. Und jetzt war er zurückgekommen.

Nach einer Weile stand Lenore auf, ging ins Bad und wusch sich das Gesicht. Dann lief sie die Treppe hinunter und deckte den Tisch fertig. Diese Arbeit erledigte sie schnell und routiniert, als sei nichts geschehen. Sie nahm das Besteck von dem Tisch in der Diele und legte es neben den zusätzlichen Teller. Jetzt wusste sie, dass das Daniels Platz war. Am liebsten hätte sie das ganze Gedeck genommen und es an die Wand geschmissen. Oder aber sich hingesetzt und losgeweint.

Sie holte ein weiteres Glas aus dem Schrank, rührte das Chili um und bereitete den Teig für das Maisbrot zu. Dann machte sie den Salat an. Ohne es zu merken gab sie fast einen ganzen Beutel Croutons darüber. Dann rührte sie noch einmal alles um und stellte die Salatschüssel auf den Tisch. Weil sie nicht wusste, was sie jetzt noch machen sollte, ging sie zum Spülbecken. Im dunklen Fenster sah sie ihr eigenes Spiegelbild. Sie erinnerte sich an eine Nacht wie diese. Es war vor fünfzehn Jahren gewesen. Da hatte sie an einem anderen Spülbecken gestanden und Kartoffeln geschält. Das war der Abend gewesen, an dem ihre glückliche kleine Familie auseinandergerissen worden war. An jenem Abend hatte Daniel ihre Frage nicht beantwortet, weil er nicht hatte Ja sagen wollen.

In diesem Moment kamen Daniel und Scott zusammen in die Küche. Scott stellte den Wasserkocher an und holte Tassen aus dem Schrank. Allem Anschein nach wollte er Tee zubereiten. Er erzählte seinem Vater, was er gerade machte. Sein erstes Jahr am College hatte er hinter sich, und das erste Semester des zweiten Collegejahres fast abgeschlossen. Im Januar begann sein Auslandssemester in Europa. Er wollte anschließend einen Master in englischer Literatur machen, aber er war sich dessen noch nicht ganz sicher. Lenore musterte Scotts Vater mit verstohlenen Blicken. Nachdem er geduscht und sich umgezogen hatte, war er fast wieder der Alte, obwohl er längst nicht so glamourös aussah wie auf den Titelseiten, die Lenore in den letzten Jahren an der Kasse im Supermarkt gesehen hatte. Er war anders, als sie es sich vorgestellt hatte. Aber er hatte sich rasiert, und das Gesicht, das unter den Bartstoppeln zum Vorschein gekommen war, war ihr noch immer vertraut. Es wirkte zwar hagerer und eingefallen und die Augen waren blutunterlaufen, aber das waren nur Äußerlichkeiten, die nichts über sein Innenleben sagten. Er trug ein schlichtes Hemd und Jeans. Beide Kleidungsstücke waren zerknittert. Sie wusste noch von früher, dass er seine Sachen beim Kofferpacken nie richtig zusammenlegte. Diese Kleidungsstücke hatte der Daniel ausgesucht, den sie von früher her kannte, nicht der Schauspieler, der in Limousinen fuhr und Smokings trug. Einen kurzen Moment lang geriet ihre Abwehrhaltung ins Wanken. Dann ging die Kellertür auf. Es war Al.

Oh nein. Das hatte sie ganz vergessen.

Aber Al hatte offensichtlich gar nichts vergessen. Sein Gesichtsausdruck sprach Bände. Man sah keine Wut in seinen Zügen, sondern etwas Eiskaltes, Furchtbares. In seinen Augen flackerte ein kaltes Feuer auf, wie von einem gefährlichen Stromstoß. Dieser tödliche Blick war auf Daniel gerichtet, den Mann, der den Menschen, die Al liebte, wehgetan, der sie allein und hilflos zurückgelassen hatte, den Mann, der aus Egoismus und Genussucht ein Kind angefahren hatte. Und der jetzt zurückgekommen war, um weiteren Schaden anzurichten. Al stand wie erstarrt da. Seine Haltung erinnerte Lenore an einen grimmigen Gotteskrieger. Er musterte Lenore prüfend, als ob er feststellen wollte, ob Daniel ihr bereits Verletzungen zugefügt hatte. Dann wanderte sein Blick zu Scott hinüber. Erst danach richtete er sich wieder auf Daniel.

Jetzt war auch Daniel verunsichert. Lenore merkte das sofort. Das Gesicht des ehemaligen Polizisten musste ihm bekannt vorkommen. Schließlich hatte Al bei der Anhörung vor Gericht eine Zeugenaussage gemacht und dafür gesorgt, dass Daniel das höchstmögliche Strafmaß erhielt und nicht straffrei davonkam, nur weil sein Gesicht von den Titelseiten der großen Zeitschriften her bekannt war. Aber Daniel hatte ganz offensichtlich nicht erwartet, den Mann ausgerechnet hier wiederzusehen. In seinen Augen zeigte sich zunächst Verwirrung, dann ein Erkennen. Sein Mund öffnete sich leicht, aber er erholte sich schnell von dem Schock und riss sich zusammen. Schließlich war er ein großartiger Schauspieler.

„Al wohnt schon seit mehreren Jahren bei uns", erklärte Lenore. „Er hat sich um Scott gekümmert, als du … nach …" Sie traute sich nicht, den Satz zu vollenden.

Daniel nickte. „Nach meiner Verhaftung. Jetzt erinnere ich mich wieder", fügte er hinzu. „Danke, dass Sie auf Scott aufgepasst haben."

Al schien Daniels Dankbarkeit als Beleidigung aufzufassen. „Ich hab das nicht für Sie getan", entgegnete er.

Lenore spürte, wie ihr die Hitze in die Wangen stieg, aber sie konnte nicht anders. Sie musste hinsehen, weil diese Szene schmerzlich und faszinierend zugleich war.

Daniels Gesichtszüge waren noch immer angespannt. „Ich danke Ihnen trotzdem", meinte er. Er streckte dem anderen Mann die Hand hin. Nach drei oder vier Sekunden, die quälend langsam zu verstreichen schienen, nahm Al Daniels Hand und drückte sie kurz.

Als Mr Kaplan in die Küche kam, atmete Lenore erleichtert auf. Sein Erscheinen löste diese verfahrene Situation auf. Obwohl er die Spannung im Raum spüren musste, sagte er nichts dazu, sondern war so höflich wie immer. Aber er wusste schließlich auch so gut wie nichts über ihre Lebensgeschichte. Als sie alle um den Tisch herum saßen und es sich auf ihren Plätzen bequem gemacht hatten, war Lenore dankbar, dass Angie und Mr Caputo nicht hier waren. Angie hätte mit ihrer Schwärmerei alles noch schlimmer gemacht. Sie fragte Scott ständig nach seinem Vater und sie behauptete oft, dass er der Mann mit dem größten Sexappeal überhaupt sei. Diese Bemerkung provozierte Mrs Callahan stets zu einer strengen Maßregelung. Und obwohl Mr Caputo ein sanftmütiger Mensch war, wusste Lenore nicht, wie er auf den Mann reagieren würde, der seiner Meinung nach verantwortlich war für den bedauernswerten Zustand, in dem sie sich bei ihrer ersten Begegnung befunden hatte. Für den Anfang war kalte Wut schon schlimm genug.

Mr Kaplan sprach das Tischgebet, doch die Stimmung während des Essens war angespannt. Alle schwiegen. Mr Kaplans Blicke wanderten von Al zu Daniel, dann zu Scott und Lenore. Schließlich senkte er den Kopf und sah nur noch auf seinen Teller herunter. Lenore wollte das Essen nicht so recht schmecken. Zu stark spürte sie Daniels Anwesenheit am Tisch. Sie nahm an, dass es nie zerrissen war, dieses unsichtbare Band, das sie und ihn zusammenhielt, ob nun drei Bundesstaaten zwischen ihnen lagen oder nur die Länge eines Esszimmertischs. Auch jetzt spürte sie es, und als sie den Kopf hob, begegnete ihr Blick dem von Daniel. Sie reagierte mit einem schwachen Kopfschütteln und hätte beinahe laut losgelacht. Diese Situation wäre ein guter Stoff für eine Seifenoper.

Die Gespräche während des Essens beschränkten sich auf Bitten, irgendetwas weiterzureichen, aber die Mahlzeiten verliefen sowieso ruhiger, wenn Mr Caputo nicht hier war und Mr Kaplan die richtigen Stichworte für seine Witze lieferte. Natürlich fehlten auch Mrs Callahan, Angie und der kleine Joseph zur Belebung der Tischgespräche.

Heute Abend war die Stimmung am Tisch jedoch besonders gedämpft und angespannt.

„Das Chili con Carne schmeckt ausgezeichnet“, brummte Al.

„Möchtest du noch etwas?“, fragte Lenore, aber dann sah sie, dass er nur die Hälfte seiner Portion gegessen hatte. Ihre Augenbrauen zogen sich besorgt zusammen und sie warf ihm einen prüfenden Blick zu. Al war kreidebleich. Er wirkte erschöpft und gereizt zugleich. So ging es jetzt schon seit Tagen mit ihm, auch bevor Daniel hier aufgetaucht war. Sie musste ihn wirklich bald zur Rede stellen und ihn nach seinen Blutzuckerwerten fragen.

Al schüttelte den Kopf. „Ich will mir noch Platz lassen für diesen leckeren Kuchen.“ Sein Lächeln wirkte gekünstelt, und sie war gerührt von seinem unbeholfenen Versuch, sie zu trösten. Wie immer nahm er seine Rolle als ihr Beschützer sehr ernst.

„Ich hole ihn“, erwiderte Lenore. Sie wollte der gespannten Atmosphäre im Raum so schnell wie möglich entfliehen.

In der Küche schnitt sie den noch warmen Kuchen auf und verteilte großzügig die Eiskrem darauf. Als sie den anderen ihren Nachtisch servierte, dankten diese ihr leise dafür. Schweigend aßen sie den Kuchen. Das Klappern ihrer Kuchengabeln war das einzige Geräusch im Esszimmer.

Al war schon satt. Er entschuldigte sich und verschwand mit seinem Teller in der Küche. Auch von dem Kuchen hatte er nur ein paar kleine Bissen gegessen. Mr Kaplan begann, den Tisch abzuräumen. Er und Scott waren heute mit dem Abwasch dran. Scott kratzte in der Küche die Essensreste von den Tellern und räumte sie in die Geschirrspülmaschine. Lenore stellte das verbleibende Geschirr zusammen und stand auf.

„Lenore, können wir kurz reden?“, fragte Daniel. Lenore spürte, wie ihre innere Anspannung zurückkehrte. Nein, das würde er nicht wagen – unerwartet in ihr Leben hereinzuplatzen, an ihrem Tisch zu essen und ihr dann einfach eine Entschuldigung hinzuwerfen, wie man einem Hund einen Knochen hinwarf. Würde er es wagen, ihr wieder eine unerwünschte Last aufzubürden, mit der sie irgendwie fertig werden müsste? War er wirklich so hochmütig, so arrogant? Kaum war ihr dieser Gedanke gekommen, wurde ihr klar, dass sie selbst heuchlerisch und hochmütig war, wenn sie meinte, er müsse sich ihre Vergebung verdienen anstatt sie von ihr geschenkt zu bekommen.

Sie hielt mit dem Geschirr in der Hand inne. Dann warf sie ihm einen fragenden Blick zu.

„Hast du einen Moment Zeit?", fragte er.

Ohne etwas zu erwidern setzte sie sich wieder und stellte das Geschirr zurück auf den Tisch.

„Danke", sagte er. Dann schwieg er und betrachtete die flackernde Kerze, die mitten auf dem Tisch stand.

Lenore stand noch einmal auf und verpasste der Schwingtür zur Küche einen Fußtritt. Die Tür schwang ein paarmal vor und zurück, dann blieb sie geschlossen. Sie setzte sich wieder.

Daniel lächelte sie an. Sie konnte sich noch gut daran erinnern, wie ihr das Herz bis zum Hals geklopft hatte, wenn er sie mit diesem verhangenen Blick angesehen hatten.

„Ich glaube, ich schulde dir eine Erklärung." Seine Stimme klang schläfrig und honigsüß. Ein paar Sekunden lang befürchtete Lenore, dass er sie damit wieder in seinen Bann ziehen würde. Aber dann straffte sie sich innerlich. Sie war wütend, weil sie sich von ihm missbraucht fühlte.

„Du musst mir gar nichts erklären, wenn du das nicht willst." Ihre Worte klangen hart und bitter.

Der zärtliche Ausdruck in seinen Augen wich einer tiefen Müdigkeit. Plötzlich wirkte Daniels Gesicht wieder traurig und eingefallen. „Das will ich aber", sagte er leise.

Auf einmal schämte sie sich ihrer Wut. Deshalb wartete sie, bis er weitersprach.

Er setzte mehrere Male zu einer Erklärung an. Immer wieder begann er von vorne, wie ein Läufer nach einem Fehlstart. Er meinte, er habe in seinem Leben nichts vorzuweisen. Dann hielt er inne und versuchte es noch einmal. Beim zweiten Mal wollte er über sie und Scott sprechen, aber plötzlich blieben ihm die Worte buchstäblich im Hals stecken. Ein paar Minuten lang rang er um Fassung, räusperte sich und hustete. Lenore spürte, wie sich ihr Herz zusammenzog, dabei wusste sie als Krankenschwester ganz genau, dass das nicht der Fall war. Was sie da spürte, war vermutlich die Reaktion auf den Adrenalinstoß, den es ihr versetzt hatte, als Daniel Scotts und ihren Namen ausgesprochen hatte. Im Grunde genommen war sie froh, dass er nicht weitersprechen konnte.

Schließlich schien ihm klar zu werden, was Lenore bereits vermutet hatte. Er konnte nicht erklären, warum er sich auf den Weg zu ihnen gemacht hatte. Dafür brauchte er noch etwas Zeit. Er sank in sich zusammen. Auf seinem Gesicht spiegelte sich eine so tiefe Erschöpfung wider, dass Lenores Herz plötzlich vor Mitleid ganz weit wurde. Ja, sie hatte Mitleid mit Daniel, sogar hier, sogar jetzt.

„Ich bin so müde, Lenore", brachte er endlich heraus. „Ich musste dich noch einmal sehen."

Sie nickte verständnisvoll. In ihr Mitleid mischte sich die Erinnerung daran, wie sie diesen Mann früher geliebt hatte. Sie hatte ihn so fordernd geliebt wie ein Kind, ohne Verständnis, ohne Geduld. Sie hatte einem bodenlosen Becher geglichen, der immer wieder aufs Neue gefüllt werden musste. Er war ihr strahlend schöner Held gewesen und sie das hässliche Entlein. Deshalb hatte sie immer wieder die Bestätigung gebraucht, dass er sie tatsächlich liebte. Als wäre ihre Erinnerung an seine Liebe jeden Tag aufs Neue ausgelöscht worden, hatte er sie jeden Morgen wieder auffrischen müssen. Sie warf einen Blick in Daniels müde Augen. Zum ersten Mal in ihrem Leben konnte sie nachvollziehen, was es für ihn bedeutet haben musste, diese Last von zwei Leben tragen zu müssen. Im Prinzip hatte er nicht nur seine eigene, sondern auch ihre Seele versorgen müssen. Unvorstellbar, dass ihre Liebe womöglich die beste Erfahrung seines Lebens gewesen war. Unvorstellbar, dass er sich danach zurücksehnte. Es war kein Wunder, dass er so müde war.

„Wir reden später", sagte sie, ohne darüber nachzudenken, wann das sein sollte und welchen Sinn das überhaupt noch haben konnte. Dennoch befiel sie eine tiefe Traurigkeit, als sie diese Worte aussprach. Sie wusste, dass sie gerade ein Versprechen gegeben hatte, für das sie einen hohen Preis würde zahlen müssen.

Daniel nickte dankbar und sah sie unverwandt an. Er beobachtete, wie sie aufstand und zur Tür ging. Sie blies die Kerze auf dem Tisch nicht aus, sondern ließ ihn einfach davor sitzen. Bevor sie das Zimmer verließ, drehte sie sich noch einmal kurz um. Daniel saß schweigend am Tisch und betrachtete die flackernde Flamme.

Es war irgendwie passend, dass die Geschehnisse, die ihr Leben in eine neue Richtung lenkten, von einem starken, zerstörerischen Sturm begleitet wurden. Als Lenore endlich in ihr Bett kroch, schlug der Wind bereits mit einem lauten Heulen gegen ihr Fenster. Er machte einen Lärm wie ein vorbeifahrender Güterzug. Sie war jedoch so erschöpft, dass sie trotzdem bis etwa drei Uhr morgens fest schlief. Dann saß sie auf einmal hellwach senkrecht im Bett. Sie wusste zunächst nicht so genau, was sie geweckt hatte, aber dann hörte sie ein mehrfaches Knallen, das klang wie Gewehrschüsse, ein lautes Krachen und das Geräusch von splitterndem Holz. Dann landete etwas furchtbar Schweres auf der Erde. Ihr Bett wackelte von der Erschütterung. Lenore rannte zu Scotts Zimmer, begegnete ihm und Daniel jedoch bereits im Flur. In der Küche stießen sie auf Al und Mr Kaplan. Die beiden Männer hatten sich offenbar jedes griffbereite Kleidungsstück übergezogen. Der Strom war ausgefallen. Lenore nahm die Kerze vom Esszimmertisch und tastete nach den Streichhölzern.

Auf dem Nachbargrundstück war eine riesige Douglasfichte umgestürzt und auf den Zaun gefallen. Al ging nach draußen, um sich die Bescherung anzusehen. Lenore warf quer durch den Raum einen Blick auf Daniel. Das Kerzenlicht warf schaurige Schatten auf ihre Gesichter. Daniel wirkte wie erstarrt. Es hatte fast den Anschein, als höre er angespannt auf einen weit entfernten Klang oder als messe er der Szene da draußen eine Bedeutung zu, die den anderen nicht bewusst war. Sie wich seinem Blick aus und schaute nach draußen. In der Fensterscheibe spiegelten sich ihre Gestalten. Sie sah sich selbst in ihrem langen Nachthemd. Ihr zu einem lockeren Zopf geflochtenes Haar hing ihren Rücken herunter. In der hoch erhobenen Hand hielt sie die Kerze. Daniel stand neben ihr, ruhig und mit wachsamem Blick. Sie sahen aus wie ein lebendes Porträt aus viktorianischer Zeit, wie zwei Figuren, die gewaltsam aus ihrem normalen Leben gerissen worden waren und die das Schicksal in dieser dramatischen, bedeutungsschweren Szene zusammengeführt hatte.

„Ich geh wieder ins Bett." Scott riss seine Mutter mit seinen Worten aus ihrer Grübelei.

In diesem Moment stapfte Al mit schweren Schritten zurück in die Küche. Er fasste die Lage wie immer mit knappen Worten zusammen. „Niemand ist verletzt, nur der Zaun ist platt gedrückt. Wir können erst was machen, wenn's hell ist."

Lenore folgte den anderen nach oben und legte sich ebenfalls wieder ins Bett. Aber draußen heulte und pfiff der Wind noch immer. Die ganze restliche Nacht quälten Lenore seltsame, bedrückende Träume, und immer kam Daniel darin vor.

Daniel konnte nach der Aufregung mit dem umgestürzten Baum lange nicht einschlafen. Mit weit geöffneten Augen lag er im Bett und merkte, dass er jetzt erst aufzuwachen begann, wie aus einer tiefen Narkose. Wie nach einer Operation spürte er erst leichte Nadelstiche, die sein Bewusstsein ihm versetzte. Er hatte das dumpfe Gefühl, dass der Schmerz erst später richtig einsetzen würde. Zum ersten Mal hatte er dieses Unbehagen empfunden, als er Lenore durch das Fenster beobachtet hatte. Aber er war sich dabei wie ein tragischer Held vorgekommen. Deshalb war dieser Schmerz fast angenehm und tröstlich gewesen im Vergleich zu dem, der später gefolgt war. Sobald sie die Tür aufgemacht hatte, hatte er sich schon weniger edel gefühlt, weniger wie die traurige Figur in einem Drama, zu dem er selbst das Drehbuch geschrieben hatte. Er war sich jetzt wie ein ganz gewöhnlicher, alltäglicher Schuft vorgekommen. Als er in der Diele ihres Hauses gestanden hatte, war sein Blick auf eine Tafel gefallen, auf der ein Spruch stand. *Den Einsamen gibt er ein Zuhause.* In diesem Moment war ihm klar geworden, dass das Wort „einsam" auf Lenore und Scott zutraf. Er hatte sie zu einsamen Menschen gemacht. Wegen ihm waren sie schutzlos den Stürmen des Lebens preisgegeben gewesen. Plötzlich war diese verführerische Melancholie, dieses bedrückende Selbstmitleid einem anderen Gefühl gewichen. Er hatte noch nicht einmal mehr jene Todesangst verspürt, die ihn an diesen Ort gezogen hatte. Nein, seitdem schämte er sich nur noch.

Er lag in diesem fremden Bett und dachte an seinen Onkel George, an seine Cousins, an die Routine ihres Alltags. Er dachte an ihre Treue, die sie mit so vielen kleinen Gesten und Handlungen unter Beweis stellten. Sie standen jeden Morgen auf und gingen zur Arbeit. Sie kamen nach Hause, spielten mit ihren Kindern, hörten sich ihre kleinen Erlebnisse an, gingen abends zu Bett. Dann wiederholte sich das Ganze, jeden Tag aufs Neue. Daniel konnte sich beim besten Willen nicht vorstellen, dass Jack seine Frau Colleen einfach so verlassen würde, auch wenn die Verlockung vielleicht groß wäre. Und umgekehrt wäre es genau dasselbe. Colleen würde ihren Mann nie im Stich lassen. Daniel lag da und hörte, wie der Wind gegen das Fenster peitschte. So aufgewühlt wie die Natur draußen waren auch seine Gedanken.

Lenore hatte sich verändert, sogar äußerlich. Das war ihm sofort aufgefallen. Sie wirkte reifer, stärker, ruhiger. Aber diese Veränderungen waren nicht rein äußerlich. Er erkannte das an dem Ausdruck in ihren Augen. In ihrem Blick hatte früher immer ein seltsamer Hunger gelegen. Aber jetzt blickten ihre Augen fest und entschlossen in die Welt, und er war derjenige, der diesen inneren Hunger verspürte. Wer weiß, vielleicht ging es ihm jetzt wie ihr damals. Vielleicht konnte man diesen Hunger auch ihm an den Augen und den Gesichtszügen ablesen.

Nachdem Lenore ihn nach dem Abendessen allein am Tisch zurückgelassen hatte, war er nach oben gegangen und hatte mit Scott geredet. Aber sie hatten sich nicht viel zu sagen gehabt. Seit ihrer letzten Begegnung waren zu viele Jahre vergangen. Außerdem hatte Scott noch über seinen Büchern gesessen. Deshalb war Daniel wieder nach unten gegangen. Im Wohnzimmer hatte Mr Kaplan vor dem Fernseher gesessen. Er hatte Daniel freundlich eingeladen sich zu ihm zu setzen, aber Daniel hatte keine Lust verspürt, fernzusehen. Stattdessen hatte er sich ein Buch aus dem Regal genommen und war wieder in das kleine Zimmer zurückgekehrt, das Lenore ihm zugewiesen hatte. Er hatte gelesen, bis ihn die Müdigkeit übermannt hatte. Dennoch lag er nun schlaflos auf dem schmalen Bett unter der selbst gemachten Patchwork-Decke, die vielleicht Lenore angefertigt hatte. Er hörte zu, wie der Regen gegen das Fenster peitschte.

Als Scott ihm diese Hausgemeinschaft geschildert hatte, hatte er sich kein genaues Bild davon machen können. In seinen Ohren hatte dieses merkwürdige Arrangement eher nach einer Kommune geklungen, wie sie in den sechziger Jahren üblich gewesen war. Aber dieses Haus hier war eine alte Villa. Beim gemeinsamen Abendessen hatte er sich wie in einer Familie gefühlt, in der noch ein Cousin oder ein alter Onkel zu Gast war. Natürlich war die Stimmung bei Tisch angespannt gewesen, weil das schwarze Schaf der Familie überraschend und ohne vorherige Einladung aufgetaucht war. Aber trotzdem war Daniel diese Hausgemeinschaft wie eine Familie vorgekommen. Lenore hatte erwähnt, dass sogar noch mehr Leute zu dieser Familie gehörten.

Er rätselte, ob ihnen seine Anwesenheit hier etwas ausmachte, ob es ihnen vielleicht lieber wäre, wenn er so bald wie möglich wieder verschwinden würde. Am liebsten hätte er sein Schamgefühl und seine Reue zusammen mit seinen nassen Sachen eingepackt und sich am frühen Morgen aus dem Haus geschlichen. Er könnte schon weg sein, bevor die anderen wach würden. Lenore wäre bestimmt froh darüber. Aber da war ja auch noch sein Sohn. Weglaufen wäre genauso egoistisch und maßlos, wie wenn er von Lenore und Scott verlangen würde, ihm einfach so zu vergeben. Inzwischen war ihm klar, dass das der eigentliche Grund war, warum er hierhergekommen war. Er hatte die beiden um Vergebung bitten wollen. Dieses Ziel lag seiner Entscheidung zugrunde, deshalb war er in den Bus gestiegen. Er hatte gehofft, dass dadurch jene Last, die er jahrelang mit sich herumgeschleppt hatte, von ihm abfallen würde. Er hatte sich eine Szene ausgemalt, in der er die Hauptrolle spielte. Wenn er die passenden Stichworte aussprechen würde, wäre er frei von seiner Schuld. Aber jetzt schämte er sich für diese Gedanken. Er hatte kein Recht dazu, hier zu sein, und er hatte kein Recht auf Vergebung. Das war ihm auf schmerzhafte Art deutlich geworden, als Lenore die Tür aufgemacht und ihn nicht freudig überrascht willkommen geheißen hatte, sondern vor Schreck wie versteinert gewesen war.

Im weiteren Verlauf des Abends hatte er dann seine anfänglichen Hoffnungen aufgegeben. Ihm war deutlich geworden, dass er von Lenore und Scott nichts verlangen konnte, noch nicht einmal ihre Vergebung. Ihm war bewusst geworden, dass er eine Verantwortung für diese beiden Menschen trug. Er war ihnen etwas schuldig, das spürte er auch jetzt wieder ganz deutlich. Und er wusste, dass er so lange hierbleiben musste, bis er herausgefunden hatte, ob es etwas gab, was er für die beiden tun konnte. Vielleicht könnte er mit den wenigen Mitteln, über die er noch verfügte, zumindest einen Teil seiner Schuld abtragen. Vermutlich war es längst zu spät, um auch nur den Versuch zu wagen, aber auf ganz unerklärliche Weise spürte Daniel plötzlich, dass das sein Auftrag war, seine Mission sozusagen.

Er warf sich ruhelos auf dem Bett hin und her. Dann bearbeitete er das kleine Kopfkissen mit den Fäusten, bis er bequem darauf liegen konnte. Die Steppdecke zog er sich bis zum Kinn hoch. Er horchte in die Dunkelheit hinein, aber alle anderen waren wohl auch zu Bett gegangen. Vorhin hatte er auf der Treppe leise Schritte gehört, aber jetzt war alles still. Nur der Wind heulte noch immer in die Nacht hinein. Das alte Haus stemmte sich ihm mit einem leisen, ächzenden Knarren entgegen, um seine schlafenden Bewohner vor den Naturgewalten zu schützen.

38

Am nächsten Morgen wachte Daniel um halb sechs auf. Er war froh, dass die lange, unruhige Nacht hinter ihm lag. Nachdem er im Bad gewesen war und sich angezogen hatte, ging er die Treppe hinunter, durchquerte den dunklen Flur und betrat die Küche. Allem Anschein nach war er von allen Hausbewohnern der Einzige, der bereits auf war. Als er gerade überlegte, ob er wieder in sein Zimmer gehen sollte, hörte er hinter sich Schritte.

„Hallo Papa."

Daniel versuchte, am Tonfall seines Sohnes dessen Stimmung auszuloten, aber Scotts Stimme klang ganz normal.

„Hallo Kumpel." Daniel entdeckte ein unbenutztes Glas und drehte den Wasserhahn auf. „Du bist ja früh auf."

„Ich habe um acht Uhr einen Test und treffe mich vorher noch mit meiner Lerngruppe, um alles noch mal durchzugehen. Wenn du frühstücken willst, bedien dich ruhig selbst."

„Soll ich für alle das Frühstück machen?", fragte Daniel. Er wollte sich nicht von Lenore bedienen lassen. Aber sie könnte es natürlich auch als Affront auffassen, wenn sie ihn dabei überraschte, wie er das Frühstück zubereitete. Vielleicht würde sie ihn dann für dreist und anmaßend halten. Er wusste nicht so recht, wie er sich verhalten sollte. „Meinst du, deine Mutter hat was dagegen, wenn ich schon mal anfange, das Frühstück zu machen und vielleicht Kaffee koche?"

„Ich glaube nicht, dass sie was dagegen hat. So stark hat sie sich nun auch wieder nicht verändert."

Daniel musste lächeln, obwohl es ihm beinahe wehtat. Lenore war nie ein Morgenmensch gewesen. Als sie noch zusammengelebt hatten, war die Zubereitung des Frühstücks immer seine Aufgabe gewesen.

„Nehme ich auch nicht jemandem die Arbeit weg?"

Scott streckte den Arm aus und legte seinem Vater eine Hand auf die Schulter. „Heute bin ich mit dem Frühstück dran, Papa. Und weil ich will, dass du dich hier wohlfühlst, übertrage ich diese Aufgabe hiermit an dich", sagte er mit einem verschwörerischen Lächeln.

Daniel spürte, wie er sich nach dieser Geste und den Worten seines Sohnes ein wenig entspannte. „Du bist wirklich ein toller Kumpel", erwiderte er betont fröhlich. Dann machte er die Kühlschranktür auf und stöberte ein wenig in den Fächern herum. Er entdeckte ein paar Scheiben Schinken, Eier, frische Champignons und Zwiebeln.

„Mehl und ähnliches Zeugs sind hier im Schrank und noch mehr in der Vorratskammer." Scott machte sich auf den Weg nach draußen. „Kaffeepulver findest du neben der Kaffeemaschine."

„Ich wünsch dir einen schönen Tag."

„Ich dir auch."

Lenore erwachte wie immer um viertel vor sechs. Die Erinnerung an den gestrigen Abend war sofort wieder da und sie fühlte sich wie von einer schweren Last niedergedrückt. Daniel war hier. Einen Moment lang blieb sie auf der Bettkante sitzen und wartete ab, bis ihr Herz langsamer schlug. Sie mochte es gar nicht, wenn sie sich so früh am Morgen derart starken Gefühlen stellen musste. So etwas machte sie nervös und unsicher. Sie duschte, zog sich an und entschloss sich, heute nur ein Schüsselchen Müsli zu frühstücken. Schließlich war Scott in dieser Woche mit der Zubereitung des Frühstücks dran, und das bedeutete meistens, dass die Mahlzeit etwas dürftig ausfiel. Verärgert schüttelte Lenore den Kopf. Das nächste Mal würde sie ihn für das Abendessen einteilen. Doch als sie sich der Küche näherte, stieg ihre Stimmung. Von dort strömte ihr nämlich der köstliche Duft von Kaffee und gebratenen Zwiebeln entgegen. Daniel saß am Küchentisch, las in der Zeitung und hatte eine Tasse Kaffee vor sich stehen.

„Guten Morgen", sagte er, als sie hereinkam.

„Guten Morgen", erwiderte sie seinen Gruß vorsichtig. Schließlich hatte sie sich vorgenommen, auf der Hut zu sein.

Heute früh sah er besser aus als gestern. Seine Augen blickten klarer. Er trug Jogginghosen – ganz wie früher. Lenore goss sich eine Tasse Kaffee ein. „Sind das noch dieselben Hosen?", fragte sie ihn.

„Nein. Das hier sind teure Markenhosen, die genauso aussehen und sich genauso anfühlen wie die, die du mir damals bei Wal-Mart gekauft hast."

Lenore musste lächeln, bereute das aber sofort. Sie wusste, dass sie sich auf dünnem Eis bewegte. Wenn sie nur einen falschen Schritt machte, könnte sie einbrechen. Daniel legte die Zeitung beiseite, stand auf und rückte ihr einen Stuhl zurecht. „Setz dich ruhig hin. Scott hat mir heute erlaubt, das Frühstück zu machen. Möchtest du ein Omelett oder lieber Eierpfannkuchen?"

„Nein, danke", antwortete sie. Sie wollte nichts essen, was Daniel zubereitet hatte, und blieb stehen.

Einen Augenblick lang musterte er sie prüfend. Dann setzte er sich wieder hin. Kurz darauf nahm auch sie Platz auf dem Stuhl, den er ihr zuvor angeboten hatte. Sie schwiegen beide, aber Daniel drehte seine Kaffeetasse sanft zwischen seinen Handflächen hin und her. In der Tasse entstanden kleine Wellen und Strudel. Lenore sah wie hypnotisiert zu.

Schließlich brach er das Schweigen. „Lenore", sagte er.

Angespannt wartete sie auf seine nächsten Worte.

„Ich weiß, dass dir mein überraschendes Auftauchen hier unangenehm ist, und ich kann dir noch nicht einmal sagen, warum ich überhaupt hierhergekommen bin."

Verblüfft starrte sie ihn an. Dann trank sie noch einen Schluck Kaffee. „Entsprechen die Berichte in den Boulevardblättern der Wahrheit?", platzte es aus ihr heraus.

Er reagierte mit einem sarkastischen Lächeln. „Welche Berichte meinst du denn? Man hat behauptet, dass die Frau des Präsidenten ein Kind von mir erwartet. Oder meinst du den Bericht, in dem stand, dass ich von Außerirdischen entführt und geklont worden sei?"

Sie konnte das nicht komisch finden. „Nein, ich denke eher an die Berichte über dein Alkoholproblem. Die Reporter behaupten auch, du hättest überall Schulden und man gäbe dir keine Rollen mehr." Obwohl sie ihm diese Worte geradezu entgegenschleuderte, reagierte er gelassen.

„Ach ja, diese Berichte", meinte er schließlich. Er sah ihr direkt in die Augen. Sie hatte erwartet, dass er bei dieser Aufzählung zusammenzucken würde, aber das war nicht geschehen. Vielmehr umspielte ein schwaches Lächeln seine Lippen, als er nickte.

„Ja, diese Berichte entsprechen der Wahrheit."

Seine Offenheit wirkte entwaffnend. Lenore holte tief Luft, trank noch einen Schluck Kaffee und warf einen Blick auf ihre Armbanduhr. Leider blieb ihr noch eine Menge Zeit, bis sie losmusste.

„Aber ich bin nicht gekommen, weil ich Geld brauche", fügte er rasch hinzu. „Ich habe noch etwas Geld. Und ich erwarte auch nicht von dir, dass ich hierbleiben kann."

„Warum bist du ausgerechnet nach Seattle gekommen? Warum?" Ihre Stimme klang traurig und verärgert zugleich.

Mit einem schwachen Kopfschütteln hob Daniel beide Hände und ließ sie hilflos auf die Tischplatte fallen.

Natürlich war Scott daran schuld. Scott hatte seinen Vater angerufen. „Ich hab doch nicht geglaubt, dass er herkommt", hatte er ihr gestern Abend gestanden. „Eigentlich wollte ich zu ihm fahren." Daniel hatte sie beide überrascht, indem er einfach so hier aufgetaucht war.

„Hör mal", begann Daniel. „Ich weiß, dass du dein eigenes Leben hast. Wenn ich dir Probleme bereite, kann ich gehen. Du brauchst bloß ein Wort zu sagen und ich verschwinde." Wieder lächelte er. Noch immer bildeten sich dabei um seine Augenwinkel herum kleine Fältchen.

Jetzt spürte Lenore, wie die Wut in ihr aufstieg und der Vulkan die Eisschicht durchbrach. Abrupt stand sie auf und ließ ihren Kaffee stehen. „Ich muss zur Arbeit", sagte sie steif. „Wenn du willst, reden wir später noch mal darüber."

Daniel erwiderte nichts. Sie drehte sich nicht zu ihm um, aber sie spürte, wie seine Blicke ihr folgten, als sie die Küche verließ.

Während der Arbeit dachte Lenore nicht mehr an Daniel. Das fiel ihr nicht schwer, weil ihre Patienten ihre ganze Aufmerksamkeit forderten. Am Ende ihrer Schicht fuhr sie nicht sofort nach Hause, sondern ging zu Fuß die kurze Strecke zu ihrer Kirchengemeinde. Sie hielt den Kopf gesenkt, um sich vor dem Regen zu schützen. Wie immer brannte im Kirchengebäude Licht. Lenore drückte die Flügeltür auf und ging hinein. Die Wärme im Empfangsraum tat ihr gut, aber der Platz der Sekretärin war leer. Sie sah auf die Uhr und stellte fest, dass es bereits kurz vor halb fünf war. Zuerst zögerte sie, aber dann ging sie zu Matts Büro und klopfte leise an die halb geöffnete Tür.

„Herein“, sagte er von drinnen. Als er sah, dass es Lenore war, lächelte er sie an.

„Was für eine angenehme Überraschung!“

Sie trat näher.

„Setz dich doch“, meinte er. „Möchtest du eine Tasse Kaffee?“

Lenore musterte die Kaffeekanne, während sie ihren regennassen Mantel auszog. Sie überlegte, wie lange der Kaffee wohl schon hier stand.

„Ich hab ihn gerade erst gemacht. Ehrlich“, sagte Matt, der ihren Blick bemerkt hatte.

„Okay“, erwiderte sie mit einem Lächeln. „Eine halbe Tasse.“

Er goss ihr die gewünschte Menge ein und sie nippte vorsichtig an ihrem Becher. Der Kaffee war stark und heiß und er tat ihr gut. Matt ließ ihr Zeit den Kaffee zu genießen. Nach mehreren kleinen Schlucken ließ sie den Becher sinken. „Daniel ist gestern bei uns aufgetaucht.“

Weitere Erklärungen waren nicht nötig. Matts Augen weiteten sich vor Überraschung und dann sah er sie konzentriert an. „Wirklich?“

Sie nickte.

„Also habt ihr euch nach all den Jahren jetzt zum ersten Mal wiedergesehen?“

Lenore antwortete erneut mit einem Kopfnicken. Dann nippte sie wieder an ihrem Kaffee. „Ich habe nur drei oder vier Mal mit ihm telefoniert.“

„Und er ist einfach so bei euch aufgekreuzt.“

„Ja, er stand vor meiner Tür und sah aus wie ein Häufchen Elend.“

„Das ist ja ein Ding!“

Besser hätte er es nicht ausdrücken können.

„Was hat er denn gesagt?“

Lenore dachte an die zusammenhanglosen Monologe, die zögernd vorgebrachten Gründe und schließlich an das einzige vernünftige Gespräch, das, das sie heute Morgen geführt hatten.

„Er will vielleicht länger bleiben.“

„Bei euch? Im Haus?“

Zuerst reagierte sie mit einem Kopfschütteln, dann mit einem Achselzucken. „Er hat Andeutungen gemacht, dass er sich etwas anderes suchen will.“

„Also ist es mehr als nur ein kurzer Besuch?"

„Ich weiß nicht so recht. Momentan kann er kaum einen zusammenhängenden Satz von sich geben, aber er hat zugegeben, dass seine Karriere in die Hose gegangen und er pleite ist. Er sieht auch so aus." Sie überlegte, wie sie ihn am treffendsten beschreiben könnte. „Ja, er wirkt heruntergekommen. Er hat noch gemeint, dass er nur gekommen sei, weil er Scott noch einmal sehen wollte."

„Ist das wirklich der einzige Grund für seinen Besuch?"

Lenore presste die Lippen zusammen. „Ich weiß es nicht. Ich bin ganz sicher nicht glücklich über sein plötzliches Auftauchen. Aber vielleicht kannst du mir ja einen guten Rat geben."

Matt reagierte jetzt ebenfalls mit einem Achselzucken. „Das ist nicht so einfach. Was empfindest du denn bei dieser ganzen Angelegenheit?"

Lenore musste nicht lange darüber nachdenken, welche Gefühle Daniels plötzliches Auftauchen in ihr wachgerufen hatte. Wie eine Sturmflut schienen sie jetzt über ihr zusammenzubrechen. „Ich kann dir ganz genau sagen, was ich empfinde." Sie spuckte die Worte förmlich aus, als ob sie ihr den Mund verbrennen würden. „Ich bin wütend. Ich fühle mich ausgenutzt. Ich komme mir vor wie ein billiger Ersatz. Ich will ihn nicht mehr sehen. Ich will nach Hause gehen und ihn dort nicht mehr vorfinden. Ich will nie wieder seinen Namen hören. Er ist wie ein Kind." Ihre Stimme klang rau. „Ein egoistisches, verwöhntes, verzogenes, in sich selbst verliebtes Kind. Er hat mich nie geliebt und ich hasse ihn."

Diese Worte erschreckten sie, aber sie hatte sie ausgespien wie ein tödlich wirkendes Gift.

Matt sah sie bekümmert an, aber er blieb trotzdem gelassen.

Lenore ließ den Kopf sinken, bedeckte ihr Gesicht mit beiden Händen und stöhnte auf. Sie war entsetzt über sich selbst, über die Wahrheit, die sie buchstäblich ausgespuckt hatte. Dieselbe ohnmächtige Wut hatte sie empfunden, als Scott eine große Kanne Traubensaft umgeworfen hatte. Die Flecken hatten sich damals über die ganze Küche verteilt. Jetzt merkte sie, dass sie mit ihren Worten ein ähnlich großes Chaos hinterlassen hatte. Und sie hatte nicht die Kraft, es ohne fremde Hilfe wieder in Ordnung zu bringen.

„Okay." Matt sprach langsam und bedächtig. „Zumindest wissen wir jetzt, woran wir sind."

Lenore schniefte. Als er ihr ein Papiertaschentuch reichte, putzte sie sich zuerst die Nase und hob dann den Kopf.

Matt schwieg zunächst. Dann begann er zu sprechen, aber was er sagte, war etwas ganz anderes als das, was Lenore erwartet hatte.

„Weißt du, als du mir gesagt hast, dass er überraschend hier aufgekreuzt ist, war mein erster Gedanke, dass man der ganzen Sache gleich einen Riegel vorschieben sollte. Ich wollte dir schon raten, ihn dorthin zu schicken, wo der Pfeffer wächst oder ihn zumindest nicht bei dir im Haus übernachten zu lassen. Das wäre übrigens ohnehin ratsam, finde ich. Aber nun weiß ich nicht so recht. Ich denke jetzt ein bisschen anders, weil ich gesehen habe, was du noch für Daniel empfindest ..."

„Ich empfinde überhaupt nichts für ihn", unterbrach ihn Lenore heftig.

„Auch Hass ist ein Gefühl", sagte Matt leise.

„Ich war nur wütend. Eigentlich hasse ich ihn nicht." Insgeheim überlegte sie sich, ob diese Worte der Wahrheit entsprachen. Offenbar stellte sich Matt dieselbe Frage.

„Ihr habt offenbar so einiges aufzuarbeiten", meinte er schließlich. „Vielleicht hat der Herr Daniel deswegen hierhergeführt."

„Es war nicht der Herr, der Daniel hierhergeführt hat", entgegnete Lenore mit fester Stimme.

Matt widersprach ihr nicht, sondern musterte sie wieder prüfend. „Trotzdem", sagte er endlich. „Du hast mich nach meiner Meinung gefragt, weil du dir nicht sicher bist, was du machen sollst. Ich finde, du solltest diese Gelegenheit nutzen, um endlich Frieden zu schließen."

„Aber ich will ihn nicht hier haben", hielt sie ihm entgegen.

„Warum bist du denn dann zu mir gekommen und hast mich gefragt, was du tun sollst? Warum hast du ihn nicht gleich weggeschickt?"

Lenore öffnete ihren Mund, um etwas zu erwidern, aber dann hielt sie inne und schloss ihn wieder. „Weil ich das tun will, was der Herr von mir verlangt."

„Aber du hast doch gesagt, dass der Herr Daniel nicht hierhergeschickt hat. Wenn das tatsächlich der Fall ist, solltest du eigentlich kein Problem damit haben, ihn wieder wegzuschicken."

Sie wusste nicht, ob sie lachen oder wütend werden sollte. Schließlich tat sie keines von beidem. Sie stand auf und stellte den Kaffeebecher auf den Tisch. Plötzlich war ihr kalt. Sie wollte jetzt nur noch nach Hause.

Lenore zog ihre Bibel aus ihrer Nachttischschublade. Der Ledereinband lag weich biegsam in ihrer Hand. „Bitte sprich zu mir“, flüsterte sie. Sie schloss die Augen und schlug das Buch auf. Ihr kam diese Art des Umgangs mit der Bibel zwar ein bisschen kindisch vor, und eigentlich hielt sie nichts davon, aber trotzdem keimte eine leise Hoffnung in ihr auf. Wann war Gott mit ihr jemals den gradlinigen, logischen Weg gegangen? Seitdem sie an seine Tür geklopft und um Hilfe gebeten hatte, war ihre gesamte Beziehung zu ihm geprägt gewesen von gelenkten Zufällen und überraschenden Führungen. Als sie die Augen wieder öffnete, sah sie, dass sie das Buch Jesaja aufgeschlagen hatte. Sie las die ersten Worte, auf die ihr Blick fiel. Dann schüttelte sie den Kopf. Wenn sie sich nicht so traurig und verloren gefühlt hätte, hätte sie laut aufgelacht. *Bleibt nicht bei der Vergangenheit stehen! Schaut nach vorne, denn ich will etwas Neues tun! Es hat schon begonnen, habt ihr es noch nicht gemerkt? Durch die Wüste will ich eine Straße bauen, Flüsse sollen in der öden Gegend fließen.*

Sie hatte sich bestimmt vertan. Beim nächsten Versuch würde es besser klappen. Diesmal fiel ihr Blick auf Matthäus zehn, Vers acht. *Umsonst habt ihr empfangen, umsonst sollt ihr geben!* Warum wurde es bloß schlimmer statt besser? Noch ein letzter Versuch. Wieder las sie den erstbesten Vers. Diesmal landete sie im fünften Buch Mose, Kapitel zweiunddreißig, Vers neununddreißig: *… ich zerschlage und ich heile.*

Wieder schüttelte Lenore den Kopf. Diesmal liefen ihr Tränen die Wangen herunter, weil sie erkannte, dass sie ihren Kampf nicht mit Daniel ausfocht. „Nein. Bitte, Gott, das ist zu viel verlangt.“ Es war zu viel verlangt, ihm Essen, Kleidung und ein Dach über dem Kopf zu geben, bis er sich erholt hatte. Und wofür das Ganze? Damit er ihr wieder den Rücken kehrte, sobald er ein verlockendes Angebot bekam?

Überlass das ruhig mir. Sie hörte die vertraute, leise Stimme in ihrem Herzen, und das gab ihr die Sicherheit, die sie brauchte. Aber sie wusste auch, was Gott von ihr wollte. Sie konnte es beinahe spüren, das schwere Holzkreuz auf ihrem Rücken. Es drückte sie zu Boden. Die Holzsplitter rissen ihr die Schulter auf. Die Last war zu schwer. Sie konnte sie nicht tragen. *Das ist zu viel verlangt.* Trotzdem brachte sie diese Worte nicht über ihre Lippen. Von einem Menschen wäre es anmaßend gewesen, das von ihr zu verlangen, aber nicht von ihm, nicht von dem Einen, der bereits das Undenkbare für sie getan hatte.

Sie erinnerte sich an ihre inbrünstigen Gebete. *„Mach mit mir, was du willst"*, hatte sie damals geflüstert, *„damit ich bei dir bleibe."* Hätte sie diese Bitte ausgesprochen, wenn sie gewusst hätte, welche Folgen das haben würde? Sie dachte an die Zeiten, als Gott sie an die Hand genommen und geführt hatte, als er ihr Freund geworden war. Sie dachte an ihre enge Beziehung zu ihm, an seine unendliche Liebe zu ihr. Wollte sie das alles jetzt wirklich aufs Spiel setzen, weil er etwas von ihr verlangte? Wollte sie wirklich Nein sagen?

„Na gut", flüsterte sie. „Ich mach's. Weil du mich darum bittest."

Ihr Hass auf Daniel schmerzte Lenore wie ein eiterndes Furunkel. Sie sprach mit Gott über dieses Gefühl und sie stimmte ihm zu, dass es sie von innen heraus vergiftete. Deshalb bat sie ihn, es ihr wegzunehmen. Wieder senkte sie den Kopf. Sie spürte, wie ihr heiße Tränen über die Wangen liefen. Ihr stockender Atem war das einzige Geräusch in dem stillen Zimmer.

Sie musste daran denken, was Edie ihr vor vielen Jahren einmal gesagt hatte. *„Du wirst bestimmt eine Gelegenheit bekommen, dich zu revanchieren"*, hatte sie ihr damals versichert. *„Da bin ich mir ganz sicher."* Ja, das war es dann wohl, erkannte Lenore in einem Anflug von Ironie, die so schneidend scharf war wie ein Rasiermesser. Sie hob den Kopf, putzte sich die Nase, ging ins Bad und wusch sich das Gesicht. Dann ging sie nach unten. Mr Kaplan war gerade mit der Zubereitung des Abendessens fertig geworden.

Scott kam herein. Daniel und er plauderten über dieses und jenes. Lenore deckte den Tisch, ohne mit den beiden zu sprechen. Während des Essens verlief das Gespräch noch immer schleppend, aber die Atmosphäre war nicht mehr ganz so angespannt wie am Abend zuvor. Trotzdem stand Al sofort nach dem Essen auf und ging in den Keller. Daniel begann, den Tisch abzuräumen. Lenore verspürte plötzlich ein dringliches Pflichtgefühl. Sie kam sich vor wie eine Soldatin, die ihr ganzes Leben lang für eine bestimmte Mission trainiert hatte und die diese Aufgabe deshalb ohne nachzudenken ausführen konnte.

„Daniel", fragte sie, sobald die anderen das Esszimmer verlassen hatten. „Kann ich dich kurz sprechen?"

Er nickte, aber in seinen Augen flackerte Furcht auf. Dann setzte er sich auf einen Stuhl und wartete ab.

Sie nahm ebenfalls Platz. Zunächst schwieg sie, um ihre Worte abzuwägen. Seine Gesichtszüge verrieten seine innere Anspannung.

„Vor ein paar Jahren habe ich ein Versprechen gegeben", begann Lenore schließlich. Sie zog mit einem Löffel die Muster der Tischdecke nach. „Ich habe versprochen, dass ich mein Bestes geben werde, um mich für die Freundlichkeit, die andere Menschen mir entgegengebracht haben, zu revanchieren. Ich habe versprochen, niemanden wegzuschicken, der einen Platz zum Schlafen braucht. Das gilt auch für dich."

„Was willst du damit sagen?", fragte Daniel zögernd.

Er wartete ab, als Lenore tief Luft holte. „Du kannst hierbleiben. Natürlich nicht für immer, aber eine Zeit lang. Du kannst mit Scott zusammen sein und ihr könnt alle offenen Fragen miteinander klären."

Er versuchte, ihren Gesichtsausdruck zu deuten, aber es gelang ihm nicht. Bestimmt bereute sie jetzt dieses vor langer Zeit gegebene Versprechen. Er konnte sich vorstellen, was es sie gekostet haben musste, ihm ihre Gastfreundschaft anzubieten. Anstatt dass dieses Angebot seinen Stolz verletzte, weckte es in ihm ein ganz neues Gefühl, nämlich so etwas wie Demut – und Dankbarkeit, dass sie ihm erlaubte, zu bleiben. „Danke", sagte er.

„Du musst aber noch mit dem Pastor reden", fügte Lenore hinzu. „Ich denke, in diesem Fall sollte er seine Zustimmung geben."

Sie stand auf, ging zur Anrichte und stöberte in einer unaufgeräumten Schublade herum. Er musste lächeln, als er daran dachte, dass ihre Schubladen auch früher nie sortiert gewesen waren. Endlich fand sie einen Bleistift und ein Blatt Papier. Sie schrieb etwas auf und reichte ihm den Zettel. „Das ist die Telefonnummer unserer Kirchengemeinde. Du kannst dort anrufen und einen Termin vereinbaren. Wenn er Ja sagt, wirst du hier im Haus mit anpacken müssen. Aber du wirst dir auch einen Job suchen müssen. Und den Alkohol kannst du vergessen. So was können wir hier nicht gebrauchen."

„Natürlich." Daniel nickte erleichtert. Ihm war bis jetzt nicht bewusst gewesen, wie sehr er sich gewünscht hatte, hierbleiben zu können.

„Vielleicht kannst du mir einen Gefallen tun", fügte sie hinzu. „Mr

Caputo muss morgen um vierzehn Uhr vom Busbahnhof abgeholt werden, aber ich muss um diese Zeit arbeiten. Könntest du sein Auto nehmen und ihn holen? Ich kann dir den Weg aufzeichnen."

„Der Busbahnhof ist das einzige Gebäude in Seattle, das ich bestimmt finde", erwiderte Daniel. „Kann ich sonst noch etwas für dich tun?" Er wollte sich unbedingt nützlich machen. Sie sollte ihre Entscheidung, ihn eine Zeit lang hierzubehalten, nicht bereuen.

Lenore schüttelte den Kopf.

„Wo arbeitest du denn?", fragte er und schämte sich gleichzeitig seiner Unwissenheit. Er wusste nur, dass sie Krankenschwester war, sonst wusste er so gut wie nichts über ihr Leben.

„Im Harborview-Krankenhaus", antwortete Lenore. Ihr Gesicht war so ausdruckslos wie ihre Stimme. „Ich arbeite dort auf der Intensivstation."

Wieder traf ihn die Wirklichkeit mit voller Wucht. Er sah sie verwundert an. Wer hätte gedacht, dass in dieser Frau so viel steckte? Dass das alles schon immer da gewesen war?

Sie blieb noch kurz sitzen und ertrug seine unbeholfenen Versuche, mit ihr ins Gespräch zu kommen. Dann entschuldigte sie sich und stand auf. Daniel sah ihr nach, als sie das Esszimmer verließ. Seine Gefühle waren in Aufruhr. Er empfand ein tiefes Bedauern und gleichzeitig fühlte er, welche riesigen Ausmaße diese Aufgabe hatte, die vor ihm lag. Trotzdem stieg Hoffnung in ihm auf. Hoffnung und Entschlossenheit.

39

Am nächsten Morgen machte Daniel wieder das Frühstück und er freute sich, dass Lenore jetzt tatsächlich etwas davon aß. Es war zwar nur ein halbes Omelett, das sie mit kleinen, vorsichtigen Bissen probierte, als könne er es vergiftet haben, aber immerhin. Dann fuhr sie zur Arbeit. Mr Kaplan und Al kamen nacheinander herein, lehnten aber dankend ab, als er ihnen ein Omelett anbot. Sie aßen lieber Müsli. Danach meinte Al, er wolle mit seinen Holzarbeiten weitermachen, und verschwand wieder im Keller. Eine Minute später hörte Daniel das Aufheulen einer Elektrosäge. Verblüfft schüttelte er den Kopf. Es war schon zu lange her, dass er dieses Geräusch zum letzten Mal vernommen oder einen normalen Alltag erlebt hatte.

„Ich muss heute kochen“, sagte Mr Kaplan und riss Daniel damit aus seiner Grübelei. „Heute Abend bin ich mit dem Abendessen dran und ich muss rechtzeitig mit dem Brot anfangen. Hoffentlich macht Ihnen das nichts aus.“

„Kein Problem“, erwiderte Daniel und machte ihm Platz. „Ich bin froh, dass ich überhaupt hier sein kann.“

„Sind wir das nicht alle?“, meinte Mr Kaplan.

Daniel rief in der Kirchengemeinde an und vereinbarte mit dem Pastor einen Termin für den nächsten Tag. Dann arbeitete er fast den ganzen Morgen lang im Garten. Er räumte die vom Sturm heruntergerissenen Äste, Zweige und Blätter weg. Diese Arbeit beruhigte seine angespannten Nerven. Verblüfft stellte er fest, dass er sich gerne draußen bewegte, und das nach all den Jahren, in denen man ihm buchstäblich jeden Wunsch von den Augen abgelesen hatte. Als er mit seiner Arbeit im Garten fertig war, ging er zum Nachbargrundstück. Er stellte sich den Nachbarn als guter Bekannter von Lenore vor und bot ihnen an, die Douglasfichte zu zersägen.

„Oh, das wäre wunderbar“, erwiderte die Frau begeistert. „Wir haben schon befürchtet, dass wir jemanden fürs Entsorgen bezahlen müssen. Wissen Sie, wir leben von einer kleinen Rente."

Er nickte verständnisvoll. „Brauchen Sie das Holz für den Kamin?"

„Nein. Wenn Sie es gebrauchen können, gehört es Ihnen", sagte die ältere Frau. Dann hielt sie inne. „Sie sehen genauso aus wie dieser Filmstar. Wie ist noch mal Ihr Name?"

„Das höre ich oft", entgegnete er, ohne ihre Frage zu beantworten. „Ich glaube, wir alle haben irgendwo einen Doppelgänger."

Sie gab sich mit dieser Antwort zufrieden und ging zurück ins Haus. Daniel machte sich an die Arbeit. Dann war es Zeit, zum Busbahnhof zu fahren. Er hatte den Baum noch nicht vollständig in seine Einzelteile zerlegt, aber Lenores Kettensäge war ohnehin viel zu schwach für diese Arbeit. Am besten, er suchte sich einen Baumarkt und kaufte dort eine richtige Motorsäge. Eine gute Axt könnte er auch gebrauchen. Daniel merkte, wie er Pläne schmiedete, und plötzlich hatte er gemischte Gefühle. Einerseits fühlte er sich gut bei diesem Gedanken, aber andererseits war er verunsichert. Er hatte keine Ahnung, ob er lange genug hier sein würde, um diese Pläne zu verwirklichen.

Er startete Mr Caputos Auto, fuhr zum Busbahnhof und wartete erst einmal ab. Schließlich kannte er den anderen Mann nicht. Doch dieses Problem löste sich von selbst, als ein alter Mann mit einem großen Schnurrbart und einer wie poliert glänzenden Glatze schnurstracks auf das Auto zuging. Daniel musste lächeln. Wie praktisch, dass es heutzutage nur noch so wenige Chevrolet Impala Baujahr 1979 gab.

Die Gesichtszüge des alten Mannes verdüsterten sich, als Daniel ausstieg, um ihm mit dem Koffer zu helfen.

„Ich … äh … ich bin Daniel. Lenore hat mich gebeten, Sie abzuholen."

„Ich weiß ganz genau, wer Sie sind", brummte Mr Caputo. Daniel merkte sofort, dass sein Gegenüber alles andere als erfreut war, ihn zu sehen.

Daniel nickte, zwang sich zu einem freundlichen Lächeln und nahm Mr Caputo den Koffer aus der Hand. Dann reichte er ihm die Autoschlüssel. Während er das Gepäck verstaute, überlegte er sich schon einmal den kürzesten Fußweg zurück zum Haus.

„Nun steigen Sie schon ein", befahl ihm Mr Caputo.

Daniel gehorchte.

Mr Caputo brauchte eine Weile, bis er den Sitz nach vorne bewegt und die Spiegel richtig eingestellt hatte.

„Sind Sie zu Besuch hier?“, knurrte er schließlich.

Daniel nickte schweigend.

Während der Fahrt warf Mr Caputo immer wieder kurze Blicke zu Daniel hinüber, aber dann konzentrierte er sich wieder auf den Verkehr. Als sie endlich vor dem Haus angekommen waren, stellte Mr Caputo den Motor ab und drehte sich um. Daniel wappnete sich innerlich für das, was als Nächstes kommen würde.

„Ich will ganz ehrlich zu Ihnen sein, junger Mann“, sagte Mr Caputo. „Unsere Lenore war in einem furchtbaren Zustand, als Sie sie sitzen gelassen haben.“

Daniel merkte, wie ihm die Hitze ins Gesicht stieg.

„Ich will nicht, dass sie in ihrem Leben noch einmal so sehr leiden muss, nicht nach allem, was sie durchgemacht hat.“

„Was hat sie denn durchgemacht?“

Mr Caputos Augenbrauen zogen sich drohend zusammen. „Das geht Sie gar nichts an. Ich will nur von Ihnen wissen, ob Sie vorhaben, irgendwelche Dummheiten zu begehen. Denn wenn das der Fall ist, dann sollten Sie sich sofort auf den Rückweg nach *Hollywood* machen“, sagte er mit einem sarkastischen Lächeln. „Jetzt ist sie nämlich glücklich. Sie ist mit einem anständigen Mann befreundet. Scott ist fast erwachsen und er ist ein guter Junge. Sie ist gesund, glücklich und zufrieden.“ Wieder warf Mr Caputo Daniel einen durchdringenden Blick zu. „Und ich will, dass das so bleibt.“

Daniel saß regungslos da und hörte zu. Die Worte von Mr Caputo taten ihm weh. Vor allem, als er von einem anständigen Mann in Lenores Leben gesprochen hatte, hatte ihn das wie ein Messerstich mitten ins Herz getroffen. Das hatte er nicht erwartet. Was hatte er sich eigentlich eingebildet? Daniel atmete langsam ein und wieder aus. Dann sah er Mr Caputo an. Der alte Mann schien auf eine Antwort zu warten.

Daniel schluckte schwer. Seine Zunge schien ihm am Gaumen zu kleben. „Ich habe damals einen riesigen Fehler gemacht. Was ich getan habe, war falsch. Und ich weiß, dass ich ihre Freundlichkeit gar nicht verdiene.“

Mr Caputos wachsamer Blick wurde ein wenig milder.

„Ich will auch nicht, dass sie leidet. Ich freue mich, dass sie glücklich ist." Er meinte es ehrlich, obwohl es ihn beinahe umbrachte, diese Worte auszusprechen.

Mr Caputo sah Daniel noch immer durchdringend an. Dann nickte er kurz und öffnete die Autotür. Daniel lud den Koffer aus und folgte dem alten Mann ins Haus. Beide verloren kein Wort mehr über ihr Gespräch im Auto.

„Wo ist denn Al?", fragte Lenore, als sie beim Abendbrot den leeren Platz am Tisch bemerkte.

„Ich schau mal nach", schlug Scott vor. Er stand auf, war aber schon wenige Minuten später wieder zurück. „Er sagt, er sei nicht ganz fit."

„Das lässt mir jetzt aber keine Ruhe." Lenore wollte schon aufstehen, als Scott sie aufhielt.

„Er meinte, du sollst erst mal essen. Aber danach möchte er schon, dass du mal nach ihm siehst."

„Ich mache dir ein Tablett zurecht", meinte Mr Caputo. „Es ist noch ein bisschen Gemüsesuppe in der Gefriertruhe."

Lenore nickte zustimmend, aber sie war beunruhigt. Sie hatte sich in den letzten Wochen bereits des Öfteren Sorgen über Als schlechtes Aussehen gemacht, und jetzt schienen sich ihre Befürchtungen zu bestätigen. Er hatte an Gewicht verloren, wirkte gereizt und ruhelos. Sie war wütend auf sich selbst, weil sie ihn nicht mehr gedrängt hatte, zum Arzt zu gehen. Morgen würde sie ihn selbst in die Praxis bringen, selbst wenn sie dafür einen Urlaubstag opfern müsste.

Während des Essens war es ruhig am Tisch. Lenore war in ihre Sorgen versunken. Daniel wirkte kleinlaut und Mr Caputo bedachte ihn in regelmäßigen Abständen mit strengen, skeptischen Blicken. Lenore hätte sich darüber amüsiert, wenn sie die Kraft dazu gehabt hätte. Als Mr Kaplan den Nachtisch servierte, stand sie auf, entschuldigte sich und ging nach unten. Sie war ganz aufgewühlt und die Angst schnürte ihr beinahe die Kehle zu.

Sie klopfte an die Tür von Als Zimmer. Er bat sie herein. Als sie die Tür aufmachte, sah sie, dass er im Dunkeln auf seinem Bett lag.

„Wie fühlst du dich?", fragte sie. Ihre Stimme klang sanft.

„Ganz okay." Er setzte sich auf und knipste die Nachttischlampe an.

Ein aufgeschlagenes Buch fiel zu Boden. Sie hob es auf und legte es neben ihn auf das Bett.

„Was ist los mit dir?“, fragte sie. Insgeheim hoffte sie auf eine Magen-Darm-Grippe oder eine Erkältung, aber sie ahnte, dass es etwas Schlimmeres war.

„Ich bin bloß nicht ganz fit“, wiederholte er die Erklärung, die er in den letzten Wochen immer geliefert hatte.

„Das geht jetzt schon ziemlich lange so“, drängte sie ihn. „Bist du denn schon beim Arzt gewesen?“ Sie musterte ihn prüfend und dabei wurde ihre Angst noch größer. Er war ganz gelb im Gesicht. Warum war ihr das nicht schon eher aufgefallen?

„Ja, da bin ich gewesen“, erwiderte Al. Der Klang seiner Stimme ließ Lenore zusammenzucken. Das Abendessen lag ihr plötzlich wie ein Stein im Magen.

„Und was haben sie gefunden?“, fragte sie. Noch immer hoffte und betete sie, dass es etwas Unerhebliches war, etwas, das wieder in Ordnung kommen würde.

Al sah sie unverwandt an. Als er ihr antwortete, klang seine Stimme ruhig und entschlossen. „Der Arzt meinte, ich habe Krebs. In der Bauchspeicheldrüse.“

Lenore wurde eisig kalt. Einen Augenblick lang befürchtete sie, dass sie in Ohnmacht fallen würde.

„Willst du dich nicht lieber hinsetzen?“, fragte Al besorgt.

„Es geht schon.“ Aber dann spürte sie, wie ihr das Blut aus dem Gesicht wich, und sie setzte sich lieber doch neben ihn auf die Bettkante. Jetzt rumorte es in ihrem Magen. Eine Weile schwiegen sie beide, während Lenore sich noch einmal bewusst machte, was Al ihr gesagt hatte.

„Welche Art von Krebs?“ Endlich fand sie die richtigen Worte.

Al seufzte tief, dann warf er ihr einen fast spöttischen Blick zu. „Ich hab gewusst, dass das jetzt kommt.“ Er nahm ein Blatt Papier von seinem Nachttisch. „Adenokarzinom.“

Lenore merkte, wie ihr die Galle hochkam. Die Diagnose hätte schlimmer nicht sein können. Dieser Bauchspeicheldrüsenkrebs war aggressiv und tödlich.

„Und eine Chemotherapie?“, fragte sie trotz allem.

„Bringt nichts.“

„Kann man noch operieren?“

„Ich glaub nicht. Dann könnte ich ja gleich Harakiri machen."

„Hat man auch eine CT gemacht?", fragte Lenore weiter nach.

„Ja, und eine Ultraschalluntersuchung auch. Der Krebs ist schon in den Lymphdrüsen und der Leber."

„Oh nein, Herr Jesus", flüsterte sie. Sie schloss die Augen und ärgerte sich über sich selbst. Wie hatte sie nur so dumm sein können? Die Symptome waren doch deutlich erkennbar. Warum hatte sie nicht schon früher etwas unternommen?

„Er hat alles in der Hand", erinnerte sie Al. Er hatte wieder diesen durchdringenden Blick, als ob er sie zu einem Streit herausfordern wollte. Dann lächelte er sie an und allein das war schon ein seltener Moment. Er wirkte so fest entschlossen und so tapfer, als er kerzengerade in seinem Bett saß, dass Lenore nicht anders konnte. Sie nahm ihn in den Arm und ausnahmsweise ließ er diese Nähe zu. Dann musste sie weinen. Sie legte den Kopf an seine Schulter und schluchzte laut wie ein Kind. Er strich ihr unbeholfen über den Kopf. Sie hörte ein beruhigendes Murmeln. Als sie sich von ihm löste, reichte er ihr ein sauberes Taschentuch. Welch eine Ironie, dachte sie, dass ausgerechnet er versuchte, sie zu trösten.

„Schon gut, schon gut", sagte er. Er legte ihr die Hände auf die Schultern und sah sie ernst an. In seinen klaren blauen Augen loderte ein Feuer, dessen Ursache sie kaum erahnen konnte. „Es ist wirklich gut so", wiederholte er. „Ich wünschte, ich könnte dir zu verstehen geben, dass das für mich gar nicht so traurig ist. Es ist eher wie …" Wieder rang er um die richtigen Worte. „Es ist, als ob das das Wichtigste ist, was ich jemals in meinem Leben tun werde, als ob es meine Aufgabe ist, in Würde zu sterben. Vielleicht ist das der einzige Grund, warum ich hier bin. Dieser Gedanke macht mir Mut. Ich kann's einfach nicht erklären, aber ich glaube, dass Gott mir genau das sagen will."

Lenore dachte an das Gelübde, das er abgelegt hatte. Vielleicht lag darin die Ursache für sein unerschütterliches Vertrauen. Vielleicht dachte er, er würde dieses Gelübde erfüllen, wenn er anstatt ihrer starb. Lenore umarmte ihn noch einmal und er klopfte ihr sanft auf den Rücken. Dann dachte sie an das, was Edie gesagt hatte, als sie mit ihr über dieses seltsame Gelübde gesprochen hatte.

„Sein Leben ist gescheitert, Lenore. Es überrascht mich nicht, dass er diese Idee gierig aufgegriffen hat. Vielleicht glaubt er, dass erst sie seinem Leben einen Sinn verleiht. Womöglich gewinnen dadurch sogar seine Trinkerei und all die verschwendeten Jahre eine tiefere Bedeutung, weil Gott ihn dadurch zu dir geführt hat."

Jetzt erkannte Lenore, dass Edie mit dieser Einschätzung recht hatte. Wieder überlegte sie, ob sie versuchen sollte, Al von diesem Irrglauben abzubringen, doch dann entschloss sie sich, diese Entscheidung auf später zu verschieben. Sie gab Al einen letzten Klaps auf die Schulter. Dann verließ sie sein Zimmer. Sie ging fest davon aus, dass er sich jetzt wieder in aller Ruhe seiner Lektüre widmen würde. Während sie die Kellertreppe hinaufstieg, dachte sie an Daniel, der gerade erst in dieses Haus gekommen war, und an Al, der es wohl schon sehr bald würde verlassen müssen. Auf eine Ankunft folgte ein Aufbruch.

Sie konnte hören, wie der Wind den Regen gegen das große Fenster peitschte. Auf dem Weg nach oben begegnete sie zum Glück niemandem. Die Kerze auf dem Esszimmertisch war ausgeblasen, aber der Docht rauchte noch. Lenore ging die Treppe hinauf in den ersten Stock und fragte sich dabei zum zigsten Mal, warum es in diesem Haus bloß so viele Treppenstufen geben musste. Sie hastete in ihr Zimmer, schloss die Tür hinter sich, nahm ihre Bibel von dem Tischchen neben ihrem Bett und ließ sich in ihren bequemen Sessel fallen. Dann vergrub sie ihr Gesicht in den Händen und versuchte zu beten, für Al, für Daniel, für sich selbst und wieder für Al. Aber es wollte ihr nicht gelingen, und so schlug sie die Bibel auf. Sie fand den Vers, der ihr gerade in den Sinn gekommen war, auf Anhieb. *Ein Weizenkorn, das nicht in den Boden kommt und stirbt, bleibt ein einzelnes Korn. In der Erde aber keimt es und bringt viel Frucht, obwohl es selbst dabei stirbt.* Dann schlug sie einen Vers im Matthäusevangelium nach. *Denn was gewinnt ein Mensch, wenn ihm die ganze Welt zufällt, er selbst aber dabei Schaden nimmt? Er kann sein Leben ja nicht wieder zurückkaufen!*

Und da war er wieder, der Trost. Mitten in ihrem Zittern, Zagen und Weinen, in ihren verzweifelten Fragen und ihrer Angst. Sie merkte, wie *er* kam, wie sich die Wärme *seiner* Gegenwart in ihrem Herzen ausbreitete und langsam ihre ganze Seele ausfüllte. Sie legte die Bibel beiseite, schlüpfte in ihr Bett und fiel in einen tiefen, traumlosen Schlaf.

40

Als Daniel aufwachte, wurde ihm klar, dass heute schon der dritte Tag war, der Tag, an dem sich seine Zukunft entscheiden sollte. Heute würde er diesen seltsamen Schwebezustand verlassen und entweder als Besucher hier geduldet oder aber hinausgeworfen werden. Hastig stand Daniel auf und zog sich etwas über. Er wollte das Zimmer schon verlassen, als ihm etwas einfiel. Kopfschüttelnd ging er zurück zum Bett und zog die Bettdecke über das Kopfkissen. Sekundenlang betrachtete er das halb gemachte Bett. Dann faltete er die Bettdecke sorgfältig zusammen, zog das Bettlaken glatt, hob die auf den Boden gefallene Patchwork-Decke auf und drapierte sie ordentlich über dem Bettzeug. Jetzt sah es schon viel besser aus. Als Nächstes sah Daniel sich nach herumliegenden Wäschestücken um. Er entdeckte ein Paar Socken und legte sie zu der übrigen Schmutzwäsche auf den Boden seines Kleiderschranks. Heute musste er sich unbedingt danach erkundigen, wie die Waschmaschine funktionierte. Hier gab es keine Haushälterin, die hinter ihm herräumte. Daniel ging leise nach unten, um die anderen nicht zu wecken. Als Lenore in die Küche kam, waren ihr Omelett fertig, die Bratkartoffeln goldbraun, der Toast gebuttert und der Kaffee gekocht. Noch ein, zwei Tage, und er hätte beim Kochen wieder seine frühere Topform erreicht.

Lenore trug Jeans und ein Sweatshirt. Ihre Füße steckten in Clogs aus Wildleder. Sie würde sich erst im Krankenhaus für die Arbeit umziehen. Inzwischen wusste er ein wenig mehr über ihren Alltag. Sie machte sich fertig, um ins Krankenhaus zu fahren und dort ihren Beruf auszuüben, als diplomierte Krankenschwester. Sie hatte tatsächlich ihren College-Abschluss gemacht. Er fühlte sich klein und unbedeutend, als er darüber nachdachte. Schließlich war er immer derjenige gewesen, der etwas auf die Beine gestellt hatte, und Lenore war eher so etwas wie ein Anhängsel gewesen. Jetzt waren die Rollen vertauscht.

Sie hatte ihr Haar heute nicht zu einem Zopf geflochten, sondern mit einer breiten Haarspange hochgesteckt. Ihre Augen sahen traurig und entschlossen zugleich aus. Daniel hatte den Eindruck, als brauchte sie viel Kraft, um ihre Gefühle im Griff zu behalten. Sie holte für Al ein Tablett aus dem Schrank und stellte ein Kännchen Tee darauf, ein paar Scheiben Toast und etwas von dem Rührei, das Daniel gemacht hatte. Dann ging sie nach unten. Als sie zurückkam, wirkte sie noch trauriger als zuvor.

„Iss erst mal was“, sagte Daniel.

Lenore warf einen Blick auf den Herd und musterte skeptisch das Frühstück, das er ihr gemacht hatte. „Du liebe Zeit. Das kann ich doch nicht alles essen.“

„Ich helfe dir.“

Sie sah kurz zu ihm herüber, erwiderte aber nichts. Daniel fühlte sich unwohl. Vielleicht war er mit dieser Bemerkung zu weit gegangen. Er überlegte, ob er zum Frühstücken ins Esszimmer gehen sollte, aber dann holte sie zwei Teller aus dem Schrank und stellte sie auf den Küchentisch. Anschließend goss sie sich selbst eine Tasse Kaffee ein und füllte seinen Kaffeebecher nach. Er servierte das Essen. Sie saßen sich zwar gegenüber, aber Daniel spürte, wie misstrauisch Lenore war. Zwischen ihnen herrschte eine peinliche Stille. Daniel hielt den Kopf gesenkt. Verzweifelt suchte er nach einem unverfänglichen Gesprächsthema. Endlich fiel ihm etwas ein, eine ganz praktische Frage, die die Spannung zwischen ihnen lösen könnte.

„Wo ist hier eigentlich der nächste Lebensmittelladen?“, fragte er. „Und wie funktionieren bei euch die Waschmaschine und der Trockner?“

Lenore wirkte erleichtert. Offenbar hatte auch sie dieses Schweigen als bedrohlich empfunden. „Den Lebensmittelmarkt findest du, wenn du die Queen Anne Avenue weiter hinuntergehst. Das ist die Straße, auf der du hierhergekommen bist. Du musst nur ein paar Kreuzungen überqueren und schon bist du da. Ich gehe gern dorthin. Sie haben eine Riesenauswahl an Obst und Gemüse, auch exotische Sachen, und außerdem haben sie eine eigene Kaffeerösterei.“ Lenore stand auf, kratzte ihren Teller sauber, stellte ihn in den Geschirrspüler, wusch sich die Hände und bediente einen Spender in Gestalt eines Froschs, um sich die Hände einzucremen. „Das war mal ein Weihnachtsgeschenk von Scott“, erklärte sie, als sie seinen Blick bemerkte.

Daniel musste lächeln. Gleichzeitig verspürte er bei dem Gedanken an all die Weihnachtsfeste, die sein Sohn ohne ihn erlebt hatte, ein leises Bedauern.

„Die Waschmaschine ist ganz einfach zu bedienen, aber beim Trockner funktioniert die Temperaturanzeige nicht mehr", fügte Lenore hinzu. „Du darfst deine Sachen nicht zu lange drin lassen."

Daniel nickte. „Ich will euch ein bisschen Geld geben", sagte er und dachte im Stillen darüber nach, wie lange seine zweitausend Dollar wohl noch reichten.

„Okay."

Daniel quittierte diese Bemerkung mit einem angedeuteten Lächeln. Er hatte vermutet, dass sie sein Angebot ablehnen würde. Ihre Reaktion machte ihm Mut.

„Die Bankunterlagen für das Haus sind in der Schublade da drüben." Sie nickte zum Küchenschrank hinüber. „Du kannst einzahlen, so viel du willst. Die Bank ist neben dem Lebensmittelmarkt."

Daniel stand mit einem Kopfnicken auf, holte die Unterlagen aus der Schublade, entnahm ein Einzahlungsformular und legte alles sorgfältig wieder an seinen Platz. Das Formular verstaute er in seiner Brieftasche. Dann setzte er sich wieder hin, nahm sich ein Stück knusprig gebratenen Speck von der Platte und griff nach einem Stück Toast. Es war seltsam, aber ihm schmeckte sein eigenes Frühstück tatsächlich. Er hatte schon lange nicht mehr einen so gesunden Appetit gehabt. Wahrscheinlich hatte der Alkohol seine Hungergefühle gedämpft. Er hatte jetzt schon seit neun Tagen nichts mehr getrunken. Zuerst hatte er ein starkes Bedürfnis danach gehabt, vor allem auf dem Flug von Kentucky nach Los Angeles. Da war sein Verlangen übergroß gewesen. Als er mit dem Bus von Los Angeles nach Seattle gefahren war, war dieses Verlangen noch immer da gewesen, wie ein dumpfer Herzschlag. Jetzt war es eher wie … wie ein quälender Hunger, der ihn ab und zu noch plagte. Aber er konnte diese Attacken abwehren, vielleicht deshalb, weil er jetzt endlich einen Grund hatte, dem Bedürfnis nach Alkohol zu widerstehen.

„Wie kommt ihr hier eigentlich finanziell über die Runden?", fragte Daniel. Er war froh, an etwas anderes denken zu können.

„Mr Caputo zahlt einen bestimmten Betrag von seiner Rente ein", erwiderte Lenore. „Er hat früher bei Boeing als Ingenieur gearbeitet.

Ich gebe einen Teil von meinem Gehalt dazu, und Al bekommt eine Pension von der Polizei in Los Angeles. Mrs Callahan hat für Angie Sozialhilfe bekommen." Sie verzog das Gesicht und zuckte mit den Schultern. „Jetzt bekommt Angie für Joseph Sozialleistungen. Aber das ist eine längere Geschichte." Sie trank ihren Kaffee aus. „Auf jeden Fall kommen wir finanziell klar. Die Hausarbeit teilen wir uns." Sie sah auf die Uhr und stellte ihre Tasse ins Spülbecken.

Daniel machte seinen Teller sauber. „Ihr solltet euch einen Hund anschaffen", meinte er.

Scott schlurfte in die Küche, ging zur Kaffeemaschine und goss sich eine Tasse ein. „Mach's gut, Mama", sagte er dann.

„Mach's gut, mein Schatz." Lenore zog Scotts Gesicht zu sich herunter, um ihm einen Kuss zu geben. Daniel lächelte, als er sich daran erinnerte, wie klein und hilflos Scott als Säugling gewesen war. Diese Erinnerung wollte so gar nicht zu dem schlaksigen jungen Mann passen, der mehr als einen Kopf größer war als Lenore.

„Ich wünsch dir einen schönen Tag", sagte Daniel. Lenore warf ihm einen letzten, verstohlenen Blick zu. Er fragte sich, ob sie ihm jemals wieder direkt in die Augen sehen würde.

„Bitte schau ab und zu mal nach Al", bat sie ihn bereits im Hinausgehen.

„Na klar doch." Er wollte sich unbedingt nützlich machen.

Nachdem Scott und Lenore gegangen waren, spülte Daniel das Geschirr. Als er damit fertig war, frühstückten Mr Caputo und Mr Kaplan. Die beiden älteren Männer unterhielten sich über die Gewohnheiten von kanadischen Wildgänsen, als ob sie dieses Thema wirklich interessieren würde. Und zu seiner Verwunderung fühlte Daniel sich nicht ausgegrenzt, sondern er amüsierte sich sogar. Diese kleine Gruppe von Hausbewohnern war so ganz anders als die sieben oder acht Leute, die ständig in seinem Haus in Bel Air herumlungert hatten. Dieses Haus hier schien eine Art Eigenleben zu haben, als ob es lebte und atmete, und das Zusammenleben unter seinem Dach hatte bei den Menschen etwas bewirkt. Daniel hörte den beiden Männern noch ein paar Minuten lang zu, dann sah er auf die Uhr. Es war noch nicht einmal acht Uhr und seinen Termin in der Kirchengemeinde hatte er erst um vierzehn Uhr. Zuerst zögerte er, doch dann ging Daniel in den Keller, um nach Al zu sehen. Leise klopfte er an seine Zimmertür. Als er nichts hörte, sah er hinein. Al lag schlafend in seinem Bett. Das Tablett mit dem Frühstück stand unberührt auf dem Tisch neben ihm. Daniel zog sich vorsichtig zurück, ging hinaus in den Garten und arbeitete weiter an der Zerkleinerung der riesigen Fichte. Das Holz, das er bereits zu Scheiten zerhackt hatte, stapelte er ordentlich auf. Dann harkte er die liegen gebliebenen Äste und Nadeln zusammen. Um elf Uhr hörte er auf, damit er noch genug Zeit hatte, um zum Lebensmittelmarkt zu gehen und ein paar Sachen einzukaufen. Das Geschäft war leicht zu finden und entsprach genau Lenores Beschreibung. Es gehörte zu der Sorte hochpreisiger Lebensmittelgeschäfte, die er von Los Angeles her gewohnt war. Daniel verließ den Laden, ohne etwas gekauft zu haben und ging zu dem alten, etwas heruntergekommenen Supermarkt auf der gegenüberliegenden Straßenseite. Dort kaufte er Waschmittel, ein Deodorant, Rasierklingen und eine Zeitung. An der Tür entdeckte er ein Regal mit Werbeblättern. Er entnahm eine kostenlose Werbezeitung mit Kleinanzeigen. Vielleicht würde ihm das bei der Jobsuche weiterhelfen – oder der Zimmersuche, falls der Pastor seinen Aufenthalt im Haus nicht genehmigte. Bei diesem Gedanken zog sich Daniel das Herz zusammen und er verspürte eine seltsame Verzweiflung bei der Aussicht, das Haus bald wieder verlassen zu müssen.

Er merkte, wie sich ein paar Leute nach ihm umdrehten, als er an ihnen vorbeiging, aber nur die junge Frau an der Kasse sprach ihn an.

„Sind Sie vielleicht Daniel Monroe?", flüsterte sie, als er seine Waren aufs Band legte.

„Ja, der war ich einmal – in einem anderen Leben." Er lächelte sie an. Sie sah aus wie vierzehn, war aber bestimmt älter.

Zuerst sah sie ihn ehrfürchtig an, dann begann sie zu kichern. „Geben Sie mir ein Autogramm?"

Er starrte sie verblüfft an, aber dann nickte er mit einem leisen Seufzen.

Wieder kicherte die junge Frau. Er schrieb etwas auf die Rückseite des Kassenzettels und gab ihn ihr zurück. *Für Audrey.* Der Name stand auf ihrem Namensschild. *Die netteste Kassiererin auf dem Queen Anne Hill.*

Sie errötete und war zu verlegen, um noch einmal loszukichern. „Das muss ich unbedingt meinen Freundinnen erzählen", hauchte sie.

„Hören Sie mal, Audrey", entgegnete er, während er seine Einkäufe zusammenpackte.

„Ja?"

„Wenn zu viele Leute herausfinden, dass ich hier rumhänge, muss ich nächstens in dem Laden da drüben einkaufen." Er zeigte auf den Lebensmittelmarkt auf der anderen Straßenseite.

Sofort wurde ihr Gesicht wieder ernst. Dann machte sie eine Art Kreuzzeichen über ihrem Brustkorb. „Ich erzähle es nur zwei Leuten."

Daniel musste lachen. „Geht es nicht noch besser?"

„Okay, ich sag's nur einem Menschen."

„Danke." Damit verabschiedete er sich.

Er ging hinaus in den Nieselregen, lief zur Bank hinüber und zahlte zweihundert Dollar ein. Den Beleg faltete er sorgfältig zusammen und steckte ihn in seine Brieftasche. Dann machte er sich auf den Rückweg. Er kam an einem Spirituosenladen vorbei, aber er ging weiter. Dabei konnte er den Geschmack von Whisky förmlich auf seiner Zunge spüren, und die angenehm betäubende Wirkung des Alkohols. *Die brauchst du nicht mehr,* ermahnte er sich. Die Sehnsucht nach einem Drink wurde schwächer und als er am Haus ankam, empfand er den brennenden Durst nur noch wie ein fernes Donnergrollen.

Daniel ging nach oben in das Zimmer, das man ihm zugewiesen hatte, legte die Einkaufstüte auf das Bett und sammelte seine schmutzige Wäsche ein. Dann ging er in den Keller, um zum ersten Mal seit Jahren Wäsche zu waschen. Al war auf und hantierte in seiner Werkstatt herum. Er sah schlecht aus, aber er stand aufrecht da und befestigte ein Stück Holz in einer Schraubzwinge. Daniel befüllte die Waschmaschine und stellte sie an. Auf dem Weg nach oben blieb er an Als Werkbank stehen.

„Das ist ja eine tolle Werkstatt", sagte er und steckte die Hände in die Hosentaschen. Bestimmt wollte Al nicht, dass jemand seine Sachen anfasste, besonders nicht, wenn dieser jemand Daniel Monroe war.

Al nickte nur kurz. Dann setzte er seine Schutzbrille auf und bohrte ein Loch in das Holz, das er gerade eingespannt hatte.

Daniel wartete ab, bis der Bohrer verstummte. Dann beobachtete er, wie Al die Sägespäne wegblies und mit seinen schwieligen Händen das Holz glättete.

„Was wird das?", fragte er neugierig.

Al nahm die Schutzbrille ab und warf Daniel einen Blick zu, der ihm deutlich zu verstehen gab, dass er sich um seine eigenen Angelegenheiten kümmern solle. „Das wird ein kleines Schränkchen zur Aufbewahrung von Kuchen", erwiderte er steif. „Es soll ein Weihnachtsgeschenk für Lenore sein, also halten Sie bitte den Mund."

Das war für Al eine sehr lange Rede, vor allem Daniel gegenüber. Daniel schüttelte den Kopf. „Ich verrate nichts", versicherte er ihm. Er sah zu, wie Al das glatte Kiefernholz mit langen, fließenden Handbewegungen abschmirgelte und dann den Holzstaub sorgfältig mit der Hand abwischte. Diesen Vorgang wiederholte er wieder und wieder, weil er jedesmal eine neue Stelle ertastete, die ihm zu rau war. Schließlich fuhr er mit einem feineren Schmirgelpapier erneut über das Holz. Kurz darauf hielt er inne, wischte sich den Schweiß von der Stirn und beugte sich vor. Er stützte sich mit den Händen auf den Knien ab.

„Ist alles in Ordnung mit Ihnen?", fragte Daniel.

„Mir würde es prima gehen, wenn ich ein bisschen Ruhe und Frieden haben könnte", entgegnete Al eisig.

Daniel verstand den Wink mit dem Zaunpfahl. Er ging wieder nach oben, rief die Fahrplanauskunft an und erkundigte sich, welcher Bus an der Kirchengemeinde hielt. Vor Aufregung rebellierte sein Magen. Sein Termin rückte jetzt immer näher. Vielleicht hätte er auch einen der Hausbewohner bitten können, ihn mit dem Auto zur Kirche zu fahren, aber das wollte er nicht. Deshalb schrieb er sich die Angaben auf und ließ sich erklären, wann er von hier aus losfahren müsste, damit er um vierzehn Uhr dort war. Daniel bügelte sorgfältig seine Hose und sein Hemd, dann ging er noch einmal unter die Dusche. Schließlich wollte er so gepflegt aussehen, wie es ihm unter diesen Umständen möglich war. Dann ging er zur Bushaltestelle. Während er dort auf den Bus wartete, kühlte ein leichter Nieselregen sein erhitztes Gesicht. Wieder wurde Daniel bewusst, dass jetzt gleich ein Mann, den er nicht kannte, über sein weiteres Schicksal entscheiden würde. Als ihm klar wurde, was das im Detail bedeutete, fühlte er sich zunächst ganz hilflos. Dieser Gedanke brachte ihn zu einer weiteren Erkenntnis. Zunächst fühlte er sich hilflos. Er war einem anderen Menschen ausgeliefert. Dieses Gefühl war ihm neu, er hatte es noch nie zuvor verspürt. Er hatte immer gemeint, dass er der Kapitän auf dem Schiff seines Lebens sei, auch wenn es Schlagseite hatte oder ein Leck. Aber jetzt wurde ihm klar, dass das in Wirklichkeit nie der Fall gewesen war. Er hatte sein Leben nie selbst in der Hand gehabt. Plötzlich fühlte er sich nicht mehr groß und stark, sondern klein und schwach und völlig unbedeutend. Inständig hoffte er, dass Pastor Matt Reynolds Mitleid mit ihm haben würde. Wenn nicht, würde sein Geld noch ein paar Wochen lang reichen und dann säße er auf der Straße.

Merkwürdigerweise war es jedoch nicht die Aussicht auf ein Leben als Obdachloser, die ihm die meiste Angst machte. Eine solche Zukunft erschreckte ihn nicht einmal besonders, sondern er sah ihr mit einer ungewohnten Gelassenheit entgegen. Was ihn hingegen in Angst und Schrecken versetzte, war der Gedanke, dass er dann ein für alle Mal alle Hoffnung darauf begraben müsste, sich mit seinem Sohn oder Lenore auszusöhnen. Erst jetzt merkte er, wie sehr er sich eine Versöhnung mit den beiden wünschte, wie sehr er sich wünschte, diesen Teil seines Lebens einigermaßen in Ordnung bringen zu können. Schließlich sollten die Trümmer, die er hinterlassen hatte, wenigstens halbwegs zusammengefügt werden.

Der Bus hielt an und die Tür ging auf. Daniel stieg ein. Dann fuhr er durch regennasse Straßen. Nach einer Weile sah er das Straßenschild, nach dem er Ausschau halten sollte. Er stieg an der nächsten Haltestelle aus, folgte der Wegbeschreibung, die die Sekretärin des Pastors ihm durchgegeben hatte, und dann stand er vor dem Gebäude. Erstaunt sah er sich um. Sein Blick wanderte über die verwitterten Ziegelsteine, das Kreuz auf der Turmspitze, den Felsbrocken am Eingang. Als er die Aufschrift las, fühlte er sich plötzlich verunsichert. *Wir wollen den Menschen die Wahrheit verkündigen und die lebendige Hoffnung bringen.* Er warf einen Blick auf das Schild am Eingang. Dort stand *Gotteshaus der großen Gnade*. Eine traditionellere Kirche wäre ihm lieber gewesen. Jetzt wusste er noch weniger, was auf ihn zukommen würde. Daniel ging die Treppe hoch und drückte die schwere Eingangstür auf.

Matt Reynolds war in etwa so alt wie Daniel, vielleicht ein bisschen älter. Sein faltenloses Gesicht wirkte freundlich, sein aus der Stirn gekämmtes Haar begann sich bereits zu lichten. Er wirkte äußerst entschlossen und zielstrebig und in seinen Augen brannte ein seltsames Feuer. Daniel erkannte, dass es Leidenschaft war. Er musste über diesen scheinbaren Widerspruch lächeln. Ein eher durchschnittlicher Mensch, aber voller Leidenschaft. Er überlegte kurz, was Pastor Reynolds wohl sah, wenn er ihn anschaute. Wahrscheinlich das genaue Gegenteil – eine schöne Hülle, aber ohne inneres Feuer.

„Ich freue mich, Sie kennenzulernen, Daniel." Matt hatte einen festen, zupackenden Händedruck. „Nehmen Sie doch Platz", meinte er. Dann setzte er sich zu Daniel an den kleinen Besprechungstisch in der Ecke, nicht an den Schreibtisch, als wollte er ihn verhören. „Möchten Sie einen Kaffee?", fragte er.

„Ja, sehr gern", antwortete Daniel. Ihm war so kalt, dass er Angst hatte, er könnte jeden Moment anfangen zu zittern. „Eine Tasse Kaffee könnte ich jetzt gut brauchen."

„Nehmen Sie Milch oder Zucker?"

„Danke, ich trinke ihn schwarz." Normalerweise trank er seinen Kaffee lieber mit Milch, aber er wollte seinem Gegenüber keine Mühe bereiten.

Matt lächelte ihm zu, verließ das Büro und kam kurz darauf mit zwei dampfenden Tassen zurück. Dann setzte er sich wieder zu Daniel. Beide Männer nippten an ihrem Kaffee, aber nach wenigen Schlucken stellte Matt seine Tasse auf den Tisch.

„Sie fragen sich bestimmt, was das soll", begann er. „Dass Sie hierherkommen und einen Fremden um Erlaubnis bitten müssen, wenn Sie Ihren Sohn und seine Mutter besuchen wollen."

Daniel reagierte mit einem Achselzucken. Natürlich kam ihm das merkwürdig vor, aber was war an diesem Abenteuer, das sein Leben momentan war, bisher nicht seltsam gewesen? „Das Haus gehört Ihnen", entgegnete er. „Natürlich wollen Sie wissen, wer dort ein- und ausgeht."

Matt schüttelte den Kopf. „Es steckt noch mehr dahinter." Er wirkte noch immer freundlich, aber seine Stimme klang plötzlich fester als zuvor. „Lenore gehört zu den Menschen, für die unsere Gemeinde eine besondere Verantwortung übernommen hat. So ähnlich wie bei einer mittellosen Witwe."

Daniel hatte plötzlich einen Kloß im Hals. Er musste schlucken. Dieser Vergleich erschütterte ihn zutiefst.

„Lenore und Scott haben sehr gelitten, als wir sie kennengelernt haben. Und da sie jetzt Mitglied unserer Gemeinde sind, fühlen wir uns verpflichtet, die beiden vor weiterem Leid zu beschützen. Ich denke, das können Sie verstehen."

Daniel nickte. Es war seltsam, aber er fühlte sich durch die Worte des Pastors nicht angegriffen. Vielmehr verspürte er so etwas wie Dankbarkeit. Diese Menschen waren für Lenore da gewesen, als er sie im Stich gelassen hatte. Sie hatten ihr wieder auf die Beine geholfen und Lenore und Scott eine Heimat gegeben, viele Jahre lang. „Ja, das verstehe ich", erwiderte er schließlich.

Matt sah Daniel direkt in die Augen. Offenbar genügte ihm diese Antwort. Er lehnte sich auf seinem Stuhl zurück und entspannte sich ein wenig. Dann trank er noch einen Schluck Kaffee. „So, und jetzt möchte ich von Ihnen eins wissen: Was beabsichtigen Sie eigentlich mit Ihrem Besuch?"

Daniel suchte nach Worten. Er fühlte sich wie ein Teenager, der vom Vater seiner Freundin unter die Lupe genommen wurde. Wieder musste er schlucken. Zuerst wollte er eine ausweichende Antwort geben, aber dann wurde ihm klar, dass er in einer Kirche war. An einem solchen Ort musste man die Wahrheit sagen. Deshalb erwiderte er den Blick von Matt Reynolds und sagte, was ihm gerade in den Sinn kam. „Ich habe die beiden vor fünfzehn Jahren im Stich gelassen. Ich weiß, dass ich das nicht mehr ungeschehen machen kann, aber das hier ist meine Endstation."

Pastor Reynolds zog fragend die Augenbrauen in die Höhe, aber Daniel konnte diese unausgesprochene Frage nicht beantworten. Er wusste selbst nicht so genau, wie er das meinte. „Ich weiß nicht, was ich hier eigentlich erreichen will. Aber ich habe das Gefühl, dass ich den beiden noch etwas schulde. Das ist die eine Sache in meinem Leben, die ich noch nicht zu Ende gebracht habe. Ich würde gerne diese letzte Gelegenheit nutzen, um das zu tun, was ich tun soll. Was auch immer das sein mag."

Matt schwieg eine Weile. Dann beugte er sich nach vorn und stützte die Ellbogen auf die Knie. „Wie steht es um Ihre Beziehung zu Gott?", fragte er schließlich.

Daniel schüttelte den Kopf. „Ich weiß nicht, was ich auf diese Frage antworten soll. Ich kenne Gott eigentlich gar nicht richtig. Jedenfalls nicht so, wie Sie und Ihre Gemeinde ihn kennen." Er dachte an seine Tante und seinen Onkel, an seinen Cousin und seine Frau, an ihre gut erzogenen Kinder und ihr glückliches Zuhause. Wieder schüttelte er den Kopf.

„Möchten Sie Gott gerne kennenlernen?“, fragte Matt.

Daniel fühlte sich plötzlich, als ob er in einen Strudel aus Treibsand geraten wäre. Er merkte, wie er zwischen Verwirrung und Verzweiflung hin und her schwankte. „Ich habe keine Ahnung.“

Matt nickte zustimmend und schwieg wieder. „Sie können zunächst im Haus bleiben“, sagte er nach einer Weile.

Obwohl diese Worte entschlossen klangen, verspürte Daniel ein flaues Gefühl in der Magengegend. Bestimmt würde noch ein „Aber“ folgen.

„Aber neben Ihren sicherlich guten Absichten sind noch weitere Faktoren zu bedenken. Wie Sie bereits erwähnt haben, gehört das Haus unserer Kirchengemeinde, und es steht Bedürftigen offen. Wenn Sie ein Zuhause brauchen, sind Sie dort herzlich willkommen, aber Ihre frühere Beziehung zu Lenore macht die Sache kompliziert. Man könnte Ihnen zweideutige Absichten unterstellen.“

Daniel nickte. Er stellte seine Kaffeetasse zurück auf den Tisch. „Ich werde mich nach einer anderen Übernachtungsmöglichkeit umsehen. Danke, dass Sie sich für mich Zeit genommen haben.“

„Moment mal.“ Matt hob beschwichtigend die Hand. „Vielleicht gibt es eine andere Lösung. Eine, die wir bloß noch nicht kennen.“

Daniel warf dem Pastor einen skeptischen Blick zu.

„Warum bleiben Sie nicht für ein paar Wochen? Dann haben Sie genügend Zeit, sich eine andere Bleibe zu suchen, und der Herr hat ebenfalls genügend Zeit, um uns mitzuteilen, was auch immer er uns zu sagen hat – uns allen.“

Daniel starrte sein Gegenüber entgeistert an. Der Pastor schien eigentlich ganz normal zu sein, aber dieser letzte Satz hatte geklungen, als hätte er ihm schlichtweg mitgeteilt, dass er auf einen Anruf von seiner Frau wartete.

„Okay“, meinte Daniel nur. *Informieren Sie mich, sobald Sie von Gott gehört haben*, wollte er erst noch hinzufügen, aber dann überlegte er es sich anders.

„Am besten fragen wir den Herrn gleich“, schlug Matt genauso selbstverständlich vor.

„Okay“, wiederholte Daniel. Matt schloss die Augen und begann ein Gespräch mit Gott, als säße dieser auf dem Stuhl neben ihm.

„Herr, du bist der Richter der Herzen und Gedanken, und du kennst auch Daniel. Du weißt, was ihn hierhergeführt hat. Du weißt, was du mit ihm vorhast. Bitte zeige uns doch, was dein Wille in dieser Sache ist, denn wir wollen deinen Willen tun. Danke, Jesus."

Daniel hob den Kopf, aber Matt war noch nicht fertig mit seinem Gebet.

„Herr, ich bitte dich auch, dass du deine Hand auf Daniel ruhen lässt. Du hast uns in deinem Wort verheißen, dass du die Trümmer in unserem Leben wieder aufbauen willst, wenn wir dich wirken lassen. Vater, wirke mit deiner unendlichen Macht auch in Daniels Leben. Wirke mit deinem Geist an ihm. Danke, Herr."

Daniel öffnete vorsichtig ein Auge. Matt sah ihn an. Jetzt war das Gebet wohl zu Ende. „Danke."

„Gern geschehen." Matt schüttelte Daniel die Hand. Dann stand Daniel auf und ging. Er wollte diesen Ort so schnell wie möglich hinter sich lassen. Der Gedanke, dass die Hand Gottes auf ihm lastete, beunruhigte ihn.

Schweigend fuhr er mit dem Bus zurück zu Lenores Zuhause. Sein Besuch beim Pastor hatte ihn innerlich aufgewühlt, obwohl er sich nicht sicher war, was genau ihn so unruhig machte. Aber er wollte es auch gar nicht so genau wissen. Als er versuchte, an etwas anderes zu denken, gelang ihm das nicht. Die Entscheidung des Pastors lag wie eine Last auf ihm. Ihm blieben noch zwei Wochen, hatte Matt ihm zum Abschied gesagt – falls der Herr nicht eingreifen sollte. Daniel zählte noch einmal die Tage an den Fingern ab. Es war unmöglich, innerhalb von vierzehn Tagen die letzten fünfzehn Jahre seiner Gleichgültigkeit gegenüber Lenore und Scott wiedergutzumachen.

Lenore saß in der Küche, als er hereinkam. Mr Caputo rührte in einem Kochtopf. Daniel stieg der Duft von Tomaten, Basilikum und Oregano in die Nase. Er grüßte die beiden und ging nach oben in sein Zimmer. Nur wenige Minuten später hörte er erst Schritte und dann ein leises Klopfen an der Tür.

„Herein."

Die Tür ging auf und Lenore steckte ihren Kopf durch den Türspalt. „Was hat er gesagt?", fragte sie, ohne die Zeit mit einleitenden Worten zu verschwenden. Daniel versuchte, den Ausdruck in ihren Augen zu deuten, aber es gelang ihm nicht.

„Er macht sich Gedanken, weil ich mit dir unter einem Dach wohne.

Deshalb gibt er mir zwei Wochen, es sei denn, Gott greift irgendwie ein."

Jetzt sah er, dass ihre Augen so unruhig wirkten wie ein vom Sturm aufgepeitschtes Meer. Ihm wurde warm ums Herz, weil ihr sein Schicksal offenbar nicht gleichgültig war, aber sofort meldete sich auch sein schlechtes Gewissen. Er verdiente es nicht, dass sie sich Gedanken um ihn machte. Lenore nickte zustimmend. „Ich werde auch beten", sagte sie.

Daniel machte den Mund auf, aber ihm fehlten die Worte. Das spielte allerdings auch keine Rolle mehr, denn Lenore war bereits verschwunden. Die Tür schloss sich leise hinter ihr.

Das Abendessen war wie erwartet köstlich, aber wieder herrschte am Tisch eine unterschwellige Anspannung, eine Traurigkeit, die fast körperlich spürbar war. Al nahm diesmal an der Mahlzeit teil, aber Daniel fiel auf, dass Mr Caputo und Mr Kaplan immer wieder zu ihm hinübersahen und Lenore sehr angespannt wirkte. Al aß nur wenig und er sagte nichts. Wieder fragte sich Daniel, ob es seine Anwesenheit am Tisch war, die die Atmosphäre vergiftete. Nach dem Essen kümmerten sich Daniel und Scott um den Abwasch. Sie arbeiteten eine Zeit lang gemeinsam, bis Daniel anbot, die Töpfe allein sauber zu machen. Scott verließ die Küche, kam aber gleich darauf wieder zurück und setzte sich an den schweren Eichentisch. Er studierte das gelbe Kleinanzeigen-Blatt, das Daniel aus dem Supermarkt mitgebracht und auf dem Couchtisch im Wohnzimmer liegen gelassen hatte. Ab und zu kreuzte Scott eine Anzeige an.

„Was suchst du denn?" Auf diese Frage hatte Scott offenbar gewartet.

„Wir brauchen noch ein Auto", antwortete er gespielt beiläufig. „Ein Transporter wäre am besten. Ab und zu ziehen hier Leute ein oder aus und Mama braucht oft Sachen für ihren Garten. Hier." Er reichte ihm die Zeitung. „Was hältst du von denen?"

Scott hatte drei Anzeigen angekreuzt. In der einen wurde ein Ford Baujahr 1992 angeboten, in einer Stadt namens Fall City, in der zweiten ein Nissan Baujahr 1990 und in der dritten ein Chevrolet in einem Ort mit dem seltsamen Namen Magnolia.

„Der Nissan ist vielleicht ein bisschen zu klein", meinte Daniel.

Scott nickte zustimmend. Dann schluckte er. Daniel konnte sehen, wie sich der Adamsapfel seines Sohnes auf und ab bewegte. „Willst du mitfahren, wenn ich sie mir ansehe?"

Daniel holte tief Luft. „Klar doch." Das Herz klopfte ihm bis zum Hals und er musste Tränen der Rührung unterdrücken. „Am besten gefällt mir noch der Ford in Fall City." Er räusperte sich.

Scott nickte erneut. „Fall City ist ein ganzes Stück weg von hier", erklärte er. „Wir können morgen fahren, da habe ich Zeit. Freitags muss ich nicht ans College."

„Klingt gut." Daniel gab seinem Sohn die Zeitung zurück.

„Gut", fügte Scott hinzu. „Ich ruf den Besitzer an und frag ihn, ob er morgen zu Hause ist."

„Gut", wiederholte Daniel mit einem erneuten Kopfnicken. Scott sah Daniel kurz in die Augen, dann verließ er den Raum. Daniel ging zurück zum Spülbecken und bearbeitete den Topf.

Kurz darauf kam Lenore in die Küche. Wieder musste Daniel sich räuspern. Lenore hielt eine Liste in der Hand.

„An welchen Tagen soll ich dich für die Hausarbeit einteilen?", fragte sie ihn.

Er zog fragend die Augenbrauen hoch.

„Du wohnst zwei Wochen lang bei uns. Meinst du etwa, wir sind dazu da, um dich zu bedienen?"

„Nein. Nein, natürlich nicht", stammelte er bestürzt.

Ihre Lippen umspielte zum ersten Mal seit seiner Ankunft hier ein schwaches Lächeln.

„Das war nur ein Scherz, Daniel." Ihre Stimme klang beschwichtigend.

„Ach so, ich verstehe. Die Tage sind mir egal."

Sie setzte sich an den Tisch. Während Daniel die Arbeitsplatte abwischte, beobachtete er aus den Augenwinkeln, wie sie ihre Liste vervollständigte. Eine Strähne ihres Haares hatte sich aus der Spange gelöst und fiel auf das Papier, während sie schrieb. Ihr Gesicht wirkte ernst und konzentriert, aber sie sah nicht mehr ganz so traurig und angespannt aus wie zuvor. Zuerst zeichnete sie ein Gitter. Dann trug sie Namen in die freien Flächen ein. Der Plan vom letzten Monat lag neben ihr auf dem Tisch. Das Papier war zerknittert und fleckig, weil der Plan neben dem Herd gehangen hatte. Lenore hielt inne und hob den Kopf. Jetzt sah sie wieder besorgt aus.

„Es gibt noch etwas, das du wissen solltest“, begann sie zögernd. „Über Al.“

Als sie den Namen erwähnte, wurde Daniel schlagartig ernst. Noch immer gebärdete sich der ehemalige Polizist Daniel gegenüber eher feindselig. Und auch Daniel mochte Al nicht besonders. Er konnte nicht vergessen, wie der frühere Polizist damals vor Gericht gegen ihn ausgesagt hatte. In seiner blauen Uniform hatte er streng und ehrwürdig gewirkt, als er um der Wahrheit und der Gerechtigkeit willen gefordert hatte, dass Daniel für möglichst lange Zeit hinter Gitter sollte.

„Er hat Krebs“, sagte Lenore. Ihre Stimme klang rau und niedergeschlagen.

Sofort meldete sich bei Daniel das schlechte Gewissen. Er hätte nicht schlecht über den ehemaligen Polizisten denken dürfen. Schließlich hatte er nicht das Recht, sich über irgendeinen Bewohner dieses Hauses zu ärgern. „Das tut mir leid“, sagte er leise.

Lenore schüttelte kurz den Kopf und räusperte sich. Daniel erinnerte sich wieder daran, wie mitfühlend sie war. Das war bestimmt ein schwerer Schlag für sie.

„Wie dem auch sei …“ Wieder musste Lenore sich räuspern. „Ich werde meine Arbeitszeit im Krankenhaus reduzieren müssen, wenn es richtig schlimm um ihn steht. Die Art von Krebserkrankung, an dem er leidet, schreitet sehr schnell voran. Ab dem Zeitpunkt der Diagnose bleiben einem Patienten meistens nur noch ein paar Monate.“

„Was für einen Krebs hat er denn?“

„Bauchspeicheldrüsenkrebs.“

Daniel nickte bedächtig. „Wie kommt er damit zurecht?“

Lenore zuckte mit den Schultern. „Auf seine Art.“

Daniel nickte wieder. Er konnte ihr keinen echten Trost bieten.

„Scott weiß es noch nicht“, meinte sie.

„Ich werde ihm nichts sagen“, versprach Daniel ihr.

Lenore wandte sich nach einem kurzen Kopfnicken wieder ihrem Plan zu. „Am besten setze ich Al auch auf die Liste.“ Als sie aufsah, lagen Unsicherheit und Besorgnis in ihrem Blick.

„Ich kann seine Arbeiten gerne übernehmen, wenn er es nicht mehr schafft.“

„Vielleicht sollte ich ihn lieber nicht einteilen." Sie klopfte mit dem Bleistift auf den Tisch. „Wenn er seinen Namen auf der Liste sieht und die Arbeit nicht machen kann, schämt er sich bloß."

„Ist er denn so schwer krank?"

Lenore nickte. „Heute Nachmittag war ich mit ihm beim Arzt. Das war für ihn schon ein großes Eingeständnis."

Daniel konnte sich das gut vorstellen. Er dachte daran, wie wortkarg und eigenbrötlerisch Al immer war.

„Der Krebs hat sich bereits ziemlich weit ausgebreitet. Es kann nicht mehr lange dauern."

„Wie lange?"

„Höchstens ein paar Monate." Lenores Augen füllten sich mit Tränen und Daniel schämte sich, dass er so unsensibel gewesen war.

„Er hat gesagt, dass er in ein Pflegeheim will, dass er Geld dafür gespart hat." Sie sah aus, als würde es ihr schon Kummer bereiten, diese Möglichkeit auch nur zu erwähnen.

„Was wirst du machen?"

Lenore schüttelte hilflos den Kopf. „Ich bete noch darüber."

Das Beten schien ihnen wirklich wichtig zu sein.

„Aber wenn es eine andere Möglichkeit gibt, schicke ich ihn zum Sterben nicht in ein Heim."

Daniel dachte an Mr Caputo. Der Mann war mindestens siebzig. Scott verbrachte die meiste Zeit des Tages am College. Lenore arbeitete. Vielleicht rechneten die Hausbewohner mit der abwesenden Mrs Callahan oder mit Angie. „Ich finde, du solltest seinen Namen auf die Liste setzen", sagte er mit leiser Stimme. „Sonst meint er noch, du hättest ihn schon abgeschrieben. Ich kann ihm helfen, wenn er Hilfe braucht", wiederholte er.

Lenore sah ihm kurz in die Augen. Sie nickte und schrieb Als Namen in ein paar leere Felder. „Angie und Mrs Callahan sind in einer Woche wieder zurück." Sie sah erneut auf und lächelte ihm zu. Jetzt waren die Sorgenfalten aus ihrem Gesicht verschwunden. Daniel spürte, wie es ihm warm ums Herz wurde und sich diese Wärme in seinem gesamten Körper ausbreitete. „Dann kommt wieder Leben in die Bude."

„Dabei genieße ich die Ruhe und den Frieden hier." Er erwiderte ihr Lächeln.

„Genieße beides, solange es noch möglich ist“, riet ihm Lenore trocken und zog vielsagend eine Augenbraue in die Höhe.

Daniel blieb noch ein paar Minuten am Tisch sitzen, fragte sie, wie ihr Tag verlaufen war, und hörte ihr zu, als sie ihm von ihren Patienten erzählte. Einen Augenblick lang konnte er so tun, als ob sie ihr Leben noch immer miteinander teilen würden und die letzten fünfzehn Jahre ein böser Albtraum gewesen wären.

41

„Bitte lassen Sie den Motor nicht vorlaufen“, sagte Daniel zu dem Mann am anderen Ende der Leitung, als er anrief, um einen Termin mit ihm zu vereinbaren. So viel wusste er noch, wenn es um den Kauf eines Gebrauchtwagens ging. „Ich möchte den Wagen selbst starten.“

Der Mann meinte, das sei kein Problem. Seine Reaktion ließ Daniel hoffen, dass mit dem Motor alles in Ordnung war.

Daniel hatte Lenore eingeladen, Scott und ihn auf ihren Ausflug zu begleiten, aber sie hatte dieses Angebot abgelehnt, obwohl sie einen freien Tag hatte. „Erinnerst du dich etwa nicht mehr, wie viel Spaß es gemacht hat, einen Gebrauchtwagen zu kaufen?“, hatte er sie gefragt. Mittlerweile hatte er sogar hin und wieder den Mut, einen kleinen Scherz zu wagen.

Sie hatte die Augen verdreht. „Vielen Dank für die Einladung. Aber ich muss einkaufen und noch ein paar Sachen erledigen.“ Daniel vermutete, dass sie Al nicht allein lassen wollte.

Scott und Daniel quetschten sich auf die Vordersitze von Scotts kleinem Auto und fuhren los. Wie Scott schon erwähnt hatte, war Fall City ein gutes Stück von Seattle entfernt. Obwohl der tuckernde Motor des Kleinwagens sein Bestes gab, dauerte die Fahrt eine gute Stunde. Daniel genoss diesen Ausflug. Sie fuhren quer durch Seattle, an der Binneninsel Mercer Island vorbei, von der Scott meinte, dass sie auch eine Enklave der Reichen sei, passierten das Städtchen Issaquah, das hauptsächlich aus Einkaufsmeilen bestand, und fuhren dann bei einer Kleinstadt namens Preston vom Highway ab. Jetzt fühlte sich Daniel fast wie zu Hause. Wenn man sich noch ein paar Hügel und Täler dazu dachte, könnte man meinen, man wäre in Kentucky. Natürlich wuchsen hier andere Bäume. In Kentucky standen vor allem knorrige Kiefern, nicht diese hohen, dunklen Fichten und Zedern wie hier im Staat Washington. Aber ihm gefielen diese Baumriesen. Dazwischen entdeckte er bizarr gewachsene

Eichen. Ihre mit Moos bedeckten Äste wirkten wie zum Himmel gestreckte Arme, die mit Spitzenschals bedeckt waren. Er mochte es, wenn Bäume mit Efeu, Moos und Flechten bewachsen waren. Dann war alles so schön grün. Er mochte sogar den Regen, weil er nach dem unablässigen Sonnenschein in Los Angeles so belebend wirkte.

Das Haus des Autobesitzers war leicht zu finden. Es war ein braunes, einstöckiges Gebäude, das von unzähligen Autowracks und einem hohen Maschendrahtzaun umgeben war. Ein Hund tauchte wie aus dem Nichts auf und rannte laut bellend hinter ihrem Auto her, als sie in die sandige Einfahrt abbogen.

„Kobuk! Aus!" Ein hochgewachsener, hagerer Mann mit lose herabhängenden Jeans und einem Sweatshirt mit dem Logo der *Seattle Seahawks* trat aus dem Haus und pfiff den sibirischen Husky zurück, der Daniel und Scott am liebsten vom Grundstück gebellt hätte. Der Hund schlich mit eingezogenem Schwanz davon.

„Das ist er." Der Mann deutete auf den blauen Pick-up, der vor der Garage stand. „Ich hab ihn bloß aus der Garage gefahren. Das ist alles", versicherte er.

Daniel nickte. Da er sich unsicher war, ob der Mann ihnen die Wahrheit sagte, legte er eine Hand auf die Kühlerhaube. Das Metall war kühl. Dann ging er um das Fahrzeug herum. Die Karosserie sah ganz gut aus, bis auf die Hecktür, die mit einem Stück Stahldraht festgebunden worden war.

„Was ist da passiert?"

„Ein kleiner Zusammenstoß mit einem Pfahl auf einem Parkplatz. Die Reparatur war zu teuer. Ich hab gedacht, ich könnte sie wieder zusammenflicken, aber ich bin nie dazu gekommen."

Daniel nickte. Inzwischen hatte Scott die Motorhaube aufgemacht. Daniel ging hin und prüfte Drähte und Zündkerzenstecker. Der Motor war wohl in Ordnung. Zumindest war er sauber.

„Starte ihn mal, Papa", bat Scott seinen Vater. Daniel ließ den Motor an.

„Der läuft nicht ganz rund", meinte Scott. „Sieht so aus, als ob er neue Zündkerzen bräuchte und neu eingestellt werden muss."

Daniel duckte sich neben Scott unter die offene Motorhaube. Dann senkte er seine Stimme zu einem verschwörerischen Flüstern. „Was meinst du?"

„Mir gefällt er", flüsterte Scott zurück. „Was meinst du, Papa?"

„Was will er dafür?"

„Achthundert."

„Biete ihm sechshundert an."

Scott nickte und machte sein Angebot. Der Mann mit den schlackernden Jeans konterte mit siebenhundertfünfzig. Schließlich einigten sie sich auf siebenhundert. Scott zog ein Bündel Dollarnoten aus seiner Hosentasche und gab dem Mann den gewünschten Betrag.

Der Mann unterschrieb den Kaufvertrag. Dabei warf er Daniel verstohlene Blicke zu. „Sagen Sie mal, sind Sie nicht dieser Filmschauspieler?", fragte er schließlich und runzelte die Stirn.

„Ich bekenne mich schuldig."

Der Mann schüttelte verächtlich den Kopf und betrachtete die Geldscheine in seiner Hand. Offenbar ärgerte er sich jetzt, dass er für das Auto nicht mehr verlangt hatte.

Auf dem Rückweg fuhr Scott den Ford, während Daniel ihm im Kleinwagen folgte. Wie verabredet hielten sie bei einem Ersatzteilhändler an, kauften Zündkerzen, eine Zündeinstelllampe und was sie sonst noch benötigten. Zuhause angekommen bastelten sie gleich am Motor herum. Der Nieselregen störte keinen von ihnen. Als sie mit der Reparatur fertig waren, fuhren sie eine Runde um den Block. Jetzt lief der Motor schon viel besser.

„Dein kleines Auto könnte auch ein paar neue Zündkerzen gebrauchen", meinte Daniel. „Wollen wir uns morgen oder am Sonntag darum kümmern?"

„Klar", erwiderte Scott. Dann räusperte er sich. „Wenn du den Transporter fahren willst, solange du noch hier bist, kannst du das gerne tun", bot er seinem Vater an.

Daniel konnte den Gesichtsausdruck seines Sohnes nicht deuten. Nachdem sie den Wagen wieder vor dem Haus abgestellt hatten, ging Daniel noch einmal um den Transporter herum und betrachtete die Hecktür. Auch diese Reparatur sollte ein Kinderspiel sein. Er würde sich gleich morgen darum kümmern.

Als Lenore vom Wohnzimmerfenster aus beobachtete, wie Scott sich allmählich wieder mit seinem Vater anfreundete, musste sie an einen Brotteig denken, der langsam aufging, bis er fertig zum Backen war. Nachdem er das erste, steife Unbehagen abgelegt hatte, schien Scott das Zusammensein mit seinem Vater zu genießen. Fast hatte es den Anschein, als ob er endlich etwas bekommen würde, was Lenore ihm trotz all ihrer Liebe und Fürsorge nie hatte geben können. Und auch andere Menschen hatten ihm den Vater nie ersetzen können. Lenore schüttelte den Kopf. Sie wollte dieses neue Band zwischen Vater und Sohn nicht zu sehr verklären, aber es tat ihr gut, die beiden bei der Arbeit am Auto zu beobachten, zu sehen, wie sie sich gemeinsam über den Motorraum beugten. Trotzdem verspürte sie auch eine innere Unruhe. Wie würde Scott es verkraften, wenn Daniel sich entschloss, wieder aus seinem Leben zu verschwinden? Aber dann wurde ihr bewusst, dass Scott schon bald ins Ausland gehen würde, und sie atmete erleichtert auf. Diesmal würde der Sohn den Vater allein zurücklassen. Er würde beide Elternteile verlassen. Noch einmal sah Lenore zum Fenster hinaus, dann ließ sie die Gardine wieder an ihren Platz zurückfallen.

Daniel gefiel die festliche Stimmung während des Abendessens. Es stellte sich heraus, dass es eine besondere Bedeutung hatte, zumindest für Mr Kaplan, der sich als „messianischen Juden" bezeichnete. Sie feierten heute das jüdische Neujahrsfest, hatte ihm Mr Caputo erklärt, als sie am Tisch Platz genommen hatten. An diesem Abend erinnerten sich die Juden an das abgelaufene Jahr und leisteten Abbitte für alles Unrecht, das sie in den vergangenen Monaten begangen hatten.

„Oder für das Unrecht ihres gesamten Lebens", ergänzte Mr Caputo, wich Daniels Blick dabei jedoch aus.

Die Atmosphäre während des Essens war still und friedlich. Wenn Daniel es verdient hätte, dabei zu sein, hätte er es genießen können. Der Tisch war mit einer festlichen Spitzendecke bedeckt, und das Kerzenlicht schimmerte durch die Kristallgläser, in denen sich tiefroter Wein befand. Jeder hatte ein Glas Wein vor sich stehen, nur in Als Glas befand sich Traubensaft.

„Ich hätte auch lieber Traubensaft", sagte Daniel. Schweigend räumte Lenore sein Weinglas weg und reichte ihm eines mit Saft.

Mr Kaplan trug an diesem Abend die traditionelle jüdische Kopfbedeckung und einen Gebetsschal. Die Gebete, die er sprach, klangen wie Musik. Lenores elegantes Kleid hatte die Farben von rotbraunen

Herbstblättern. Zweimal sah sie zu Daniel herüber und obwohl sie ihm nicht zulächelte, blieb ihr Gesicht entspannt.

„Heute beginnen die zehn ehrfurchtsvollen Tage, die mit dem Versöhnungsfest Jim Kippur enden", sagte Mr Kaplan. Daniel nahm an, dass diese Worte für ihn als Erklärung gedacht waren und für die anderen zur Erinnerung. „In diesen Tagen erinnern wir Juden uns daran, wie wir gelebt haben und wie wir im kommenden Jahr leben wollen." Mr Kaplans Stimme klang tief und sein Gesicht war ernst. Mr Caputo, der neben ihm saß, sah Daniel an. In den Augen des älteren Mannes lag ein harter Glanz. Das Gesicht von Al war steinern und verschlossen. Vielleicht lag es an Daniels Schuldgefühlen, aber die drei alten Männer erschienen ihm wie altertümliche Richter, die ihn streng und schonungslos musterten. Lenore und Scott kam in diesem Szenario die Rolle der Kläger zu.

Daniel trank einen Schluck Saft und hörte zu, wie Mr Kaplan erklärte, dass die Namen aller Menschen in den göttlichen Büchern verzeichnet seien, dass darin stehe, wer leben und wer sterben, wer im nächsten Jahr gute und wer schlechte Zeiten erleben würde, und dass das Handeln in dieser Zeit der Reue den Ratschluss Gottes vielleicht ändern könnte. Wieder wanderte Daniels Blick zu Al hinüber, aber der sah jetzt Mr Kaplan an. Er wirkte konzentriert und zufrieden, wie jemand, der mit dem Ratschluss Gottes zufrieden war und nicht darauf hoffte, diesen zu ändern.

„Reue, Gebet, gute Taten – dieses Verhalten sieht Gott gerne bei seinen Kindern." Mr Kaplan blickte mit einem strahlenden Lächeln in die Runde. Er sah jetzt selbst aus wie ein glücklicher Vater. „Es gefällt ihm, wenn wir begangenes Unrecht wiedergutmachen wollen." Seine Stimme klang jetzt wieder ernst. „Es gefällt Gott auch, wenn wir denjenigen vergeben, die uns Unrecht getan haben."

Mr Caputo warf Daniel noch immer bedeutungsschwere Blicke zu. Offenbar hoffte er, dass ihm die Bedeutung dieses jüdischen Feiertages in all seiner Gänze bewusst wurde. Daniel beobachtete die anderen, und die anderen beobachteten ihn. Nur Lenore schien die Blicke nicht zu bemerken. Sie nippte an ihrem Wein. Ihre Augen strahlten im Kerzenlicht und sie hörte Mr Kaplan aufmerksam zu.

Am Ende des Festessens tauchte Mr Kaplan ein Stück Apfel in Honig und steckte es sich in den Mund. „Leschana towa", sagte er. „Auf ein gutes Jahr."

Daniel machte es den anderen nach. Er tauchte das Apfelstück in den Honig und aß es auf. „Auf ein gutes Jahr." Er wiederholte die Worte, obwohl er wusste, dass sie nicht auf ihn zutrafen.

Nach dem Essen zog sich Lenore in ihr Zimmer zurück. Die anderen lasen oder setzten sich vor den Fernseher. Daniel brachte es noch immer nicht fertig, sich dazuzusetzen. Er hatte Angst, dass auf dem Fernsehschirm plötzlich Daniel Monroe auftauchen könnte, wie eine groteske Parodie seiner selbst, wie ein Mensch, der zwar lebte, redete und sich bewegte, aber trotzdem tot war. Als Kind hatte er einmal ein Buch mit einer ähnlichen Handlung gelesen. Es war darin um einen wahnsinnigen Wissenschaftler gegangen, der Tote dazu gebracht hatte, herumzugehen, zu reden und sich zu bewegen. Aber diese Wesen waren trotzdem tot und ihre Körper zerfielen langsam. Genau so fühlte Daniel sich. Wie ein wandelnder Toter. Erst seitdem er hier war, erinnerte er sich dunkel daran, was es bedeutete, am Leben zu sein. Im wirklichen Leben hackte man Holz, aß eine einfache Mahlzeit zusammen mit netten Menschen, die zu Freunden hätten werden können – in einem anderen Leben.

42

Am Sonntagabend endete ein langes, anstrengendes Wochenende. Lenore hatte endlich all ihren Mut zusammengenommen und Scott von Als Erkrankung erzählt. Er hatte es erstaunlich gelassen aufgenommen. Abends hatte Erik sie zum Essen ausgeführt, aber zu diesem Zeitpunkt waren ihre emotionalen Kraftreserven bereits aufgebraucht gewesen. Sie hatte ihm nicht von Daniels überraschendem Besuch erzählt. Als sie es hatte erwähnen wollen, war er zu einem Notfall ins Krankenhaus gerufen worden. Lenore war darüber erleichtert gewesen, obwohl sie wusste, dass sie mit ihm darüber sprechen musste. Aber sie spielte mit dem Gedanken, es erst dann zu tun, wenn Daniels Anwesenheit im Haus bereits der Vergangenheit angehörte. Lenore stieg unter die Dusche und war dankbar, dass sie endlich einmal entspannen konnte und an gar nichts denken musste.

Abwesend starrte sie die weißen Fliesen im Badezimmer an. Dabei ignorierte sie die innere Stimme, die sie drängte, für Daniels Zukunft zu beten und nicht stillschweigend davon auszugehen, dass er schon bald wieder aus ihrem Leben verschwinden würde. Sie seifte sich ein und machte dabei kleine, kreisförmige Bewegungen, ausgehend von der Achselhöhle und dann weiter bis in die Mitte ihrer Brust – der einen Brust, die sie noch hatte. Wegen der Anspannung, unter der sie seit dem letzten Wochenende gestanden hatte, hatte sie nicht mehr an das regelmäßige Abtasten ihrer Brust gedacht. Sie bewegte ihre Hand und drückte sie sanft nach unten. Gedankenverloren stellte sie fest, dass sie die Duschwanne mal wieder gründlich mit Badreiniger sauber machen müsste. Plötzlich hielt sie inne und runzelte die Stirn. Dann machte sie noch einmal dieselben kreisförmigen Bewegungen. Jetzt spürte sie es wieder. Es war ein harter, kleiner Knoten, nicht größer als eine Erbse. Mit klinischer Exaktheit stellte sie fest, dass er einen Durchmesser von etwa einem Zentimeter hatte. Er bewegte sich nicht, als sie versuchte, ihn hin- und herzurollen. Er tat auch nicht weh.

Mit dem kühlen Sachverstand einer Krankenschwester wertete sie das Untersuchungsergebnis weiter aus. Aber ihr Körper reagierte bereits auf die Erkenntnis, die ihr Gehirn noch nicht registriert hatte. Ihr Herz schlug unnatürlich schnell und sie hatte ein flaues Gefühl in der Magengegend. Plötzlich wurde ihr unerträglich heiß und so stellte sie die Dusche ab. Dann lehnte sie sich gegen die geflieste Wand. Das Wasser lief ihr am Körper herunter. Es perlte an ihrer milchweißen Haut und ihrer noch gesunden Brust ab und rann in kleinen Bächen über das seilartige Narbengewebe an der Stelle, an der die andere Brust gewesen war.

„Reagierst du jetzt nicht ein kleines bisschen über?", hatte Daniel sie vor vielen Jahren immer gefragt, wenn sie Angst vor einer drohenden Katastrophe gehabt hatte. Vermutlich war das jetzt wieder der Fall.

Lenore trocknete sich ab, zog sich ihr warmes Flanellnachthemd über den Kopf und legte sich ins Bett. Kurze Zeit später stand sie wieder auf und ging nach unten, weil sie dringend etwas Warmes zu trinken brauchte. Sie machte sich einen Kräutertee und nahm die Tasse mit nach oben. Dann zog sie die Steppdecke vom Fußende ihres Bettes, wickelte sich darin ein und setzte sich in ihren Ohrensessel, um über die Folgen ihrer Entdeckung nachzudenken, über diesen winzigen Knoten, der ihre Welt erschüttern könnte.

Es war seltsam, aber sie musste vor allem an Al denken, an seine überschäumende Freude, an sein strahlendes Lächeln, als sie die erste Krebsoperation hinter sich gehabt hatte. *„Ich hab Gott mein Leben für deins angeboten"*, hatte er damals gesagt. Je länger sie darüber nachdachte, desto stärker wurde ihre Entschlossenheit. Al durfte nichts erfahren. *Ja, was soll er denn erfahren?* Sie verwies sich selbst in die Schranken. *Vielleicht ist es nichts Ernstes. Vielleicht ist es nur eine Zyste. Vielleicht versetzt du alle Hausbewohner wegen einer Kleinigkeit in Panik.* Sie sah vor ihrem geistigen Auge, wie Als Augen aufleuchteten, als er ihr wie ein tapferer Ritter erzählte, dass er einen Bund mit Gott geschlossen und sich selbst als Opfer dargebracht habe. An dieser Wahrheit hielt er fest, weil sein Sterben dadurch einen Sinn bekam. Al durfte es nicht erfahren. In ein paar Monaten wäre er nicht mehr. Vielleicht dauerte es nur noch ein Vierteljahr, vielleicht auch nur wenige Wochen. Wenn der Knoten bis dahin nicht von selbst wieder verschwunden wäre, könnte sie immer noch zum Arzt gehen. Was waren schon ein paar Tage oder

Wochen, wenn der Seelenfrieden eines Menschen auf dem Spiel stand? Sie würde zunächst einmal nichts sagen und abwarten. Vielleicht war dieser Knoten ja auch harmlos.

Daniel ging die Treppe hinunter. Vorsichtig balancierte er das Tablett, das Lenore ihm mitgegeben hatte. Al stand an seiner Werkbank. Sein Gesicht war aschfahl und schmerzverzerrt. Vergeblich versuchte er, in einem Handschleifgerät das Schmirgelpapier auszutauschen. Daniel stellte das Tablett auf die unterste Treppenstufe.

„Kann ich Ihnen helfen?“, fragte er. Er wartete ab und sah, wie Al die Zähne zusammenbiss. Aber er nickte widerwillig. Daniel tauschte das Papier aus und klappte die Bügel nach unten. Al setzte sich hin, beugte sich wieder vor und hielt sich mit beiden Händen den Kopf. Als er sich aufrichtete, musterte Daniel ihn prüfend. Der Mann sah furchtbar aus.

„Ich kann den Schrank nicht fertig bauen“, sagte Al schließlich.

Daniel war überrascht über Als Offenheit. Er wusste nicht, was er erwidern sollte. Ihm wollte einfach keine Antwort darauf einfallen.

Al warf ihm einen Blick zu. „Ich werde bald sterben.“

Daniel dachte an die höflichen, aber nichtssagenden Beileidsbekundungen, die viele Leute parat hatten, wenn sie mit dem Tod konfrontiert wurden. Aber sein Respekt vor Al war zu groß für eine solche Erwiderung. Also nickte er stattdessen. „Lenore hat es mir gesagt.“

„Ich möchte diesen Schrank so gerne noch fertig machen.“ Al rang nach Luft, als ob ihm das Atmen Schmerzen bereitete.

„Er ist doch fast fertig, oder nicht?“, fragte Daniel.

„Bis auf das Abschmirgeln, das Beizen und das Zusammensetzen.“

Daniel stand ruhig da und dachte nach. Al holte tief Luft. Das Reden strengte ihn ganz offensichtlich an. Zögernd nahm Daniel das Schleifgerät in die Hand. Als Kind hatte er mit Holz gearbeitet. Sein Onkel hatte es ihm beigebracht und er hatte ein paar Sachen angefertigt. Ein Vogelhäuschen, einen Hocker, einen kleinen Tisch. Aber das war schon viele Jahre her. Er warf einen Blick zu Al hinüber, der ihn schweigend und skeptisch beobachtete. Daniel stellte das Schleifgerät an und führte es in langen, fließenden Bewegungen an der Maserung des Holzes entlang. Ein paar Sekunden später stellte er das Gerät ab und fuhr mit der Hand über die abgeschliffene Oberfläche. Dann wartete er auf Als vorwurfsvolle Worte.

„Jetzt müssen Sie noch mal mit einem feinkörnigen Schmirgelpapier drübergehen, mit der Hand", sagte Al schroff. „Schmirgelpapier ist da drüben in der Schublade." Er deutete auf die Werkbank.

Daniel nahm mehrere Blätter Schmirgelpapier heraus und schmirgelte das Holzstück ab. Es handelte sich wohl um einen Teil der Rückwand.

„Und, wie hab ich das gemacht?", fragte er Al.

Al reagierte mit einem Achselzucken. „Schwer zu sagen, von hier aus."

Daniel unterdrückte ein Lächeln.

„Da drüben liegen die anderen Bretter von der Rückwand", sprach Al weiter und deutete auf einen Stapel Bretter an der Wand. „Eigentlich können Sie da nicht viel falsch machen. Schleifen Sie die glatt und ich gucke Ihnen zu."

Daniel holte das nächste Brett, legte es auf die Arbeitsfläche und begann mit dem Abschleifen. Die Arbeit ging ihm gut von der Hand. Er schliff auch dieses Brett zuerst ab und glättete es dann mit dem Schmirgelpapier. Es freute ihn, als die unebenen Stellen glatt wurden und die Maserung erschien. Als Daniel fertig war, erhob Al sich schwerfällig, ging zur Werkbank und begutachtete seine Arbeit.

„Das ist gar nicht so schlecht." Mit einer ruckartigen Bewegung des Kinns deutete er auf den Bretterstapel in der Ecke der Werkstatt. „Sie können die anderen auch bearbeiten. Wecken Sie mich, wenn Sie fertig sind. Ich will mir alles angucken."

Wieder musste Daniel ein Schmunzeln unterdrücken. Er half Al in sein kleines Zimmer, wo Al ein paar Schlucke von der Suppe trank, eine Schmerztablette nahm und sich auf sein Bett legte.

„Sie machen sich aber jetzt gleich an die Arbeit, oder?", fragte Al.

„Klar mach ich das, wenn der Lärm Sie nicht stört."

Diese Antwort schien Al zu beruhigen. Er entspannte sich und schloss die Augen.

Daniel ging zurück in die Werkstatt und bearbeitete die übrigen Schraubbretter. Als er mit der Arbeit fertig war, waren fast vier Stunden vergangen, und er hatte jede Minute davon genossen. Er konnte sich nicht daran erinnern, wann er zum letzten Mal so vertieft in eine Arbeit gewesen war, dass er alles um sich herum vergessen hatte.

Als Daniel einen verstohlenen Blick durch die halb offene Tür von Als Zimmer warf, stellte er fest, dass Al schon wach war und auf der Bettkante saß. Er rappelte sich mühsam auf und ging langsam zur Werkbank. Dort inspizierte er Daniels Arbeit.

„Das ist gar nicht so übel", meinte Al nach einer Weile. „Sie können morgen wiederkommen. Dann lass ich Sie die Vorderseite machen."

Das war alles. Kein übertriebenes Lob, keine heuchlerischen Dankesworte, keine Sätze wie „Das war wundervoll, Daniel" oder „Das hast du perfekt gemacht, Daniel". Kein unechter, überdrehter Beifall, wie er ihn gewohnt war. Es war seltsam, aber dieses kurz angebundene, unbeholfene Lob von Al bildete zusammen mit den Stunden, die er an der Werkbank verbracht hatte, um die Rückseite von Lenores Kuchenschrank abzuschleifen, das schönste Erlebnis, das Daniel seit Monaten, vielleicht sogar seit Jahren, gehabt hatte.

Er hielt den Blick auf die Laubsäge und die Fräse geheftet, als er nickte. „Ich bin dann da."

43

In den nächsten Tagen war Daniel oft mit Scott zusammen, aber er verbrachte auch viel Zeit mit Al. Die beiden Männer arbeiteten an dem fast fertigen Schränkchen. Lenore beachtete ihn so gut wie gar nicht. Es tat Daniel weh, dass er sich hier im Haus zwar wohlfühlte, seine Anwesenheit Lenore aber offensichtlich Kummer bereitete. Inzwischen waren die zwei Wochen fast um. Nur noch zwei Tage, dann musste er ausziehen. Es kam Daniel vor, als würde er aus einem schönen Traum erwachen und sich in der rauen Wirklichkeit wiederfinden. Er wusste noch immer nicht, wie es bei ihm weitergehen sollte. Er hatte schon oft über seine Zukunft nachgedacht, aber seine Möglichkeiten schienen eher begrenzt zu sein. Natürlich könnte er nach Los Angeles zurückkehren, sich dort seinen Gläubigern stellen und sich Arbeit suchen. Vielleicht könnte er ja Einkaufszentren eröffnen oder Dauerwerbesendungen drehen. Es war ihm mittlerweile gleichgültig, was er machte, aber eine Rückkehr nach Los Angeles hatte etwas Endgültiges an sich, als ob damit sein Schicksal besiegelt wäre. Er könnte auch nach Hause zurückkehren, nach Kentucky. Aber im Prinzip war Kentucky schon lange nicht mehr sein Zuhause.

Er könnte natürlich hier in Seattle bleiben, sich eine Arbeit und eine bezahlbare Wohnung suchen. Zu Beginn hatte er das auch vorgehabt. Aber inzwischen hatte ihn die Wirklichkeit wieder eingeholt. Scott ging in wenigen Monaten ins Ausland und obwohl natürlich die Möglichkeit bestand, dass er wieder hierher zurückkehren würde, gab es dafür keine Garantie. Eigentlich war es also nur Lenore, die ihn an diesem Ort hielt, und die wäre ihn wohl lieber heute als morgen los.

Daniel verdrängte diese Gedanken. So hatte er es in den letzten Wochen auch gemacht. Vielleicht hoffte er insgeheim, dass er die Zeit anhalten könnte, wenn er nicht an die Zukunft dachte. Er ging in den Keller. Auf den hölzernen Treppenstufen klangen seine Schritte irgendwie hohl. Daniel hatte ein gutes Gefühl, als er an den fast fertigen

Schrank dachte. Das Möbelstück war in gewisser Weise ein gemeinsames Geschenk von Al und ihm, auch wenn Lenore nie erfahren würde, dass er daran beteiligt gewesen war. Er versuchte sich vorzustellen, wie ihre zarten Hände das von ihm bearbeitete, polierte und geölte Holz berührten.

Al wartete schon auf ihn. Leicht vorgebeugt saß er auf seinem Hocker vor der Werkbank. Daniel wurde bei diesem Anblick schwer ums Herz. Mittlerweile wusste er, auf welche Anzeichen er achten musste. Als Haut war gelblich und auch das Weiße seiner Augen hatte sich verfärbt. Jede Bewegung schien ihm Schmerzen zu bereiten. Al begrüßte Daniel mit einem kurzen Kopfnicken. Dann deutete er auf die Bretter, die nur noch zusammengesetzt werden mussten. „Holen Sie das Werkzeug aus der Schublade dort", sagte er. Er verlor weder gern viele Worte noch Zeit, und in seinem Zustand erst recht nicht. Seine Stimme klang noch immer fest, aber auch ein bisschen heiser. Daniel konnte sich gut vorstellen, wie Al vor etwa drei Jahrzehnten als junger Polizist ausgesehen hatte. Er hatte bestimmt drahtig und flott gewirkt in seiner blauen Uniform, mit einer Zigarette im Mundwinkel, wenn er am Steuer eines Streifenwagens gesessen hatte oder langsam durch die Straßen von Los Angeles patrouilliert war.

Daniel richtete sich wie immer ganz nach Als Anweisungen. Der Schrank nahm vor seinen Augen allmählich Gestalt an. Er wollte gerade die Griffe an die Schubladen anschrauben, als Al ihn aus seiner Grübelei riss.

„Die Zeit ist fast um – für uns beide", sagte er. Es war eine Feststellung, keine Frage.

Daniel hob den Kopf und nickte.

„Sie sind auch bald weg, oder?"

„Ich glaub schon", meinte Daniel lapidar.

Wieder schwiegen die beiden Männer. Daniel warf Al einen verstohlenen Blick zu. Der frühere Polizist schien tief Luft zu holen, während er mit den Augen einen bestimmten Punkt in der Werkstatt fixierte. Dann richtete sich sein Blick wieder auf Daniel.

„Wohin wollen Sie?"

Daniel schüttelte den Kopf. „Keine Ahnung."

Al sah ihn durchdringend an. „Das ist schlecht."

„Warum denn?"

„Sie sind doch ein Trinker, oder etwa nicht?“

Daniel starrte Al erstaunt an. Dann widmete er sich wieder dem Schubladengriff. „Ich habe nichts angerührt ... schon bevor ich hierhergekommen bin.“ Sogar er selbst merkte, wie armselig diese Worte klangen.

„Wie viele Tage?“

Daniel schwieg.

„Seitdem Sie zuletzt getrunken haben.“ Al ließ nicht locker. „Wie viele Tage?“

Daniel legte seine Arbeit hin und sah Al direkt in die Augen. Sein Gegenüber fixierte ihn mit einem fragenden Blick. „Zwanzig Tage“, sagte er leise.

Al nickte. Daniel hatte mit einem verächtlichen Lachen oder Spott gerechnet, aber beides blieb aus.

„Sie waren zur Entziehungskur.“ Das war wieder eine Feststellung, keine Frage. Al wusste ganz genau, dass Daniel in der Klinik gewesen war. Schließlich hatte er damals im Gerichtssaal gesessen, als man ihn zu sechs Monaten im Bezirksgefängnis von Los Angeles verurteilt und ihm gleichzeitig eine stationäre Behandlung verordnet hatte.

Daniel nickte wieder.

„Dann kennen Sie ja den Drill.“

Daniel machte sich mit einem Achselzucken wieder an die Arbeit. Er glaubte nicht an dieses Programm und die damit verbundenen guten Vorsätze. „Na klar doch. Zwölf einfache Schritte und ich bin ein neuer Mensch.“

„Niemand behauptet, dass diese Schritte einfach sind. Sie können alle vergessen, bis auf einen.“

„Und welcher ist das?“

„Der, bei dem Sie Ihr Leben Gott anvertrauen. Aber vergessen Sie ruhig diesen Schwachsinn über Gott, wie Sie ihn verstehen.“ Al schnaubte verächtlich, aber dann ließen seine Schmerzen ihn erneut zusammenzucken. „Gott ist, wer er ist, und Sie sollten endlich mit ihm ins Reine kommen.“ Er hielt kurz inne, vielleicht weil er wollte, dass diese Worte bei Daniel Zeit zum Sacken hatten oder aber weil er wieder Luft holen musste. Daniel wusste nicht so recht, ob er wütend oder traurig sein sollte.

„Sie haben meine Frage noch nicht beantwortet.“ Wieder riss Al Daniel aus seiner Grübelei. „Sind Sie ein Trinker?“

„Ich weiß nicht so recht."

„Sie wissen das nicht?", fragte Al erstaunt.

„Ja", erwiderte Daniel wütend. „Ich bin Alkoholiker. Ist das deutlich genug? Sind Sie jetzt zufrieden?" Er war überrascht. Sobald diese Worte aus ihm heraus gewesen waren, hatte er nicht wie erwartet einen unerträglichen inneren Schmerz verspürt, sondern vielmehr Erleichterung. „Ja", wiederholte er. Als er einen Blick auf Als Gesicht warf, verrauchte sein Zorn auf ihn. Als Augen sahen ich nicht streng und verurteilend an, sondern waren voller Mitleid, als ob er sich an einen längst vergangenen Schmerz erinnern würde.

„Das war ich auch", sagte Al leise. „Ich war auch ein Trinker, genau wie du."

Daniel starrte Al verblüfft an.

„Auch damals schon, als ich auf dem hohen Ross gesessen und den Geschworenen gesagt habe, dass du eine harte Strafe verdient hast, hab ich gesoffen."

Beide Männer schwiegen. „Warst du zur Entziehungskur?", fragte Daniel schließlich.

Al reagierte mit einem Achselzucken. „Klar doch, aber dort ist aus mir kein neuer Mensch geworden. Das ist erst passiert, als ich gereinigt worden bin." Al sprach weiter, bevor Daniel ihn fragen konnte, was das heißen sollte. „Gereinigt, geheiligt und gerechtfertigt im Namen Jesu."

Daniel hörte diese altertümlichen Worte, ohne zu verstehen, was sie bedeuteten. Aber er spürte die Kraft, die dahinterlag.

„Willst du Hilfe?", fragte Al nach längerem Schweigen.

Daniel zögerte.

„Du weißt so gut wie ich, dass die Flasche dort draußen auf dich wartet, wenn du übermorgen von hier weggehst."

Du kannst mir doch nicht helfen, wollte Daniel schon sagen, aber es wäre grausam gewesen, Al seinen jämmerlichen Zustand bewusst zu machen.

„Ich kann dafür sorgen, dass du hier an einem Programm teilnehmen kannst, und ich kann für dich beten", sagte Al mit fester Stimme. Offenbar hatte er Daniels Gedanken erraten. Bevor Daniel zustimmen oder ablehnen konnte, stand Al auf und legte seine große, schwielige Hand auf Daniels Kopf.

„Mein Herr und Erlöser", begann Al. Seine Stimme war erstaunlich fest. Daniel schloss die Augen. Die jahrelange Übung in seiner Kindheit hatte trotz allem Spuren hinterlassen. „Ich rufe dich heute an und bitte dich um deines Namens willen: Reiße Daniel aus der Hand des Zerstörers, der ihn gefangen hält und ihn seinem Willen unterworfen hat."

Daniel spürte, wie Als Hand schwer und eindringlich auf seinem Kopf lag.

„Hilf, dass er das Unrecht, das er getan hat, wirklich bedauert", fügte er hinzu.

Daniel war überrascht. Schließlich bedauerte er doch das, was er getan hatte. Er hatte gedacht, dass die anderen das merkten. Wieder einmal wurde ihm klar, dass diese Christen seltsame Leute waren. Er konnte es ihnen nie recht machen, dabei hatte er ihre Worte und ihr Verhalten diesmal sorgfältig nachgeahmt.

„Hilf ihm, oh Gott, ich rufe dich in Jesu Namen an", sagte Al. Seine Stimme wurde lauter. „Hilf ihm!"

Daniel war zutiefst erschüttert, als er hörte, wie inbrünstig Al, der doch eigentlich sein Feind war, für ihn betete. Al hörte auf zu sprechen, aber Daniel spürte noch immer seine Hand auf seinem Kopf.

„Herr Jesus, ich flehe dich an." Jetzt klang Als Stimme leise, aber noch eindringlicher. „Beschütze ihn. Zieh ihn zu dir mit deiner Liebe." Er hielt kurz inne, als wollte er noch mehr sagen. Aber dann beendete er sein Gebet mit einem lauten „Amen" und hob die Hand. Daniel meinte sie trotzdem noch einen Augenblick lang auf seinem Kopf zu spüren.

„Danke", sagte er schließlich in die Stille hinein.

Al nickte kurz und setzte sich wieder auf seinen Stuhl. Er wirkte erschöpft. „Ich ruh mich ein bisschen aus", sagte er. „Da drüben liegt ein Geschenk für dich."

Daniel schaute zur Werkbank hinüber und erblickte ein Buch mit Skizzen für Holzarbeiten.

„Vielleicht willst du mal was Eigenes machen", erklärte Al kurz angebunden, wie es seine Art war.

Daniel warf ihm einen fragenden Blick zu. Wie sollte das gehen? Schließlich ging er doch in ein paar Tagen von hier weg.

„Wir haben doch gebetet, oder?", knurrte Al. „Alles ist möglich."

Ja, natürlich. „Danke", wiederholte Daniel.

„Nimm das Buch mit nach oben."

Daniel wollte seinem neuen Freund nicht widersprechen. Er nahm das Buch in die Hand und blätterte es durch.

„Gibt's da was, was dir gefällt?", fragte Al.

„Das Schmuckkästchen ist schön", antwortete Daniel. Vielleicht half es Al, wenn er so tat, als glaube er tatsächlich daran, dass alles möglich war. „Das könnte Lenore gefallen." Er wartete Als Reaktion ab. Er wirkte nicht verblüfft, sondern nickte bloß.

„Dafür brauchst du gutes Holz. Kirschbaum oder Mahagoni. Der Baumarkt hat so was nicht, aber ich kenne einen Laden, da bekommst du, was du brauchst."

Wieder nickte Daniel. Al stand auf und Daniel ging zu ihm hinüber, um ihm behilflich zu sein. Er befürchtete zwar, dass Al ihn schroff zurückweisen würde, aber er schien ganz im Gegenteil dankbar zu sein, als Daniel seinen Arm nahm. Daniel half ihm ins Bett, zog ihm die Schuhe aus, legte ihm das Kopfkissen zurecht und knipste das Licht aus.

„Soll ich dir was zu essen bringen?", fragte er.

„Vielleicht später", antwortete Al. Ihm fielen bereits die Augen zu.

Daniel schloss leise die Tür hinter sich und ging wieder an die Arbeit. Als er später die Kellertreppe hinaufging, war Lenores Geschenk fertig. Der Schrank stand in einer Ecke der Werkstatt. Daniel hatte ihn mit einer blauen Plane zugedeckt. Er war stolz auf das vollbrachte Werk und traurig zugleich, weil er wusste, dass dieser Schrank ein Abschiedsgeschenk war. Jetzt durfte er nur nicht vergessen, Scott das Versteck zu zeigen und ihn zu bitten, das Möbelstück am Heiligen Abend heraufzuholen und Lenore zu überreichen.

„Lenore, ich finde, wir sollten Al nach oben verlegen", schlug Daniel ihr an jenem Abend nach dem Essen vor. Er wollte vor seiner Abreise noch so viel wie möglich erledigen und den Hausbewohnern helfen, wo er konnte. Sie warf ihm einen skeptischen Blick zu. Vielleicht vermutete sie irgendwelche Hintergedanken seinerseits, aber vielleicht lag es auch daran, dass er das Fürwort „wir" verwendet hatte. Diesmal war Daniel allerdings nicht beschämt über ihre Reaktion, sondern verärgert.

„Natürlich ist es deine Entscheidung, aber Al wird nicht mehr lange die Kellertreppe hoch- und runtergehen können, wenn er mal auf die Toilette muss", sagte er geradeheraus. An diesem Nachmittag hatte Al zweimal nach ihm gerufen. Glücklicherweise war Daniel jedes Mal in Hörweite gewesen. Er hatte Al die Kellertreppe hinauf und wieder herunter geführt und ihn dabei fast tragen müssen. „Wenn du möchtest, dass ich euch dabei helfe, bevor ich gehe, ist heute Abend der günstigste Zeitpunkt dafür."

Lenores Gesicht wurde ernst, aber er wusste nicht, ob der Grund dafür seine bevorstehende Abreise war oder Als Zustand.

„Gibt es hier im Erdgeschoss ein freies Zimmer?", fragte Daniel.

Lenore nickte. „Er könnte das Studierzimmer haben. Es ist groß genug und den Fernseher könnten wir ins Wohnzimmer stellen."

„Sag mir einfach, was ich machen soll", forderte Daniel sie auf.

„Lass mich zuerst mit ihm reden."

Lenore ging nach unten, kam aber schon bald wieder herauf. Sie sagte, dass sie denselben Eindruck gewonnen habe wie Daniel. Während Lenore das Studierzimmer für Al bewohnbar machte, stieg Daniel die Treppe hinunter. In Als Zimmer brannte Licht, das konnte Daniel durch die Türritze sehen. Er klopfte an.

„Herein."

„Ich kann dich gerne nach oben führen, bevor wir die Möbel hochtragen", bot Daniel an.

Al nickte zustimmend. Wahrscheinlich war es für ihn nun das letzte Mal, dass er die Treppe hinaufging, trotzdem drehte er sich auf dem Weg nach oben nicht mehr nach seiner Werkstatt um. Er hielt seinen Blick starr geradeaus gerichtet und stützte sich schwer auf Daniels Arm.

In der Ecke des Studierzimmers stand ein bequemer Ohrensessel. Al ließ sich dankbar darauf nieder. Lenore kümmerte sich liebevoll um ihn. Sie versprach ihm, gleich am nächsten Tag ein Pflegebett zu mieten, damit er es bequemer hatte.

Daniel ging wieder nach unten. Eine halbe Stunde später hatte er das Bett, die Kommode, den kleinen Schreibtisch und die Habseligkeiten von Al nach oben gebracht. Lenore zeigte ihm, wohin er die Möbel stellen sollte, und räumte Als Sachen ein. Daniel sah, dass sie Vorhänge vor die Glastüren und an die Fenster gehängt hatte, damit Als Privatsphäre gewahrt blieb. Al saß jetzt auf der äußeren Kante des Sessels und beugte sich leicht nach vorn. Seine Hände lagen auf seinen Knien. Offenbar hatte er Schmerzen.

Daniel ging in die Küche. Weil er nichts Besseres zu tun hatte, machte er Kaffee. Als er ein paar Minuten später in Als neues Zimmer zurückkehrte, war Lenore verschwunden.

„Sie muss jemanden anrufen“, erklärte Al ihm.

Daniel nickte. Er war gerührt, dass Al fand, er habe ein Recht darauf zu wissen, was Lenore tat. „Brauchst du noch etwas?“, fragte er seinen neuen Freund.

Er erwartete die Antwort, die Al stets auf solche Fragen parat hatte: „Ich hab alles. Trotzdem danke.“ Aber diesmal strich sich Al mit seinen knotigen Fingern über sein dünner werdendes Haupthaar. Dann sagte er: „Ich könnte eine Tasse von diesem herrlich duftenden Kaffee brauchen.“

Daniel bezweifelte, dass Al den Kaffee überhaupt trinken würde, weil er ihn noch nie Kaffee hatte trinken sehen, aber er nickte trotzdem und ging in die Küche. Kurz darauf kehrte er mit einem Tablett zurück. Darauf standen zwei Tassen frisch gebrühter Kaffee, Sahne und Zucker. Al goss einen großen Klacks Sahne in seine Tasse und rührte zwei Teelöffel Zucker hinein. Dann nahm er einen vorsichtigen Schluck. Und noch einen.

„Ahh.“ Er schloss die Augen. Auf sein Gesicht trat jener verklärte Ausdruck, den nur ein anderer Kaffeeliebhaber richtig verstehen konnte. Daniel musste lächeln.

„Der Kaffee fehlt mir wirklich.“

„Warum trinkst du keinen mehr?“

Al zuckte mit den Schultern. „Ich vertrag ihn nicht mehr so gut, aber ich mag das Aroma trotzdem noch.“

Daniel nickte. Eine Zeit lang schwiegen die beiden Männer. Sie tranken genüsslich ihren Kaffee und hörten zu, wie der Regen die Dachrinnen herunterrauschte.

Schließlich stellte Al die Kaffeetasse auf seinen Schreibtisch. Dann zog er die oberste Schublade auf. Er holte einen zusammengehefteten Stapel Papiere heraus, der gleich obenauf lag. Offenbar nahm er die Unterlagen häufig heraus und betrachtete sie.

„Wenn ich nicht mehr bin, findet ihr hier alles“, erklärte Al Daniel. „Hier steht, was mit meiner restlichen Rente passieren soll und so weiter, und ihr findet hier auch die Adressen und Telefonnummern von meinen Töchtern und meiner Frau."

Daniel fiel auf, dass Al nicht den Ausdruck „Ex-Frau" verwendete, obwohl er geschieden war. Das hatte ihm Lenore erzählt. Er fragte sich, ob es wohl immer so war, dass man eine ganz besondere Bindung zu der Frau spürte, die man zuerst geliebt hatte, die einem Kinder geschenkt hatte. Es spielte offenbar keine Rolle, wie viele Frauen danach kamen. Daniel wunderte sich jedoch, dass Al ihm die Unterlagen zeigte.

„Lenore regt sich nur auf, wenn sie das sieht", meinte Al und beantwortete damit die Frage, die Daniel sich insgeheim gestellt hatte.

„Ich sorge dafür, dass die Unterlagen in die richtigen Hände kommen", versprach Daniel ihm. Er würde Mr Caputo oder Mr Kaplan davon in Kenntnis setzen.

Al nickte beruhigt. Unbeholfen nahm er die Aktenklammer ab und reichte Daniel die Papiere. Daniel blätterte sie durch. In dem Stapel befand sich ein handgeschriebenes Testament, in dem Al Lenore sein Werkzeug, seine persönliche Habe und das Guthaben auf seinem Sparkonto vermachte. Dann waren da noch eine Versicherungspolice, in der in der Zeile „Begünstigter" ein Daniel unbekannter Frauenname eingetragen war, eine Liste mit Anweisungen für die Beerdigung und ein Blatt Papier mit Namen und Anschriften. Neben zwei Namen stand das Wort „Tochter", neben dem nächsten „Schwester" und neben dem letzten „Ehefrau". Das nächste Blatt war eine reißerisch aufgemachte Reklame eines Evangelisten. In der oberen rechten Ecke war ein Foto des Mannes abgedruckt. Arvid Chamberlain versprach mit einem breiten, offen wirkenden Lächeln, dass jedes „wichtige Gebetsanliegen, das Sie schon lange vor Gott bringen", erhört werden würde, wenn der Empfänger dieses Schreibens mit ihm ein Abkommen schließen und dieses Abkommen mit einer „Liebesgabe" besiegeln würde. Daniel musste sich zusammenreißen, damit er über diese offensichtliche Manipulation nicht den Kopf schüttelte. Datiert war der Brief auf den November vor drei Jahren. Auf dem nächsten und letzten Blatt Papier stand *Bund mit Gott.* Datiert worden war dieses Schriftstück drei Tage nach dem Empfang des Reklamebriefs. Darunter sah Daniel Als Unterschrift in kleinen, unbeholfen wirkenden Buchstaben. Daneben standen die Worte: *Ich gebe mein Leben für das von Lenore Vine.*

„Worum geht es hier eigentlich?", fragte Daniel. Er hatte das Gefühl, als schnüre es ihm die Luft ab, obwohl er keine Ahnung hatte, was diese rätselhaften Worte zu bedeuten hatten.

Mit einem Stirnrunzeln betrachtete Al das Blatt Papier, als Daniel es hochhielt.

„Ach, das." Es folgte ein kurzes Kopfschütteln. „Damals habe ich zum Glauben an den Herrn gefunden", erklärte er schließlich. „Als Lenore an Krebs erkrankt war."

Daniel fühlte sich, als hätte ihm Al einen Schlag in die Magengrube versetzt. Wieder schnürte sich ihm die Kehle zu. Er nickte bedächtig, stellte aber keine weiteren Fragen, denn dann hätte Al gemerkt, dass er etwas preisgegeben hatte, das Daniel nicht gewusst hatte. „Als sie an Krebs erkrankt war", wiederholte er stattdessen. Al nickte bestätigend.

„Wann war das genau?", fragte Daniel. Er tat so, als sei ihm das Datum entfallen.

„Das Datum steht da drauf", meinte Al.

Daniel las noch einmal nach. Die Bombe, die Al hatte platzen lassen, hatte jegliche Erinnerung an das zuvor Gelesene ausgelöscht. Es war vor drei Jahren gewesen. Lenore war vor drei Jahren an Krebs erkrankt. Und niemand hatte ihm das mitgeteilt.

„Gib her", Al streckte die Hand aus, nahm Daniel die Papiere ab und klammerte sie wieder zusammen. Seine Hände zitterten und es fiel ihm sichtlich schwer. Dann legte er die Unterlagen wieder in die oberste Schublade. „Du weißt, wo du sie findest", fügte er hinzu. „Wenn die Zeit gekommen ist."

„Du hast es doch gewusst. Warum hast du mir nichts gesagt?"

Scott sah seinem Vater direkt in die Augen. Er war wütend, das war eindeutig. Scott merkte, wie sich auch in ihm Wut regte. Grausame Worte kamen ihm in den Sinn, denn schließlich hatten Männer, die eine Frau und ihr gemeinsames Kind im Stich ließen, kein Recht auf Erklärungen. Er behielt diese Worte jedoch für sich. Eine Zeit lang hätte es ihm Freude bereitet, seinen Vater zu verletzen, aber das war jetzt vorbei.

„Scott." Papas Stimme klang nicht mehr so wütend, sondern eher schmerzerfüllt. „Sie hatte Krebs?"

Scott nickte stumm.
„Was für einen Krebs?“
„Brustkrebs.“
„Wann war das?“
„Vor etwa drei Jahren.“
Daniel setzte sich auf Scotts Bett, beugte sich vor, stützte die Ellbogen auf die Knie und rieb sich mit beiden Händen das Gesicht. Schließlich richtete er sich wieder auf. Scott hörte einen tiefen Seufzer und plötzlich fragte er sich, ob sein Vater seine Mutter noch immer liebte. Zumindest wirkte er völlig verstört.
„Erzähl mir alles. Bitte.“
Scott wollte schon erwidern, dass er gefälligst seine Mutter fragen solle, wenn er etwas über ihre Krankheit wissen wolle. Die Worte lagen ihm bereits auf der Zunge, als ihm einfiel, wie er selbst sich damals seiner Mutter gegenüber benommen hatte. Sein Vater hatte seine Mutter schlecht behandelt, so viel stand fest. Aber er selbst war nicht besser gewesen. Wenn man es genau nahm, hatte er ebenso versagt wie sein Vater. Scott holte tief Luft und atmete seufzend aus. Dann sagte er seinem Vater, was er wissen wollte.
„Vor ungefähr drei Jahren hat Mama einen Knoten in ihrer Brust entdeckt“, erklärte er ihm. „Bei den Untersuchungen fand man einen weiteren, kleineren Knoten. Es waren Krebsgeschwülste, aber der Krebs hatte sich noch nicht bis in die Lymphknoten ausgebreitet. Wegen der beiden Knoten haben die Ärzte ihr damals die Brust abgenommen.“
„Ist sie geheilt?“
Scott reagierte mit einem Achselzucken. Mit dieser Frage, die alle Hausbewohner beschäftigte, sprach sein Vater ein schwieriges Thema an. „Was heißt das schon, Papa?“, fragte er mit leiser Stimme.
„Ich möchte nur wissen, ob der Krebs weg ist.“
„Die Ärzte nehmen es an.“
Sein Vater schüttelte wieder den Kopf und fuhr sich mit den Fingern durchs Haar. Scott fühlte sich schuldig, weil er damals geschwiegen hatte, aber er wusste, dass er sich auch schuldig gefühlt hätte, wenn er ihm damals alles erzählt hätte. In seinem tiefsten Innern verspürte er jedoch auch noch ein anderes Gefühl, einen leisen Zorn auf seinen Vater, weil er von der Erkrankung seiner Mutter nichts gewusst hatte und in dieser schlimmen Zeit nicht für sie da gewesen war. Einen Augenblick

lang meinte Scott sogar, seinen Vater für sein eigenes schlimmes Verhalten seiner Mutter gegenüber verantwortlich machen zu können. In ihm tobte mit einem Mal wieder der alte unangenehme Konflikt: Sollte er seinem Vater vergeben oder nicht? Sollte er ihn hassen oder lieben? Schon bald würde sein Vater von hier weggehen. Trotz seiner inneren Kämpfe empfand Scott bei diesem Gedanken ein tiefes Bedauern und eine große innere Leere. Er starrte die Wand an.

Schließlich stand Daniel wieder auf. „Danke, dass du es mir erzählt hast." Seine Stimme klang kleinlaut und traurig.

Jetzt erinnerte Scott sich wieder. In jener fast schon vergessenen Nacht, als seine Mutter nach der Operation im Krankenhaus gelegen hatte, hatte sein Vater angerufen und nach Lenore gefragt, aber Scott hatte ihm nichts erzählt. Jetzt lag diese Erkenntnis wie eine schwere Last auf ihm. Ihn quälte die Frage, ob damals vielleicht alles anders gekommen wäre, wenn er nicht geschwiegen hätte. „Papa, einen Moment noch."

Daniel blieb an der Tür stehen und drehte sich um.

„Es tut mir leid, dass ich es dir nicht gesagt habe." Scott dachte an die verlorenen Jahre und die verschwendete Zeit und merkte, dass er mit diesen Worten nichts wiedergutmachen konnte.

Daniel reagierte mit einem tiefen Seufzer. In seinem Blick lag eine solche Trostlosigkeit und Trauer, dass Scott sein damaliges Verhalten bitter bereute. „Es tut mir wirklich leid, Papa", wiederholte er.

„Ist schon gut, mein Junge", sagte sein Vater. Sein Gesicht wirkte müde. Er schien mit einem Schlag um Jahre gealtert zu sein. „Ist schon gut."

44

Lenore fuhr ganz langsam und vorsichtig von der Arbeit nach Hause. Das Scheinwerferlicht der ihr entgegenkommenden Autos spiegelte sich in den regennassen Straßen. Obwohl es erst vier Uhr Nachmittags war, wurde es schon dunkel. Die dicken, eisigen Regentropfen prasselten hart auf die Windschutzscheibe und liefen langsam am Glas herunter. Sie stellte die Scheibenwischer auf eine höhere Stufe und schaltete die Heizung an. Die warme Luft erhitzte zwar ihre Knie, aber trotzdem fror sie. Sie fühlte sich irgendwie seltsam, seitdem Al krank geworden war, Daniel überraschend auf ihrer Türschwelle gestanden und sie den Knoten in ihrer Brust entdeckt hatte. Ihr war nicht klar, ob es an nur einem dieser Ereignisse lag oder an allen zusammengenommen, aber in letzter Zeit verspürte sie häufig eine unerklärliche Angst. Wenn sie in ihrem Auto saß, überfiel sie manchmal die Furcht, dass sie die Kontrolle über den Wagen verlieren, in eine ganz andere Richtung fahren oder sogar abheben könnte wie ein Flugzeug. Sie hatte dann panische Angst und fühlte sich schrecklich hilflos. Manchmal erschrak sie zu Tode, wenn ihr bewusst wurde, wie schnell sie fuhr, so schnell, dass ihr die Knochen auseinandergerissen werden könnten, wenn sie einen Unfall hätte. Sie konnte es förmlich vor sich sehen, wie sie zerteilt wurde wie ein Huhn. Den einzigen Schutz vor diesem Schicksal boten ihr eine dünne Außenhaut aus Metall und ein paar Zentimeter Luft dazwischen.

Sie hatte niemandem von dem neuen Knoten erzählt und sie versuchte, nicht daran zu denken. Die meiste Zeit hatte sie mit dieser Taktik Erfolg. Sie hatte sich selbst eingeredet, dass der Knoten gutartig war, vielleicht nur eine mit Flüssigkeit gefüllte Zyste. Tagsüber verdrängte sie das Problem, aber abends, wenn sie müde und erschöpft im Bett lag, überfiel sie immer wieder aufs Neue diese panische Angst.

Heute Mittag war sie mit Erik zum Essen verabredet gewesen, aber das Zusammensein mit ihm hatte ihr nicht besonders gut getan. Erik hatte sich verändert. Oder war sie diejenige, die sich verändert hatte? Lenore wusste es nicht so genau, aber in letzter Zeit wurde Erik ihr immer fremder. Manchmal kam es ihr so vor, als würde sie ihn kaum kennen. Sie hatte ihm vorgeschlagen, dass sie sich im Restaurant „Samowar" zum Mittagessen treffen könnten. Hinter diesem Vorschlag steckte eine sorgfältig ausgeklügelte Taktik. Sie wollte Erik zwar sehen, aber sie wollte die Zeit ihres Zusammenseins beschränken, damit sie nicht auf das gefährliche Thema „Daniel" zu sprechen kommen musste.

Lenore hatte Erik in den letzten Wochen auf Abstand gehalten. Es war erstaunlich leicht gewesen, aber als sie länger darüber nachdachte, wusste sie nicht, ob sie deswegen erfreut oder doch eher beunruhigt sein sollte. Ein zukünftiger Verlobter sollte eigentlich gegen ein solches Verhalten protestieren und auf häufigere Treffen bestehen. Aber Erik war offenbar so stark beschäftigt, dass ihm Lenores distanzierte Haltung gar nicht aufgefallen war. Das machte die Sache für sie leichter. Sie hatte sich nämlich schuldig gefühlt, weil sie ihm Daniels überraschenden Besuch verschwiegen hatte. Natürlich hatten sie sich einmal in der Mittagspause im Krankenhaus getroffen und miteinander telefoniert, aber ein längeres Zusammensein hatten sie immer wieder auf später verschoben. Im Grunde genommen hatten sie sich seit Wochen nicht mehr richtig gesehen, vielleicht sogar schon länger. Deshalb hatte sie heute eine gemeinsame Mittagspause in dem russischen Restaurant vorgeschlagen. Die warmen Farben und die vielen Orientteppiche in dem Lokal bildeten eine angenehme Kulisse für ein solches Treffen. Sie tranken schwarzen Tee und dann aßen sie Borschtsch und Krautwickel.

„Wo bist du die letzten Sonntage gewesen?", fragte sie ihn. „Ich habe dich im Gottesdienst gar nicht gesehen." Sie bereute diese Worte, sobald sie sie ausgesprochen hatte. Was bildete sie sich nur ein? War er ihr etwa Rechenschaft über seine Gottesdienstbesuche schuldig?

Erik reagierte mit einem knappen Kopfschütteln. „Ich war auch nicht dort."

„Hattest du so viel Arbeit?"

Wieder schüttelte er den Kopf.

Lenore wusste nicht, ob sie abwarten oder weiterbohren sollte, bis er ihr den Grund für seine Abwesenheit nannte oder ihr sagte, dass sie das überhaupt nichts angehe.

Erik legte sein Besteck auf seinen Teller. Plötzlich lag auf seinem Gesicht ein Ausdruck, den sie noch nie bei ihm gesehen hatte. Er wirkte ernst, erschöpft und niedergeschlagen. „Ich bin in anderen Gemeinden gewesen."

„Oh." Diese Antwort war für sie wie ein Schlag ins Gesicht.

„Das beunruhigt dich."

„Nein", beeilte Lenore sich zu sagen. „Na ja, vielleicht ein bisschen. Du hättest mit mir darüber reden können."

„Ich rede ja jetzt darüber."

„Aber erst auf mein Nachfragen hin", erwiderte sie.

„Ich habe ja noch keine endgültige Entscheidung getroffen." Erik fühlte sich offensichtlich angegriffen.

„Ist ja gut", beschwichtigte sie ihn, aber sie fühlte sich trotzdem verletzt. Als sie darüber nachdachte, wurde ihr bewusst, dass sie sich im Grunde genommen etwas vormachte.

„Ich bin müde, Lenore", sagte Erik unverblümt.

Wieder bemerkte Lenore die Erschöpfung in seinen Gesichtszügen, die Müdigkeit in seinen Augen. Warum fiel ihr das erst jetzt auf? Plötzlich hatte sie ein schlechtes Gewissen, aber sie war auch zutiefst enttäuscht.

„Ich bin müde, weil ich dieses endlose menschliche Elend, die Schmerzen und die Krankheiten nicht mehr ertragen kann", fügte er hinzu. „Aber ich kann meinen Beruf doch nicht einfach an den Nagel hängen. Was soll ich denn sonst machen? Vielleicht die Post austragen?"

Lenore wusste, dass Erik bereits als Arzt praktiziert hatte, als sie noch zur Schule gegangen war, das College besucht und Scott zur Welt gebracht hatte. Sie dachte an die unzähligen kranken Kinder, die in seine Praxis kamen, an die Säuglinge mit Geburtsfehlern, an die Kleinen, die mit schlimmen, oft tödlichen Krankheiten im Krankenhaus lagen. Erik stand morgens in aller Frühe auf und machte dort Visite und nach Feierabend machte er noch einmal seine Runde. Diese langen, zermürbenden Arbeitstage hatten allem Anschein nach nicht nur in seinem Gesicht tiefe Spuren hinterlassen.

„Ich kann nicht mehr an die Philosophie von der unendlichen Gnade Gottes glauben", meinte er schließlich.

Lenore war nicht bewusst, dass ihre Kirchengemeinde eine Philosophie vertrat. „Was willst du damit sagen?", fragte sie.

„Ich glaube nicht mehr, dass Gott alles in Ordnung bringt." Lenore schüttelte den Kopf. „Ich habe einfach zu viel Leid und Elend gesehen", ergänzte er. „Wir leben in einer Welt, in der das Chaos herrscht. Jeder Tag, an dem man selbst davon verschont bleibt, ist ein guter Tag."

Lenore fühlte sich wie erschlagen von diesen Worten, obwohl Eriks Stimme sanft und resigniert geklungen hatte. Plötzlich erinnerte sie sich, wie sie damals ihren alten, kranken Hund zum Einschläfern zum Tierarzt hatte bringen müssen, weil ihre Mutter und ihre Schwester es nicht übers Herz gebracht hatten. Sie hatte das Tier im Arm gehalten, während der Arzt ihm die erlösende Spritze gegeben hatte. Der Tierarzt hatte auch diesen gequälten Blick gehabt, den sie jetzt bei Erik sah, dieselbe Hoffnungslosigkeit. Zunächst überrollte sie eine Welle der Verzweiflung, aber dann lehnte sich etwas in ihr gegen Eriks Worte auf.

„Ich weiß nicht, ob ich deine Meinung teile."

Erik reagierte mit einem Achselzucken. „Zweifel ist eine normale Reaktion auf die gefallene Welt, in der wir leben, weil wir nicht dafür geschaffen sind. Deshalb müssen wir verzweifeln, wenn das Böse triumphiert."

Diese Worte versetzten Lenore einen Stich. Sie begehrte dagegen auf. „Natürlich gibt es das Böse und das Chaos in der Welt. Aber triumphiert es denn?"

Erik zuckte wieder mit den Schultern und schenkte ihr ein müdes Lächeln. „So kommt es mir die meiste Zeit vor."

Plötzlich stieg Wut in Lenore auf. „Und was willst du dagegen machen? Willst du etwa warten, bis du von dieser Welt weggenommen wirst?"

Erik hatte darauf nichts erwidert, sondern nur die Augenbrauen in die Höhe gezogen. Schweigend hatten sie weitergegessen. Als sie das Restaurant verlassen hatten, hatte er ihr einen Kuss auf die Wange gehaucht.

Lenore steuerte ihr Auto die Queen Anne Avenue hoch und stellte sich vor, wie Daniel diese Straße hinuntergehen würde. Auf diesem Weg war er hergekommen und morgen würde er wieder weggehen. Bei diesem Gedanken wurde es ihr schwer ums Herz. Sie hatte nicht mehr mit Matt gesprochen, aber sie wusste, dass letztlich sie es in der Hand hatte, ob Daniel bleiben durfte oder gehen musste. Matt würde ihre Entscheidung auf jeden Fall respektieren. Es erschien Lenore wie eine Ironie des Schicksals. In der ersten Woche hatte sie die Tage bis zu Daniels Aufbruch gezählt, und jetzt, wo es endlich so weit war, hatte sie plötzlich das Gefühl, einen neuen Verlust zu erleben. Bei dem Gedanken, sich von ihm verabschieden zu müssen, erfüllte sie eine tiefe Trauer. Es kam ihr so vor, als würde der Schorf von einer kaum verheilten Wunde wieder abgerissen. Wollte sie Daniel etwa weiter um sich haben? Sie war sich da nicht so sicher. Sie wagte es einfach nicht mehr zu hoffen. Zu oft war diese Hoffnung enttäuscht worden. Und obwohl sie gebetet hatte, hatte sie jetzt keine eindeutige Antwort bekommen.

Als Lenore vor dem Haus anhielt, war sie froh, dass dort alle Lichter brannten. Sie hatte es gern so. In ihrer Kindheit war sie oft nach Hause gekommen und das Haus war kalt und dunkel gewesen. Vielleicht liebte sie die Wärme und das Licht deswegen so. Sie parkte das Auto, stieg aus und ging ins Haus. Scotts Mantel hing nicht an der Garderobe. Er war bestimmt noch am College. Sie hörte keine Stimmen in der Küche. Das war seltsam. Wo könnten Mr Caputo und Mr Kaplan denn sonst sein? Die Tür vom Studierzimmer, Als neuem Zimmer, war halb geöffnet. Lenore warf einen Blick hinein. Dann stutzte sie, trat einen Schritt näher und runzelte die Stirn. Das Pflegebett, das sie für Al bestellt hatte, war angeliefert worden. Mr Caputo und Mr Kaplan zogen die Matratze ab. Al war nirgends zu sehen. Als Lenore die Tür weiter aufzog, begrüßte Mr Caputo sie mit einem Lächeln und einem Kopfnicken. Mit einem Blick sah sie, was passiert war. Auf dem Boden lag ein verschmutztes Bettlaken.

„Al geht es nicht gut, Lenore", sagte Mr Caputo und bestätigte ihre Befürchtungen. „Daniel hilft ihm beim Duschen."

Mr Kaplan spannte eine frische Plastikfolie über die Matratze. Lenore half ihm dabei. Dann legten sie eine alte Decke darüber, die als zusätzliche Auflage dienen sollte. Zu guter Letzt bezogen sie die Matratze mit einem frischen Bettlaken. Als Daniel und Al das Zimmer betraten, waren sie gerade damit fertig geworden. Al hatte nasse Haare. Er trug einen Frotteebademantel, der offenbar Mr Kaplan gehörte, aber er konnte sich kaum auf den Beinen halten vor Schmerzen. Daniel stützte ihn.

„Ich rufe seinen Arzt an", sagte Lenore zu ihren Mitbewohnern. „Vielleicht kann er ihm ein stärkeres Schmerzmittel verschreiben."

„Er braucht auch etwas gegen Übelkeit und Durchfall", informierte

Daniel sie leise. Dann drückte er Al sanft auf den Sessel und ging zur Kommode, um ihm einen frischen Schlafanzug herauszusuchen.

Lenore nahm die schmutzige Wäsche und steckte sie in die Waschmaschine. Sie musste dringend einen Schutzbezug für die Matratze und Windel-Einlagen für Al kaufen. Außerdem brauchten sie jemanden, der sich rund um die Uhr um Al kümmerte, jemanden mit genug Kraft, um ihn zu heben. Falls sie niemanden finden sollten, müsste Al ins Pflegeheim. Bei diesem Gedanken rebellierte Lenores Magen. Sie ging zum Telefon, um die Notfallnummer des Arztes zu wählen, aber sie brauchte eine Weile, weil ihre Hände ihr nicht gehorchen wollten. Als es ihr endlich gelungen war, dem Arzt eine Nachricht zu hinterlassen, hob sie den Kopf. Mr Caputo und Mr Kaplan standen in der Tür. Sie sahen sie an, als ob sie auf weitere Anweisungen warteten.

„Wie können wir dir noch helfen, Lenore?“, fragte Mr Caputo.

„Ihr könntet das Abendessen machen.“ Eigentlich war sie zwar an der Reihe, aber sie hatte einfach nicht genug Kraft dafür.

Die beiden Männer nickten und gingen sofort an die Arbeit. Sie riefen sich Befehle zu, als würden sie einen Feldzug planen. Lenore war erleichtert, dass sie zumindest diesen kleinen Teil ihrer Last hatte abgeben können.

Endlich rief sie der Arzt zurück. Er hörte ihr eine Weile schweigend zu. Dann verordnete er Medikamente gegen die Schmerzen und die Übelkeit.

„Wohin soll ich das Rezept schicken?“, fragte er. Seine Stimme klang müde.

Lenore gab ihm die Faxnummer der Apotheke im Wohnviertel. Als Scott wenig später nach Hause kam, fing Lenore ihn gleich im Hausflur ab. Bevor er seinen Mantel ausziehen konnte, bat sie ihn, noch einmal loszufahren.

„Al geht es schlechter“, erklärte sie ihm unumwunden. „Bitte fahr noch mal zur Apotheke und hol ihm die Medikamente.“

Scott nickte, legte seine Bücher auf den Tisch in der Diele und drehte sich zur Haustür um. Dann blieb er plötzlich stehen.

„He, Mama“, begann er zögernd.

„Was ist denn?“ Sofort war sie innerlich angespannt. Hoffentlich kam ihr Sohn jetzt nicht noch mit einem neuen Problem.

Er hielt inne. „Ach, vergiss es“, meinte er nur und Lenore fragte nicht nach. Sie wollte jetzt nicht wissen, was Scott auf dem Herzen hatte. Stattdessen ging sie ins Studierzimmer, um nach Al zu sehen. Als sie hereinkam, half Daniel ihm gerade vorsichtig ins Bett. Al hatte einen frischen Schlafanzug an. Sein Haar war gekämmt. Daniel sorgte dafür, dass Al sich auf dem Kopfkissen zurücklehnen konnte, dann zog er ihm die Bettdecke bis unters Kinn hoch. Al zitterte vor Kälte. Daniel holte noch eine Decke und legte sie sorgfältig über die erste.

„Tut mir leid", sagte Al. Seine Stimme klang erschöpft. Er hatte noch nicht einmal mehr die Kraft, sich wegen seiner Schwäche zu schämen.

„Ach, Al", erwiderte Lenore. „Du brauchst dich doch nicht zu entschuldigen."

Er schloss die Augen. Sein Gesicht war eingefallen und aschfahl.

Kurz darauf war Scott zurück. Er hatte die Medikamente, trotzdem stand Lenore plötzlich vor einem neuen Problem. Der Arzt hatte Al Zäpfchen verschrieben. Natürlich könnte sie Al die Zäpfchen einführen. Bei anderen Patienten hatte sie das schon viele Male gemacht. Aber Al würde sich bestimmt vor ihr schämen.

„Das kann ich doch machen", schlug Daniel mit leiser Stimme vor. Er hörte genau zu, als sie ihm erklärte, worauf er achten musste, dann verschwand er in Als Zimmer. Als er ein paar Minuten später wieder herauskam, sagte er, dass Al jetzt versuchen wolle ein wenig zu schlafen.

Mr Caputo und Mr Kaplan servierten das Abendessen, aber niemand konnte es so richtig genießen. Als Lenore daran dachte, dass Angie und Mrs Callahan am nächsten Tag nach Hause kommen würden, wäre sie am liebsten in Tränen ausgebrochen. Stattdessen stand sie vom Tisch auf und sah noch einmal nach Al. Er schlief. Sein Atemzug ging langsam und regelmäßig und sein Mund stand halb offen. Lenore ging nach oben.

Ein paar Stunden später saß sie kopfschüttelnd in ihrem Sessel am Fenster. Sie hätte beinahe gelacht, so komisch wirkte diese Situation auf sie. Es war fast wie in einer Fernsehkomödie gewesen oder eher noch wie in einem alten Film aus den vierziger Jahren. Nach und nach waren alle heimlich zu ihr gekommen. Sie hatten an ihre Tür geklopft und ihre Sprüche aufgesagt, mal mehr, mal weniger verlegen.

Mr Caputo war der Erste gewesen. „Meine Liebe“, hatte er gesagt. „Ich habe vielleicht ein bisschen zu hart geurteilt über Daniel. Wenn du möchtest, dass er hierbleibt, habe ich nichts dagegen. Vielleicht ist es sogar besser so. Aber du musst natürlich einverstanden sein.“

Dann war Mr Kaplan gekommen. „Ich bin zwar neu hier, aber ich glaube, wir brauchen jemanden, der kräftig genug ist, um hier auszuhelfen.“ Er hatte beide Hände gehoben und sie in seiner Hilflosigkeit ein wenig an Tevje aus dem Musical *Anatevka* erinnert. „Er ist bereits hier und wenn ich es richtig verstanden habe, weiß er nicht, wohin er gehen soll. Bitte entschuldigen Sie, falls ich mich in etwas einmische, das mich nichts angeht.“

Aber als Scott in ihr Zimmer gekommen war, war ihr schwer ums Herz geworden. „Ich will dir keine Vorschriften machen, Mama. Aber mir wäre es lieber, wenn er hierbleiben könnte, wenigstens so lange, bis ich nach Europa fliege.“ Diese Worte machten ihr schwer zu schaffen. Scott hatte es nun wirklich verdient, noch ein wenig Zeit mit seinem Vater verbringen zu dürfen. Oder etwa nicht?

„Diese Entscheidung kann ich nicht allein treffen“, hatte sie zu ihrem Sohn gesagt und Scott hatte zustimmend genickt. Dann war er gegangen. Seine dunklen Augen hatten traurig ausgesehen.

Lenore starrte zuerst die Bilder an den Wänden ihres Zimmers an, dann die Patchwork-Decke auf ihrem Bett. Diese Situation war wirklich vertrackt. Wieder klopfte es an ihrer Tür, und wieder öffnete Mr Kaplan sie einen Spaltbreit.

„Dr. Ashland ist hier, meine Liebe“, sagte er leise. „Soll ich ihm sagen, dass Sie nicht mehr zu sprechen sind?“

Sie schloss die Augen. Auch das noch. Dieser Tag wollte einfach kein Ende nehmen. „Nein“, antwortete sie. „Ich komme schon.“

Mr Caputo saß mit Erik zusammen im Wohnzimmer. Die beiden Männer plauderten miteinander, als Lenore herunterkam.

„Möchtet ihr beiden eine Tasse Kaffee oder Tee trinken?“ Mr Caputo stand auf. Offenbar wollte er sich zurückziehen. Auf Lenore wirkte er wie ein verständnisvoller Vater, dessen Tochter von einem Verehrer besucht wurde.

„Ich hätte gern eine Tasse Kaffee“, antwortete Lenore.

„Ja, Kaffee ist eine gute Idee“, meinte Erik zustimmend.

Lenore horchte, ob Daniel in der Nähe war, aber sie hörte ihn nicht. Erleichtert atmete sie auf. Jetzt war der richtige Zeitpunkt gekommen, Erik von ihm zu erzählen, aber sie wusste, dass sie diplomatisch würde vorgehen müssen. Sie nahm auf der Couch Platz und Erik setzte sich mit ein paar Zentimetern Abstand neben sie. Das machte er immer so. Er suchte ihre Nähe, blieb aber trotzdem distanziert. Plötzlich neigte er sich zu ihr hinüber und gab ihr einen Kuss. Lenore erstarrte.

Erik lehnte sich zurück und musterte sie prüfend. „Es tut mir leid", begann er, „wenn ich dich mit meinen Äußerungen heute Mittag verletzt habe."

Lenore runzelte die Stirn und versuchte sich zu erinnern, was genau heute Mittag gewesen war. Ach ja, ihr Gespräch im Restaurant, in dem er ihr seine persönliche Chaostheorie vorgestellt hatte. Sie zuckte gleichmütig mit den Schultern.

„Du bist bestürzt über meine Worte."

„Bestürzt ist ein bisschen übertrieben."

„Verärgert."

„Na ja, ein bisschen", stimmte sie ihm zu. Sie hatte heute Abend keine Lust, sich mit ihm über sprachliche Spitzfindigkeiten zu streiten. Mühsam unterdrückte sie ein Gähnen.

„Ich weiß nicht – du bist doch mehr als ein bisschen verärgert."

„Vielleicht bin ich ein bisschen enttäuscht."

Er zuckte zurück. „Von mir?"

Wieder reagierte Lenore mit einem Achselzucken. Sie kam sich vor wie Scott in seiner rebellischen Phase. Damals hatte er sich ähnlich verhalten wie sie jetzt. „Es ist leicht, der Verzweiflung zu erliegen. Wenn man Gottvertrauen haben will, muss man kämpfen, der Verzweiflung die Stirn bieten. So oder so ähnlich steht es doch auch in der Bibel, oder nicht?"

Erik verschränkte die Arme vor der Brust. Er wollte gerade etwas erwidern, als Mr Caputo mit dem Kaffee hereinkam.

„So, bitte schön." Er stellte ein Tablett auf den Couchtisch. Darauf standen zwei dickwandige Becher mit Kaffee, ein kleines Milchkännchen, die Zuckerdose und ein Teller mit Butterkeksen, die er wohl heute gebacken hatte. Er warf Lenore und Erik noch rasch einen prüfenden Blick zu, bevor er das Zimmer verließ.

Sie ließen den Kaffee und das Gebäck stehen.

„Es tut mir leid, wenn ich deinen Erwartungen nicht entspreche." Eriks Stimme klang hölzern.

„Ach, Erik", bat Lenore ihn. „Bitte tu mir das jetzt nicht an."

Seine Gesichtszüge entspannten sich. Er wusste von Als Erkrankung, aber alles andere wusste er nicht. Dennoch nickte er und nahm ihre Hand. In diesem Moment kam Daniel zur Tür herein. Er sah die beiden und Lenore konnte zusehen, wie sich sein Gesicht veränderte. Jetzt war ihr klar, warum er ein so guter Schauspieler gewesen war. Er sah zuerst nur sie. Seine Augen leuchteten und sein Mund verzog sich zu einem erfreuten Lächeln. Dann bemerkte er Erik. Plötzlich verschwand jeder Ausdruck aus seinem Gesicht. Innerhalb weniger Sekunden hatte er sich voll im Griff.

Eriks Blick wanderte zwischen ihr und Daniel hin und her und blieb dann auf Daniel ruhen. Die Erkenntnis traf ihn wie ein Schlag, als Lenore ihm Daniel vorstellte, das war nicht zu übersehen. Natürlich wusste er sofort Bescheid. Seit Scott erwachsen war, hatte er eine verblüffende Ähnlichkeit mit seinem Vater.

„Daniel ist zu Besuch hier", sagte sie, aber ihr entging Eriks versteinerte Miene nicht, als er Daniel die Hand schüttelte. Er hatte sofort bemerkt, dass Daniel viel mehr war als nur ein Gast des Hauses.

Daniel verabschiedete sich rasch wieder und Lenore hörte, wie er nach oben ging.

„Daniel ist Scotts Vater." Eriks Stimme klang nicht fragend.

„Ja." Lenore nickte. „Ja, das ist er."

„Und jetzt ist er zurück."

„Ja", sagte Lenore wieder. Das war offensichtlich. *Aber inwiefern zurück?,* wollte sie Erik fragen, als ob er die Antwort wüsste.

„Daniel Monroe ist Scotts Vater." Erik wiederholte sich. Vielleicht wollte er ganz sichergehen.

„Das stimmt", entgegnete Lenore müde.

„Jetzt wird mir einiges klar." Er war wütend. Sein Gesicht sah noch immer wie versteinert aus, und seine grauen Augen blickten eisig. „Warum hast du mir das bis jetzt verschwiegen?"

„Du hast doch gewusst, dass Scott einen Vater hat, oder nicht?"

„Ich habe nicht gewusst, wer er ist."

„Was macht das denn für einen Unterschied?" Lenore tat der Kopf weh. Sie rieb sich mit den Fingern die Schläfen. „Du benimmst dich wie ein trotziges Kind. Er ist der Vater meines Sohnes. Du hast doch gewusst, dass ich nicht unbelastet in unsere Beziehung gegangen bin."

„Was soll das denn heißen?"

„Nichts Besonderes. Das soll nur heißen, dass ich ein Kind habe, und dieses Kind einen Vater hat. Er wird immer einen Platz in unserem Leben haben."

„Das hast du aber nicht immer so gesehen."

Erik hatte recht. Da konnte sie ihm nicht widersprechen.

„Wie lange bleibt er?"

„Ich weiß es nicht", antwortete Lenore.

„Einen Tag? Eine Woche? Oder auf unbestimmte Zeit?"

„Ich denke, auf unbestimmte Zeit."

„Das halte ich für keine gute Idee."

Jetzt stieg Wut in ihr auf. „Ich habe dich nicht nach deiner Meinung gefragt."

Einen Moment lang starrten sie sich schweigend an. Dann stand Erik auf und zog seine Autoschlüssel aus seiner Jackentasche. „Ich rufe dich morgen an", sagte er. „Mir ist heute Abend die Lust zu reden vergangen."

Das geht mir ganz genauso, wollte sie schon erwidern. *Nun geh schon. Wegen mir brauchst du nicht wiederzukommen.*

Erik drehte sich um und verließ das Zimmer, ohne Gute Nacht zu sagen und natürlich ohne sie zum Abschied zu küssen.

Als sich die Haustür hinter ihm schloss, wusste Lenore nicht, ob sie verzweifelt, wütend oder amüsiert reagieren sollte. Sie stand auf, ging nach oben und machte sich auf den Weg zu Daniels Zimmer. Jeder Schritt erschien ihr wie eine lange Reise. Seine Zimmertür stand offen. Er faltete ein paar Kleidungsstücke sorgfältig zusammen und legte sie in seinen Rucksack. Plötzlich verwandelte sich ihre Müdigkeit in Bestürzung. Sie war wohl von falschen Voraussetzungen ausgegangen. Was, wenn Daniel gar nicht hierbleiben wollte, obwohl die anderen Hausbewohner ihn inzwischen duldeten? Erst jetzt wurde ihr schlagartig klar: Auch sie wollte, dass er blieb. Plötzlich spürte sie einen Kloß in ihrem Hals. Sie schluckte mehrmals, und dann klopfte sie leise an die Tür.

Daniel begrüßte Lenore mit einem Lächeln auf den Lippen und merkte, wie sie sich daraufhin ein wenig entspannte.

„Ich glaube, jetzt ist der richtige Zeitpunkt gekommen um zu gehen." Er legte noch eine Hose auf den Wäschestapel und drückte dann alles fest in den Rucksack, damit er ihn zumachen konnte. Dann nahm er seine Brieftasche aus der Kommode. Ohne nachzusehen wusste er, dass er noch vierhundert Dollar übrig hatte. Er hatte fünfhundert Dollar in einen Briefumschlag gesteckt und diesen in der Plastiktüte in der Küche deponiert. In diese Tüte legten die Hausbewohner das Haushaltsgeld. Er hielt einen Moment inne, um Lenore anzusehen, aber ihr Anblick tat ihm weh. Er fühlte sich, als ob ein geliebter Mensch gestorben sei, aber er musste sich endlich der Wirklichkeit stellen. Er konnte nicht länger hierbleiben. Daniel nahm seine Jacke vom Bügel und legte sie über den Rucksack. Am besten würde er noch heute Abend verschwinden, bevor er es sich anders überlegte. „Ich weiß, dass du noch gestresster bist, seitdem ich hier bin", sagte er zu Lenore. „Deshalb verschwinde ich besser. Ich will dir nicht mehr länger auf die Nerven gehen." Er zog die Schnur an seinem Rucksack fest und machte einen Knoten. Als er den Kopf hob, sah er, dass Lenore weinte. Die Tränen liefen ihr wie kleine Rinnsale über die Wangen, die seit seiner Ankunft hier ein wenig schmaler geworden waren. Er ließ die Hände sinken. Plötzlich fühlte er sich hin- und hergerissen. Einerseits sehnte er sich danach, Lenore zu trösten, andererseits war er frustriert. „Ich habe gedacht, du freust dich, wenn ich gehe", meinte er schließlich. Ihr Gesicht verzerrte sich. Er machte einen Schritt auf sie zu. „Was willst du denn?" Trotz seiner Frustration klang seine Stimme so sanft wie früher, als sie noch zusammen gewesen waren.

Diese Frage schien bei ihr alle Dämme zu brechen. Sie hörte gar nicht mehr auf zu schluchzen. Schließlich setzte sie sich auf Daniels Bett. Er ging noch einen Schritt auf sie zu, aber dann blieb er stehen, aus Angst, sie könnte jede Geste des Trostes seinerseits missverstehen. Doch irgendwann konnte er nicht anders. Er setzte sich neben sie und berührte zögernd ihre Hand. Sofort umklammerte sie seine Finger. Zärtlich drückte er ihre Hand und redete beruhigend auf sie ein, bis sie aufhörte zu weinen. Als sie zu sprechen begann, ergaben ihre Worte keinen Sinn.

„Schon gut, schon gut", wiederholte er mehrmals. „Ganz ruhig. Jetzt sag mir erst mal in aller Ruhe, was los ist."

Da erzählte sie ihm alles. Manches wusste er schon, manches noch nicht. Die Worte strömten jetzt so schnell aus ihr heraus wie vorher ihre Tränen. Sie sagte ihm, dass sie an Krebs erkrankt sei und Al einen Handel mit Gott abgeschlossen habe, um ihr Leben zu retten. Jetzt müsse er sterben und allein dieser Vertrag mit Gott gebe ihm im Angesicht des Todes Kraft und Mut. Dann erzählte sie ihm, dass sie einen neuen Knoten entdeckt habe. Obwohl Daniel bei diesen Worten erstarrte, sprach sie weiter. Sie meinte, sie fühle sich hin- und hergerissen und sie wolle niemandem von ihrer Entdeckung erzählen. Daniel hörte zwar alles, was sie sagte, aber die Tatsache, dass sie wieder einen Knoten in der Brust hatte, füllte sein ganzes Denken aus. Wie ein Todfeind, der ihn verspottete, schien sich der Krebs vor ihm aufzubauen. Daniel spürte Wut in sich aufsteigen wie brodelnde Lava in einem Vulkan, und er war fest entschlossen, gegen diesen Feind ins Feld zu ziehen. Er schwor sich, Lenore nie wieder gehen zu lassen, ohne bis aufs Blut um sie zu kämpfen. Er umfasste ihre Hand noch fester.

„Daniel, bitte geh nicht."

Diese Worte wirkten auf ihn wie ein Schluck erfrischendes Wasser auf einen Verdurstenden.

„Nein, ich bleibe", versprach er ihr.

„Ich weiß nicht, was mit mir los ist." Ihre Stimme klang verängstigt und heiser.

„Das ist ganz normal. Es ist schon gut."

„Ich habe Angst", sagte sie und ihre Stimme zitterte.

„Du brauchst keine Angst zu haben. Ich bin doch da. Ich bleibe bei dir."

„Ich habe Angst um Scott."

„Mach dir keine Sorgen um ihn. Ich bin auch für ihn da."

„Ich muss mich um Al kümmern."

„Das kann ich doch machen. Du zeigst mir, wie es geht, und ich mache es." Jetzt endlich schien sich ihre innere Anspannung zu lösen. „Ich kümmere mich um alles, Lenore." Es tat ihm gut, diese Worte auszusprechen. „Lass mich nur machen. Ich möchte dir helfen, deine Last zu tragen."

Sie holte tief Luft und atmete langsam aus. Dann entzog sie ihm ihre Hand. Plötzlich fühlten sich seine eigenen Finger seltsam leer an.

Sie wischte sich die Tränen ab. Offenbar hatte sie sich wieder im Griff. „Ich muss Matt fragen“, erklärte sie. Daniel erinnerte sich daran, wie der Pastor ihn mit ernsten Augen angesehen hatte und an seine Warnung, als er ihm sagte, dass Lenore unter dem besonderen Schutz seiner Gemeinde stehe. Ihm wurde klar, dass er noch einen langen Weg vor sich hatte.

„Gib mir Bescheid, sobald du mit ihm gesprochen hast“, entgegnete Daniel. „Vielleicht packe ich meinen Rucksack besser noch nicht wieder aus.“

Lenore nickte. Ihre Augen waren vom Weinen rot und geschwollen. „Daniel, du darfst es niemandem sagen.“ Ihre Stimme klang so erschöpft, als ob der Weinkrampf sie ihre letzte Kraft gekostet habe. „Ich meine die Sache mit dem Knoten. Al bleibt nicht mehr viel Zeit und ich kann die Untersuchung gut noch ein paar Wochen oder einen Monat hinauszögern.“

Und wenn es dann zu spät ist? Daniel wollte diese Worte herausschreien, aber er schwieg.

„Al ist fest davon überzeugt, dass er mein Leben erkauft hat, und diese Überzeugung gibt ihm den Mut zum Sterben. Ich möchte nicht, dass er enttäuscht wird. Aber wir könnten es ihm nicht verschweigen, wenn ich zu Untersuchungen und vielleicht wieder zu einer Operation ins Krankenhaus müsste.“

Daniel konnte sich nur mit großer Mühe zurückhalten, aber er wollte sich nicht mit ihr streiten. „Ich weiß nicht, ob ich dir das versprechen kann“, sagte er schließlich. Sobald er diese Worte ausgesprochen hatte, fragte er sich, ob sie ihm nun vielleicht nahelegen würde zu gehen. Es war das zweite Mal, dass er diesen Satz zu ihr sagte, aber die Umstände waren diesmal vollkommen anders als beim ersten Mal.

Er sah, wie Lenore die Zähne zusammenbiss, dann aber gleichgültig mit den Schultern zuckte, als wolle sie ihm zu verstehen geben, dass sie keinen Grund sah, diesen Kampf heute Abend auszufechten.

„Ich lasse mich untersuchen, sobald Al alles überstanden hat“, versprach sie ihm.

Und obwohl er sich für diesen Gedanken schämte, hoffte Daniel, dass das bald geschehen würde.

Kurz vor einundzwanzig Uhr wurde Daniel eine Gnadenfrist gewährt. Er wurde ins Esszimmer gerufen. Dort saß Pastor Matt höchstpersönlich und trank seelenruhig eine Tasse Tee. Eine weitere Tasse stand auf dem Platz ihm gegenüber. Daniel setzte sich. Es war seine Lieblingstasse. Wer von den Hausbewohnern hatte das wohl erraten und ihm den Tee deshalb darin serviert? Auf der Tasse war ein Foto von Scott, als er neun Jahre alt war, aufglasiert. Sein Haar stand in vielen Wirbeln von seinem Kopf ab und er zeigte sein schönstes Lächeln.

„Wie geht es Ihnen, Daniel?", fragte Matt. Offenbar war das keine reine Höflichkeitsfloskel, sondern er war an der Antwort wirklich interessiert.

„Gut", erwiderte Daniel und stellte zu seiner Verwunderung fest, dass das stimmte. „Na ja, den Umständen entsprechend."

Matt nickte. „Ich habe gehört, dass sich die Umstände seit unserem letzten Gespräch geändert haben."

Daniel zog fragend eine Augenbraue in die Höhe.

„Ich meine Als Erkrankung."

„Ja, das stimmt."

„Die Hausbewohner scheinen sich einig zu sein, dass Sie ihnen eine große Hilfe sind."

Daniel war gerührt. In seinen Augen brannten Tränen. Matt sprach weiter. „Aber trotzdem hat sich an meinen ursprünglichen Bedenken nichts geändert."

Daniel nickte einsichtig.

„Wären Sie bereit, sich um Al zu kümmern, wenn Sie noch eine Weile hierbleiben könnten?"

Er sah den Pastor erstaunt an. Gab er ihm etwa noch eine Chance? Er war erschrocken, als er merkte, wie verzweifelt er sich diese Chance wünschte. Wieder nickte er. „Ja, dazu bin ich bereit."

„Die Betreuung eines Sterbenden kann sehr schwer sein, und zwar sowohl körperlich als auch seelisch."

Daniel nickte wieder. Das hatte er schon gemerkt.

„Sie haben meine Erlaubnis hierzubleiben, wenn Sie bereit sind, Ihr Schlafzimmer nach unten zu verlegen und den anderen Hausbewohnern über Ihr Handeln Rechenschaft ablegen."

Den anderen Hausbewohnern Rechenschaft ablegen. Daniel dachte daran, wie oft Mr Caputo unangekündigt neben ihm auftauchte, wie oft er ihn wachsam musterte. Er lächelte. „Das sollte kein Problem sein."

„Gut", erwiderte Matt. Sein Tonfall klang abwägend und vorsichtig. „Wir probieren es einfach mal aus."

Daniel trank seinen Tee aus, verabschiedete sich von Matt und ging nach oben in Scotts Zimmer. Er erzählte ihm, wie das Gespräch mit dem Pastor verlaufen war. Sein Sohn nickte und lächelte ihm zu. „Danke", sagte Daniel leise zu ihm. Lenore saß im Wohnzimmer und las. Mr Caputo und Mr Kaplan hingen wie zwei Großväter in ihren Liegesesseln. Heute Abend schenkten die beiden Männer ihm ein wohlwollendes Lächeln. Ihre kühle Missbilligung schien der Vergangenheit anzugehören. „Danke", sagte er zu ihnen. Auch sie nickten lächelnd. Irgendwie erinnerten sie ihn an zwei gütige Monarchen.

„Ich bin froh, dass du bleiben kannst", meinte Lenore brüsk. Dann wandte sie sich wieder ihrer Lektüre zu.

Daniel trug seinen Rucksack in den Keller. Das einzige Möbelstück in dem kleinen, quadratischen Zimmer war Als Bett, das sie wieder dorthin gestellt hatten, nachdem das Pflegebett geliefert worden war. Daniel machte es nichts aus, dass der Raum so spärlich möbliert war wie eine Gefängniszelle – oder eher wie eine Mönchszelle. Im Gegenteil, er empfand bei diesem Anblick eine unbändige, beinahe geheiligte Freude. Er legte sich ins Bett, aber er konnte nicht einschlafen. Mit geschlossenen Augen lag er stundenlang da und dachte darüber nach, wie kostbar dieser Moment doch war. Er war so lange von der Bildfläche verschwunden gewesen, aber vielleicht war er tatsächlich gerade noch rechtzeitig zurückgekehrt, um dem Film seines Lebens ein gutes Ende zu geben.

45

„Ich dachte schon, wir kämen niemals hier an!"

Daniel sah zu, wie die ältere Dame mit dem blaugrauen Haar und dem pummeligen Baby auf dem Arm durch die Wohnungstür stürmte und zuerst sich selbst und dann den Säugling aus mehreren Kleidungsschichten schälte. Die runden Wangen des Babys waren vor Hitze ganz gerötet.

Dann kam eine kleine, rundliche junge Frau herein. Zwar trug sie einen Nasenring, aber ansonsten sah sie aus wie ein erwachsenes Ebenbild des Babys. Ihr stand der Mund offen, als Daniel ihr die Tür aufhielt. „Das glaub ich jetzt nicht", sagte sie. Die Verblüffung stand ihr ins Gesicht geschrieben.

„Ich glaube nicht, dass wir uns kennen", sagte die alte Dame mit dem blaugrauen Haar. Daniel nahm an, dass es sich um die berühmtberüchtigte Mrs Callahan handelte.

„Ich bin Daniel, der Vater von Scott", erwiderte er. „Und Sie sind bestimmt Mrs Callahan."

Sie nickte gnädig, zog eine Hand unter dem kleinen Körper des Babys hervor und reichte sie ihm. „Schön, Sie kennenzulernen."

„Und Sie sind bestimmt Angie", sagte Daniel zu der jüngeren Frau, die aussah, als ob sie gleich in Ohnmacht fallen würde. Scott stand schmunzelnd auf der untersten Treppenstufe. Lenore kam aus der Küche und gesellte sich zu der kleinen Gruppe. Schon bald wurde es chaotisch und in der Diele hallten fröhliche Begrüßungen wider. Daniel floh hinaus zu dem Auto und lud das Gepäck der Heimkehrer aus. Als er zurück ins Haus kam, hatte Lenore den beiden Neuankömmlingen offenbar den Grund für seine Anwesenheit erklärt. Es herrschte ein wenig mehr Ordnung. Angie nahm sich jetzt zusammen, obwohl sie scheinbar immer noch hin- und hergerissen war zwischen Ehrfurcht und Schwärmerei. Daniel hoffte, dass sie schnell darüber hinwegkommen würde.

Der kleine Joey merkte nichts von alledem. Er war damit beschäftigt, sich aus Mrs Callahans fester Umklammerung zu befreien, indem er sich mal drehte und wand, und sich mal schlaff herunterhängen ließ.

„Dieses Kind treibt mich noch in den Wahnsinn", sagte die ältere Dame. Sobald sie ihn auf den Boden gesetzt hatte, stand Joey auf und lief mit steifen Schrittchen auf Lenore zu. Stolz präsentierte er ihr seine neuen Turnschuhe.

„Hallo, Jojo." Lenore ging in die Hocke und sah dem Kleinen in die Augen.

„Hoch", sagte er im Befehlston. Lenore gehorchte. Plötzlich fühlte sich Daniel an die guten Zeiten erinnert, die sie miteinander erlebt hatten, als Scott noch ein Baby war. Ihre Blicke begegneten sich und sie lächelte ihm zu. In diesem Augenblick schien es ihm, als wäre die Zeit stehen geblieben.

Kurz nachdem Mr Caputo und Mr Kaplan ebenfalls in die Diele gekommen waren, gingen alle zusammen ins Wohnzimmer. Dort machten sie es sich bequem und erzählten einander von allem, was sich in den letzten Wochen ereignet hatte. Lenore informierte die beiden Frauen über Als immer schlechter werdenden Zustand. Sie hatte ihnen zwar schon am Telefon gesagt, was sie erwartete, aber sie schienen erschrocken zu sein, dass es so schnell mit ihm bergab ging. Ihre Stimmen wurden leiser und ernst, als sie darüber redeten.

Daniel hatte seine eigene Theorie. „Ich glaube nicht, dass sich sein Zustand so rapide verschlimmert hat", sagte er zu Lenore. „Er hat seine Krankheit nur so lange wie möglich geleugnet und seine Beschwerden überspielt, aber jetzt fehlt ihm die Kraft dazu."

„Das ist schon möglich", meinte Lenore. Sie alle wussten, dass Al einen starken Willen hatte.

„Wir werden versuchen, uns ruhig zu verhalten", versprach Mrs Callahan. „Nicht wahr, Angie?"

„Na klar doch", antwortete Angie, die Daniel unverwandt ansah. Er reagierte auf diese Blicke mit einem leisen Seufzer und einem schwachen Lächeln. Angies Gesicht färbte sich knallrot.

Die Rückkehr des Dreiergespanns hatte auch Vorteile für Daniel. Die Aufmerksamkeit der anderen Hausbewohner richtete sich nun einen Moment lang nicht mehr ausschließlich auf ihn selbst und so hatte er etwas Zeit zum Nachdenken. Pastor Matt hatte ihm hier Asyl gewährt und auch Lenore hatte gesagt, dass er bleiben könne. Er hatte sich riesig gefreut, als er diese Hürden genommen hatte, aber jetzt traf ihn eine erschreckende Erkenntnis wie ein Schlag in die Magengrube. Was hatte er nur getan? Erst jetzt ging ihm allmählich ein Licht auf, in welcher Lage er sich befand. Zum ersten Mal in seinem Leben war er nun gezwungen, sich wie ein selbstloser Mensch zu benehmen. Es ging ihm ähnlich wie einem Flachlandbewohner, der zum ersten Mal eine Bergwanderung in großer Höhe unternahm. Er wusste nicht, ob er genug Kraft für diese neue Art zu leben hatte.

Natürlich erfüllte er seine Pflichten. Er hatte aufmerksam zugehört und zugesehen, als Lenore ihm gezeigt hatte, worauf er bei der Pflege und Betreuung von Al achten musste. Er erledigte diese Aufgaben sorgfältig, obwohl er sich zu Beginn ein bisschen ungeschickt angestellt hatte. Aber dennoch hatte er permanent das Gefühl, dass ihm etwas die Brust zuschnürte und ihm die Luft zum Atmen nahm. Er versuchte sich zu erinnern, wann er sich schon einmal so gefühlt hatte. Plötzlich wurde es ihm bewusst. Es war damals gewesen, als Lenore ihm erzählt hatte, dass sie ein Kind von ihm erwartete. Ja, genau das war es. Aber diese Sache mit der Schwangerschaft war schließlich doch gut ausgegangen, oder etwa nicht? Zumindest eine Zeit lang. Er würde auch das hier hinbekommen, sagte er sich immer wieder, um sich Mut zu machen. Einen Schritt nach dem anderen. Er würde sein Versprechen halten. Er würde nicht das Handtuch werfen. Er würde nicht abhauen.

Daniel hatte einen weiteren, wichtigen Schritt unternommen und Als Sponsor bei den Anonymen Alkoholikern angerufen. Morgen würde er zusammen mit diesem Mann an seinem ersten AA-Treffen teilnehmen.

Joey hatte inzwischen den Wäschekorb mit Spielsachen gefunden, den Lenore in einer Ecke verstaut hatte. Jetzt freute er sich, als er seine alten Freunde wieder hervorholte. Daniel musste lächeln. Er erinnerte sich daran, dass Lenore immer die Hälfte von Scotts Spielsachen in einem Karton aufgehoben hatte. Alle sechs Monate hatte sie die Sachen ausgetauscht, damit Scott immer wieder etwas Neues zum Spielen hatte. Diese Methode hatte prima funktioniert. Für Scott war es jedes Mal wie Weihnachten gewesen, wenn er wieder auf seine alten Lieblingsspielsachen gestoßen war.

Daniel wurde bewusst, dass die Hausgemeinschaft jetzt vollständig war. Alle bis auf den legendären Nathan Delacroix waren wieder hier versammelt. Mr Caputo war der erste Hausbewohner gewesen, der Mann, der Lenore damals aus ihrer schlimmen Notlage gerettet hatte. Im Studierzimmer lag Al im Sterben, in jenem Haus, das ihm Zuflucht vor einem Leben auf der Straße geboten hatte. Mr Kaplan hatte zunächst nur vorübergehend hierbleiben wollen, aber jetzt war dieser Ort sein Zuhause geworden. Und dann waren da noch Mrs Callahan und Angie mit ihrem kleinen Sohn. Er selbst war der letzte Wanderer, der an dieser Haustür aufgetaucht war, frierend, regennass und hungrig. Trotz seines vielen Geldes und seines Filmruhmes war er nicht besser dran gewesen als die anderen Hausbewohner. Und natürlich waren da auch noch Lenore und Scott, die hier ein Zuhause gefunden hatten und sich dafür revanchieren wollten, immer und immer wieder.

Plötzlich brannten Daniel Tränen in den Augen. Er drehte sich um und zog sich aus der kleinen Gruppe zurück. Die fröhlichen Stimmen der Hausbewohner begleiteten ihn auf dem Weg nach draußen. Er zog die Flügel der Doppeltür leise hinter sich zu. Dann sah er nach Al. Er las noch einmal die Anweisungen, die Lenore an die Pinnwand geheftet hatte. Al hatte keinen Durchfall mehr, aber er hatte Schmerzen. Daniel warf einen Blick auf das Wasserglas, das auf dem Tisch neben dem Bett stand. Es war noch fast voll. Wenn Al weiterhin so wenig trinken würde, müsste die Hospizschwester ihm Infusionen verabreichen, hatte Lenore gemeint.

Daniel gab Al ein Schmerzpflaster. Für den älteren Mann war diese Prozedur längst nicht so erniedrigend wie das Einführen eines Zäpfchens. Zuerst hatte er überhaupt keine Schmerzmittel nehmen wollen, weil er seinen jahrelangen Alkoholmissbrauch in schlechter Erinnerung hatte. Aber schließlich hatte er doch nachgegeben.

„Schaden kann es wohl nichts“, sagte Al jetzt. „Lenore meint, wenn man dieses Zeug richtig anwendet, wird man nicht süchtig davon.“

„Ja, das stimmt.“ Daniel hörte, dass seine Stimme so ruhig und sicher klang wie damals, als Scott noch klein gewesen war und er seinen Sohn getröstet hatte, wenn er traurig gewesen war. „Dafür ist das Zeug schließlich da.“ Er behielt den Gedanken für sich, dass es für einen Sterbenden im Grunde genommen keine Rolle mehr spielte, ob er süchtig wurde oder nicht.

Das Medikament wirkte rasch. Daniel konnte zusehen, wie sich Als schmerzverzerrtes Gesicht entspannte.

46

Scott ging zu Fuß vom College nach Hause. Als er den Hügel hochlief, wühlte er mit den Füßen die auf dem Bürgersteig herumliegenden Blätter auf. Den herbsüßen Duft des Herbstes, der von dem heruntergefallenen Laub aufstieg, mochte er besonders gern. Er würde bestimmt Heimweh bekommen, dachte er, als er sich in der hügeligen, von herrschaftlichen, alten Häusern gesäumten Straße umsah. Dann fiel sein Blick auf die Silhouetten der Hochhäuser, auf die Bucht mit ihren Inseln, auf denen Fichten, Zedern und Kiefern als grüne Farbtupfer zu erkennen waren. Er erinnerte sich noch gut daran, dass er diese Stadt richtiggehend gehasst hatte. Das war noch gar nicht so viele Jahre her. Aber diese Hassgefühle waren in weite Ferne gerückt und erschienen ihm jetzt wie aus einem anderen Leben. Er wusste noch genau, wann sich etwas in ihm verändert und dieser Wandel begonnen hatte. Ja, er erinnerte sich sogar noch an den genauen Zeitpunkt. Es war damals gewesen, als er sich auf die bisher längste Reise seines Lebens gemacht hatte und in einem schmutzigen Bus zu seinem Vater gefahren war, weil er das alles hier hinter sich hatte lassen wollen. Er war zu Fuß zu Daniels Haus gelaufen und das verschlossene Tor hatte sich für ihn geöffnet. Noch immer erinnerte Scott sich an die gespannte Erwartung, die ihn erfüllt hatte, als er auf der Suche nach seinem Vater durch das stille Haus gelaufen war. Er hatte gesehen, wie er draußen in seinem Liegestuhl gelegen hatte, die Flasche neben sich auf dem Tisch. Als sein Vater endlich langsam aufgestanden war, hatte er Scott mit einem Blick angesehen, der ihn zutiefst erschüttert hatte. In seinen Augen hatten eine seltsame Leere und ein unergründlicher Schmerz gelegen. Damals hatte Scott erkannt, was ihn erwartete, wenn er dem Beispiel seines Vaters folgen würde. Ihm war bewusst geworden, dass sein Vater ihm nicht helfen konnte, weil auch ihm das fehlte, wonach Scott gesucht hatte. In den übrigen Stunden seines kurzen Besuchs hatte sich dieser Eindruck bestätigt. Als Scott im

Flugzeug gesessen hatte und zurück nach Seattle geflogen war, hatte er viel Zeit zum Nachdenken gehabt.

Er hatte sich verletzt gefühlt, war wütend, enttäuscht, aber auch ein bisschen kleinlaut gewesen. Damals hatte er nur gewusst, dass seine Gefühle in wildem Aufruhr waren. Heute konnte Scott die Erkenntnis, die ihm bei jenem Besuch gekommen war, in Worte fassen. Er hatte an seinem Vater gesehen, welche Folgen die Auflehnung gegen Gott und gegen die Mitmenschen haben konnte. Ein Bibelvers, den seine Mutter gerne zitierte, war ihm während des gesamten Heimflugs nicht mehr aus dem Kopf gegangen: „Wer jedoch gegen jede Ordnung verstößt, führt ein trostloses Leben." Er hatte seinen braun gebrannten, gut aussehenden Vater neben dem herrlichen, türkisfarbenen Swimmingpool liegen gesehen und dessen innere Leere gespürt. Damals hatte er gedacht, das Herz würde ihm brechen. Scott hatte Wut in sich gespürt, verletzte Gefühle und eine große innere Leere. Als er dann im Flugzeug gesessen hatte, hatte er zu Gott geschrien. *Wenn es dich wirklich gibt, dann zeig dich in meinem Leben.* Mit diesen Worten hatte Scott Gott herausgefordert. Heute ließ ihn die Erinnerung daran lächeln, weil er wusste, dass Gott ein solches Gebet immer erhörte.

Er konnte nicht genau sagen, was danach zu der Wende in seinem Leben geführt hatte. Ein Schritt war auf den anderen gefolgt. In gewisser Weise war es, als hätte er an einer Wegkreuzung gestanden und nach langem Zögern beschlossen, nicht den gleichen Weg zu wählen wie sein Vater. Infolgedessen hatte er sich mehr an Nathan gehalten. Seine brennende Wut auf seine Mutter, Al und Mr Caputo war plötzlich verraucht gewesen. Er hatte wieder an den Treffen der Jugendgruppe teilgenommen und gut zugehört, wenn dort über den Glauben gesprochen worden war. Sein Leben hatte wieder einen Sinn bekommen.

Jetzt sah Scott das Haus und er hatte das Gefühl, dass es ihn willkommen hieß. Es sah hell, warm und freundlich aus. Er musste lächeln. Wie immer brannte überall Licht. Als er wieder daran dachte, dass er in ein paar Monaten von hier weggehen würde, war er wie üblich hin- und hergerissen zwischen der Vorfreude auf sein Auslandssemester und leisem Bedauern. Letzteres war noch etwas stärker geworden, seitdem sein Vater bei ihnen wohnte, auch wenn nicht sicher war, wie lange er schlussendlich bleiben würde. Scott machte sich über Daniel keine Illusionen. Noch immer war er verblüfft über die Konsequenzen, die sein Anruf bei seinem Vater gehabt hatte. Aber es war ihm plötzlich wichtig gewesen, all die offenen Fragen in der Beziehung zu seinem Vater zu klären, bevor er ins Ausland ging. Zumindest ein letztes Mal hatte er es noch versuchen wollen. Er hatte jedoch nicht damit gerechnet, dass sein Vater plötzlich vor der Tür stehen würde.

Scott machte das Gartentor auf und stolperte erst einmal über Joeys Roller, der früher ihm gehört hatte. Seine Mutter warf alte Spielsachen nicht weg. Einen Augenblick lang stand er wie festgewurzelt da, weil er sich plötzlich an das Weihnachtsfest erinnerte, zu dem seine Eltern ihm den Roller geschenkt hatten. Die Erinnerung daran war zwar verblasst, aber immer noch da. Er dachte an seinen Vater und daran, was er ihm bedeutet hatte, als er noch ein kleiner Junge gewesen war. Sein Vater war für ihn damals der größte Held gewesen und eine beständige Konstante in seinem Leben. Er war immer für ihn da gewesen. Scott wurde schwer ums Herz. War von diesem Menschen, an den Scott sich erinnerte, noch etwas übrig geblieben oder hatte Daniel Monroe sich zu stark verändert? Vermutlich würde er es bald herausfinden. Scott riss schwungvoll die Haustür auf und ging leise am Studierzimmer vorbei, weil er Al nicht stören wollte. Als er sich der Küche näherte, hörte er vertraute Geräusche wie das Klappern von Kochtöpfen, das Rauschen von Wasser, das laute Krähen von Joey und die fröhlichen Stimmen der anderen Hausbewohner.

47

Es war seltsam, dass das Leben seinen ganz normalen Gang ging, obwohl jemand im Haus im Sterben lag, aber genau so erschien es Daniel. Der Oktober war wie im Flug vergangen und jetzt war es schon Ende November. Nach der Rückkehr von Mrs Callahan und Angie hatten sich die Hausbewohner schnell an einen neuen Tagesrhythmus gewöhnt. *Es gibt immer wieder ein neues normales Leben*, dachte Daniel und erinnerte sich an die chaotische Zeit kurz nach Scotts Geburt. „Ich hoffe immer noch, dass wir bald wieder unseren normalen Rhythmus haben", hatte Lenore damals gesagt. Nach einer schlaflosen Nacht waren sie beide erschöpft gewesen. Der laut schreiende Scott hatte an Daniels Schulter gelegen. „Aber im Grunde genommen glaube ich nicht mehr daran, dass wir jemals wieder ein normales Leben führen werden."

„Dann führen wir eben ein neues normales Leben", hatte er damals erwidert. Und das war ihnen auch gelungen. Ihr Leben war nie wieder so geworden wie vor Scotts Geburt, aber es war anders, sogar noch besser geworden. Sie waren nicht mehr zu zweit, sondern zu dritt gewesen. Und jetzt waren sie wieder zusammen. Daniel war noch immer begeistert über diese Entwicklung, fühlte sich aber auch ein wenig unsicher. Was, wenn sich die Situation über Nacht wieder ändern würde?

Daniel stand morgens weiterhin früh auf und machte Lenore und Scott Frühstück. Inzwischen nahmen auch Mrs Callahan und Joey diesen Service in Anspruch. Angie hatte einen Job in einem großen Baumarkt und trank morgens nur eine Tasse Kaffee, bevor sie sich mit einem verklärten Lächeln von Daniel verabschiedete. Er konnte sich gut vorstellen, was sie zu ihren Kolleginnen sagte, wenn sie die Regale mit Schneeketten und Frostschutzmittel füllten. „Daniel Monroe macht mir jeden Morgen eine Tasse Kaffee." Schon allein der Gedanke ließ ihn zusammenzucken.

Das Dreiergespann aus Mrs Callahan, Mr Caputo und Mr Kaplan

hatte eine Methode entwickelt, wie alle auf Joey aufpassen konnten, ohne dass einer von ihnen zu kurz kam, wenn im Fernsehen eine beliebte Serie oder eine Spielshow lief, wenn sie in Ruhe ihre Kreuzworträtsel lösen oder wenn sie im Garten das Vogelfutter auffüllen wollten. Auch Al war nie allein. Es gab dafür zwar keinen Wochenplan wie für die Arbeiten im Haushalt, aber Daniel merkte schnell, dass immer jemand vom Dreiergespann im Krankenzimmer saß. Meistens beschäftigte derjenige sich mit einem Kreuzworträtsel oder mit einem Buch. Außerdem lief, auch wenn Al jegliches Interesse am Fernsehen verloren zu haben schien, immer der kleine Fernseher, wenn jemand bei ihm war. Al schlief die meiste Zeit, aber wie Daniel bald herausfand, war das ein Segen für den kranken Mann.

Daniel hatte seine anfängliche Unsicherheit überwunden. Seine regelmäßigen Besuche der Treffen der Anonymen Alkoholiker hatten ihm dabei geholfen. Inzwischen machte ihm die Pflege von Al richtig Spaß, zumal er merkte, dass er seine Sache wirklich gut machte. Im Grunde genommen war es unglaublich. Er hatte im Lauf seiner Filmkarriere viel Interessantes erlebt, angefangen bei den Filmen, die er gedreht und den Premierenfeiern, die er besucht hatte, bis hin zu seinen Reisen zu Filmfestivals nach Europa und den Talkshow-Auftritten, die sich an seinen jeweils neuesten Kinohit angeschlossen hatten. Trotzdem machte ihn die Pflege von Al zufriedener als das alles zusammen. Es bereitete ihm Freude, für den Sterbenden Haferbrei und Tee zuzubereiten, ihm beim Essen zu helfen, ihm die Medikamente zu verabreichen, die Bettwäsche zu wechseln, Als verschwitzten Körper zu baden und ihm ein frisches Nachthemd anzuziehen.

„Du bist der geborene Krankenpflegehelfer“, hatte Lenore erst gestern Abend zu ihm gesagt. „Du könntest in jedem Krankenhaus einen Job finden.“ Diese Worte hatten ihn so stolz gemacht wie früher das Angebot einer guten Rolle. Eine Zeit lang hatte Daniel sogar die Nächte in Als Zimmer verbracht, bis Lenore irgendwann gesagt hatte, das sei zu viel für ihn. Sie hatte darauf bestanden, eine Hospizschwester zu bestellen. Die Schwester war hochgewachsen und schlank. Sie hatte kurz geschnittenes graues Haar, war sehr versiert und verrichtete ihre Arbeit mit schnellen, geübten Griffen. Außerdem schien sie ein gutes Herz zu haben. In der ersten Nacht hatte Daniel sich ein paarmal nach oben geschlichen und einen verstohlenen Blick in Als Zimmer geworfen. Schwester Karen hatte still dagesessen. Nur die Nachttischlampe hatte gebrannt, dennoch hatte sie in einer Zeitschrift gelesen. Daniel war einige Minuten lang hinter der halb geöffneten Tür stehen geblieben und hatte die Schwester beobachtet. Plötzlich hatte sie die Zeitschrift weggelegt, einen Blick auf Al geworfen und sich vorgebeugt, um festzustellen, ob er gleichmäßig atmete. Dann hatte sie ihm sanft die Bettdecke über die Schultern gezogen. Erst dann hatte sie sich wieder ihrer Lektüre gewidmet. Als Daniel das gesehen hatte, hatte er gewusst, dass er Al dieser Frau anvertrauen konnte.

Jetzt war es Ende November. Daniel war davon ausgegangen, dass die Hausbewohner in diesem Jahr kein Thanksgiving feiern würden, weil Al im Sterben lag, aber da hatte er sich getäuscht.

„Oh nein", hatte Mr Caputo erwidert, als er ihn danach gefragt hatte. „Natürlich feiern wir Thanksgiving. In diesem Jahr ist es sogar noch wichtiger als sonst, finden Sie nicht auch?" Er hatte Daniel freundlich angesehen. In den letzten zwei Monaten hatte er sich ihm gegenüber längst nicht mehr so schroff verhalten. Vielleicht war ihm aufgefallen, wie zartfühlend Daniel mit Lenore umging.

Sie hatte sich wirklich verändert und manchmal fühlte er sich ihr regelrecht unterlegen. Im Laufe der Jahre war sie zu einer starken Persönlichkeit herangereift. Die Anlagen für all das waren bereits dagewesen, als sie noch zusammengelebt hatten, aber sie waren kaum zum Tragen gekommen. Inzwischen jedoch hatte sie sich zu einer bemerkenswerten Frau entwickelt, die ihn jeden Tag aufs Neue beeindruckte. Seitdem er von ihrer Krebserkrankung und dem neuen Knoten in ihrer Brust wusste, erschien sie ihm unendlich wertvoll und kostbar und er konnte gar nicht verhindern, dass sich das auch in der Art zeigte, wie er mit ihr sprach oder wie er sie ansah. Manchmal, wenn sie es nicht merkte, beobachtete er sie, weil er dieses Bild für spätere Zeiten festhalten wollte. Für spätere Zeiten, in denen ... Dieser Gedanke tat ihm weh und er dachte ihn nicht zu Ende. Er hatte bloß das Gefühl, dass ihnen nicht mehr genügend Zeit blieb.

Lenores furchtbares Geheimnis machte Daniel schwer zu schaffen. Er musste ständig daran denken und er wusste nicht, ob er es noch lange für sich behalten konnte. Im schlimmsten Fall würde sie eben wütend und schickte ihn weg, wenn er es weitererzählte. Wäre es nicht viel schlimmer, wenn sie bis zu Als Tod wartete und es dann zu spät wäre? Diesen Gedanken konnte Daniel nicht ertragen.

Er war von den Vorbereitungen für Thanksgiving befreit, weil er sich um Al kümmern musste, aber alle anderen Hausbewohner überlegten beim Abendessen gemeinsam, wie sie die Vorbereitungen unter sich aufteilen konnten.

„Nathan und Kristin kommen auch“, sagte Scott. „Du wirst Nathan mögen, Papa.“

Daniel nickte und reichte dann die Erbsen weiter. Mr Caputo brachte die Sprache wieder auf das Festessen zurück. „Kristin macht einen Kürbiskuchen mit Schlagsahne“, verkündete er und machte sich eine Notiz auf der Rückseite eines Briefumschlags. „Und Nathan hat versprochen, dass er seine berühmte Soße macht.“

„Nathan ist aus Georgia“, erklärte Lenore Daniel. „Dort gehören Soßen zu fast jedem Essen.“

„Aha“, meinte er nur.

Mrs Callahan rümpfte die Nase.

„Ich mache den Truthahn und die Füllung.“ Mr Caputo machte sich eine weitere Notiz.

„Ich kann die Kartoffeln schälen“, schlug Angie vor. Als Daniel ihr zulächelte, errötete sie. Scott konnte sich ein breites Grinsen nicht verkneifen.

„Ich mache Zimtschnecken“, fügte Mr Kaplan hinzu. „Wenn Lenore noch einen weiteren Nachtisch zubereitet.“

„Das mache ich“, versicherte sie ihm.

„Kommt Edie auch?“ Mr Caputo warf einen Blick in die Runde. Den Bleistift hielt er abwartend in der Hand.

„Edie hat zugesagt“, bestätigte Lenore. „Sie bringt ein Gemüsegericht für den Hauptgang mit.“

„Was ist mit Dr. Ashland?“, fragte Angie. Dann warf sie einen Blick auf Daniel und wurde wieder rot.

„Er hat auch zugesagt“, antwortete Lenore beinahe unbeteiligt, aber ihre Stimme klang plötzlich ein wenig müde und ihre Wangen färbten sich rosa.

Daniel dachte an Lenores Verehrer, den hochgewachsenen, etwas grobschlächtigen und immer ernst dreinblickenden Arzt. Plötzlich regte sich in ihm ein Gefühl, das er lieber nicht genauer analysieren wollte!

Thanksgiving begann und endete in fröhlicher Betriebsamkeit. Als Daniel um sechs Uhr morgens aufstand, herrschte in der Küche bereits ein hektisches Treiben. Der Duft von Zimt und Muskatnuss, Nelken und Salbei erfüllte das ganze Haus. Angie und Scott bearbeiteten die Teppiche mit dem Staubsauger und putzten die Badezimmer, während Mrs Callahan sich die große New Yorker Parade im Fernsehen ansah und mit Joey spielte. Alle anderen Hausbewohner drängten sich in der Küche. Nur Daniel kümmerte sich um seinen Patienten.

„Bitte entschuldige den Lärm", sagte Daniel zu Al. Inzwischen war Scott mit dem Staubsauger in der Diele angelangt. Das Dröhnen des Staubsaugermotors war trotz der geschlossenen Flügeltüren unüberhörbar.

„Das macht nichts." Al saß in seinem Bett, aber er krümmte sich vor Schmerzen. „Ich hab es gern, wenn sie ein bisschen Krach machen."

Das konnte Daniel gut verstehen. Auch für ihn hatte es etwas Tröstliches, wenn das Leben um ihn herum weiterging.

Al war heute die meiste Zeit wach. Er wirkte schwach und gebrechlich. Seine gelbliche Haut schien so dünn wie altes Pergament zu sein. Er weigerte sich, seine Schmerzmittel zu nehmen, und plauderte lieber mit Nathan Delacroix und dessen hochschwangerer Frau Kristin.

„Der zweite Vorname des Babys soll Alan sein", sagte Nathan auf die steife Art, mit der Männer einander ihre Zuneigung bekundeten. Daniel musste lächeln. Wahrscheinlich hätte Nathan sich deutlich wohler gefühlt, wenn er Al einen Schlag auf die Schulter hätte versetzen können. Al nickte. „Danke", meinte er nur. Dann fügte er lächelnd hinzu: „Ich hoffe, er macht diesem Namen Ehre."

Ihre weitere Unterhaltung war nicht besonders tiefgründig. Daniel wurde wieder einmal aufs Neue klar, dass seine bisherigen Vorstellungen vom Sterben nicht der Wirklichkeit entsprachen. Es war ein langer, beschwerlicher Prozess und wenn Als Zustand typisch war, ließ es einem nur noch wenig Kraft zum Reden.

Von den anderen Gästen traf Erik als Erster ein. Er wirkte verärgert, als Daniel ihn an der Haustür begrüßte, und er blieb ständig in Lenores Nähe. Deshalb hielt Daniel sich von den beiden möglichst fern.

Dann kam Lenores Freundin Edie. Sie begrüßte Daniel herzlich und ohne jenes düstere Misstrauen, das ihm sonst immer entgegenschlug. Er mochte die ältere Frau auf Anhieb.

Später suchte Daniel das Gespräch mit Nathan Delacroix. Er passte ihn ab, als seine Frau zusammen mit den anderen Frauen in der Küche war.

„Ich möchte Ihnen danken, dass Sie für Scott da waren und ihm durch eine schwierige Phase seines Lebens geholfen haben“, sagte er. Lenore hatte ihm erzählt, dass dieser junge Mann bei seinem Sohn die Vaterrolle übernommen hatte, und das hatte ihn zunächst beschämt. Inzwischen empfand er jedoch vor allem etwas anderes. War es Demut? Es war das Bewusstsein, dass er nicht da gewesen war, als Scott ihn am meisten gebraucht hatte, und die Akzeptanz der Tatsache, dass dafür andere für ihn dagewesen waren und die Lücke, die er hinterlassen hatte, gefüllt hatten. Und so waren seine Schuldgefühle vermischt mit einem tiefen Gefühl der Dankbarkeit gegenüber denjenigen, die sich an seiner statt um Scott gekümmert hatten.

Nathan musterte Daniel prüfend. Dann nickte er und streckte ihm die Hand hin. „Gern geschehen. Scott ist ein toller Mensch.“

„Aus Ihnen wird bestimmt ein guter Vater.“

„Danke“, erwiderte Nathan. „Genau das ist mein Ziel.“

Schwester Karen kam heute ein bisschen früher, damit Daniel mit den anderen das Festessen genießen konnte.

„Soll ich Ihnen auch etwas vom Truthahn bringen?“, fragte Daniel sie.

Die Schwester sah hoch, lächelte ihn freundlich an, schüttelte aber den Kopf. „Ich habe schon heute Nachmittag zusammen mit meiner Familie gegessen. Gehen Sie nur. Ich bin den ganzen Abend hier.“

Daniel nickte und sagte den anderen Bescheid. Nach und nach gingen die Hausbewohner und Gäste in Als Zimmer, um Gute Nacht zu sagen, bevor sie sich an den gedeckten Tisch setzten. Dann endlich nahm Al sein Schmerzmittel. *Hoffentlich kann er schlafen*, dachte Daniel. Viele von ihnen kämpften mit den Tränen, als sie ins Esszimmer kamen.

„Das ist vermutlich das letzte Mal, dass wir ihn sehen“, sagte Nathan. Kristin drückte sanft seinen Arm. „Er wird Weihnachten wohl nicht erleben“, fügte er hinzu. Seine Worte klangen eher wie eine Frage.

„Wahrscheinlich nicht“, bestätigte Lenore. Kristin, die, wie Daniel erfahren hatte, ebenfalls Krankenschwester war, bekräftigte das mit einem traurigen Kopfschütteln.

Erik rührte schweigend in seinem Kaffee. Auf seinem Gesicht zeigte sich keine Trauer, sondern vielmehr so etwas wie Zorn.

Mr Kaplan wartete ein paar Minuten, und dann fand er die richtigen Worte. Daniel hatte das schon öfter bemerkt. Der ältere Mann hatte eine besondere Gabe, alle mit einzubeziehen. Seine Stimme klang tief und lebendig und seine Worte wirkten wie ein starkes, glänzendes Band, das alle am Tisch umfasste und sie wieder zu einer Einheit werden ließ. Daniel hörte ihm wie gebannt zu. „Im Leben ist es oft so", sagte er abschließend. „Dankbarkeit und Trauer liegen dicht nebeneinander. Lasst uns beten."

Carlene besuchte sie einen Tag nach Thanksgiving, aber Lenore hätte sie am liebsten gebeten, ein andermal wiederzukommen. Sie war erschöpft und im Haus herrschte noch immer Chaos. Das Geschirr hatten sie zwar gespült, aber auf dem Esszimmertisch stapelten sich Servierplatten, Porzellanteller und Schüsseln. Alles musste noch weggeräumt werden. Der Kühlschrank platzte förmlich aus allen Nähten, so viele Reste hatten sie von ihrem Festessen. Alle Hausbewohner waren müde und gereizt. Auch Lenore war heute irgendwie missmutig und launisch. Dabei fühlte sie sich eigentlich tief in ihrem Herzen viel besser, seitdem sie Daniel von ihrer Angst erzählt hatte, wieder an Krebs erkrankt zu sein. Ihre Last war dadurch leichter geworden.

„Es gibt immer Wechselwirkungen", meinte Mr Kaplan, als Angie ihn wütend anfuhr, weil er sie gebeten hatte, Joey in ein anderes Zimmer zu bringen. Der Kleine hatte mit einem Topfdeckel permanent gegen die Wand des Studierzimmers gehämmert. „Gestern haben wir einen Höhepunkt erlebt und heute sind wir an einem Tiefpunkt angelangt." Er machte eine resignierte Kopfbewegung in die Richtung, in die Angie davongestürmt war. Dann widmete er sich wieder den Kartoffeln, die vor ihm auf dem Schneidebrett lagen. Er half Lenore bei der Zubereitung einer Truthahnsuppe. Carlene kam in die Küche, setzte sich an den Tisch und sah ihnen beiden zu. Ab und zu ging sie nach draußen auf die Veranda, um eine Zigarette zu rauchen.

„Wo ist er denn?“, fragte sie schließlich.

Lenore hätte am liebsten die Augen verdreht. Carlene war genauso hingerissen von Daniel wie Angie, obwohl sie es besser verstand, ihre Schwärmerei zu kaschieren. Aber Lenore wusste, das die beiden Frauen in dieser Hinsicht vieles gemeinsam hatten.

„Er ist bei Al im Studierzimmer“, antwortete sie gleichmütig.

Carlene bearbeitete einen ihrer lackierten Fingernägel. Dann wechselte sie das Thema. „Ich hab euch was zu sagen“, verkündete sie. „Rick und ich fahren nächstes Wochenende nach Las Vegas. Wir wollen heiraten.“

Mr Kaplan sah lächelnd von seiner Arbeit auf. „Herzlichen Glückwunsch“, sagte er.

Lenore warf mehrere Handvoll Staudensellerie in die Suppe. Dann wischte sie sich die Hände an ihrer Schürze ab. „Als du das letzte Mal hier warst, hast du noch behauptet, dass er ein Trottel sei und du mit ihm Schluss machen wolltest.“

Carlene zuckte mit den Schultern und kratzte den letzten Rest rosa Nagellack von ihrem Daumennagel. „Da war ich bloß ein bisschen wütend. Aber jetzt will ich ihn wirklich heiraten. Außerdem hat er einen guten Einfluss auf Derek.“

Das stimmt wirklich, dachte Lenore, als sie die Küche durchquerte und ihre Freundin umarmte. Als Rick vor ein paar Jahren in Carlenes Leben getreten war, hatte Derek eine Kehrtwende erlebt. Der Mann war zwar ein ziemliches Raubein, aber gerade das hatte Derek vor größeren Problemen gerettet. Er wäre damals beinahe von der Schule geflogen, aber Rick hatte ihm die Leviten gelesen. Jetzt arbeitete der Junge zusammen mit seinem künftigen Stiefvater in dessen Autowerkstatt.

Lenore ging lächelnd zum Herd zurück. Carlene machte sich jetzt an ihrem Zeigefinger zu schaffen. Mr Kaplan hatte alle Kartoffeln geschält und ließ die beiden Frauen allein.

„Und was ist mit dir?“, fragte Carlene ein paar Minuten später mit gesenktem Kopf.

„Was soll schon mit mir sein?“ Obwohl Lenore ganz genau wusste, worauf ihre Freundin hinauswollte, reagierte sie mit einer Gegenfrage. Sie hatte keine Lust, ihre Frage zu beantworten.

„Fühlst du dich etwa zwischen zwei Verehrern hin- und hergerissen?“, hakte Carlene nach. Ihre Lippen verzogen sich zu einem vielsagenden Lächeln.

Lenore warf Carlene einen düsteren Blick zu, ohne auf ihre Fragen einzugehen. Sie wusste selbst, dass ihr Leben momentan schwer zu durchschauen war. Wenn sie sich mit Erik traf, herrschte immer eine unterschwellige Spannung. Sie war sich im Klaren darüber, dass sie bald eine Entscheidung würde treffen müssen. Eriks unausgesprochenes Ultimatum hing über ihr wie ein Damoklesschwert.

Ihre Beziehung zu Daniel war eher kollegial, wie zwischen zwei Mitarbeitern. Das war seltsam, denn vor vielen Jahren hatte sie mit Erik zusammengearbeitet. Aber viel mehr als die beiden Männer beherrschte der Knoten in ihrer Brust ihre Gedanken. Die Unsicherheit in diesem Bereich lastete stark auf ihrer Seele. Obwohl sie sich vorgenommen hatte, ihn zu ignorieren, ertastete sie ihn in letzter Zeit fast täglich. Es war immer noch da, dieses erbsengroße Stück Gewebe, das sie ständig daran erinnerte, dass ihr Leben bald vorbei sein könnte – in einer Woche, in einem Monat, in der nächsten Sekunde. Ihre Männerprobleme erschienen ihr im Vergleich dazu regelrecht irrelevant.

„Ich hab mich vielleicht etwas ungenau ausgedrückt." Carlene war wirklich hartnäckig. „Wie gestaltet sich dein Verhältnis mit Daniel? Oder mit Erik?"

„Wir haben ein prima Verhältnis", erwiderte Lenore.

Carlene seufzte tief und warf die Hände in die Luft. „Du liebe Zeit, das ist ja echt zum Mäusemelken!"

Lenore gab noch etwas Gemüse in die Suppe, fügte einen Teelöffel Salz hinzu und ließ energisch den Deckel auf den Topf fallen.

48

Daniel merkte, dass es mit Al jetzt rasch zu Ende ging. Seine Bauchdecke war straff gespannt. Laut Lenore war das ein Hinweis, dass der Krebs sich in der Bauchhöhle ausgebreitet hatte. Al hatte schreckliche Schmerzen, vor allem im Rücken und im Magen. Die Hospizschwester hatte eine Operation vorgeschlagen, bei der die Nerven durchtrennt würden, aber Al hatte abgelehnt. Er hatte noch immer Gelbsucht und ihm war ständig übel. Außerdem hatte er stark abgenommen und bestand inzwischen nur noch aus Haut und Knochen. Er wehrte sich nicht länger gegen die Schmerzmittel, sondern nahm sie regelmäßig und bat sogar um stärkere Medikamente. Der Arzt und das Hospizteam kamen seiner Bitte gerne nach. Sie erklärten Daniel und Lenore, wie Al weitgehend schmerzfrei bleiben konnte.

„Es hat doch keinen Sinn, wenn er sich unnötig quält", meinte Lenore. Dass Al nun schmerzfrei war, war für Daniel zwar ein schwacher Trost, aber er war trotzdem dankbar dafür.

Manchmal war Al gar nicht mehr ansprechbar, dann wieder war er bei vollem Bewusstsein. Ab und zu schien er in einer anderen Welt zu sein. Dann sprach er mit Trudy, der Ehefrau, die ihn verlassen hatte, oder mit Michelle und Darla, ihren gemeinsamen Töchtern. Ein andermal meinte er, im Polizeieinsatz zu sein, und Daniel spielte die Rolle eines Kollegen, der ihm versicherte, dass sie alles im Griff hätten.

Ein paar Tage nach Thanksgiving war Al wieder bei klarem Verstand und er bat Daniel, seine Schwester anzurufen. Daniel schilderte ihr die Lage und dann sprach Al kurz mit ihr.

„Möchtest du auch, dass ich deine Töchter oder deine Exfrau anrufe?", fragte Daniel nach dem Telefongespräch.

„Wenn du willst, kannst du anrufen", antwortete Al. „Aber du brauchst mir nichts davon zu erzählen." Dann drehte er sich zur Wand.

Nachdem er bei den drei Frauen angerufen hatte, konnte Daniel verstehen, warum Al so merkwürdig reagiert hatte.

„Mein Vater hat uns vor dreißig Jahren verlassen." Darlas Stimme vibrierte vor Wut, als ob das erst gestern geschehen sei. „Warum sollte ich ihn jetzt auf einmal besuchen?"

„Er liegt im Sterben", erwiderte Daniel. Er versuchte, ruhig zu bleiben. Schließlich hatte er kein Recht, diese Frau zu verurteilen. Trotzdem lief ihm ein eiskalter Schauer über den Rücken, als er sich vorstellte, dass er vielleicht eines Tages in einer ähnlichen Situation sein könnte wie Al. Vielleicht würden Lenore und Scott irgendwann genauso reagieren wie die Tochter des ehemaligen Polizisten. Zum Glück hatte er rechtzeitig angefangen, sich seiner Vergangenheit zu stellen.

„Ich möchte Ihnen keine Vorschriften machen", sagte er schließlich zu Darla. „Denken Sie in Ruhe darüber nach. Aber wenn Sie Ihren Vater noch einmal sehen wollen, sollten Sie nicht zu lange überlegen." Darla entgegnete schroff, sie werde auf keinen Fall kommen. Trudy, Als Exfrau, reagierte ähnlich.

Michelle, die andere Tochter, sagte, sie würde gerne kommen. Zwei Tage später stand sie vor der Haustür, einen Topf mit gelben Chrysanthemen in der Hand. Sie war blass und hager, und ihre Augen sahen ängstlich aus. Lenore machte ihr die Tür auf und nahm ihr die Topfpflanze ab. Daniel half ihr aus dem Mantel.

„Sein Zimmer ist dort drüben", erklärte Daniel ihr. „Er ist schwer krank und er hat stark abgenommen." Er versuchte sie schonend auf die Begegnung mit ihrem sterbenden Vater vorzubereiten, aber als sie das Zimmer betrat, sah er an ihrem erschrockenen Gesichtsausdruck, dass ihm das nicht gelungen war.

„Papa", sagte sie. Zum Glück war Al heute ansprechbar. Er ließ sich von seiner Tochter umarmen und legte eine Hand auf ihren Kopf. „Papa", wiederholte sie. Als Daniel die Doppeltür schloss und die beiden allein ließ, sah er, wie Al anfing zu weinen. Hastig ging er ins Bad, damit niemand seine eigenen Tränen sah.

Als Tochter blieb eine gute Stunde. Als sie das Zimmer verließ, war ihr Gesicht rot und geschwollen vom Weinen. Sie lehnte dankend ab, als Daniel ihr eine Tasse Tee oder Kaffee anbot. „Danke, dass Sie sich um meinen Vater kümmern", sagte sie zum Abschied.

Daniel schlich sich leise in Als Zimmer, um nach ihm zu sehen, aber er schlief bereits. Die Topfpflanze stand auf dem Nachttisch, als einziger Beweis für den Besuch von Als Tochter. *Wer weiß*, dachte Daniel.

Vielleicht meint Al morgen, dass er diese Begegnung nur geträumt hat. Wieder wurde ihm bewusst, wie riskant es sein konnte, bestimmte Entscheidungen vor sich herzuschieben. Irgendwann war es zu spät. Ein letztes Wiedersehen auf dem Sterbebett war nicht der richtige Zeitpunkt, um Fehler wiedergutzumachen. Schließlich blieb dem Sterbenden kaum genug Kraft für den nächsten Atemzug.

Am nächsten Tag bat die Hospizschwester sie alle um ein Treffen. In feierlicher Stille versammelten sich die Hausbewohner im Wohnzimmer. Sogar der kleine Joey blieb ruhig auf Lenores Schoß sitzen und lutschte an seinen Fingerchen.

Die Schwester bereitete sie auf die nächsten Tage vor. Sie sagte im Prinzip dasselbe, was Lenore Daniel schon vor einiger Zeit erklärt hatte. Daniel stellte sich vor, wie sie im Krankenhaus mit den Angehörigen ihres sterbenden Patienten sprach, und staunte erneut darüber, zu welch starker Persönlichkeit sie im Laufe der Jahre herangereift war.

„Er wird immer häufiger schlafen", erklärte die Schwester. „Das kann Tage oder auch Wochen dauern. Vielleicht wacht er am Ende gar nicht mehr auf. Er wird allmählich nichts mehr essen und trinken, und dann wird er sterben."

Obwohl Daniel jeden Tag mit Als Sterben konfrontiert war, erschrak er, als die Schwester dieses Wort so selbstverständlich in den Mund nahm. Nur Lenore schien nicht beunruhigt zu sein. Ihr Blick begegnete dem der Hospizschwester und dann nickte sie zustimmend.

Normalerweise erinnerte Daniel sich nicht an seine nächtlichen Träume, aber diesmal war es anders. Er träumte von Samenkapseln, von kleinen Propellern. Sie sahen genauso aus wie die Samen von dem Ahornbaum, der in seiner Kindheit neben der vorderen Veranda des Hauses seiner Tante und seines Onkels gepflanzt worden war. Anscheinend war er im Traum an jenen Ort zurückgekehrt. Er hatte beobachtet, wie die kleinen Propeller auf die Erde fielen. In jedem von ihnen verbarg sich ein Samenkorn. Die Samenkapseln wurden vom Wind in alle Richtungen geweht. Daniel konnte sehen, wo sie landeten. Die einen fielen auf das harte Steinpflaster im Garten, die anderen auf den von gelben Löwenzahnblüten überwucherten Rasen. Mit etwas Glück fielen manche auf weiche, fruchtbare Erde.

Daniel lag wach im Bett und spürte, wie er innerlich ruhig wurde, wie das alte Haus, dessen Wände ihm Schutz boten. Diese riesige Villa erschien ihm ebenfalls wie eine Samenkapsel und die Hausbewohner waren die kleinen Samenkörner. Sie alle waren Reisende, ob sie nun in einem bequemen Sessel an einem Fenster saßen und den Ausblick genossen wie Mr Caputo oder ob sie sich krampfhaft an ihren Sicherheitsgurt klammerten wie er selbst. Dennoch hatten sie alle ein gemeinsames Ziel.

Daniel streckte die Hand aus und nahm das Stück Papier vom Nachttisch, auf das er den Bibelvers geschrieben hatte, den er bei Als Beerdigung verlesen sollte. Al hatte Daniel und Lenore genaue Anweisungen gegeben, als sie einmal beide an seinem Bett gesessen hatten. Jetzt las Daniel sich den Vers laut vor. „Ein Weizenkorn, das nicht in den Boden kommt und stirbt, bleibt ein einzelnes Korn. In der Erde aber keimt es und bringt viel Frucht, obwohl es selbst dabei stirbt."

Daniel fragte sich, wie viel Frucht er selbst für sich in Anspruch nehmen konnte. Natürlich, er hatte einen Sohn. Aber wenn er ehrlich war, war er nur Scotts Erzeuger, nicht sein Vater. Nicht er, sondern andere Menschen hatten Scott großgezogen. Lenore, Mr Caputo, Nathan Delacroix, Mr Kaplan, Mrs Callahan und Al, alle, die hier im Haus wohnten, hatten ihren Teil dazu beigetragen. Aber das, was er jetzt tat, war eine Frucht. Darauf könnte er stolz sein, wenn seine Zeit gekommen war. Eines Tages würde auch er sterben müssen und seine Samenkapsel, sein Körper würde in die Erde gelegt. Würde er Spuren hinterlassen, wenn er ins Grab gelegt würde, oder würde sein Körper einfach in die Bestandteile zerfallen, aus denen er gemacht worden war? Oder würde vielleicht etwas Neues, etwas Lebendiges aus ihm herausbrechen, wenn seine Samenkapsel zerplatzte?

In den nächsten Tagen war es merkwürdig still im Haus, fast hatte es den Anschein, als bereiteten sich die Hausbewohner auf Als Tod vor. Edie oder Matt kamen oft zu Besuch und setzten sich an Als Bett. Sie lasen ihm vor, vor allem aus den Psalmen. Nachdem er sich vergewissert hatte, dass seine Anwesenheit sie nicht störte, blieb Daniel oft dabei und hörte zu. Der ruhige, melodische Rhythmus der Bibelworte tat ihm gut. Manchmal schienen die Psalmen die Seelenqual eines Menschen herauszuschreien, manchmal wirkten sie tröstlich und beruhigend.

Daniel fühlte sich innerlich zerrissen. Einerseits fürchtete er sich vor Als Tod, andererseits wartete er darauf. Aber er schämte sich dieser Gefühle nicht. Wenn Al gewusst hätte, dass Lenore seinetwegen damit wartete, zum Arzt zu gehen, hätte er sich sicherlich auch beeilt, wenn es ihm möglich gewesen wäre. Daniel wusste, dass es jetzt nicht mehr lange dauern konnte. Al war bereit zu gehen. Und Lenore musste sich endlich untersuchen lassen. Das Geheimnis, das er in sich trug, lastete von Tag zu Tag schwerer auf ihm. Lenore schien es gelassen zu nehmen. Es ging ihr besser, seitdem sie es ihm erzählt hatte. Daniel war froh darüber. „Ich kümmere mich um alles", hatte er ihr damals gesagt, und sie hatte aus diesen Worten anscheinend Trost geschöpft.

Eines Abends wollte er nach dem Essen in Als Zimmer gehen, als er hörte, wie Lenore Al aus der Bibel vorlas. Ihre Stimme klang leise und sanft. „Das wissen wir: Wenn unser Leib einmal zerfällt wie ein Zelt, das abgebrochen wird, erhalten wir einen neuen Leib, eine Behausung, die nicht von Menschen errichtet ist. Gott hält sie im Himmel für uns bereit, und sie wird ewig bleiben."

Als Gesicht wirkte ernst und entschlossen, seine Lippen hatte er fest aufeinandergepresst. Er nickte zustimmend. „Das ist wahr", sagte er, als ob er diese Wahrheit verteidigen wolle.

„Voll Verlangen sehnen wir uns danach, den neuen Leib anzuziehen wie ein Kleid, ..." Daniel blieb im dämmrigen Flur stehen, während Lenore weiterlas. Er hörte einzelne Satzfetzen. „Darauf hat uns Gott vorbereitet ... Deshalb sind wir jederzeit zuversichtlich, auch wenn wir in unserem irdischen Leib noch nicht bei Gott zu Hause sind. Jetzt glauben wir an ihn, auch wenn wir ihn noch nicht sehen können ... Denn einmal werden wir uns alle vor Christus als unserem Richter verantworten müssen ..."

Daniel stockte das Herz. Plötzlich fühlte er sich, als stünde er bis zu den Knien in eiskaltem, unbezwingbarem Wasser und die Fluten stiegen weiter an. Mit einem Mal hatte er keine Angst mehr um Als Schicksal, sondern um sein eigenes. Er konnte sich nicht mehr so genau daran erinnern, wann in den vergangenen drei Monaten es ihm bewusst geworden war, dass das, was die Menschen hier glaubten, mehr war als leeres religiöses Geschwätz. Es war die Wahrheit. Die Wahrheit, deren Ausmaße er als externer Beobachter nur erahnen konnte, aber immerhin hatte er erkannt, dass es die Wahrheit war. Daniel merkte, dass der Boden unter seinen Füßen zu schwanken begonnen hatte und sich schon bald tiefe Risse auftun würden. Lange würde er nicht mehr in dieser Position verharren können. Er musste sich auf sicheren Boden begeben, sonst würde er untergehen.

Daniel schob diese Entscheidung bis eine Woche nach Thanksgiving vor sich her. Dann wusste er plötzlich, dass es an der Zeit war. Al war bereit loszulassen, wie die kleinen Samenkapseln, die Daniel in seinem Traum gesehen hatte, die sich von ihrem Platz an den Zweigen des Baumes gelöst hatten. Daniel saß bei Al, weil Schwester Karen darum gebeten hatte, sich den Abend freinehmen zu dürfen. Die beiden Männer hatten noch ein letztes Gespräch. Daniel hätte es eigentlich wissen müssen, aber trotzdem war er nicht auf das vorbereitet, was dann kam.

Es begann ganz harmlos. „Danke für alles, was du für mich getan hast", sagte Al. „Du bist für mich ein guter Freund geworden, Daniel."

Zuerst wollte Daniel das Lob herunterspielen, aber stattdessen nahm er Als Worte in sich auf und ließ zu, dass sie in seinem Herzen Wurzeln fassten. Sie fühlten sich gut und richtig an. „Gern geschehen", erwiderte er. „Ich fühle mich genauso beschenkt wie du."

„Hier liegen ein paar Briefe. Schwester Karen hat sie für mich geschrieben."

Daniel folgte Als Blick zur Nachttischlampe. Neben Als Medikamenten lehnten verschlossene Briefumschläge.

„Sorgst du dafür, dass die Briefe verschickt werden?"

„Na klar doch", versicherte Daniel seinem Freund. Er hatte plötzlich einen dicken Kloß im Hals und musste sich räuspern.

„Ich wünschte, ich hätte mehr aus meinem Leben gemacht", sagte Al leise. In seiner Stimme schwangen Schmerz und Bedauern mit.

„Du hast doch auch viel Gutes getan", meinte Daniel. „Du hast dich zum Beispiel um Lenore und Scott gekümmert."

„Ja, das war wenigstens etwas", gestand Al seinem Freund zu.

„Und du hast sie so sehr geliebt, dass du dein Leben für sie hingeben wolltest. Steht so was nicht auch in der Bibel?" Daniel erinnerte sich dunkel an einen entsprechenden Vers, an etwas, das Jesus gesagt hatte. Als nächste Worte trafen ihn wie ein Stromstoß.

„Das war Quatsch", sagte Al. „Gott allein weiß, wann unsere Zeit gekommen ist. Ich kann genauso wenig für Lenore sterben wie sie für mich."

Daniel schloss die Augen. Er verspürte den absurden Wunsch, laut aufzulachen und gleichzeitig zu weinen. Sie hatten Al wie ein rohes Ei behandelt und ihm nichts von Lenores Gesundheitszustand gesagt, dabei hatte er die ganze Zeit über gewusst, was wahr war. Er hatte längst erkannt, dass ein angeblicher Handel mit Gott Humbug war. Sie hatten ihm das bloß nicht zugetraut.

„Dieser Evangelist war ein Profitgeier. Er hat den Leuten bloß Schwachsinn verkauft."

Daniel wäre am liebsten sofort aufgesprungen, um Lenore zu wecken und mit ihr ins Krankenhaus zu fahren. Doch dann überlegte er es sich anders. Das konnte jetzt auch noch bis morgen warten. Auf einen Tag mehr oder weniger kam es nicht an, redete er sich zum wohl tausendsten Mal ein.

„Jetzt hab ich noch eine Frage an dich, Daniel", fügte Al hinzu. Seine Stimme war klar, aber leise. Daniel nickte zerstreut. Er war noch immer in Gedanken.

„Nehmen wir mal an, du stirbst heute Nacht", begann Al. Daniel war zunächst verunsichert. Vielleicht hatte er nicht richtig zugehört. War es nicht Al, der im Sterben lag? „Du stirbst heute Nacht", wiederholte sein Freund. Seine blauen Augen blickten Daniel durchdringend an. „Weißt du dann, wo du die Ewigkeit verbringst?"

Wenn ihm jemand diese Frage zu einem anderen Zeitpunkt gestellt hätte, hätte Daniel verächtlich abgewinkt. Ja, er wäre sogar verärgert gewesen. Aber Al würde womöglich noch in dieser Nacht seinen Körper verlassen und seine Reise in die Ewigkeit antreten. Deshalb schüttelte Daniel schweigend den Kopf.

„Das kannst du aber wissen." Als Stimme senkte sich zu einem eindringlichen Flüstern. „Wenn du Jesus bittest, dass er dir deine Sünden vergibt, wird er das tun. Gib ihm dein Leben. Nur er kann was draus machen." Er streckte Daniel eine Hand entgegen. Daniel ergriff sie. Sie fühlte sich papierdünn an und sie zitterte. „Das ist die wichtigste Entscheidung deines Lebens. ‚Denn was gewinnt ein Mensch, wenn ihm die ganze Welt zufällt, er selbst aber dabei Schaden nimmt? Er kann sein Leben ja nicht wieder zurückkaufen!'" Nach diesem Zitat aus der Bibel schloss Al die Augen. Offenbar hatte ihn das Gespräch sehr viel Kraft gekostet. Er schlief ein, zu erschöpft, um Daniels Entscheidung abzuwarten.

Die Worte seines Freundes beunruhigten Daniel. Das Jüngste Gericht schien mit einem Mal zum Greifen nah. Irgendwie verlieh die Tatsache, dass Al im Sterben lag, seiner Frage eine ungeahnte Dringlichkeit. Da war jedoch noch etwas anderes. Er konnte nicht genau sagen, was es war. Aber während er an Als Bett saß, sah er seine eigene Vergangenheit wie einen Film vor seinem inneren Auge ablaufen. Es war, als sehe er sich selbst auf einer Kinoleinwand. Er sah sich als verletzten und verlorenen Menschen, der schon in seiner Kindheit sehr ichbezogen war. Die Früchte seines Egoismus, seiner Kaltherzigkeit, seiner Genusssucht zeigten sich wie hässliche Narben auf seiner Seele.

Als Mr Caputo im Morgenmantel und Hausschuhen zur Tür hereinkam, um Daniel für die andere Hälfte der Nacht abzulösen, ging Daniel nach unten in sein Zimmer. Er legte sich ins Bett und döste ein. Aber sogar im Schlaf konnte er dem nicht entkommen, was auch immer da vor sich ging.

Merkst du es denn nicht? Noch stehe ich vor deiner Tür und klopfe an. Wer jetzt auf meine Stimme hört und mir die Tür öffnet, zu dem werde ich hineingehen ...

Wer hatte das gesagt?

Es war nur eine Erinnerung, nicht mehr. Eine Stimme aus seiner Kindheit, die ihm wieder ins Gedächtnis gekommen war. Vielleicht waren es seine Tante oder sein Onkel gewesen, die schließlich immer inbrünstig für ihn gebetet hatten. Oder vielleicht war es seine eigene kindliche Stimme gewesen. Zusammen mit anderen Sechstklässlern hatte er oft in einer langen Reihe gestanden und auswendig gelernte Bibelverse aufgesagt, um einen Preis zu gewinnen.

Daniel hatte das Gefühl zu träumen und sich außerhalb seines Körpers zu befinden. Er fühlte sich wie betäubt und innerlich leer. Zuerst zögerte er, aber dann stieß er eine Forderung aus.

„Wenn es dich wirklich gibt, dann zeig dich mir."

Er wartete darauf, dass ihn ein innerer Frieden, eine übernatürliche Wärme durchströmte, ähnlich wie bei den ersten Schlucken Whisky.

Doch stattdessen spürte er, wie eine raue Faust ihn von innen packte. Plötzlich war er durchdrungen von nackter Furcht. Er fühlte sich unbeschreiblich schlecht. Sein Puls dröhnte in seinem Kopf wider und er konnte das Pochen seines Blutes sowohl im Hals als auch im Brustkorb spüren. Sein Herz flatterte wie ein Vogel, den jemand mit beiden Händen gefangen hielt.

Plötzlich wurde Daniel heimgesucht, nicht von jenem inneren Frieden, den er sich so sehr gewünscht hatte, sondern von seinen Sünden. Vollkommen unaufgefordert überrollten sie ihn, zeigten sich ihm in einer Klarheit, in der er sie noch nie zuvor gesehen hatte. Seine Sünden. Zum ersten Mal erkannte er sie als das, was sie wirklich waren. Und seltsamerweise störte ihn daran am meisten, dass sie kein bisschen originell waren. Sie waren weder einzigartig noch besonders kreativ und trotz seines Größenwahns auch nicht besonders großartig, sondern einfach nur gewöhnlich. Blitzartig kam ihm der Gedanke, dass er dieses Erlebnis später nicht würde erklären können. Diese Bezeichnung ‚Albtraum' träfe noch am ehesten zu. Daniel sah wie in Filmausschnitten die Frauen, mit denen er zusammen gewesen war, ihre perfekten Plastikkörper. Sie hatten sich ihm immer bereitwillig dargeboten, aber aus dieser seltsamen Perspektive schienen sie nur die letzten zu sein in einer langen Reihe von Objekten, die er wie den Alkohol und seinen Filmruhm benutzt hatte, um die Leere in seinem Innern zu füllen.

Dann dachte er an die Sünde, die er an Scott und Lenore begangen hatte, und fühlte sie in ihrer vollen Tragweite auf sich lasten. Plötzlich kam es ihm vor, als sei er Lenore. Es war gut, dass es nur einen winzigen Augenblick dauerte, denn länger hätte er es wohl nicht ertragen. Plötzlich fühlte er mit ihrem Herzen und sah die Dinge mit ihren Augen. Er sah sich selbst, wie er ihr den Rücken zukehrte. Als er einen Blick nach unten warf, hatte Scott seine Beine umklammert. Er spürte mit einem Mal den scharfen Schmerz der Trauer, die aufgerissene Wunde der Ablehnung, das kalte Grauen vor den Entscheidungen, die sie zu treffen hatte. Wohin sollte sie gehen? Was sollte sie tun? Daniel fühlte sich klein und hilflos. Als er meinte, es nicht länger aushalten zu können, sah er die Dinge plötzlich mit Scotts Augen. Er sah, wie sein geliebter Vater einfach wegging. Dann begann er zu weinen. Er hörte ein tiefes, lautes Schluchzen und verspürte plötzlich den verzweifelten Wunsch, den Film seines Lebens zurückspulen zu können bis zu jenem Augenblick, damit er ihr auf ihre Frage eine andere Antwort geben konnte, eine Antwort, die alles verändert hätte.

Daniel schlug die Augen auf und merkte, dass er noch immer in seinem Bett lag. Aber nun, da ihm das Ausmaß seiner Sünde klar war, wusste er, dass er sterben musste. Dieser Gedanke erschreckte ihn nicht. Er wollte es nicht anders haben, weil er wusste, dass es so sein musste. Die Gerechtigkeit forderte seinen Tod. Als er über die weite, trostlose Landschaft seines Lebens blickte, sah er seine übermächtige Gier, die er oft mit Alkohol hatte betäuben wollen. Aber am schlimmsten war die Täuschung, der er sich hingegeben hatte. Er hatte geglaubt, dass sein Leben ihm gehöre, dass er ein Recht habe, so zu leben, wie er wollte, alles zu genießen und sogar alles zu beenden, wenn er es wollte. Alle anderen waren nur Statisten auf seiner Bühne gewesen, in seinem Schauspiel, in seiner Welt. Zum ersten Mal war ihm bewusst, welchen Schmerz er all diesen Menschen zugefügt hatte. Er sah die freundlichen, ehrlichen und betroffenen Gesichter seiner Tante und seines Onkels, er sah alle Menschen, die er benutzt und dann im Stich gelassen hatte.

Daniel wusste nicht, wie es geschehen war, aber plötzlich fand er sich auf den Knien wieder. Und zu guter Letzt lag er auf dem Boden des Kellerzimmers. Sein Gesicht fühlte sich heiß an auf den kühlen Holzdielen und wieder spürte er Tränen seine Wangen hinunterlaufen. Er wusste, dass er sterben musste und dass er den Tod verdient hatte. Lange lag er so da. Er nahm sein Schicksal hin. Dann kam ihm der Gedanke, dass er um Hilfe bitten könnte. Aber wie sollte er das denn machen? Schließlich verdiente er keine Gnade. Doch dann wurde ihm klar, dass er sich mit dieser Haltung über alle anderen Menschen erhob. Trotz seiner Sünde glaubte er immer noch, etwas Besonderes zu sein.

„Jesus, erbarme dich meiner“, flüsterte er. Nur diese vier Worte. Dann war alles um ihn herum still. Nur sein schwerer, unregelmäßiger Atem war noch zu hören. Daniel konnte die Stille fast körperlich spüren. Langsam breitete sie sich in ihm aus und erfüllte ihn. Er bewegte sich nicht, sondern wiederholte diese vier Worte immer wieder, als ob sein Seelenheil davon abhinge. Und merkwürdigerweise wurde er mit der Zeit ganz ruhig. Die innere Ruhe, die er verspürte, war genauso stark wie das Grauen, das ihn zuvor überfallen hatte. Er klammerte sich an diesem Frieden fest und ließ sich wieder auf sein Bett fallen. Noch immer wiederholte er die vier alles verändernden Worte.

Was auch immer der Tod war, er war nicht der Verlust des Ichs, denn er war bei vollem Bewusstsein. Er war immer noch er selbst. Nur allmählich und mit einem Gefühl von Ehrfurcht erkannte Daniel, dass er tatsächlich noch am Leben war. Er war nicht gestorben. Der allmächtige Gott hatte ihn aus irgendeinem Grund verschont. Alles, was ihm darüber hinaus widerfahren würde, wäre auf ewig ein unerwarteter Gewinn, mehr als er verdiente.

Daniel lag mit geschlossenen Augen im Bett und sah ein Bild seiner selbst, einer Masse von Atomen, die nur vom Atem Gottes zusammengehalten wurde. Atom für Atom, Zelle für Zelle begann er sie ihrem Schöpfer zurückzugeben. Von den Füßen bis hinauf zum Kopf gab er alles zurück. Als er damit fertig war, weinte er wieder. Er wischte sich die Tränen von den Wangen und putzte sich die Nase.

Daniel zog sich an, stieg die Treppe hinauf und sah noch einmal nach Al. Er schlief, aber seine Atmung war flach und unregelmäßig. Auf seiner Haut lag ein dünner Schweißfilm, der beinahe wie Staub wirkte. Es sah aus, als löste sich seine Seele schon langsam von seinem Körper. Jetzt würde es nicht mehr lange dauern. Daniel legte eine Hand auf Als Arm. Al schlug die Augen auf und kurz darauf wurde sein Blick klar. Er erkannte Daniel.

„Ich hab's gemacht", sagte Daniel. „Ich hab ihm mein Leben gegeben."

Als Lippen verzogen sich zu einem letzten Lächeln und er nickte kurz mit dem Kopf.

Danach schlief er ein und wachte nicht wieder auf. Er machte einen Atemzug, dann zwei. Dann folgte eine längere Pause. Wieder ein Atemzug, wieder eine Pause. Diesmal noch länger. Daniel setzte sich neben ihn und wartete.

49

Al starb an einem Montagabend. Am Dienstagnachmittag ging Lenore zu ihrem Hausarzt. Daniel war aufgebracht, weil sie erst für anderthalb Wochen später einen Termin für die Entnahme der Gewebeprobe bekam, aber Lenore hob abwehrend die Hand. „Daniel", wies sie ihn zurecht. Ihre Stimme klang fest und entschlossen, ganz anders als in früheren Zeiten. „Jetzt habe ich so lange gewartet. Da kommt es auf zehn Tage mehr oder weniger auch nicht mehr an."

Vielleicht doch, dachte Daniel nur.

„Der Befund kann gut sein oder auch nicht", erklärte sie ihm. „Aber diese Entscheidung ist bereits gefallen. Wir können daran sowieso nichts ändern." Sie milderte ihre Worte ein wenig ab, indem sie ihre Hand kurz auf die seine legte.

Die Anweisungen, die Al ihnen für seine Beerdigung gegeben hatte, wurden buchstabengetreu ausgeführt. Sein Körper lag in dem kleinen, schlichten Sarg, den er sich ausgesucht hatte und begraben wurde er in einem unscheinbaren, von ihm selbst erworbenen und bezahlten Grab. Der Trauergottesdienst fand in ihrer Kirchengemeinde statt. Auf Als Bitten hin gab es keinen Blumenschmuck. Nur Lenore widersetzte sich und legte trotzdem ein schlichtes Gebinde aus weißen Rosen und Efeu auf den Altar.

„Er wusste, wie starrsinnig ich sein kann", sagte sie mit einem schwachen Lächeln. „Deshalb wird er mir verzeihen."

Der Chor sang Als Lieblingslied und Daniel schloss die Augen, um die Worte tief in sich aufzunehmen. „So wie ich bin, vom Sturm gejagt, mit bangen Zweifeln oft geplagt … O Gotteslamm, ich komm."

„Al Younger war ein Mann mit einem Blick für das Ewige", sagte Pastor Matt in seiner Predigt. „Er sah weit über die Begrenzungen dieses Lebens hinaus."

Daniel dachte an Als brennenden, leidenschaftlichen Glauben. Er erkannte, dass es diese Leidenschaft gewesen war, die in ihm das gleiche

Feuer der Hoffnung entfacht hatte, dieses unerschütterliche Vertrauen, dass alles möglich war, wenn Gott es nur wollte. Wieder schloss er die Augen und hörte Matt aufmerksam zu.

„Als Leben richtete sich an der Wahrheit aus, dass es neben den Büchern, die wir hier auf Erden führen, auch noch himmlische Bücher gibt und diese Bücher aufgeschlagen werden, sobald unser Leben endet."

Matt sprach weiter, aber Daniels Gedanken schweiften ab. Er dachte daran, was das himmlische Buch wohl über ihn sagen würde. Daniel Monroe, der Filmschauspieler? Nein, das war eher unwahrscheinlich. Der Fernsehstar? Wohl kaum. Was würde darin stehen? Scotts Vater? Nein, dieser Vermerk würde unter einem anderen Namen stehen. Plötzlich kam ihm eine Erkenntnis. Sein himmlisches Konto war leer. Er war nicht nur hier auf Erden bankrott, sondern auch im Himmel.

Die Trauergemeinde stand auf. Ein Lied wurde angestimmt. Daniel musste lächeln, weil Gott offenbar seine Gedanken gelesen hatte. Mit feinsinniger Ironie zielten die Worte des Liedes auf ihn ab.

„Da ich denn nichts bringen kann, schmieg ich an dein Kreuz mich an."

Er fühlte sich ganz klein und überwältigt. Er hatte alles verloren, aber dennoch war in jenem Augenblick des Sterbens etwas Neues entstanden. Er schloss die Augen und sang mit, weil er die Worte noch aus seiner Vergangenheit kannte. Dabei dachte er an das Bild, das bei Lenore in der Diele hing. Eine Frau klammerte sich an ein Kreuz, während um sie herum die Meereswogen tobten. Erst jetzt verstand er, was Lenore in den vielen einsamen Jahren die Kraft zum Durchhalten gegeben hatte. Er schlug die Augen auf und sah in ihre Richtung. Sie erwiderte seinen Blick. Ihre grünen Augen sahen ihn hell und klar an. Lag da etwa Hoffnung in ihrem Blick? Oder etwas anderes? Daniel sah wieder auf sein Gesangbuch herunter und sang zusammen mit den anderen weiter.

Drei Tage später ging er wieder in die Kirche. Er nahm den Bus, stieg in der James Street aus und ging zu Fuß den Hügel hinauf. Als Mantel passte ihm wie angegossen und der karierte Wollstoff mit dem Lammfellfutter hielt ihn warm. Lenore hatte ihm den Mantel nach der Beerdigung geschenkt. Er fühlte sich wohl darin. Jetzt schlug er den Kragen hoch und senkte den Kopf, um sich vor dem kalten Wind zu schützen. Sobald er um die Ecke bog, sah er das Gebäude aus rotem Ziegelstein, das Schild und den Felsbrocken mit der Aufschrift *Wir wollen den Menschen die Wahrheit verkündigen und die lebendige Hoffnung bringen.* Er ging die Treppe hoch und drückte die Tür auf. Zum Glück war sie nicht abgeschlossen. Er hätte doch lieber anrufen sollen, bevor er sich auf den Weg hierher gemacht hatte. An einem Freitagnachmittag war um diese Uhrzeit vielleicht niemand mehr hier. Aber er musste unbedingt mit jemandem reden, über die nächsten Schritte auf seiner Reise ins Unbekannte.

In der Eingangshalle war es dämmrig und im Büro der Kirchengemeinde brannte kein Licht. Er ging durch den Flur, aber alle Türen waren geschlossen und auch hier war alles dunkel, auch das Büro, an dessen Tür das Schild *Matt Reynolds* hing. Enttäuscht starrte er die Tür an.

„Daniel!"

Er drehte sich um. Vor ihm stand Edie, Lenores Freundin. Sie war klein und zierlich und ihr graumeliertes Haar war zu einem flotten Pagenkopf geschnitten. Sie wirkte so freudig überrascht, als ob ihr zufälliges Zusammentreffen mit ihm das Schönste sei, was ihr an diesem Tag passiert war.

„Hallo", sagte er. „Ich wollte eigentlich mit Matt sprechen."

„Wie Sie sehen, ist er schon weg", entgegnete sie. „Kann ich Ihnen vielleicht weiterhelfen?"

„Ja", meinte er. Er brauchte nur eine Sekunde für seine Entscheidung. „Zumindest hoffe ich das. Haben Sie denn ein bisschen Zeit? Wenn ja, würde ich gerne mit Ihnen reden."

Sie warf ihm einen prüfenden Blick zu, als müsse sie sich das erst noch überlegen. Daniel befürchtete schon, dass sie Nein sagen würde.

„Natürlich." Wieder lächelte sie. „Kommen Sie doch mit in mein Büro."

Er folgte ihr durch den dunklen Gottesdienstraum, in dem nur die Altarlichter leuchteten. Ihr Büro befand sich im hinteren Teil des Gebäudes. Es war warm in dem unaufgeräumten Zimmer und es duftete nach frischem Kaffee. Daniel sah sofort, woher der Duft kam. Auf einem kleinen Tischchen stand ein elektrischer Kaffeekocher.

„Möchten Sie eine Tasse?“, fragte sie. „Dieses Gerät haben mir Matt und Jenny letztes Jahr zu Weihnachten geschenkt.“

„Ich hätte gern eine Tasse“, antwortete Daniel.

„Sie trinken den Kaffee mit Milch, nicht wahr?“, meinte Edie.

Daniel nickte. Er war überrascht, dass sie sich daran erinnerte. Schließlich waren sie einander erst zweimal begegnet. Das Festessen an Thanksgiving war zudem eine äußerst chaotische Angelegenheit gewesen. Er wunderte sich, dass sie ihn damals überhaupt wahrgenommen hatte. Beim zweiten Mal waren sie sich vor drei Tagen bei dem Empfang nach Als Beerdigung begegnet. Jetzt reichte Edie ihm die gefüllte Tasse. Daniel nippte vorsichtig an dem Kaffee. In den nächsten Minuten schwiegen sie. Daniel wusste nicht so recht, wo er anfangen sollte. Edie sah ihn geduldig abwartend an.

„Ich habe Jesus mein Leben gegeben“, platzte es schließlich aus ihm heraus.

Ihre Augen weiteten sich vor Erstaunen und ein strahlendes Lächeln trat auf ihr Gesicht. „Das ist ja wunderbar, Daniel. Wie ist es geschehen? Und wann?“

Er erzählte es ihr in einfachen Worten. „Es war Al“, sagte er dann. „Es war seine letzte gute Tat.“

Edie starrte ihn erstaunt an. Dann warf sie den Kopf in den Nacken und lachte laut, als fände sie das alles unsagbar komisch. Daniel war verunsichert. Als er sah, dass Edie gleichzeitig lachte und weinte, reichte er ihr die Schachtel mit den Papiertaschentüchern, die auf dem kleinen Tischchen stand. Dann wartete er auf eine Erklärung.

„Bitte entschuldige.“ Edie tupfte sich die Augen ab. „Aber kurz nachdem du damals so überraschend hier aufgetaucht bist, hat Al mich gebeten, für dich zu beten. Er hat mir anvertraut, dass er wieder einmal einen Handel mit Gott abgeschlossen habe. Er wollte dich unbedingt zum Herrn führen. Wie hat er es ausgedrückt? *Und wenn es das Letzte ist, was ich mache.*“ Jetzt lächelte sie Daniel kopfschüttelnd an. „Ich glaube, Gott hat diesen Wunsch wörtlich genommen.“

„Das ist ja unglaublich!“ Daniel musste diese Worte erst einmal verarbeiten. „Das ist wirklich unglaublich“, wiederholte er. Es war irgendwie seltsam zu wissen, dass Al ihn schon kurz nachdem Daniel das Haus in der Chestnut Street zum ersten Mal betreten hatte, vor Gott gebracht hatte. Er fühlte sich dadurch wie ein Teilnehmer an einem

Geschehen, das weit über seine Vorstellungskraft hinausging und von dem er bisher gedacht hatte, er sei der Initiator.

„Da fühlt man sich plötzlich ganz klein, nicht wahr?", fragte Edie, die wieder ernst geworden war.

„Ja." Daniel nickte zustimmend. „An dieses Gefühl werde ich mich wohl gewöhnen müssen."

Edie reagierte ebenfalls mit einem Kopfnicken. Ihr Gesicht blieb ernst.

„Ich weiß nicht, wie es bei mir weitergehen soll", gestand Daniel ihr. Er stellte seine Kaffeetasse ab und stützte die Ellbogen auf die Knie. „Ich weiß nicht, ob ich hierbleiben oder gehen soll. Seitdem Al nicht mehr da ist, weiß ich nichts mit mir anzufangen. Allerdings sehe ich jetzt auch vieles klarer", fügte er rasch hinzu und verspürte wieder den inzwischen vertrauten Schmerz. „Ich erkenne jetzt, dass ich in meinem Leben eine Spur der Zerstörung hinterlassen habe, bei Scott, bei Lenore und bei meiner Familie. Ich habe noch nicht mal meine persönlichen Angelegenheiten geregelt, bevor ich Los Angeles verlassen habe. Ich bin einfach vor meinem Leben davongelaufen."

Edie presste die Lippen aufeinander und lehnte sich zurück. „Hast du schon darüber gebetet, was du tun sollst?"

Daniel nickte wieder.

„Und, hast du eine Antwort bekommen?"

Er schüttelte den Kopf und hatte erneut das Gefühl, dass eine schwere Last auf seiner Seele lag. „Ich weiß, dass ich mit Lenore und Scott reden muss. Ich muss sie um Verzeihung bitten. Aber ich weiß nicht, wie ich das anstellen soll."

„Ich glaube, dieser Wunsch kommt von Gott", stimmte Edie ihm zu.

„Aber was soll ich denn sagen? ‚Tut mir leid, dass ich euer Leben kaputt gemacht habe. Bei einem zweiten Versuch würde ich es besser machen'? Ich habe nicht das Recht, Lenore um Vergebung zu bitten. Oder Scott."

Edie musterte ihn prüfend. „In diesen Worten schwingt eine Menge Stolz mit."

Daniel zog fragend die Augenbrauen in die Höhe. „Das verstehe ich nicht ganz."

Sie zuckte mit den Schultern. „Der Stolz sagt: ‚Ich bring dir ein Opfer, um dich gnädig zu stimmen.' Die Demut dagegen sagt: ‚Ich komme mit leeren Händen und liefere mich dir aus.‘ Das ist natürlich gefährlich“, ergänzte sie, weil sie ahnte, was er jetzt dachte. „Es ist ein radikaler Schritt, und du weißt nicht, ob sie dir wirklich vergeben.“

Daniel nickte. „Das ist aber in Ordnung so“, erwiderte er. Jetzt verstand er, was Edie meinte. „Wenn sie meine Entschuldigung nicht annehmen, ist das ihr gutes Recht. Es ist ihre Entscheidung, nicht meine.“

„Genau so ist es“, stimmte ihm Edie zu. „Deine Pflicht ist es nur, den Willen Gottes zu tun. Wie Lenore und Scott darauf reagieren, müssen sie selbst mit Gott ausmachen.“

Daniel nickte erneut. „Na gut“, meinte er. Es war ein gutes Gefühl, den nächsten Schritt zu kennen, aber er hatte auch Angst davor.

„Hast du schon darüber nachgedacht, wie es bei dir beruflich weitergehen soll?“, fragte ihn Edie.

„Das hängt natürlich etwas davon ab, ob Lenore und Scott mich weiterhin hierhaben wollen.“

„Die Kirchengemeinde sucht ab dem zweiten Januar einen Hausmeister“, erklärte ihm Edie. „Das Gehalt ist zwar nicht sehr hoch, aber zur Überbrückung würde es vielleicht reichen. Falls du Interesse an der Stelle hast, könnte ich ein gutes Wort für dich einlegen.“

Noch vor Kurzem hätte er auf ein solches Angebot zutiefst verärgert und beleidigt reagiert. Eine Stelle als Hausmeister. Einem solchen Schicksal hatte er schließlich immer entkommen wollen. Deshalb war er doch nach Kalifornien geflohen. Er dachte an seinen Onkel, der im Kohlebergwerk gearbeitet hatte, und an seine Cousins, die ähnliche Berufe ergriffen hatten. Sie wechselten Autoreifen, überholten Maschinen, genehmigten Kredite für Autokäufe, blieben ihren Frauen treu und zogen ihre Kinder groß. Ihrem Vater hatten sie ein würdevolles Begräbnis ermöglicht. Wenn sie selbst einmal alt wären, könnten sie auf ein Leben voller guter Erinnerungen zurückblicken. „Ich bin an der Stelle interessiert“, sagte Daniel schließlich. „Aber zuerst möchte ich mit Lenore und Scott reden.“ Danach wusste er, ob er bleiben konnte und ob sie ihn überhaupt noch in ihrem Leben haben wollten.

Edie nickte. „Lass uns noch zusammen beten, bevor du gehst.“

Daniel neigte den Kopf und hörte zu, als sie Gott mit ihrer sanften Stimme anflehte, ihm den weiteren Weg zu zeigen, ihn zu bewahren und eine feurige Mauer zwischen ihn und die Mächte der Finsternis zu legen, damit es ihnen nicht erneut gelang, ihn zu umgarnen. Noch vor nicht allzu langer Zeit hätte er solche Worte als das Produkt einer kranken Fantasie abgetan. Doch jetzt nicht mehr. Er hörte Edie aufmerksam zu und betete in Gedanken inbrünstig mit. „Ja, Herr“, flüsterte er, als sie zum Schluss ein Segenswort für ihn sprach. „Ja, Herr. Bitte.“

Als er zurückkam, war Lenore nicht zu Hause.

„Ich glaube, sie ist mit Dr. Ashland ausgegangen“, informierte ihn Angie, ohne zu merken, dass ihre Worte für ihn wie ein Dolchstoß mitten ins Herz waren.

Als sie ihn fragte, ob er sich mit ihr zusammen eine Fernsehsendung ansehen wolle, lehnte Daniel dankend ab. Er ließ sie und Joey im Studierzimmer zurück und ging ins Wohnzimmer. Scotts Auto stand vor der Tür. Wahrscheinlich war er in seinem Zimmer und lernte. Daniel nahm eines der Fotoalben aus dem Bücherregal und schlug es auf. Schon seit Wochen hatten die Alben seine Neugier geweckt, aber er hatte bisher nicht hineingesehen, weil er keine alten Wunden hatte aufreißen wollen. Jetzt war der richtige Zeitpunkt gekommen. Er schlug das Album auf.

Das erste Foto zeigte Scott. Er sah genauso aus wie damals, als Daniel sich von ihm verabschiedet hatte, als er ihn zum letzten Mal in den Armen gehalten und die spitzen Schulterknochen gespürt hatte, die kleinen Hände, die sich an ihm festklammerten, weil sein Sohn ihn nicht gehen lassen wollte. Auf diesem Bild lächelte er. Seine leicht schräg gestellten Augen hatte er von Lenore, aber alles andere von ihm. Sein dunkles Haar hatte noch den vertrauten Topfschnitt, sein Gesicht war rund und weich. Daniel merkte, wie der Schmerz ihn erneut überwältigte, wie ein dunkles, gähnendes Loch. Als er schon meinte, die Finsternis würde ihn verschlucken, dachte er wieder an seine Gebete.

„Was soll ich bloß machen?“ Jetzt sprach er die Worte laut aus. Die Antwort kam sofort. Eine leise Stimme schien zu seinem Herzen zu sprechen. Daniel warf einen letzten Blick auf das Foto, als wolle er sie fest in seinem Gedächtnis verankern, die Erinnerung an das Kind, das er verloren hatte. Fast erschien es ihm, als sei dieser kleine Junge an gebrochenem Herzen gestorben, nachdem er vergeblich auf die Rückkehr seines Vaters gehofft hatte.

Daniel stellte das Album zurück ins Regal, stand schwerfällig auf und ging die Treppe hinauf. Dann klopfte er leise an die Tür von Scotts Zimmer. Als Scott „Herein" rief, drückte er die Klinke herunter. Scott saß über seinen Büchern. Er hob den Kopf und nickte seinem Vater zu. „Hallo Papa. Was gibt's?"

Daniel trat ins Zimmer und schloss die Tür hinter sich. Er starrte seinen Sohn an, auf der Suche nach dem kleinen Jungen, der er einmal gewesen war. Aber Scott war inzwischen hager und hochgewachsen. Sein Gesicht war das eines Mannes. Die hohen Wangenknochen hatte Scott von Lenore, das breite Kinn und die hohe Stirn von Daniel. Auf seinen Wangen sah Daniel kleine Bartstoppeln. Sein Sohn musste sich wieder einmal rasieren. Diese so banale Tatsache raubte Daniel mit einem Schlag erneut den Atem. Jetzt wusste er, dass es kein Zurück gab. Der kleine Junge war für immer verschwunden. Es gab keine Verbindung mehr zur Vergangenheit.

Scott warf ihm einen prüfenden Blick zu. Dann traten Sorgenfalten auf seine Stirn. „Was ist denn los? Ist mit Mama alles in Ordnung?"

Daniel nickte. Rasch wischte er sich über die Augen, weil er seinen Sohn auf keinen Fall emotional unter Druck setzen wollte.

„Ich würde gerne kurz mit dir reden, wenn du Zeit hast."

„Na klar doch." Scott blickte seinen Vater freundlich an. Wieder einmal wurde Daniel schmerzlich bewusst, was er in den vielen Jahren alles versäumt hatte – Geburtstage und Schulzeugnisse, die erste Verabredung mit einem Mädchen, das erste Verbot. Andere hatten seinen Sohn großgezogen. Daniel dachte an dieses Haus und seine seltsamen, wunderbaren Bewohner. Zum zigsten Mal erkannte er, wie viel er diesen Menschen zu verdanken hatte.

„Setz dich doch", lud Scott ihn ein.

Daniel schüttelte den Kopf. Dann wischte er sich wieder über die Augen und räusperte sich. *Bitte hilf mir*, lautete sein stilles Stoßgebet. Offenbar hatte Gott diesen Aufschrei seines Herzens gehört, denn nachdem Daniel sich noch einmal geräuspert hatte, wusste er, was er zu sagen hatte.

„Ich habe euch damals verlassen." Diese Worte schienen eine Mauer zwischen Vater und Sohn aufzurichten. Aus Scotts Gesicht wich von einer Sekunde auf die andere jeder Ausdruck. „Ich habe euch verlassen, weil mir andere Dinge wichtiger waren als du und deine Mutter. Ich habe mich damals nicht nur falsch verhalten, sondern auch schäbig. Ich habe euch Unrecht getan. Ich habe an euch gesündigt."

Scott starrte seinen Vater noch immer an und sein Gesicht blieb ausdruckslos.

„Wenn ich heute darüber nachdenke ..." Noch während er diese Worte sagte, sah Daniel den kleinen Scott vor sich, wie er an jenem letzten Tag auf ihn zugerannt gekommen war. Er konnte das weiche, glänzende Haar auf seiner Hand fühlen, konnte die dünnen Ärmchen um seinen Hals spüren, und er merkte, wie der kleine Brustkorb sich hob und senkte, als er seinen Sohn in den Armen hielt. Und dennoch hatte er sich damals von ihm losgerissen und war weggegangen. „... dann ist das, was ich damals getan habe, unverzeihlich."

Er konnte vor Schmerz nicht weitersprechen und wandte sich ab. Dann drehte er sich wieder um und wartete darauf, dass Scott seine Wut an ihm ausließ. Er wartete auf die scharfen Worte, die Rache seines Sohnes.

Etwa eine Minute lang herrschte tiefes Schweigen. Dann begann Scott zu sprechen.

„Papa, eine Sünde ist nicht nur ein Vergehen gegen Gott, sondern auch gegen einen Menschen. Und wenn dieser Mensch dir verzeiht, dann ist diese Sünde nicht unverzeihlich."

Scott verstummte. Zögernd hob Daniel den Kopf. Das Gesicht seines Sohnes war ernst, aber seine Augen sahen ihn freundlich an. „Und ich verzeihe dir."

Wie kann das sein?, fragte sich Daniel. Das musste ein Irrtum sein. Aber er sprach diese Frage nicht aus, sondern schüttelte den Kopf und schloss die Augen. Kurz darauf spürte er die Hand seines Sohnes auf seinem Arm. Daniel umarmte ihn und drückte ihn fest an sich. „Es tut mir so leid", rief er aus. Seine Stimme klang heiser. „So unendlich leid. Ich wünschte, ich könnte die Zeit zurückdrehen und alles ganz anders machen."

Scott sagte nichts, sondern erwiderte stumm die Umarmung seines Vaters. Auch er wurde jetzt von leisen Schluchzern geschüttelt. Lange standen Vater und Sohn so da. Die Minuten schienen sich zu Stunden, ja zu Tagen, zu dehnen. Als sie sich endlich aus ihrer Umarmung lösten, streckte Daniel die Hand aus und legte sie Scott auf die Schulter. Sie war fest und muskulös. „Ich liebe dich", sagte er mit rauer Stimme zu seinem Sohn. „Und ich bin so stolz auf dich. Du bist ein wunderbarer Mensch."

Scotts Augen füllten sich wieder mit Tränen. Er wischte sie mit dem Handballen weg. Auch diese Geste hatte er von seinem Vater. Für Daniel war dieser Anblick wie ein unverdientes Geschenk. Scott war sein Sohn. Noch immer. Und das würde immer so bleiben.

„Es ist noch nicht zu spät, Papa", sagte Scott, als habe er die Gedanken seines Vaters gelesen. Dann schüttelte er energisch den Kopf. „Es ist noch nicht zu spät."

50

Lenore warf einen sehnsüchtigen Blick zur Haustür und wünschte, es gäbe irgendeinen Ausweg aus dieser Situation. Wäre ihr doch nur ein rücksichtsvoller Weg eingefallen, Erik das beizubringen, was sie ihm eben gesagt hatte. Doch da ihr das nicht gelingen wollte, wiederholte sie bloß: „Es tut mir leid, Erik."

Ihre Beziehung war immer komplizierter geworden und vor Kurzem hatte Lenore erkannt, dass sie weder die Kraft hatte noch den Wunsch verspürte, diesen scheinbar unentwirrbaren Knoten zu lösen. Dieses Gespräch mit Erik hätte sie schon vor Wochen, vielleicht sogar vor Jahren, führen sollen.

Er reagierte auf ihre wenigen Worte mit einem verbitterten Lächeln. „Mit einem Daniel Monroe kann ich natürlich nicht konkurrieren." Dann lachte er kurz und trocken auf und startete den Motor. „Du verstehst es sicher, wenn ich dich diesmal nicht bis zur Haustür begleite."

„Es tut mir leid", sagte sie noch einmal. Sie verzichtete darauf ihm zu erklären, dass es nicht allein an Daniel lag, sondern vor allem an ihren zu unterschiedlichen Lebens- und Glaubenseinstellungen, an ihrem distanzierten Umgang miteinander, an der fehlenden Leidenschaft in ihrer Beziehung. „Du bist ein guter …" Sie hielt inne und versuchte es noch einmal. „Du bist immer so gut zu mir gewesen."

Er nickte. Dann beugte er sich zu ihr herüber und gab ihr einen Kuss auf die Wange. „Pass auf dich auf, Lenore", erwiderte er. Sie stieg aus und ging zur Haustür. Erik wartete, bis sie im Haus war, bevor er langsam davonfuhr. Sie hatte plötzlich das Gefühl, dass sie ihn niemals wiedersehen würde.

Todmüde ging sie nach oben in ihr Zimmer, setzte sich in ihren bequemen Sessel, wickelte sich in ihre Decke und sah aus dem Fenster. Die Landschaft draußen war winterlich öde und der kalte Wind zerrte an den kahlen Zweigen des Ahornbaums. Im Zimmer wurde es wärmer, weil die Heizung angesprungen war. Lenores Blick fiel auf die dicke Kerze, die Scott ihr zum Geburtstag geschenkt hatte. Sie zündete sie an und wartete einen Moment, bis die Flamme hell und ruhig brannte. Dann nahm sie ihre Bibel vom Nachttisch und holte ihr Notizbuch. Beide Bücher legte sie in ihren Schoß. Sie hatte noch nicht einmal mehr die Kraft, die Seiten aufzuschlagen. Stattdessen betete sie und sofort erschien Daniels Gesicht vor ihrem geistigen Auge. Sie seufzte tief.

Daniel war so anders. Er hatte sich verändert. Und obwohl er ihr noch nichts erzählt hatte, wusste sie, was diese Veränderung bewirkt hatte. Warum war sie sich dessen so sicher? Wieder rief sie sich sein Gesicht in Erinnerung. Ja, es war wirklich anders. Vor allem der Ausdruck darauf hatte sich verändert. Er war ganz anders als vor zwanzig Jahren. Damals war am Funkeln seiner Augen der dahinterliegende Ehrgeiz erkennbar gewesen, seine Lippen hatte immer ein arrogantes Lächeln umspielt. Und er war auch nicht mehr wie noch vor ein paar Monaten, als Daniels Niedergeschlagenheit nicht zu übersehen gewesen war. Damals hatten seine Augen düster und hoffnungslos dreingeblickt, und sein Mund war ständig zu einer schmalen Linie zusammengepresst gewesen, als läge ein Lächeln außerhalb des Bereichs des Möglichen. Nein, sein Gesicht hatte sich verändert. Jetzt leuchtete in seinen Augen ein Feuer, das nicht von der Glut des Ehrgeizes gespeist wurde, und auf seinen Lippen lag des Öfteren ein schwaches Lächeln. Ein Lächeln, das sanft war, nicht spöttisch oder herablassend. Wenn Daniel ein Zimmer betrat, schien ihn etwas zu begleiten – nein, nicht etwas, sondern jemand. Lenore spürte, wie sich in ihr eine weitere Hürde aufbaute, die sie überwinden musste. Zuerst hatte sie Daniel ihre Haustür geöffnet und danach ihr Leben. Jetzt wurde sie anscheinend dazu aufgefordert, ihm auch noch ihr Herz zu öffnen.

„Herr, die letzten fünfzehn Jahre waren wirklich hart“, wandte sie ein. Blitzartig war sie wieder da, die Erinnerung an ihre Einsamkeit, ihre Traurigkeit, die schlaflosen Nächte und die kalten, von Sorgen geprägten Tage.

Ich war doch da, oder etwa nicht?

Sie nickte, weil sie sich auch daran erinnerte. Lenore starrte auf die Kerzenflamme und dachte an die unzähligen Male, als die Angst, die Einsamkeit oder der Schmerz sie fast zu ersticken gedroht hatten, ihr Herr aber immer gekommen war. Seine warme, tröstliche Gegenwart hatte alle anderen Gefühle verschwinden lassen. „Ja, du warst da“, flüsterte sie.

Und haben dir diese Jahre geschadet?, fragte er sie.

Lenores Augen weiteten sich vor Erstaunen. *Natürlich,* wollte sie schon sagen. Aber stimmte das tatsächlich? Hatten ihr diese Jahre wirklich geschadet? Wie ging es ihr denn jetzt? Lenore schüttelte den Kopf. Nein, es ging ihr in jeder Hinsicht gut. Sie war jetzt eine gesunde, gereifte Persönlichkeit, ganz anders als in der Zeit ihres Zusammenlebens mit Daniel. Nachdem er sie verlassen hatte, war sie tatsächlich besser dran gewesen als vorher. Minutenlang starrte Lenore auf die flackernde Flamme der Kerze, auf die schimmernde Lache aus geschmolzenem Wachs. „Nein“, gab sie endlich zu.

Aber musste das, was vor fünfzehn Jahren und infolgedessen geschehen war, nicht wenigstens mal auf den Tisch?

Damit hast du doch eigentlich schon längst abgeschlossen. Lenore erinnerte sich an jenes tränenreiche Gespräch mit Edie, in dem sie die offenen, schwärenden Wunden ihrer Bitterkeit bloßgelegt und beseitigt hatte. Wenn Daniel nie vor ihrer Tür erschienen wäre, hätte sie wohl bis zu ihrem Tod geglaubt, dass damit alles erledigt, vergeben und vergessen sei. Aber das war nicht der Fall. Jetzt wusste sie es besser. Dieses flaue Gefühl in ihrer Magengegend war der beste Beweis dafür. Vielleicht war es mit der Vergebung eher so wie wenn man eine Zwiebel schält und nicht so wie wenn man ein Ei zerschlägt. Letzteres ging mit einem Schlag und es galt nur die Oberfläche zu überwinden, aber Ersteres musste man Schritt für Schritt machen. Auch bei der Vergebung musste man sich Schritt für Schritt vorarbeiten, bis zum Felsboden, zur Wurzel, zum Kern ihres Wesens und des Unrechts, das Daniel ihr angetan hatte.

Lenore schlug ihre Bibel auf und las den ersten Vers, der ihr im Buch Hesekiel ins Auge fiel. *Ich, der Herr, frage euch: Meint ihr, ich hätte Freude daran, dass der Gottlose sterben muss? Nein, ich freue mich, wenn er von seinen falschen Wegen umkehrt und am Leben bleibt!* Plötzlich fühlte sie sich beschämt. Sie hatte nun wirklich kein Recht, gegen jemand anderen einen heiligen Zorn zu empfinden, und trotzdem wollte sie Daniel nicht vergeben. Bevor sie es sich anders überlegen konnte, warf sie sich mutig in die Hände Gottes. Sie fühlte sich, als triebe sie in einem kleinen Boot auf aufgepeitschter See. „Himmlischer Vater, gib mir eine neue Haltung gegenüber Daniel, damit ich mir ernsthaft wünsche, dass er endlich frei wird und du sein Leben umgestalten kannst. Du hast dieses Werk in ihm schon begonnen. Hilf mir, dass ich mich darüber freuen kann. Ich danke dir, dass du uns beiden deine Barmherzigkeit schenkst."

Sie ist jeden Morgen neu.

Jetzt flossen die Tränen. Das geschah immer, wenn Gott an ihr wirkte. Lenore betete inbrünstig weiter und warf all ihre Sorgen und Nöte aufs Neue in Gottes Hände. „Gib Daniel ein neues Herz, und mir auch, Herr."

Das habe ich schon getan und ich werde es auch weiterhin tun.

In diesem Augenblick konnte sie so deutlich sehen, als hätte jemand ein Licht angeknipst. Daniel hatte ihr so wehgetan, weil er selbst zutiefst verletzt gewesen war. Das erkannte sie jetzt zum ersten Mal in dieser Deutlichkeit. Es ging gar nicht um sie oder um Scott, sondern um Daniel, um seine quälende, innere Not, die sie nicht hatte stillen können, sondern nur Gott.

„Danke, Vater. Danke, Herr." Sie spürte eine tiefe Ehrfurcht, aber gleichzeitig auch eine leise Angst. Schließlich hatte sie Daniel dieselbe Vergebung und Barmherzigkeit vorenthalten, die Gott ihr selbst angeboten hatte. Wie hatte sie es wagen können? Aber dann spürte sie mit einem Mal ganz neu, dass die Treue Gottes so unerschütterlich fest war wie der harte Eichenboden unter ihren Füßen. Seine Liebe war so rein wie die ruhig brennende Flamme der Kerze. Sie holte tief Luft. Jetzt wusste sie, warum Moses sich die Schuhe ausgezogen hatte. Sie verspürte dasselbe Bedürfnis. Die Gegenwart Gottes umgab sie und sie stand auf heiligem Boden.

Am nächsten Morgen ging sie frühzeitig zum Frühstück hinunter. Sie konnte ihren gewohnten Rhythmus nicht aufgeben, nur weil sie am Wochenende freihatte. Als sie die Küche betrat, sah sie ihn schon von hinten, sein dunkles Haar, seine breiten Schultern unter dem Sweatshirt. Er drehte sich um und lächelte ihr zu. Es war dieses neue, sanfte und freundliche Lächeln, nicht das unterschwellig verführerische von früher. Sie goss sich eine Tasse Kaffee ein und setzte sich ihm gegenüber. Heute früh war ihr Gesicht ungeschminkt und ihr Haar hing ihr wirr die Schultern herab. Auch sie hatte ein Sweatshirt an, über einem alten T-Shirt von Scott, und ihre ausgebeulten Jeans. Ihre Füße steckten in dicken Wollsocken. Lenore musste grinsen, denn in diesem Aufzug wäre sie Daniel früher niemals unter die Augen getreten.

„Guten Morgen", sagte er zur Begrüßung.

„Dir auch einen guten Morgen", erwiderte sie und goss sich noch etwas fettreduzierte Milch in ihre Tasse. Daniel notierte sich gerade etwas. Als sie einen verstohlenen Blick zu ihm hinüberwarf, sah sie eine lange Reihe mit Zahlen. Hastig drehte sie den Kopf weg. Sie wollte sich schließlich nicht in seine Angelegenheiten einmischen.

Daniel legte seinen Bleistift beiseite, nicht aber den Notizblock. „Ich würde gerne mit dir reden", begann er. „Passt es dir jetzt gerade?"

„Klar", erwiderte Lenore. Sie merkte, wie sich ihr Magen verkrampfte, schließlich ahnte sie, worum es ging. Nach Weihnachten würde Scott nach Europa fliegen. Daniel hatte Abbitte geleistet, indem er sich um Al gekümmert hatte. Sobald der Befund von der Biopsie vorliegen würde, würde er abreisen. Sicherlich wollte er sie jetzt schonend auf seinen Abschied vorbereiten.

„Was?", fragte Daniel und musterte sie eingehend, als versuche er ihren Gesichtsausdruck zu dechiffrieren. „Was hab ich gesagt?"

Lenore schüttelte den Kopf und trank noch einen Schluck Kaffee. „Schieß ruhig los", sagte sie steif. „Worüber willst du mit mir reden?"

Er holte tief Luft. Jetzt wirkten seine Gesichtszüge angespannt und verunsichert zugleich. „Ich habe Jesus mein Leben gegeben", sagte er. „Obwohl ich es noch immer unfassbar finde, dass er es überhaupt haben möchte."

Mit diesem Thema hatte sie jetzt nicht gerechnet. Lenore wusste nicht so recht, was sie darauf erwidern sollte.

„Aber das hat nicht unbedingt etwas mit dem zu tun, was ich dir sagen möchte. Na ja, in gewisser Weise schon. Wenn ich ihm nicht mein Leben gegeben hätte … na ja, dann hätte ich es vielleicht anders formuliert."

Sie starrte ihn erstaunt an, weil sie immer noch nicht wusste, worauf er hinauswollte, aber dann löste sich ihre innere Anspannung. Ihre Vermutung war falsch gewesen. Das waren keine Abschiedsworte.

„Aber wie dem auch sei." Er musste sich räuspern. „Mir ist inzwischen vieles klar geworden." Jetzt sahen seine Augen traurig aus. „Ich weiß jetzt, wie weh ich dir und Scott getan habe, wie gemein und böse das war, was ich getan habe."

Lenore sah Daniel zwar an, aber sie sah nicht ihn, sondern die zurückliegenden Jahre. Dann dachte sie an ihr nächtliches Ringen mit Gott.

„Ich verdiene es nicht, dass du mir vergibst", fügte er hinzu. „Aber du sollst wenigstens wissen, wie leid mir das alles tut. Wenn es irgendetwas gibt … wenn ich irgendetwas tun kann, dir irgendwie helfen kann … Ich weiß nicht." Er konnte nicht weitersprechen. Sie hörte den Schmerz in seiner Stimme, sah ihn in seinem Gesicht. Sein Haar wurde an den Schläfen schon grau und die kleinen Fältchen, die seine Augenwinkel umgaben, waren tiefer geworden.

„Ich vergebe dir." Sie sprach diese Worte schnell und deutlich aus, damit sie es sich nicht mehr anders überlegen konnte.

Daniel hob den Kopf. Seine Augen schauten sie ungläubig und hoffnungsvoll zugleich an.

„Ich vergebe dir", wiederholte sie. „Und ich bin sehr froh, dass du Jesus dein Leben gegeben hast." Sie war froh, dass ihr nicht die Tränen kamen. In Daniels Augen flackerte Dankbarkeit und Erleichterung auf. Sie streckte ihm die Hand hin und er umfasste sie fest mit der seinen.

51

Die Biopsie war eine reine Routinesache und nicht sonderlich schmerzhaft. In etwa einer Woche wäre der Befund da, also kurz nach Weihnachten. Lenore zog sich rasch wieder an. Sie wollte unbedingt weg von hier, heraus aus dem Untersuchungszimmer, dem Krankenhaus.

Zu Hause wartete Daniel auf sie. Er drückte sich in der Nähe der Haustür herum, und als sie durch die Tür kam, sah er sie besorgt an. Aber dann riss er sich zusammen und lächelte ihr zu. „Wie fühlst du dich?", fragte er schließlich.

„Gut."

„Und der Befund?"

„In einer Woche."

Er biss die Zähne zusammen. Wieder zwang er sich zu einem Lächeln. „Dann lass uns doch jetzt ein paar Weihnachtseinkäufe machen."

Lenore überlegte kurz. Sie hatte heute frei und hier im Haus wartete keine Arbeit auf sie. Außerdem musste sie dringend ein paar Geschenke besorgen. Normalerweise hatte sie ihre Weihnachtseinkäufe um diese Zeit herum schon längst erledigt, aber in den letzten Wochen war einfach zu viel geschehen. Sie zuckte mit den Schultern.

„Okay", stimmte sie zu. „Warum eigentlich nicht?"

Als sie bereits im Auto saßen, hatte sie plötzlich eine Idee. „Warum besorgen wir unsere Geschenke nicht alle auf der Queen Anne Avenue hier oben im Viertel?", schlug sie vor. „Wenn es das Gesuchte hier nicht gibt, kaufen wir es eben nicht."

„Klingt gut", meinte Daniel und fuhr Richtung Queen Anne Avenue. Plötzlich musste Lenore an ihren ersten Tag in Seattle denken, als sie ziellos herumgefahren waren und sich plötzlich in dieses Viertel mit den vielen alten Bäumen und den von Baumwurzeln hochgedrückten Bürgersteigen verirrt hatten. Sie lächelte. Wieder einmal war sie erstaunt und dankbar zugleich, dass Gott sie so reich beschenkt hatte.

Allerdings fühlte sie sich durch Daniels Gegenwart ein bisschen verunsichert, weil sie nicht so recht wusste, wie sie sich ihm gegenüber verhalten sollte.

Lenore sah aus dem Fenster. In den Straßen herrschte reger Verkehr. Die Scheinwerfer der entgegenkommenden Autos durchbrachen hell die graue, diesige Morgendämmerung. Die Straßenlaternen waren mit Tannengrün und Lichterketten geschmückt. Lenore kam langsam in Weihnachtsstimmung, obwohl Al erst vor Kurzem gestorben war und sein Tod im Haus eine gewisse Leere hinterlassen hatte und obwohl sie den Knoten entdeckt hatte und sie alle noch nicht wussten, wie es weitergehen würde. Die Vorfreude war da.

Daniel parkte das Auto hinter dem Buchladen. „Vielleicht schneit es bald“, sagte er. Er sah sie fragend, fast bittend an, und dann nahm er ihre Hand. Sie ließ es zu, obwohl sie das Gefühl hatte, damit ein Risiko einzugehen. Aber ihr war heute danach zumute, etwas Riskantes oder gar Verrücktes zu tun. Gleichzeitig fühlte es sich jedoch irgendwie richtig an, als seine warmen Finger sich um die ihren schlossen. Richtig und angenehm.

„Wenn du willst, können wir ein paar Geschenke gemeinsam aussuchen“, schlug sie vor und warf ihm aus den Augenwinkeln einen Blick zu, um zu sehen, wie er auf ihr Angebot reagierte.

„Das ist eine gute Idee.“ Er strahlte sie an.

Im Buchladen kauften sie für Scott ausgewählte Werke von Shakespeare, die er sich gewünscht hatte. Es waren in Leder gebundene Prachtausgaben mit Goldschnitt. Dann suchten sie ihm noch einen Europa-Reiseführer aus und erstanden für Joey ein paar Bilderbücher zum Aufklappen. Angies Geschenk fanden sie in einem anderen Geschäft. Sie kauften ihr einen Pullover in einem kräftigen Rotton, der gut zu ihren dunklen Haaren aussehen würde. Dann gingen sie eine Zeit lang getrennte Wege. Sie trafen sich später in einem Café wieder und tranken heiße Schokolade mit Schlagsahne. Auf dem Heimweg begann es zu schneien. Lenore fühlte sich wie in einem schönen Märchen, einem Film, der nichts mit der Wirklichkeit zu tun hatte. Eine solche Idylle konnte einfach nicht von Dauer sein.

„Wohin fahren wir denn?“, fragte Daniel lächelnd. Scotts Geheimnistuerei hatte seine Neugier geweckt.

„Das wirst du schon sehen“, antwortete sein Sohn.

Scott fuhr zuerst zum Gelände der Universität. Nachdem er die kleine Skizze in seiner Hand konsultiert hatte, hielt er vor einem schlichten, über und über mit bunten Lichtern dekorierten Haus.

„Ich bin Scott Monroe“, sagte er zu der Frau, die ihm die Tür öffnete.

„Bitte kommen Sie doch herein“, erwiderte sie. „Rudy wartet schon auf Sie.“

Daniel überlegte, wer das wohl sein könnte. Die Antwort auf seine Frage erhielt er ein paar Minuten später, als die Frau wiederkam. Sie hielt einen schokoladenbraunen Labradorwelpen im Arm. Auf dem Kopf trug der kleine Hund ein Rentiergeweih aus Stoff. „So, meine Herren“, erklärte sie. „Das ist Rudolph, wie Rudolph das Rentier.“ Scott gab der Frau einen Scheck und dann reichte er Daniel den Hund.

„Frohe Weihnachten, Papa“, verkündete er. „Du hast doch schon oft gesagt, dass wir einen Hund brauchen. Wenn du ihn nicht willst, bekomme ich den Scheck zurück.“

Die Frau nickte resigniert.

Daniel hielt den sich windenden Welpen im Arm. Er wusste, dass das ein Test war. Die Augen seines Sohnes musterten ihn prüfend. Der Hund leckte seine Hand und dann biss er ihm mit seinen scharfen Zähnchen spielerisch in den Finger.

„Er ist genau richtig für uns“, sagte Daniel leise und sah Scott direkt in die Augen. „Natürlich behalten wir ihn, aber nur, wenn deine Mutter einverstanden ist.“

Scott nickte. Er wirkte erleichtert.

Joey war begeistert von dem kleinen Hund. Er jagte ihn so lange herum, bis der Welpe nicht mehr konnte und mitten im Esszimmer eine feuchte Pfütze hinterließ. Lenore rief Daniel und forderte ihn auf, die Sauerei wegzuwischen. Sie sei mit Kochen beschäftigt und schließlich sei es sein Hund.

„Was hast du dir nur dabei gedacht?“, fragte sie Scott. Daniel wusste nicht so genau, ob sie wegen des Hundes beunruhigt war oder es noch einen anderen Grund für ihre Verärgerung gab.

„Er ist genau richtig für uns", wiederholte Daniel. Dann griff er nach der Küchenrolle. „Ich werde ihn gut erziehen."

Sie sah ihn misstrauisch an.

Daniel schloss seine Weihnachtsvorbereitungen ab. Es machte ihm Freude, Geschenke auszusuchen. Er ging in den christlichen Buchladen, kaufte dort Weihnachtskarten für die Familien seiner Cousins und für seine Tante eine kleine Tafel mit einem Spruch drauf. Ihm war bei seinem kurzen Besuch aufgefallen, dass bei ihr zu Hause ähnliche Bilder an den Wänden hingen. Auf dem Heimweg hielt er noch bei dem großen Einkaufszentrum, in dem es so gut wie alles gab. Er kaufte Geschenkpapier, ein zartes Goldcollier mit einem Kreuz für Lenore und außerdem einen großen roten Weihnachtsstern für das Wohnzimmer. Für Scott erstand er noch einen stabilen Rucksack. Es war schade, dass er sein hochwertiges Kofferset aus Leder in Kalifornien gelassen hatte, in seinem versiegelten Haus.

Er musste dorthin zurückkehren. In letzter Zeit plagte ihn häufig sein schlechtes Gewissen. Zwar genoss er sein neues Leben, aber in seinem alten Leben hatte er das reinste Chaos hinterlassen. Eines Morgens hatte er mit düsterer Entschlossenheit einen Stapel Papiere und Rechnungen durchgesehen. Das Leben, vor dem er davongelaufen war, hatte ihn wieder eingeholt. Vor ihm hatten Briefe der Bank, des Autofinanzierers und der Kreditkartengesellschaft gelegen. Esperanza hatte ihm geschrieben und ihm mitgeteilt, dass sie wie gewünscht zu seinem Haus gefahren war, um es leer zu räumen, aber sie sei nicht weit gekommen. Die Haustür sei verbarrikadiert gewesen und am Fenster hänge eine Pfändungsmitteilung der Bank.

Er war vor seinem Leben davongerannt und jetzt fühlte er sich schuldig. Er wusste, dass er dieses Chaos in Ordnung bringen musste.

Es gab aber auch eine gute Nachricht. Ein Fernsehsender hatte die Rechte für die Serie *Vor Gericht* gekauft. Nachdem er die Werbetrailer gesehen hatte, hatte er seinen Agenten angerufen. Der Mann hatte es bestätigt. Daniel würde bald wieder im Fernsehen zu sehen sein. Im

Gegensatz zu früher erfüllte ihn dieser Gedanke nicht mit überbordender Freude, aber die Wiederholung der Serie würde ihm wenigstens ein bisschen Geld einbringen. Es wäre zwar keine Riesensumme, aber solange die Serie lief, würde er Tantiemen bekommen.

Er hatte sich inzwischen einen Überblick über seine offenen Rechnungen verschafft. Seine Steuerschulden musste er natürlich bezahlen. Die anderen Schulden könnten in einem Insolvenzverfahren abgelöst werden, aber nachdem er mit Matt darüber gesprochen hatte, wollte er trotzdem versuchen, seine Schulden zu begleichen. Womöglich würde es viele Jahre dauern, aber dann hätte er wenigstens ein reines Gewissen. Die Beträge waren jedoch erschreckend hoch. Daniel fragte sich wieder einmal, warum er seine offenen Rechnungen nie beglichen hatte. Aber eigentlich kannte er die Antwort. Wenn er immer alles bezahlt hätte, hätte er weniger Geld zur Verfügung gehabt. Mit einem tiefen Seufzer gestand er sich die Wahrheit ein. Er musste nach Los Angeles zurückkehren, Gespräche mit der Bank führen, sein Haus leer räumen und seine Besitztümer verkaufen oder verschenken. Dann erst könnte er hier in Seattle wirklich noch einmal ganz neu anfangen. Er verspürte ein tiefes Bedauern, nein, er war vielmehr bestürzt darüber, dass auch in diesem Fall andere die Folgen seines Handelns ausbaden mussten. Aber er wollte nicht sofort abreisen. Noch nicht. Gedankenverloren fuhr Daniel durch schneebedeckte Straßen. Er würde abreisen, wenn der richtige Zeitpunkt gekommen war.

Wieder überwältigte ihn diese innere Unruhe. Die anderen hatten ihn hier im Haus nur geduldet, weil er sich um Al kümmern sollte. Aber jetzt lebte Al nicht mehr. Vermutlich würde sich seine Situation hier schon bald ändern. Er konnte nicht auf unbestimmte Zeit hier wohnen bleiben, auch wenn er sich in diesem Haus wohlfühlte. Dann dachte er an Lenore und den Knoten in ihrer Brust. Wie würde sich alles entwickeln? Würde es besser werden, wenn sie erst einmal den Befund hatten? Oder würden sie irgendwann auf diese Wochen der Ungewissheit zurückblicken wie auf eine Oase, auf die Ruhe vor dem Sturm?

Daniel fuhr die Queen Anne Avenue entlang. Inzwischen war ihm der Weg zum Haus so vertraut wie seine Westentasche. In der alten Villa brannten wie immer alle Lichter. Er trug seine Einkäufe ins Haus, wickelte alles in Geschenkpapier und schrieb an seine Cousins und seine Tante. Die Geschenke für Lenore und Scott legte er unter den

Weihnachtsbaum. Dann machte er ein Feuer im Kamin, setzte sich davor und hörte zu, wie Lenore sich in der Küche mit Mr Caputo unterhielt. Scott war im Nebenzimmer und redete mit Angie. Daniel saß still da, hörte den gedämpften Stimmen zu und wünschte sich plötzlich, er könnte die Zeit anhalten.

52

„Warum ausgerechnet Daniel Monroe?“ Sylvia schenkte Kyle Armand ein strahlendes Lächeln und wartete mit laut klopfendem Herzen auf seine Antwort. Sie war außer sich vor Freude gewesen, als der Produzent bei ihr angerufen und einen Termin vereinbart hatte. Jetzt stellte sie mit Erschrecken fest, dass einer ihrer abgelegten Klienten plötzlich wieder gefragt war und von ihm ihr weiteres berufliches Schicksal abhing. In den letzten Jahren hatte sie bei Weitem nicht mehr so viel Erfolg gehabt wie am Anfang ihrer Karriere.

Seit Armands Anruf hatte sie den Stamm ihrer Klienten durchforstet, um festzustellen, wen der große Meister brauchen könnte. Er hatte es zwar nicht ausdrücklich gesagt, aber seine Absicht war klar gewesen: Er wollte eine der Hauptrollen in seinem nächsten Kinohit mit einem von ihren Leuten besetzen. Dass der Film ein Hit würde, war eine ausgemachte Sache. Armand war der neue Starproduzent der Filmbranche. Jeder seiner Filme hatte Riesensummen eingespielt und seine beiden letzten hatten sogar Oscars gewonnen. Aber das Gespräch mit Armand verlief nicht so, wie Sylvia es sich erhofft hatte. Seine Bitte hatte sie vollkommen überrumpelt. Ihre anfängliche Verblüffung verwandelte sich rasch in Angst. Sie hatte das dumpfe Gefühl, dass ihr Karma sie eingeholt hatte, aber es war kein gutes Karma.

„Wie wäre es denn mit Craig Neely?“, schlug sie vor. „Wie Sie wissen, bin ich seine Agentin. Er ist ein echter Publikumsmagnet. Und darum geht es doch schließlich, oder?“ Sie merkte selbst, dass ihr Lachen schrill und nervös klang. „Die Kinokassen müssen klingeln.“

Der Produzent reagierte mit einem lässigen Achselzucken. „Ich habe ein gutes Drehbuch und eine Rolle, die wie maßgeschneidert auf Daniel Monroe passt. Außerdem muss ich zugeben, dass ich *Der dunkle Schatten des Ninja* förmlich verschlungen habe.“ Den letzten Satz sagte er, als ob er ihr ein geheimes Laster gestehen würde. „Als ich zehn Jahre alt war, war das mein Lieblingsfilm. Ich möchte Monroe gerne ein

Comeback ermöglichen." Plötzlich verdüsterten sich seine Gesichtszüge und er runzelte die Stirn. „Sie sind doch noch seine Agentin, oder etwa nicht?"

„Ja, natürlich", log Sylvia. „Ich habe allerdings eher an einen Schauspieler gedacht, der das Publikum in die Kinos lockt. Sie wissen ja, dass Daniel Monroe schon seit einigen Jahren nicht mehr richtig im Geschäft ist."

Wieder zuckte der Produzent mit den Schultern. Für ihn war das offenbar kein Anlass zur Besorgnis. „Wenn dieses Projekt gut läuft, könnte sich das sehr schnell ändern. Dieser Film könnte sein Leben verändern." Irgendwie gelang es ihm, diese Worte bescheiden auszusprechen.

„Sie gehen aber ein Risiko ein", warnte sie ihn.

„Lassen Sie das ruhig meine Sache sein." Er stand auf. Für ihn war das Gespräch beendet. Er reichte ihr eine Visitenkarte. „Rufen Sie mich an, sobald Sie mit ihm gesprochen haben. Dann bekommt er das Drehbuch per Kurier."

Sylvia nahm die Karte entgegen und begleitete Armand hinaus. Danach durchstöberte sie ihr Büro. Erst vor Kurzem hatte sie einen Brief von Daniel bekommen. Das musste vor etwa einer Woche gewesen sein. Vielleicht hätte sie Glück und könnte das Ruder noch herumreißen. Eigentlich hätte er sich gar nicht mehr bei ihr melden müssen. Es war schon seltsam, dass sie ausgerechnet so kurz vor Armands Besuch von ihm gehört hatte.

Sie fand den Brief ganz hinten in ihrem Korrespondenzordner. Es standen nur wenige Worte darin. *Bin nach Seattle umgezogen.* Die Übersetzung könnte lauten: Ich bin meinen Gläubigern davongelaufen. *Danke für alles, was Sie für mich getan haben.* Das las sich wie ein Entschuldigungsschreiben. *Ich weiß, dass die Zusammenarbeit mit mir nicht immer leicht war. Das können Sie laut sagen*, dachte Sylvia. Sie fühlte sich ein wenig besser, als sie an seine Alkoholexzesse und sonstigen Eskapaden dachte. Trotzdem erinnerte sie sich noch gut an seinen Gesichtsausdruck, als sie ihm mitgeteilt hatte, dass sie die Zusammenarbeit mit ihm beendete. Er war bis zum Schluss höflich geblieben. Sie hatte von ihm weder Vorwürfe noch Schuldzuweisungen gehört.

Sylvia nahm den Telefonhörer in die Hand, um seine neue Telefonnummer herauszufinden, aber dann legte sie wieder auf. Ein Anruf wäre zu riskant. Sie las den Brief noch ein weiteres Mal. Diese Sache erforderte etwas mehr Einsatz. Sie biss sich nachdenklich auf die Unterlippe und überlegte sich sorgfältig ihre nächsten Schritte.

53

„Oh wie schön ist doch Weihnachten zu Haus“, sang Perry Como. Die Stereoanlage spielte leise Weihnachtsmusik. „Auch wenn du von weit her kommst …“ Im ganzen Haus duftete es köstlich und man hörte lautes Lachen, das Knacken des Kaminfeuers, fröhliche Stimmen und das Krähen von Babys. Jetzt waren es zwei, denn Kristin Delacroix hatte ihren kleinen Nathan Alan mitgebracht. Auf dem Büffet im Esszimmer standen ordentlich aufgereiht die Kuchen, darunter auch ein großer, wie ein Baumstamm geformter Schokoladenkuchen, den Edie mitgebracht hatte. Große Teller voller Weihnachtsplätzchen rahmten zugedeckte Auflaufformen ein. Über die Mattscheibe des Fernsehers im Studierzimmer flimmerte eine Wiederholung des Films *Ist das Leben nicht schön?* An diesem Abend war das Haus voller Leben. Die Freude der Hausbewohner und der vielen Gäste spiegelte sich in den strahlenden Lächeln auf ihren Gesichtern wider. Daniel beschränkte sich auf die Rolle des stillen Beobachters. Zwar sehnte er sich danach, sich mit in diese festliche Stimmung hineinziehen zu lassen, aber er verspürte noch immer diese vage Angst, dass man ihn womöglich nicht dabeihaben wollte. „Suchst du das Glück auf vielen Wegen“, sang Perry Como, „dann ist Weihnachten zu Hause das wahre Glück, der wahre Segen.“

Er hatte Lenore beim Verpacken der Geschenke geholfen. Dann hatte er im Wohnzimmer Staub gesaugt, das Feuerholz aufgefüllt, den Punsch zubereitet und die Kaffeemaschine angestellt. Aber danach war er im Hintergrund geblieben. Während er dem festlichen Treiben zusah, fühlte er sich zurückversetzt an jenen ersten Abend, als er Lenore von draußen dabei beobachtet hatte, wie sie die Kuchen gebacken hatte, wie sie sich in ihrer eigenen Welt bewegt hatte, der Welt, die sie sich ohne ihn geschaffen hatte und für die sie ihn nicht brauchte.

Sie genossen das weihnachtliche Festessen, einen großen Truthahn mit allem Drum und Dran und danach machten sich Nathan und

Kristin auf den Heimweg. „Ich bin todmüde“, gestand Kristin. Daniel konnte das gut verstehen. Er erinnerte sich noch gut an die vielen schlaflosen Nächte nach Scotts Geburt.

Die übrigen Hausbewohner und Gäste fuhren nach dem Essen in die nur von Kerzen beleuchtete Kirche zum Gottesdienst. Matt würde die Weihnachtspredigt halten. Daniel begrüßte ein paar Leute, die er inzwischen kannte. Edie erwiderte seinen Gruß mit einer Umarmung. Dann lauschte Daniel zusammen mit den anderen der alten, vertrauten Weihnachtsgeschichte, aber erst jetzt verstand er ihren wahren Sinn. Der Sohn Gottes hatte seinen Thron im Reich seines Vaters verlassen, um auf diese Erde zu kommen. Er wunderte sich aufs Neue, was Jesus auch für ihn getan hatte. Als er zusammen mit der Gemeinde die alten Weihnachtslieder sang, meinte er, die Worte zum ersten Mal zu hören.

„Lasst nach Bethlehem uns ziehen, wie der Engel uns gesagt! Lasst uns betend vor ihm knien, der das Heil uns heut gebracht.“

Warum war er so lange vor dieser Wahrheit davongelaufen? Die Weihnachtsbotschaft drang tief in sein Herz.

Der Rasen glitzerte weiß vom Raureif, als sie nach Hause kamen. *Jetzt müssten nur noch ein paar Schneeflocken fallen, dann wäre es perfekt*, dachte Daniel. Aber es war auch so wunderschön. Er hängte seinen Mantel in die Garderobe. Dann rief Lenore ihn ins Wohnzimmer und reichte ihm ein Glas heißen Punsch. In diesem Jahr würden die Geschenke am Weihnachtsabend verteilt. Alle Hausbewohner waren deshalb um den Weihnachtsbaum versammelt. Nur der kleine Joey lag schon in seinem Bettchen und schlief. Er würde seine Geschenke morgen früh bekommen.

Daniel und Scott holten den kleinen Schrank aus dem Keller und stellten ihn gleich an seinen Platz in der Küche. „Das ist ein Geschenk von Al“, sagte Daniel. Mit Tränen in den Augen betrachtete Lenore das Schränkchen von allen Seiten, öffnete und schloss alle Türen. Dann putzte sie sich die Nase und verkündete, jetzt wolle sie die anderen Geschenke auspacken.

Aus der Stereoanlage erklang leise Weihnachtsmusik. Eine Harfe spielte „Stille Nacht“. Daniel setzte sich in den Sessel neben dem Kamin und beobachtete alles, als ob er sich eine Szene aus seinem Lieblingsfilm ansehen würde. Lenore trug ein Kleid, dessen Farbe ihn an einen alten Rotwein erinnerte. Und sie wirkte darin genauso vollmundig und reif. Ihr Haar hatte sie hochgesteckt. Jetzt verteilte sie lächelnd die Geschenke.

„He, guckt euch mal den Baum an." Scott musste lachen. Die große Fichte war schon ziemlich trocken und sie ließ ihre Zweige hängen. Der kleine Trommler streifte bereits den Teppich.

„Ich habe ihn wohl doch zu früh aufgestellt", meinte Lenore kleinlaut.

„Ach, das war doch nur die Vorfreude", erwiderte Mr Caputo. Er wirkte so freudig überrascht wie ein kleines Kind, als Lenore ihm ein Päckchen auf den Schoß legte.

„Er sieht doch noch ganz gut aus", pflichtete Daniel Mr Caputo bei und nahm die Schachtel entgegen, die sie ihm reichte.

Mr Caputo öffnete seine Holzschachtel mit den kubanischen Zigarren sofort. Lenore erklärte ihm, sie habe sie von Carlene, die sie einem Kollegen am Flughafen abgekauft hätte.

„Die werden aber draußen geraucht", ermahnte Lenore den alten Mann. Er streckte den Arm aus und gab ihr einen Kuss auf die Wange.

Scott riss vor Erstaunen die Augen weit auf, als er die ledergebundenen Werke von Shakespeare sah. „Danke, Mama und Papa", sagte er, nachdem er die dazugehörige Weihnachtskarte gelesen hatte. Vermutlich hatte er keine Ahnung, wie wunderbar es für Daniel war, diese Worte zu hören.

Angie freute sich über ihren Pullover und las mit großen Augen die Karte. „Danke, Lenore", brachte sie schließlich heraus und umarmte Lenore. Dann warf sie sich Daniel an den Hals und drückte ihm einen dicken Kuss auf die Wange. „Das hab ich mir schon so lange gewünscht", zwinkerte sie ihm mit einem verschmitzten Lächeln zu.

„Angie!", rief Mrs Callahan empört. „Benimm dich gefälligst wie ein anständiges christliches Mädchen."

Lenore öffnete das Schmuckkästchen, das Daniel für sie nach Als Plänen angefertigt hatte. Wieder traten Tränen in ihre Augen. Sie nahm das Goldkettchen heraus und legte es sich um den Hals. „Danke, Daniel", sagte sie leise.

Er nickte nur, weil er Angst hatte, jedes Wort seinerseits könnte den Zauber dieses Augenblicks zerstören.

„Du hast dein Geschenk noch nicht ausgepackt", erinnerte Lenore ihn.

„Ja, mach's doch auf, Papa." Scott stand auf, stocherte in den glühenden Holzscheiten und setzte sich dann neben Daniel. Früher hatte Daniel das Geschenkpapier immer aufgerissen. Diesmal löste er vorsichtig die Schleife und faltete das Papier sorgfältig auseinander. Dann hob er langsam den Deckel von der Schachtel. Es war eine Kamera, eine gute Digitalkamera.

„Du hast doch immer so gerne Fotos gemacht." Lenore errötete. „Ich hoffe, sie gefällt dir."

Daniel konnte vor Rührung nicht sprechen. Deshalb nahm er die Batterien aus der Packung, legte sie ein und machte sofort ein paar Fotos. Ein Bild zeigte Lenore mit einem zufriedenen Lächeln auf dem Gesicht, andere, wie sie die Gläser mit Punsch nachfüllte. Er fotografierte Mr Caputo, wie er bequem in seinem Sessel lehnte, und Scott, der genauso aussah wie Daniel vor zwanzig Jahren.

Die anderen packten ihre übrigen Geschenke aus und quittierten sie mit freudig überraschten Ausrufen. Das Geschenkpapier landete im Kaminfeuer. Dann gingen alle nacheinander in ihre Zimmer. Nur Lenore und er blieben zurück. Rudy lag schlafend auf einem kleinen Geschenkpapierberg. Er hatte für heute Abend wohl genug getobt. Daniel brachte es nicht übers Herz, das Papier unter ihm wegzuziehen. Das könnte er auch morgen entsorgen. Die Holzscheite im Kamin waren zusammengefallen und bildeten eine sanfte, rötliche Glut.

Daniel lehnte sich auf dem Sofa zurück. „Soll ich noch etwas Holz holen?"

„Nein. Ich mag es so, wie es ist." Lenore setzte sich neben ihn. Das war einer jener Augenblicke, die Daniel gerne festhalten und immer wieder hervorholen würde. Aus der Stereoanlage erklangen die letzten Töne der bittersüßen Melodie von *White Christmas*. Jetzt ertönte *Fröhliche Weihnacht überall.*

Daniel saß still da und hörte der Musik zu, dem leisen Ticken der Uhr und dem Rascheln der verglühenden Holzscheite im Kamin. Sein Blick fiel auf Lenore und er sah jene Gesichtszüge, die er niemals vergessen hatte.

Sie rutschte näher und legte ihren Kopf an seine Schulter. Er erinnerte sich noch, wie dünn sie früher gewesen war, so mager, dass eine Umarmung buchstäblich wehgetan hatte.

„Lenore, ich liebe dich."

Sie hob ihm das Gesicht entgegen, ohne sich zu bewegen. Dann legte sie ihm eine Hand auf die Wange. „Ich glaube, ich habe nie aufgehört, dich zu lieben."

„Willst du mich heiraten?"

Sie schwieg eine Zeit lang, aber als ihre Blicke sich begegneten, sah er, dass sie lächelte.

„Muss ich diese Frage jetzt gleich beantworten?"

Er erwiderte ihr Lächeln. Dann schüttelte er den Kopf. Er wusste, dass das genau die richtige Antwort war. Schweigend lehnte er sich zurück und schloss die Augen.

54

Der Morgen des ersten Weihnachtsfeiertages verlief ruhig. Sie sahen Joey zu, wie er seine Geschenke auspackte, Lenore machte auf dem mit Holz beheizten Küchenherd das Frühstück und dann zogen sich alle Hausbewohner wieder zurück.

Daniel ging etwa eine Stunde lang nach draußen. Er hackte Holz und stapelte die Scheite ordentlich auf. Die körperliche Arbeit an der frischen Luft tat ihm gut. Ein paarmal hielt er inne und sah hoch. Lenore stand in der Küche am Spülbecken und beobachtete ihn. Als er mit Holzhacken fertig war, nahm er einen Arm voll Holzscheite und ging zurück zum Haus. Er drückte die Tür mit dem Ellbogen auf. Rudy hob den Kopf. Anscheinend hatte das Geräusch ihn geweckt.

Lenore hielt ihm die Tür auf, damit er besser hindurchgehen konnte, und er legte das Holz in die Kiste neben dem alten Herd.

„Möchtest du eine Tasse Tee?“, fragte Lenore ihn.

„Kaffee wäre mir lieber“, meinte er.

Sie goss ihm eine Tasse Kaffee ein und stellte sie vor ihn auf den Küchentisch.

„Danke.“ Er musterte ihr Gesicht. Es wirkte verschlossen und angespannt. Besorgt sah er sie an und versuchte herauszufinden, was in ihr vorging. Bei dem folgenden Gespräch hatte er das Gefühl, zwischen den Zeilen lesen zu müssen, als ob es da noch einen verborgenen Suchtext gäbe.

„Ich habe nachgedacht“, begann Lenore zögernd. Sie blieb stehen und verschränkte die Arme vor der Brust. „Über die Frage, die du mir gestern Abend gestellt hast.“

Daniel nickte, spürte aber, wie sich sein Magen zusammenzog.

„Ich glaube, wir brauchen beide ein bisschen Zeit“, fuhr sie fort. „Die letzten drei Monate waren sehr bewegend, für uns alle. Ich will nicht, dass du eine impulsive Entscheidung triffst, nur weil du altes Unrecht wiedergutmachen willst oder weil du meinst, dass ich dein Mitleid brauche."

„Was willst du denn damit sagen?"

Sie reagierte auf diese Frage mit einem Achselzucken, aber er wusste sofort, was sie meinte. Die Brust. Die Gewebeprobe.

„Lenore, darum geht es doch gar nicht."

„Ich möchte nicht, dass du eine Entscheidung triffst, die du später bereust", betonte sie noch einmal.

„Das werde ich nicht!"

„Wie kannst du dir da so sicher sein?"

Ihr Gesicht wirkte müde und angespannt. Hoffentlich wollte sie ihm überhaupt glauben! „Ich bin es einfach."

Jetzt sahen ihre Augen entschlossen und trotzig zugleich aus. „Dann schadet es nichts, wenn wir ein bisschen warten", entgegnete sie. „Wenn deine Gefühle echt sind, sind sie auch nach einem Monat noch da. Stimmt's?"

„Natürlich." Er war sich seiner Gefühle ganz sicher, aber er sah die Skepsis in ihrem Blick.

„Außerdem musst du noch einiges in Ordnung bringen. Das hast du selbst gesagt. Du musst zurück nach Los Angeles und deine Angelegenheiten regeln."

„Sobald du den Befund von der Gewebeprobe hast, reden wir darüber."

Lenore schüttelte den Kopf. Er kannte diesen Ausdruck auf ihrem Gesicht und wusste, was das trotzig vorgeschobene Kinn zu bedeuten hatte.

„Nein. Du solltest jetzt schon gehen."

Jetzt war er es, der frustriert den Kopf schüttelte. „Warum tust du mir das an?"

Sie schob ihr Kinn noch ein Stückchen mehr vor. „Das ist nur vernünftig. Du hast selbst gesagt, dass du in Los Angeles einiges zu erledigen hast."

Daniel stieß einen genervten Seufzer aus, aber ein Blick auf ihr Gesicht verriet ihm, dass sie nicht mit sich diskutieren lassen würde. „Dann komm mit mir", bat er sie. Das wäre für alle die einfachste Lösung.

Wieder schüttelte sie den Kopf. Sie sah noch genauso stur aus wie zuvor. „Nein. Das musst du allein hinter dich bringen.“ Sie schwieg kurz. „Und wenn du zurückkommst, gebe ich dir meine Antwort“, fügte sie leise hinzu.

Plötzlich verstand er ihre Beweggründe. Seine Zweifel und seine verletzten Gefühle waren mit einem Mal wie weggefegt. Sie wollte ihn prüfen, wollte sichergehen, dass er es wirklich ernst mit ihr meinte. Daniel war unendlich erleichtert. Jetzt wusste er, was er zu tun hatte. Er nickte.

„Ich komme zurück.“ Seine Stimme klang ruhig und entschlossen zugleich. „Es spielt keine Rolle, ob du dann noch eine Brust hast oder nicht.“

Ihre Blicke begegneten sich und er sah einen ersten Hoffnungsschimmer in ihren Augen. Bei diesem Anblick erfüllte ihn eine tiefe Freude. Er war fest entschlossen, sein Versprechen einzuhalten.

Als er sich auf seinen Aufbruch vorbereitete, begann er sich dann aber doch beunruhigt und verunsichert zu fühlen. Er hatte den Eindruck, dass er seinen ihm zugewiesenen Platz in der Welt verließ und sich auf eine gefährliche Reise begab, von der er vielleicht doch nicht zurückkehren würde. *Natürlich kommst du zurück*, wies er sich selbst zurecht. Aber immer wieder drängte sich ihm der Gedanke auf, dass er nicht alles selbst in der Hand hatte, sondern auch noch andere Mächte am Werk waren. Er packte ein paar Sachen zusammen, die er brauchen würde, aber all seine anderen Habseligkeiten ließ er in seinem Zimmer. Als er das Lenore sagte, nickte sie. Ihre Augen blickten zweifelnd und hoffnungsvoll zugleich. Auch Scott bereitete sich auf seine Abreise vor. Daniel machte sich Sorgen um Lenore. Wer würde sich um sie kümmern, wenn Scott und er fort wären? Er wusste, dass diese Sorge unberechtigt war, schließlich lebte sie nicht allein in diesem Haus. Trotzdem kam es ihm so vor, als ließen Scott und er sie hilflos und schutzlos zurück. Wieder einmal.

Als Daniel den anderen Hausbewohnern erklärte, warum er zurück nach Kalifornien musste, reagierten sie unterschiedlich auf diese Nachricht. Mr Caputo sah aus, als ob er sagen wollte: „Hab ich's doch gleich gewusst“, aber vielleicht bildete Daniel sich das auch ein. Mr Kaplan wünschte ihm eine gute Reise und sagte, er freue sich schon auf seine Rückkehr. „Ich bete für Sie", versicherte ihm Mrs Callahan. Angie schaute ihn mit großen, kummervollen Augen an. Offenbar befürchtete auch sie, dass im Flughafen ein Filmsternchen mit großer Oberweite auf ihn warten würde, mit einem Glas Champagner in der Hand und einer Limousine auf dem Parkplatz.

Daniel wusste, dass es so nicht sein würde. Seine Pläne standen fest. Er würde nach Los Angeles fliegen, den Flughafen-Pendelbus zum Motel nehmen, einen Tag später seinen Termin bei der Bank wahrnehmen und einen Teil seines Hypothekendarlehens zahlen, damit man ihn in sein Haus ließ. Dort würde er alles ausräumen, seine Sachen entsorgen oder verschenken. Bis Neujahr müsste er eigentlich wieder zurück sein. Natürlich würde er bis Neujahr wieder zurück sein, versicherte er sich selbst ein weiteres Mal. Wieder verdrängte er diese nagende Angst, dass etwas schiefgehen könnte oder Lenore bei seiner Rückkehr vielleicht nicht auf ihn warten würde.

Am nächsten Tag fuhren sie schweigend zum Flughafen. Auch in diesem Punkt hatte Lenore Daniels Einwände nicht gelten lassen. Er hätte nach Scotts Abreise lieber noch ein paar Tage verstreichen lassen, bevor auch er aufbrach, aber Lenore hatte ihm entschieden widersprochen. Sie meinte, es sei besser, wenn Vater und Sohn am selben Tag abreisten. Offenbar wollte sie die volle Wucht ihres Verlustes spüren, ohne Betäubung sozusagen. Als Scotts Flug aufgerufen wurde, verabschiedeten sie sich von ihm. Wieder einmal wurde Daniel bewusst, was für ein großes Geschenk es war, dass er seinen Sohn zurückbekommen hatte.

„Mach's gut, Papa." Scott drückte Daniel fest an sich. „Wir sehen uns im Sommer." In Scotts Blick lag eine feste Zuversicht. Daniel fasste neuen Mut. Sein Sohn vertraute ihm.

Um sich von seiner Mutter zu verabschieden, brauchte Scott länger. Die beiden umarmten sich lange und Scott beugte sich zu Lenore hinunter, um sich ihre besorgten Ermahnungen und Fragen anzuhören. Daniel bekam manches davon mit. „Ruf an, wenn du was brauchst. Wo hast du dein Geld? Hast du deinen Pass?" Sie rührte sich nicht vom Fleck, als Scott durch die Sicherheitskontrolle ging und verschwand.

Daniel dachte schon, sie würde vielleicht in letzter Sekunde nachgeben und ihn bitten, seine Reise doch noch aufzuschieben, aber das war nicht der Fall. Sie umarmte ihn kurz, wie sie es bei einem Bruder getan hätte, und er spürte, wie ihr Haar gegen seine Wange strich. Als er sie fester an sich ziehen wollte, löste sie sich aus seinen Armen.

„Dein Flug geht auch bald", sagte sie.

Daniel nickte. Wieder wurde ihm klar, dass ihr ein Lippenbekenntnis nicht genügen würde. Er musste seinen Worten Taten folgen lassen, seine Aufgabe erledigen wie der Held einer Sage und ihr dann die Beute zu Füßen legen. „Ich bin bald zurück", versprach er ihr ein weiteres Mal. „Bitte pass gut auf Rudy auf."

„Ja, das mache ich", erwiderte sie. Er gab ihr einen Kuss auf die Wange. Dann drehte er sich um und ging weg.

„So, noch einmal, damit ich es auch richtig kapiere", meinte Carlene. Sie schüttete eine halbe Flasche Schokoladensirup auf Lenores Riesenportion Eiscreme. „Der Mann, den du *schon immer* geliebt hast, macht dir einen Heiratsantrag. *Du* sagst, dass du darüber *nachdenken* willst, und dann schickst du ihn zurück ins Land von Sex und Sünde. Klar. Klingt logisch." Sie warf Lenore einen Blick zu. Ihre Fassungslosigkeit war nicht gespielt. „Ja, bist du denn noch zu retten?"

Lenore schüttelte schweigend den Kopf. Sie fühlte sich zu elend, um diese Frage zu beantworten. Sie hatte geglaubt, das Richtige zu tun, aber sobald Daniel in der Abflughalle verschwunden war, hatte sie ihre Dickköpfigkeit bereut.

Carlene steckte einen langstieligen Löffel in die Spitze des kleinen Vanilleeisbergs und reichte Lenore das Eis. Lenore stellte die Schüssel auf die Arbeitsplatte, zog ein Papiertaschentuch aus ihrer Jackentasche und putzte sich geräuschvoll die Nase. „Ich wollte doch nur keine Sühnebraut sein."

Carlene sah Lenore verdutzt an. „Wie meinst du das denn?"

„Ach, du weißt ganz genau, wie ich das meine. Ich glaube, er will wiedergutmachen, dass er mich damals nicht wollte."

„Na und? Das heißt doch noch lange nicht, dass er es jetzt nicht aufrichtig meint. Jetzt liebt er dich eben wirklich und will dich heiraten."

Lenore schluckte ihre Tränen herunter. Schon beim Anblick der Eiscreme wurde ihr übel. „Ich weiß nicht, warum ich es getan habe", bekannte sie. „Vielleicht wollte ich es ihm heimzahlen, weil er sich damals so schäbig benommen hat. Vielleicht wollte ich auch nur wissen, ob er tatsächlich zurückkommt. Aber als er heute abgereist ist …" Sie holte schluchzend Luft. „Da hab ich auf einmal … gewusst … dass ich ihn nie mehr … wieder sehen werde." Jetzt ließ sie ihren Tränen freien Lauf. Sie hörte, wie Carlene ihre Eisschüssel laut klirrend auf der Anrichte abstellte. Dann legte ihre Freundin ihr die Arme um die Schultern.

„Ach, Liebes. Es wird alles gut. Ganz ruhig."

Lenore weinte sich aus.

„Es wird alles gut", wiederholte Carlene und strich ihr sanft über das Haar.

Lenore hob den Kopf und putzte sich wieder die Nase. Ihr Papiertaschentuch begann sich schon in seine Einzelteile aufzulösen. Carlene holte ein sauberes Geschirrhandtuch aus der Schublade, ging zur Spüle und feuchtete es mit kaltem Wasser an. Dann reichte sie es Lenore. Sie presste es auf ihre Augen.

„Glaubst du wirklich?", fragte Lenore nach einer Weile. Ihre Stimme klang gedämpft.

Als Carlene nicht sofort antwortete, ließ Lenore das Handtuch sinken und sah ihre Freundin an. Sie sah skeptisch aus.

„Ganz ehrlich?", lautete ihre Gegenfrage.

Lenore überlegte kurz. Wollte sie die Wahrheit wissen oder wollte sie getröstet werden? „Ganz ehrlich", meinte sie dann.

Carlene zuckte mit den Schultern, griff wieder nach der Schüssel und schob sich einen großen Löffel Eiscreme in den Mund. Dann seufzte sie tief. „Es kann so oder so ausgehen", sagte sie schließlich.

Lenore hatte plötzlich einen dicken Kloß im Hals. Alles war möglich, sogar das Schlimmste. „Vielleicht sollte ich auch nach Los Angeles fliegen. Ihm sagen, dass ich einen Fehler gemacht habe."

„Nein!" Carlene riss die Augen auf. Als sie eine wegwerfende Handbewegung machte, sah Lenore, dass sie ihre Fingernägel heute rotorange lackiert hatte. An den Spitzen klebten kleine Strasssteinchen.

„Warum denn nicht?"

„Du hast wirklich keinen blassen Schimmer, oder?", fragte Carlene mit einem ungläubigen Kopfschütteln.

„Ich glaube nicht." Lenore fühlte sich immer elender und einsamer. Das war alles ihre Schuld.

Carlene aß noch einen großen Löffel Eiscreme. Lenores Portion fing an zu schmelzen. Das Vanilleeis lief in kleinen Bächen bis zum Boden der Schüssel.

„Wenn du deine Entscheidung zurücknimmst, kannst du dir gleich das Wörtchen *verzweifelt* auf die Stirn tätowieren. Du hast ihm einen Wegweiser aufgestellt. Jetzt kannst du nur hoffen, dass er den Weg auch findet. Dir bleibt nichts anderes übrig, als abzuwarten."

„Kann ich denn gar nichts machen?", fragte Lenore kleinlaut.

Carlene schüttelte den Kopf. Wieder sah sie ihre Freundin voller Mitleid an. „Du kannst nur beten", riet sie ihr und stürzte sich wieder auf ihre Eiscreme.

Die Küchenuhr tickte und Lenore hörte von unten ein lautes Getöse. Offenbar sah Rick sich im Fernsehen einen Ringkampf an.

„Weißt du, warum du in diesen Schlamassel geraten bist?", fragte Carlene.

Lenore schüttelte stumm den Kopf.

„Weil du zu viel nachdenkst." Carlene warf ihrer Freundin einen vielsagenden Blick zu. „Ich bin froh, dass ich nicht so ein Kopfmensch bin." Sie kratzte mit dem Löffel die letzten Reste der Eiscreme aus ihrer Schüssel. „Wenn man nicht so viel nachdenkt, ist das Leben leichter, vor allem mit den Männern. Bei mir sind sie gekommen und gegangen und einen von ihnen hab ich geheiratet. Er ist nicht perfekt, aber das bin ich auch nicht. Deshalb sind wir glücklich und zufrieden." Sie stellte ihre leere Schüssel in die Spüle. Lenores Eiscreme hatte sich inzwischen verflüssigt.

Lenore stand auf und reichte Carlene das Handtuch. „Danke", sagte sie.

Carlene nickte ihr aufmunternd zu und begleitete sie zur Tür.

„Oh nein! Das darf doch nicht wahr sein!" Auf Edies liebem Gesicht bildeten sich Sorgenfalten. Sie führte Lenore zum Sofa. Die Decke und das Taschenbuch fegte sie mit einer nachlässigen Handbewegung zu Boden.

„Ich bin selbst schuld." Lenore hatte schon wieder einen Kloß im Hals. Sie hatte gedacht, sie hätte sich ausgeweint, aber ihr standen erneut Tränen in den Augen.

„Aber warum denn?“

Sie versuchte es zu erklären. „Ich hatte Angst, dass er es nicht ehrlich meint. Ich wollte einen Beweis.“

Edie nickte, aber sie wirkte bestürzt.

„Ist jetzt alles verloren?“, fragte Lenore die ältere Frau.

„Was hat er denn gesagt?“

„Er sagte, er werde das Haus ausräumen, alles regeln und innerhalb einer Woche wieder zurück sein.“

„Das hat er zuletzt gesagt?“

Lenore nickte stumm.

„Ihr habt euch danach nicht mehr gestritten?“

Lenore schüttelte den Kopf.

Edie starrte gedankenverloren ins Leere. „Er kommt zurück“, sagte sie endlich und nickte bekräftigend. „Er wird einsehen, dass das seine zweite Chance ist. Er wird sie nicht einfach so verstreichen lassen. Das glaube ich nicht.“ Ihre Augen blickten jedoch eher hoffnungsvoll als zuversichtlich. Lenore fühlte sich nicht wirklich getröstet.

„Lass uns beten“, schlug Edie vor. Sie neigten die Köpfe und erst jetzt erkannte Lenore, worin ihre einzige Hoffnung lag. Sie lag nicht in Daniels Entschlossenheit oder in ihrer eigenen Anziehungskraft, sondern in der Hand Gottes. Wenn er es wollte, würde es geschehen. Aus eigener Kraft konnte sie nichts tun.

Als sie nach Hause kam, war es still im Haus. Es war kurz nach neun Uhr abends. Mrs Callahan, Joey und Mr Kaplan waren bestimmt schon zu Bett gegangen und Angie war wohl noch unterwegs. Mr Caputo war in seinem Liegesessel im Studierzimmer eingeschlafen. Der Fernseher lief noch. Gerade wurde eine Dauerwerbesendung über Mittel zur besseren Fettverbrennung ausgestrahlt. Lenore zog leise die Tür zu, um den älteren Mann nicht zu wecken. Sie wollte mit niemandem sprechen, noch nicht einmal mit ihm.

Zurück in der Diele griff sie nach dem Telefon. An dem unterbrochenen Wählton merkte sie, dass jemand eine Nachricht auf dem Anrufbeantworter hinterlassen hatte. Mit laut klopfendem Herzen wählte sie die Nummer der Mailbox, gab die PIN ein und drückte sich den Hörer ans Ohr. Nachricht Nummer eins. Es war nicht die Stimme, die sie zu hören gehofft hatte.

„Lenore, hier ist Dr. Simons. Das Testergebnis ist da. Alles sieht gut aus. Ich rufe morgen noch einmal an. Dann kann ich Ihnen mehr sagen. Das ist fürs Erste alles."

Es war eine verschlüsselte, neutral formulierte Nachricht, aber ihr Sinn war klar. Der Befund der Gewebeprobe war negativ. Sie hatte keinen Krebs. Vor Erleichterung bekam Lenore ganz weiche Knie. Erst nach und nach wurde ihr die Bedeutung dieser Worte vollends bewusst. Plötzlich spürte sie eine unaussprechliche Freude in sich. Sie war vor einer weiteren Krebserkrankung bewahrt geblieben. Das musste sie unbedingt Daniel erzählen. Sie griff in ihre Jackentasche und zog den Zettel mit der Nummer des Motels heraus. Er müsste bereits dort sein. Jetzt sehnte sie sich noch stärker danach, seine Stimme zu hören. Aber dann hielt sie inne.

Wenn sie Daniel von dem Befund erzählte, würde er vielleicht doch nicht zurückkommen.

Sie wusste nicht so recht, was sie tun sollte. Selten war ihr eine Entscheidung so schwer gefallen. Sie blieb zögernd stehen, mit der Karte in der einen und dem Telefon in der anderen Hand.

Sie würde es ihm sagen. Das musste sie. Sie durfte ihm diese gute Nachricht nicht vorenthalten.

Plötzlich hörte sie auf der vorderen Veranda Schritte, dann ein Klopfen an der Haustür. Das Herz schlug ihr bis zum Hals. Sie legte das Telefon hin und riss die Tür auf.

Vor ihr stand nicht Daniel, sondern eine Frau, die sie noch nie zuvor gesehen hatte. Ihr silberblondes Haar war raspelkurz geschnitten, fast wie bei einem Mann. Sie war klein und zierlich, sah aber sehr elegant aus in ihrem Hosenanzug aus grauer Seide.

„Ich bin Sylvia Wiley", sagte sie und reichte Lenore eine Visitenkarte. Lenore las, was darauf stand. *Sylvia Wiley, Agentur für kreative Talente, Wilshire Boulevard 1920, Los Angeles, Kalifornien.* Sie hob den Kopf und sah der Frau in die kühlen blauen Augen.

„Vielleicht können Sie mir weiterhelfen", fügte die Agentin hinzu. „Ich bin nämlich auf der Suche nach Daniel Monroe."

55

Daniel spürte es, sobald er aus dem Flugzeug gestiegen war und das Flughafengebäude verlassen hatte. Sobald er die abgasverseuchte Luft einatmete, die Masse der Autos sah, die sich die Straße hochschlängelten, das grelle Sonnenlicht wahrnahm, das auf die Hügel fiel, den schmutziggelben Nebel des Smogs, das leise Dröhnen der Motoren, spürte er es wieder, dieses Verpuffen jeglicher Energie, das ihn niederdrückte.

Nachdem er den richtigen Pendelbus ausfindig gemacht hatte, schob er sich mit den anderen Fahrgästen an Bord, verstaute seinen Rucksack unter dem Sitz und half einer Mutter mit zwei Kindern mit dem Gepäck. Die Frau musterte ihn argwöhnisch. Die anderen Fahrgäste stiegen allesamt vor ihm aus, die einen am *Hyatt*-Hotel, die anderen am *Omni*-Hotel, wieder andere an einem Hotel in Santa Monica. Zum Schluss hielt der Bus am Motel. Daniel bezahlte die vierzehn Dollar Fahrgeld und stieg aus.

Die Eingangshalle des Motels war zwar gefegt, wirkte aber dennoch schmutzig und heruntergekommen. In der Luft hing der Geruch von abgestandenem Essen, kaltem Zigarettenrauch und Desinfektionsmittel. Der Schreibtisch an der Rezeption war mit einer Lichterkette dekoriert. Die bunten Lichter blinkten hektisch. Er trug sich in die Gästeliste ein. Offenbar kamen entweder sein Name oder sein Gesicht dem korpulenten Mann mit dem Doppelkinn bekannt vor, aber er sagte nichts. Daniel nahm den Schlüssel in Empfang. Er fand sein Zimmer auf Anhieb. Es war nicht allzu schlecht. Nachdem Daniel an der Rezeption fünfundzwanzig Dollar für die Freischaltung des Telefons hinterlegt hatte, ging er zurück in sein Zimmer und rief bei Lenore an, aber er erreichte niemanden. Er runzelte die Stirn. Das war seltsam. Es war doch fast immer jemand im Haus. Einen kurzen Moment lang überlegte er, ob sie die anderen Hausbewohner vielleicht gebeten hatte, nicht abzunehmen, wenn das Telefon klingelte. Vielleicht wollte sie gar nicht, dass er zu ihr zurückkehrte. Nein, das bildete er sich sicherlich nur ein. Daniel machte einen Spaziergang, kaufte sich einen Hamburger und ging wieder in sein Zimmer.

Dann holte er seine Bibel hervor und begann zu lesen. Es war seltsam, aber plötzlich dachte er an Donelle. Er könnte seinen ehemaligen Leibwächter anrufen und bei ihm übernachten, um Geld zu sparen. Schließlich musste er Esperanza und ihre Familie bezahlen, wenn sie ihm beim Ausräumen des Hauses helfen sollten. Es wäre die beste Lösung. Aber dann dachte er die ganze Sache zu Ende. Mit einem Kopfschütteln erinnerte er sich an die Art, wie Donelle seine Freizeit gestaltete. Das würde ihn seinem Ziel keinen Schritt weiterbringen.

Plötzlich verspürte Daniel das dringende Bedürfnis, sich am Empfang Desinfektionsmittel auszuleihen, sich unter die Dusche zu stellen und sich damit einzusprühen. Es kam ihm so vor, als hätte ihn ein giftiges Tier gebissen und als wäre das Gift schon in seine Blutbahn gelangt. Er spürte bereits die Wirkung. Wie lange schon hatte er sich nicht mehr so lethargisch und gleichzeitig aufgekratzt gefühlt, ruhelos und freudlos.

„Gott, hilf mir", flüsterte Daniel. Er schämte sich dafür, dass er auch nur die geringste Sehnsucht nach seinem früheren Leben empfand. Wieder griff er nach der Bibel und schlug einen ihm bekannten Abschnitt auf. *Lasst uns also unerschütterlich an unserem Bekenntnis zu Jesus Christus festhalten, denn in ihm haben wir einen großen Hohenpriester, der vor Gott für uns eintritt. Er, der Sohn Gottes, ist durch den Himmel bis zu Gottes Thron gegangen. Doch er gehört nicht zu denen, die unsere Schwächen nicht verstehen und zu keinem Mitleiden fähig sind. Jesus Christus musste mit denselben Versuchungen kämpfen wie wir, doch im Gegensatz zu uns hat er nie gesündigt. Er tritt für uns ein, daher dürfen wir mit Zuversicht und ohne Angst zu Gott kommen. Er wird uns seine Barmherzigkeit und Gnade zuwenden, wenn wir seine Hilfe brauchen.*

Nachdem Daniel diese Verse gelesen hatte, betete er lange. Seine Gebete waren eindringlich und inbrünstig. Dann endlich legte er sich ins Bett, schloss die Augen und wartete auf den Schlaf, aber dieser wollte einfach nicht kommen. Irgendwie hatte er das Gefühl, dass Gefahr im Verzug war.

Am nächsten Morgen um neun hatte Daniel einen Termin bei der Bank. Dort unterschrieb er die entsprechenden Dokumente, woraufhin man ihm versicherte, dass um vierzehn Uhr ein Vertreter der Immobilienabteilung am Haus sei und die Türen aufschließen würde. Daniel rief bei Esperanza an und setzte sie von dem Termin in Kenntnis. Sie versprach ihm, da zu sein. Dann fuhr er mit dem Taxi zu einer Autovermietung und mietete sich dort einen Transporter, den er in Seattle würde zurückgeben können. Es ging ihm etwas besser, weil er endlich etwas Konkretes tun konnte.

Zurück in seinem Motelzimmer, hängte er sich ans Telefon. Die übrigen Morgenstunden rief er seine Gläubiger an und vereinbarte mit ihnen die Rückzahlung seiner Schulden. Die Mehrheit war offenbar überrascht, dass er sich überhaupt die Mühe machte, manche reagierten jedoch auch argwöhnisch, einige sogar feindselig. Irgendwann fragte er sich, ob er womöglich nur seine Zeit vergeudete. Vielleicht wäre es besser gewesen, wenn er das Ganze einfach zu den Akten gelegt hätte. Schließlich wollte er hier nichts mehr erreichen. Das sagte er sich wieder und immer wieder, um die leise Wehmut niederzuringen, die ihn plötzlich erfasste, wenn er an seine Filmkarriere dachte. Vielleicht wäre alles anders gekommen, wenn er von Anfang an andere Entscheidungen getroffen hätte. Er war viel zu ehrgeizig gewesen, viel zu gierig nach allem, was die Welt ihm zu bieten hatte. Plötzlich musste er an Robert Pasquale denken. Er könnte sich vorstellen, ein ähnliches Leben zu führen wie sein Kollege. Vielleicht sollte er ihn anrufen. Seine Visitenkarte steckte noch immer in seiner Brieftasche. Doch stattdessen machte Daniel einen kurzen Spaziergang um den Straßenblock, vorbei an Prostituierten und Peepshow-Lokalen, an Bars und Sexshops, an Spirituosenläden. Er überlegte, ob er seinen Sponsor bei den Anonymen Alkoholikern anrufen oder sich erkundigen sollte, wo hier in Los Angeles die AA-Treffen stattfanden. Aber dann verwarf er diesen Gedanken. Er wäre schließlich sowieso bald wieder zu Hause.

Wenn sein Leben ein Film wäre, würden jetzt aus einem der Gebäude christliche Lieder ertönen, und er stünde plötzlich vor einer Kirche. So etwas hatte er einmal in einem Buch gelesen. Die Kirchengemeinde, von der in der Geschichte die Rede gewesen war, hatte *Gemeinde der zweiten Chance* geheißen. Das hatte ihm gefallen. Daniel ging weiter, aber er sah keine Kirchengemeinde, sondern nur ein paar Jugendliche, die rauchend im Eingang einer Jugendherberge saßen.

Er kehrte ins Motel zurück, las in seiner Bibel und betete, aber er hatte das Gefühl, dass seine Gebete in der schwülwarmen Luft hängen blieben. Es war zwar Dezember, aber hier in Los Angeles herrschten sommerliche Temperaturen. Daniel stellte den Fernseher an und zappte durch die Programme. Bei einer Spielshow blieb er hängen. Die Quizsendung erinnerte ihn an Mr Caputo und Mrs Callahan. Die beiden hatten immer großen Spaß beim Mitraten. Am liebsten hätte er Lenore angerufen, aber es war noch zu früh. Sie hatte bestimmt noch Dienst im Krankenhaus. Daniel fühlte sich auf eine seltsame Art losgelöst von der Wirklichkeit, wie ein Boot, dessen Ankerkette gerissen war.

Plötzlich musste er daran denken, wie seine Tante ihm als Kind aus den Psalmen vorgelesen und dabei zu Gott geschrien hatte. „Hilfesuchend blicke ich zum Herrn", sagte er jetzt laut in den leeren Raum hinein. „Denn er wird mich aus der Schlinge ziehen." *Welche Schlinge denn?*, fragte er sich spöttisch. Er verhielt sich die ganze Zeit über so, als ob ihm die Versuchung auf den Fersen sei, aber hier gab es doch nichts, was ihn in Versuchung führen könnte. Warum ließ ihn trotzdem das Gefühl nicht los, dass er sich in Gefahr befand? Er war doch nicht in Gefahr, sondern nur in einer schmutzigen, unfreundlichen Stadt, in der er eine weitere Nacht allein verbringen musste. Er zählte die Tage. Heute war Dienstag. Bis Donnerstag würde er diesen Ort hinter sich gelassen haben. Dieser Gedanke tröstete ihn.

Lenore hatte die beiden Visitenkarten in die Tasche ihrer Krankenhausuniform gesteckt. Ab und zu holte sie sie heraus und betrachtete die Handynummer, die die Agentin auf die Rückseite der einen Karte gekritzelt hatte. Sie hatte nicht gelogen, als die Frau sie nach Daniel gefragt hatte. Sie hatte ihr lediglich gesagt, Daniel sei nicht da und sie wisse nicht, wann er zurückkomme. Das war immerhin die Wahrheit gewesen.

Sie entschloss sich, mit der Grübelei aufzuhören und sich ganz auf ihren Patienten zu konzentrieren. Als sie ihn ansah, dachte sie darüber nach, welche Auswirkungen bestimmte Entscheidungen haben konnten. Wäre der junge Mann jetzt noch gesund und bei Bewusstsein, wenn er zu einer anderen Uhrzeit losgefahren wäre, fünfzehn Minuten früher oder später? Was, wenn die Ampel an der Kreuzung grün und nicht rot gewesen wäre? Was, wenn plötzlich die Luft aus einem der Reifen gewichen wäre und er hätte anhalten müssen, um einen Ersatzreifen zu montieren? Hätte die willkürlich aus einer Pistole abgefeuerte Kugel dann trotzdem seine Schädeldecke zertrümmert und sich in seinen rechten Frontallappen gebohrt?

Wieder prüfte sie seine Vitalfunktionen am Monitor. Der Teil seines Gehirns, der Herzschlag und Atmung regulierte, war bei dem Unfall fast unversehrt geblieben. Aber den Teil, der diesen jungen Mann zu dem machte, was er war, hatte die Kugel völlig zerstört. Lenore verabreichte ihm über den Infusionsbeutel die nächste Dosis Medikamente. Dann prüfte sie die Drainagen und die Beutel für die Körperflüssigkeiten. Als sie wieder auf den Monitor sah, notierte sie sich die Werte für die Sauerstoffsättigung seines Blutes, seinen Puls und seine Atmung.

Lenore versuchte, ihren Blick nicht auf das Bild zu richten, das über dem Bett hing. Die Angehörigen der Patienten machten das immer wieder. Sie hängten Fotos auf, die die Patienten als gesunde, vitale Menschen zeigten. Solche Bilder lenkten Lenore jedoch nur von ihrer Arbeit ab. Sie wollte nicht daran denken, dass dieser Mann einmal einen Grill bedient, seine Weihnachtsgeschenke ausgepackt oder seinen Sohn im Arm gehalten hatte. Trotzdem warf sie nun einen Blick auf das Foto, auf die klaren blauen Augen, die sie anzublicken schienen. Sie senkte den Kopf und sah stattdessen zu seiner Frau hinüber. Sie, seine Mutter und seine Schwester wechselten sich ab und hielten rund um die Uhr Wache. Sein Vater und seine Brüder kamen in regelmäßigen Abständen herein, blieben kurz an seinem Bett stehen, starrten ihn aus rotumränderten Augen an und gingen dann wieder.

Seine Frau sprach viel mit ihm. Sie erzählte ihm von ihrem gemeinsamen Sohn. Immer wieder hinderten ihre Tränen sie am Weitersprechen. Anstelle einer Antwort hörte sie immer nur das leise Zischen des Beatmungsgeräts, das dafür sorgte, dass sich der Brustkorb ihres Mannes in regelmäßigen Abständen hob und senkte. Es gab für ihn keine Hoffnung mehr, auch wenn sein Körper noch lebte. Aber das, was ihn zu einer Persönlichkeit gemacht hatte, war bereits fort. Lenore war sich dessen ganz sicher. Die für heute geplanten Untersuchungen würden diese Tatsache endgültig bestätigen. Aber seine Angehörigen liebten ihn. Sie waren nicht bereit, das, was noch von ihm übrig war, loszulassen. Dieser Körper, der da lag, schien zwar noch lebendig zu sein, aber Lenore wusste, dass dieser Eindruck täuschte. Der junge Mann war klinisch tot. Er war weg. Für immer. Lenore wandte sich wieder dem Diagrammblatt zu und machte die erforderlichen Aufzeichnungen.

Als sie zur Mittagspause abgelöst wurde, ging sie in den Aufenthaltsraum der Krankenschwestern und griff zum Telefon. Zuerst wählte sie Sylvia Wileys Handynummer. Sie gab ihr in knappen Worten die gewünschte Information und legte sofort wieder auf, ohne auf ein Dankeschön oder eine sonstige Erwiderung zu warten. Dann rief sie Daniel im Motel an. Er war nicht in seinem Zimmer, aber es sprang ein Anrufbeantworter an. „Der Befund der Gewebeprobe ist negativ", sagte sie ohne Einleitung. „Ich habe keinen Krebs." Sie hielt inne, aber ihr wollte nichts mehr einfallen. „Macht's gut", fügte sie schließlich hinzu und legte auf.

Anschließend saß sie eine Weile regungslos da und starrte an die Wand. Dann aß sie ein belegtes Brot mit Putenwurst, aber es schmeckte nach nichts. Sie ging wieder an die Arbeit und konzentrierte sich ganz auf ihren Patienten. Sie konnte es sich nicht erlauben, mit ihren Gedanken abzuschweifen. Außerdem fiel Daniel in den Bereich ihres Lebens, den sie nicht selbst in der Hand hatte. Sie widmete ihre ganze Aufmerksamkeit ihrem Patienten.

In nur wenigen Stunden hatten sie das ganze Haus leer geräumt. Daniel schenkte Esperanza und ihrer Familie den Großteil der Möbel und der Haushaltsgeräte. Allem Anschein nach hatten sie damit gerechnet, denn vor dem Haus parkte eine lange Reihe von Transportern. Daniel sortierte seine Kleidungsstücke, verschenkte die meisten und behielt nur ein paar ausgewählte Sachen. Er verstaute sie in dem gemieteten Transporter, zusammen mit seinen Golfschlägern, einem Paar uralter Wanderstiefel, seinen Büchern und dem hochwertigen Kofferset aus Leder. Esperanzas Ehemann Hector half ihm, den alten Ledersessel herauszutragen. Er stellte ihn zwischen zwei Bücherstapel und deckte ihn liebevoll mit einer Daunendecke zu.

Daniel hatte geglaubt, dass er sich nach dieser Aktion besser fühlen würde, aber er hatte sich getäuscht. Als er durch das Haus ging, traf ihn das Ausmaß seines Versagens mit voller Wucht. Bis auf eine feine Staubschicht war in den Zimmern alles so, wie er es hinterlassen hatte. Er sah seinen großen Plasmafernseher, die teure Lautsprecheranlage, den Billardtisch, die Ledermöbel. Diese Statussymbole waren die einzigen Überbleibsel seines früheren Lebens, und dennoch wollte er sie nicht mehr haben. Es war kein Wunder, dass Lenore ihn weggejagt hatte. Ja, im Grunde genommen hatte sie das. Vielleicht wollte sie gar nicht, dass er zurückkam. Wie hatte er bloß das Gegenteil glauben können? Was hatte er ihr schon zu bieten? Nichts als Schulden und ein verpfuschtes Leben. Und wie sah denn die Zukunft aus? Er hatte eine Stelle als Hausmeister in Aussicht. Sein Blick fiel auf Esperanza und ihre Verwandten. Diese Menschen waren erfolgreicher als er. Schließlich hatten sie eine Arbeit und ein Auto. Sie hatten eine Familie und ein Zuhause.

„Die können Sie auch mitnehmen", sagte er und drückte Enrique, Esperanzas Bruder, eine ganze Ladung Herrenhosen und Hemden in die Hand. Der Mann nickte ihm dankbar zu und trug die Sachen weg. Daniel holte die Anzüge aus dem Schrank. Einen nach dem anderen warf er auf das Bett. Er behielt nur ein paar für sich, für besondere Anlässe wie Beerdigungen und Hochzeiten. Als er den schwarzen Armani-Anzug sah, zögerte er. Den hatte getragen, als man ihn damals für die Zeitschriften-Titelseite fotografiert hatte. Seine Lippen verzogen sich zu einem wehmütigen Lächeln, und als Enrique wieder ins Haus kam, gab er ihn ihm nicht mit, sondern legte ihn zu denen, die er behalten wollte. Er wusste selbst nicht so genau, warum er das tat. Es war lächerlich. Bei welcher Gelegenheit würde er noch einmal einen so teuren Anzug tragen können? Trotzdem suchte er auch die entsprechenden Schuhe und Socken heraus, sowie das passende Hemd und die Seidenkrawatte. Er legte alles sorgfältig zusammen und deponierte die Sachen auf dem Fahrersitz des Transporters. Plötzlich meldete sich sein inneres Warnsystem. Er hatte mit einem Mal das Gefühl, ein hohes Risiko einzugehen.

Kurz darauf war das Haus vollständig ausgeräumt. Die Verwandten von Esperanza bedankten sich lächelnd bei ihm und fuhren mit ihren voll beladenen Transportern davon. Esperanza versprach ihm, morgen wiederzukommen und noch einmal alles gründlich zu putzen. Danach würde sie die Haustür abschließen und den Schlüssel durch den Zeitungsschlitz werfen. Daniel gab ihr den vereinbarten Geldbetrag, legte aber noch einmal fünfzig Dollar drauf. Dann verabschiedete er sich von ihr und drückte ihr einen Kuss auf die Wange.

„Mr Daniel, Sie sind eine gute Mann“, sagte sie in ihrem gebrochenen Englisch. „Gott sein gut zu Ihnen.“

„Er ist bereits gut zu mir“, erwiderte Daniel, aber er empfand dabei keine Freude. Stattdessen fühlte er sich erschöpft und ausgelaugt. Das Gefühl des Versagens und des Verlustes war in den letzten Stunden einfach zu präsent gewesen. Müde fuhr er zurück zum Motel.

Wieder hörte er sich die Nachricht an und dann noch ein drittes Mal. In seinem Inneren tobte ein seltsamer Konflikt der Gefühle. Zunächst war er erleichtert gewesen, als er Lenores Worte gehört hatte. Sie hatte keinen Krebs. Die kalte Angst, die ihn in letzter Zeit ständig begleitet hatte, schien plötzlich wegzuschmelzen wie Schnee in der Frühlingssonne. Aber dann hatte ihn eine seltsame innere Unruhe erfasst. Sie hatte nichts weiter gesagt, nichts Persönliches. Wieder redete er sich ein, dass er sich ihr Vertrauen erst einmal verdienen müsse, aber inzwischen klangen diese Worte geradezu hohl und leer. Langsam zweifelte er an ihrer Wahrheit. Vielleicht wollte sie ihn wirklich nicht mehr. Zum ersten Mal dachte er darüber nach, ob er überhaupt zu ihr zurückkehren sollte. Daniel setzte sich auf das Bett, rieb sich mit den Händen das Gesicht und überlegte, wie seine nächsten Schritte aussehen sollten. Dann klopfte es an der Tür. Daniel spürte Hoffnung in sich aufsteigen. War das vielleicht Lenore? Obwohl er wusste, wie verrückt dieser Gedanke war, sprang er auf und riss die Tür auf. Dann erstarrte er. Von allen Menschen, die er kannte, hatte er mit dieser Frau am wenigsten gerechnet.

„Daniel!“ Sie musterte ihn von oben bis unten. „Sie sehen … großartig aus.“

Er war so verblüfft, dass er die Augen zunächst ungläubig zusammenkniff und dann erstaunt aufriss. „Sylvia?“

56

Sylvia hatte sich erlaubt, ihm in dem Hotel, in dem das Treffen mit dem Produzenten stattfinden sollte, ein Zimmer zu reservieren, damit Daniel sich vorher ein wenig ausruhen und frisch machen konnte. Sie hatte eine Luxussuite im *Vier Jahreszeiten* angemietet, obwohl ihr Büro nur ein paar Straßenzüge entfernt lag. Daniel stieß ein trockenes, humorloses Lachen aus. Sylvia brauchte wohl dringend einen geschäftlichen Erfolg. Sie hatte ihn mit ein paar verlockenden, aber vagen Informationen über das Angebot des Produzenten und dieser Luxusunterkunft hierhergelockt. Er musste zugeben, dass seine Neugierde geweckt war. Natürlich hatte sie seine Neugier geweckt. Außerdem war dieses Hotel seinem billigen Motelzimmer allemal vorzuziehen und er wusste sowieso nicht wohin, bevor er mit Lenore geredet hatte.

Daniels Blick fiel auf die goldfarbenen Wände, die antiken Möbel aus edlem Holz, die schwarzgoldene Dekoration, die auffallend, aber nicht kitschig war. In jedem Raum standen frische Blumen. Plötzlich musste er an seinen alten Ledersessel im gemieteten Kleinlaster denken. Er hoffte, dass er unversehrt geblieben war. Dann schlenderte er auf den großen Balkon und genoss den Blick auf die Palmen, die sich im warmen Wind wiegten, die überdachten Pavillons, das im Sonnenlicht funkelnde, türkisfarbene Wasser des Swimmingpools, die Stadt und die dahinterliegende Hügellandschaft. Einen Moment lang stand er da und ließ diesen Panoramablick auf sich wirken, dann ging er wieder hinein und versuchte noch einmal, sie anzurufen. Sie war wieder nicht zu Hause. Niemand wusste, wann sie zurück sein wollte. Daniel war sich mittlerweile fast sicher, dass sie nicht mit ihm sprechen wollte, und er stellte sich vor, wie sie kopfschüttelnd ablehnte, als Mr Kaplan ihr das Telefon hinstreckte. Daniel dankte ihm für die Auskunft und legte auf.

Er schlüpfte aus seiner verschmutzten Jeans und seinem T-Shirt, rief den Wäscheservice an, steckte die Sachen in einen Plastikbeutel und hängte sie außen an den Türknauf. Dann ging er unter die Dusche.

Nachdem er sich mit dem flauschig weichen Badetuch abgetrocknet und den Bademantel angezogen hatte, den das Hotel seinen Gästen zur Verfügung stellte, rasierte er sich. Dabei bemerkte er, dass sein Gesicht in dieser luxuriösen Kulisse ganz verändert wirkte, fast wie früher. Es erschien ihm mit einem Mal wieder Plakatwand-tauglich.

Es klopfte an der Zimmertür. Ein Zimmerservice brachte ihm ein Tablett mit dem Mineralwasser, das er bestellt hatte, und ein paar Appetithappen. Er nippte an dem Wasser und leckte sich den Limonensaft von den Fingern. Sylvia hatte offenbar keine Kosten gescheut. Er legte seinen Kopf auf das weiche Daunenkissen und deckte sich mit der Steppdecke zu. In dem klimatisierten Zimmer war es kühl. Seine frühere Angst vor einem drohenden Unheil war völlig verflogen. Jetzt genoss er diesen Luxus sogar. Er dachte einen Moment lang an die gut bestückte Minibar, aber dann entschied er sich für ein kurzes Schläfchen. Danach stand er auf, streckte sich ausgiebig und holte den Armani-Anzug aus dem Kleiderschrank. Es war ein Glücksfall, dass er den Anzug nicht weggegeben hatte. Oder etwa nicht? Er fühlte sich wie in einem dieser blödsinnigen Zeichentrickfilme, die er als Kind gesehen hatte. Ein guter Engel flüsterte einem etwas in das eine Ohr, ein böser Engel in das andere. Aber im richtigen Leben konnte man nicht immer sofort unterscheiden, wer der gute und wer der böse Engel war. Vielleicht wollte Gott ihm ja eine neue Filmkarriere ermöglichen und ihm alles zurückgeben, was er verloren hatte. Erst letzten Sonntag hatte Matt über dieses Thema eine Predigt gehalten. Das war vor ein paar Tagen gewesen, aber Daniel kam es vor, als wären seitdem Monate, nein, Jahre vergangen. Die Menschen aus der Kirchengemeinde in Seattle schienen plötzlich Lichtjahre weit weg zu sein. Die zweite Stimme warnte ihn plötzlich, er solle bloß keinen Fehler machen, nicht schon wieder. Daniel schüttelte den Kopf, zog die Anzughose und das Hemd an und ging nach unten.

Daniel nahm das Drehbuch vom Restauranttisch, überflog die ersten Seiten und las die Zusammenfassung der Handlung. Er merkte, wie sich Begeisterung in ihm regte. Es war eine Charakterrolle, die ihm zu einem Comeback verhelfen könnte. Außerdem sollte eine Reihe von drei Filmen gedreht werden. Wenn die Filme genug Geld einspielten, wäre er bald schuldenfrei.

„Du brauchst ja nicht in Los Angeles zu wohnen“, erklärte ihm Robert Pasquale. „Du kannst dein Leben so gestalten, wie wir es schon einmal besprochen haben.“

Robert Pasquale sollte die zweite Hauptrolle spielen. Das hatte Daniel gerade erst erfahren, aber es gab ihm noch mehr das Gefühl, dass dieses Angebot ein Geschenk Gottes an ihn war. Konnte es Zufall sein, dass sein einziger Freund, neben seiner Haushälterin der einzige Mensch in dieser Stadt, den er respektierte, ebenfalls in diesem Film mitspielen sollte?

„Dieser Film könnte Ihnen zu einem Comeback verhelfen“, erklärte Kyle Armand und bestätigte damit nur das, was Daniel bereits wusste. „Ich will ganz offen zu Ihnen sein. Ich habe Robert und Sylvia bereits gesagt, dass ich meine Zweifel an diesem Projekt habe, wenn Sie den Vertrag nicht unterschreiben. Das Drehbuch habe ich nur gekauft, weil ich dabei an Sie gedacht habe. Ich kann mir für diese Rolle niemand anderen vorstellen als Sie.“

Diese Worte wirkten wie Balsam auf Daniels Seele. Kyle Armand wollte ihn. Ihn allein.

„Das ist eine Charakterrolle“, betonte Robert Pasquale. „Für solche Rollen ist man nie zu alt.“

Daniel wurde klar, dass sein Freund auch noch andere Motive hatte als Daniels Wohlergehen. Von seiner Entscheidung hing auch für Pasquale viel ab. Doch diese Erkenntnis ließ Daniel nicht zynisch werden. Sie machte ihm vielmehr bewusst, welche Verantwortung auf ihm lastete. Wenn er das Angebot ablehnte, setzte er damit nicht nur seine eigene Karriere aufs Spiel. Seine eigene Karriere. Wie seltsam. Er hatte schon lange nicht mehr an seine Karriere gedacht, aber jetzt tat er es.

„Und Sie wissen ja, wie es ist, Daniel“, ergänzte Sylvia mit einem betont fröhlichen Lachen. „Wenn sich erst einmal herumspricht, dass Sie wieder im Geschäft sind, flattern Ihnen weitere Angebote ins Haus.“

Die Atmosphäre am Tisch war spannungsgeladen. Daniel spürte die freudige Erregung der anderen und auch seine eigene. Er fühlte sich von dieser Energie wie beflügelt, und plötzlich schien ihm alles möglich zu sein. Schließlich hatte sich seine Sicht der Dinge grundlegend geändert. Er hatte viel gelernt und würde diesmal alles anders machen.

„Wir lassen Sie jetzt erst einmal allein, damit Sie alles in Ruhe besprechen können“, meinte der Produzent mit einem Blick auf Pasquale. Sie schüttelten sich zum Abschied die Hände, und dann war Daniel mit Sylvia allein.

Offenbar wägte sie gerade ihren nächsten Schritt ab. Sie trank einen Schluck Wein und lächelte ihm zu. „Das ist eine einmalige Gelegenheit für Sie“, begann sie.

Daniel nickte, aber seine anfängliche Hochstimmung war verflogen. Ihm war natürlich bekannt, dass allein die letzten beiden Filme des erfolgreichen Produzenten etwa zweihundert Millionen Dollar eingespielt hatten. „Das weiß ich“, entgegnete er. Er trank einen Schluck Mineralwasser.

Sylvia neigte nachdenklich den Kopf. Offenbar überlegte sie, wie viel Druck sie auf Daniel ausüben könnte. „Und warum zögern Sie dann noch?“, fragte sie schließlich. „Sie sollten diese Gelegenheit beim Schopf packen. Das ist schließlich nicht irgendeine Nebenrolle, sondern eine Hauptrolle in einem Film, der zweifelsohne zu einem Kinohit werden wird. Alles, was Kyle Armand anfasst, wird zu Gold. Sie können von Glück reden, dass er Sie für die Rolle haben will.“

Das waren unverblümte Worte, aber sie waren wahr. Daniel nickte. Er hatte Gott doch gebeten, ihm den weiteren Weg zu zeigen. War das seine Antwort? Er brauchte ja nicht mehr sein früheres, oberflächliches Leben zu führen. Könnte er nicht auch als Christ eine Schauspielkarriere haben? Er kannte einige Schauspieler, die Christen waren. Warum sollte er das nicht auch versuchen? Daniel biss sich nachdenklich auf die Unterlippe. Dann nickte er wieder.

„Er bietet Ihnen zwei Millionen an“, erklärte Sylvia. „Ich weiß, das ist nicht viel, aber für den Anfang ganz gut.“ Daniel hätte beinahe laut losgelacht. Zwei Millionen. Und er hatte gerade seine Möbel und Kleider verschenkt. Er dachte an das Geld. Es würde ihm den Weg zurück in ein Leben ebnen, das er eigentlich hinter sich lassen wollte. Plötzlich verspürte er direkt hinter den Augen einen stechenden Schmerz. Er strich sich mit dem Zeigefinger über die Nasenwurzel.

„Sie könnten mit dem Geld viel Gutes tun“, fuhr Sylvia fort. Offenbar ahnte sie, was er gerade dachte. „Ihr Sohn studiert doch noch, oder?“

Wieder nickte Daniel. Ihm gingen allmählich die Gegenargumente aus. Alles sprach dafür, dieses Angebot anzunehmen. Trotzdem zögerte er noch. Etwas hielt ihn zurück. Es war seltsam, aber plötzlich erschienen sie vor seinem geistigen Auge. Er sah Lenore und Scott, Mr Caputo und Mr Kaplan, Mrs Callahan und die kindische Angie mit ihrem Sohn Joey. Er sah den Hund mit dem Rentiergeweih aus Stoff. Und dann sah er Al mit seinem grimmigen Gesicht und dem leidenschaftlichen Feuer in den blauen Augen.

„Das ist nicht so einfach", sagte er langsam und hob den Kopf. Er fühlte sich, als zöge eine schwere Last ihn nach unten.

Sylvia seufzte. „Ich verstehe, wenn Sie mir immer noch böse sind", erwiderte sie leise.

Daniel blickte ihr ins Gesicht. „Warum sollte ich Ihnen denn böse sein?", fragte er verblüfft.

„Weil ich Sie damals habe fallen lassen."

„Ich bin Ihnen deswegen nicht böse", versicherte Daniel ihr. Er dachte an die vergangenen Jahre, aber es war mehr als nur ein Erinnern. Er spürte alles wieder. Er spürte wieder, wie es war, am Morgen nach einem Alkoholexzess mit schwerem, schmerzenden Kopf aufzuwachen. Er spürte wieder die innere Leere, die ihn dazu gebracht hatte, eine Flasche nach der nächsten aufzumachen. Er spürte diese dunklen Wellen der Angst, die ihn erfasst hatten, wann immer er sich fragte, wie es wohl Lenore und Scott ging und warum er sie verlassen hatte. „Ich habe damals zu viel getrunken und war auf dem absteigenden Ast. Es war sowieso eine verkehrte Welt."

„Es tut mir sehr leid." Sylvia sah aus, als würde sie sich tatsächlich für ihr damaliges Verhalten schämen.

Er schüttelte den Kopf. „Wissen Sie, wir waren damals beide vom selben Schlag, Sylvia."

„Wie meinen Sie das?"

„Sie haben mich benutzt und ich habe Sie benutzt."

Sie zog pikiert die Augenbrauen in die Höhe. „Wie meinen Sie das denn?"

„So, wie ich es sagte. Ich habe Sie benutzt, und wenn ich jemand Besseren gefunden hätte, hätte ich Sie zuerst fallen gelassen. Ich war skrupellos und berechnend." Er spürte, wie die schwere Last auf seiner Seele leichter wurde.

„Was ist nur mit Ihnen los, Daniel?“ Sylvias Frage klang eher verärgert als neugierig.

„Ich bin Christ geworden“, erwiderte er dennoch. „Ich gehe meinen Weg jetzt mit Jesus.“ Als diese Worte heraus waren, war sein Kopf plötzlich wieder klar.

„Oh nein.“ Sylvia schloss die Augen. Wahrscheinlich sandte sie ein Stoßgebet zu irgendeiner Gottheit, die ihr gerade in den Sinn kam.

Daniel musste lächeln. Am liebsten hätte er fröhlich losgelacht.

„Hören Sie mal, Daniel.“ Sylvia mobilisierte noch einmal alle Reserven. „Lassen Sie sich Zeit mit Ihrer Entscheidung. Denken Sie in Ruhe darüber nach.“ Ihre Stimme klang fast flehend. „Seien Sie doch vernünftig. Wenn Sie diese Chance nicht ergreifen, ist es mit Ihrer Karriere vorbei. Was gewinnen Sie denn dadurch?“

Das war eine interessante Frage. *„Was gewinnen Sie denn dadurch?“* Plötzlich standen sie glasklar vor ihm, die Worte, die Al kurz vor seinem Tod zitiert hatte. *„Denn was gewinnt ein Mensch, wenn ihm die ganze Welt zufällt, er selbst aber dabei Schaden nimmt?“*

Er legte die Serviette neben seinen Platzteller und stand abrupt auf. Beinahe hätte es einen Zusammenstoß mit dem Kellner gegeben, der gerade ihr Essen brachte. „Ich brauche keine Zeit zum Nachdenken“, sagte er zu Sylvia. „Ich weiß, was ich zu tun habe.“

„Warum haben Sie es denn auf einmal so eilig?“, fragte sie verwirrt.

Er legte hundert Dollar auf den Tisch, um für das Essen zu bezahlen. Dann beugte er sich zu Sylvia herab und gab ihr einen Kuss auf die Wange. „Ich muss gehen“, antwortete er. „Zu Hause warten sie auf mich.“

Daniel trat ungeduldig von einem Fuß auf den anderen, als der Aufzug nach oben fuhr und er seine Zimmertür mit der Magnetkarte öffnete. Plötzlich sah er den Luxus, der ihn umgab, mit anderen Augen. Das alles wirkte auf ihn so unwirklich wie ein Bühnenbild. Auf dem Teppich waren keine abgewetzten Stellen zu sehen, auf den Silber- und Messingbeschlägen keine Patina. Alles war auf Hochglanz poliert und glänzte, aber es war ein falscher Glanz. Das war nicht das wahre Leben.

Seine sauberen, gebügelten Jeans und sein frisch gewaschenes T-Shirt lagen auf dem Bett. Er zog beides an, packte seine Toilettensachen in den kleinen Kulturbeutel und stopfte seine restlichen Kleidungsstücke in den Kleidersack. Plötzlich hatte er es sehr eilig, von hier zu verschwinden. Als er die Tür des Hotelzimmers hinter sich zuzog, fiel sein Blick noch ein letztes Mal auf den Armani-Anzug, den er am Kleiderschrank hatte hängen lassen.

57

Es regnete, wie immer, wenn Daniel in Seattle ankam. Er war ohne Pause durchgefahren. Seine Augen brannten vor Müdigkeit, aber er war trotzdem hellwach, weil er angetrieben wurde von dem drängenden Wunsch nach Klarheit. Er fuhr den Hügel hinauf, auf demselben Weg, den er an jenem ersten Tag zu Fuß gegangen war. War das wirklich erst vor wenigen Monaten gewesen? Er erinnerte sich noch sehr gut daran, wie er sich damals gefühlt hatte. Jetzt ging es ihm wieder ähnlich. Wieder kam er hierher, ohne zu wissen, was ihn erwartete.

Daniel fuhr an dem Lebensmittelmarkt vorbei, aus dem Lenore damals herausgekommen war, dann bog er nach links ab, und da war es auch schon, das riesige alte Haus mit dem weitläufigen Garten, der anmutig geschwungenen Veranda und den roten Zierleisten. Mit angehaltenem Atem warf er einen ängstlichen Blick darauf. Er fuhr bis zum Bordstein und stellte den Motor ab.

Wieder war das Haus hell erleuchtet, aber diesmal war etwas anders. Sein Herz schlug schneller. In jedem Fenster stand eine elektrische Kerze. Das flackernde Licht wirkte wie ein Willkommensgruß. Er sprang aus dem Kleinlaster, stieß das Gartentor auf und betrat das Grundstück. Hinter einem der Fenster erblickte er eine schemenhafte Gestalt. Dann flog die Haustür auf. Lenore rannte auf ihn zu. Sie fiel ihm um den Hals. Daniel wusste nicht, wer von ihnen beiden lachte und wer weinte. Die Regentropfen prasselten auf sie nieder, aber trotzdem hielten sie einander unverwandt fest. Daniel war verblüfft, wie normal es sich anfühlte, dass sie jetzt wieder eine Einheit bildeten.

„Du bist zurück", sagte sie. All seine Ängste über ihre Gefühle für ihn waren mit diesen drei Worten wie weggewischt.

„Ich hab dir doch gesagt, dass ich zurückkomme." Die Prüfung war bestanden und er war am Ziel seiner langen Reise angelangt.

Sie lächelte und ihm wurde ganz leicht ums Herz.

„Ich muss dir eine Frage stellen", sagte sie. „Und ich will das sofort machen, bevor ich die Nerven verliere." Ihr regennasses Haar klebte an ihrer Wange. Zärtlich strich er es zurück.

„Da bin ich aber gespannt", entgegnete er.

„Daniel, willst du mich heiraten?"

Er musste lächeln. Jetzt war seine Furcht und Anspannung endgültig wie weggeblasen.

„Ja, das will ich. Je eher, desto besser. Bevor du es dir noch anders überlegst."

Sie strahlte ihn an und er lächelte zurück. Sie waren beide völlig außer sich vor Freude. Als Daniel den Kopf neigte, hob Lenore ihm ihr Gesicht entgegen, aber plötzlich stieß ihre Stirn gegen sein Kinn. Er versuchte es noch einmal und jetzt trafen ihre Nasen aufeinander. Beim dritten Versuch mussten sie laut lachen. Endlich begegneten sich ihre Lippen zu einem ersten, unbeholfenen, aber wunderbaren Kuss. Das war die Wirklichkeit ihrer Liebe und sie war tausendmal schöner als jeder Film.

58

Daniel trug die Holzscheite zu der Kiste neben dem alten Herd, an dem Lenore gerade ihre Suppe zubereitete. Sie zerschnitt Gemüse auf dem hölzernen Schneidebrett und gab es zu dem Truthahnfleisch, das in einem großen Suppentopf vor sich hinköchelte. Ihr Hochzeitstag war offenbar ein Anlass, der einen ihrer berühmten Eintöpfe verdiente. Die Trauung würde heute Abend in der Kirche stattfinden. Es sollte eine schlichte Zeremonie im engsten Freundeskreis werden. Nach der Trauung wollten sie sich alle hier zu einem gemeinsamen Hochzeitsessen treffen. Jeder würde etwas dazu beisteuern, aber der Hauptgang bestand aus Lenores Eintopf und den Brötchen, die bereits darauf warteten, in den Backofen geschoben zu werden. Mr Caputo hatte in der Konditorei eine Hochzeitstorte bestellt. Er holte sie gerade ab. Scott war außer sich vor Freude gewesen, als er die Nachricht gehört hatte. Er meinte, sie sollten auf keinen Fall auf seine Rückkehr warten, aber davon war sowieso nie die Rede gewesen.

„Möchtest du eine Tasse Tee?", fragte Lenore.

„Kaffee wäre mir lieber."

Lächelnd goss sie ihm eine Tasse ein und brachte sie ihm. Sie beugte sich zu ihm herunter, als sie sie vor ihn stellte. Er konnte den Duft ihres Shampoos riechen. Das Licht schimmerte in ihrem Haar und zum ersten Mal nahm er all die Schattierungen darin wahr. Es war nicht bloß braun. Warum hatte er das nicht schon eher bemerkt? Anscheinend hatte er nie genau genug hingesehen oder sich nie die Zeit genommen, es sich richtig anzuschauen. Erst jetzt bemerkte er die wahre Schönheit ihres Haars, das ihr in dichten Wellen über die Schulter fiel. Da war einmal ein dunkles, glänzendes Kastanienbraun. Andere Strähnen leuchteten in einem warmen Mahagonirot, wieder andere in hellem Silber, andere schimmerten rot wie herbstliche Ahornblätter oder kupferfarben wie polierte Münzen. Ihr Haar sah nur aus der Ferne unscheinbar aus, aber aus der Nähe war es ein wunderschönes, wirbelndes, schimmerndes Meer aus Brauntönen. Sie richtete sich auf und machte sich wieder an die Arbeit.

„Du, ich habe nachgedacht", begann er vorsichtig.

Sie warf ihm einen skeptischen Blick zu.

„Wir sollten noch ein Kind bekommen."

Vor Erstaunen stand ihr der Mund offen. Daniel musste grinsen. Doch obwohl Lenore zurücklächelte, schüttelte sie den Kopf. „Du bist ja verrückt."

„Nenn mir einen guten Grund, warum wir es nicht wagen sollten."

„Ich bin schon neununddreißig."

„Das ist kein Grund."

Wieder schüttelte sie den Kopf, aber noch immer umspielte ein Lächeln ihre Lippen.

„Stell dir mal vor, wie viel Freude wir an einem zweiten Kind hätten", fügte er hinzu. „Und Scott hat sich immer Geschwister gewünscht."

Lenore warf ihm erneut einen skeptischen Blick zu.

„Ist das dein Ernst?"

„Mein voller Ernst."

Sie wandte sich zum Schneidebrett um und schnitt die nächste Ladung Gemüse.

„Wenn das so ist", meinte sie ohne aufzublicken, „ dann müssten wir mindestens zwei Kinder bekommen."

Daniel lächelte triumphierend. „Mindestens."

Sie sah ihn erneut kopfschüttelnd an. „Du bist verrückt", wiederholte sie, aber ihre Augen glänzten.

„Ich gebe nicht auf", versicherte er ihr. „Du weißt ja, steter Tropfen höhlt den Stein."

„Mal sehen."

Als sie sich jetzt wieder ihrer Suppe widmete, summte sie ein Lied. Daniel sog die gesamte Szene in sich auf: den abgewetzten gelben Teppich, den schlafenden Rudy in der Ecke neben dem Herd und Lenore, die verrückte, wunderbare Lenore, die auf einem Holzherd Suppe kochte. An ihrem Hochzeitstag. Zärtlich lächelte er sie an und lehnte sich auf seinem Stuhl zurück.

Mit den Zwiebeln und dem Sellerie war sie inzwischen fertig. Jetzt schnitt sie die Karotten. Die Kartoffeln hob sie sich bis zuletzt auf. Sie hatte immer ungern Kartoffeln geschält und diese Aufgabe immer so lange wie möglich hinausgezögert. Das war schon früher so gewesen. Vielleicht würde er das später für sie übernehmen, aber zunächst wollte er ihr noch ein wenig zusehen.

Der Gemüseberg neben ihr wurde schnell höher. Ihr Oberkörper und ihre Arme bewegten sich rhythmisch. Das laute Klopfen des Messers auf dem Schneidebrett und das leise Zischen des gusseisernen Kessels auf dem Herd bildeten die Hintergrundmusik für ihre Tätigkeit.

In der Küche war es warm. Daniel saß auf seinem Stuhl und sah Lenore bei der Arbeit zu. Und plötzlich fragte er sich, warum ihm das niemals zuvor aufgefallen war: Sie war schön. Für ihn war sie die schönste Frau, die er jemals gesehen hatte.